El Club de los Abandonados

ALFAGUARA

El Club de los Abandonados
© 2011, Gisela Leal
© De esta edición:
  Santillana Ediciones Generales, S. A. de C. V., 2011
  Av. Río Mixcoac 274, Col. Acacias
  México, 03240, D.F. Teléfono 5420 7530
  www.alfaguara.com.mx

ISBN: 978-607-11-1494-5

Primera edición: noviembre de 2011

© Diseño de cubierta:

Impreso en México

ALFAGUARA

Gisela Leal

El Club de los Abandonados

Para Los Creyentes:
Felipe. Liliana. Daniela. Luis.

Y para ti, por haber hecho estallar la bomba:

3

2

1

0

Boom.

La primera parte

gerald. Nunca a Stephen King —sin intención de ofenderte, King, pero nadie que te lea sería amigo de alguien que prestó este libro—. *Jamás*, ni por error, ni aunque nos amenacen de muerte, a Kundera; sí: primero muertos antes que quemar nuestros ojos leyendo a Kundera. Rulfo: tampoco a Rulfo; lo respetamos mucho y todo eso pero *no* es nuestro estilo. Nunca a Orwell, tampoco —y es que quien hubiera pagado por este libro no tendría como amigo-a-quien-prestárselo a alguien que le gusta ver animales hablando o monitores que persiguen a las personas las veinticuatro horas del día; quien pagara al menos tres pesos por estas hojas que aún no tienen derecho a ser llamadas libro no es muy fanático del futuris-mo-que-ya-no-es-futuro y de que expongan la realidad de tu mundito en forma de una granja, así como los comportamientos natural-mente humanos recreados por animales; quien lea esto prefiere que le digan las cosas clara y directamente, sin sátiras ni metáforas interminables—. Definitivamente a la antes mencionada y discul-padamente ofendida Virginia. O Lolita, Lolita, Lolita. Lolita, light of my life, fire of my loins. My sin, my soul. Lo-lee-ta: the tip of the tongue taking a trip of three steps down the palate to tap, at three, on the teeth. Lo. Lee. Ta. Nosotros también tuvimos lo nuestro, Lolita y yo; créeme: entiendo todas y cada una de las pa-labras escritas por Vladimir como si las estuviera escribiendo por mí. O el legendario Capítulo 7 de Rayuela. No sé si todo Rayuela, ya que dudo que la persona a la que originalmente le regalaron esto —te digo que ni la Madre del escritor pagaría por leer este puño de hojas— tenga como amigo-a-quien-desea-atormentar-prestándoselo a alguien que disfrute de mutilar su cabeza tratando de tomar una iniciativa sobre un asunto tan de vida o muerte como decidir la forma en la que prefiere leer a Cortázar; sin embar-go, no es nada pendejo para no disfrutar algo tan disfrutable como lo es un Capítulo 7 en las rocas. O muchos otros más que aún no han sido descubiertos por los críticos del New York Times y que por eso no han llegado al conocimiento público y probablemente nunca lo harán. Pero no, estás aquí, leyéndome a mí. Me presento: me llaman Semi, no tengo edad, soy hombre, mujer, bi, homo, emo, trans, asexual: lo que quieras. Sé todo y de todo. He hecho más de lo que han hecho tus papás, sus abuelos, los tatarabuelos de

ningún pensamiento crítico propio; entonces digo yo: ¿de qué chingados te sirve? Pues de nada, y ese no es el caso, porque yo quiero que de aquí aprendas algo, mi aprendiz lector, que no pienso invertir mi valioso tiempo en algo que tiene como único fin el distraer tu hiperactiva mente mientras esperas aburrido a que por fin aterrice el avión que te llevará del D.F. a Las Vegas. Lo que quiero es que tú también analices y des tu punto de vista, digas lo que piensas, lo que sientes, lo que crees —aunque nadie te vaya a oír, tú comoquiera hazlo, te vas a sentir bien—, porque no me creo tanto como para pensar que nunca me equivoco al sacar conclusiones y teorías e hipótesis sobre los eventos —aunque he de adelantarte que, por mi naturaleza, por más que quiera nunca me equivoco—. Al mismo tiempo te puedo contar cosas que nada tienen que ver con la historia pero de mucho te pueden servir en la vida, como por ejemplo que para salir negativo en el antidoping de heroína lo único que necesitas hacer es comer cinco poppy seed bagels; diez litros de jugo de arándano cien por ciento natural y sin diluir en caso que sea de cocaína. Otra cosa con la que te puedo distraer del curso principal de la historia es cómo me fue el día de hoy o a quién me tiré y qué tal estuvo o de malviajadas que me dan o críticas hacia ustedes, los mortales, o noticias cotidianas que estarás escuchando en los noticieros de las diez o leyendo en la primera plana del Wall Street Journal o el Reforma. También puede darme por contarte realidades que me hacen vivir los honguitos del Nintendo (no me digas que no te acuerdas de Toad, el honguito más tierno y personaje más lindo del Super Mario Kart 64). Bueno, los hongos son tan adorables que cuando los tomo, como o simplemente mastico, me imagino la cara de Toaddy en ellos y me repito: Semi, tu licuado hecho de los hermanitos de Toad es algo así como un Yakult: sano, bueno para la digestión y natural; lo que pienso después de que lo tomo no son alucinaciones, sino realidades: una vez que lo tomas eres capaz de abrirte a la realidad que la surrealidad del mundo no te deja ver. Y bueno, la neta es que mi vida es muy divertida: all that drugs and all that sex and all that fuckin' alternative indie music (¿qué pensabas?, ¿que diría el típico slogan del hardcorero de los ochenta y cerraría con un *all that fucking rock and roll?* No, jamás: me caga el puto rock'n roll). Excesos: mi vida

setenta, ojos miel verdosos, facciones perfectas, pelo obscuro corti-
to con fleco, cuerpo tipo... ¿quién te digo?, ¿... Portman? Sí, una
Natalie Portman. En un día casual la verías vestida con unos jeans
que te harán dudar en si es una mortal cualquiera o simplemente
una más de las Victoria's Secret Angels —pero no sería ni una ni
otra; su belleza jamás le permitirá ser una mortal cualquiera, y sus
padres nunca le dejarán usar tal belleza como razón para exponer su
cuerpo a cualquier tipo de público— y una t-shirt blanca, sin nada
impreso, de cuello uvé que... Je. Su. Cris. To: no puedo con ella.
Nunca usa tenis. En el finde, seguramente va a estar en un vestido
sumamente sexy, cool, ¡Ah!, ya sabes, pero seguirá viéndose como
niña decente. Digo, lo es, así que no hay por qué no seguirse viendo
como niña decente; es sólo que, bueno, la palabra sexy no va muy de
la mano con decente y por eso quería aclararlo: Fer es de esas niñas
que pueden verse hipersexis y de todas formas las puedes confundir
con la Virgen de Fátima; le puedes poner una minifalda de cuero y
una blusa blanca sin bra de under y aun así la sigues confundiendo con la Virgen de Fátima. La puedes poner en una esquina de
Cuauhtémoc a las tres de la mañana de un viernes cualquiera con
mallones de rombos negros, labios rojos y zapatos de leopardo y ni
por error te pasaría por la mente que es una prostituta; seguirá con-
fundiéndose con la Virgen de Fátima. Así es Fer. Siempre la verás
vestida cual si fuera a conocer a tus papás: perfecta. ¿Qué más te digo
de Fer? Estudia Comunicación, le gusta leer a Danielle Steel y Dan
Brown y cosas así, ya sabes, no muy de tu estilo y el mío; le gusta
llorar con las historias. Escucha Madonna y Brian Adams y John
Mayer y ese tipo de música; Michael Buble, de vez en cuando Jamie
Cullum. Toma sólo vino blanco cuando cenamos y cosmos cuando
salimos. Nunca la he visto borracha. Cumplimos los siete de cada
mes. Tiene dos hermanos mayores y una hermana un año menor.
Y ya: eso es básicamente todo lo que te interesaría saber sobre Fer.
Y bueno, una vez hecha una mini biografía de Fernanda, es hora
de que te cuente cómo comenzó la serie de hechos que cambiaron
mi vida y mi concepción sobre el resto de ella para siempre. Como
cualquier historia, todo empieza con algo y la mía empezó con el
cumpleaños de Diego, los papás de Pepe de viaje por Asia y con Fer
de shopping con sus amigas en Houston; había mucho potencial

para esa noche. Y bueno, el pre oficialmente empezaba a las once, pero nosotros siete, a los que la neta sí nos importaba que el Diego cumpliera años, los que fuimos hermanos desde párvulos, los que lo queremos, decidimos festejarlo desde la hora de la comida. Salimos del colegio y nos fuimos a mi rancho, que queda por alguna parte lo suficientemente alejada de la ciudad como para nunca poder llegar solo. Nos llevamos los instrumentos necesarios para agarrarla a gusto desde temprano y empezamos el maratón. Eso ponle que empezó a las dos de la tarde; ya te imaginarás como estábamos para las once, cuando te digo que oficialmente empezaba el pre en casa de Pepe. ¿Cómo nos fuimos de mi rancho a su casa? De sobra queda que te diga: no tengo la más remota idea. Yo sólo me acuerdo de que me aventaron trescientas ochenta y cuatro veces a la alberca, que como a las seis llegaron unas mujeres de moral bastante distraída —por no decir que literalmente eran unas prostitutas (pendejo de Andrés, no entiende lo que *gonorrea* significa)—, que tenía tantas llamadas perdidas de Fer en mi celular como vasos de whiskey en mi cuerpo, que llegaron otras amigas de Fer y que blackout total. Bye conciencia, bye memoria, bye decencia y toda educación y moral que mi familia y colegio me hayan brindado a lo largo de la vida. Calculo que eran como las ocho y media cuando mis neuronas y mis movimientos perdieron comunicación. Te repito que eso fue un viernes. Ahora visualízame despertando el sábado a las cuatro de la tarde en una suite del Quinta Real, en la cama con tres personas desconocidas y Renata, la hermanita de Fernanda, mi novia.

Camilo

Cuando me toque hablar a mí te vas a emocionar porque la neta va a ser la mejor parte que te toca leer. La verdad es que mi vida es la más pinche interesante de todas las de aquí; *interesante* puede significar muchas cosas, así que eventualmente sabrás si te gusta o no. Sea lo que sea, definitivamente es la más interesante de todas. En este momento, el otro puñetas es un pijo recién sacado de Hugo y Prada. Yo soy su antítesis. Pero bueno, para que entiendas todo este desmadrito es necesario que te cuente de mi vida desde tiempo atrás, algo así como una breve autobiografía para que puedas ver por qué pasará lo que pasará a continuación. Me da una puta flojera, no creas, pero no me queda de otra, ya que no quiero verme en la necesidad de andar explicándote cosas en el futuro y, si no lo hago, no vas a entender nada, te vas a cansar y vas a cerrar esta cosa; francamente a mí no me importa, lo hago por Semi, que se toma tan a pecho este trabajo que se propuso.

— Biografía de Camilo Santibáñez Alonso —

Camilo Santibáñez Alonso nació el siete de noviembre de mil novecientos ochenta y siete en el Hospital San José, en la regia ciudad de Monterrey, Nuevo León. Hijo de Camilo Santibáñez Sanz y María Luisa Alonso Torres, formaron durante poco tiempo una feliz familia sampetrina. La imposibilidad de su papá para pegarle al gordo de nuevo hizo que Camilo fuera hijo único.

La infancia. Económicamente hablando, la familia Santibáñez Alonso es considerada uno de los pilares de la industria tabacalera en México. Desde pequeño, el niño Camilo fue consentido por todos y cada uno de los integrantes de la familia —tíos, primos, abuelos, jardineros, choferes, cocineros—. Sin embargo, la distancia entre Camilo hijo y su padre era tan marcada que llegó a ser tema de discusión entre la madre y el antes mencionado: ¿Por qué no van tú y Camilo al juego, en vez de tú y tus amigos?, Porque entiende, Malusa, por Dios: estoy todo el día trabajando como para que no tenga derecho de ver jugar a *mi* equipo con *mis* amigos, en *mi* palco. En serio, quiero descansar y así es como yo siento que descanso, Pues es *tu* hijo, Pues también el tuyo, llévalo tú si quieres, No es posible que te pongas a jugar soccer con los hijos de nuestros amigos y en cambio no puedas jugar media hora Monopoly con tu hijo, Ya te dije que no soy bueno en el Monopoly, Camilo, por Dios. Perfectamente sabes que ese no es el punto, Ya voy tarde al partido, acuérdate de que tenemos cena. Así empezó todo, con discusiones propias de un hombre normal y una esposa exagerada. La notoria falta de atención del padre de Camilo por su hijo orilló a la madre a acercarse más a él. A falta de pan, agua, y así fue como le tocó al pobre protagonista de la presente biografía. Para los cinco años, Camilo sabía que en la casa estaba mamá para todo y papá para el dinero, los castigos y las órdenes. Estudió kínder, primaria y secundaria en el Irlandés. No, no, no: no te equivoques, mi católico lector, con todo respeto no te equivoques pensando en que desde la página dieciséis vas a lograr entender la razón de por qué Camilo está tan fuckedupeado, porque no es así de simple: gracias a Mi Adorado Señor Padre, Camilo nunca fue tan pendejo como para creer en quien fuera el Bernard Madoff para la industria católica: Marcial Maciel. De niño se vio obligado a estar muy apegado a la figura materna, a ser solitario y un tanto antisocial. Disfrutaba las lecturas complejas. Según testimonios, a sus diez años su novela favorita era Crimen y castigo de Dostoyevski, obra nada parecida a un cómic de Supermán o a un contemporáneo Harry Potter. Era un alumno con calificaciones perfectas y un genio para el ajedrez, lo que hace pensar que fue un niño con una inteligencia que sobresalía del promedio. Hasta el momento, no se sabe a ciencia cierta por qué el señor Santibáñez siempre mantuvo tanta distancia con su hijo; lo que sí se sabe es que así no era con las demás personas: amaba a su esposa, siempre trató muy bien a sus empleados y fue una figura pública envidiable. De la infancia de Camilo hijo también se sabe que contaba con un número bastante reducido de amigos, lo que preocupaba a la señora de Santibáñez, ya que, como a toda madre regia, le importaba mucho la reputación que su hijo tuviera en la sociedad, y no es de genios el saber que no tener muchos amigos no es de gran ayuda para contar con un buen currículum vitae regio. Pero esto no preocupaba para nada a Camilo. Físicamente hablando, siempre fue alto, con cabello rizado castaño oscuro, con unos ojos negros muy penetrantes, muy intensos; unos ojos que podían captar la atención de cualquiera, parte por su belleza, parte por la intimidación que podían provocar en quienes los veían. Como deportes siempre jugó los que eran propios para su personalidad; deportes que, por su naturaleza, eran tan independientes y antisociales como él: golf, natación y tenis, los cuales le ayudaron a desarrollar un cuerpo atlético y tonificado. Como todo buen Santibáñez, era perfeccionista en cuanto hacía, y eso lo llevó a ganar un considerable número de torneos y campeonatos, a los cuales no iban a verlo más que Pepe —su chofer— y, muy ocasionalmente, su mamá. La intención de

Le quiero rendir un homenaje a Andy Warhol y creo que esta es una buena manera de hacerlo, Déjalo, le doy una semana para que se le pase, ¿Tú crees?, Claro, ¿a poco crees que va a aguantar ser el foco de atención durante tanto tiempo? Aparte de que en el colegio no lo van a permitir. Después fue lo del tatuaje. Y es que resulta que en el cumpleaños número catorce, aparte de una fiesta que el cumpleañero no quería y un curso de francés en París que había pedido desde que llegó de New York, le volvieron a regalar el reloj que años atrás había catafixiado por una Tutsi Pop, sólo que ahora en tamaño grande y con carátula negra. Escúchame muy bien, Camilo, le dijo su papá al cual ya no le decía papá, Yo no estaba de acuerdo en que se te regalara de nuevo este reloj. De hecho, yo no estaba de acuerdo en que se te regalara nada. Acepté únicamente por tu madre. Solamente te quiero avisar que si no veo este reloj pintado en tu muñeca todos los días, desde el desayuno hasta la cena, voy a cancelar tu cursito en París y te voy a obligar a pasar el verano trabajando como peón en la fábrica. Debes enseñarte a valorar lo que te dan, aun cuando no te lo merezcas (para que te imagines mejor la escena, haz de cuenta que la voz que dijo todo esto era la misma que la de Scar en The Lion King. De hecho estoy casi seguro de que fue él quien hizo el doblaje al español). La mayoría de los psicoterapeutas que analizan esta situación coinciden en que si el padre no se hubiera puesto en la arrogante posición de amenazarlo, Camilo simplemente hubiera usado su reloj como cualquier otro artefacto que tiene que usar en su vida diaria. Pero no: sin la necesidad de hacerlo, su padre lo retó a cumplir una orden y, por consiguiente, mandó una señal totalmente contraria a la deseada: Si lo usas, pierdes. Es por eso que, a la semana siguiente, cuando iba saliendo del colegio, sólo que ahora por la puerta en que salen los niños de secundaria, se fue al mismo puesto de donde obtuvo su Tutsi años atrás y volvió a cambiar su reloj, pero en esta ocasión por una cajetilla de Marlboro. Se subió a la camioneta, escuchó a Pepe decir que su papá lo iba a crucificar, guardó la cajetilla en su mochila y se fue a la casa a comer *en familia*. ¿Dónde está el reloj?, ¿El reloj? Ah, no te preocupes, para la noche me lo ves en la muñeca. Cuando llegó la hora de irse a su clase de pintura, le pidió a Pepe que se desviara un poco, que se fueran para el centro. ¿Al centro?

¿Qué vamos andar haciendo en el centro, Camilo?, Yo sé. Tú dale. Y que para la izquierda, avanza dos cuadras, Ah, pinche taxista jodido, ahora a la derecha, pégate a la lateral, frena, güey, frena, vuelta en U, cuidado con la señora que se atravesó. Aquí es, ¿Aquí es qué?, Ritual, güey, a donde venimos, ¿Y se puede saber a qué venimos a este lugar?, Ay, no mames, Pepe. Estás en el lugar más seguro de tatuajes de todo pinche Monterrey, ¿Tatuajes?, Sí, Insisto, Camilo, ¿se puede saber a qué venimos a este lugar?, ¿Qué no te estoy diciendo? A ver, ¿a qué vas a un lugar en donde ponen tatuajes? a) A jugar a las escondidas, b) A la junta de un club de lectura de las obras de Vargas Llosa, c) A ponerte un tatuaje. Escoge a ver si le atinas, O también está la opción d) A infectarte de sida y e) A que tu papá te mande a un internado de una vez por todas si le llegas con la novedad de que la respuesta correcta a la pregunta antes formulada es c), Uhm, sí, también están esas opciones, pero no, en esta ocasión la respuesta correcta es c) A ponerte un tatuaje y la e) es la incorrecta, En serio que no puedo contigo, ¿qué le voy a decir a tu papá cuando me pregunte por qué te traje aquí?, No te preocupes, yo le digo que me dejaste en la clase, me salí y agarré un taxi, ¿Qué te vas a tatuar?, Ahorita ves. Al día siguiente en que pasó lo de la amenaza por parte de su papá, Camilo se tomó la tarea de mandar diseñar un tatuaje que fuera exactamente igual que la figura del recibido reloj, Desde el desayuno hasta la cena, hasta la cama y hasta en la regadera, papi, a ver si así estás contento, pensó. Ahora se encontraba ahí, frente al Fresco, diseñador oficial de tatuajes *artísticos*. ¿Que si dolió? No a Camilo; la simple idea de imaginar la cara de su padre cuando le enseñara su muñeca le hacía gozar todos y cada uno de los picoteos de la aguja en su piel. Después de casi tres horas la obra de arte quedó completa. ¿Qué tal?, ¿te gustó?, Sí, gracias. (Auditorio: como lo hice yo, por favor disfruta la escena.) Nueve pe eme, baja al comedor el niño Camilo, cargando esos catorce años de edad, que cada uno vale por cinco, con su pelo canoso, su t-shirt de under blanca de cuello uvé y sus jeans, descalzo, como nunca lo dejaban sentarse en la mesa. Baja, se sienta y sonríe a sus padres. ¿Me pasas la ensalada, por favor? (Nótese que lo que en verdad quería era que, al pasarme el esposo de mi madre el bowl de ensalada, yo tuviera que alzar la mano izquierda para

simplemente La Voz. Yo sé que esto es un desmadre por tantas personas que se meten a comentar sus opiniones, es sólo que es imposible no tomar la palabra para dar puntos de vista. Catorce años y te quieres ir. ¿Qué la vida es tan simple como para a unos míseros catorce años querer algo diferente? Se puede entender si a la persona de la cual estamos hablando en la presente biografía le han sucedido hechos trágicos, fuertes y tristes tales como muerte de padres, divorcio, secuestros, cosas realmente traumantes que hacen de una infancia algo muy distinto a los toboganes y Disney y Mickeys y paletas Payaso. Vemos que este no es el caso. Sí: en efecto, el padre no muestra un afecto grande; de hecho, es todo lo contrario. Pero eso no es suficiente. El amor de la madre y la vida estable —al menos económicamente hablando— que lleva, lo puede amortiguar. ¿No es entonces la mente de una persona —si es que se le puede llamar persona a alguien de catorce años— un mundo demasiado pequeño para poder calificar lo aguantable y lo que realmente no se puede cargar por el peso tan fuerte que cae sobre la espalda? ¿Cuándo se puede considerar un problema como algo sin solución, como algo digno para empacar las maletas y decir Me voy? ¿Está siempre equivocada la persona que comete un suicidio? Hablemos pues, de los umbrales de dolor: por ejemplo, el joven de la colonia Independencia que se dio el tiro de gracia por deber trescientos noventa pesos en marihuana. No es para que suene nefasto, pero eso es lo que me acabo de gastar en mi cena. Es decir que si yo no hubiera ido a cenar hoy al Kampai y en vez de gastarme mi dinero en hedonismos momentáneos se lo hubiera dado a él, entonces éste no hubiera cometido lo que cometió, válgame la redundancia. Falso: las cosas no se arreglan así de fácil. Puede que para mí trescientos noventa pesos no sean más que los trescientos noventa pesos que me gasto en las cenas que en cierta manera me pueden provocar placer, pero eso no significa que lo sean igual para el tío éste que te digo que vivía en la Independencia. Para él, esos casi cuatro billetes amarillorrojizos significan la solución a sus problemas, significan dejar de temer salir a la calle porque se va a topar con el Barajas, dealer oficial de la colonia más peligrosa de Monterrey. En su mente existen dilemas y problemas que no lo dejan dormir, que lo tienen en un constante miedo y que no sabe cómo solucionar. No hay forma de salirme de ésta, piensa. ¿De dónde voy a sacar trescientos noventa pesos en dos días? ¿De dónde si ya le debo a doña Lupe, la de la tienda de la cuadra; a mi suegra, que realmente me odia pero como es para que su nieto coma, no le queda de otra; a mi hermana que no está muy lejos de mi situación, y a FAMSA que no sé en qué estaba pensando cuando le aceptó el crédito a un pobre bastardo como yo? Si no les pago me van a matar. No les voy a pagar. Mejor me mato yo. Y pensar que todo esto se pudo haber solucionado si yo no me echaba el vino hoy en el Kampai. Así es esto. Cada cabeza es un mundo y en cada mundo hay una guerra. La mía no es por dinero; la de Camilo tampoco. La del pobre junkie de la Independencia sí, y ni modo. Eso no significa, pues, que una guerra tenga menor peso que la otra: cuando te quieres dar el tiro, todos los problemas son del mismo nivel, todos valen lo mismo y todos tienen el mismo peso: el cáncer de tu hijo, la muerte de mi madre, la falta de coca, la depresión post parto, el truene de Estadística Administrativa en cuarto semestre, el corte con tu novia, la falta de razones, trescientos noventa pesos, el placer por lo desconocido, etcétera. ¿A qué quieres ir con todo este speech que viene cortando el ritmo de la narración?, me preguntas tú, interrumpido lector. A lo que quiero ir es a que Camilo y sus ideas tienen suficiente peso y razón para querer hacer lo que quiere hacer. El que tenga catorce años no significa que es un idiota que no sabe nada del mundo. Él sufre igual que Juan Luis Pedraza, fallecido el pasado lunes por la falta de dinero y de marihuana.) Camilo sabía muy bien que hacer eso de irse del mundo cuando el niño quisiera no estaba muy bien que digamos, sobre todo para su mamá. No quiero que mami llore, pero, ¿qué quiere que le haga si de plano me estoy muriendo? ¿Para qué me quiere vivo físicamente si por dentro estoy más muerto que Lennon? Y nadie lo notaba; de todas formas Camilo era reservado y pocas personas podían saber de la secuencia de sus días como para notar que algo estaba cambiando, aparte de que realmente nada estaba cambiando mas que dentro de él. Aun cuando es una persona catalogada como egoísta, Camilo no podía dejar de pensar en lo que pasaría con su madre si él hiciera lo que quería hacer. Dejar una nota explicando el porqué de las cosas no iba a dejar de

ocho soles sincronizados a las doce pe eme. Y de pronto no puede con tanta vida contenida en su cuerpo. Respira profundo y trata de controlarse porque de nuevo se salió de control y, de tanto éxtasis, ya está dando brochazos que salen del cuadro y manchan la pared y su cama y hasta el retrato que hicieron de él cuando tenía tres años. Para ese entonces la canción ya no es la cuarta de Kid A, sino la de Exit Music (For a Film) del Ok Computer (y esa te la recomiendo aún más que la anterior. A ver: ponme el separador, ciérrame y ve a comprar esa canción en iTunes o donde sea que consigues tu música; no te preocupes, que aquí te esperamos. En serio, ve. Staff, ¿no tienen por ahí alguna de esas canciones que ponen en los teléfonos cuando dejan esperando a quien llama? Algo así como, no sé, la canción más cliché de Beethoven —¿el Himno a la alegría, por ejemplo? No sé: lo que sea que pueda mantenernos en pausa mientras Lector cumple nuestra petición, ¿la tienen? Ok, pónganla mientras Lector busca y yo voy al baño. Si do re re do si la sol la si si la si do re re do si la sol la si la sol la si sol la si do si sol la si do si la sol la la re si do re re do si la sol sol la si la sol. La si sol la si do si sol la si do si la sol la re si do re re do si la sol sol la si la sol. Play again. Si do re re do si la sol la si si la si do re re do si la sol la si la sol la si sol la si do si sol la si do si la sol la la re si do re re do si la sol sol la si la sol. La si sol la si do si sol la si do si la sol la re si do re re do si- stop, por favor ya párala que con escucharla una sola vez me basta para querer meterme en la cinta y no responder por mis actos. Lector, me imagino que tu Internet es lo suficientemente rápido como para que ya tengas la canción en tu computadora —o tienes tan buen gusto que ya contabas con esta canción—, por eso continuamos) y cuando está a punto de aventar la pintura sin importar si cae dentro o fuera del lienzo es la parte en la que Thom Yorke canta —¿grita?— now... we are one... in everlasting peace. Cuando terminó la canción aventó el pincel y empezó a llorar, a gritar, a estrellar sillas contra el óleo que habían hecho de él cuando tenía tres años, hasta que terminó agotado, sudando en pleno invierno, cansado y por primera vez listo para dormir sin tener que masacrar borregos en su cabeza durante horas antes de conciliar el sueño; así le encontró remedio al insomnio. Y así volvió a la vida, ahora más que nunca. Estaba vivo. Y así fue como empezó a pintar todas y cada una de las noches. Nadie lo sabía, parte porque a nadie le interesaba y parte porque él no quería que a alguien le interesara. Para esta edad —catorce años—, Camilo ya era todo un consumidor de marlboros y un catador de vinos que se podría respetar, hijo de Radiohead y adorador de Warhol y Wilde, paciente de los martes y jueves del doctor Pérez-Reverte y dolor de cabeza de don Camilo Santibáñez. Es verano del dos mil dos y el niño se va a Londres a un curso de fotografía en la School of Cinema and Performing Arts. Recuerda el verano del dos mil dos como los tres meses que marcaron lo que sería su persona el resto de su vida. Fue ahí donde conoció a Miss Andrea, maestra de fotografía diez años mayor que él y quien le hiciera saber de qué otra manera podía sentir esa emoción que sentía cuando pintaba, de qué otra forma podía recrear lo que las pinturas de Warhol causaron en él cuando las conoció. Fue ella quien se acercó a él y él no hizo nada más que acceder al acto. Fue ese verano, también, cuando conoció el efecto de los fármacos recreacionales y descubrió un mundo desconocido, una herramienta más para expresar, de manera fácil, lo que su interior quería decir al pintar. Cada cuadro nuevo era más complejo, menos cotidiano, más expresivo. Cada día que pasaba lograba encontrarse más con su Yo. Es un lunes cualquiera y hay clase de fotografía. Son las tres de la tarde, lo que indica que la clase ya acabó porque dura una hora y media y empieza a la una. Sin embargo, Camilo sigue ahí, con Miss A en el salón de Photography. Cuando Mister Wells se dio cuenta de que necesitaba un rollo extra para uno de sus alumnos, decidió ir él mismo a recogerlo. Los rollos estaban almacenados en el salón de Photography. El salón de Photography cuenta con una cerradura que nunca funcionó correctamente; el más débil empujón podía hacer que se abriera. Camilo sabía eso —cosa que lo hacía aun más divertido—; sin embargo, Miss Andrea no. Cuando Mister Wells empujó la puerta, lo que sus ojos encontraron lo remontó a esa noche de mil novecientos sesenta y ocho cuando por primera vez vio la película que siempre anheló vivir y sin embargo, nunca pudo: The Graduate, The Sexiest Affair Ever. Entonces Mister Wells prende la luz para confirmar lo que su mente había fantaseado y cuando eso sucede Camilo simplemente se ríe; los expulsaron a los dos. Expulsado

turador. ¿Entonces por qué fuiste? No sé, no sé por qué fui. Tal vez porque pensaba que así iba a tener una historia chistosa que contar, pero ahora resultó que la historia está chistosa para todos, menos para mí. Dime tú, ¿qué haces, ahí, sentadito frente a una extraña que en diez minutos ya supo la razón de tus problemas sin siquiera haberle dicho tu nombre? Cabrón, te quedas callado. Pasmado. Freeze. ¿Cómo le hizo para llegar en tan sólo un cuarto de hora a preguntarme semejante verdad que insisto en negar? ¿Quién llegó a darle mi expediente y a hacerle saber que soy tal o cual cosa? Qué fuerte, tío, qué fuerte. Y te decía que estás ahí, sentadito frente a una persona que antes de inspirarte confianza te intimida y, al mismo tiempo, te gusta. Y es que tiene buen gusto mi doctora, a decir verdad. Pero bueno, eso es lo de menos. Yo no sabía qué decir. Nunca tartamudeé, pero me mordía los labios como si los trajera embarrados de Häagen Dazs y no pudiera aceptar que ya se había terminado, realmente los mordía con tal fuerza que me llegó a preocupar el que fueran a sangrar y se diera cuenta de que por dentro de mi boca estaba teniendo una guerra campal por culpa de mi nerviosismo. Obviamente lo notó, pendeja no es; al contrario: es tan inteligente que te da miedo, y mira que para que yo te diga eso, es porque está out of your league. Sudé como si estuviera corriendo el maratón de NY en Egipto, en meses de verano, envuelto en pants y chaqueta. Sudé hasta quedarme pegado al sillón… y eso que era de tela. Sudé como imbécil. No fue hasta el punto en que me preguntó, Semi, ¿no recuerdas si en tu infancia blah blah blah (no quiero hablar de eso)? ¿No tienes algún remoto recuerdo de que haya pasado algo así? Y yo, bueno, con Kola-loca en los labios, ¿cuántos te gustan? Diez, quince segundos y me carcajeé. Acepté mi derrota con una simple risa y un, No como respuesta. Algo así como, Doctora, usted sabe que le voy a contestar que, No, y yo sé que usted sabe que es mentira y que usted sabe que yo sé que usted sabe que es mentira, pero que me tiene que tener un poco de piedad y comprenderme y saber que no puedo aceptar así de fácil, así de rápido, así con la voz tan en alto que Sí, sí lo recuerdo, que lo recuerdo tanto como si fuera ayer y tenía años de no recordarlo y ya juraba que lo había sepultado six feet under en mi cajita de recuerdos y fantasmas (¿o debería decir sólo de fantasmas?, porque

familia Santibáñez Alonso es letalmente *aburrido*. Sí, pero qué diferencia fue hacerlo solo a los catorce años y sin limitante alguna que no sean los deseos hedonistas de tu cuerpo. En este viaje desarrolló profundamente su capacidad de admiración y su conocimiento general sobre arte y cultura y demás temas interesantes para su persona. Fue en París que visitó el Centre Pompidou y conoció muestras alternas de la apreciación del arte. Fue en Ámsterdam que fumó hachís y le gustó y pintó varios cuadros en pocas horas bajo su efecto y los vendió a buenos precios en ese mismo día en el mismo bar donde los creó. Fue en Londres, antes de irse de tour, donde por fin le tocó un concierto de sus padres de verdad, Radiohead. Sí, había encuentros sexuales en uno que otro lugar, siempre con mujeres mayores y siempre con mujeres muy guapas. Camilo siempre aparentó ser más grande y por eso caminaba por el mundo teniendo dieciocho años a los catorce; nadie lo cuestionaba. Tomó experiencia. Tomó champagne. Tomó merlot. Tomó inspiración. Tomó energía. Tomó todo lo que la vida le podía dar. Él sólo tomaba. Él sólo vivía y poco a poco se iba olvidando de que tenía catorce años y de que su *casa* estaba en Monterrey con una familia que no era familia, con un papá que era todo menos papá, que no aguantaba a la gente en general y que, si por él fuera, ya hubiera hecho sus maletas y se hubiera largado a un lugar donde no tendría que lidiar con nadie ni con nada; iba olvidando de todo lo que le hacía odiar estar Aquí. Olvidaba de que forzosamente tenía que visitar a un psiquiatra tres veces por semana el cual no le ayudaba de nada, que necesitaba algo y no sabía qué. Eso, todo eso se le estaba olvidando. Él sólo tomaba. Remontarse a ese verano en su mente era remontarse a un parteaguas en su vida: Camilo fue uno antes y fue otro después de ese verano. (¿Pues qué tanto hizo el chingado Camilo como para que fuera tan increíble dicho verano?, has de estar tratando de preguntarme vía telepática tú, que estás frente a este mundo de letras y papel. A lo que yo te contesto: Francamente, no cuento con la fuerza necesaria como para andarte explicando detalle a detalle cada día de ese viaje cual si fueras niño de kínder al que se le está enseñando a leer. No tengo la memoria ni las ganas como para alargar más esta originalmente corta autobiografía. Se suponía, oh sí, se suponía que la autobiografía

con bases tan cotidianas, tradicionales y propias de comportamientos socialmente aceptados. Y es que Camilo hacía todo menos eso: comportamientos socialmente aceptados. Cumple quince
años y entra a prepa, pero lo que hiciera en ella era lo último que
pasaba por su cabeza. De hecho, *todo* era lo último que pasaba por
la cabeza de Camilo con excepción de sus exposiciones. En una de
tantas, resultó ser que J.D. Harrison, el reconocido crítico de arte
y favorito de la casa inglesa de subastas Christie's, pisó, por cosas
de la vida, la impisable ciudad de Monterrey; algún retraso en el
vuelo, un error logístico, una tormenta eléctrica, una escala muy
prolongada o alguna razón fuera de lo normal provocó que dicho
personaje tocara tierras regias. No se sabe cuáles hayan sido las razones reales, el caso es que llegó y, para no aburrirse de por vida
encerrado en su cuarto o verse en la necesidad de rentar pornogra-
fía, se contactó con un viejo amigo que había conocido años atrás
en París, en una de las subastas de la casa Drouot. Y terminaron
conociéndose porque ambos —el viejo amigo y él— morían por
un cuadro de Robert Delaunay y pelearon por él hasta el punto
en que fue otro quien al fin se lo llevó en una compra anónima.
Los dos, después de haber incrementado la suma a cantidades estúpidas con tal de ganar, se dieron cuenta de lo que una obsesión
podía llegar a cegar a alguien y terminaron burlándose de ellos
mismos y de cómo habían terminado. Al sentir la empatía de su
rival, Jorge Betancourt se acercó, se presentó e invitó a Harrison a
echar una copa de vino después de tal escena. Así se conocieron y
así nació esto. Ahora que Harrison estaba en la ciudad de su antes
rival, recordaba que le había jurado hablarle cualquier día que llegara a pisar su país. En esta ocasión no era simplemente México,
sino su ciudad de residencia (pero no nos desviemos que, a decir
verdad, sabemos perfectamente que se nos puede ir la vida plan-
tando semillas de girasol o contando la romántica vida rosa de
nuestro querido Harrison, cosa que en estos momentos está dentro
de la lista de las quinientas noventa y ocho mil cuatrocientas cincuenta y seis cosas que no nos importan en la vida. Así, por todo
este laberinto de información del todo intrascendente para intereses futuros, Harrison llamó a Betancourt y el primero terminó
acompañando al último a una exposición de arte alterno; por fin,

ahí está, de verdad pensé que esa parte que a nadie le interesa nunca iba a terminar). Desde ahorita te digo que no tengo idea de a dónde te estoy llevando: a mí sólo me invitaron y yo, como buen boy scout dispuesto a explorar, me di permiso de venir. No te asustes, mi Gerry, de todo se puede encontrar en este giro, le dijo Jorge a su acompañante. Hey, relax, you know my way. What's the fun in it if you don't explore? I mean, it's art, for Christ's sake, it has to be hard to find, it has to be underground to be something new, You're right, Yeah, I know. Y llegaron al callejón que en estos momentos no se cuenta con el dato de cómo se llamaba y entraron a la galería. En el fondo está Camilo (por fin regresé a escena; Ego ya estaba histérico porque dice que no es posible que mi papel de protagonista se diluya en mi propia biografía), admirando sus obras. A ese punto llegó: a no ser capaz de admirar nada que no fuera su propio mundo, un mundo que estaba formado únicamente por sus cuadros. Y mientras el mismo A.W. by C. admiraba los A.W. by C's se acercan Betancourt y su acompañante y se paran justo frente a Lola. Camilo estaba en el centro, Harrison a su izquierda y Betancourt a su derecha. Parecía que los tres hablaban el mismo idioma sin necesidad de vocalizar una palabra: los tres entendían claramente el concepto de ese lienzo, tenían la capacidad de leer el dolor, el silencio, el abandono y una dosis muy pequeña, casi irreconocible, de llanto. Después de estar en la misma posición por más de diez minutos, Betancourt creyó prudente presentarse, Mucho gusto, Jorge Betancourt. Camilo lo volteó a ver, no se movió durante diez segundos y reaccionó en el onceavo. Después de que lo analizó rápidamente y pensó en que igual y podía sacar algo interesante de esa persona, Camilo Santibáñez, Él es Jerry Harrison, Hi, nice to meet you. Uhm, how do you feel this guy? This A.W. by… what does it say? C.? Who is this guy? Y así empezó su conversación, la que los llevó a que terminaran cenando y hablando de temas de interés común. Ya estaban en la sobremesa y era hora que no sabían que el A.W. by C. que llevaba por nombre Lola, ese que tanto les había fascinado, era nada más y nada menos que de Camilo, el mismo que estaba sentado frente a ellos. Y eso lo hacía feliz. Le encantaba la idea de por fin encontrar personas con las cuales pudiera conversar de temas que a él, en lo particular, le

¿Con tu novia? Se podría decir que sí: la cita que tengo es con mi novia, pensó Camilo. ¿Yo? No, me gusta mucho la comida de aquí, vine solo, Ah, pues excelente. Toma asiento un rato, mínimo mientras llega mi acompañante, o mejor, cena con nosotros, estoy seguro de que te gustará la plática, Gracias. No llegó. A.W. no llegó nunca. Qué falta de respeto, ¿cómo que dejar plantado a alguien que lo que busca es darle apoyo? Qué decepción —a estas alturas ya eran tres las botellas de shiraz que llevaban entre los dos—, ¿En verdad te sientes decepcionado, Jorge?, Sí, realmente tenía esperanzas en él; tengo una frustración de que lo que más ame sea lo que menos da mi país y por eso me emociona tanto encontrar talento mexicano que creo puede llegar más lejos que simples galerías locales. No he dejado de pensar en su obra; me transmitió algo que ha logrado mantenerse conmigo desde entonces, no sé, muy fuerte, ¿Qué ves en él?, o más bien, ¿qué esperas ver en él el día que lo conozcas?, ¿por qué crees que haya tanto qué descubrir en esta persona?, En eso nunca me he puesto a pensar; alguien peculiar, me imagino, Soy yo, ¿Eres tú qué?, Soy yo. A.W. by C. soy yo: Andy Wilde by Camilo, eso significan esas tres letras. Como te había dicho, esos dos son mis artistas favoritos en lo general, ¿Por qué no lo dijiste desde el principio?, No sé, ¿Cómo que no sabes? He hablado de ti todo el tiempo, ¿y tú no dices nada?, ¿no te doy confianza, no quieres apoyo, no te caigo bien o me quieres ver la cara de pendejo mientras te jactas por dentro de ser un chingón?, Me incomodan los halagos, por eso. Cuando terminaron de cenar, se fueron a casa de Camilo para que Jorge conociera sus otras pinturas. Le fascinaron. Y así se empezaron a exponer las obras de nuestro personaje en el D. F., Monterrey y Guadalajara. ¿Que qué pensaban sus papás al respecto? Nada; como siempre (vete acostumbrado a esto porque créeme que el resto de la historia será así), ellos no sabían absolutamente nada de lo que Camilo estaba haciendo. Había veces en las que ni el mismo Camilo sabía en dónde se estaban exponiendo sus cuadros. Y en una ocasión recibió una llamada mientras estaba en Física. Se salió del salón para contestar, ¿Camilo?, Jorge, Buen día, socio, ¿cómo estas?, Mal, estoy en clase de Física, hazme el puto favor, ¿tú dónde estás?, ¿Yo? Caminando por la Michigan Avenue, en un local que está arriba de Salvatore.

+ Conforme avanzaba el tiempo, la relación con su padre fue cada vez más hostil. Pasaban semanas en las que no se veían; entablar una conversación era pedir un milagro.

+ En una hermosa tarde del otoño del dos mil tres, su padre le gritó en la mesa porque Camilo se sentó a comer descalzo. Esto le provocó tanta rabia que prefirió pararse de la mesa e irse. Su padre le ordenó que regresara y terminara. Él se negó y le dijo, No vuelvo a comer en la misma mesa que tú. Gracias a eso y para descargar el coraje que le dio que le gritaran de esa manera, Camilo se propuso un ayuno de dos semanas. Ayuno total. En el doceavo día, se desmayó y tuvo que ser hospitalizado.

+ El domingo veintitrés de noviembre de ese mismo y desgastante —al menos para sus progenitores— dos mil tres, Camilo amaneció y, sin más preámbulos, salió de su cuarto rumbo al balcón que daba a su jardín. La casa estaba vacía, dado que los desgastados progenitores se fueron a un crucero por Alaska —deducimos que a tratar de curar tanto desgaste—. El clima era fresco, el cielo nublado y la soledad le pesaba cual si llevara un millón de almas en la espalda. En la mano izquierda traía un crucifijo. Sí, uno igual al que tenía Sarah Michelle Gellar en Cruel Intentions, con todo y coca de relleno. El balcón se encontraba en el tercer piso de la casa y su vista era realmente hermosa. Se podía ver toda la ciudad desde ahí, a lo lejos, bulliciosa, pero al mismo tiempo ajena. Era una decisión que había tomado hacía cinco minutos, justo cuando abrió los ojos en su cama y no pensaba cambiar de idea: al levantarse se dirigiría al balcón y subiría la barda de cantera, estando ahí tomaría su crucifijo y una buena cantidad de polvo blanco de su interior para llevarlo directo a su nariz. Terminado eso, saltaría. Y así lo hizo. Cayó, destinado a morir, sobre el mármol de la terraza que estaba abajo. No sintió la caída; estaba demasiado high como para sentirla. Su cabeza sangró, se quebró el pie izquierdo y quedó muy dañado del oído derecho. Fuera de eso, no le pasó nada. Eso sucedió el domingo a las doce del mediodía. Permaneció ahí, en la misma posición —no por dolor, sino por huelga contra su fracasado intento de suicidio— hasta el día siguiente que llegaron las sirvientas y los mozos para, contra su voluntad, mandarlo al hospital. Ya estaban acostumbrados a los arranques de Camilo.

+ A sus catorce años ya contaba con un expediente de veintiséis psiquiatras y psicoanalistas distintos; su récord máximo de duración fue de tres meses.

+ En el dos mil dos, cuando Camilo tenía quince años, su mamá sufrió un ataque al corazón. Sufría de nervios y cualquier emoción fuerte le podía causar impactos desfavorables. El ataque pasó después de que la mamá entrara al baño de Camilo y viera la tina llena de leche de arroz manchada de sangre con su hijo dentro, cuchillo en mano derecha y cortes profundos en muñeca izquierda. Su hijo llevaba horas ahí, por eso se tomó la libertad de entrar sin haber recibido contestación alguna cuando le tocó la puerta. Fue tal el impacto que la imagen le causó que en ese momento sufrió un shock y le dio un ataque. Los dos fueron hospitalizados de inmediato. ¿Qué chingados te pasa por la cabeza? Si lo que buscabas era matarte, no me vengas con la mamada de que cortándote las venas lo ibas a lograr. Por si no lo sabes, desangrarse es la forma más estúpida de suicidio, aparte de que ni hiciste las cortadas de la manera correcta: se deben hacer verticalmente, sólo para que lo sepas a la próxima y nos ahorres esto. ¿Qué ni eso puedes hacer bien? Eso y más le dijo su padre mientras Camilo estaba en la cama del cuarto cuatrocientos doce del Hospital Santa Engracia. Y mientras él decía eso, Camilo se reía. Más estúpido es él al pensar que lo que intentaba hacer era suicidarse. Moría de ganas de callarlo y decirle, Autoflagelación, papi: te la presento. En ese momento no buscaba matarme, sino tener una terapia de relajación. Por eso lo hice en mi tina, con mi leche de arroz y mi iPod en los oídos. Pero no importa, piensa lo que quieras, que yo

y sucio; me moría por largarme de ese cuarto con olor a naco. Poco a poco se fueron levantando las demás y todo parecía indicar que no había sentimientos de culpa en ninguna. En ninguna: ni en Renata, *mi cuñada*. Cuando se levantó Renata lo primero que hizo fue verme a los ojos y reírse, Hola baby, ¿todo bien?, ¿Cómo madres va a estar todo bien si me acosté contigo, la hermana de la niña con la que llevo años y se supone voy a terminar casándome?, pero como no quería estresar más el ambiente, no contesté nada de eso. De hecho, me limité a no contestarle nada. Renata es una niña igual de guapa que su hermana, sólo que en la versión hipster. Ella no viste como Fernanda, no habla como Fernanda y definitivamente *no toma* como Fernanda. Ella viste de lo que se le pone en gana, habla como lo hago yo y toma como AA que recae cada dos días. Ella es Jolie, y Fer, Aniston. Sus ojos son más claros que los de Fer y su pelo es largo y muy sexy. Renata es realmente una niña a la que difícilmente te le puedes resistir. No era novedad que las fiestas que agarraba La Scott —así le dicen— fueran de un calibre bastante elevado, aun cuando fuera la menor de la dinastía. El caso es que yo seguía ahí, sin saber ni qué decir ni qué hacer para salir ileso. Y entonces me di cuenta de que tenía que tomar valor y enfrentar la realidad, ¿Cómo se supone que terminamos aquí y quiénes son ellas?, le pregunté a Rena. ¿Neta no te acuerdas de nada?, No, Ellas son unas niñas que estaban en tu rancho las cuales no tengo una mínima idea de cómo se llamen y terminamos aquí porque estabas necio de que ya no querías estar en el rancho pero tampoco querías llegar a tu casa. Fue tanta tu insistencia conmigo que no me pude negar. Nos vinimos para acá-, ¿Quién nos trajo?, Mi chofer. Entonces te decía que nos vinimos para Monterrey y dijiste que como no querías ir ni a tu casa ni al Havana nos viniéramos al Quinta Real y de ahí ya no recuerdo, ¿Cómo terminamos en la cama?, Güey: ¿qué parte de yo-también-estaba-ahogada-y-no-me-acuerdo-de-nada no entiendes? Digo, antes di que me acordé de lo que te conté, Renata, eres mi cuñada, esto es peor que si llegara con Fer y le dijera que soy gay. Por obvias razones, cuando dije eso lo dije alterado, casi gritando y una de las que estaban ahí me escuchó. No, mi rey, no te preocupes que ya nos quedó claro que

negritas, signos de exclamación, estornudos, punto y comas. No pude evitar el, ¿Tú qué haces aquí?, y reaccionar de una manera nada educada. ¿Qué me quedaba? ¿Aventarme por el balcón que daba hacia la calle? ¿Marcarle en ese mismo instante a Fernanda y admitir —antes que alguien le fuera a contar la incontable historia— que yo, Roberto Abascal-Rigovétz, la definición perfecta del título Niño de Familia, el presunto amor de su vida, el orgullo de mis padres, el futuro hombre de negocios más prometedor del norte del país, el niño más honorable del colegio, el único rescatable de mis amigos, el católico, el misa-todos-los-domingos, el *Todo,* acababa de levantarse de la misma cama en la que su hermana menor durmió. ¿Y eso qué tiene de malo, Robbie? Es normal que te quedes dormido viendo una movie con mi hermana, me hubiera contestado Fer. Ah, porque Rena y yo nos llevamos tan bien que muchas veces termino en casa de los Scott, viendo películas en su cuarto sin que Fer esté en la casa. Sí, baby, yo sé que eso es normal. La única cosa que no es normal es que los dos nos hayamos levantado sin ropa y en un hotel. Aplausos para mí. Mesero, ahora tráigame un litro de arsénico on the rocks para brindar, ¿sí? Gracias. ¿Qué hacer? ¿Agarrar una pistola y darles a todas para que nadie abra la boca? Bah: la voy a terminar abriendo yo. Y no es porque sea un honorable niño honesto, para nada. El problema es Fer. Es que yo no podría aguantarme ni a mí mismo. Me sentiría demasiado culpable, naco, corriente, barato al ocultárselo. Así que, una de dos: o me aguantaba sintiéndome culpable, naco, corriente y barato, o le tendría que confesar todo a Fer en aproximadamente tres horas, que era la hora a la que llegaba de Houston. Todo eso lo tuve que pensar de inmediato. Yo creo que no habían pasado ni dos minutos de que había visto a Denisse saliendo por la puerta y ya me había pasado por la cabeza toda mi vida, desde que tenía tres años y me caí a la alberca del rancho de Polo y casi me ahogo, hasta mi última Navidad en la que, casualmente, sí me ahogué pero, a diferencia de la casa de Polo, esta vez me ahogué en Chivas y merlot. Sí: haz de cuenta como cuando estás a punto de chocar y ves toda tu vida pasar en tres segundos porque juras que ya te mataste y se te hace una mentada de madre no acordarte de todas las personas que quieres, aunque sea mínimo en los últimos tres segundos que te quedan de vida. ¿Agarraste la idea? Ok: igualito, nada más que peor, porque yo no estaba jurando que me iba a morir. Yo ya estaba más muerto que Brandon Lee cuando se terminó de filmar The Crow. Hundido. Sepultado. Pinche Denisse, vete a la chingada. ¿En qué momento se vino con nosotros? Sea lo que sea, como te dije, Rena está guapísima. Es comprensible que algún día terminara así, con ella, y más cuando la niña prácticamente se te encima cada que su hermana se va de la sala para traernos de tomar. Ahora que lo pienso, entre Rena y yo siempre hubo algo. En mi subconsciente siempre existió la idea de que un día no se iba a aguantar ella y, ¿por qué no?, yo tampoco, y pondríamos en marcha una de las actividades más indecentes pero al mismo tiempo más comunes entre las familias: agarrarte al novio de tu hermana, o en mi lugar, agarrarte a la hermana de tu novia. Pero deja tú eso: mis papás. Definitivamente me iban a desheredar. Literal. Mis amigos me iban a crucificar por haber hecho semejante estupidez: perder al trofeo del campeonato, a Fer. Fer me va a matar. Pinche Denisse. Vamos a desayunar, me muero de hambre. ¿Yo tratando de resolver el futuro de mi existencia y la otra imbécil pensando en comer? A ver: vamos a poner en orden las cosas. ¿Qué pasó anoche?, Ya no te hagas el que no se acuerda, No me acuerdo, no me estoy haciendo el *nada*, ¿Quieres que te contemos?, ¿Qué no es eso lo que pedí desde un principio?, Relájate, Roberto, no le voy a decir nada a mi sis, No es eso, Renata, no voy a poder verle la cara, aparte que necesito saber qué fue lo que pasó, Claramente, así, netamente hablando, al grano y sin rodeos ni pausas ni comerciales, lo que pasó anoche fue una orgía, ¿ya?, ¿contento, mi Curious George?, Es broma, ¿verdad?, Jajaja, sí, es broma, No chingues, Renata, que no estoy de humor para tus niñerías, Te importa mucho mi hermana, ¿verdad?, Este… es mi novia y la niña que amo, ¿tú qué crees? No necesito ser un psicópata obsesivo compulsivo como para que *mi* novia me importe mucho, ¿o sí?, Ya te dije que te relajes, vamos a comer tú y yo y ya ahí platicamos; deja que éstas se vayan como puedan, ¿Y Denisse?, ¿Qué tiene?, ¿También la vamos a dejar?, Claro, después de lo de ayer, ¿cómo no quieres?, Después de lo de ayer, ¿qué chingados es *después de lo de ayer*?, ¿qué tú no entiendes

—tan lindo que es él—, te dio permiso de manejarlo, *Sólo cinco minutos, Roberto,* y por eso lo terminaste hundiendo —¿por qué no?—, con todo y tú abordo. A-ho-ga-do. La cosa es que pasara lo que pasara, el alcohol en tu cuerpo ya estaba haciendo su respectivo trabajo, y de que ibas a andar de cáeme-bien con la primera que te pasara por enfrente, no había la menor duda. Por eso me tomé la libertad de llegar a la escena del crimen —justo cuando, si alguien les hubiera tomado video a Denisse y a ti y lo hubiera subido a YouTube, se hubieran vuelto algo así como la versión regia del de Pamela Anderson y Tommy Lee—, quitarla y ponerme en su lugar. Ya sé, cállate y no digas nada hasta que termine, ¿ok? Es bastante crudo y demasiado directo, yo sé, pero güey, ¿para qué nos hacemos? Era la única forma de que el pecado no pasara de capital a mortal. Está mal, yo sé, pero peor hubiera estado con Denisse. Ay, aparte no friegues, está más fea que la versión femenina de Michael Jackson —aunque el mismo Michael Jackson ya es su versión femenina—, con sus millones de cirugías, que cada que se suena la nariz tiene que irse al doctor a que se la reconstruyan. Agh. Ni yo misma me podía perdonar el dejarte cometer ese crimen. Relájate, no pasó mucho; al menos hasta donde recuerdo. Quité a Denisse, ¿no? Estaba sentada sobre tus piernas en el sofá. Entonces te digo que la quité y me puse yo en su lugar que, por cierto, de suyo no tenía ni madres, porque realmente era de mi hermana. Y empezamos a cagarnos de risa como siempre lo hacemos tú y yo y ya. Lo que me preocupa es que después de eso sólo tengo flashazos, blackouts, en los cuales ya no estamos sentados en el sofá, cagados de la risa como siempre, sino que estamos en otro lugar en posiciones en que no deberíamos estar nunca. Pero no recuerdo todo bien, te digo: son sólo flashazos. Luego también recuerdo que nos aventamos todos a la alberca y que luego ya todos empezaron con que se querían regresar a Monterrey para irse al Havana y que tu tía y que la abuela y que la madre, total se hizo un desmadre y todo mundo agarró por su rumbo; unos se quedaron, otros se fueron manejando guiados por el Espíritu Santo, yo creo, porque definitivamente por ellos mismos no podían hacerlo, otros con el chofer de Pepe, otros en taxi, ¿ok? O sea: en taxi. Sólo para que te des una idea de la calidad de malacopez que traían tus amigos. Yo me pude haber quedado ahí, estaba pasándomela —al menos eso creo, porque repito, no me acuerdo muy bien— de poca madre, pero el necio de tú estaba en que nos fuéramos, que querías que Teo te hiciera sus deliciosas quesadillas, que te morías de hambre y que no sé qué. Ya que me di cuenta de que hacerte pensar lo contrario era humanamente imposible, acepté y nos fuimos. Y otro blackout del porqué terminó esta gente con nosotros. Sólo recuerdo que Denisse obviamente se nos acopló. La muy imbécil sabía que era más probable que James Dean resucitara y llegara por ella en su Porsche a que volviera a presentársele la oportunidad de que estuvieras tú ahogado sin Fer a tu lado cuidándote. Casi creo que traía el letrero *Vacante para ser violada* en la frente. La muy hija de su madre tenía que aprovecharse de la situación y no había nadie —al menos consciente— para impedírselo. Para todo esto, Hugo me había marcado en la tarde para preguntarme si iba a necesitar de sus servicios y, como vi que lo más seguro era que nadie iba a salir en condiciones decentes o, al menos, conscientes, le dije que sí, y se fue al rancho por nosotros. Recuerdo que le decía a Hugo que nos llevara a tu casa y él me decía que no, que si te veían así te iban a matar. Entonces le decía que a la mía —todavía yo de imbécil— y me decía que ni en drogas lo iba hacer porque ahí sí nos matan a todos juntos: a mí, por borracha, a ti, por ser el novio-cuñado pedote que malinfluenció a la menor de edad y que, no conforme, igual y hasta se la agarró, y a Hugo, de una vez, por andar solapando nuestros desmadritos. Masacre en la casa de los Scott y la madre. No mames, que ese pinche Hugo es nuestro ángel, por Dios. Toooooootal que como Hugo no quería que debrayáramos todavía más en lugares públicos, ni nos tomaran fotos en el Havana con los ojos bizcos para que nos vieran nuestras mamás en la edición del miércoles, ni nada de esas estupideces que seguramente hubiéramos hecho si él no nos lo hubiera prohibido, por eso es que tomó la decisión de llevarnos a un hotel para que pasáramos la noche ahí; no había manera de que llegáramos a nuestras casas y no nos mataran nuestros papás. Él fue quien rentó la suite, y créeme que no porque quisiera que agarráramos un fiestón en el jacuzzi de la Presidencial, sino porque esa era la única suite en la que había los cuartos necesarios y lo suficientemente

y le dio unas pastillas. Tachas. Neta que qué pedo con tus amigos que se agarran a viejas tan bajas, eh. Total, que las dejamos ahí y ya estaba entrando el cansancio y nos echamos, según nosotros, a ver una movie. Tú, Denisse, otra y yo. Ustedes dos váyanse a sus camas, no me gusta estar incómodo, le dijiste a Denisse y a la otra —vamos a ponerle La Lupe para que no te confundas cuando la mencione—. El caso es que con eso que dijiste me volví a cagar de risa, más que nada por la cara que puso Denisse. Tengo un flashback de que empezó a gritarnos mil madres, pero yo la escuchaba como si hablara en hebreo; ni entendí. El cuadro estaba medio cómico: dos viejas entachadas tiradas en el piso, las mismas que cinco minutos después ya estaban en el balcón checando si podían despegar de ahí para irse volando en un elefante tipo Dumbo, Pero rosita, Deyanira, rosita, decía una. Bueno, esas eran dos. Otra estaba sentada en la mesa comiendo todo lo que veía a su alrededor: el salmón que sobró de lo que tú pediste, mi atún, la pizza, chocolates, fresas mordidas a la mitad, todo. Asco. Y bueno, la mejor era Denisse. Estaba inconsolable en la sala, yo creo que por tu rechazo hacia sus atributos corporales. Lloraba con tanta fuerza que como que le dieron ganas de vomitar, a la muy asquerosa, y por eso de ahí en adelante se la pasó toda la noche en el baño. Ya no tengo más flashbacks de ella. Pero bueno, ya sé, ya le di muchas vueltas y la cosa es que sí: tú y yo sí le pusimos el cuerno a mi hermana.

Roberto

«And it is in the humble opinion of this narrator that this is not just "Something That Happened". This cannot be "One of those things…" This, please, cannot be that. And for what I would like to say, I can't. This Was Not Just A Matter Of Chance. Ohhhh. These strange things happen all the time.» Narrador, Magnolia.

Uhm, sí. Aquí es donde empieza la historia. Ahora me toca hablar a mí, a Roberto, al que fue cuasi-violado por su cuñada, al que en pocos meses lo va a llevar todita la chingada, al güey que más le ha durado una cruda en todo el mundo. Cito a Magnolia, ¿por qué? Porque aparte de que, como todos sabemos, es una excelente película, va muy acorde con mi historia. No, no busco hacerme ver como víctima de los juegos del azar que el destino se empeña en ponerme. No busco dar lástima ni pena ni nada. Sólo quiero contar mi historia, eso es todo. Pero decía, ¿por qué esa frase? Te contesto: porque es tan cierta como que Julianne Moore no podía salir más sexy en esa película porque, si lo hacía, nadie hubiera sido capaz de ponerle atención a la trama. Pero bueno, es cierto, estas cosas pasan todo el tiempo: te emborrachas y terminas en la cama con gente que ni conoces o que conoces tan bien que son parte de tu familia —Renata—, y te lleva la chingada porque una de las que estuvieron presentes en esa suite —la puta esa— le platicó a su comadre mientras lavaban la ropa en la azotea lo que le pasó esa noche. Esa, a la que le contaron una cosa en la cual no estuvo presente, le contó a su vez a una amiga que su amiga había cenado caviar —esa cosa asquerosa que dan en las cenas de los sábados en la casa donde trabaja— y dormido en el Quinta Real. De paso le dijo también los nombres de los presentes, ¿por qué mencionar nombres de personas desconocidas? Nada más, porque son gente que sale en los periódicos y eso le da un importante valor agregado al chisme contado. Esta última, a la que le contaron todo eso, resulta vivir en la colonia Independencia, la misma colonia en la que vive su compañera de trabajo; de hecho, su vecina. Ellas dos, como buen cliché de mujer humilde mexicana, trabajan de muchachas —específicamente de cocineras— en una casa en la que sólo le sirven a cuatro personas; para los demás quehaceres existen cuatro sirvientas más —lo cual, si nos ponemos a ver bien, nos muestra que hay un déficit de uso—. Entonces, te digo, estas dos colonas de la Independencia poco tienen que hacer aparte de cortar chile, tomate y cebolla, preparar el desayuno, la comida y la cena. Por esa misma razón es que se pasan la mayor parte del tiempo en el buen arte del ocio y el chisme. Otro aspecto importante es el contacto casi directo que tienen con los habitantes de la casa. Por ser gente con bastante educación, los inquilinos de dicho hogar suelen tratar muy bien a sus empleados. De hecho, hay ocasiones en las que hasta desayunan con ellas, en la cocina. Son pocas, muy casuales, esporádicas por así decirlo, las ocasiones en que esto sucede; pero insisto: sucede. Entonces nos ubicamos en tiempo y espacio: es lunes por la mañana en la casa donde Josefina, alias Tina, y Gu-

marcinda —no estoy inventando, realmente se llama así— trabajan de cocineras. El Señor y La Señora de la casa se fueron de
viaje a París con motivo de su aniversario de bodas. La Niña —que
de niña no tiene ni madres— no se levantó para ir al colegio porque, como sus papás no están en la ciudad, agarró un fiestón marca P. Diddy el domingo en el Nirvana (para aquellos que no viven
en Monterrey o nunca lo han visitado, me tomo la tarea de ser su
guía para los lugares o cosas que sólo los originarios de aquí cono-
cerían. *Nirvana*: M. Sust. Bar de música rock al que sólo asiste
gente hardcorera de corazón y a quienes no les bastó con la fiesta
que agarraron el jueves, viernes y sábado; por eso todavía van al
mencionado lugar en domingo en busca de *más*). Sólo va a desayunar Tita, la hija mayor y, como no le gusta hacerlo sola, lo hará en
la cocina, con Tina y Gumarcinda —a la última sí le dicen por su
nombre completo, ¿por qué? Buena pregunta—. En cuanto a distribución física de la casa, la cocina se encuentra dividida por una
puerta —obvio— la cual tres días antes había sido quitada porque
Kika, la perra de La Niña —su mascota, no que La Niña fuera una
perra— se había metido a la casa y había arañado toda la parte de
abajo. La Señora quería que la puerta estuviera lista cuando regresara de su viaje de aniversario de bodas. Con esto entendemos que
no existe, por el momento, una barrera importante entre la cocina
y el comedor. Otro punto que no hay que olvidar es que ese lunes
era la presentación final de la clase de Periodismo de Tita, por eso
mismo y, porque le encanta hacer las cosas bien, se levantó media
hora antes de lo normal, ya que quería repasar todo su discurso
y vestirse mejor que de costumbre. Los lunes Tita entra a las nueve al colegio; sus muchachas siempre la esperan con el desayuno
listo a las ocho y cuarto. Los lunes se parte la fruta y la verdura en
la casa. Entonces la escena está así: son las siete cuarenta a eme
y no hay un solo ruido en la casa, más que en la cocina. Tina está
cortando la manzana y Gumarcinda la cebolla, mientras una le
platica a la otra el chisme del que se acaba de enterar, Estoy tan
cansada, fíjate que no he podido dormir, Ya sé, y es que estos calo-
rones están bárbaros, Nombre, bueno fuera que fuera por la calor,
¿Ah, no? ¿Entonces por qué, tú?, Una cosa que me contaron que
no me deja dormir, Dios nos libre, Tina, ¿pues de qué te enteraste?,

la misma jalada? Y que le digo, A ver, espérate tantito, eso no puede ser verdad: te has de haber confundido con las primas o no sé
con quién, pero no con mi niña, y que me dice, Uy, pues no creo,
y que le pregunto, A ver, ¿cómo se llamaba?, Ay, pos yo no sé, el
mocoso le decía Rama, Rana, Rena, qué sé yo, ¿Cómo era? Pues
una mocosa como de unos diecisiete, dieciocho años. Alta, pelo
largo, ojos de color, estaba chula la vieja, ¿Y él?, ¿cómo era él?, le
digo y me dice, Mira, si no me crees hasta te digo el nombre:
le decían Robi. Era medio alto, guapo el condenado, güerillo y con
un pinche cuerpazo que te lo querías agarrar ahí merito, ¿Tú como
sabes quiénes son ellos?, Si yo sé de todo, me dijo. Aunque no lo
creas, se pudiera decir que hasta podemos ser compañeritas de trabajo, tú y yo, ¿De qué hablas?, Ay, mi reina, pues de que yo también he trabajado para tu patrón, ¿de qué más?, Ya déjate de cuentos,
yo no te creo nada, le dije, pero la verdad ya me había empezado a
entrar el teteque de que si era o no era verdad toda la bola de cosas
que me contaba la Deyanira. Me dijo que hacía unos cuantos años
ella había sido contratada muy misteriosamente por un tipo que se
veía era reimportante; él nunca llamaba directamente y, para que
ella llegara al lugar en el que iba a hacer su trabajito, pasaba un
chofer a su casa y hasta le vendaban los ojos para que no supiera a
dónde la llevaban. Total que llegaba a un lugar bien lujosísimo
pero nunca sabía dónde estaba, ni ciudad ni nada; así de misterioso.
Claro, al tipo sí le veía la cara. Pero bueno, resulta que el tipo este
misterioso que te digo la empezó a contratar muy seguido y siempre era el mismo procedimiento y a ella le valía madres porque con
la paga le bastaba para ya no tener que trabajar en toda la semana.
Pasó el tiempo y como que el hombrecito se cansó y ya no le volvió
a hablar y así quedó. Meses después, cuando ya le apretaba a la
Deyanira porque nomás no le salían buenos trabajitos en la calle,
se metió a meserear en banquetes y desayunos y cosas así de gente
nais porque, según ella, hay mucho potencial de trabajo —para el
otro trabajo— ahí. ¿Te acuerdas del desayuno que organizó La
Señora, quesque para beneficiencia de no sé qué cosa? Que nos
topamos a la Deyanira y hasta pensamos que ya se había reforma-
do y ya no andaba en sus negocios turbios, ¿te acuerdas? Bueno,
pues esa vez se topó con la sorpresa de que el esposo de La Doña

que patrocinaba el desayuno era el mismito que la había contratado meses antes, y que el pelado tenía dos hijas a las que no les gustaría saber que su papi se metía con mujeres de la calle y por eso le sacó una lana ahí merito, en el banquete, amenazándolo de que iba a abrir la boca si no aflojaba un buen moche. Decía la Deyanira que le daba una envidia namás de verlas, a las hijas, una bailando con su novio, rechulo, y la otra prendida del brazo de su papá. La Deyanira nunca olvidó la cara de las hijas, sobre todo la de la menor, que porque estaba bien pinche chula, y que esa fue la mismita cara que vio en la cama del hotel, acostada con el mismo que andaba de la mano de la otra chamaca —la hermana—, en ese desayuno en el que fue la única vez que trabajó como Dios manda. ¿Y qué haces? Yo me quedé con el ojo cuadrado. Muchas noticias de un jalón. Pa' empezar, El Señor le pone el cuerno a La Señora y no con cualquier señora decente de las que se juntan con ellos, sino que con la Deyanira. Luego, La Niña ya no es una niña, que eso pa' mi sí es muy fuerte. Otra, el novio de la Niña Tita le pone el cuerno y no con una vieja cualquiera, sino con su hermana. Nomás nos falta que nos salgan embarazados y ahora sí que mira, se nos cae la casa, Gumarcinda. Y así quedó. Entonces nos quedamos en que Tina estaba cortando la manzana y Gumarcinda la cebolla mientras la primera le platicaba a la segunda el chisme que a sus oídos había llegado por cosas del destino. ¿Y qué tiene de malo que las muchachas convivan y terminen sabiendo más secretos de la familia que la misma familia? ¿A ti, Roberto, qué chingados te importa?, me has de estar preguntando tú acostado en tu cama, donde creo que lees este estúpido relato, a lo que yo te contesto: nada. De hecho no le veo absolutamente nada de malo. Lo que sí veo malo es la broma de tan mal gusto que las fuerzas divinas jugaron conmigo, como si hubieran estado aburridas desde allá arriba y quisieran un poco de distracción. Los dioses del azar se pusieron a buscar en su lista de prospectos para divertirse y nada más porque sí, nada más porque mi suerte es peor que la de un muerto por un rayo, nada más porque lo vieron chistoso, escogieron mi nombre y dijeron, Ahora le toca a Robertito. Let's play! Y el juego se trata de que me toman y usan sus poderes sobrenaturales para hundirme hasta que toque fondo, hundirme con supuestas

misma que estaba en la cama con el que le había gustado —yo— y por consiguiente no hubiera abierto la boca porque nunca habría conectado nada. Pero son bellas, *casualmente* son bellísimas, y le quedaron tan grabadas las caras de ambas que no las podía confundir aunque fuera años después.

4. Infelicidad de don Germán: El Don pasó por una mala racha y le fue necesario buscar algún método anestésico, o sea, una vieja de la calle. Aquí hay que prestar especial atención porque no es sólo una casualidad, sino que es una casualidad derivada de otra. La infelicidad de El Señor provoca que contrate a Deyanira, pero luego la misma infelicidad desaparece para así también desaparecer su necesidad de los servicios proporcionados por una mujer de la calle, provocando que ésta se quede sin trabajo y que busque métodos alternativos, como meserear, por decir alguno. Y claro: *casualmente* le toca meserear justamente en el desayuno de la familia Scott. Yeah, shit happens.

5. Vecindario en común: Aquí sí se la mamaron los dioses del destino. Para empezar, *casualmente* Tina y Gumarcinda viven en la misma colonia en la que vive la antes mencionada, contratada por Don Scott: Deyanira. Eso se puede entender porque las tres son de escasos recursos y todas esas cosas, ya sabes, Dios las hace y ellas se juntan. Entonces, *casualmente,* ese día en que a Tina le contaron todo, no llegó la chingada pipa de agua a la cuadra de la sexoservidora, provocando que ésta se viera obligada a ir a la vecindad contigua a lavar sus trapos. Qué cosas del destino que *casualmente* —otra vez, ¿por qué no?— Tina estuviera justo en el momento en el que Deyanira también lavaba su ropa, toda oídos para lo que dijera la detonadora oficial del desmadre.

6. Presentación final de Fer: Venga, más *casualidades,* bienvenidas sean que tal parece que no me puedo cansar de abrirles la puerta. Fer se levanta más temprano de lo normal porque ese lunes tiene su presentación fi-

nal de Periodismo. Hay que tomar en cuenta que dicha presentación fue sorteada en el salón para ver el orden de las mismas. Qué *casualidad* que a Fer le tocó el primer día de presentaciones, el primer turno. Como era la primera en presentar de todo el grupo, no sabía el nivel en el que estarían los demás trabajos, y por eso invirtió más tiempo de lo normal en el mismo, motivo por el cual se levantó media hora antes y se arregló mejor que de costumbre.

7. El perfeccionismo por parte de La Señora Scott: Si mi estimada ahora ex suegra no estuviera tan obsesionada por tener la casa poco mejor que perfecta todo el tiempo, igual y no le hubiera parecido importante que la puerta que separa el comedor de la cocina tuviera unas pocas raspaduras provocadas por el perro que se metió a la casa y *casualmente* agarró precisamente esa puerta como método antiestrés, maltratándola. Entonces, decía yo que si mi ex suegra no fuera una perfeccionista-obsesivo-compulsiva no le hubiera dado importancia a esas tres raspaduras, pero como sí lo es, sí se la dio y mandó arreglar inmediatamente esa puerta, provocando así que la quitaran y dejaran sin una barrera divisoria muy importante —al menos para mi futuro— a la cocina y el comedor.

Y eso que hice todo mi esfuerzo para resumirlo. Pero bueno, ¿te estás dando cuenta de a dónde quiero llegar? Pues sí: resulta que si alguna, sólo una, de esas *casualidades* banales y estúpidas no hubiera sucedido en el preciso momento en el que sucedió, yo no estaría aquí contándote esto. Pero, como todos sabemos, el hubiera no existe y todas y cada una de las *casualidades* sucedieron cual si estuvieran sincronizadas por la mano de Dios. Todos esos siete puntos anteriores —y otros más, te digo que traté de tomar sólo los más notorios— eran necesarios para que el juego de los dioses del destino y el azar saliera a la perfección y se divirtieran como nunca. Pero bueno, todavía tengo que explicar el resultado de dicho jueguito, el trofeo para los jugadores: mi desgracia. Y aquí está la escena completa: Fer se levanta más temprano. Está lista a las siete cuarenta cuando nadie la espera para darle el desayuno. Ella lo sabe y por eso prefiere quedarse repasando sus notas en la mesa del comedor, inmediatamente después de la cocina. No hay ruido ya que Renata está dormida porque no va ir al colegio porque está cruda porque salió ayer porque una amiga cumplió años y un güey la empedó y a ésta ni le importó porque sus papás cumplieron años de casados y se fueron de viaje a celebrarlo y por eso no están. Entonces hay un total silencio, perfecto para que Fernanda estudie y para que las muchachas piensen que están solas y sientan, así, la libertad de platicar de cualquier tema que les plazca. Es tanto el silencio que el mínimo ruido puede distraer a quien se trata de concentrar para estudiar sus apuntes. Es tanta la flojera de estudiar a tan temprana hora que es fácil distraerse e, inevitablemente, prestar atención a los ruidos que se oyen, los cuales, en este caso, son chismes de azotea. Si la puerta que siempre ha estado ahí, separando a la cocina del comedor, estuviera en esos momentos, Fer no tendría la necesidad de distraerse con conversaciones sin importancia ya que no escucharía nada por la barrera que se encontraría de por medio. Pero como dicha barrera no está, el no escuchar es prácticamente imposible. Así de fácil, así de simple, Fernanda escuchó *toda* la plática. Así, como si nada, se enteró de todo lo que pasó y hasta de lo que no. Y aquí es cuando me pregunto: ¿fue la culpa de Kika? ¿Es una perra la culpable de que mi vida haya cambiado por completo? Porque aun si todo hubiera seguido el curso que siguió, si Kika no hubiera jodido la parte de abajo de la puerta, ésta nunca se hubiera quitado y Fernanda no hubiera escuchado nada. ¿De quién fue la culpa? ¿De Andrés y su fijación por contratar putas para que luego le cuenten a las muchachas de la casa donde vive tu novia que estuvieron contigo? ¿De don Germán y su necesidad de emociones más fuertes que las que su esposa le podía brindar? ¿De Fernanda por ser tan responsable y levantarse más temprano de lo normal? ¿De Renata por ser una borracha irresponsable? ¿Del perfeccionismo de su madre? ¿De quién? ¿De quién chingados fue la culpa? Mía no fue. ¿Cuándo entré yo en alguna escena? A ver, dime. *Nunca.* Porque ni en la escena del crimen —la del hotel— estaba yo. Yo no estaba ahí. Mi cuerpo sí, pero yo *no*. Por eso repito: "This was not just a matter of chance. Ohhhh. These strange things happen all

que terminamos? Estás loca, Fernanda, Lesbiana o no, te acostaste con mi novio en un hotel teniendo a las putas con las que se acuesta mi papá frente a ustedes, ¿Cómo que con las putas con las que se acuesta mi papá frente a nosotros?, ¿de qué hablas?, Ah, sí: ahora eres tú la que no sabe. Pues sí, ¿cómo la ves?, ¿Qué pedo contigo?, ¿por qué me dices esto?, ¿qué ganas?, Porque es la verdad, si lo quieres enfrentar o no, no es mi problema. Y eso es lo de menos ahorita, que como quiera perfectamente sabemos que mi papá no es el más fiel de los esposos. El problema es lo bajo que caíste y lo poca cosa que terminaste ser como hermana y como lo-que-quieras, no vales madre, güey, Ay, bájale a tu show hermanita, ni que te hubiera matado un hijo, cabrón, ¿Bájale? O sea que por fin me lo estás aceptando, Se nos pasaron las botellas de Möet, ¿qué querías que le hiciera?, Que me respetaras, imbécil. ¿Qué no te podías agarrar a cualquiera de los amigos de Roberto?, Ahora resulta que la única culpable fui yo. Si no creas, no es como que me violé a tu pinche Roberto, no lo hice yo solita, créeme, se necesitan dos, No vales madre, Renata, no vales para pura madre, Ay ya vete a la chingada, estoy demasiado cruda como para andarte aguantando. Y se fue del cuarto de su hermana, berreando del coraje y la impotencia. Se sentía la mujer más estúpida que había pisado el planeta. Su novio con su hermana menor. ¿Quién lo hubiera pensado? Roberto, el que tantas veces le dice que la ama y que se siente el niño más afortunado del mundo por tenerla como novia. Ahora entendía por qué ese viernes que me marcó tantas veces al celular jamás le contesté. ¿Cuántas veces no le había hecho eso? ¿Cuántas veces no había pasado la noche con otra mientras ella dormía feliz en su cama pensando en mí y que me extrañaba y que me amaba mientras yo ni me acordaba de que tenía novia? ¿Cuántas pinches veces me viste la cara, Roberto?, me preguntaba Fernanda telepáticamente. ¿Cuántas? Ninguna, Fernanda, me hubiera gustado contestarle de haber tenido poderes telepáticos también. Y bueno, es increíble cómo todo puede reducirse a nada por una simple estupidez. O por el aburrimiento de los dioses estos acosadores que te digo. Sí: Fernanda salió de sí. Agarró sus cosas y se fue al colegio. Estuvo cerca de chocar en doscientas tres ocasiones. Llegó a su presentación. La reprobó. Le salió tan mal que terminó llorando

Mariana, su mejor amiga. Le contó todo. Mariana se encargó de regarle a la plantita más odio del que ya tenía dentro de su ser recién plantado para mí y, después de eso, transmitir la noticia a toda la que se le pusiera enfrente. Bravou, ¿no te digo lo linda que es mi suerte? Mariana resulta ser una de las comentaristas de chismes oficial de la ciudad, y cuando digo *oficial* no exagero; es algo así como la Paty Chapoy de nuestro círculo: sabe todo, cuenta todo y hasta le pone su toque de drama; irónico es que, aun sabiendo hasta la nacionalidad de con quién le puso el cuerno Alguien a su novia en su año estudiando en el extranjero, aun sabiendo cosas que ni las mismas personas que supuestamente las hicieron saben, aun así, ignore información que es de dominio público: que su mamá no se cayó de las escaleras por accidente, sino con toda la intención de hacerlo y hacerlo tan bien que se muriera al llegar al final de ellas; los depresivos no se caen de las escaleras nada más porque sí. Entonces decía yo que Fernanda le marcó, le contó todo y en menos de cuarenta minutos pasé de ser el Top Five: Niños con los que todas quieren andar, al Top Five: Niños con los que ni en drogas puedes hablar. Y seguramente piensas que estoy exagerando, mi incrédulo lector. P: ¿Cómo puede una persona perder toda su reputación en tan pocos minutos por una estupidez así? R: Uy, nada más pregúntale a Tiger Woods. P: ¿Te crees tan importante como para que la gente te preste tanta atención y solamente esté atenta a lo que haces, Roberto? R: Sí, sí me creo muy importante, pero es porque sí lo soy. O era, más bien. A pesar del grupo de amigos que tenía, siempre había sido El Top, El Mato-por-tener-su-vida-su-cuerpo-su-novia-su-todo. Miles de güeyes me odiaban porque sus novias me amaban. Miles de niñas me odiaban porque yo nunca las volteé a ver. Digamos que toda la gente quería algo de mí pero yo no tenía para todos o más bien, para nadie. Cuando eres foco, es fácil que te jodan. Yo era un foco tan potente que le hacía competencia al pinche Faro del Comercio. Everybody look at me. Pero bueno, mientras todo eso pasaba yo estaba en el club jugando golf con mi papá. Estoy concentrado para golpear la pelota en el hoyo diez. Vibra mi pantalón y pierdo toda concentración posible. Veo mi celular y es de la casa de Fer, Hola, baby, No soy Fernanda, ¿Qué pasó, Renata?, Ya se nos armó, güey, ¿De qué hablas?, Fernanda ya

existencia de las personas cuando están enamoradas: nada, absolutamente nada puede llenar ese vacío que el ser amado deja cuando se va. Puedes tener todo, pero mientras no esté esa parte, el *todo* se convierte en *estorbo*. Maricón, mil veces maricón, pero tenía unas ganas de llorar impresionantes. Quería estar en mi cuarto sin nadie a mi alrededor. Eso pasó a las dos, tres de la tarde. Conforme pasaban los minutos, el número de gente que marcaba a mi celular para confirmar la noticia de que Fernanda y yo habíamos cortado aumentaba. Agarré mi coche y manejé sin destino durante horas. Sí: lloré. No, nunca contesté el celular. Odiaba a cada una de las personas que me marcaba, odiaba saber que les daba gusto mi desgracia. Eran mis amigos, yo sé, pero nadie aguantaba vernos a Fer y a mí juntos, como el símbolo más grande de perfección y felicidad que cualquiera deseara ser. Aceptémoslo: todos querían con ella, por más supuestos pinches amigos que fueran. Llegué a mi casa en la noche. No tenía un gramo de ganas de hacerlo, pero era el cumpleaños de mi mamá y no podía faltar a la cena familiar. Entonces llegué y me metí a mi cuarto y me bañé y me cambié y me senté a la mesa y me mantuve en silencio todo el tiempo. ¿Es cierto, Roberto?, ¿Perdón?, Que si es cierto de lo que me enteré, No sé, no tengo idea de qué te hayas enterado, De que Fernanda y tú ya no andan —¿cómo chingados se enteró mi mamá en menos de seis horas de que ya no tenía ningún derecho sobre la mujer de mi vida porque me había mandado a La Chingada? Realmente estaba impresionado del rating que mi trágica historia podía ganar en la sociedad—, ¿Quién te dijo eso?, ¿Entonces es verdad?, ¿Quién te dijo eso?, Me lo dijeron en el tenis, ¿Quién?, La mamá de Rogelio, ¿Y ese quién es?, Rogelio, el hijo de Georgina y Luis Buquet, Ah, ¿Entonces sí es verdad?, Sí, Pero, ¿cómo?, ¿qué pasó? De seguro es algo pasajero, ¿no?, No, ya no quiere saber nada de mí, Roberto: Fernanda es la niña para ti. Tú sabes cómo nos gustaría que ella fuera tu esposa. Su familia, sus principios, es justo lo que queremos para ti, ¿Y qué quieres que le haga si ella no quiere?, ¿Qué le hiciste?, Mamá, basta. Y llegó un punto en el que un minuto más en esa mesa, en esa cena, podía provocar que agarrara todos los platos y los aventara a la pared como si lo que se estuviera festejando ahí fuera una boda griega y no el cumpleaños de mi madre. Me levanté de la silla,

cambiaba. Llegó el fin y no quise salir. Todos se sorprendieron. No contestaba mi celular. No hablaba con mis amigos ni quería saber de ellos. No tenía hambre ni ganas de jugar golf ni de ir al cine ni de echar el vino ni de ir a la universidad ni de saber de nadie. Patético: el típico cuadro de quien sufre de amor. Le escribí tantas cartas como gente con sida hay en África. Iba a buscarla a su casa, le marcaba de teléfonos desconocidos para que contestara, la esperaba afuera de sus salones. Todo. Nada. Yo no era más que un pinche Gasparín para ella: un fantasma. Cada vez me dolía más. Había perdido contacto con el mundo exterior, pero esporádicamente me enteraba de comentarios que rondaban sobre mí y todo lo que había pasado: que si Renata y yo llevábamos años así, que si había sido una orgía lo que había pasado esa noche en el Quinta Real, que si había embarazado a la hermana de mi novia y ella había abortado. Pinche bola de imbéciles sin quehacer, mind your fucking own business. Lo peor del caso es que a la fecha no recuerdo nada de lo que pasó esa noche. Si me dicen que agarré una pistola y le disparé a un vagabundo, no sabría decir si es verdad o no. Y, como siempre, una cosa lleva a otra y, en menos de dos semanas, mi mundo estaba más hundido que la economía de Estados Unidos en el veintinueve: mis papás no me dejaban de presionar con lo de Fernanda, dejé de ir a las clases y empecé a reprobar materias a lo imbécil, ya no hablaba con mis amigos, no salía y mi reputación era poco peor que la de Oscar Wilde después de salir de prisión. Good bye, blue sky. Cuando vi en el periódico la foto de Fer, Mi Fer, abrazada por Lorenzo Valles en la fiesta de Mariana, fue cuando toqué fondo. No lo podía creer. No podía dar crédito a lo que mis ojos estaban viendo. Tenía ganas de matar al pinche hijo de puta. Lo peor del caso es que se veía celestial, se veía hermosa en esa foto. Sólo de pensar en la idea de que estuvieron juntos toda la noche en la fiesta de su mejor amiga, sólo de pensar en eso no podía controlar mis celos y mi coraje y mi odio y mi todo. ¿Cómo ese imbécil estaba abrazándola? Pasaron entonces semanas y luego meses durante los cuales me daba por irme manejando con la mano izquierda al volante y la mano derecha sosteniendo la botella; de nueva cuenta Sir James Buchanan me acompañaba en ese barco destinado al naufragio. Tomaba y manejaba y seguía tomando

tardó en mandarme directito a La Chingada, la pérdida de contacto con el exterior, mi declive, Fernanda saliendo con Lorenzo, yo ahogado al volante, yo cerrando los ojos frente a él, yo atropellando a alguien y yo dejando sin padre a un niño de seis años, a otro de ocho y a una mujer viuda que ahora tendría que mantener. Sólo dos meses me bastaron para caer más bajo que las acciones de Enron en el dos mil uno. Caí, cual si se me hubiera antojado saltar en el Gran Cañón, nada más porque se me hace algo divertido, al precipicio. Así de rápido, como tirarte en paracaídas, la única diferencia es que yo no lo traía puesto; juraban que yo sabía cómo volar y me habían obligado a dejarlo en el avión por si alguien más —alguien que no supiera cómo hacerle— lo necesitaba. Decidieron tomar mi vida, abrir la tapa del escusado, echarla en él y jalar la palanca. Flush, se fue. Todo. Bye. Renuncia. Date un puto tiro en la cabeza, carajo. A mis papás les importo mucho y todo, es sólo que más les importa cómo suena el apellido Abascal-Rigovétz cuando lo mencionan en la sección de Negocios de El Norte como algo positivo para el crecimiento del país antes que cómo suena el nombre de su hijo en la primera plana por andar de homicida inconsciente. El honor, la imagen, ya sabes, todas esas cosas que les importan a las personas como mis papás y los papás de sus papás y los papás de los que se suponía eran mis amigos y los de la que hasta antes de todo este desmadre era mi novia y, básicamente, al noventa y siete por ciento de los que viven y estudian y comen y van a misa en los lugares que yo voy. Perdón: iba. ¿Cuánto pagó mi papá para que no saliera en El Norte un artículo que llevara por título "Júnior ebrio mata a jardinero" y que llevara de balazo algo así como "Estudiante del Tec, hijo de reconocido empresario del país, comete homicidio por imprudencia", y artículos de la sección de Vida, Cultura y esas pendejadas empezaran a cuestionar la educación que la gente *de familia* le está dando a sus hijos y empezaran a dar pláticas a las mamás en la iglesia de San Francisco de cómo se debe educar a la familia y toda esa bola de mamadas que empiezan a hacer cuando algo así pasa, entonces decía que cuánto pagó mi papá para que todo esto se evitara? No sé, pero me imagino que fue mucho más que lo que costaba el coche, el cual no recuerdo ni cuál era. No tengo idea de cómo le hizo para que yo no pisara la cárcel

no teníamos nada en común. Digamos que había un choque cultural: ni yo los entendía a ellos, ni ellos a mí. Yo era un desnutrido y hambriento niño de Zimbabwe y ellos querían que supiera cómo usar un iPod, y no sólo un iPod básico y común, sino que un iTouch —God, these people just can't get enough. Primero un simple mp3 llamado iPod que causa conmoción por la simple razón de que, a diferencia de los otros, éste tenía audífonos blancos —wow, realmente necesitaba unos audífonos que fueran blancos—. Luego el mismo aparato pero más grande para que le quepan tres millones y medio de canciones más que al pasado —como si tuvieras suficientes oídos para acabártelas—. Luego el Mini, para que no le quepan tantas. Luego el mismo Mini en todos los colores que la escala de Pantone pueda presentar. Luego el Nano, para que se te pueda caer al baño en cualquier visita que tengas y veas los títulos de las canciones con colores. Y justo cuando pensabas que tenías el último modelo del mercado, al día siguiente de haber comprado tu Nano, nace el Video iPod, especial para que no se tenga la necesidad de convivir con las molestas personas que tocan de vecinos en los aviones porque se tiene la excusa de que toda la atención se está prestando a ver uno tras otro tras otro, todos los capítulos de la última temporada de Nip/Tuck. Sin embargo, aun cuando la gente común —y la no-común también— puede vivir perfectamente feliz con todos los beneficios que dicho artefacto le proporciona, no pueden pararle ahí y decir Pensemos en cosas mejores, como ¿a dónde se va ir toda la basura que producirá nuestro invento cuando ya no sirva?, ¿quién se la va a comer? O algo así como ¿Realmente necesitan las personas que les demos un nuevo iPod que les baile y les cuente un cuento por la noche, o es mejor pensar en que si es febrero y no ha salido una sola flor en todo NYC es porque algo raro está pasando con el medio ambiente? No, olvida el medio ambiente: mejor pensemos en cómo hacerle para que en el espacio de un centímetro por un centímetro quepa el alma de una persona; así se economiza más territorio. Y luego el iPhone y luego el iTouch… y ellos querían que yo, niño de Zimbabwe, supiera cómo usar eso. Sí, perdón, me salgo del tema. Aparte, ¿a quién trato de engañar? Soy parte de ese grupo de consumidores que hacen que Apple invente cada semana una jalada nueva y, aun así,

Writing for Dummies? ¿De verdad el Señor Búho no sabía cuántas chupadas había que darle a una Tutsi Pop para llegar al centro o lo hacía solamente para tener a los niños como imbéciles tratando de encontrar la respuesta y así vender más? ¿Alguien sabe a ciencia cierta cuántas chupadas hay que darle a la Tutsi Pop para llegar al chicle? ¿Es el número siempre el mismo, o la respuesta va a depender de la intensidad de la chupada, el PH de la saliva, temperatura ambiente, sexo del probador, edad, acaso estos factores logran cambiar ese número? Si tan emocionado estaba por su guerrita, ¿por qué el Congreso nunca mandó a Bush a Irak con el resto del ejército para que lo pudiera vivir en vivo y a todo color y ahora sí la disfrutara como se debe y no desde una televisión de plasma donde —por más Sony que sea— nunca va a tener un home theater tan avanzado como para recrear auténticamente los sonidos de las explosiones y las bombas que, a fin de cuentas, es lo único divertido?; para verlo en la tele mejor puede comprarse las cinco películas de Rambo y viene siendo lo mismo, sólo que varios billones de dólares más barato, y de soldaditos también. Ya si a huevo quiere ser el que diga cómo quiere que peleen, que se compre un Play Station y cualquiera de los tres millones noventa y tres juegos de guerra que hay en el mercado y se ponga a jugarlo. ¿Qué hago aquí preguntándole cosas a un papel que no me piensa contestar ni madres —no porque no lo quiera hacer, sino porque al papel per se todavía no se le ha encontrado la virtud del habla—? A ver, mi cuestionador lector, easy, take it easy. Inhala uno, dos, tres —hazlo—, exhala cuatro, cinco, seis, inhala uno, dos, exhala tres, cuatro, inhala uno, exhala dos. ¿Mejor? ¿Ya más tranquilo? Espero. Ahora, te contesto. No es que a Escritor se le haya olvidado que Robbie es un mortal cualquiera y que, por ende, no es posible que sepa datos fuera de los que sus oídos y sus ojos pueden detectar. No es que Robbie sea omnipresente. No es que yo, Semi, me haya metido en la redacción de Robbie. No es que Robbie y yo seamos el mismo. La única y estúpida razón por la cual Roberto sabe cosas que no es posible que él sepa (ej.: Las canciones que Fernanda puso en el estéreo cuando subió al coche después de huir de los guardias del Tec) es porque yo fui quien se las contó. Así de fácil. Esto lo digo con la única finalidad de evitar posibles críticas. Y ya. Pero bueno, continuemos con la secuencia, que no quiero que luego me anden apurando porque me tomo el tiempo necesario para asegurarme de que las cosas se hagan bien y no tengamos que andar discutiendo cosas en el futuro gracias a la falta de comunicación, como comienza la mayor parte de los problemas que hay entre ustedes. Y yo sé, mi estimado lector amante de la pseudo-novela, que me estoy dirigiendo, si bien me fue, a un público aproximado de dos personas y media. Francamente, eso no nos importa. Te dije que soy algo así como lo que coloquialmente se conoce como *narrador*, ¿no? Pero como yo puedo ser *todo* menos coloquial, el hecho de que me consideres como un narrador nato me puede llegar a ofender. Soy tu guía, honey, no tu narrador. Como buen guía que soy, de mí depende el que comprendas por completo la bola de estupideces que a cada quien le da por relatar. Aceptémoslo: ni Camilo ni Roberto ni Renata ni nadie que se ponga a hablar aquí —me incluyo— nació con el don de la escritura. Se dicen y se contradicen y ponen puntos y comas donde no debe haber puntos y comas y ponen puntos y seguidos donde debe haber comas y conjugan mal y repiten las cosas y relatan los eventos pensando en que quien los lea vivió con ellos desde que estaban en pañales y, por consiguiente, entienden perfectamente de lo que están hablando. Sí: debo ofrecer disculpas. En nombre de todo el staff quiero dar a conocer que estamos conscientes de que hemos pecado en contra de papi Miguel de Cervantes y mami Sor Juana Inés. Queremos también ofrecer una disculpa por seguir haciéndolo aun cuando estamos totalmente enterados. Lo siento, pero no nos vamos callar; no porque tengamos algo que darle a conocer al mundo, sino porque simplemente no se nos da la gana. Gracias. Ahí está: ahí tienen mis disculpas y las de todos mis colegas. Pero bueno, te decía que quiero colaborar en que se entiendan los dimes y diretes y arañas y desmadres indescifrables que todos tus tíos, los antes mencionados, relatan. Por eso voy a explicar algo que te debería interesar —que igual y no, digo, no voy a obligarte— si quieres entender más la situación de Camilo. Muchas preguntas pueden venir a la cabeza si de un Santibáñez Alonso se trata. Por eso, como yo siempre digo, es mejor que nos vayamos por partes. Yo sé que te has preguntado mientras te duchas en la regadera, o en las noches

logo para saber cómo debían comportarse ahora que serían padres pero, sobre todo, visitar al ginecólogo una o hasta dos veces por semana; ambos querían estar seguros de que todo iba bien con el embarazo. Como sucedería en cualquier novela del Canal de las Estrellas, el ginecólogo visitado uno o hasta dos veces por semana era un muy buen amigo de la familia. Habiendo sido el primero en recibir en sus manos a Camilo, a Eugenia —la hermana de Camilo—, a Julián —el hermano de Camilo— y prácticamente a toda la dinastía Santibáñez, el reconocido doctor Vargas Trejo era el más indicado para manejar la tan delicada y titánica tarea de recibir a Renato, Juan Pablo, Leonel o Camilo —cualquiera de esos nombres iba a ser el afortunado de etiquetar al próximo bebé—. Sí: Francisco, aka "Paquito" Vargas Trejo conocía a la perfección desde la vagina de la señora Sanz de Santibáñez hasta los dolores del pie izquierdo que a las cuatro de la mañana le daban a los diez meses de nacido a Julián. Por eso, lo que dijera o pronosticara Paquito era tomado por la familia Santibáñez cual si fuera la Constitución Apostólica para cualquier católico fanático: algo irrefutable. Paquito lo sabía y por eso prestaba mucho más atención en el embarazo de Malusa que en cualquier otro que él manejara. Todos sabemos que El Mundo es cruel y, como todo actor al que le gusta desempeñar bien su papel, El Mundo tiene que dejarlo claro: No puedes tenerlo todo, honey. Salud y amor, amor y dinero, salud y dinero o, ya si las cosas se ponen muy pinches, ninguna de las tres opciones. El Mundo decidió que, para la antes mencionada dinastía Santibáñez, la opción con la que les tocaba jugar era la de Amor y Dinero. Algo de malo debía tener ser un Santibáñez, les faltó la opción Salud. No para todos, sólo para Camilo Santibáñez Sanz. Pocos lo sabían; los únicos enterados eran El Mundo, Paquito, la Señora Sanz de Santibáñez y Camilo. Hacía tiempo que Camilo había olvidado el dato de que El Mundo había decidido dejarlo sin la opción de Salud en su currículum; sin embargo, uno de esos ciento ochenta días de gestación en los cuales la relación ginecólogo-futuropadre se hizo cada vez más fuerte, Paquito se encargó de recordárselo. Camilo: me gustaría un día de éstos ir a comer para platicar de unos asuntos, le dijo a las diez de la mañana el doctor que un día lo sacó de la vagina de su madre. Para las dos de la tarde

te preocupes, el secreto seguirá guardado en mí hasta el día en que incineren mi cuerpo. Tener fe, Camilo, no nos queda de otra. Y, por favor, sé lógico: Malusa jamás te demandaría por algo así. Ella te ama, al igual que tú la amas a ella, y sabrá entender. Terminaron su Frangelico en las rocas, pagaron la cuenta y se fue cada quien a su respectivo destino. Había sido tanto el miedo que le causaba la idea de que pudiera pasar algo así, que la mente de Camilo se había encargado de bloquear y borrar la posibilidad de su cabeza; hasta esa comida que tuvo en El Granero esa tarde de mil novecientos ochenta y siete aparecía de nuevo en escena y, desde ese día, jamás volvió a desaparecer. Pasaba días y noches enteras pensando en qué iba a suceder. No hacía más que contar los días que faltaban para que el bebé naciera, no porque ya quisiera tenerlo en sus brazos, sino porque ya no podía aguantar más tiempo la incertidumbre de no saber cuál sería el futuro de su vida. Le costaba trabajo disimularlo, y sin embargo lo lograba; nadie se daba cuenta de lo que en su mente pasaba en realidad. Camilo era un hombre de familia, hogareño, bueno, inteligente, fiel. Tenía carisma, un futuro prometedor y una esposa a la cual no se cansaba de amar. Un día pasó por su mente que si en el parto se presentara la situación de escoger entre la madre —Malusa— o su hijo, porque alguno de los dos tenía que morir para que el otro viviera, ¿cuál sería su decisión? Se asustó cuando se dio cuenta de lo rápido que contestó a su pregunta: Escojo a Malusa. Y estas ideas le fueron llenando la cabeza poco a poco. Una mezcla entre paranoia, miedo y confusión le inundaba la mente. Pero tenía que esperar, lo sabía. No podía tener ningún prejuicio hacia un ser que no era culpable de nada. Sin embargo, ese ser podía desatar una serie de eventos que poco a poco destruirían el ambiente en su familia. Pero no hay que olvidar que un hijo siempre cambia la vida y trae luz y felicidad y da razones para vivir. Esperar, y no sólo a que llegara el día del parto; eso no era suficiente. Era necesario esperar mucho más porque, para diagnosticar a una persona con un problema así, es necesario que ella misma dé muestras de lo que porta. Una persona así puede vivir perfectamente bien durante años y aparentar ser normal. Sin embargo, un día cualquiera su organismo puede hacer click y sin razón aparente, empezar a sufrir los esperados cambios

fuera una boda y los recuerdos de mini rosarios en bolsitas llenas de chocolates belgas y todos los invitados vestidos de blanco; el padre del bautizado seguía igual, con esa incertidumbre que no lo dejaba dormir. Por su parte, Malusa más feliz no podía estar. Cada sonido, cada gesto, cada movimiento que el bebé hacía le parecían celestiales. Eso era lo único que le daba paz a Camilo: el verla feliz. Pero había algo más. Tanta felicidad provocada por ese nuevo inquilino podía ser contraproducente. Algo así como cuando conoces al amor de tu vida y te sientes la persona más afortunda de la historia y todo te parece lindo y hermoso y un día desaparece, te deja, se va y te hace llorar y sufrir y quererte morir y prefieres nunca haberlo conocido, antes de pasar por tanto dolor por haberlo perdido. En algo parecido pensaba Camilo: ¿qué sería mejor? ¿Que Malusa no hubiera tenido ese bebé y por lo tanto no pasar por toda esa felicidad pero, a su vez, estar protegida de tanto sufrimiento futuro? ¿O era mejor simplemente tenerlo y vivir feliz —¿cuántos?, ¿ocho años?— y luego sufrir tanto como si le hubieran matado a todos los seres queridos que tenía? Cual fuera la respuesta, no importaba: el bebé ya estaba ahí. Ya era parte de la familia, ya era parte de Malusa. (Long story short.) Fueron pasando los meses y como que el miedo quería salirse de la cabeza de Camilo quien, a veces, hasta jugaba con el bebé. A veces hasta reían juntos. Pasan las horas. Su Majestad cumple un año. Piñata de Batman, payasos, globos de colores, inflables gigantes, carritos de hot dogs, regalos, invitados, nanas de los invitados cuidando a los bebés, carriolas, gritos, llantos de bebés al sentirse asfixiados por los payasos, algodones de azúcar, mamás hablando de viajes a Europa; era demasiado para él; en su carriola, él sólo dormía. De eso Camilo II no tiene ni el más mínimo recuerdo. Pasa el tiempo, todo sigue igual: Malusa feliz, Camilo intranquilo, bebé Camilo ni se inmuta. El destello-de-luz cumple dos años. Misma historia, diferente personaje: la piñata ahora era de Spider Man. Camilo, al igual que a su piñata anterior, tampoco la recuerda. Un día, de esos que no son comunes porque o hace mucho calor o llueve y salen arcoiris por toda la ciudad o simplemente porque al día nada más no se le antojó ser común, el padre decidió llevar a Bebé a dar un paseo, al menos eso le dijo a Malusa. Sí, un paseo por el consultorio de Pa-

convivir más tiempo con él, que los primeros meses son básicos para su desarrollo, pero fuera de eso no nota mucho, Eso es algo bueno. Como puedes imaginar, ella no cuenta con ese prejuicio en su cabeza acerca de que si el niño es normal o no, No lo ve porque está cegada con él, También puede ser eso, ¿Entonces?, Bueno pues, ¿por qué no me dejas convivir un poco con él? Solamente de esa forma podré diagnosticar algo más fundamentado. Camilo se levantó de la silla, salió del consultorio, fue a la recepción y le pidió a la nana de Bebé que se lo prestara por un rato, Claro que sí, señor, aquí está el niño, Gracias, Olga. Camilo vuelve a entrar al consultorio, ¿Prefieres que me vaya o que me quede aquí?, Que te quedes; así sentirá la presencia de alguien conocido, ¿Conocido yo? ¿Para él? Ja, en ese caso le hablo a Olga, Camilo, la conexión entre los padres y los hijos, aun siendo invisible, es muy fuerte. Deja de decir estupideces y siéntate. Y empezó el estudio minucioso de lo que bebé Camilo hacía, cómo reaccionaba hacia ciertos impulsos, el tratar de hacerlo hablar, llamar su atención con cosas típicas que atraerían a un bebé promedio, hacerlo reír, analizarlo. Nada. Paquito, aunque trataba, no podía disimular su asombro. Sí: todo parecía indicar que, en efecto, el bebé presentaba síntomas bastante notorios. Como todo doctor con ética profesional, no le quedó más que hablar francamente con el padre y aceptar que, según lo que notaba, era muy probable que Camilo hijo hubiera heredado la enfermedad. Camilo padre lloró. Se dio cuenta de que, dentro de él, la respuesta ya había sido declarada, solamente que no la quería escuchar: no quería ver la realidad. Camilo: sólo quiero decirte que diagnosticar una enfermedad así en un bebé es sumamente complicado, si no es que imposible. A esa edad existen muchos otros factores que provocan que un bebé se comporte de la misma manera que tu hijo se está comportando, y no ciertamente porque sufra de tu condición, Pero si a eso le agregas la tendencia que tiene por mí, no me digas que eso no potencializa la probabilidad de que sí sea por esa razón, por la enfermedad, Te apoyo, pero a lo que quiero llegar es que no es algo cien por ciento fundamentado porque es prácticamente imposible detectar, a su edad, síntomas exclusivos de esa enfermedad. Puede ser cualquier otra cosa, te repito, o puede que inclusive no sea nada. Se fueron del consulto-

simples hilos. Malusa a veces lloraba. Era cada vez más y más larga la duración de los viajes de negocios, las noches en la oficina, las cenas con los socios. Malusa se quedaba con su hijo, esperando recibir un poco de amor, de ese que tanto le faltaba. No, El Mundo tampoco se la puso fácil a Malusa. Conforme pasaban los meses, la esposa abandonada notaba cada vez más lo distinto que era su hijo en comparación con los hijos de sus amigas, los compañeritos del kínder, los niños que había conocido durante su vida. Para ella no había otra explicación: era culpa de su padre. Malusa estaba segura de que Camilo era el responsable de que su hijo se comportara como se comportaba. Por eso mismo, un día decidió esperar despierta a que llegara del trabajo para hablar con él. Ya lo descubrí: es tu culpa. Tú tienes la culpa de que mi (nótese cómo no dice *nuestro* sino *mi*) hijo esté así, ¿Perdón? ¿De qué hablas? En ese momento, Camilo sintió que su vida se iba corriendo frente a sus ojos, Ya sabe todo. Ya se enteró, ya valió madres, pensó mientras Malusa pronunciaba el *de que mi hijo esté así*. Mil novecientas ochenta y tres cosas pasaron por la cabeza de Camilo en esos cinco segundos que tardó su esposa en decir esa frase que tanto miedo le había dado escuchar desde hacía ya más de cuatro años, ¿Me va a pedir el divorcio?, ¿me va a demandar?, ¿va a agarrar sus cosas y se va ir de la casa?, ¿se va a casar con el pinche psicólogo que me delató porque él sí le habló con la verdad, a diferencia de mí?, ¿Paco no aguantó más y por fin descubrió el secreto de la familia?, Tú eres el único culpable, sí: tú. Por más que yo quiera hacer algo para amortiguar tu responsabilidad, de nada sirve. Yo no puedo hacer nada para arreglar el problema, Camilo. ¿Cómo lo supo? ¿A qué hora Dios dejó de quererme como para hacerme esto? ¿Por qué me está haciendo esto a mí?, pensaba él. ¿Por qué nunca me lo dijiste, Camilo? Si tan sólo me lo hubieras dicho desde el principio, tan fácil como que no teníamos un hijo y ya. Si hubiera sabido que para que cumpliera mi sueño de ser madre iba a pasar por todo esto, créeme que hubiera preferido no serlo. Pero no, nunca dijiste nada, ¿por qué? Fue entonces cuando Camilo se vio obligado a organizar una mesa redonda en calidad de Urgente dentro de su cabeza, A ver, Camilo, le dijo su Yo interno, pongamos claras las opciones: al parecer no te queda ninguna por la cual guiarte. ¿Negarlo?

sueño no se cumpliera como lo habías imaginado, con la familia sana y feliz. Sí, yo sé: te oculté algo sumamente importante, pero créeme que no lo hice por otra cosa que no fuera amor. Desde tu embarazo he vivido una angustia terrible, un miedo que me ha ido matando lentamente. Perdóname por no haber sido capaz de confesarte nada antes. Perdón por no haberte preparado para tener un hijo como el que te di. Sí, es mi culpa que nuestro hijo sea así, yo lo sé. Siempre lo he sabido y por eso me da tanto miedo, porque estoy consciente de que, como dijiste, yo soy el responsable, y tú, por más que quieras, no puedes hacer nada para solucionarlo. Créeme, si yo pudiera hacerlo, lo haría. Pero no se puede. Nuestra enfermedad no se puede curar, no se puede controlar, no se puede evitar heredarla. No te lo dije por la simple razón de que te amo tanto que me da muchísimo miedo perderte. No te lo dije, aparte, porque dentro de mí quedaba una esperanza de que nuestro hijo naciera sano y todo fuera como siempre había sido: feliz. Pero me equivoqué y, cuando me di cuenta ya era muy tarde, porque nuestro hijo ya había nacido y no había marcha atrás. Luego vi cómo él te hacía tan feliz y lo amabas tanto que el saber que en un futuro esa misma felicidad se iba a multiplicar, pero ahora en sufrimiento, me volvió loco. Una persona que vive con esta condición es altamente destructiva para una familia y yo no quería que eso pasara; yo no quería que nadie te destruyera. Sí: me ves a mí y piensas que es totalmente controlable y que lo que digo es mentira, pero mi caso es uno en millones. Conmigo lograron encontrar el punto exacto del control; los doctores siguen preguntándose cómo lo hicieron porque ni ellos lo saben. Me dejaron muy claro que el que mi problema pudiera ser controlado no significaba que el de mi hijo también lo fuera. De hecho, eso no tenía nada que ver. Mi caso es el anormal; el de todos los demás, el normal, el común, es desarrollar la enfermedad conforme pasa el tiempo hasta ser declarado, básicamente, como un caso perdido. Todavía tenía esperanzas conforme pasaban los meses, pero poco a poco me fui dando cuenta de que, en efecto, Camilo había heredado lo peor que un padre le puede dejar a su hijo. Yo sé que igual y no me puedes perdonar por haberte escondido esto durante tantos años, pero también quiero que entiendas por qué lo hice. Pensaba que jamás iba a tener la necesidad de confesarlo porque nunca me iba a traer ningún problema, y es que nunca antes lo había hecho. Después, ya cuando Paco me recordó que los hijos de padres que sufren de esto podían heredarlo, fue cuando me di cuenta de todo el caos que eso podía traer. Si supieras mi impotencia, mi angustia y mi dolor, tal vez podrías entender por qué lo hice, por qué me callé, por qué te lo oculté. Ahora es tarde, lo sé, pero-. Por obvias razones, Camilo no era capaz de decir todo ese discurso y al mismo tiempo tener contacto visual con Malusa. No, no podía verla de frente y por eso le confesó todo mientras sus ojos —los de Camilo— estaban enfocados en la vista que le presentaba el ventanal de su sala, hacia las luces prendidas de la ciudad. Sin embargo, cuando pensó que ya había dicho todo lo que tenía que decir y aceptaba saber que *Ahora es tarde* creyó que cerrar el discurso con un único e inmediato two-seconds-long eye contact iba a ser lo más adecuado. Por eso mientras decía *lo sé, pero* agarró valor de alguna parte de su interior que ni él mismo conocía y se atrevió a quitarle la vista a la luna llena para dirigirla hacia los hermosos ojos azulverdosos de Malusa. Pero sus ojos negros nunca encontraron la luz que los azulverdosos desprendían; los hermosos ojos estaban escondidos, cerrados. ¿Mi amor? Malusa, ¿qué te pasa?, ¿me escuchas? Malusa, por el amor de Dios, despierta. Contesta, Malusa, por favor, ¿qué pasa? Pero no, Malusa no sería capaz de decirle qué pasaba; no había forma de que contestara: Malusa se había desmayado. (¿Qué dijiste, eh? ¿Que no era posible que este güey se echara su mega speech sin que su esposita lo interrumpiera una sola vez? Ja ja ja, ya sé, yo tampoco me la estaba creyendo. Papá: necesito confesarte algo pero quiero que me escuches y no hagas ninguna interrupción hasta que termine, ¿ok? Bueno, soy un drogadicto. Como me gusta lo bueno, pues me sale caro, y por eso robo y a veces hasta mato con tal de conseguir la lana para comprarme mis dulces. Embaracé a mi novia y le hice una coperacha con mis cuates para pagarle el aborto. Por las noches soy gay y la verdad es que dejé la universidad desde hace dos años. El dinero de la colegiatura me lo gasté en un viaje por Sudamérica, cuando te dije que según esto iba a un viaje de estudios al D.F. No es nada seguro, pero dicen que igual y tengo sida; mañana me dan los resultados. Eso era todo, pa. Ya puedes tomar

¿De qué hablas?, De que si fuiste tú el que le dijo a Malusa todo, Camilo, por favor, me ofendes. ¿Qué no fuiste tú el que le confesó todo?, Le expliqué todo pero porque ya lo sabía. ¿Cómo se enteró, entonces? Y si de por sí Camilo ya sentía coraje contra su propio hijo, imagínate ahora que lo consideraba responsable de que Malusa hubiera terminado en el hospital. Desde que su esposo empezó a comportarse de forma extraña, distinta a la de siempre, Malusa construyó la idea de que dicho cambio estaba asociado a que Camilo se había arrepentido de tener un hijo. Como todo ese cambio inexplicable había tenido sus inicios durante su embarazo, ella comenzó a pensar que Camilo realmente nunca había querido ser padre y que dicha responsabilidad no la quería. Es importante mencionar que Malusa es de las personas como tú, mi necio lector, que, cuando piensan algo, toman dicho pensamiento como algo irrefutable. Y así fue como ella vio sus deducciones: estaba convencida de que la culpa de todo lo que su bebé estaba pasando era de su padre, el cual, al haberse arrepentido de cargar con su responsabilidad, lo hacía sentir rechazado y, por lo tanto, provocaba que sus actitudes y comportamientos no fueran los de un niño promedio. La culpa era de Camilo: sus ausencias, su indiferencia y su falta de convivencia con ellos dos; no había explicación más lógica que esa. Es un niño y, siendo un varón, lo más normal era que las actividades de recreación las hiciera con la figura paterna: el futbol, las visitas al estadio, los carritos, los trenes, etcétera. ¿Cómo no va a ser inseguro mi bebé si siente que le falta esa figura que ve que todos los demás niños tienen, menos él?, pensaba Malusa. Qué chistoso, ¿no? Cómo una deducción equivocada causó todo este desmadre. Camilo confesó todo pensando que Malusa ya lo sabía; de no haber sido por su paranoia, igual y esto no hubiera pasado. Pero suele suceder, todo el tiempo, todos los días en todos los lugares y en cualquier parte de su pequeño mundo: la gente se pone la soga al cuello. Les encanta. Nadie se lo pide, nadie se lo exige, pero esa necesidad de hacerlo termina por desmoronar cerros, kilos, toneladas de mentiras previamente pensadas, una tras otra. Las mentiras se van juntando hasta formar montañas donde las personas —los mentirosos— ponen sus pies y se sienten seguros. Tierra firme, piensan cuando están postrados sobre esas montañas de mentiras. Sin

cierta forma Malusa sabía que la noticia que volvería a escuchar —ahora sí, cien por ciento consciente— iba a ser difícil. Por eso no le cayó como un balde de agua helada. Como dije antes, Malusa los conocía, y por eso sabía que no se podía tomar la libertad de derramar una sola lágrima, ya que eso sería suficiente para que Paco se asustara y dejara de hablar. No: tenía que controlar perfectamente sus emociones, tenía que demostrar fortaleza para saber toda la verdad sin necesidad de que la trataran como muñequita de porcelana. Aguantarlo fue difícil. Conforme su ginecólogo hablaba, Malusa mordía con más fuerza su lengua, paralizaba más su respiración, abría más los ojos para que no emanara ni una sola gota de ellos. ¿Quién dijo que Malusa era débil? No: la esposa del Sr. Santibáñez era más fuerte que veinticuatro Camilos juntos. (Yo, que todo lo sé, que soy omnipotente, omnipresente y casi Diosito, yo que estuve ahí y la vi en esa cama, te puedo decir que me daban unas ganas casi incontrolables de agarrar al pinche Paquito y sacarlo a la chingada de la habitación. Era demasiado el dolor que Malusa estaba guardando mientras lo escuchaba hablar. Eran demasiadas las ganas de que la dejaran estar sola, perdida en algún punto del desierto de Sahara donde nadie —ni ella misma— pudiera escuchar su llanto. Y te has de estar mordiendo las uñas por saber si en esta ocasión volvió a desmayarse, o si de plano le dio un paro cardiaco. Te ayudaré a dejar que tus uñas crezcan: nada de eso pasó.) Así fue como Malusa por fin pudo saber lo que pasaba con su hijo. Lo que ella no acababa de entender era por qué su esposo se había tomado la libertad de ocultarle dicha información. Pero eso ya venía siendo lo de menos. Su bebé: lo único que le importaba en ese momento era su bebé. No, Malusa no se lo perdonó. Ella no entendía cómo Camilo prefirió callar antes que dejarse a un lado y buscar ayuda para su hijo. Y así pasó el tiempo. Para Malusa, todo cambió: la relación con su esposo, la relación con su hijo, incluso la relación con ella misma. Por otro lado, con Camilo todo siguió igual: con Malusa el terreno estaba perdido —como lo había estado desde antes de que él se diera cuenta—, con su hijo, la distancia se hacía cada vez más grande y, con él mismo, todo seguía mal, cargado de remordimiento. El padre no dejaba de culpar al hijo —un pequeño de cuatro años que nada le

Buendía, nos remontamos a capítulos anteriores donde nos quedamos en que Camilo platicaba con Jorge y éste, a su vez, le decía que su *Lola* estaba justo a tres cuadros de un Dalí. Como Camilo no se lo creía, era necesario que fuera él mismo y lo comprobara con sus propios ojos. Por eso colgó con Jorge y, sin recoger su mochila, se dirigió hacia la Cayenne que lo estaba esperando en el estacionamiento. Subió, saludó al chofer y se fue. A Camilo le hacía falta una noticia así. Y es que una noche antes de esa llamada, mientras estaba en su cuarto sin fuerzas para levantarse de la cama, *le sucedió*. Su casa —como siempre— estaba vacía. Ni jardineros, ni choferes, ni mozos, ni sirvientas, ni cocineras. Sólo Camilo. Camilo solo. Malusa y su esposo se habían ido a un crucero por las Islas Griegas hacía ya diez días. Camilo le había prometido a su madre que se portaría bien y que nunca estaría en la casa sin alguien a su alrededor; le prometió que no haría nada que atentara en contra de su salud física ni mental, lo que lo hizo sentirse candidato a la presidencia de México, prometiendo todas esas cosas que tanto él —El Candidato— como Malusa —El Pueblo— sabían mentiras. Promesas que El Pueblo quería escuchar aunque supiera perfectamente —la experiencia de los años se lo comprobaba sexenio tras sexenio— que no iban a cumplirse. Sin embargo, el simple hecho de escucharlas le basta a El Pueblo para estar tranquilo, le bastaba a Malusa para calmar su ansiedad. Inmediatamente después de que sus padres se fueron, Camilo bajó a la sala, reunió a todo el personal de la casa y les dijo que podían tomar vacaciones durante veinticinco días. En serio, estén tranquilos, que no soy un niño Teletón: puedo cocinar, tender la cama, manejar y bañarme solo, No, Camilo, nadie se va de vacaciones a ninguna parte, todos nos vamos a quedar; tu mamá nos quiere aquí, Gracias por tu lealtad, Pepe, pero no, gracias, Camilo, no te puedes quedar solo, Doña Hortensia, en serio que sí sé cocinar, al menos me puedo preparar un cereal sin que se me tire la leche, No, Sí, No. Y aquí es donde Camilo y su déficit de convivencia social salen a flote, A ver, a ver, no, no, no, no. Creo que no nos estamos entendiendo: esto *no* es una pregunta: quiero que *todos* se larguen a la chingada de esta casa. No quiero que ninguno de ustedes esté aquí después de que mi reloj muestre que han pasado veinte minutos

a) La Casa porque se dio cuenta de que esa noche se le antojaba dormir en su cama, lo cual automáticamente eliminaba la opción c) Camilo, porque sin él vivo, no se podía cumplir dicho deseo. Quedan b), d) y e). La b) se le hizo ilógica ya que no le parecía que valiera la pena quemar ninguno de los cuadros que tenía en su casa; todos los que valían la pena ya habían sido quemados en su debido momento. Camilo solía quemar los cuadros que, de tanto que le gustaban, lo hacían llorar. Eso nos deja como opciones a Monet y a Un coche. Quemar a Monet sería bastante chistoso; su padre amaba a ese pinche gato. Sin embargo, Camilo no quería reír, sino ver fuego. El chingado Monet no iba a provocar una explosión conmovedora ni un fuego digno de mantenerlo pensando entre cuál de los dos escoger. Un coche, decidió. Pero, ¿cuál? ¿El mío, el de mi mamá, el de Camilo, el de la familia, el del chofer, o uno de los de colección? R: Uno de los de colección. Pero, ¿cuál? ¿El Porsche? ¿El Mercedes? ¿El Bentley? ¿El Jaguar? ¿O todos? R: Todos. Vamos a quemar La Galería, se dijo. La Galería, para que no te me pierdas, mi perdido lector, era una parte anexa de la casa de los Santibáñez donde se almacenaban obras de arte —tanto esculturas como pinturas—, tapetes de colección, primeras ediciones de obras célebres —desde Shakespeare hasta Dickens— y manuscritos, entre ellos el original de The Sun Also Rises del puño y letra del mismo Hemingway, el escritor favorito de don Camilo. No me creas si no quieres, mi desconfiado lector, pero no miento cuando digo que, en efecto, así como tenía obras originales de su escritor favorito, también era necesario tener pinturas originales de su pintor predilecto, y sí, obviamente, tenía Monets. La Galería de la residencia Santibáñez bien valía más que el MARCO y todas las galerías habidas en Monterrey juntas. Eso a Camilito le venía importando lo mismo que a un alcóholico de escasos recursos le importaría vomitar sobre un Pollock o catafixiarlo por una caguama, ¿Y yo para qué chingados quiero un cuadro lleno de puro rayadero? Si pa' eso pongo a mi chamaco a jugar con pinturas, diría esa ignorante boca. A Camilo le hubiera importado si en los acervos, en vez de Hemingway estuvieran Wilde o Burroughs o Fitzgerald; las paredes, en lugar de Monets tendrían Mirós y Matisses y Warhols; en lugar de tapetes bizantinos y turcos colgados por todas partes, fotografías de Subotzky y Tomé y Young. Camilo no hubiera atentado contra ese lugar si en vez de estar tapizado de coches de colección, lo estuviera de más Mirós y más Matisses y más Wharhols y más fotografías de Subotzky y Tomé y Young. Sí: si tan sólo hubiera sido así La Galería, él hubiera respetado ese terreno. Pero no, no era así, y muy lejos estaba de serlo; por eso y por ser el lugar preferido de su padre, decidió que ese sería su juguete preferido, también. Para explicar lo que sucedió esa noche, es necesario que se haga un mapa mental de la distribución que tiene dicha residencia. Bueno, no la residencia en sí, sino al menos los lugares que nos interesan. Entonces nos ubicaremos —por razones de comodidad y para que logres ver todo el panorama— en el balcón del cuarto de Camilo que da directo al jardín. La casa —toda— está forrada de cantera. No sé por qué vaya a ser importante mencionar eso, tal vez para que la fotografía que te hagas sea lo más cercana a la realidad o tal vez no, no sé. Bueno, decía yo que el balcón: ahí estamos y tenemos una vista, francamente, hermosa. ¿Hacia dónde da? Directamente hacia el frente podemos ver una fuente, justo en el centro del jardín. La fuente es consistente con la belleza que existe a su alrededor. A nuestra izquierda, viendo desde el balcón todavía, está la alberca. Es una alberca más estética que práctica, pero eso es lo de menos porque de todas formas nadie la usa; Camilo usa la que está adentro porque, como es techada, puede cerrar todas las cortinas y dejar el salón a obscuras para nadar en una perfecta ceguera, sin sol, sin luz, sin ruido. Pero bueno, regresamos al balcón del cuarto de Camilo y, una vez explicado el lado izquierdo, nos vamos al derecho en donde está El Salón, el cual es, válgame la redundancia, un salón de eventos. El Salón continúa con la línea que La Galería y el resto de la casa siguen, con un diseño renacentista que puede llegar a confundirse con barroco de lo exagerado que es. Exagerado o no, El Salón sigue siendo una experiencia para los que lo visitan y no sólo por la calidad de fiestas que ahí se dan, sino por su belleza. También forrado de cantera, con las paredes cubiertas de cuadros, El Salón se usa mínimo una vez a la semana y es donde se celebran todos los desayunos, comidas, tés, cenas y fiestas que tanto Malusa como don Camilo tienen que ofrecer frecuentemente a la sociedad. Entre cada una de las construcciones

y cada uno de los metros cuadrados que forman esa construcción? Y ahí estuvo dos horas, no pensando, simplemente estando, hasta que bebió la última gota de la segunda botella y entonces salió para ir a su recámara, cortar cuatro líneas de coca y, ya después de haber preparado su inspiración para el espectáculo que estaba a punto de ver, ponerse unos shorts. Se fue caminando a La Galería con dirección hacia la caja fuerte que estaba del lado derecho del primer piso, donde las llaves de todos los coches estaban guardadas. Entonces llegó y puso la clave y abrió la caja y sacó las llaves del Maserati A6G 54 edición 1956 y se subió en él y lo prendió y, sin inmutarse de todo lo que a su paso encontraba, mucho menos cuidando de abrir la puerta de cristal antes de pasar por ella, manejó hasta quedar fuera de La Galería y de la casa. Ay, no me jodas, ¿ahora el Camilo resultó ser un James Bond mexicano o guatafoc?, ¿chocó el Maserati contra una puerta de cristal y así como si nada se fue?, ¿no se cortó?, ¿el coche no se destrozó? Está bien que sí, Semi, pero no mames, es lo que está pasando por tu mente, mi amadísimo lector, tolerante de las barbaridades que existen en la literatura mexicana contemporánea. Gracias a las fuerzas de poderes divinos, contar con el título de semidiós me da como mínimo derecho a réplica hacia las críticas que diversos círculos puedan tener sobre mí y lo que narro, es por eso que tengo el poder de convencerte y hacerte creer en lo que relato y describo en todas estas hojas. Sí, mi estimado, como una película de acción, como un pinche James Bond (que quede claro que *no* como un James Bond mexicano porque entonces en lugar de Maserati manejaría algo así como una Lobo o un vehículo igual de animal). Sí: obviamente el coche quedó más jodido que mi abuelita después de haber corrido el maratón de Munich —si yo fuera mortal y contara con unos padres que, a su vez, cuentan con otros padres los cuales me llamaran nieto y yo abuelos y, no conformes, contaran con la fuerza necesaria como para todavía correr un maratón—. Sí, sí se cortó —pero porque no era un Maserati común, sino uno descapotable—. ¿Y luego? ¿Ya nada más porque la pintura se dañó, porque el coche es viejo y se duda que logre quebrar una puerta de cristal antes de destartalarse con el simple contacto y porque Camilo haya recibido en su piel diversos tamaños de vidrios a razón del impacto, ya nada más por eso, decía yo, no se va a poder? Muy bien, me gusta que cambies de parecer, lectora, lector querido: claro que se puede. En primera instancia, hay que recordar que antes los coches sí eran de verdad, no sólo plástico y fibra de vidrio, sino acero puro. En segunda, a ver, haz lógica: ¿cómo le va a frenar a alguien que se la pasa tratando de encontrar diversión en la auto-flagelación el hecho de cortarse con inofensivos vidrios que le llue-ven encima? Al contrario: esas cortadas, lejos de impedimento, eran un incentivo. Anyway, no sé ni por qué me tomo la molestia de explicarte. Siguiendo con el curso de la historia, nos quedamos en Camilo saliendo de La Galería, manejando el Maserati. Manejó sobre el césped y derribó una que otra planta, torció árboles pe-queños y demás arbustos; salió del jardín rumbo a la ciudad. Era septiembre y acababa de llover, lo cual provocó que el clima fuera peculiarmente exquisito: fresco, limpio, gris. Iba entonces él, mon-tado en su descapotable con el cabello blanco volando entre ese aire que le hacía sentir una excitación exquisita. ¿A dónde se diri-gía?, me preguntas. ¿A dónde crees?, No sé, Es muy fácil, échale tantito coco, No sé y no quiero pensar, me da flojera, Está bien, lector, sólo porque me estás empezando a caer bien te voy a con-testar: a la gasolinera, No mames, qué aburrido, qué manera tan cotidiana de quemar algo: gasolina, Sí, ya sé, muy aburrida la ma-nera; sin embargo, no era intención de Camilo tratar de lucirse en la forma de lograr su objetivo; la intención de Camilo era lucirse logrando su objetivo y ya, no importa si fuera con un plan estraté-gico desarrollado por medio de la programación lineal o simple-mente de la forma más clásica, troglodita y simple. Galones de gasolina: en el asiento del copiloto, en el piso del asiento del copi-loto, en los asientos de la parte trasera del coche, en el piso que está debajo de los asientos de la parte trasera del coche, en la cajuela. Oiga, joven, ¿y como para qué necesita tanta gasolina?, preguntó Despachador, Para quemar basura. En el cruce de Av. Alfonso Re-yes con Av. Roberto Garza Sada, mientras el semáforo estaba en rojo, Camilo tomó su crucifijo para de nuevo introducir nieve de coco por sus fosas, dos veces por cada una. No había música en el coche, eso es un tanto obvio, sin embargo, en la mente de Camilo sí había una melodía de fondo: Scène en moderato: el núm. 10 del

…y hacía mucho frío. Yo corría en la nieve. Mamá me observaba. Él no. Él tenía mejores cosas que hacer, como seguir con la mirada cada uno de los taxis amarillos que pasaban frente a él o contar las luces de cada espectacular que alumbraba Times Square, como si saber el número exacto de las luces que cada espectacular que alumbra Times Square te diera puntos intercambiables por algo. New York en Navidad. Eran hermosas las vitrinas de Saks; rojas, cálidas, limpias. Te invitaban. Entramos. La gente sonreía y yo con ellos. Niños sobre las piernas de Santa. Y yo —pendejamente— no entendía cómo le hacía Santa para estar en todas partes. Y yo le preguntaba cómo le hacía y él me decía que era muy fácil, pero no contestaba mi duda. Él sólo repetía la misma pregunta de siempre, What do you want for Christmas, kid? Y yo no sabía qué contestarle porque seguía pensando en cómo era posible que estuviera en todas partes. Entonces nos tomaban una foto y el Santa me decía que el niño que estaba después de mí tenía que decirle qué era lo que quería, y en mi mente no pasaba que lo decía para que me quitara de ahí, de sus piernas. En la foto de ese año —al igual que en la de cualquier otro— no sale Él, sólo mi mamá y yo y Santa y el trineo. Él estaba en el departamento de zapatos de caballero, probándose unos Zegna o unos Prada o cualquier otro nombre que pudiera llamarle más la atención que el mío. Y entonces nos dieron la foto enmarcada con dibujos de duendes y arbolitos llenos de luces de colores y nos fuimos al departamento de zapatos de caballero. Y ahí estaba Él, tratando de decidir entre los del diez y los del diez y medio. Mamá lo tomó del brazo y lo alejó de donde yo estaba y le dijo algo. Todavía recuerdo ese algo, lo escuché. ¿Por qué, Camilo? Y Él no contestaba nada, sólo veía en el espejo los zapatos que se estaba probando. Y ella se lo volvió a preguntar y él seguía viendo los zapatos. Luego le habló al vendedor y le pidió los del diez, color negro, de piel. Se decidió por los Zegna. Mamá estalló. Le arrebató los zapatos y los aventó hacia el espejo. Él no hizo nada. El espejo se quebró. Mamá se fue a la mesa donde estaban exhibiendo más Pradas y más Zegnas y más Guccis. Botas Ferragamo, tenis Burberry, mocasines Boss; todos los aventó. Entonces Él explotó. Se empezaron a gritar. Se decían muchas cosas y a mí me daba mucho miedo. Tenía miedo de que alguno de los vidrios que

en alguna parte para que ella no me viera llorar y así no terminara otra vez en el hospital. Por eso corrí. Corrí por los pasillos, entre vestidos que se parecían a los que mi mamá usaba los viernes en la noche, entre las bolsas que yo había visto antes colgando de los brazos de sus amigas, entre aparadores con lentes para no ver —yo quería unos de esos, yo no quería ver nada—, entre bufandas, diamantes, sombreros, guantes, todo, hasta que llegué a la entrada y me tropecé con una mesa y se cayeron muchos frascos llenos de agua. Entonces me dí cuenta de que había tirado una torre gigantesca de Chanels nº 5, el mismo que usaba mi mamá. Entonces comencé a quedarme sin respiración por la forma en la que mi llanto se intensificó. No podía controlarlo, el llanto me ahogaba. Todos dejaron de hacer lo que estaban haciendo para dirigir su mirada hacia el piso, donde yo estaba. Y cuando pensaba que había llegado a mi límite de miedo, me di cuenta de que aún había más. El miedo se incrementaba en cantidades infinitas. Entonces seguí corriendo. Salí de la tienda. Corrí entre la gente, entre los niños que sonreían —sólo que yo ya no sonreía con ellos—. Entre bolsas de juguetes, abrigos, Santas —¿cómo le hacía para seguirme a donde fuera?—, nieve, taxis, luces, ruido, gritos. Gritos. Y otra vez terminamos en el hospital. Juro que yo no quería. Cuando abrí los ojos, mi mamá seguía llorando. Tenía sangre en las manos; yo sabía que esos vidrios la iban a cortar. Entonces vi a las personas que estaban a mi alrededor: a mi izquierda estaba una enfermera y enfrente de mí un doctor; yo estaba en una cama. Y me empecé a mover y sentí que todo me dolía y me dijeron que no lo hiciera y por eso lo dejé de hacer. Luego supe que la sangre que mi mamá tenía en las manos no era por los vidrios que habían saltado de ese espejo. La sangre era mía. Me atropellaron. No me di cuenta; corría con los ojos cerrados. Y la gente salía del cuarto y entraba y volvía a salir y volvía a entrar. Entre esas salidas y esas entradas quedamos Él y yo. Solos. Nadie más. No enfermera diciéndome Hello, little man, no Santa preguntándome qué quería esta Navidad, no doctor regalándome un bastón de caramelo, no trineo salpicado de nieve artificial, no duendes posando para fotos frente a un pinito, no taxis amarillos echando humo por la parte de atrás, no mami llorando con sangre en las manos oliendo a Chanel nº 5. No nada. Yo

tan surrealista obra cuando creyó que mezclar estatuas y construcciones de la antigua Grecia con ferrocarriles revolucionarios era algo estético? ¿Me puedes ayudar tú, porque aquí sí doy el brazo a torcer y acepto que *No* entiendo? Y no me soprendería que me dijeras que no me puedes ayudar y no porque no quieras, sino porque te encuentras en la misma situación que yo; ya sabes, de esas cosas que tu mundo —aun con todos los conocimientos que ha desarrollado— nunca podrá explicar. O seguramente está inspirada en una obra de Dalí. Anyway, dime tú, ¿quién no ha sido poseedor de ese mexicano juguetito alguna vez en su vida? ¿Quién que haya tenido esa caja amarilla en las manos no ha sido invadido por la necesidad de usarla y hacer algo divertido con ella, algo así como quemar los dieciséis volúmenes de la Britannica que están en la biblioteca de la casa del abuelo o simplemente quemar toda la biblioteca de la casa del abuelo y ya? Dime: ¿quién no pasó por ese dilema en la niñez? No chingues: no haber pasado por eso es algo así como... no sé: nunca haber robado la cartera de tu mamá para comprar todos los Duvalines disponibles en la ciudad con el único objeto de mandar los sellos a San Ángel Inn para ganarse el camioncito que se sorteaba en Chabelo. O no, peor aún: no haber pasado por eso es como nunca haberle mentado la madre a Chabelo por cometer la ingratitud de levantarte a las ocho de la mañana un domingo. ¿No? ¿Todavía no te sientes identificado? Ok, te la voy a poner más fácil todavía: no haber pasado por eso es como nunca haber creado en tu mente de niño precoz la imagen de tú y la malvada María Joaquina Villaseñor —Ludwika Paleta en tu novela favorita, Carrusel— jugando a La Casita y, no sólo a eso, sino jugando a que tú eras el papá y ella la mamá y en la noche hacían lo que todos los papases y mamases hacen antes de dormir. ¿Ah, verdad? Aceptémoslo: todo niño mexicano hizo, hace y hará eso alguna vez en su vida por el resto de la historia del país.) Pero bueno, te decía que, como todo parece indicar que el pobre Camilo nunca tuvo niñez, lo que se suponía debió haber experimentado hacía años lo experimentó apenas en su juventud y, por obvias razones, esas ganas ya no podían ser saciadas con una simple Britannica en llamas, ni por una biblioteca; esas ganas de jugar con cerillos —por haber sido reprimidas durante tantos años— sólo podían ser saciadas con un acto majestuoso. Por

entonces vete a Europa, Están empeñados en que estudie en Oxford, ¿Quiénes?, Mis papás, ¿Cuándo te han importado?, No lo digo por Él, lo digo por mi mamá, Pues Oxford no está mal, ¿Estudiando Economía?, Ahí puedes entrar a talleres y cursos de pintura, ya sabes, grupos y todo eso, No quiero entrar a Economía, No entres, Ya me inscribieron, Salte, Jorge, no es tan divertido romperle el corazón a mi mamá, Lo sé, pero no creo que sea una excusa lo suficientemente fuerte como para que dejes todo, Algo voy a hacer, vas a ver, Te creo, Algo voy a hacer. Camilo regresó a Monterrey tres días después, mientras Jorge seguía como promotor oficial de las obras de A.W by C. Yo sé que sólo he mencionado el Lola, pero había cuatro cuadros más —al menos exhibiéndose en distintas partes—: Disappear Here: en el lienzo hay un círculo blanco señalado con la leyenda de Disappear Here, rodeado de manchas y rayas multicolores. En la esquina inferior izquierda del lienzo está la silueta, toda negra, de un hombre. Aun cuando el hombre no tenía ojos, se notaba que lo único que en realidad veía de entre todos esos garabatos era el círculo blanco; el hombre quería llegar a él y desaparecer ahí, pero pasar por tantos colores para llegar a él parecía una tarea titánica. Los críticos lo veían como la expresión del existencialismo contemporáneo. Estaba también I Know You Are: un lienzo totalmente pintado de blanco. But What Am I?: éste, en contraste, era completamente negro. Si la gente lo entendía o no, le venía importando un kilo de huevos a Camilo. El objetivo inicial del pintor era hacer una alusión a la canción de Mogwai I Know You Are But What Am I?, la que, por cierto, te recomendé hace poco. Con la combinación de esos dos cuadros, Camilo quería expresar la diferencia entre el Ello y el Superyó freudiano, el blanco y el negro de todos los individuos. Para Camilo el Ello era la esencia de cada persona, el inconsciente, lo único que valía la pena de El Ser. El Ello era el blanco, era el I Know You Are, el bueno, el natural, el que desgraciadamente siempre tenía que ser reprimido por el Superyó que lo controlaba hasta el punto de hacerlo desaparecer. El Superyó, el malo de la película, era el lienzo negro y quien delimita lo que socialmente es aprobado, correcto, el *Debe Ser*, el que borra al inconsciente, quien es el que sabe realmente lo que se busca y lo que se quiere y quien provoca que las personas terminen preguntándose But What Am I?, porque, de tanta lucha entre las dos influencias, se pierden. Pero, ¿y dónde queda el Yo, Semi?, me cuestionas tú, mi cuestionador lector. El Yo, hermana, hermano mío, es el cuarto lienzo, el que lleva por nombre Usted y no es más que un cuadro —tan sólo un cuarto de tamaño respecto a los otros dos— pintado de gris. Sí: el Yo es el gris, el mediocre, algo así como el bisexual: no es ni uno, ni otro. ¿Y por qué Usted?, ¿Por qué más va a ser? Porque todas las personas terminan siendo grises, todas terminan siendo el vivo ejemplo del Usted.

— Break —

No sé cómo le hace la gente para no suicidarse en un día de verano cualquiera. Pienso en ustedes, los humanos normales y cotidianos, y no me explico cómo logran seguir en pie, sonriendo, viviendo su misma historia una y otra y otra y otra y otra vez, por el resto de su vida. Dicen que las tasas de suicidio en el mundo son altas; sin embargo, cuando hago un análisis entre las tasas y las vidas rutinarias que siguen, no logro entender la parte en que los sociólogos determinan que "son altas". ¿Cómo chingados van a ser altas? ¿Cómo si, en verdad, todos ustedes deberían suicidarse alguna vez en su vida en un día cualquiera de verano? Neta, no entiendo cómo no lo hacen; es decir, mis respetos, los veo a todos y sus rutinas y monotonías y días pasando, año tras año, bajo la misma historia y aun así, aun viendo la misma pinche película por centésima vez, ¿seguir vivos? Guou, that's something memorable. A eso llamo masoquismo. Anyway, son ustedes y su vida.

— Break Over —

Entonces sí, esos —entre otros— eran los cuadros que A.W. by C. presentaba en las exposiciones y que, poco a poco, fueron ganando más y más seguidores. Lo que más risa le daba a Camilo era que ninguna de las teorías o análisis que hacían de sus obras eran los correctos. Empezó a haber críticos que decían estar seguros de que en esas pinturas el artista quería expresar el lenguaje de la sexualidad y el amor. Decían que el blanco era la mujer, esperando paciente a que alguien llegara y la llenara de color, que hiciera una mezcla para convertirla en *algo*. Según ellos, el cuadro blanco no puede decir nada mientras no haya uno negro a su lado, porque sin ese cuadro negro se queda sin nada qué expresar; algo así como que la mujer es totalmente dependiente del hombre. El negro, por lógica, era el hombre, quien se encargaba de mezclar su fuerza con ese blanco para, juntos, formar algo distinto a ellos dos; es decir, el hijito, el gris. Mami Blanca y Papi Negro. Ambos cuadros, de aproximadamente dos por dos metros, daban, al mezclarse, relacionarse, acostarse, revolcarse, violarse o cualquiera que fuera el acto sexual, como consecuencia, a Hijo Gris, el cuadro pequeño, de tan sólo cincuenta por cincuenta centímetros. Según los críticos, el significado era tan obvio como que Alicia en el País de las Maravillas realmente debe ser clasificación R y que es apta para todo tipo de audiencia, menos para niños. Los títulos de los cuadros lo apoyaban, aseguraban ellos: I Know You Are era la mujer declarándole a su pareja que, como lo dice el título, ella sabe que él es el hombre, en quien va a confiar ciegamente, But What Am I? es el hombre aceptando la declaración de la mujer, tomando la responsabilidad que le han brindado, haciéndolo sentir fuerte y con poder, pero, al mismo tiempo que sabe su poderío acepta que sin Ella, sin su Blanco, él mismo se pierde y no encuentra razón de ser, ¿Quién soy yo sin ti? Tanta mezcla de pasión y amor y necesidad y sexualidad y dependencia deben tener una consecuencia, un producto: Pequeño Gris. El Hijo, ese *Aquél* que todos son. El Hijo de su Madre y su Padre, consecuencia —siempre consecuencia— ya sea de pasión o de amor o de necesidad o de sexualidad o de dependencia o una mezcla de todos esos y otros factores más. ¿Qué es algo que todos somos?, preguntaba Harrold F. Gertazog, crítico de arte especialista en movimientos del siglo veintiuno, Productos de la mezcla entre dos partes, eso somos, ¿o cuál es el resultado de revolver en la paleta el blanco y el negro? El Gris. Todos somos ese Gris, todos somos productos de esa mezcla. Eso nos quiere hacer ver el artista al bautizar al pequeño cuadro como Usted. Y al escuchar esas declaraciones tan vehementes, Camilo sólo pensaba, Pobres puñetas.

Roberto

Entonces me quedé en que me exiliaron De Aquí. Que me armara mis maletas porque me tenía que ir. ¿A dónde? ¿A dónde

contar para que esta historia siga un ritmo y tenga una secuencia lógica. Total, empezaron mis clases y con ellas mi plan estratégico de autodestrucción. La primera era a las ocho y media de la mañana y era Globalization & Franchises impartida por Miss Patty W. Louis, una mujer de cuarenta y nueve años de edad que bien yo no entendía por qué estaba ahí. Digo, no que fuera tonta ni nada; es sólo que es raro encontrar a una Ph. D. de ese calibre —físicamente hablando—. Bueno, al menos así la veía yo, con una visión que había sido ajustada por dos botellas de Moët. Sí, eran las ocho y media de la mañana y yo ya estaba ahogado. Nadie lo notaba, sólo mi enfoque y mi vista eran capaces de notar que, en efecto, dos botellas de champagne como desayuno pueden lograr cambios en mi manera de ver el mundo. Desde esa primera clase, en la que me dio por hablar todo lo que no hablé durante meses estando en Monterrey, Miss Patty y yo nos dimos cuenta de que podíamos tener una conexión muy interesante. Claro que, para que esta conexión se diera, era necesario que yo asistiera a sus clases siempre en el mismo estado, con casi cincuenta grados de alcohol nadando felizmente por mis venas. Roubertou, if you stay at the end of the class I can show you where to find the information you need, Sure, thank you, Miss. Ja, yo y mis mamadas. Te explico. Como a la segunda, tercera semana, ya que nuestra Notes-on-a-Scandal-relationship se hacía cada vez más formal —más preguntas, más respuestas, más interés mutuo y más flirteo— se me ocurrió hacerle la pregunta menos trascendental que mi desenfocada mente podía hacer, la cual, yo sabía, no iba a poder contestar en clase porque se salía del programa, Miss, the thing is that my father is looking for information about some franchises in particular and he wants me to do it; can you help me to find it or just tell me where can I look for it? Claro, seguramente mi papá me iba a pedir que hiciera algo para la empresa ahora que lo último que quería era que me apareciera en ella. Equis: no sé por qué se me vino a la mente hacer eso y no sé cómo terminó dando resultado, inclusive mejor de lo que esperaba. Entonces se fueron todos los compañeritos y me quedé yo, en su escritorio, tratando de enfocarme en sus ojos para que no notara que realmente no le estaba poniendo ni cinco gramos de atención, Look, Robbie, all you need to know is blah blah blah and you can find it blah blah blah y mientras más blah blah blahs decía, yo sólo pensaba en qué pasaría si en ese momento la besaba y terminábamos haciéndolo en el piso del salón. That would be nice, I thought. Y ella seguía hablando y yo seguía imaginándome la escena tan divertida y a la vez tan sexy en mi cabeza. Pero no: pensé mejor las cosas y decidí calmar mi libido y hacer de esa escena mejor una película; trabajar en ella, dedicarle tiempo y hacerla una obra digna de ganar en Cannes. Y así clase tras clase fuimos acercándonos más, conociéndonos más, hasta que un día me invitó a trabajar en el famoso proyecto que supuestamente mi padre quería... en su casa, ¿dónde mejor? ¿Que qué quería yo con todo esto? Ya te dije: hacer una película, de ésas donde la mujer madura se enamora del puberto y tanta seducción se sale de control y terminan revolcándose en el Volvo de la mujer madura, el cual está estacionado en el edificio de Business & Management de la universidad donde el puberto estudia y la mujer madura trabaja. Sí, revolcándose en el mismo coche que se encuentra justo al lado del Lincoln color plata de Mr. George Tucker, veterano catedrático de la misma institución en la que la mujer madura, en su disfraz de maestra, está teniendo un orgasmo provocado por el niño que está en el asiento derecho de su Volvo negro. Mr. Tucker impartía la materia de Microeconomics. Microeconomics era la única materia que yo no llevaba tronada. Tronada era la que me quería dar Mr. Tucker; Georgie era gay —¿a poco pensaste que la tenía pasada por méritos propios?— y yo era su crush. Crash, se escuchó cuando el trofeo que George había recibido horas antes como reconocimiento a su labor docente golpeó la ventana de la puerta derecha del Volvo S60 como muestra de asombro, coraje, odio, traición y ofensa. Ofensas de sobra le había hecho yo al nunca —ni cuando me pasó con +B habiendo sacado un F en el examen de medio término— haber cedido a hacerle el favor a ese pobre güey. Gay de clóset y todo lo que quieras, pero Mr. Tucker tenía sus principios y le era más fiel a BU que a su propia esposa —eso nos queda muy claro—, por eso, después de confirmar lo que sus ojos sospecharon ver y de haber hecho el suficiente escándalo como para que Miss Patty volviera de su trance orgásmico, después de haber experimentado tan fuerte impacto, te digo, mi maestro de sesenta y dos

de todas formas iba a estudiar economía. Eso lo supe desde antes de que mis papás brindaran con sus copas de champagne en el crucero por el Mediterráneo que hicieron en su luna de miel; lo supe desde antes de que se acostaran para concebirme después de esas dos botellas de Dom Perignon. Es más, ya me acordé: lo supe en el mismo momento en que a un imbécil cualquiera se le ocurrió matar a Franz Ferdinand —el archiduque, no el grupito poser ese— sólo para que Austria —un país perdido que nada más sus habitantes conocían— se hiciera famosa y pasara a ser una nación un poco menos loser sólo porque fue capaz de lograr que el mundo hiciera su propia película de acción en vivo y a todo color, la divertidísima y merecedora del Oscar por mejor guión y dirección: The WWI. Es que no mames: que iba a estudiar economía lo supe desde antes de pinche nacer. La razón es que los Alonso, la familia de mi madre, mantienen un legado de economistas que Adam Smith bien pudo haber envidiado. Y yo, único posible idiota en recibir toda la carga, tenía que tomar orgullosamente mi papel de marioneta y seguir con el honor de la familia. A joder a su madre todos: ¿yo qué chingados voy a hacer en esa carrera de imbéciles con corbatitas a rayas y trajes mal combinados? Si el legado hubiera sido de los Santibáñez, fácilmente me hubiera escapado; pero, ahí donde me ves, mi mamá seguía siendo mi mamá y a ella no era tan fácil mandarla a la chingada. Vaya que es cansado esto de contar las cosas; realmente me gustaría que Semi lo hiciera. Creo que está en depresión —Semi— o algo así escuché, la verdad no sé; el caso es que por eso me pusieron a hablar a mí y no a él: Semi está en huelga. Anyway, ¿en qué me quedé? Ah, sí: Oxford. Pues nada. Llegué y decidí que el departamento que me habían comprado no me gustó; estaba rodeado de estudiantes y grupos estudiantiles y ese tipo de cosas que simplemente *no* van conmigo; qué pinche flojera estar aguantando que cada media hora un idiota esté tocando la puerta para invitarme a jugar polo con los demás idiotas que en un futuro no muy lejano van a usar corbatas a rayas y trajes mal combinados o que quieran hacer study groups en mi depa e infectarlo con sus corbatas de rayas y sus trajes mal combinados, o que vengan a pedirme jabón o que simplemente estén cerca de mí. No. Por eso lo vendí y me compré un loft en una zona consistente con mis intereses. Y ya. No mames, realmente soy pésimo para esto de contar cosas; me estoy desesperando muchísimo y creo que no se me da; no me explico bien, no sé. Pero bueno, me vale madres, que entenderme no es mi problema sino el tuyo. Yo sé que te dije que cuando me tocara hablar a mí iba a ser la parte más pinche cool, pero me equivoqué. Lo que quise decir es que cuando le tocara a Semi hablar de mí iba a ser la parte más pinche cool. Pero repito que Semi no anda de humor y no logro hacerlo entender que este es su trabajo y no el mío. Total. Mis clases eran en la mañana. ¿No te has preguntado qué fue lo que pasó cuando mi mamá y Camilo regresaron de las Islas Griegas y notaron que La Galería ya no existía, que había desaparecido igual que cuando Copperfield desapareció la Estatua de la Libertad? Ya sé que cambié el tema totalmente, es sólo que se me había olvidado que nadie se sentó a explicarte qué fue lo que pasó después. Pues bien, regresaron tus tíos, ¿no? Y ya, llegaron a la casa y vieron que el jardín se veía un poco austero, como que algo le faltaba. Luego Camilo se dio cuenta de que lo que le faltaba era un edificio que antes estaba ahí y ahora no; un edificio de tres pisos que guardaba cientos de años de historia. Entonces metió la mano izquierda a la bolsa de su Armani, sacó un pastillero, agarró cinco de las veinte pastillitas de colores que estaban en él y se las tomó. Respiró profundo cinco veces y cerró sus puños con una fuerza mayor que la promedio. Su párpado derecho empezó a temblar. Entonces preguntó qué había pasado, entonces yo contesté que La Galería había tenido un pequeño percance, y él preguntó de qué se trató el pequeño percance que sufrió La Galería, a lo que yo contesté que el pequeño percance que La Galería había sufrido fue haberse topado conmigo, entonces él respondió con un No entiendo, y yo le contesté que había hecho una fogata en el jardín porque se me habían antojado unos bombones con chocolate caliente y, en una de esas que fui a buscar palos para clavar los bombones, cuando regresé me di cuenta de que la fogata se había salido de control y, en eso, Boom, todo explotó. Sorprendente. De haber sabido, lo hubiera grabado. Entonces don Camilo estaba justamente a dos segundos de agarrar una escopeta y dispararla en mi entreceja, pero ese acto no se pudo consumar gracias a que mi mamá lo abrazó por la espalda y le dijo algo así como Cálmate,

nerte a platicar con el takataka que va en tu lado izquierdo —aun cuando no tengas una puta idea de chino—, que platicar con los puñetas que me tocaban como compañeritos. Te juro que era mil veces mejor echarme todos los infomerciales de Estela Mitchell tratando de venderme una figura de cerámica en forma de perrito con ojos tristes a sólo Two hundred and fifty pounds!, que pasar más de quince segundos con cualquiera de esa gente próxima a ser clientes frecuentes de Brooks Brothers y L.L. Bean. Yo creo que por eso caí en las garras de Estela Mitchell y terminé comprando toda la familia de perritos con ojos tristes; desde Mommy Dog hasta el Baby Boo, el más pequeño de la familia, That is beggin for a sweet soul to adopt him! Pues sweet, así que tú digas *sweet,* no la encontró, pero mínimo logró estar junto a su cerámica madre y toda la bola de perros que el CV Directo versión inglesa ya me había convencido de comprar semana tras semana cual zoofílico frustrado. Para cuando menos pensé, me había convertido en todo un asiduo coleccionista de The Paws Family by Estela Mitchell. Y eso en cuanto a compañeritos. Los maestros. Los maestros eran homosexuales reprimidos que no podían tener menos de ochenta y cinco años. Las clases eran tan repetitivas como las persecuciones copypasteadas de Tom & Jerry. Claro que eso era sólo el colegio, que al fin de cuentas, en Oxford o en Monterrey, en Tepito o en L.A. siempre me daría igual. Por eso me iba a Londres a satisfacer mi ocio; no quería terminar ahora sí siendo un zoofílico de tanto estar viéndole la jeta a esos pinches perros de cerámica, únicos roommates y almas disponibles para acompañarme en mi malsano aburrimiento. Entonces, por eso que te digo del rechazo a la zoofilia, es que me iba a Londres, La Virgen María de todas las naciones, siempre disponible con sus brazos abiertos para darle protección y resguardo a todos aquellos que vagabundean por el mundo del aburrimiento. London Mary me adoptó y yo a ella y fíjate que resultamos ser el uno para el otro. Si dicen que en México hay drogas, Geez, es porque nunca han pisado Londres. Todo lo que busques, lo encuentras ahí. Y cuando digo todo, I mean *todo.* Desde un travesti que se acuesta únicamente con lesbianas hasta un albino homosexual cocainómano que se acuesta únicamente con french poodles. Ese sí es un mundo multicultural y no chingaderas. It's a

a malcontar sus tragedias —desde el último relato de Camilo y el último, también, de Roberto— yo estuve a dos de agarrar el jet de los Santibáñez, pilotearlo y estrellarlo cual terrorista iraquí en el primer edificio que se me pusiera enfrente. Ingerí manjares compuestos por Prozacs, Valiums, Lexapros, Paxils, Zolofts, Norpramins, Effexors, Cymbaltas, Wellbutrins, Remorons, Aventryls y demás tipos de antidepresivos que ni la suma de todos los rockstars —desde The Beatles hasta Pete Doherty—, escritores —de Allan Poe a J.K. Rowling (nadie ha declarado aún que ésta sufra de depresión pero les doy un año para que lo hagan)—, nietzsches, virginias y van goghs juntos han tomado. Y nada. Y traté de encontrar soluciones alternas y nada. Y coca. Y nada. Y pastillitas-para-la-felicidad. Y nada. Y cocteles de psicotrópicos exóticos para la sana recreación. Y nada. Y un one-night-stand con el güey de la portada de GQ del mes pasado. Y nada. Entonces con la de este mes. Y nada. Otro con la modelito que salió en la de Vanity Fair Christmas Special Edition y nada. Remedios, la Bella, en mi cama, y menos. No, no menos: y peor; haberla sacado de las paradisiacas hojas de don Gabriel para llevarla a mi mundo y que yo no llegara a sentir emoción alguna con ella, era síntoma de que había llegado al acabose de mi existencia. Y ácido muriático. Y speedballs. Y blowjobs. Y Nada. Y Nada. Y Nada. Una semana en Fiji. Otra en Marte. ¿En serio lo tengo que repetir? Otra en Ibiza. Y por fin mi Papi se acordó de que tiene un hijo —no uno cualquiera como ustedes, sino uno directo como Yo— y me sacó del hoyo en el que estaba para aventarme en la fiesta del veinticuatro aniversario de Pacha. Pero no, no fue ni Ibiza ni el mejor antro de la mejor isla de Europa lo que me sacó de mi insoportable estado. Lo que lo haya logrado, no te lo diré porque lo prefiero guardar para mí. Y bueno, como ya estoy bien, seguiré con la historia de Camilo, la cual se quedó en una descripción fanática de la ciudad más cosmopolita de tu mundito, mi playground. Pero eso tú ya lo sabes, mi sabiondo lector, lo cool que es Londres, ¿para qué repetírtelo? Entonces, en resumidas cuentas, el cuadro está así: Camilo en Oxford, rara vez asistiendo a clases, yéndose al menos cuatro veces por semana a Londres, hablando una vez al mes con Malusa y dos veces por semana con Jorge, tomando como curso extracurricular Arts & Painting Workshop, recibiendo invitaciones para exhibiciones locales,

pintor protagonista; podrían pasar las horas sin que ninguno de los dos se diera cuenta de que no habían comido, no habían dormido y no se habían bajado de esa tarima donde están pintando desde hace más de dos días; quedar inválidos y no llegar a notarlo porque al final de cuentas las piernas no las necesitan para pintar. Él sólo pintaba. Y cambiaba de pinceles. Y cambiaba de colores. Y seguía pintando. Y cambiaba de pared. Y seguía pintando. Y se alejaba para contemplar el escenario completo. Y se reía. Y sacaba de su crucifijo las proteínas que lo mantenían despierto. Y las inhalaba. Y seguía pintando. Y le excitaba tanto cómo iba quedando que incluso tuvo una erección. Y un orgasmo. Y afinaba detalles. Y terminó su obra. Y se fue. Si alguien hubiera grabado el grito que Mrs. Kingston vociferó al abrir la puerta del salón de pintura el lunes siguiente, ésta hubiera aparecido en el libro de los Guiness ese mismo año bajo el título de The Killer Voice: For that who can break a window without even touching it, y hubiera mandado a esa mujer al mundo de la fama, la fortuna y el reconocimiento, pero como cuando eso sucedió no hubo nadie que estuviera preparado con una grabadora que avalara frente al "Congreso de avaladores de las acciones que hace la gente cuando no tiene mejor propósito en la vida que hacer cosas pendejas" o cualquiera que sea el nombre del Congreso calificador del Guiness, como no había nadie que lo grabara y mandara a esa mujer de setenta y ocho años al libro de la fama, decía yo, eso no pudo pasar y pobre Mrs. Kingston se tuvo que quedar sólo con el recuerdo grabado en su memoria. Con eso y con un ataque de asma. Casi con un infarto, pero como es una mujer fuerte, su impacto no llegó a tanto y sólo se quedó con su mediocre ataque de asma. ¿Qué había pasado ahí? Sólo la persona que había hecho semejante barbaridad, mi Papi y yo —bueno, y ahora tú— lo sabemos. O tal vez alguien más, pero definitivamente ese *alguien más* no era Mrs. Kingston. Y empezó el caos y la búsqueda de los culpables y las investigaciones y demás acontecimientos que, tú sabes, tienen que acontecer en este tipo de situaciones, en este tipo de colegios. ¿Cómo alguien se había atrevido a pintar la versión pornográfica del Juicio Final con los rostros perfectamente claros de todo docente encargado de la división de Economía alrededor de esas cuatro paredes y un techo? ¿A qué hora entró Satanás a nuestras aulas?, se preguntaba la encargada de impartir el taller que a Camilo tanto le aburría, porque Sólo Satanás o, en su defecto, el hijo de éste, podrían haber hecho algo así. ¿Que qué era lo que sólo Satanás o su hijito pudieron haber hecho? Nada del otro mundo; es sólo que, seamos realistas, ¿qué le dejas a una mujer de setenta y ocho años educada bajo los estrictos regímenes de la nobleza inglesa, y que lo más *atrevido* que ha llegado a ver es al David y a Leonardo DiCaprio y Kate Winslet revolcándose en un Ford guardado en una bodega del Titanic? Neta, ¿qué le dejas? Leer dos páginas —o qué te digo dos páginas, el título— de un libro de Henry Miller ya habría sido pecar de lujuria para esa pobre mujer negada a los placeres carnales y hedonistas. Imagínate lo que es entonces el que vea su mismísimo rostro plasmado en la parte baja de esa pared, besando apasionadamente la boca de su gran amiga y compañera de trabajo Miss Jane Louis Brown —experta en los comportamientos y fluctuaciones del London Stock Exchange y Dow Jones— y tocándole con la mano izquierda la pierna y con la derecha el seno contrario. Ni ella misma, que había vivido casi ocho décadas con su cuerpo, lo había visto antes tan desnudo. Acerca de ésta, cabe mencionar, favor que le hizo Camilo porque, a decir verdad, esta Mrs. Kingston lejos estaba de ser una Kate Moss o algo que se le acercara. Al contrario, sólo de pensar en cuál fuera realmente el cuerpo que escondía su maestra de pintura debajo de esas telas, sólo de pensar eso, te digo, Camilo trataba de recordar algún evento de infancia lo suficientemente traumático para lograr borrar tan shockeante imagen mental. La gente no tiene la culpa de que Mrs. Sue Kingston no cuente con una exuberante figura y fue por eso que Camilo trató de evitarle a esa gente que no tiene la culpa la pena de ver todos los días que visitaran el Art Workshop la imagen del cuerpo triste y decadente de una anciana la cual, en cualquier momento, sería tocada por la mano de Dios para ser llevada al Paraíso de los Ancianitos Decadentes o cualquiera que sea el lugar al que se van esas personas cuando se mueren, ya sea porque sus cuerpos ya caducaron por exceso de uso o porque simplemente los chinos son demasiados en el mundo y ya no hay espacio para almacenar más objetos inservibles. Para evitar que los alumnos de dicho taller cayeran en depresión o pensaran en la idea

a los representados, mucho menos de burlarse de ellos —hacer eso sería ofender la seriedad de la obra—, sino de usar esos cuerpos para expresar un mensaje de amor, creativa, clásica y románticamente. Lo que el desnudo buscaba representar era la transparencia del alma, la pureza de la libertad al expresar el amor tal y como es en cualquiera de sus formas. Camilo quería que cada que la gente entrara a ese cuarto les dieran ganas de amar. Amar con fuerza, con pasión y con entrega. Amar hasta morir. Amar al mundo entero. Al que estuviera en ese momento a su lado. Al maestro que impartiera la clase. Al que siempre se ha amado. Al que nunca. Al amor. A la belleza. Amar y ya. Ansió que llegara ese lunes sólo para ver la cara de los espectadores y fantaseó con la idea de que poco a poco llegarían más y más personas a ese cuarto y empezarían a besarse unos con otros, no importando quiénes fueran. En su mente se proyectaba la imagen de maestros y alumnos llegando a ese cuarto, despojándose invariablemente de su ropa y simplemente expresándole el amor a su prójimo de la manera más bella y romántica posible. ¿Qué tan difícil puede ser? Ámense todos a la chingada. Que la belleza del arte inspire al amor. Let Art unify the fucking mankind, pensaba Camilo. No, no me chingues, Semi. Ahora sí dile a tu pinche escritor o quien-madres-sea que te está diciendo qué decir, que, o ya se le olvidó cuál era la personalidad del Camilito este, o que de plano está de la chingada su desarrollo del perfil de los personajes, porque —de nuevo— lo que está diciendo no puede ser, o bueno, tal vez sí puede ser pero no; o sea, ¿no que este güey era algo así como la versión contemporánea de Hannibal Lecter y la madre? ¿No que muy pinche malito? ¿Y ahora me sales con la jalada de que quiere que el mundo entero se tome de las manos para formar un círculo gigante y ponerse a cantar, Aleluya, que Dios está en el cielo, Aleluya, alabemos al Señor todos juntos como hermanos? No, no mames, insistes en decirme tú, mi milveces-incrédulo lector. Órale pues, yo le paso el recado, no te preocupes. Tú tranquilo, que yo me aseguro que le llegue. Anyway, que amor fue lo último que hubo en ese salón después del grito enfermo de la Kingston. Y te digo yo que francamente no entiendo qué hacía tanto pinche policía en ese salón, si en la esquina inferior derecha de la pared del centro se encontraba claramente la firma

de soledad viví en esos días de New York. El trámite para mi transfer se hizo —como siempre— sin problema y —como siempre, también— sin preguntarme ni siquiera de qué color quería las sábanas de la cama de mi depa; sin importar lo que mis labios articularan a favor o en contra, NYU me adoptaría sin mayor complicación; mis papás le habían cedido su patria potestad a una junta de directivos que les prometió formarme mejor de lo que ellos lo hubieran podido hacer si me hubieran mandado de vuelta a Monterrey. Y yo simplemente cantaba —a mí mismo, ¿acaso había alguien más a quien hacerlo? ¿Alguien más que lo notara?—, Dan-da, dan-da, dan-da, dan-da, here I'm, the only living boy in New York. Debo aceptar que, para ser un castigo, que te manden a vivir a NY poco se parece a la idea de que te quiten la American Express o te cancelen el viaje que tenías planeado con tus amigos para Semana Santa, que a NY siempre la he considerado fascinante y un lugar donde es muy fácil encontrar los medios necesarios para lograr un nivel de satisfacción emocional, si no extraordinario, al menos austeramente estable. Y ahí estaba yo, el only-living-boy-in-New-York, o, más bien, el only-~~living~~-boy-in-New-York, porque de vivo no tenía nada. Lo que estuviera pasando con lo que un día fue mi vida en Monterrey ya no me importaba. El contacto lo había perdido desde hacía mucho tiempo; probablemente desde antes de que Fernanda me mandara directo a bolearle los zapatos al chofer. Caminando por Central Park, mientras fumaba el primer cigarro de mariguana que había logrado conseguir desde mi llegada a la capital del mundo, me puse a pensar en eso, en si realmente había sido lo que pasó en Monterrey lo que había mandado a la chingada el resto de mi existencia o si había sido yo en verdad el que estaba —ansiosa e inconscientemente— buscando la manera de que algo así me sucediera sólo con el afán de empacar mis maletas y largarme de ahí. Pero deduje que no. Acostado en el pasto con los ojos rojos perdidos en la profundidad del contaminado cielo de New York, deduje que, si todo siguiera bien como antes, como cuando era novio de Fernanda e hijo de mis padres y amigo de mis amigos y estudiante del Tec y dueño de mi vida, si todo hubiera seguido así, yo estaría feliz ahí donde estaba, a su lado, con cenas a beneficio y fiestas que me hacían creer que podía viajar en el tiempo,

mucho menos demostrar que haberle brindado la oportunidad de
tener una matrícula en dicha universidad había sido una buena
idea. Pero eso era su culpa, porque yo nunca les pedí el favor ni la
oportunidad de que me aceptaran en su pinche escuelita de pseu-
do-artistas maricones. Y abrí los ojos y me di cuenta de mi realidad: ya no tenía caso desmadrar la universidad entera con el afán
de llamar su atención porque eso, quemara lo que quemara, no iba
a pasar. Podía matarme tratando de hacer que me corrieran de ahí
y seguramente lo lograría, sólo para que me transfirieran a George-
town o a Penn o a Brown o a Yale o a donde se les diera su chingada
gana, menos a un lugar donde me sintiera *cerca*. Pero, ¿cerca de qué?
¿De quién? Ya no había nadie de quien sentirse cerca. ¿Para qué chingados seguía huyendo si, corriera a donde corriera, no iba a llegar
a ningún lado? Nadie iba a estar esperándome con los brazos abiertos en algún lugar de algún país del mundo o, peor aun, no había
nadie detrás de mí de quien *huir*. Lo único que estaba logrando era
desgastarme inútilmente, corriendo como un perro detrás de su
pinche cola, sin un fin y sin nadie que le diga, Párate, porque a
nadie le importa realmente que el pendejo del perro se pase cinco
horas tratando de alcanzar su cola —mientras no moleste a nadie,
que lo haga por viente años si así lo desea—, así como a nadie le
importaba tampoco que yo me pasara todo el semestre tratando de
lograr que me corrieran de un colegio sólo para terminar en otro
igual. So I put a white flag on my chest and gave up. Así de fácil
me di por vencido. Ya. Ya no quería dar más problemas. Ya no
quería estorbarle al mundo. Ya no quería *nada*. Lo único que quería era que me dejaran quedar en mi depa de Park Ave. escuchando
a Kings of Convenience cantar, Every day there's a boy in the mirror
asking me what are you doing here, finding all my previous moti-
ves growing increasingly unclear… homesick, cause I don't longer
know, where home is a todo volumen. Y si ya ni eso me dejaban,
mínimo que no me obligaran a salir de ahí; quería que me dejaran
quedarme en ese departamento hasta que otro Bin Laden volviera
a organizar a su grupo y, en vez de mandar los aviones al siguiente
edificio más alto de la ciudad, lo mandara al mío o alguien tocara
mi puerta cargando una jeringa con sangre infectada de VIH y me
preguntara que si gustaba que me la inyectara y yo dijera que Sí,

muchas gracias, aquí está la vena, y diera mi despedida al mundo de una vez por todas. No pedía nada más. Pero obviamente el Señor Mundo no podía entender eso y él sí me exigía más de lo que yo le exigía a él. A la vida no se le da eso de ser justa conmigo, the story of my life. Y como no podían dejarme disfrutar de mi desgracia mientras me encerraba en el depa a escuchar a cualquiera que se le antojara escribir canciones que yo mismo hubiera escrito de haber nacido con el don de la composición, como no podían dejarme ahí, ignorando lo que pasara en el exterior, ignorando quién sería el nuevo gobernante del mundo o cómo iban las bolsas en el mercado o el pinche tipo de cambio o qué puta aerolínea se fue a la quiebra porque en un mes se le cayeron tres aviones seguidos o cuánto había crecido la inflación en México o cuántos pinches árabes se mataron siendo *héroes,* como no podían dejarme estar, si no feliz, al menos hundido en paz, como no podían dejar de estar chingando la puta madre, me hicieron pagar el exceso de faltas a las clases con nada más y nada menos que horas de servicio comunitario. El reglamento de NYU decía que, realmente, lo que tenía que pasar con mi situación de siete semanas de faltas a clases de manera ininterrumpida era que mi matrícula se diera de baja del sistema y así de fácil me eliminaran de su vida, pero, como eso era justamente lo que yo quería, eso era precisamente lo que *no* podía pasar; yo no podía ser merecedor de una dicha tan grande como ésa. Total, que no sé qué puto favor le debía la universidad a mi papá, el caso es que para enmendar el problema del exceso de faltas y no borrarme de la lista me dijeron que tenía que hacer servicio comunitario —porque algo tenía que hacer—. Horas de servicio comunitario a lo pendejo, como millones de horas de servicio comunitario por día. Horas y horas y horas, hasta que no hubiera un solo papelito de basura en todo pinche New York o todos los abuelitos de todos los asilos de la ciudad fueran acostados en sus camas con su lista de medicamentos previamente administradas por mí. Hasta que no hubiera ni un solo problema social en la ciudad más problemática del mundo. Y era eso o que me quitaran la visa de estudiante y me prohibieran la entrada al país de manera definitiva, y no porque así lo dijeran las leyes americanas, sino porque, según ellos, me estaba negando a hacer lo que las autoridades me

Sí, más o menos. Justo cuando pensaba que la tres millones doscientos cuarenta y ocho mil novecientos treinta y tres caería, me di cuenta de que la huelga de mis ojos había comenzado y no había fuerza humana que los convenciera de seguir llorando, así que me paré, tomé un Camel de los tres que me quedaban, lo encendí y comencé a caminar por las calles, sin destino, sin fin y sin alguien que me guiara hacia un mejor lugar —uno donde hubiera alguna razón para caminar hacia él—. Y me puse a pensar: ¿qué había quedado de mí? Hacía tiempo que había dejado de hacer mis trescientas abdominales, doscientas lagartijas, cien sentadillas, cuarenta minutos de cardio y variable cantidad de pesas diarias. Hacía meses —¿años?— que no desayunaba fruta y cereal y omeletes preparados con aceite de oliva extra virgen sino que, en vez de eso, sólo tomaba mimosas y mimosas y más mimosas. Mientras caminaba por el Ritz y veía la cara de mi papá en todos los hombres que entraban y la de mi mamá en todas las bolsas Hermès que los acompañaban, me di cuenta de que había días en que no comía nada y había otros en los que no hacía nada más que comer. Pasando por el Loews de Broadway, observaba a las parejas entrar y salir, abrazadas, tomadas de la mano, sonriéndose uno al otro, como si no hubiera ningún problema en el mundo —nadie muriéndose de leucemia en un hospital de Houston ni islámicos cometiendo ataques suicidas en alguna parte de Pakistán; como si el mundo fuera bello y feliz y perfecto y adorable—. Observaba la cartelera y me daba cuenta de que no tenía idea de cuáles eran las películas que saldrían para la temporada navideña, *the most wonderful time of the year*. ¿The most wonderful time of the year según quién? Seguramente el que escribió ese pinche villancico gringo no había sido tomado por los dioses del azar como lo fui yo. Y seguía caminando. Y veía a hombres y mujeres tomando sus vanilla lattes y sus espresso doppios en el Starbuck's mientras leían las noticias en el New York Times y me restregaban en la cara lo alejado que estaba de salir en ellas, ya si no como el próximo Steve Jobs, al menos en un pinche obituario. Y seguía caminando mientras me daba cuenta, cada vez más, de lo triste y decadente de mi situación. Después de haber sido el foco de todas las miradas, el pinche atractivo visual del zoológico humano donde vivía, de haber sido la envidia, el orgullo y el ejemplo de todo adolescente con una meta en la vida, después de eso, caer tan bajo y terminar siendo Yo. Y ahí me di cuenta, también, de lo deprimente que es ser perseguido diariamente por el paparazzo y estar en boca de todos un día —como el típico one-hit wonder que suena un año entero en la radio y en la tele y en el antro y la gente lo baila en el D.F. y al mismo tiempo en Shangai pero, exactamente después de *su* año, ni su mamá se acuerda de que existe; Lou Bega después de su Mambo No. 5, ¿te suena? Ok, algo así— y de pronto no ser más que el recuerdo de un olvido. No vender portadas, ni discos, ni libros, ni madres. Caminar entre las masas y no ser reconocido; no tener la fuerza de atracción necesaria para parar el curso de los demás y hacer que te volteen a ver. Esperar en la fila del súper como un humano cualquiera y tener que hacer reservación para cenar en un restaurante de medio pelo. Porque todo producto en el mercado tiene una fecha de caducidad. Porque yo era un producto en el mercado y mi fecha había llegado sin que yo me diera cuenta. Y lo tienes que aceptar, me dijo Yo, Tienes que dejar de llorar y darte cuenta de que eres un producto obsoleto y que tus días de gloria ya pasaron a ser, como acabo de decir, sólo Días de Gloria, ya no un estilo de vida, ya no *nada*. Tienes que aceptar que Fernanda nunca va a regresar contigo y mucho menos con el *tigo* actual, un average-brand-new-alcoholic-nearly-weed-addict-weak-young-man al que ya no le importa su vida ni pretende ser alguien en el futuro. Un mediocre al que se le puede olvidar bañarse de vez en vez y que tiene un celular que no le sirve para nada porque nadie se lo sabe porque a nadie le interesa sabérselo; un desastre que lo único decente que mantiene en su profile es que noche tras noche toma Dom Perignon o Moët & Chandon; mínimo toma eso, pero tampoco se soprendería si empezara a tomar Bacardí en un futuro no muy lejano. ¿Tu coche? ¿Dónde dejaste esa Range Rover negra?, No sé; pregúntale a quien se la haya quedado esa noche que salí solo —¿con quién más?— a un bar en Soho y terminé despertándome en Spring street sin un dólar en mi cartera, Y no, Roberto: no es que tus papás hayan decidido cortarte tu mensualidad para que aprendas la lección y te pongas a hacer las cosas bien, ni que como castigo por andar volándote las clases te hayan cancelado la tarjeta.

por qué hiciste lo que hiciste. Y una vez discutido tan importante punto, continúo diciéndote que la vista desde aquí es la misma que desde cualquier crucero que hayas tomado antes, una inmensa y estúpida cantidad de agua; agua por aquí y agua por allá y agua por todas partes. Agua y agua y agua hasta que te canses de verla. Cuando me pongo a ver desde los balcones de los cruceros el horizonte que se vislumbra después de llevar dos días on the sea y no tener nada alrededor más que el líquido sin el cual, según ustedes, no podrían vivir, cuando me pongo a ver esa cantidad interminable de masa azul, te digo, es cuando no termino de entender de dónde sacan eso de que su mundo se está quedando sin agua. Y este crucero dura treinta y dos días. Y yo no sé en qué chingados estaba pensando al subirme en un bote que me va a traer mareado treinta y dos días seguidos y que, de postre, me va a dar Rayitos de Sol on the rocks —justo lo que me gusta, un pinche calor caniculiento—. Pero no importa, me haré responsable de mis actos —como Mi Señor Padre siempre me ha dicho que haga y nunca he hecho— y seguiré viendo agua ridículamente azul desde el balcón de mi camarote mientras tomo litros y litros de jugo de arándano —no, no, no. No me veas así, lector. El barquito éste no tiene variedad en bebidas baratas, o mejor dicho, en bebidas sin alcohol y, como le prometí a Mi Papi que dejaría de tomar durante cuarenta días, no tengo más opciones que beber jugos azucarados e increíblemente artificiales o agua; el de naranja no me gusta y el de manzana me empalaga. El de tomate me da ganas de vomitar porque me recuerda una cruda en la que casi me pongo a llorar del sufrimiento, y el de pepino es demasiado sano como para atreverse a entrar a mi cuerpo; le da miedo al pinche maricón—. Y te decía que no voy a hacer nada más que ver, durante treinta días, cada ola que se mueve en el profundo Mar Rojo, embriagándome con vasitos piñateros llenos de agua de filtro, azúcar y algún saborizante de frutas exóticas que sabe a todo menos a arándano y que me van a hacer engordar como imbécil, mientras me arrulla algún concierto de Vivaldi que se escucha desde alguna parte incierta —aún no logro descifrar si esa parte es mi cabeza o el estéreo de la sala—. Porque prometí portarme bien y eso voy a hacer aun cuando sea sólo por cuarenta días. Y, ya que ando en éstas, de una vez aprovechar mi tiempo de manera inteligente contándote lo que sigue que te cuente de lo que se supone te estaba contando. Total. Entonces me quedé en que Camilo le marca a Jorge para decirle que le tiene que dar asilo en su departamento de Manhattan porque durante dos semanas no va a tener mejor chamba que hacer en Oxford más que estar picándose los ojos hasta que se desangren o, en su defecto, hasta que encuentre otros ojos a los cuales estar picando —cosa que, por su falta de instinto gregario, parece muy poco probable—, porque está suspendido y, para él, eso es sinónimo de estar de vacaciones y tener tiempo para visitar a la familia y a los amigos, y como la idea de visitar a la familia se ve tan lejana como la pinche luna se ve desde el camarote en el que estoy y en cuanto a amigos su directorio telefónico se resume a *uno*, decidió entonces que ese *uno* era el que tenía que visitar. Y por eso le marcó desde un taxi que se dirigía hacia el London Heathrow Airport, donde tomaría, como un humano cualquiera, un vuelo comercial de British Airways que tuviera como destino final, directo y sin escalas, el aeropuerto de JFK. En un aproximado de quince horas llegaría a New York. Estaba contento de que vería a Jorge pero todavía más de que iría a exposiciones nuevas donde podría entrablar pláticas con gente que sí compartiera sus intereses y lo sacaran, al menos por un rato, del ensimismamiento que provoca estar en un colegio en el que todos parecen estar hechos en molde y usan corbatas a rayas y trajes Ralph Lauren para ir a clases y juegan waterpolo y cricket en vez de hacer experimentos de ingestión de LSD y pastillitas divertidas como pasatiempo. Y ya lo tenían hasta la madre y ya necesitaba respirar el contaminado oxígeno de Fifth Avenue y Times Square. Para todo esto, nuestro adorable e inocente Camilito ya llevaba un buen rato sin intentar ningún acto suicida lo suficientemente importante como para ser registrado por mi memoria. A menos que fuera a pasársele la mano pendejamente en algún cocktail de cápsulas mal combinado o en una exagerada ingesta de golosinas que nunca tuvo como fin principal el acabar con sus signos vitales, Camilo llevaba ya varios meses siendo una persona *normal*. Eso no significaba que ya no se muriera de ganas de morirse, era sólo que la vida, al menos pintando en ese tallercito de principiantes ignorantes y visitando cada exposición que se presentara en

la que el miedo lo invadía, cuando creía que *esta vez sí* se le iba a aparecer El Famoso Rayito de Luz Blanca que ilumina el camino hacia la puerta que dice EXIT por la cual debes atravesar para pasar la aduana que te lleva de Este Mundo a El Otro, cualquiera que El Otro —la inexistencia del ser, el infierno, el cielo, la reencarnación en un ser más o menos evolucionado— sea. Y al mismo tiempo tampoco se aguantaba estando aquí. Porque Londres lo tenía todo, pero él no. Y yo sé que te dijo que era muy feliz viviendo ahí, que siempre encontraría algo nuevo y divertido que hacer y sí, es verdad —vaya que lo es, Camilo nunca diría mentiras—; es sólo que cuando llegaba el amanecer y se encontraba en algún depa de algún humano que no sabía quién era ni qué pensaba, se daba cuenta de que si en ese momento se le antojara hacer lo que siempre había hecho —tirarse de balcones, desangrarse en tinas, correr entre trenes, sufrir sobredosis, jugar al invencible— y lo lograra, nadie estaría ahí para atraparlo mientras cayera —ni un chofer, ni un mozo, ni una ama de llaves, que eran los que prácticamente siempre lo habían *atrapado*— y su fantasía de ya no existir en este mundo dejaría de serlo para convertirse en realidad. Y eso le daba miedo al mismo tiempo que lo deprimía a morir. Porque a nadie que estuviera con él le importaba tanto su vida como para poner un alto en su trip de hongos e ir en busca de ayuda para salvarlo. Y es que no hay nadie; nunca lo ha habido, se decía. Pero bueno, ya se puso muy melancólico y llorón este asunto, aparte de que, según me gritan los del staff, ya me desvié —de nuevo, otra vez— del orden secuencial de la historia, y quieren que ya me calle para poder hacer corte, porque se están muriendo de hambre y ya se les va a acabar su hora de comida. El caso es que Camilo ya llevaba rato sin intentar desaparecerse de aquí, cosa que, desde mi punto de vista, es un dato trascendental para la historia, ¿o no? ¿Qué quieren —los nacos del staff— que le haga? ¿Que por su pinche necesidad fisiológica de ingerir alimentos te deje a ti, mi lector favorito, ignorando hechos que lo único que van a lograr es revolverte en un futuro? No: ni madres. Y no es como que los necesito. Bah, como si no supiera usar una pinche cámara y pasar el video a la computadora y de ahí traducirlo a texto. No lo hago no porque no pueda, sino porque no soy achichincle de nadie y yo estoy para que me sirvan y no para servir. Total. Regresamos a la historia. Se pasaron las quince horas de vuelo y con ellas la distancia entre Europa y América. Y ahí estaba el chofer, en la puerta de la terminal siete del JFK, esperando a Camilo para llevarlo al St. Regis, donde Jorge estaría esperándolo para comer en el Astor Court. Un fuerte abrazo fue el que se dieron al verse; tal parecía que los dos sufrían del mismo karma —la soledad— y ese gesto los limpiaría de él. No puedo creer que sigas tiñéndote el pelo, Sí, ni yo. No sé cuánto tiempo más tendré que esperar para que lo blanco sea natural y deje por fin de ir a la barber shop una vez al mes, ¿Realmente nunca lo vas a dejar?, Sí, ya te dije que cuando mi blanco sea natural, ponle tú que en unos veinte, treinta años, ¿Cómo estás?, ¿Vas a tomar? Vine tomando todo el vuelo y quedé medio asqueado de tanto oporto. Quiero una Perrier, Ya sabes que aquí no hay. ¿Cómo estás?, ¿Cómo no van a tener Perrier?, ¿Qué sé yo?, ¿por qué tienen otras que son prácticamente lo mismo?, Pero yo quiero Perrier, Pero es una buena razón para que no la tengan, No, no lo es. Quiero una Perrier, ¿Qué viniste hasta acá sólo para quejarte como nene de que las burbujas de tu agua mineral no te van a saber exactamente igual porque vienen de un manantial distinto?, No, también vine a conocer las exhibiciones que se hayan abierto en mi ausencia; tú sabes que la simple idea de ser como esos que en los open house siguen hablando del neo-dadaísmo de Bontecou como si aún fuera neo, como si fuera leer el Howl de Ginsberg antes de que lo convirtieran en legal, me puede matar. Necesitamos estar al día, Jorge, al menos con lo básico; pienso hacer el maratón Pray To Live & See Not Yet Discovered Beauty. Bueno, vine para eso y para no tener que ir a Monterrey, Pray To Live & See Not Yet Discovered Beauty? Yo me quedé en que era Pick Something To Love; Make Buddha Notice You, No, recién lo acaban de cambiar. La semana pasada lo leí, creo. ¿Dónde lo leí?, ¿en la Esquire? No, no creo. No me acuerdo, el caso es que tuvieron que modificar el término porque cambiaron los países y ya no cuadraban las palabras de la frase vieja con las iniciales de los países nuevos. Pray To Live & See Not Yet Discovered Beauty: París, Tokio, Londres, Sidney, N.Y., Dubai y Berlín, las nuevas must para cualquier art freak. Madrid desapareció de la lista, Dubai entró y la be ya no es en

remota idea de por qué fueron, aparte de para decir que ya lo conocen— han ido, aun cuando no entiendan lo que Shibil quiso expresar con su representación de dos palos y tres cuerdas en la exhibición pasada. Y esto debe acabar; este círculo vicioso en algún momento debe acabar porque no quiero imaginarme el mundo en diez años: ciudades, naciones, continentes llenos de individuos uniformados; millones y millones de personas que piensan, sienten y creen en la misma cosa que la revista que venden en el puesto de la calle les ordena. ¿Dónde quedan el romanticismo, la elegancia, las razones, los motivos, la individualidad, los porqués, el interior? La gente sigue haciendo todo y comprando todo y visitando todo sin saber ni por qué lo hace; simplemente haciendo lo que otro les dice que es correcto, lo que una multinacional se encarga de meterles en la cabeza que es correcto hacer. Y se crean movimientos sin fundamentos, sin razones de ser, sin filosofías sustentadas. Y todos se incluyen en luchas y revoluciones que, de tan vagas, terminan contradiciendo a las ideologías de las cuales nacieron. Y nadie se da cuenta: sólo siguen, sólo aplauden y dicen, Yo me uno, yo pienso igual, cuando no se dan cuenta de que todo en su vida —hasta las pastillas que toman para la depresión y el estrés— son sólo consecuencia de pensar igual que todos; la estúpida consecuencia de unirse a los demás, ¿Crees en Dios?, Soy católico, lo sabes, No te pregunté si eres cristiano ortodoxo o Testigo de Jehová. Te pregunté si crees en Dios, Sí, ¿Entonces de qué te quejas?, ¿De qué hablas?, A ver, dime, ¿por qué crees en Dios?, Mira, si me vas a callar con la de "Crees en Dios porque alguien más te lo metió a la cabeza", te equivocas, No, no te pienso ni callar, ni irme por ese camino, Continúa, Contéstame, ¿Qué?, ¿Por qué crees en Dios?, ¿Por qué creo en Dios? Veamos. Creo en Dios porque tengo la convicción de que existe una fuerza suprema, alguien arriba que se encarga de manejar las situaciones de acá abajo. Tú sabes que no creo en las casualidades pero, si existieran, en este mundo habría tantas que, de ser tantas, se volverían el antónimo de su misma definición. Porque simplemente no es posible que todo se maneje así, por casualidades. Hay alguien que nos controla, que nos supervisa y que acomoda todas las piezas del tablero como mejor le plazca. Por eso creo en Dios, ¿Ya ves?, ¿Qué?, Que mejor dime: ¿dónde tomará lugar la lucha de este ejército del cual formamos parte?, En el sexto piso del edificio que está en la once con la cincuenta y cuatro, Uhm, no. No conozco ninguna galería que esté por el MoMA y menos una que tenga seis pisos, Sí, ni yo, ¿Entonces?, Dicen que las galerías son las esposas y los museos las amantes. Las esposas se compran, son alcanzables, se pueden tener en casa, como los cuadros que hay en las galerías. En cambio, las amantes, las que no se pueden tener en público, son todas aquellas obras que se exponen en museos; se pueden disfrutar pero no se pueden tener. Todos toman la pasión que les despiertan como propia, como si esa obra fuera de uno mismo, como si el artista la hubiera creado pensando en él, aun sabiendo que eso no es posible y que nunca tendrá dominio exclusivo sobre ella. Por eso la gente visita los museos, porque saben que no pueden tener esas obras en sus casas; no porque sean extraordinariamente caras, sino porque son demasiado bellas como para cometer el delito de tenerlas secuestradas en salones a la vista de un solo par de ojos, marchitándose, como las esposas. Porque saben que una amante siempre tendrá esa magia de *inalcanzable* que sólo el matrimonio puede arruinar. Camilo: tú ya no eres de galerías, sino de museos, Ya no soy una esposa, sino una amante. Wow, ¿qué antología de poemas nerudianos has estado leyendo que te tiene hablando así? Por amor de Dios, deja de leer a Bécquer si no quieres que tu prosa termine conquistándome, Hablo en serio, Yo también, Eres el atractivo principal, ¿De dónde?, Del restaurante, Camilo, Realmente me quieres conquistar, Del MoMA, imbécil, May I beg your pardon?, ¿Qué?, ¿Cómo que del MoMA?, ¿qué tiene que ver el MoMA con esto?, El MoMA es donde darás tu lucha campal, MoMA? *My* MoMA? *The* MoMA? The only and unique Museum of Modern Art?, Discúlpame, pero no es ni *only* ni *unique*. Hay muchos Museum of Modern Art por el mundo, Para mí no; para mí sólo existe este MoMA, Aw, qué tierno, ¿y quién era el ridículamente romántico?, Tú sabes lo que ese museo es para mí. Dios mío, lo he visitado centenares de veces y sigo llorando cada que salgo; no lo puedo evitar. Es demasiada la emoción que toda esa belleza irradia; tan fina, tan estética, tan perfecta y a la vez tan simple. Cada-, Basta. Camilo: ¿tienes idea de cuántas veces he tenido que escuchar tus poemas de amor hacia ese lugar? Después de todo eso, ¿crees que no me ha quedado lo suficientemente claro que si no fuera por tu naturaleza de humano y la del MoMA de inerte, le propondrías matrimonio y vivieran felices para siempre en su casa por el Mediterráneo con Camilitos y Momitas corriendo por el jardín? Yo lo sé y es por eso que te hice venir hasta acá: porque tu hora por fin llegó. Camilo, no tienes idea de lo orgulloso que estoy de ti. El consejo del museo fue el que me buscó; yo sólo me encargué de poner los papeles en orden y mandar traer los cuadros de vuelta a New York porque estaban regados por todas partes- Yes, can I have a whiskey on the rocks? Make it double. Pardon me? Woho, ho, no. Not Buchanan's. Chivas, please. ¿Vas a pedir algo?, Is it possible to find a Perrier somewhere in New York and bring it to this exactly table in no more than ten minutes? Thank you. ¿Decías?, Decía que lo lograste, que te felicito, que te admiro, realmente te admiro. El cocktail de inaguración va a ser el viernes de la siguiente semana. Todos están esperándote. Vas a tener que dar ruedas de prensa; vas a conocer artistas que te triplican la edad y que ya son tus admiradores; vas a tener que asistir a cenas y fiestas que van a ser, prácticamente, en tu honor; vas a brindar muchas veces y vas a explicar, todavía más, las razones y las influencias y las bases en las que tu trabajo está inspirado, Qué divertido. O sea que básicamente me voy a convertir en un Jonas Brother, Si así lo ves, No veo por qué tenga que hacer todo eso, Socio, así es este business, Pues yo no lo veo como business y no encuentro razones suficientemente sustentables como para que me convenzan de lo contrario. Jorge, no me voy a vender, Nadie te está pidiendo eso, ¿Ruedas de prensa? For God's sake, ¿qué me conociste ayer?, No es como que todo lo que-, ¿Sabes qué? No importa: no me voy a preocupar por eso y menos cuando- Thank you, Está bien, pero mínimo tienes que ir a la inauguración, De incógnito, ¿De incógnito? ¿Tienes idea de lo que me van a hacer cuando pregunten por ti y les conteste que te valió madres y simplemente no asististe? Son capaces de regresarse a la era de la Inquisición sólo para torturarme como a cualquier hereje y quemarme en la hoguera doscientas veces seguidas, Jorge, don't be a drama queen. No les tienes que decir que me valió madres —porque aparte eso también sería mentira—.

taría pensar, que al menos eso sí te importa, Pues te equivocas. Broma. Por supuesto que me importa pero vas a ver que vamos a encontrar la forma de que ni tú seas mandado a la hoguera ni yo haga cosas que no haría ni aunque me prometieran una noche con Scarlett Johansson. Por eso no te preocupes- Thanks. Cheers.

Roberto

Y sabía que la manera en la que estaba intentando *levantarme* no era la más adecuada; nadie se levanta *bien* si lo que necesita para comenzar su día es algo así como lo que todo manual de How to be an Addict: The Basic Steps dice que debes consumir: whiskey, algún tipo de droga y chingos de pastillas para dormir. Pero no encontré una mejor manera que me convenciera de que pasar por la puerta principal de ese departamento y salir al mundo —enfrentar al mundo— era lo correcto por hacer y, si vivir el resto de mi vida bajo los sedantes efectos de dichas sustancias era necesario para convertir en *vivible* mi existencia, no me quedaba de otra más que asumirlo. Y es cierto eso que dicen de cuando te ves en el espejo. Me di cuenta cuando lo hice esa mañana, después de tanto tiempo. Cuando me levanté y puse mi cara frente al espejo para repetirle al que se reflejaba en él que Ya basta de tanto pinche drama, noté que a quien le decía eso —quien fuera que se veía en él— no era más que el rostro de alguna persona que camina por Times Square y se pierde entre todos; noté que si yo lo viera en el colegio o en la Virgin Megastore o en el súper o en el parque o en cualquier otro lugar —hasta en mi propio lavabo—, simplemente no lo reconocería. Es más, ni lo notaría. Y dije, Es cierto. Sí, es cierta esa jalada que sale en todas las películas depresivas o libros existencialistas de cuando el personaje principal —una persona que por más que busca no encuentra mejor actividad en el mundo que tratar constantemente de salirse de él, e.i. Yo— se levanta de su cama —sin la menor intención de hacerlo— y camina, triste y *gris*mente hacia el baño de su recámara sólo para poner las dos manos sobre el lavabo y su mirada fija en los mismos ojos que se repiten en el espejo. Entonces están ahí, los ojos, durante tanto tiempo que se pierden en esa misma mirada y se preguntan, siempre mentalmente —y aunque sea en libro, el lector sabe, aun cuando el escritor no lo narre ni lo mencione, que lo que están haciendo es eso, preguntarse mentalmente—, ¿Qué fue lo que pasó con lo que un día fue *su vida?* ¿Qué hijo le mataron a Dios para que les haya hecho esto? ¿Qué error cometieron, cuándo lo hicieron y, habiendo tanta gente en el mundo que ruega por más tiempo de vida —por otra oportunidad para salvarse de un cáncer cerebral o algo parecido—, por qué no intercambiar el tiempo que le queda por vivir a esos ojos que se están viendo en el espejo, por el cáncer de los que lloran por otra oportunidad y así de fácil terminar con la parodia de su vida de una vez por todas? Siempre pasa eso cuando esas personas se —nos— ponen frente al espejo. Sin embargo, hay algo de lo cual no te puedes salvar si formas parte de este selecto grupo, y es que, por más horas que dures frente a él, por más veces que te eches agua a la cara para ver si con eso logras borrar esa barrera que hace irreconocible el reflejo que ves, no lo lograrás. Y es que eso, echar agua a la cara, también es un must de los que formamos este club:

1. Abrir la llave.
2. Poner las manos en posición de tazón bajo el agua que cae por ella.
3. Esperar a que éstas se llenen.
4. Echar el agua hacia la cara con la misma fuerza con la que se hiciera si hubiera sido revolcada en lodo y dejado a secar lo suficiente como para que se haya convertido en barro.
5. Volver a ver a la persona que está en el espejo.

Si la persona que se ve en él no resulta ser la que se espera, regresar al paso 1 y repetir.

Y ahí estás como imbécil, eche y eche agua como si lo que vieras en el espejo fuera fuego y sólo haciendo eso se fuera a consumir. Pero no. No sirve de nada porque puedes repetir todos los pasos un millar de veces y nunca lograrás reconocer a quien se te presenta enfrente. Simplemente *no* lo reconoces. Y eso me pasó cuando me levanté a lavarme los dientes y me volvió a pasar cuando salí de la regadera y lo volví a intentar. Y en los vitrales impecablemente limpios del Bloomingdale's que me quedaba en camino a la

que las cosas se movieran o alguien mostrara señales de vida en esa sala de espera; como si el tiempo de todos se hubiera parado, menos el mío. Y por eso no aguantaba ver cómo *mis* minutos corrían y nadie se percataba de eso. Por eso traté de distraerme viendo las paredes, los rayones que el uso diario le habían dejado a las puertas de madera, mis uñas, los árboles que se veían por la ventana, hasta una de las revistas que te ponen en las salas de espera para que sientas que no te están haciendo esperar como imbécil, hasta una de esas mata-insomnio-interminablemente-aburridas revistas hojeé. ¿Qué se creían? O, peor aun, ¿qué me creían? ¿Chofer? ¿Por qué se tomaban la libertad de tenerme ahí como mueble, esperando a que alguien se diera cuenta de que existo, ignorado por la burocracia como un Pepe Pérez cualquiera? ¿Por quién chingados me estaban tomando estos asistentes de asistentes de cuarta? Y tomé la decisión de que No: esto no puede seguir así. Necesitaba salirme de ahí, ya fuera para fumar o simplemente para salvar un poco de la dignidad que quedaba en mí; ya había esperado lo suficiente y no estaba dispuesto a esperar más. ¿Cuánto llevaba ahí? ¿Años? ¿Es Calderón presidente todavía? ¿Sigue de moda High School Musical? ¿Aún es Prozac la pastilla más vendida del mundo? Cuando volteé a ver el reloj que colgaba en la pared, no entendí: marcaba las diez treinta y cinco. Cinco minutos habían pasado. Cinco minutos había durado dentro de la universidad y yo ya no podía respirar. Justo cuando el miedo de darme cuenta de lo complicado que iba a ser lidiar con esto estaba a punto de invadirme, cuando estaba cercano a sufrir algo así como un colapso nervioso, justo en ese momento se abrió la puerta de Someone I Don't Care y, con una sonrisa dibujada en su fantasmagórico rostro, Someone I Don't Care me invitó a entrar. Me siento, se sienta, su fantasmagórico rostro sigue dibujando una traumática sonrisa y yo sigo pensando que, o estoy pasando por un drug shortage y mis ojos están viendo sólo alucinaciones, o definitivamente el pobre de Someone debería optar por ser una persona seria y no mostrar esa sonrisa tan desagradable si lo que busca en la vida es no quedarse solo por falta de carisma y belleza. Mientras pensaba en eso y el individuo que estaba frente a mí seguía explicando lo importante que es para la sociedad que estudiantes tan afortunados como son

even if you are some sort of retard, Ok? You will be a museum's tour guide. You will be trained to do all the activities that you are expec- Así que de eso se trataba, de estar guiando grupos de niños inaguantables, llevándolos por los pasillos de algún museo mientras les repito quinientas cincuenta veces que *no* se recarguen en las esculturas o, peor aún, que no se queden dormidos mientras se recargan en ellas. O bueno, la verdad no sabía a ciencia cierta lo que me iban a poner a hacer en un museo, pero esa fue la primera imagen que se me vino a la cabeza cuando el idiota ese me dijo que la haría de guía en un museo —yo guiando mocosos; yo queriendo matar a esos mocosos; yo en la cárcel por haber cumplido mi deseo—. Pero eso no importaba porque, como había acordado con Yo, tenía que asumir dicha tarea sin drama ni reproche: trabajaría en un museo, recibiría a todos los visitantes como si estuviera recibiendo a La Tía Gladys en la cena de Navidad —La Tía Gladys es aquella tía-existente-en-toda-familia-mexicana que cuenta los chistes que *sí* dan risa en las reuniones familiares, se pone unas borracheras de cantina en todos los bautizos, te regala los juguetes que tus papás no te dejan tener porque No son para niños de tu edad, te emborracha en el cumpleaños del abuelo a tus diez años —ella también necesita alguna distracción en tan aburrido evento—, está divorciada y por lo tanto no tiene nada mejor que hacer que irse a todos los cruceros ofrecidos por American Express en cada promoción que le llega por correo; recibir a La Tía Gladys en la cena de Navidad siempre provoca una divertida sensación de placer—, repitiría la misma información un millón de veces de un modo amable y cordial y jugaría con los niños como si realmente disfrutara haciéndolo. Haría de todo tipo de tareas, desde guía hasta taquillero; donde se les antojara acomodar mi cuerpo. Iba a tener una semana de entrenamiento y después de eso ya sería todo un as-de-achichincle-de-asistente-de-museo, justo lo que toda mi vida había querido ser. I would like to think it will be in a *specific* museum, Yes, of course. Your schedule will be monday to friday, Are you kidding?, Do you want to keep your visa? Ok, so, as I was saying just before your interruption, you will go from Monday 'til Friday, But I have to go to classes. Isn't that the main point of all this? To maintain my right to be here? And be here for what? To

haya-metido en este no-recordable lugar no fue una buena idea. Es decir: desde que me atreví a abrir los ojos una semana después de que el barco zarpó —hacerlo antes era simplemente impensable; aguantar un dolor de cabeza así no sería posible ni aunque me tomara todos los granos de arena del mundo convertidos en Tylenols— y me di cuenta de dónde estaba —porque obviamente no tenía idea de a dónde los impredecibles deseos de mi amnésico y enfiestado Yo me terminaron llevando—, desde ese instante en que mis ojos vieron que el cuerpo que los posee no estaba recostado sobre una cama conocida o, al menos, familiar, desde ese momento que te digo que dije Padre, ¿y ahora qué hice?, supe que no estaba donde debería estar. Bueno, no es que *debiera* estar en algún preciso lugar, no: pero al menos estar en un lugar que fuera el correcto para mis deseos, necesidades y gustos. No sé: recibiendo un masaje en un spa en Bali o haciendo profundas meditaciones al lado del Dalai Lama en su casa de Dharamsala; no trepado en un barco lleno de gente que huele chistoso y toma quince fotos por segundo. Aparte, como te dije hojas atrás, el calor que hace aquí puede insolar hasta al pinche señor sol. Es tanto el calor que la idea de aventarte del barco y hundirte en las profundidades del océano con el solo afán de refrescarte un poco puede llegar a ser atractiva, aun consciente de que, dos minutos después, un tiburón blanco —o cualquiera que sea el tipo de tiburón que haya en estas aguas— llegará para pedir dos órdenes de Tú para llevar. Por eso me voy a bajar en el primer lugar donde esta cosa haga parada y no pienso volverme a subir. No estoy dispuesto a aguantar veinte o no-sé-cuántos días más en este insufrible crucero de la muerte donde la gente huele chistoso y come cada veinte minutos sólo porque la comida es gratis. Y a ver a dónde me voy. Se me antoja algo fresco. Anyway, eso luego lo decido que, para acabarla de joder, de aquí a que esta cosa se pare todavía me tengo que aguantar varios días *on sea*. Total. Camilo y Jorge. Y todo eso. Pues muy bien, mi fiel lector, ya que estamos en confianza —tú y yo, yo y tú, como toda una familia, como si nos conociéramos desde párvulos—, me siento en la libertad de perdirte un favor; nada del otro mundo, nada complicado, un favor cualquiera, como uno que te podría pedir un amigo que tienes desde la infancia, ¿va? Ok, hazme el favor de to-

por eso mismo no recuerdo, así que tú digas *muy precisamente,* todo lo que pasó en esos siete días. Y como ya te dije, yo te quiero mucho y te tengo respeto, y por eso mismo no pienso mentirte inventándote algo que no haya pasado en verdad sólo para rellenar el espacio vacío en la línea del tiempo que sigue la historia porque, desgraciadamente, eso también es un espacio vacío en la línea del tiempo de mi memoria y no hay nada que pueda hacer al respecto. Ok, perfecto, todo aclarado. Entonces ya pasó una semana y, como te lo pedí, mi ridículamente amado y siempre admirado lector, la imagen en la que le pusiste Stop al video este que te digo, es la de la inauguración de la tan esperada exhibición. Y ahí estamos tú y yo, yo y tú, disfrutando del privilegio que te brindo de tener una visión panorámica y con calidad de omnipresentes en dicho evento —algo así como la vista que tiene Mi Papi, allá arriba, de todos ustedes, allá abajo—. Estamos en un navideño viernes newyorkino, de esos en los que al personaje de Macaulay Culkin le da por ir a buscar pinitos de Navidad al Rockefeller Center en Home Alone II: Lost in New York o como esos so-american, pro-marketing-days, con los inflables gigantes del Macy's Thanksgiving Day Parade invadiendo Times Square, niños viéndolo al mismo tiempo que se ensucian la boca con sus algodones de azúcar y papás cargándolos mientras piensan en cómo le van a hacer para surtir las insurtibles cartitas de Santa; con humanos corriendo por las calles llenas de nieve mientras cargan cuarenta y dos bolsas de las tiendas que mejor hayan desarrollado su plan de mercadotecnia para la temporada alta y más bonito hayan decorado sus aparadores en las calles de Madison y Fifth Avenue; con voluntarios de la Cruz Roja afuera de esas mismas tiendas tocando una campana para que los voltees a ver, te remuerda la conciencia de que acabas de gastar lo equivalente a lo que vendrían siendo doscientos cincuenta comidas para niños huérfanos en, ¿qué te gusta?, ¿una cartera y un cinto?, los cuales se parecen mucho, son casi iguales —si no fuera porque a ésta le caben más tarjetas y el cinto tiene una franja roja que el otro no tenía— a los que te compraste hace tres meses y, por eso, porque te remuerde la conciencia de que con eso que acabas de gastar, doscientos cincuenta panzones-niños-africanos pudieron haber cenado la noche de Navidad, es que echas las monedas que te estorban a la alcancía, Because everyone deserves to have a Merry Christmas; con luces rojas por todas partes y parejas infinitamente enamoradas patinando en el Rockefeller Center; con Toys R' Us reportando una utilidad del trescientos por ciento de su promedio y Tifanny vendiendo anillos de diamantes como si fueran cheeseburgers del McDonald's; con taxis amarillos invadiendo la ciudad, expulsando del mofle ese humo blanco que desde noviembre se puede notar. Aw, New York en épocas decembrinas, ¿no lo amas? Me gusta tanto que creo que le voy a pedir uno como regalo de Navidad a Mi Papi. Anyway, así más o menos pinta este día en la ciudad; justo como los otros trescientos sesenta y cinco días del año, sólo cambiando la temperatura ambiente y el evento en cuestión por el cual se debe gastar el dinero. Total. Pero eso es afuera, donde el tiempo no para y la secuencia siempre es la misma. Mejor vámonos adentro. Vámonos al sexto piso del MoMA, donde el tiempo se puede materializar, meter en una licuadora con hielos, hacerlo smoothie y beber bien frío; donde las personas se pueden perder por horas contemplando un simple foco hasta el punto de verlo como un ser vivo y no un objeto; donde las cosas cambian. Entonces, te digo, estamos adentro. Por ser una apertura, sólo los que tuvieron el privilegio de recibir una invitación estan aquí. Bueno, sólo ellos y tú y yo. Y los meseros que llevan las charolas llenas de cosmopolitans y Moët & Chandons, una extensa variedad de hors d'oeuvre formada principalmente por la colección de todos los tipos de queso existentes en Francia, bisquits rellenos de caviar de beluga y ossetra, tartares de salmón ahumado, brochetas sazonadas al tinto y demás aperitivos que, mezclados con el cocktail correcto, provocan en el paladar de los asistentes una exquisita y disfrutable experiencia. Y es que todos los que están aquí están para eso, para disfrutar, ya sea visual, gustativa o auditivamente. Son las diez p.m. y los invitados saben que no pudieron tener mejor manera de iniciar la noche que con este tipo de pre, donde todos son conocidos y los abrazos llenos de alegría no se dejan de dar. Los nombres que están en la lista de invitados siempre son los mismos —como en todas las fiestas que tienen lista de invitados—. Por ejemplo, ese güey que ves embobado frente a la escultura del pato moribundo es Frederick Rosell, el consejero

su bolsa y los reparte mientras saluda a cada uno de sus conocidos. ¿Cómo no la vas a amar? Pero bueno, cambiemos de personaje. Me imagino que ya ubicaste a Woody Allen —digo, con ese traje, ¿quién no lo puede ubicar?—. Muy bien, pues él no nos importa; el que nos importa es el que está platicando con él: Sir Lewis. Lector, yo sé que checas twitter cada siete minutos y estás informado de todo lo que pasa en tu mundo pero, sólo por si acaso, sólo por si, de tanta información que guarda tu memoria, se te llegara a olvidar uno que otro evento, me gustaría recordarte de aquella noticia que sacudió al mundo —al menos al de las bellas artes— aquel diez de febrero de dos mil ocho, cuando cuatro lienzos con valor total de ciento doce millones de euros fueron robados, así como así, así como si fueran un paquete de chicles de la tiendita de la esquina, de la colección de E.G. Bührle, en Zurich. Sí, ya sé que ya te acordaste y, créeme, mi intención nunca fue ofenderte al hacerte pensar que te subestimo; era sólo como un refresh para tu memoria. Total. El caso es que la pérdida de esos Van Gogh, Cezanne, Degas y Monet juntitos y en paquete fue un fuerte golpe para todo el medio; por algo las investigaciones de la policía suiza no cedieron desde que sucedió. Pues bien, regresamos al hombre de esmoquin blanco, el que te decía que está platicando con el cínico más adorable de Hollywood —aunque niegue que forma parte de él y rechace año tras año las invitaciones a los Óscares—, el que tiene la sonrisa más natural de todos los aquí presentes e irradia felicidad hasta por los ojos, el mismísimo Sir Anthony Lewis Doyle. Resulta que este tipo es simplemente el coleccionista de arte contemporáneo que más piezas tiene en su propiedad. Tiene tantas que está pensando en hacer varios museos en las principales ciudades del mundo; algo así como los Guggenheim, pero en versión inglesa. Aparte de ser conocido por su magna colección de pinturas, Lewis Doyle es famoso por la belleza de su sonrisa, la cual transmite alegría por dondequiera que va y conquista a mujeres y hombres por igual. ¿Y cómo no va a estar sonriendo así, si mientras escucha las pláticas llenas de indignación por parte de sus colegas en referencia a lo común que se ha vuelto el tráfico de arte, él en su interior se mofa de ser uno de sus principales promotores? Porque, dentro de un año, dos meses y cinco días —te recuerdo que este evento es en diciembre del dos mil seis— no sólo tendrá guardado en su bóveda de Praga ese añorado Degas, sino que también tendrá los dos Picassos que una semana antes desaparecerán de la exhibición en Pfäffikon. Normalmente se los queda, los conserva y los trata mejor que el mismo museo; es sólo que en esta ocasión el sufrimiento de sus amigos por dicha pérdida será tal que no le quedará de otra más que regresar el Van Gogh y el Monet dejándolos en un coche cualquiera del estacionamiento de un hospital. Pero ni le dolerá tanto, porque cuando digo que son muchas las obras que forman parte de su colección privada, es porque realmente son un chingo. Inclusive tiene pinturas que los mismos museos creen tener; sí, los tienen, pero no en el original; he ahí por qué sonríe de esa manera tan encantadora. Pero eso, así como todas las verdades que existen entre los aquí presentes, nadie lo sabe a excepción de su macabra conciencia, Mi Papi y yo. Bueno —repito—, y ahora tú. Y eso me da mucha risa —todo este desmadre que existe entre ustedes—. Son tan mentirosos, tan posers, tan llenos de falsedad, que dan risa. En serio que están bien pinche chistosos. De todos los que ves aquí, no hay uno que no tenga su verdad escondida. Y es que le echan tantas ganas a esto de sus puestas en escena que hasta ustedes mismos terminan creyendo su propia mentira. Anyway, prosigamos. La del vestido rojo —el cual es, obviamente, un Valentino— que está en la barra pidiendo otra copa de champagne. Sí, la modelo de Victoria's Secret —y por ende la más perfecta de todas las mujeres en este edificio—, Alizia Bertonni. Pues te cuento que ella, de no haber nacido siendo una criatura tan extraordinariamente bella, ahorita estaría durmiendo en la cárcel o prostituyéndose en alguna calle de su natal Bologna en vez de estar aquí, bebiendo vino espumoso y platicando con Scorsese. Trae tanta coca en su bolsa esta mujer, que hasta se me antoja pedirle. La ves y te dan ganas de, o ser ella —si eres mujer o eres un hombre con tendencias femeninas—, o agarrártela —si eres hombre o una mujer con gustos distraídos—. Se ve tan bella, tan fina, tan estéticamente pulcra que no te pasa por la cabeza que una persona así pueda existir, mucho menos que una diosa como ella no se sienta la mujer más hermosa del mundo. Su historia es la típica: su papá le pegaba cuando era niña y su mamá se murió la noche en la que se cansó de ver a su esposo escabullirse de la cama para irse al cuarto de su hija menor; esa noche *accidentalmente* se le disparó una pistola en la sien izquierda. Alizia perdió su virginidad a los trece años, cuando su primo —de veinte— la invitó a jugar a Algo muy divertido que los grandes no pueden saber que juegas. Desde ese entonces nuestra musa de vestido rojo carmesí supo que la única manera de sobrevivir en este mundo cruel era vendiendo su enigmático cuerpo a los repugnantes seres del sexo opuesto. Por eso a los quince empezó su carrera en el mundo del modelaje y desde entonces se ha apegado a una estricta dieta basada en cuatro líneas de coca para el desayuno, cinco para la comida y "libre" para la cena; como postre sus Marlboro y como digestivo su champagne. ¿Ves que está sonriendo? Te puedo asegurar que no es porque esté contenta, sino porque Scorsese acaba de recordarle el nombre de una de sus películas —Alice Doesn't Live Here Anymore— que la hizo pensar en algo: esta noche, cuando llegue a su departamento de Soho, se tomará tantas pastillas para dormir que no volverá a despertar jamás y, al día siguiente, cuando su representante se canse de tocar la puerta y decida entrar a la fuerza, lo único que va a encontrar es un pálido cuerpo inerte y una nota que lo acompaña, Alice doesn't live here anymore. She's gone for good. Y aquí es donde te pregunto, mi bella, inteligente y segura lectora, ¿en serio todavía quieres ser ella? A ti, lector, ni te pregunto, porque sé que de todas formas te la quieres agarrar. Anyway, como te decía, todos los que estan aquí son los mismos que siempre se ven, ya sea en este tipo de eventos o premieres de películas o en Cannes o en los Óscares; sin embargo, cada que se ven les parece una experiencia única, como si fuera la primera vez. El ambiente es ameno, amigable y relajado. Todos conviven y platican de las novedades de que se han enterado en los últimos días, de las pinturas que se subastaron la semana pasada en Sotheby's y Christie's y de en qué parte de sus casas las piensan poner —porque obviamente esos cuadros fueron adquiridos por el noventa por ciento de los que están aquí—. Y todos son felices mientras beben de sus copas y fuman sus puros, esperando ansiosos por conocer a la principal atracción del evento, a la razón por la cual interrumpieron sus días de descanso y volaron desde Milán y Barcelona hasta el siempre-desgastado-y-cansa-

tan magníficas. Por otra parte, el francés Alexander Beauchamp es quien está logrando que más directores de cine lo volteen a ver gracias a su producción de 100 Ways to Commit Suicide & Not Die Trying; todos los críticos concluyen en que experimentar con el propio cuerpo ese tipo de *intentos* es todo un reto. Lo que Alexander hizo fue jugar con su vida y grabar formas creativas —y reales— de intentos de suicidio sin derramar una gota de sangre; el proyecto se bautizó bajo el nombre de 100 Ways to Commit Suicide & Not Die Trying porque ese fue el título que se encontró en el diario de trabajo de Beauchamp, no porque hayan sido cien los intentos; Alexander murió en el intento número ochenta y tres. Siendo el único inglés que forma parte de este movimiento, Daniel Eaton, de veintitrés años, es quien ha hecho llorar a más personas con su colección de fotografías sobre la vida y muerte de The Old Corner Guy, un homeless tomado al azar por la lente de Eaton y seguido desde un primero de enero del noventa y siete, sentado en la esquina de siempre —la de Park con la 92st—, hasta el veinte de mayo del dos mil cinco, siendo la penúltima fotografía aquella donde se está subiendo a la ambulancia la camilla con el cadáver de The Old Corner Guy cubierto por una simple sábana blanca; la última fue tomada en el cementerio público el día en que el forense lo bautizó bajo el nombre de Unknown y se cumplió el plazo para sepultarlo; sólo la cámara de Eaton y Daniel fueron a su entierro. Sí, de ese tipo de cosas se maneja en esta exposición. Y así es como Daniel, junto con Yuko, Alexander y otros veinte freaks más dan vida a este movimiento que busca levantar el alma de El Arte de la ensoñación tan profunda en la que se estaba perdiendo. Sin embargo, es A.W. by C. el que más discusiones y de-qué-hablar está provocando. Entre unas teorías y otras, los críticos debaten las razones y los distintos mensajes que cada uno de sus cuadros quiere enviar; según dicen, la razón por la cual los cuadros de Camilo son tan brillantes es por su rico contenido analítico y la sutil manera de transmitir sentimientos con una fuerza tan intensa al espectador. En sus pinturas se ven, se oyen, se huelen sentimientos. Sentimientos tan familiares que todos los que observan esos cuadros crean una conexión directa con la pintura en el mismo instante en el que la están apreciando; el público se ve en el dolor que irradia ese lienzo. Y por eso todos lo aman: por la empatía que existe entre el artista y ellos. Porque a todos les gusta sentirse entendidos por alguien más; a todos les atrae la idea de sentir que no están solos en su sentir, en su llorar, en su sufrir. Y es que muchas de las obras que forman parte de esta exhibición —si no es que todas— son verdaderamente originales, creativas e innovadoras; sin embargo, ninguna logra expresarse en un lenguaje universal: para que el público las entienda es necesario que las estudie y las analice, que se informe sobre el pasado del artista y comprenda su filosofía personal para entonces ver a El Arte con los mismos ojos que él. Pero con A.W. by C. la historia es distinta, porque no es necesario pensar mucho ni ser un experto en arte para ser invadido por la melancolía de sus obras. The magnificent thing with this (A.W. by C.) guy, is that there's no need for us to understand His Art, because is His Art who understands us, and that, my friend, is something that no contemporaneous artist has ever done, le comentaba hace algunos minutos el director del New York Ballet, William L. Strochk, al antes mencionado Zach Grant. Porque se ha hecho tan común todo esto de hacer cada vez más complicado a El Arte, que termina rayando en lo clásico. Tanta distorsión y tanta dificultad en el entendimiento de los mensajes que el artista quiere enviar al espectador han provocado que poco a poco se pierda la naturaleza de lo que se busca: hacer *sentir*; feliz, triste, nostálgico, abandonado, golpeado, no importa, con que el público lo sienta. Pero no, tal parece que los contemporáneos sólo están interesados en que los demás los entiendan a ellos cuando en realidad son todos los que se tienen que entender a todos si quieren que el esfuerzo valga la pena. Por eso es que, sin necesidad de ser tan abstracto, tan complicado y tan pinchemente raro, Camilo y sus cuadros han captado la atención de todos; por eso es que *todos* no hacen —aparte de tomar y fumar— otra cosa que preguntar, Where's this guy? Pero eso ni el mismo Jorge lo sabe. Que por cierto, se me pasó decirte... si haces un esfuerzo y enfocas tu mirada hacia el fondo de la sala a tu derecha, exactamente donde está la maqueta del centro turístico que está planificado se construya, algún día no muy lejano, en la luna, ¿sí lo ves? Perfecto, ahora, ¿ves a los dos hombres que están frente a la maqueta? El de traje de rayas con un whiskey on the rocks en

tuviera uno—, las vueltas que da la vida: ahí está Roberto, exactamente en *el otro lado de la historia,* donde jamás pensó que estaría alguna vez. Pero como dice él, Así es mi vida y lo tengo que aceptar sin llorar. Por eso ahí está, encargado del arte de proveer, a todos los invitados, los drinks necesarios para que la estancia les sea acogedora o, más coloquialmente dicho, *mess*ereando. Y es que literalmente eso es lo está haciendo: he really is a *mess*. Y obviamente eso no es culpa de él porque, a lo largo de su vida, nadie le enseñó cómo cargar una charola llena de copas de champagne y cerezas sin que se le derrame una gota; porque nadie pensó que algún día fuera a necesitar una enseñanza de ese tipo; porque se supone que él siempre estaría en *este lado* y no en *el otro,* por eso, te digo, es que ser pésimo en esto no es culpa de él. Por supuesto que lo visualizas desde aquí: es el único mesero lo suficientemente cínico como para usar unos Prada como zapatos de trabajo y vestir exactamente igual de bien que a quienes les está sirviendo; es —también— el único imbécil que está cargando la charola con ambas manos y aun así no logra evitar que se derrame el líquido de las copas. Sí, tenemos que aceptar que es guapo aun en su papel de servidumbre; aun con el pelo largo y una incontable cantidad de cheeseburgers en su cuerpo. ¿Quieres saber qué está pensando nuestro buen Robbie? Ok: antes que nada, para que eso pase es necesario que te abra todas las puertas, que te deje entrar a todos esos lugares que nunca pensaste podrías estar, algo así como tu VIP membership pero, en vez de que te sirva para entrar a la mejor zona de algún establecimiento o concierto o un backstage o whatever, te servirá para entrar, junto conmigo, a la mente —tanto consciente como insconsciente— de las personas. Y eso está bastante cool porque te lo juro que, cuando la usas, te diviertes como enano. Y déjame te recuerdo que esto —andar dando VIP memberships— no lo hago con cualquiera. De hecho, no lo hago con nadie. Sólo contigo porque, como te he dejado claro a lo largo de todo este show, me caes de poca madre.

— Roberto Abascal-Rigovétz escuchando
a su anárquico Yo —

Quieres fumar. Necesitas fumar. No hay manera de que vayas a sobrevivir esta jornada sin algún tipo de gasolina. ¿Cómo puedes estar sirviéndole acohol a toda esta gente y mantenerte sobrio? ¿Cómo puedes estar haciendo esto un viernes por la noche en vez de estar en algún antro rodeado de gente que te envidia? Ah, se me olvidaba: hace tiempo que la gente nos dejó de envidiar. De todas formas, estoy seguro de que la única manera en la que podrías sobrellevar toda esta situación tan vergonzosa sería si fumaras o, al menos, bebieras de todas las copas que estás cargando cual gato-asalariado-de-bar-de-malamuerte; beberlas hasta que una ola de tranquilidad nos inunde; hasta que se nos borre de la mente qué tan patético te ves haciendo esto; hasta que olvidemos la idea de que, si algún conocido te viera en esta situacion, de que si Fernanda te viera en este momento, nos podríamos morir de la pena. Porque no sé tú, pero yo no pienso funcionar hasta que hagas algo de lo que te estoy diciendo. Es más: me voy a poner en huelga. No voy a trabajar. Me rehúso y, vaya que sabes que conmigo en huelga no hay mucho de lo que seas capaz; tú solito no sirves para nada. Así que no te quedan muchas opciones: o sueltas esta charola y te largas a la chingada de aquí de una vez por todas o la sigues cargando pero rumbo al baño, donde vas a tomar todas y cada una de las copas de Moët que hay en ella para después prender un cigarro que logre borrar toda esta penosa escena. Te garantizo que, después de eso, todo se sentirá mejor: tú, yo, tu cuerpo, todo. Incluso podrías llegar a disfrutar todo esto de andar de sirviente. Pero ya te dije que, de lo contrario, me pondré en huelga, y eso será en cinco, cuatro, tres-

Roberto

Como cuando desconectan a los desahuciados, como cuando están operando a alguien y de repente lo pierden, como cuando el corazón simplemente deja de funcionar y la maquinita que está a la derecha del paciente así de fácil canta el clasiquísimo piiiiiiiiiiiiiiiiiiiiiiiiii, como eso fue lo que de repente sentí. Mi ser simplemente dejó de funcionar, dejó de pensar y una necesidad de hacer que todo parara me invadió. Sentí que algo fuera de mí me manejaba y que mis acciones simplemente eran controladas por un agente externo. Por eso, en vez de seguir ofreciendo a los invitados todo ese champagne que llevaba cargando, opté —o lo que sea que me maneje optó— por caminar tan rápido como pudiera al baño más cercano y ofrecérmelas a mí. Al final de cuentas, no es como que alguien me extrañaría o se quedara sin beber sólo porque yo había desaparecido; eso sería ridículo: había tres meseros por invitado, si no es que más. Por eso no me importó largarme, aun con el idiota del event planner acosándome cada cinco minutos, siguiéndome como mi sombra, diciéndome cómo es que debía atender a la bola de alcohólicos que estaban ahí. Entonces te digo que hui al baño, esperando encontrar ahí un momento de paz, de silencio, de tranquilidad. Curiosamente, el baño estaba vacío, y digo *curiosamente* no porque se suponga que los baños de hombres regularmente estén llenos y sean un punto de reunión como lo son los de mujeres, sino porque el hecho de que estuviera vacío, y que eso fuera exactamente lo que yo estaba buscando, se me hacían dos eventos que no podían suceder simultáneamente. En los últimos meses nada de lo que quería que sucediera sucedía. Y por esa simple casualidad pensé que mi suerte por fin estaba cambiando. Iluso. En fin, que yo estaba en ese inhabitado baño, pensando en que mi almost-a-year-black-cloud empezaba a despejarse, justo hasta que me vi obligado a enfrentar —de nuevo— a mi reflejo. Sí, los baños públicos —tales como los de restaurantes, antros, casinos, colegios, museos, hoteles, etcétera— son el lugar perfecto para que ese trance existencialista que, te platiqué, pasa frente a los espejos te invada sin previo aviso. Tal parece que es su hobbie favorito —del trance—: andar de baño en baño perturbando las mentes de quienes los visitan. Y esa noche me tocó a mí… de nuevo. Entonces dejé la charola sobre el largo y perturbante lavabo, seguí repetidamente *Los seis pasos de los que no se reconocen frente al espejo* por aproximadamente veinte minutos, hasta que caí en la cuenta de que, por más que lo hiciera, la imagen no cambiaría. Tenía que empezar a entenderlo. Pero esta ocasión el resultado no me importó, porque lo único en lo que mi mente estaba pensando era en ¿Qué hacer primero? ¿Fumar o tomar? ¿O las dos? ¿O largarme y ya? No: si me desaparecía, muy probablemente mi visa también lo haría, y ahí sí que estaría en muy divertido problema. Por eso, mejor evalué mis opciones para ver cuál era mi necesidad instantánea y, con treinta y cuatro votos a favor, tres abstenciones y cero en contra, la ganadora resultó fumar. Pensé en no ser tan descarado y disfrutar mi noble y tranquilizador porro dentro de alguna de las divisiones donde se encuentran los escusados, ya sabes, para tener más privacidad. Pero tenía que evaluar de nuevo: en el baño cabíamos o la charola o Yo. Decidí que Yo era prioridad. Se me ocurrió la idea de que una charola abandonada sobre ese lavabo no sería atractiva para nadie, por eso mismo opté por dejarla ahí y proseguir con mi relajante sesión. Existen varias condiciones que se necesita considerar si decides fumar dentro de un museo en Estados Unidos. Por ejemplo, los detectores de humo. No podía cometer la estúpida acción de fumar en el baño del MoMA como si lo estuviera haciendo en el parque, por la simple razón de que, si lo hacía, las maquinitas esas detectarían que algo que no debe existir ahí —humo— existe y, como consecuencia, la inevitable fire alarm comenzaría a sonar o, peor aun, los aspersores se activarían logrando que la mitad de la fiesta terminara empapada junto con alguna de las pinturas raras que estaban en la exhibición. Otro punto a considerar sería también el del olor de la marihuana quemada. Lo acepto: es un olor inconfundible. En un WC que cuenta con aromatizantes encargados de desprender un aroma a Christmas Tree cada cinco minutos, un olor tan incoherente es muy fácil de detectar; no se necesita un perro entrenado por el FBI para descifrar que a lo que huele es, en efecto, a un-idiota-que-no-se-puede-aguantar-un-minuto-más-para-fumar-en-otro-lugar, lo cual no le caería nada en gracia a los guardias del museo, menos a mi counselor y aún menos a la Embajada encargada de cancelar mi visa. Por eso se me ocurrió sentarme en el piso —junto al escusado—, encender mi tan ansiada recompensa y asegurarme de que, en cada exhalación, gran parte del humo se contuviera dentro de la taza, para después presionar el botón y con eso tratar de que, junto con el agua, el olor y las olas de aire gris provocadas por mi necesidad desaparecieran por el drenaje. Y así lo hice. Y me quedé dormido.

6

Me quedé dormido. No pinches mames: Jorge me va a matar, fueron las dos conclusiones a las que llegó Camilo cuando abrió los ojos ese viernes y se dio cuenta que el reloj marcaba las diez de la noche con veintiún minutos. ¿Dónde estoy?, fue el tercer pensamiento que le cruzó por la cabeza. Lector, déjame te cuento: mientras tú y yo estábamos felices de la vida observando todo ese panorama que nos presentaba la recepción del MoMA, mientras te platicaba las verdades obscuras de este personaje y aquel, mientras hacías uso de tu VIP membership, mientras todo eso pasaba, te digo, el mundo seguía girando, la gente seguía muriendo, los bebés naciendo y las acciones de la Apple en el Dow Jones subiendo; aviones volando y ladrones robando; Slim ganando y tarahumaras llorando; todo seguía su curso normal. Camilo también está incluido en toda esta continuación de la vida paralela y, por supuesto, es responsabilidad mía ponerte al corriente de lo que haya pasado con él y su cuerpo durante ese período. Entonces te decía que el niño se levanta sin recordar cómo había terminado durmiendo en ese coche, mucho menos quién era el propietario. ¿Él, acaso? ¿Se había comprado un Mini de colección en una noche de fiesta? No, no creo, pensó. ¿Para qué chingados quiero yo un pinche Mini si ni me gustan? ¿Para qué quiero un Mini (al preguntarse esto, Camilo abre la puerta para ver el color del coche) —no mames—, para qué quiero un Mini, color Barbie (cierra la puerta y checa los pedales) y estándar, si ni manejar de cambios sé? No: esta madre ni de pedo es mía, se convenció. Pero sí era de él. El muy inocente lo compró estando bajo los efectos de unos cuantos psychedelic mushrooms, y gracias a eso, su renovada visión le hizo creer que, si compraba un Mini en ese color, lograría que todo su mundo fuera *rosa* y, si lo usaba como su nuevo hogar —la nueva versión de una mobile home—, viviría feliz para toda la eternidad porque nadie podría entrar en él sin su autorización. Tenía que ser un Mini de colección porque entonces no sólo su mundo sería *rosita,* sino que sería *rosita* en un London mood, ya sabes, por eso de que el niño es medio fanático de Londres y todo lo que tenga que ver con él. Hilarious, ¿no te da ternurita el pobre? Cuarenta y dos llamadas perdidas en su celular; treinta y cuatro de Jorge y el resto de números desconocidos. Tomó cuatro Advils de su pastillero con la idea de que le quitaran el ya-cotidiano dolor de cabeza y las tragó como pudo. Se bajó del coche y trató de encontrar los nombres de las calles en las que estaba. Después de una exhaustiva búsqueda que duró poco más de dos minutos, determinó que no lo lograría; sus ojos no eran capaces de traducir lo que decían todas esas letras en todos esos postes, y por eso tomó el primer taxi que pasó frente a él y le pidió que lo dejara en donde, se suponía, desde hacía ya varias horas debía estar. Pagó ciento ochenta y tres dólares, lo que podemos usar como indicador de la lejanía en la que nuestro protagonista estrella se encontraba; seguro estaba en New Jersey o una madre igual de rara. Pero eso no nos importa. Lo que nos importa es que logró llegar por ahí de las once y, Oh, sorpresa, recordó que había dejado la invitación en algún lugar que no era su cartera. Quinientos dólares de propina al negrito de la entrada; no se podía dar el lujo de marcarle a Jorge para que lo dejaran entrar, tampoco quería que alguien se enterara de que él era —en resumidas cuentas— la razón de ser de esa recepción; él pasaría como un fanático loser que está dispuesto a dar la vida por entrar ahí. Y lo logró. Su primera parada fue el baño. Al entrar, con lo primero que se topó fue con un espejo que le presentaba a alguien que no le parecía familiar: un tipo alto, aparentemente joven, un poco más delgado que alguien de su promedio, con unas ojeras que se pronunciaban hasta la mitad de la cara, restos de sangre seca bajo la nariz y una cortada en el pómulo izquierdo que le recordó a Tony Montana. Se empezó a tocar la cara sólo para darse cuenta de que ese-güey-que-no-le-parecía-familiar era nada más y nada menos que él mismo.

2102, ht12, rebmeceD

¿Que por qué tenía esa fecha escrita en la frente? Long story, for another day pero, en resumidas cuentas, tiene que ver con una discusión que mantuvo por horas con Annie Pollock, una mujer que en su trip aseguraba que era capaz de predecir el futuro; esa era —se lo habían revelado las fuerzas superiores, decía ella— la fecha en la que se acabaría el mundo —como si Annie fuera la única persona en la Tierra que lee artículos que *prueban* con hipó-

de-por-sí-ya-reducido-espacio-que-existe-dentro-de-cualquier-ba-
ño-público, la primera idea que se le vino a la cabeza fue que al
lado de su baño estaba una pareja que le había dado flojera irse a
un motel y por eso terminaron cometiendo el egoísta acto de usar
el baño de discapacitados como cuarto. Sin embargo, cuando notó
que las piernas no se movían y que —no conformes— hacían ruidos extraños que no eran precisamente los típicos que se hacen en
cualquier acto sexual, cuando en vez de escuchar gemidos escuchó
un profundo y pleno ronquido, cambió esa idea por otra un poco
menos cotidiana: un idiota se quedó dormido en el baño. Curioso
como siempre ha sido, bajó la tapa del escusado para subirse en ella
y ver quién era el molesto *idiota*: un hombre joven, de entre veinte
y veinticinco años, uno ochenta, uno ochenta y cinco de altura,
pelo castaño claro, con su cabeza dentro del escusado y medio
porro en mano el cual, aparentemente, se apagó solo por la falta de
usuario. Traje, camisa y zapatos negros; probablemente un mesero.
¿Probablemente un mesero? ¿Se te ocurre algo, mi ocurrente lector? ¿Se te ocurre, acaso, lo que a Camilo se le está ocurriendo en
este momento? Porque justo en esta parte es donde los tiempos
paralelos dejan de serlo para convertise en uno mismo; justo en
esta parte es donde tú y yo regresamos a nuestro palco, a nuestra
zona de visión panorámica y omnipresente en la cual nos encontrábamos antes de que tuviera que sacarte de ella con el fin de ac-
tualizarte con los hechos que habían ocurrido —al mismo tiempo
en que disfrutábamos, tú y yo, yo y tú, de los placeres y beneficios
que se pueden obtener con la VIP Membership— en la vida del
comprador-de-Minis-color-Barbie. Pero como te digo, ya estamos
de vuelta; ya estamos todos juntos como hermanos; ya no nos tenemos que salir de nuestra zona de confort para andar siguiendo el
rastro de nadie, porque, gracias a Mi Papi, ahora toda nuestra visión se resume a un simple baño. Entonces te preguntaba si se te
había ocurrido lo mismo que a Camilo se le está ocurriendo ahora,
ahí mismo, trepado en la tapa del escusado, observando a un tipo
que está disfrazado de mesero y el cual muy probablemente está
sufriendo una sobredosis en el baño de discapacitados. ¿No? ¿No
se te ocurre nada? No importa, que de todas formas lo que se le
acaba de ocurrir a Camilo, lejos está de ser una idea brillante o, al

menos, creativa. Más bien la podemos definir como pragmática, simple y utilitaria. Totalmente utilitaria porque, por más que busco, no veo dónde esté la parte chic y glamorosa en arrastrarse por el piso de un baño público. Sí, qué pinche asco. Pero claramente podemos notar que eso es lo último que le importa a este idiota; lo único que está en su mente en este momento es llegar al hombre vestido de negro —arrastrando su cuerpo por debajo de la división que los separa—, desnudarlo, desnudarse —ja, ja, ja, no pienses cosas, amigo mío—, tomar su vestuario y adoptar el papel de mesero frente a todos los presentes en la recepción pero, sobre todo, frente a Jorge; sólo así Camilo puede estar presente *sin estar presente*. Sí, lidiar con el cuerpo de un hombre en estado inconsciente puede ser bastante complicado, y más si el objetivo es despojarlo de su ropa sin verse en la necesidad de tocar alguna parte del cuerpo que no se quiera tocar. ¿Notaste la manera en que Camilo se quedó observando la cara del —hasta ahora— desconocido? ¿Notaste que se le quedó contemplando durante cinco segundos con una especial atención, como si quisiera descubrir, leer, entender algo en esa cara? No, no es que hubiera reconocido en él el rostro de alguien que se haya cruzado anteriormente en su vida, sino que, al verlo detenidamente, experimentó pena por él, algo que no había sentido nunca por alguien más —y no en la manera romántica que suena, no. No en el sentido de Nunca había sentido por alguien lo que sentí por ti, no, sino en la manera de que Camilo literalmente *nunca* había experimentado un sentimiento de pena por otro humano o, más bien, nunca había sentido una sensación —cualquiera que esta sea— por otro, punto—. En este momento Camilo se halla indeciso entre si debe hacer algo por El Mesero —revisar su pulso, sacarlo de ahí, darle agua, asegurarse de que no se ahogue con su propio vómito, si es que vomita— o sólo usar los medios que su persona —la de El Mesero— le proporciona para beneficio propio. ¿Y como por qué debería hacer algo por este individuo?, se cuestionaba Camilo, Sin embargo, si su mera existencia me va a beneficiar, ¿por qué no hacer un acto de reciprocidad y ayudarlo de igual manera? Digo, ¿qué me cuesta? Pocas veces se le presentan dilemas de esta magnitud, cosa que —se puede notar por su semblante— realmente le fastidia, todo eso de lidiar con

suicida-depresivo, sin metas ni futuro—, pero *jamás* un ladrón.
No, no le voy a dar mi teléfono; aparte, ¿por qué me estás poniendo a pensar tanto por un pendejada?, le pregunta Camilo a Yo,
quien le contesta, ¿Pendejada? No es una pendejada, simplemente
es lo correcto por hacer, ¿Lo correcto por hacer?, ¿y cuándo me has
dicho qué es lo correcto por hacer?, ¿cuándo te he escuchado, si es
que acaso lo has hecho?, Nunca, pero eso es lo más pinche raro,
que nunca te lo digo, que nunca me escuchas y que ahora sí lo estás haciendo, así que, si te lo estoy diciendo en este momento, es
por algo. Hazme caso. Y apuesto, mi querido lector, a que no puedes creer cómo es que, mientras todo esto pasa, el buen Robertito
sigue dormido cual koala australiano que sufre traumas de infancia
los cuales expresa materialmente siendo un comedor compulsivo
de sedantes eucaliptos y hojas relajantes; después de una semana
sin dormir, yo sí se lo puedo creer. Anyway, esta es la decisión que
ha tomado Camilo: marcar del celular de su víctima al suyo para
guardar el número y reponerle sus cosas tan pronto como pueda;
sigue sin entender qué lo está orillando a invertir su tiempo en
semejante acto. Ahora el ladrón sale del baño, con su Yo feliz y
tranquilo de que lo convenció en hacer *lo más adecuado.* ¿Te acuerdas de que Roberto dejó una charola de champagne sobre el
lavabo? Bien: pues la que ves es esa misma; ninguno de los que
están aquí se tomaría la molestia de llevársela... sólo Camilo.
Sí: si quiere tomar en serio su papel de mesero, esa charola es su
boleto al éxito. Pero quitemos nuestra atención de este baño
que ya me está enfermando; mejor vámonos a donde está todo
el show: afuera. Por cierto, qué imbécil, ¿te ofrezco algo de beber?, ¿un martini, un whiskey, una copa de champagne? Tú sólo
pide, lectora, lector, y tus deseos serán órdenes, ¿ok? Perfecto.
¿Que por qué no ves a Camilo por ninguna parte de la sala principal? Pues porque no está; el lento está lavándose la cara, tratando de quitarse los rastros de sangre que tiene. Démosle quince
segundos para que salga y mejor localicemos a Jorge. Y ahí está:
el inconfundible e impecable Jorge Betancourt, perdiendo las
pocas esperanzas que tenía en Camilo, resignado a ya no marcar
su celular; por fin entendió que, por más que lo hiciera, no recibiría una respuesta distinta a, Please, leave your message after

he is such a great person, that he doesn't want to ruin your enchanting night telling you this. But I just can't let him suffer like that, mourning in silence while everybody around him is having fun. Tonight was supposed to be the debut, the big night, the premiere of his son, but now that's impossible because he is no longer with us. To the memory of an extraordinary artist, and for the strength of his lovable father —cheers—. Ahora Camilo se baja de la silla y abraza al supuesto padre. ¿Ves que le está diciendo algo al oído? Muy bien, lector querido, lector amado, por favor toma el control remoto y súbele al volumen; sólo así podrás escuchar lo que le está diciendo. Súbele, súbele a todo lo que da; súbele hasta que las rayitas verdes ya no den para más porque, entre lo bajo de la voz de Camilo y los murmullos que el brindis ha provocado, es prácticamente imposible oír. ¿Listo? Escucha: Jorge, lo siento, pero me orillaste a matarlo antes de que él me matara a mí. Al terminar de decir esto, Camilo suelta a Jorge y se aleja. Al alejarse, un mundo de gente invade la espalda de Betancourt, asumamos que con la intención de darle el pésame (la estadística que acabo de hacer mentalmente revela que, de todas esas personas, un cuarenta y tres por ciento dará un pésame falso, un veintidós por ciento uno no tanto y el resto lo hará con el simple objeto de cumplir con las reglas de etiqueta). Al sentirse invadido, Jorge también huye. Sigue a Camilo. Lo toma del brazo. Lo lleva hacia el baño. Puta madre, ahí vamos de vuelta al pinche baño; con lo claustrofóbico que soy y estos imbéciles que se empeñan en meternos ahí. Total, que Jorge lo suelta y le grita en tono de psicólogo de prepa de gobierno, No te equivoques. No se trata de que elimines de tu vista cualquier cosa que te cause problema, ni de que escapes de todo así de fácil. No se trata de que corras de tu casa. No se trata de que te olvides de que tienes una madre y un padre. No se trata de que te la pases huyendo de tu vida y de todos como si eso te fuera a llevar a algún lugar. No te va a llevar a ninguna parte, Camilo: quiero que te lo metas a la cabeza. El que te hayas parado ahí a declamar un brindis en honor a una muerte falsa, el que quieras resolver el problema en que me metiste así de fácil, así de simple, está mal. No estás haciendo nada más que engañarte y de la manera más estúpida que alguien lo puede hacer. Enfrenta la vida. Enfréntate a ti, es hora de

atención. Es decir que nuestro buen Jorge está aquí no haciendo otra cosa más que darle vida a su mejor versión de Bulto de Papas; en este threesome, Jorge no tiene chamba. Ya ponle Play. Fue en secundaria, ¿Perdón?, Fue en secundaria, no en prepa, cuando me fui al internado en Suiza. La mirada de cada uno de los tres sigue fija en su *fijación* inicial; si se lograra establecer una conversación usando únicamente los ojos, en este momento Camilo y Roberto ya se habrían acabado una botella de vino; Jorge, en cambio, sería como el mesero; a él nadie lo ve. Es cierto: tu hermana es la que se fue en prepa. Oye, por cierto, ¿no estás nervioso?, ¿Por qué?, ¿Cómo que por qué? Por la boda de Cordelia, ¿Mi hermana?, ¿Cuál más?, ¿Mi hermana se casa?, Por Dios, no me digas que no lo sabías, Roberto, todo mundo lo sabe. Por favor observa la mirada llena de ausencia que el-ahora-enterado-hermano-de-la-novia le está intercambiando a Camilo. Mi hermana se casa. ¿Sí escuchaste que en esta ocasión ya no lo preguntó? Simplemente lo asumió como todas las cosas que en los últimos meses —años— de su vida ha tenido que asumir aun cuando no le parezcan. Cordelia se casa, Por supuesto, la Beba se nos casa en marzo. De hecho, por eso estaban tus papás en el D.F. Tu mamá se fue con Corde y Rodrigo para afinar los últimos-, ¿Rodrigo Fernández?, Claro, tu cuñado. Tu mamá se fue con ellos para dejar todo listo y Roberto la alcanzó porque ya sabes que eso de dejarla sola en esa ciudad, nada más no le gusta a tu padre, ¿D.F.?, Se casan en Cuerna, en el lago de Tequesquitengo, Ah, Robbie, ¿estás bien? Te ves pálido y… no sé: diferente. Y ahí viene otro pinche silencio incómodo; tal parece que las preguntas de Jorge se pierden en ese baño igual que el grano de arena número tres millones cuatrocientos noventa y ocho mil doscientos dos en el desierto del Sahara. ¿Roberto?, ¿Sí?, Te estoy preguntando que si estás bien, Sí, No lo parece, ¿No?, ¿Qué te pareció la exhibición?, ¿Por qué en Cuerna?, ¿La boda? Porque la mayoría de los familiares de Rodrigo están allá o algo así me dijo tu-, Me cagan los Fernández. Esta afirmación no se la dijo a nadie en particular. De hecho, prácticamente todo se lo ha estado diciendo a alguien que no esta ahí. Se podría pensar que se lo está diciendo a su conciencia o a su Yo, pero ésos, así como el Roberto que está parado ahí, hace tiempo que desaparecieron para él.

Entonces, a ciencia cierta, no se sabe hacia quién vayan dirigidas esas palabras. Ahora Camilo entra en escena o, más bien, sale de ella. Sin decir una sola palabra el eye-contacter se sale del baño y del museo; necesita aire fresco y necesita fumar. Fumar un Marlboro común y corriente mientras admira las calles llenas de nieve, es todo lo que pide. Jorge nota que se va; sin embargo, su orgullo le impide moverse o decirle algo: simplemente lo tiene que dejar ir. Como en media hora varios amigos y yo nos vamos a ir al Stanton Social, ¿nos acompañas? Para que Roberto procese esta pregunta se necesitan otros cinco, cuatro, tres, dos, uno, ¿Cenar? Gracias, ya tengo planes, le contesta Roberto, al mismo tiempo que piensa, ¿Planes?, ¿qué planes?, ¿llegar solo a mi casa a tomarme lo equivalente al número de copas que serví el día de hoy? ¿Llegar a botarme en el sillón, para durar horas frente a la televisión no haciendo más que cambiarle de canal enfermizamente hasta que el efecto de la marihuana me logre convencer de que el documental del Holocausto que están pasando en el History Channel es lo mejor que he visto en mi vida y por fin le deje ahí y me quede dormido hasta las tres de la tarde del día siguiente?, Qué lástima. ¿Qué planes tienes?, Me van a marcar para avisarme, Bueno, no importa. Este es mi teléfono, márcame si cambias de parecer o para cualquier cosa que necesites, ya sabes, estoy para lo que se te ofrezca. ¿Cuánto tiempo vas a estar aquí?, Gracias Jorge, que estés bien, nos vemos, ¿Cuánto tiempo vas a estar en New York?, ¿En New York?, No mucho.

7

Sólo te voy a pedir un favor, mi ahora-embriagado lector: saca tu credencial para que se la enseñes a los guardias de afuera y continuemos con nuestra útil visión panorámica. Muy bien, vamos. Y ahí está. Ahí está Camilo, afuera del museo, sentado en la única parte de la banqueta que no fue invadida por la nieve. Ahí está, bajo un árbol sin hojas, fumando, contemplando, analizando. Analizando su alrededor: las felices parejas que pasan a su lado; los grupos de amigos que caminan aquí y allá mientras se abrazan, se ríen, se transmiten felicidad; las madres que llevan cargando a sus bebés con aquel cuidado que sólo ellas pueden dominar. Sí: tal parece que el mundo se puso de acuerdo para restregárselo en la cara: *Tú* estás sólo. Y yo sé, mi incrédulo lector, que es difícil de creer, pero es hasta este momento en el que Camilo por fin se atreve y lo acepta: Estoy solo.

8

Cuando Roberto salió del MoMA, lo primero que pensó fue Si no hubiera pasado nada de lo que pasó, en esta temporada del año —tal vez en esas mismas fechas— Fernanda, su familia y yo nos hubiéramos ido a esquiar para festejar el cumpleaños de ella. Seguramente iríamos a Francia o a Suiza, dependiendo de dónde estuviera mejor el clima. Fue la nieve que caía afuera lo que le recordó este evento. Pero lo cierto es que ya no se trataba de que extrañara a Fernanda; se trataba de que se extrañaba a sí mismo. Se trataba de que estaba hasta la madre de vivir así, ahogado en las profundidades de su patética depresión, sin encontrarle razón de ser a nada y sin la más mínima intención de hacerlo. Se trataba de que, ahora sí, ya no podía más. Se trataba de que su misma existencia le parecía ridícula, al igual que la existencia de todo lo que se movía a su alrededor. Sin entender cuál fue el detonador para dicha reacción, Roberto se puso ambas manos en la cara y empezó a llorar. Sí: otra vez. Empezó a llorar como un niño de seis años que se acaba de enterar de que Santa no existe; como un hijo que está viendo a sus padres firmar el acta de divorcio; como una madre a la que le están confirmando que su hijo menor tiene cáncer. Así, con coraje. Porque no me digas que el futuro hijo-de-nadie va a llorar de tristeza y melancolía al ver lo que sus padres están haciendo. No. Llora del coraje que le tiene a sus pinches papás por no haber logrado que funcionara su matrimonio; por no haber podido ponerse de acuerdo y saber desde antes de que él naciera que los dos terminarían odiándose. Y ese es el llanto más intenso, el provocado por el coraje, por el odio, por la desesperación. Los mismos que llevaron a Roberto a cargar el bote de basura que tranquilamente reposaba en la calle para aventarlo contra el primer poste que vio;

los mismos que lo llevaron a patearlo incesantemente hasta darse cuenta de que la sangre de las heridas le estaba traspasando los calcetines. Y gritaba. Gritaba sin articular palabra, cual canción de Sigur Rós, con tanta fuerza y tanto odio que hasta pensé que lograría convencer a Mi Papi de bajar a tu Tierra para por fin calmarlo, porque las únicas palabras que se le entendían entre tanto pinche grito eran las del nombre de Mi Padre. Y después de quebrarse los dedos de los pies, continuó golpeando el inocente y noble bote de basura con los puños, cual Mike Tyson su costal, hasta el punto en que se dio cuenta de que por más que lo golpeara, por más que se desgastara los nudillos, por más que jugara a las luchitas, el bote no despertaría para hacerle compañía y ser su amigo. No. Por más que aventara, pateara o golpeara ese bote, su realidad seguiría siendo la misma: una ridícula, solitaria y sarcásticamente inaguantable realidad. Segundos después de que aceptara esto, sus rodillas se dieron por vencidas para caer, sin menor objeción, sobre la nieve.

9

Camilo lo vio. Desde que Roberto salió del museo, los ojos de Camilo lo captaron. Desde lejos observó cada uno de sus movimientos. Desde lejos, también, logró captar al que fuera el reflejo más cercano de su realidad; ese, el que veía a la distancia, el que llevaba puesta su ropa, el que lloraba sin que nadie le pusiera atención, ese, era él. Era Camilo. Fue tanta la empatía que sintió por aquel individuo que, por un momento, llegó a pensar en que era su Yo que se había escapado de su cuerpo para explotar por fin en el de alguien más. Camilo lo analizaba mientras fumaba. Y con el mismo cigarro que se estaba acabando, encendió otro, y así otro y otro, hasta sumar veinte. Entonces abrió otra cajetilla y continuó el proceso. Era tanta la atención que le prestaba al que estaba ahí que no se percató de que estaban a cinco grados bajo cero ni de que sólo tenía puesta una camisa. Mucho menos de que sus manos estaban temblando peor que como le tiemblan a un enfermo de Parkinson. No: nada de eso notaba. Lo único que era capaz de notar era la presencia de ese que ahora estaba tirado sobre la nieve. Le dieron ganas de abrazarlo. Le dieron ganas de hacerle saber que no estaba solo, que no era su culpa sentirse tan miserable, sino que la culpa era del mundo entero que se encarga de arruinar la vida de todos los que lo habitan. Entonces Camilo se abrazó a sí mismo. Después de un minuto de hacerlo se paró y, sin más, se fue.

10

Y es que hasta yo estoy triste, compañero lector. Nada más de verlos así —indefensos, vulnerables y frágiles—, me pongo sensible. Y yo sé que a lo largo de toda la historia así han estado —miserables—; sin embargo, en este momento tal parece que todo —todo— se perdió. Si acaso había un mínimo destello de esperanza escondido por alguna parte de su ser, si acaso existía una señal de vida, ya no. Y no es como que había una razón especial para que precisamente en este momento se dieran por vencidos, ni que el hecho de que Jorge se hubiera puesto en esa posición le importara tanto a Camilo, como tampoco a Roberto el saber que su hermana se casaría con un idiota. Bien pudiera no haber pasado nada de eso y, de todas formas, ambos se rendirían justo ahora. No se trata de nada de eso de *la gota que derramó el vaso*, ni ese tipo de jaladas. No, ese vaso ya llevaba años derramándose; ese vaso ya había derramado tanto que contaba con fuerza para inundar Nueva Orleans peor que el Katrina. Pero tienes razón, mi respetado lector: tiene que haber un porqué justo ahora, justo aquí, justo en este momento y no en cualquier otro, ambos tomaron la decisión de tirar la toalla. La razón es sencilla: ambos se vieron reflejados en el espejo de ese baño, y no precisamente su reflejo físico, sino el que vieron de ellos mismos en los ojos del otro. Roberto se vio en la mirada llena de abandono de Camilo y Camilo se vio, también, en la vista ausente, drogada, cansada, de Roberto. Al verse —al conectarse—, ambos sintieron pena de no poder contar con el otro. Impotencia; yo lo definiría así: querer salvarse y no poder hacerlo. Fue inmediata la conexión que sus subconscientes hicieron. Pero sus conscientes —más lentos que una pinche Cámara de Diputados mexicana—, tardaron mucho más en-

Roberto

Mira, pinche Semi, te voy a decir —para que no andes poniendo palabras en mi mente que no son— lo que pensé la primera vez que vi a Camilo. Bien, pues te cuento. La primera vez que vi a Camilo, inmediatamente me recordó a Tyler Durden. No sé de qué extraña manera haya trabajado mi psique en ese instante para que inmediatamente haya traído a mi memoria dicho personaje. Tal vez fue la similitud que encontré en ambos, no física, sino de *jodidencia*. Porque —a la madre… qué putiza le metieron los que le metieron esa putiza. A Camilo, digo. O bueno, también al Tyler Durden—. La segunda cosa que pensé cuando salí de ese baño para gente inválida fue: Quiero conocerlo. ¿Para qué? No sé, pero quería conocerlo. Como si lograrlo me demostrara que todavía podía conseguir al menos algo de lo que me proponía. No sé: como si, conociéndolo, toda la miseria de mi existencia fuera a desaparecer así de fácil. Sí: y mientras Betancourt me decía madre y media, yo sólo imaginaba cómo sería estar en mi situación —joven, solo, viviendo en New York— con alguien lo suficientemente interesante como para disfrutar todo eso que decían que ofrecía dicha ciudad. Ya sé: es raro. Pero eso fue lo que pensé. En cinco segundos me imaginé con él yendo a fiestas y divirtiéndome como cualquier persona de mi edad se divierte cuando vive aquí y no está en depresión. Pero ahí estaba el problema, en que yo *sí* estaba en depresión y ninguna persona que valiera la pena me podía tener más cerca de cinco kilómetros. Porque cualquier persona decadente repele a la gente que no lo es y por eso mismo pasar la frontera de Ciudad Decadencia te resulta más complicado que a un guatemalteco atravesar todo pinche México y todavía sobrevivir las inclemencias del desierto para por fin cumplir su sueño americano; las personas decadentes sólo nos podemos rodear de personas igual o más decadentes que nosotros porque nadie decente o que tenga una vida con futuro va a querer mezclarse con un desdichado. Y es obvio: la vida no se trata de andar malgastando el tiempo con actos de caridad; para eso está Teletón. Hacía tiempo que no me topaba con alguien a quien quisiera conocer. Tal vez porque siempre eran los demás los que me querían conocer a mí; tal vez porque nunca me había visto en la necesidad de conocer a nadie más; tal vez porque nadie tan… ¿enigmático?, ¿peculiar?… se me había puesto enfrente antes; nadie nunca me había dado tantas ganas de conocerlo. Y no es que Camilo fuera diferente en verdad, digo, piensas en alguien diferente y te imaginas a un pinche punk con botas que pesan diez kilos cada una y pelo verde y aretes en la nariz y casi creo que tatuajes por toda la pinche cara. No, no me refiero a ese tipo de *diferente*. Era diferente, simplemente lo era, aun cuando físicamente no se notara. Y sí, va a sonar putísimo, yo lo sé, pero la verdad es que había algo en él que cautivaba. Bien pinche raro. Y por eso, cuando salí del museo, me dieron ganas de destrozar algo, lo que fuera, lo primero que se me atravesara en el camino. Ahí es donde entra el inocente bote de basura. Me inundó una absurda desesperación gracias a haber perdido la oportunidad de conocer a esa persona —por tener las ganas que tenía de conocer a esa persona y saber que no lo lograría; no lo lograría al igual que no lograba nada de lo que me llevaba proponiendo desde hacía tanto tiempo—. Mientras pateaba a ese pobre bote, me di cuenta de que yo era la viva imagen del padre de familia que, por ser un fracasado en el trabajo, llega a su casa a golpear a su esposa y a sus hijos. Sí, así me sentí: como un pinche naco que se desquita con su alrededor sólo para probarse que todavía puede someter a alguien, a algo, aunque ese *algo* sea un simple y mundano bote de basura. Y luego me tiré sobre la nieve, mitad por cansancio, mitad porque veía que no tenía caso la pendejada que estaba haciendo: golpear un objeto inerte para sentirme fuerte. Ja: qué hazaña más ridícula. Después me puse de pie, caminé entre el frío e hice exactamente lo mismo que pensó mi mente que haría cuando llegara a la casa: tomar, fumar, ver el documental del Holocausto en el History Channel y tratar de quedarme dormido. Eso, Semi y querido auditorio, es lo que pasó la primera vez que vi a Camilo.

Camilo

Después del drama que se armó en el MoMA, la idea de seguir hospedándome en el departamento de Jorge estaba totalmente eliminada, así como la de quedarme en el Ritz, Waldorf,

Plaza o mínimo en un pinche Hilton, gracias a que no traía cargando más que la ropa de un desconocido, cincuenta dólares, mis cigarros, una Tutsi Pop, mi pastillero y mi celular. P: ¿Qué hace un homeless a la una y media de la mañana en NY? R: Tomar, pero no tenía ganas de tomar. ¿Seguir fumando? No, mi boca ya no aguantaba el impregnante sabor de un cigarro más. ¿Contactar a un dealer y gastarme los últimos cincuenta dólares que me quedaban en polvos mágicos? No. De pronto todo lo que en un momento me pareció ligeramente placentero me había llegado a asquear. Y fue entonces cuando me di cuenta de que no quería nada porque nada me iba a provocar placer —porque todo era tan no-nuevo, tan lo-mismo, tan cotidiano como un McDonald's lleno de vagabundos a las cuatro de la mañana; tan estúpidamente secuencial como la película número mil novecientos treinta y dos de James Bond. Ah, qué puta flojera. Podía ir a casa de Jorge, recoger mi boleto y regresar a Europa. Regresar a Europa a lo mismo de lo que estaba huyendo estando en New York. A lo mismo de lo que estaba corriendo estando en México. Y ahí es cuando la idea de que soy un pinche maratonista profesional me llega a la cabeza: todo el pinche tiempo te la pasas corriendo, de un lugar a otro, como si algún día fueras a llegar por fin a la meta y tanto pinche correr finalmente se terminara—. Me emputa aceptarlo, pero el imbécil de Jorge tenía razón: tanto pinche correr no sirve de nada. Al final de cuentas, ¿qué? No es como que algún día voy a llegar a la supuesta meta y voy a recibir el ansiado trofeo; aparte de que, si fuera así, ¿yo para qué chingados quiero un pinche trofeo? Pero ese no es el caso porque no existe ni meta, ni trofeo, ni pinche maratón, y sólo estoy confundiendo metáforas con realidad y esa es la cosa más estúpida que alguien puede hacer. El caso es que no tenía nada qué hacer en N.Y. ni en Londres ni en Turkmenistán ni en ninguna parte del mundo y eso ya me había llegado a desesperar. Tal vez si el pendejo de Jorge no se hubiera puesto a decir tanta idiotez no me hubiera dado cuenta de eso y todo seguiría su curso normal y hubiera muerto feliz por una sobredosis de shrooms y en eso se resumiría mi existencia. Estaba consciente de que, si quería, podía llegar a casa de Jorge y hacer como si nada hubiera pasado; ir a la sala, servirme un whiskey de la botella que siempre esta ahí, prender un

New York cualquier otra fecha hubiera sido más fácil; no sé: un veinte de julio, un quince de marzo, un diez de noviembre. Pero no: era diciembre… diciembre tenía que ser. Y para ese entonces ya habían pasado cuatro horas desde que me salí de ese baño y unas dos desde que me paré de la banqueta en la que vi a ese otro-yo que pateaba un bote de basura mientras llevaba puestos mis jeans. Y aquí es donde recuerdo: mi cartera. Mi cartera debe estar en alguna de las bolsas que cargan esos jeans. Y al mismo tiempo pienso, Ahí está mi salvación, en el rescate de mi cartera. Y no lo digo porque recuperar mi cartera me diera la garantía de que no terminaría durmiendo en un pinche Holiday Inn ni nada de eso. De hecho, eso era lo que menos importaba. Lo que sí importaba era que, no sé, con la ridícula excusa de que necesitaba de vuelta mi cartera podía marcarle a Alguien y que igual y Alguien, no sé, no tuviera nada que hacer o estuviera solo y le gustara la idea de conocer a Alguien-que-también-está-solo-en-el-mundo —yo—, o tal vez le gusta mucho, no sé, la música, pon tú, ¿quién te gusta?, no importa, Madonna —putísimo el güey—, y platicarle de eso a otra persona, le encantaría. O que estudiara Derecho y tuviera que practicar con público enfrente su speech final de Privado y no tuviera con quién y me pidiera que lo escuchara para ver qué tan mal está —porque todos sus amigos también están en finales y no tienen tiempo de hacerle ese favor—. O que sus papás se acaban de morir porque un camión arrolló su coche cuando regresaban de la boda de su hermana y, como la boda fue hace una semana y la muerte, por ende, también, no ha tenido tiempo de platicar con nadie acerca de qué tan afectado está —por lo mismo de los ensayos finales que tiene que entregar y que sus amigos están igual de ocupados que él para escucharlo—. Y ahí estaría yo, escuchando de los labios de Alguien cómo Madonna llegó a ser quien es ahora; un discurso de los conflictos que existen en el derecho privado de hoy en día; historias trágicas y memorias de cuando era niño y viajaba a Disney con sus ahora invisibles padres. Cualquier cosa, podía escuchar cualquier cosa que fuera contada por una persona que respira y duerme y come y grita y piensa que la vida es curiosa y difícil de seguirle el ritmo. Y ciertamente no sería necesario que Alguien supiera nada sobre mí para que yo pudiera invitarlo a afters. Pero eso, así como todo lo que va de la mano con los afters —pres, cenas, fiestas, despedidas, posadas, etcétera— había dejado de ser parte de su vida desde hacía más de un año. Fue por eso que, cuando su celular sonó a las cinco veintidós de la mañana, no pensó que esa llamada fuera con el mismo propósito de las que estaba acostumbrado a recibir. Y eso lo puso muy tenso, por eso dudó en contestar. ¿Quién chingados se iba a tomar la molestia de marcar su celular invisible-para-el-resto-del-mundo a las cinco de la mañana de un sábado? Por Dios: si ese número no lo marcaba ni su madre. Sin embargo, al mismo tiempo también creía en la posibilidad de que alguien realmente quisiera hablar con él. Aw, ¿a poco no te da ternurita? Y mientras el celular vibraba y seguía vibrando en la mesa de la sala hasta que de tanto vibrar se cayó, mientras eso pasaba, te digo, Roberto pensaba en quién pudiera ser esa persona que estaba marcándole. Podía ser… Nadie, porque a la única persona que le había dado ese número era a Nadie y porque, aun cuando lo hubiera hecho a alguien más, no tendrían razón para marcarle a esa hora en esa peculiar madrugada. Aparte de estresarlo, esa llamada, en cierta loser-manera, lo emocionó. ¿Qué tal si esa llamada le cambiaba la vida?, ¿qué tal si era capaz de salvarlo de su insoportable sufrimiento?, algo así como una línea directa del Señor Dios Padre en la que te escoge randymente de una lista de seis mil millones ochocientos mil novecientos dos nombres y por haber sido tú el escogido te ganas un kit que incluye un alterego tuyo y un paquete de Prozac para garantizarte que nunca volverás a cortarte las venas o aventarte de décimos pisos. ¿Qué tal si la persona que estaba marcando realmente tenía interés en él?, ¿qué tal si era Supermán? Superman comes to the rescue. Por eso decidió contestar. Pero como siempre, cuando decidió hacerlo, ya era demasiado tarde; it was another missed call that he just rejected to hear.

Camilo

Seguramente el ruido, las vibraciones y la música de The Gates o de Ten June o cualquier otro antro newyorkino imposibilitaron a Alguien escuchar su celular. O tal vez estaba tan concentrado en su speech que prefirió remarcar después, antes que interrumpir su práctica. O tal vez no puede contestar porque —como ha estado llorando toda la noche recordando a sus padres— no quiere que la voz quebrada lo delate frente a nadie. Seguían siendo las cinco veinte —bueno, veintidós, pero es lo mismo— y yo seguía caminando por Union Square —sobrio y encafeinado— sin rumbo alguno. Y los grupos de gente insistían en pasar al lado mío —cantando, gritando, saltando, riendo. Sobre todo riendo. La gente que va en grupos por Union Square los sábados a las cinco veinte —veintidós— ríe mucho; ríe hasta caerse al piso—. La gente es rara. Y mientras la gente era rara yo seguía caminando; sabía que algún día llegaría a Central Park y que, estando ahí, llegar a la recepción del Ritz y pedir una habitación era lo de menos. Sabía que si me daba sueño no tenía que pisar ningún Sheraton porque con sólo decir el nombre del esposo de mi mamá, la habitación —así como el room service y cualquier otra mamada que dan en los hoteles— estaría lista. Pero no quería eso. No quería mencionar el nombre del esposo de mi mamá, ni que le agregaran eso a su cuenta, ni que le marcaran para pedirle autorización de hacerlo. Lo que quería era encontrar a Alguien. O que un taxista hindú se quedara dormido mientras manejara por Union Square y sin darse cuenta me atropellara. O que, mientras caminara por el Brooklyn Bridge, un pederasta *accidentalmente* me empujara provocando que inevitablemente cayera hacia el East River y me ahogara. O cualquier cosa común y corriente que suele pasar en New York para que la gente muera. Porque no quería regresar a Londres, pero tampoco quería seguir en New York. O al menos no quería seguir en New York escuchando a mi mente repetir que estaba solo, como si estar solo fuera algo malo. Desde que salí de ese baño en el MoMA, mi mente empezó a trabajar de una forma muy extraña. Empezó a pensar mucho y a fijarse en detalles peculiarmente molestos. Como si Alguien hubiera tomado una navaja, abierto mi cabeza y metido información que antes no tenía. Raro.

12

Basta. Definitivamente no puedo dejar a estos dos idiotas solos porque enseguida que toman la palabra empiezan a hacer un pinche desmadre inentendible. Veamos: vamos a poner las cosas en orden antes de que esto se salga de control y yo me canse y pida mi renuncia. Bien: estamos todos juntos como hermanos en New York. Y digo *todos juntos como hermanos* porque literalmente así estamos: yo por aquí, uno perdido por allá y otro quién-sabe-dónde —en la misma ciudad, pero sin tener una remota idea de nuestra existencia— como todos los hermanos en el mundo. O al menos así están ellos dos. Y bueno, Camilo, por una parte, no entiende qué pasa. No entiende por qué, de un segundo a otro, todo su panorama cambió. No entiende por qué ahora es sensible hacia lo que le rodea ni por qué empieza a notar a la gente que existe a su alrededor, así como tampoco entiende por qué ahora prefiere estar acompañado en vez de solo. Camilo comienza a sentirse extraña-mente cotidiano. Pero eso es muy fácil de entender, no tiene abso-lutamente nada de ciencia. De hecho, para entender esto —para entender este cambio—, tomar el libro más básico del psicoanálisis freudiano podría ser de gran ayuda. Por ejemplo: es muy sencillo concluir que Camilo es como es por una serie de bloqueos que su inconsciente hizo desde la infancia para protegerse de la hostilidad que vivía en casa. Tí-pi-co: papi no te quiere, entonces por eso creces jodido y, en venganza, siendo hostil con el resto del mundo. Y no tienes amiguitos y terminas siendo antisocial. Y como eres antisocial, no encuentras cómo encajar en el mundo. Por eso te ahogas en el arte o en cualquier otra cosa que te sirva como excusa para que no te molesten. Y luego vienen las drogas y con las drogas el aferramiento al suicidio. O tal vez estos dos últimos eventos no vienen en consecuencia directa uno del otro —tal vez las ganas del suicidio vienen antes que el uso de las drogas o qué sé yo—. O el desenlace de la historia puede ser aun peor: terminas organizando manifestaciones Pro-Derechos de los Niños Emo en el Zócalo ca-pitalino. Uy, eso sí es un final triste. El caso es que es sumamente sencillo —con el libro Four Fundamental Concepts of Psychoa-nalysis en la izquierda y un cigarro en la derecha— descifrar cómo funciona el cotidiano subconsciente de nuestro estimado Camilo. Y es que no es que precisamente *él* sea cotidiano; es sólo que, acep-témoslo, todos ustedes —*todos*— trabajan bajo el mismo meca-nismo. Por eso es tan fácil saber, desde que nacen, cuál va a ser el

para que el término *homeless newyorkino* sea considerado todo un concepto en los simbolismos literarios del siglo veintiuno. Sí: algo muy cabrón deben hacer para que sea atractivo y hasta honorable llegar a ser parte de tan selecto grupo; no cualquiera logra exitosamente conquistar dicho título, pregúntamelo a mí. Fue entonces que, para contestar mi pregunta y saber qué hacer con mi cuerpo de una vez por todas, traté de recordar todas las películas en las que el personaje de un homeless de New York aparece. Y empecé a recordar lo que hacen cuando están en escena. Pedir limosna afuera de Saks. Cruzar Times Square en verde y sin voltear. Comer conos de nieve y cheeseburgers de McDonald's con el dinero que la gente que sale de Saks le da. Entrar a tiendas que no cuentan con anuncios de We Reserve The Right To Refuse Admission To Anyone en la puerta para intimidar a los clientes; aun cuando eres un homeless y hueles mal y saben que puedes tener una pistola bajo el pantalón que llevas puesto desde hace más de seis meses, aun así, nadie se puede tomar la libertad de sacarte de la tienda porque, como estúpidamente no se tiene ese anuncio en la puerta de entrada, va contra los derechos humanos. Me encantan las leyes americanas. Amenazar con aventarse del Brooklyn Bridge. Aventarse del Brooklyn Bridge. Caminar por la séptima y encontrar un cheque en blanco firmado y canjearlo y volverse rico. Recibir la atención de algún magnate que justo ese día decidió ser bueno con el mundo y ser adoptado por él y vivir feliz el resto de la vida. Ahí paré mi lista; too much Hollywood trash going on here. No, esa lista no me estaba sirviendo para nada. Tal vez la idea del Brooklyn Bridge tenía potencial, pero ahora ni eso se me antojaba; ni experimentar una forma nueva de suicidio me parecía atractivo. Y justo en ese momento recordé la escena de la película más trashy-Hollywood —o tal vez decir *trashy* y *Hollywood* ya sería caer en una redundancia— que mi mente pudo recordar: Spider Man. Recordé Spider Man así como todas las locaciones en las que grabaron; sí, la gente se sorprendería de la cantidad de cosas estúpidas e innecesarias que puede llegar a encontrar en el garage de su memoria si le escarba bien. Vuelvo a repetir, P: ¿Qué hace un homeless newyorkino a las cinco de la mañana en época navideña? R: Va a la Saint Patrick's Cathedral a reclamarle a Dios por qué razón insiste en mantenerlo

tamente superior y más poderoso que nosotros mismos. O tal vez no. Tal vez eres verdad. Tal vez es cierto que me amas y moriste por mí y me quieres salvar. Tal vez. Por eso, mi legendario Diosito, te propongo algo. Vamos a jugar. Es un juego muy fácil: tú ganas y yo gano, si es que alguien gana. Porque, si uno no gana, el otro tampoco. Entonces, básicamente es un win-win. O puede ser todo lo contrario. Todo depende de ti. Todo depende de cómo me compruebes que realmente te importo y que me amas y que lo único que quieres es mi felicidad, que moriste por mí y todo ese show. Fácil, ¿no? A como me pintan que eres, no tienes ni que mover un dedo para lograrlo. Entonces, como te digo, tú me compruebas, me mandas una señal —clara, concisa, notoria y, obviamente, en mi beneficio— de que existes y yo, en respuesta, creo en ti. Yo gano un Diosito en quien creer y tú ganas un hijo a quien amar. Todo un win-win, ¿no te digo? Y bueno, ¿que qué es a lo que me refiero al decir *señal*? Uhm, no sé... Tú sabes. Algo así, que esté bien cabrón, algo que, cuando suceda, inmediatamente me haga pensar No mames, Diosito está cabrón. Algo que no me haga pensar que pasó por casualidad o fue cosa del destino, sino que sea demasiado claro que fue hecho por Ti y por nadie más. Es más: algo que no me haga pensar, sino que simplemente me provoque respeto y admiración hacia Ti y toda tu organización. O bueno, no: lo de la organización mejor olvídalo. Dejémoslo en Ti. Esto es entre Tú y yo, y nadie más; ¿para qué involucrar a terceros? Y, si eres tan grande como dicen, seguro sabes qué es lo que necesitas hacer para lograr que te respete y te admire; por eso mejor me abstengo de mencionar nada que pueda darte alguna pista de lo que espero de ti, no vaya a ser que mis ideas queden cortas para tu creatividad y te limiten. Me gusta cuando alguien logra sobrepasar mi capacidad de admiración —hace años que nadie lo hace—. Y si es cierto que existes, me imagino que la idea de jugar a algo así de retador te puede atraer; no quiero imaginar lo aburrido que has de estar —sea donde sea que estés— siendo omnipotente y sin tener imposibles. Y bueno, en cuanto a las reglas del juego, no te preocupes, que son fáciles. El juego sólo puede durar veinticuatro horas y... uhm, creo que esas son todas las reglas que hay que respetar, porque no es como que me voy a pasar un año esperando a que se te ocurra presentarte —no, tengo que poner un límite de tiempo—. Sin embargo, creo que durante veinticuatro horas sí lo puedo hacer, sí puedo esperar. Y eso es todo. Así que, siendo las seis diez de la mañana de hoy, y siendo algún día del año que no sé exactamente cuál sea de entre todos los trescientos sesenta y cinco, declaro inagurado el jue-

Camilo

Ju*ego* iba a decir, sólo que no pude. Dios no me dejó terminar la oración. Y es que justo en ese momento —inmediatamente después de que anunciara la inauguración oficial de la prueba y antes de que terminara la micro-ceremonia que estaba teniendo lugar ahí, entre Él y yo—, sentí que mi pantalón —o bueno, no *mi* pantalón exactamente, pero sí el pantalón que estaba vistiendo en ese momento— se movía. No acostumbrado a este tipo de situaciones curiosas en donde vas a la iglesia y te hincas a hablar frente a figuras inanimadas fingiendo creer que no son inanimadas y que, peor aún, tienen poderes supermanísticos, no acostumbrado a eso, el sentir que los objetos que cubren mi cuerpo están tomando vida propia y cerca están de dominar mis movimientos, me pudo haber freakeado. Pero no lo logró. En mi mente dije: La Señal. Sí, eso debía de ser. Entonces empecé a escuchar hermosos sonidos que me parecían familiares pero que no lograba reconocer; pensé que seguro era algo así como los cánticos celestiales que los ángeles hacen en El Cielo cuando tienen fiestas. Después de eso, lo único que estaba esperando era que se abriera el techo de la catedral para que un potente rayo de luz —dirigido desde El Cielo directo hacia mí— iluminara mi cabeza y todo el show de la revelación de Dios hacia mi persona se convirtiera en un cliché digno de ser cubierto por un reportero colombiano crecido en Miami de Primer Impacto Edición Especial. No fue hasta que trece de los veinticinco creyentes que se encontraban presentes comenzaron a hacer sonidos tan molestos como *shhh* con la intención de que esos cánticos celestiales se callaran, no fue hasta ese momento en que la mayoría empezó a mirarme con ojos de You are such an idiot, cuando entendí que si mis prendas se movían por sí solas no era precisamente debido a una revelación de Dios sino al efecto causado por las vibraciones de mi celular, así como también me di cuenta de que los supuestos cánticos celestiales no eran más que el ringtone de Safe de M83 sonando a todo volumen. Y pensé de mí lo mismo que piensa el noventa y ocho por ciento de las personas de entre cinco y noventa y cinco años que ven cualquier noticia en la que salga Hugo Chávez: … such an idiot. Entonces tomé el celular, vi en la pantalla el número que estaba causando esta blasfemia tecnológica al interrumpir las conversaciones esquizofrénicas que estábamos teniendo con el Todopoderoso y dije, No mames, Diosito… estás cabrón.

Roberto

Quedamos en que me daría mis cosas. Nos íbamos a ver en el Plaza a las nueve de la mañana; es decir, en tres horas. Como no podía dormir, no se me ocurrió nada mejor que hacer ejercicio; después de tanto tiempo de no hacerlo, la necesidad de cumplir con mi rutina me llegó de la nada. Abdominales, sentadillas, fondos, pesas, lagartijas, todo. Incluso hice yoga; mi entrenador solía recordarme lo bueno que es el yoga para controlar el estrés y los nervios. Y es que necesitaba relajarme porque, sin explicarme por qué, después de que colgué el teléfono, todo mi ser se tornó insoportablemente tenso. Pero tal vez el porqué de esta ruptura, de esa intromisión hacia la tranquilidad de mi ser no era tan extraña; tal vez era perfectamente normal, esto de ponerme religiosamente nervioso después de colgar el teléfono: hacía milenios que no colgaba el teléfono con nadie, que no tenía contacto real con nadie y esta sería la primera vez que me enfrentara de nuevo hacia lo que comúnmente se conoce como *socializar*. Y es que socializar no es nada fácil, al menos no lo era para mí en las circunstancias y condiciones en las que estaba. La imagen de ti —de mí— buscando en el armario la combinación perfecta de jeans-camisa-bufanda-saco-loafers que te vas a poner para un desayuno sin importancia, para un encuentro de lo más casual con un perfecto desconocido, la imagen de quitarte y ponerte y volverte a quitar la ropa frente al espejo buscando cuál combina mejor, esa imagen, de inseguridad y nerviosismo, puede causar muchísimos

veinte minutos y doce segundos que no te narro, lector amado mío. Hace ya mucho tiempo que no puedo estar aquí, junto a ti, disfrutando de lo bonito que es esto de la narrada. Hace ya mucho que me perdí. Y no sé, no logro, no veo la manera de encontrarme. Me perdí y el mapa se perdió conmigo. Y ya no sé para dónde ir. Y te perdí, a ti también, en el camino. Y perdí todo. ¿Que dónde estoy? No sé, te digo. Estoy en un lugar bastante extraño, con gente como tú, que tampoco sabe qué hace aquí. La gente aquí no habla entre sí: sólo hablan con ellos mismos. Un día desperté y cuando abrí los ojos no vi más que blanco, y dije Padre, ¿qué no se suponía que me habías mandado de vacaciones a la Tierra? ¿Por qué me regresaste a Casa? ¿Qué hago de vuelta en el Cielo si todavía no han pasado los cuatrocientos veinticinco años que me dijiste me darías allá abajo para que me divirtiera un rato? Pero cuando pregunté eso nadie me contestó, y pensé que Padre no estaba en Casa. Pero eso no podía ser posible porque Padre *siempre* está en Casa. Y ahí me cayó el veinte de que No, a Semi no lo habían regresado de la Tierra; Semi estaba más en la Tierra que nunca. Aquí la gente no te ve, no te nota. Lo único que los que están aquí ven son los fantasmas que los acechan. Y cada quien tiene los suyos y sólo ellos tienen el poder de verlos. Eso, los que están *afuera* no lo entienden, y por eso creen que los que están *adentro* hablan solos. Pero no, eso no es cierto. Otra cosa que los que están afuera no saben es que, mientras más tiempo los dejen aquí —a los que están *adentro*—, más cerca van a tener a esos fantasmas y más difícil les será escaparse de ellos. Aquí el aire pesa, es denso. Cada que respiras, el oxígeno te entra por las fosas tan pesado como el suero por las venas. Aquí el tiempo no existe; el ayer y el hoy se pierden en la monotonía. El tiempo —si acaso hay un rastro de él por estos rumbos— sólo se mide en dosis; la dosis de la mañana, la de la tarde y la de la noche. Y, cuando tocan la campana, todos se enfilan con un vaso desechable en la mano derecha, listos para que en ese vaso les depositen tres, cuatro o a veces cinco diminutas cápsulas, las cuales supuestamente juegan el papel de *cazafantasmas*. Y se las toman, muchos sin necesidad de agua, y se van a jugar a las escondidas hasta que la campana suena de nuevo y la mecánica se repite. Una y otra vez. Una y otra vez. Una y otra y otra y otra vez. Y otra.

al menos, respirando. Sí: la neta es que los líderes de tu mundito son bien pinche malos. Pero eso —el cómo la industria farmacéutica los tiene totalmente dominados o que sus líderes tengan una moral poco más baja que un sacerdote pederasta o que no se sepa cuál de los dos —los que están adentro o los que están afuera— es realmente quien vive en la realidad— no es algo que sea nuevo para ti, mi victimizado lector y, por lo tanto, no es algo que nos pondremos a discutir. Mejor back to track, retomemos esta historia que tengo tanto tiempo de no contar. ¿En qué me quedé? ¿En Camilo o en Roberto? Uhm, no sé y no importa. Mejor optemos por ver sus historias, ya no una ajena a la otra, sino como algo convergente; ambas historias, al menos en este punto —por fin—, ya no son la de uno o la de otro, sino la de ambos. Sí: ya es hora de que sus historias dejen su individualista soledad y sean una misma; se acompañen —sufran juntas— en este largo trayecto de la vida. Entonces empezamos este matrimonio de historias justo en el punto en el que ambos personajes se enfrentan, ahora sí, por causas provocadas por la mano del hombre y no sólo por la fuerza del destino. Camilo fue el que llegó primero. De hecho, se había ido directo de la catedral al Plaza —recuerda, mi olvidadizo lector, que era un homeless sin hogar donde reposar— y decidió estar afuera, esperando, mientras fumaba todos los cigarros de una cajetilla de Camel que encontró tirada en el camino. También tomaba un capuccino. Y es que en su camino hacia el Plaza una mujer le regaló uno con la intención de que se calentara, porque, según aseguraba ella, It is very dangerous for a boy like you to be walking this nude, with this snow on the cold streets of New York City. Era un capuccino venti del Starbuck's con leche entera y esencia de vainilla; sumamente pesado para el sensible estómago de Camilo, sobre todo si se toma en cuenta que su organismo no está acostumbrado a ingerir leche de cualquier tipo de animal, ni cualquier cosa que venga de cualquier tipo de animal. Para el segundo trago, Camilo decidió que no porque fuera regalado tenía que aceptarlo, y por eso se paró en el primer Starbuck's que encontró y le dijo al extasiado tipito preparador-de-café —el cual, para Camilo, definitivamente estaba bajo los efectos de una droga muy buena como para estar tan extasiado en felicidad por el simple hecho de hacer pinches cafés y repetir como idiota todas las especificaciones que cada pinche café tiene— que su café sabía a vaca, que por favor cambiara su capuccino por uno con leche de soya; que ya no pusiera la esencia de vainilla, que agregara tres shots extras y que le pusiera más espuma que leche; definitivamente los gustos de la señora-protectora-de-niños-sin-gabardinas-Zegna, la dulce mujer que se preocupó tanto por aquel niño que hasta le dio su capuccino con leche entera y esencia de vainilla, esa y Camilo, no lograrían ponerse de acuerdo en ningún momento si un concurso de How to Prepare the Best Capuccino existiera y ellos participaran en él siendo parte de un equipo integrado. De todas formas, dudo que dicho concurso exista —aunque, pensándolo bien, todo estúpido concurso puede esperarse de su *creativo* mundito—, pero, de ser así, seguramente los dos terminarían peleados y lo que un día empezó como una simple muestra de caridad por parte de esta amable señora hacia sus enfriados semejantes, se tornaría en hostilidad por ambas partes; se perdería la intención inicial de la ayuda al prójimo. Anyway, eso tampoco pasará porque, ya realicé un estudio bastante minucioso y sólo existe el .00005 por ciento de probabilidad de que ambos se vuelvan a topar en la vida. Pero te decía que ahí estaba Camilo, afuera del Plaza, fumando el cuarto Camel de esa cajetilla poblada por otros diez Camels, tomando de ese renovado capuccino hecho ahora con leche de soya y tres shots extras de cafeína. No tenía frío, no tenía hambre, no tenía sueño. Y sí, pensándolo bien, Camilo no tenía nada. Y no era que su encuentro con Roberto lo llenara de felicidad porque por fin volvería a tener su cartera y, con ella, la libertad de hacer con el mundo lo que quisiera. No. Si acaso le llamaba la atención el encuentro que tendría con dicho personaje, las razones iban más allá de un simple intercambio de objetos materiales. Camilo tenía esperanzas en él, en Roberto, y eso, mi amado y paciente lector, no es algo que pase todos los días; de hecho es más probable que esto se llegue a publicar algún día, antes que Camilo tenga esperanzas en alguien; a ese grado está. ¿Por qué? ¿Por qué tener esperanzas en alguien que no conoce? O no, mejor dicho: ¿por qué tener esperanzas en alguien?, punto. Camilo siempre ha pensado que la gente no puede ir por el mundo teniendo esperanzas en los demás: no. Y es que para Camilo,

Lo observé durante quince minutos; por eso llegué tarde. Lo observé tan detalladamente que casi pude descifrar lo que pensaba. En alguna parte lo había visto, pero no sabía dónde. Estaba casi seguro de que esa persona y yo habíamos estado en el mismo lugar a la misma hora hacía tiempo. Me parecía familiar, no sólo por su físico sino por todo lo que irradiaba. Me daba confianza. Me podía imaginar perfectamente la imagen de nosotros dos esquiando en los Alpes o fumando en Central Park o escuchando un concierto de Death Cab for Cutie en Los Ángeles. Sí: ese individuo sentado en las escaleras del Plaza que fumaba un cigarro tras otro mientras dejaba en el olvido un café del Starbuck's y yo podíamos hacer muchas cosas juntos. Sí: lo podía usar como un vehículo seguro que me llevara de regreso a lo que un día fue mi vida. En cierta manera, lo que su persona irradiaba me hacía sentir nostalgia: tal vez era el clima en la ciudad, tal vez el humo que salía de su boca, tal vez era que simplemente mi ser estaba inundado de nostalgia y, al verlo, dicha nostalgia se mostraba aún más; era yo quien estaba proyectando mi nostalgia en él. Durante todo el tiempo que lo estuve observando, después de imaginar todo lo que podíamos hacer juntos, llegué a visualizar incluso el momento en que lo dejáramos de hacer, el momento en el que, por alguna razón, nos tuviéramos que separar. Y lo extrañé, realmente lo hice. Y me dio miedo de extrañar a alguien que no conocía. Eso me hizo recordar a Fernanda. O no, más bien me hizo recordar a Mí-extrañando-a-alguien, lo cual no me gustó en lo absoluto. El uniforme de mesero que me habían dado para usar en la exposición, y el cual se tomó la libertad de usurpar de mí, le iba bien. Traté de asociarlo con alguno de los que fueron mis amigos años atrás pero no lo logré; no, nunca había conocido a una persona similar. Cuando vi que eran las nueve de la mañana con diez minutos y que llevaba prácticamente un cuarto de hora contemplándolo desde lejos, cuando me di cuenta de que iba a llegar tarde a la cita aun cuando había estado ahí antes de tiempo, cuando me di cuenta de que lo que estaba haciendo no era normal, me pregunté por qué razón estaba fantaseando —prácticamente alabando— a otra persona, a otro hombre. Razoné que era normal al recordar a los idiotas de mis examigos dándose en la madre entre sí con tal de llamar

manos tomando una cheeseburger si McDonald's siempre me ha dado asco y comer carne aún más? La mimosa seguía reposando frente a mí, y eso me puso a pensar en lo inconsistente que era ver una copa de mimosa en una mesa del McDonald's. ¿Qué tan lejos llegará Ronald con tal de conquistar al mundo?, pensé. ¿Qué le falta por vender? ¿Antidepresivos sabor vainilla? Seguramente sus ventas se triplicarían si lo hiciera. La mimosa la trajiste tú, me dijo quien me acompañaba, como si fuera capaz de leer mi mente y saber que estaba pensando en lo inconsistente que era ver una mimosa en una mesa del McDonald's. No me había dado cuenta de que eso que pensé realmente lo había dicho en voz alta. Entonces decidí hacer un esfuerzo sobrehumano y enfoqué toda mi atención hacia la persona que estaba frente a mí. Mis ojos se enfocaron directo en los suyos. Lo observé. Obligué a mi mente a anclarse en el plano físico y entonces, poco a poco, mis sentidos se fueron despertando, mis oídos se destaparon y comencé a escuchar el murmullo de los que estaban alrededor, los frenéticos cláxones de los taxis de afuera, el llanto de tres bebés que estaban en la mesa de atrás, cocineros dictando órdenes, niños riendo. De pronto sentí que era demasiado ruido; nunca había escuchado tantos sonidos juntos en mi vida; nunca pensé que pudiera haber tanto ruido en el mismo lugar. Mi vista se empezó a esclarecer. Como si alguien se hubiera encargado de prender la luz, como si el mundo tuviera un switch en alguna pared, el cual se prende y se apaga a la hora que quieras, así, como cualquier cosa, mis ojos comenzaron a notar la intensidad que puede existir en los colores; la vida que los colores pueden tener. Ya no se veía todo azul grisáceo como siempre lo había visto, no. Había más. Llegué al punto de estar encandilado de tanto color. Me vi obligado a cerrar los ojos por unos segundos antes de continuar. Cuando los volví a abrir, así como cuando la vista se acostumbra a la obscuridad después de dos segundos, la mía ya se había acostumbrado a la luz y su color. Y respiré profundamente. Al hacerlo, miles de olores fueron captados por mi olfato; me di cuenta de lo mal que me sentaba llevar varios días sin bañarme y de lo bien que olía la loción de quien llevaba puesta mi ropa. Y lo que estaba masticando mi boca me empezó a saber a algo, por eso que dejé de masticar; mi hamburguesa sabía a viejo y sabía a vaca. Fue tanto el asco que mi reacción inmediata fue tomar líquido para quitarme ese desagradable sabor. Bebí de fondo la mimosa que supuestamente yo había traído desde el Plaza. Sabía bien. Sabía excelente. Inclusive pudiera decir que nunca antes había probado algo con un sabor tan exquisito. Era demasiada intensidad; todos mis sentidos estaban, así de pronto, experimentando su máximo esplendor. ¿Cómo?, me pregunté. ¿Cómo qué?, me preguntó. Y de nuevo me di cuenta de que estaba pensando en voz alta. Me empecé a confundir y a no entender nada de lo que estaba pasando. Me desesperé. Puse ambas manos sobre mi cara —sobre mis ojos, sobre mi boca— con ganas de que cuando las quitara y mis ojos volvieran a ver, toda esa escena desapareciera y me llevara a otra conocida, a un lugar seguro, donde todo fuera predecible y sin ruidos y azul grisáceo y no supiera ni oliera a ningún sabor desagradable, o bonito; donde todo fuera como antes. Pero no: cuando quité las manos de mi rostro, todo seguía igual, y yo, bueno: yo seguía confundido. ¿Qué hacía sentado ahí con ese individuo? ¿Por qué de pronto todo cambió por su simple presencia? ¿Por qué mis sentidos reaccionaron de esa manera ante esa persona? Y entonces me acordé de Yo-hincado-en-la-Saint-Patrick's-Cathedral pidiéndole al Todopoderoso una salvación. En efecto, Diosito es un chingón.

14

Bueno, pero qué historia tan más homosexual, diría un típico lector varón de un rango de edad de entre quince y cincuenta y cinco años que vive en un país latinoamericano. Tú, en cambio, mi letrado lector, que eres más culto que cualquiera de esos y menos ignorante en referencia a estos temas, tú, que has leído y visto y vivido mucho más que esos limitados de cabeza, tú, considerado como la excepción del grupo antes descrito, no dirías eso. Estoy seguro de que *no* dirías eso. Es más, sé que tú, sí, señor, señora amada, seguramente te has encargado de crear, en la comodidad de tu hogar y en la privacidad de tu cabeza, una continuación de la premisa formulada, por ti y por mí, en el pasado capítulo doce e inclusive has desarrollado una nueva y mejorada hipótesis de la situación que se presenta aquí, de toda la estrecha, peculiar e intensa conexión que existe entre ambos protagonistas. Lógico es imaginar que a estas alturas de la vida ya te has tomado la molestia de caer en alguna depresión o pasar por rachas existencialistas, etapas más fáciles de enfrentar si se tiene a un terapeuta al lado. ¿A qué vas con esto, Semi? ¿Quieres acaso burlarte de nuestras debilidades humanas? No, mi respetable: eso jamás. A lo que voy con esto es a que, seguramente, tú eres uno más de los que forman parte del alto porcentaje —creciente porcentaje— de personas que han asistido a uno y saben, conocen, entienden cómo se maneja esto de las terapias y el psicoanálisis y traumitas y esa bola de mamadas de que la niñez y los sueños y los primeros siete años de vida y todo eso. Entonces, te decía, como tú eres tan sabio y mínimo tienes una noción de cómo se maneja todo esto, ya si no por asistir a un psiquiatra dos veces por semana mínimo por simple cultura general —todos conocemos la teoría básica de Freud—, por eso ya modificaste la premisa antes establecida —Jorge aquí ya no es el personaje que causa polémica— y formulaste la hipótesis de que:

Sí: Jorge *sí* provocó que las barreras proteccionistas con las que Camilo contaba inevitablemente se derrumbaran y así fuera capaz de ver y ser sensible a lo que pasaba a su alrededor. Sin embargo, no: Jorge *no* logró ocupar ese inhabitado espacio que la figura del padre ausente nunca quiso habitar. Aquí, analizando el tipo y la fuerza de las reacciones que ambos personajes están mostrando, quien realmente puede estar representando dicha figura sería Roberto —hablando de la psiquis de Camilo, claro queda—. He ahí la razón de que sea tan… ¿atractiva?, ¿necesaria?… la existencia de uno para el otro.

Y no es que Roberto vaya a ser como un padre para Camilo, ni que le recuerde a este, ni nada por el estilo: no. Tú sabes, mi sabio lector, que a eso no nos referimos con lo de que Roberto *represente* la figura paterna, tú sabes que de eso *no* se trata el psicoanálisis; se trata de que los terapeutas se aferren a la idea de que si alguien te influencia de una manera radical es porque en tu cabeza tiene una estrecha conexión con alguna de las figuras —ya sea la materna o la paterna— aun cuando en tu lógica no haya la más mínima conexión entre ninguno de ellos. Sin embargo, a lo que *sí* nos referimos con esa *representación,* es a que Roberto contará con

que en mi vida hubiera conocido. Trataba de descifrar por qué me parecía eso pero no lograba tenerlo claro. Pero eso era lo de menos: lo importante era su compañía y que todo en mi vida estaba volviendo a ser no como antes, sino mejor. Como la exposición que se acababa de inagurar en el MoMA era, en gran parte, con obras de Camilo, solíamos ir dos veces por día a escuchar las críticas de la gente que la iba a visitar. Sí, esa era la excusa. La finalidad real era visitar el museo después de tragarnos un papelito de LSD y atiborrar de colores nuestras cabezas. Te advierto: si no has visitado el MoMA bajo los efectos de algún tipo de estupefaciente, definitivamente no has vivido. De pronto me di cuenta de lo sano e inocente que era yo antes de conocerlo; a lo más heavy que había llegado era a consumir cantidades ridículas de alcohol y fumar varios cigarros de mariguana por día. Vaya que me faltaba toda una vida por vivir. Desde nuestro primer McDonald's, Camilo me contó todo lo que había pasado con Betancourt y que, gracias a eso, no tenía dónde quedarse en NY, que porque sólo venía unos días mientras pagaba una suspensión en Oxford porque, según él, hubo una diferencia de intereses irreconciliables entre él y la institución. Nunca entendí a qué se refería con eso. Fueron diez días en total los que se quedó. Ocho de esos diez días no dormimos; uno porque fue tanta la coca que no había manera de que nos quedáramos tranquilos en algún lugar, mucho menos en una cama; esa noche salimos del Marquee a las once de la mañana —sí: hay maneras de salir del Marquee y cualquier otro antro de New York a las once y no a las cuatro, como dicen las leyes ridículamente americanas—, nos fuimos a desayunar a L'Express, luego a fumar por Central Park, luego a comer, luego al museo, luego a ver alguna puesta de Broadway cuyo nombre no recuerdo, luego a cenar al Le Cirque. Y resultó que Camilo compartía conmigo el amor hacia la champagne. Me presentó su cocktail favorito, el cual, inmediatamente después de eso, se convirtió también en el mío: Moët & Chand*coke*: una copa de Moët mezclado con un gramo de coca —el burbujeo del champagne es mucho más intenso que el de costumbre, más o menos como si fuera un Alka Seltzer; la única diferencia es que, en lugar de curarte el estómago, renueva todo tu cuerpo—. Justo después de vaciar el gramo y tomar de fondo la

tuvieron tomando de una botella de champagne a la que sólo le faltaba la etiqueta de Wal Mart con un $5.99 marcado. No, no creas que le vomité a la azafata porque mi cuerpo ya no tolerara más alcohol: no. Le vomité porque era tan, pero tan corriente su sabor que a mi organismo no le quedó de otra más que rechazarlo. Si ese es el servicio business class no quiero pensar cómo tratan a los de atrás; ¿los pondrán a lavar sus propios baños? Y esos asientos y esos uniformes-, ¿Todo lo decidí yo?, -y la comida, por Dios: la comida. También por eso vomité, con tan sólo ver la comida... no sé qué hubiera pasado si hubiera entrado a mi cuerpo, Camilo, cállate y escúchame, te estoy preguntando si todo esto lo decidí yo, Por desgracia, sí. Ahora puedo ver que nuestros gustos no son tan compatibles como pensaba, Camilo, basta: no seas maricón, Si tan sólo hubiera valido la pena el destino, Por favor, si Madrid no está *tan* mal, Claro, si lo que quieres ver son pijos que visten con Levi's 501 y que aun siendo un verano caniculiento son amantes de traer sus pinches *jerseys* color celeste colgados del cuello sólo para confirmar lo tetos que son, si eres fan de eso y de la comida que está compuesta en un ochenta y tres por ciento por grasa y mariscos, claro que Madrid no está tan mal, Maricón, Me cagan los Levi's 501, me cagan los pijos, me caga su estilo y me cagan los mariscos. Pero la verdad era que Madrid —justo como yo decía— no estaba tan mal; de hecho estaba lejos de estar mal. La pasamos bien las ocho horas que nos quedamos. Y yo en lo último que pensaba era en mi estricto límite de faltas en NYU; se me había borrado de la cinta toda esa parte de mi vida. Y es que realmente no me importaba; conviviendo con él me di cuenta de que nada importaba lo suficiente como para que dejara que *eso* —todo *eso* nefasto que formaba parte de mi vida— me frustrara la existencia. Regresamos de Madrid el mismo día. De vuelta en New York me di cuenta de que tenía una vida por vivir y no ciertamente porque me viera en un futuro lejano teniendo noventa y ocho años, veinte hijos, cuarenta nietos y una esposa. No. Seguía viendo el fin de mi línea de vida lo suficientemente cercano como para olerlo; sin embargo, aun cuando pensara que mi vida acabaría pronto, eso no significaba —ya no— que no tenía toda una vida por vivir. De pronto comencé a apreciar los beneficios con los que contaba. Era joven, con una tarjeta ilimitada y un Camilo con quien usarla de maneras divertidas; básicamente, tenía todo lo que necesitaba. Y es que hasta ese momento me di cuenta de que podía hacer lo que quisiera con mi vida. Eso lo aprendí de él. Si estás en Madrid y se te antoja estar en Londres, ¿por qué no lo vas a hacer? Si quieres whiskey y sólo hay vodka, ¿por qué te vas a tener que conformar con eso? Si quiero seguir pasando mis noches en la barra del King Cole en vez de mi cama, ¿por qué no lo voy a hacer? Si prefiero estar saltando de una ciudad a otra antes que amarrarme a mi insoportable servicio social y, por ende, a mi inaguantable soledad, ¿quién me dice que no lo puedo hacer? Y sí: yo sé que las relaciones basadas en la diversión extrema son, mayormente, superficiales y vacías. Lo sé porque ese era el tipo de relación que tenía con mis amigos; cuando nos quitaban el whiskey de la mano, ya no teníamos nada en común, ya no teníamos ninguna conexión. Yo no quería que esta relación fuera así; necesitaba *urgentemente* que esta relación no fuera así. Sin embargo, con una persona como Camilo —alguien que parece haber sido sacado de una fábrica de bipolares—, buscar eso era como apostar todo tu dinero en el Dow Jones en acciones de alto riesgo: en un momento puedes ser el dueño del mundo y, en otro, quedarte completamente en la calle. Y es que leerlo era prácticamente imposible —al menos lo era para mí, que estudiaba finanzas y no psicología—. No sabía si una noche iría al baño mientras estábamos, no sé, en equis lugar, y decidiera quedarse en el camino y no volver jamás; aburrirse de estar ahí y escapar en busca de algo nuevo; salir del baño directo a la puerta, parar un coche y tomar un avión con destino a Bangkok. Y así de fácil desaparecer. Yo no sabía qué esperar; cada momento que pasaba se convertía en una carpeta de posibilidades completamente abierta a lo que la creatividad de su mente pudiera decidir. Sentía que mi persona y mi estabilidad estábamos en un limbo. Y no sabía nada de él, tampoco, lo cual hacía todavía más complejo lograr que nuestra relación fuera más necesaria —al menos para él—; lo único que sabía era su nombre, que era alérgico al foie gras, que el psicotrópico que tenía en boga era el LSD y que cualquier persona en el mundo, fuera de él, le venía importando lo mismo que a un niño de cinco años la inflación del país. No: no había mucho material con qué trabajar

ordenó su comida favorita —¿pollo con mole?, ¿de dónde chingados sacas mole en París?— y un cuarteto de violines y chelo tocaron durante todo el trayecto y su mamá y él fueron muy felices, Lo único que arruinó el momento fue que, al bajarnos del barco, lo primero que vi al pisar tierra firme fue a mi papá —¿de dónde salió su papá?, ¿había sido su papá el mismo del cual se había estado refiriendo como "el esposo de mi mamá" todo el tiempo?— con un regalo en su mano izquierda y un ramo de orquídeas en su derecha, con una puta sonrisa de pendejo, con dos coches detrás de él: uno para él y mi mamá y otro para mí. El muy imbécil me la iba a robar: le tenía planeado un viaje para dos por las Islas Griegas. ¿Yo? A mí que me llevara la chingada, o que me llevara el chofer a donde más se le antojara, que ya no era un niño y me podía quedar solo. Me mandaron de regreso a México como paquete de DHL y ciertamente no en la modalidad de FRÁGIL. Perfectamente sabía que la pinche sonrisita de puto que tenía en la cara cuando nos recibió al bajarnos del barco no era por la felicidad que le causaba ver a mi mamá, sino por el regocijo que le daba robármela y, así como así, desaparecerme del mapa. Pendejo. Yo seguía confundido: no entendía si el hombre al que se refería era el progenitor o el padrastro o el asesino en serie que vivía en su casa y se hacía llamar "El esposo de mi mamá"; no entendía por qué tanto odio hacia él. Y quería aclarar mis dudas pero preguntar algo que no dejaba claro me parecía fuera de lugar; por primera vez Camilo estaba hablando de *algo*: no lo podía interrumpir. Entonces llegaron los platillos, los comimos, los disfrutamos dignamente después de haber preparado nuestro paladar —un día, por favor, vete al mejor restaurante de la ciudad en donde te encuentres y antes de ingerir el banquete más delicioso de tu vida, fuma. Verás la experiencia tan amena que vas a sentir en cada bocado— y seguimos platicando o, más bien, Camilo continuó con su monólogo. Yo sólo lo escuchaba pacientemente, atentamente. La manera en que lo decía, lo que decía, las palabras que usaba así como todo lo que eso conllevaba era tan brillante que yo lo disfrutaba tan sólo escuchándolo hablar. Ahí lo empecé a leer. Ahí me di cuenta de que Camilo era excesivamente frágil. En cada palabra que decía podía escuchar el miedo que llevaba adentro; miedo a ser dañado, a sufrir; miedo al mundo, a la gente, a la vida. Mucho, mucho, miedo. Lo empecé a entender. Terminamos de comer y seguía hablando. Nos trajeron los digestivos, un postre que ninguno de los dos tocó, dos expressos y, para ese entonces, yo ya podía decir que había compartido mi infancia con él; estaba enterado de los recuerdos más importantes de su vida. Y, al principio, cuando empezó a contar todo, lo hizo con cierto grado de indiferencia, como si lo que estuviera contando fuera la trama de una película que acababa de ver, la cual lo había aburrido tanto que lo dejó dormido; pero, conforme avanzaban sus memorias, se fue alejando más de ese papel y, como un actor de cine experimental, comenzó a tomar en serio su guión aun cuando este no le gustara; ya mostraba emociones, ya expresaba sentimientos hasta que llegó al grado de que, con tan sólo verlo, tan sólo escucharlo te bastaba para sentir su dolor. Llegó un punto en que mi cabeza dedujo que "el esposo de su mamá" sí era su padre; sin embargo, él no lo consideraba como tal. De sobra queda decir que no me tardé ni medio platillo para entender que Camilo nunca le cantó Hoy tengo que decirte, papá, te quiero más que a nadie, y cuando estoy a tu lado todo el miedo ya se va, un domingo en la mañana mientras le llevaba el desayuno a la cama como regalo del día del padre, parte porque desde que lo vi sentado en los escalones del Plaza supe que Timbiriche definitivamente *no* era su estilo y parte porque jamás se tomaría la molestia de mínimo levantarse temprano un domingo en la mañana para hacer eso por un individuo al cual odiaba. Nunca dijo por qué, ni tampoco lo dijo textualmente pero no se necesita ser un PhD en Read Between The Lines para saber que, a diferencia de cualquier niño promedio, Camilo nunca pensó que su papá era mejor que Supermán, Batman y Spiderman juntos; al contrario, su papá era poco peor que El Guasón. Me daba ternura; nunca pensé que *ternura* fuera un sentimiento que Camilo fuera a causar en mí. Conforme seguía hablando, cada vez me daban más ganas de abrazarlo y decirle que lo entendía, que no se preocupara, que todo iba a estar bien; que un día *todo* estaría bien. Cuando nos terminamos el café, fuimos al baño para cada quien hacer tres líneas, con la única intención de despertarnos un poco. Nos fuimos a caminar y, de pronto, era de noche. Nos tiramos en los jardines que rodean la torre. Aunque sé que

llamó la atención por dos cosas: una por lo que dijo y dos porque lo dijo en inglés, Boys, even though I'm a fucking crappy dealer, I'm an ethical person. I mean, I have to be. I *must* warn you that mixing that kind of cocktail with alcohol, or even just the cocktail itself is a very risky and stupid idea, *Not* if you are trying to die, See, that's what I mean, Oh, Geez, what are you? Benedict XVI? Why don't you shut the fuck up and try to be funny somewhere else? Y eso fue exactamente lo que hizo nuestro querido y ético dealer. Sin embargo yo, por mi parte, decidí continuar con la conversación en sus formas originales. Is that what you want?, What do you mean?, I mean, to die. Is that what you *really* want?, Why you ask?, Just curious. Aquí mi mente en verdad estaba procesando una respuesta completamente distinta, algo así como Porque no quiero que lo hagas, porque necesito saber si lo quieres hacer para evitar que lo hagas. Porque no quiero que te mueras. No quiero que quieras morirte. Quiero que te quedes *aquí*. Necesito que te quedes *aquí*. Sí, eso quería decirle. Well, yes. I mean, why not? It can be something different, don't you think?, So you *do* want to die?, Jesuschrist, what did I just say?, But why? Just five minutes ago you were so cool and fresh and almost happy. What made you change your mind? I tought everything was Ok, What the hell makes you even think that everything is Ok? I mean, why should *anything* be Ok? Why should I want to stick to this annoying reality?, Well, don't, Don't what?, Don't want to die, *please* don't want to die, Why?, Because, Because what?, Because I don't want you to want to die, that's why, So, is it just about your wants?, No, it is *not*. Or maybe. I don't know. I just don't want you to feel that way, Why are we talking in english, in the first place?, I don't know, maybe because it is easier to express feelings in languages that are not yours, Feelings? What the hell are you talking about? These are not feelings. This is just pity, No, it's not. I can't have any pity for you, for Christ's sake. It would be denigrating, So, now you want to save a life, or what? You woke up in your philanthropical-mode this morning and realized that I could be your project?, No, So what's the deal with all this shit?, I care about you. Don't ask me why if we have only known each other for- I don't know- five, six days. I'm telling you, why? I don't know, but what

I do know is that I can't let you feel like that, I can't let-, Well, you have come too late, My Protector, because this is how the way I've felt all my life since I can recall, Well, don't, Sorry but you saying "Please, don't" is not an incentive to do so; I *don't* have any incentives to do so, Yes, you do, What?, Me, What do you mean?, I can be that incentive. Y se quedó callado. Así, nada más. Ya no dijo nada. Empezó a caminar y yo junto con él. Y ahora que ya te conté la dichosa anécdota que te puede explicar más o menos a qué me refiero con eso de "fluctuantes comportamientos", ya no creo que sea necesario contestarte las otras preguntas que te hiciste de ¿Por qué forzar esto? ¿Por qué no simplemente disfrutar de los momentos, de la compañía, de las estupideces y olvidarme de descifrar a dicho individuo así como a sus fluctuantes comportamientos? Ya no es necesario, ¿cierto? Quiero pensar que el público que tenemos aquí es tan sensible y emocional que ya se dio cuenta de que contestar esas preguntas ya *no* es necesario. Pero, aun no siendo necesario, lo quiero reiterar: ¿por qué forzar esto?, se preguntaba el público que ya no se lo pregunta más dado que ya le quedó claro. ¿Por qué? Pues, ¿por qué va a ser? ¿Cómo alguien puede desperdiciar la oportunidad de tener a una persona como *él* en su vida? ¿Cómo me atrevería a perder a semejante persona sólo porque es alguien difícil de obtener? No, yo no estaba forzando nada: sólo estaba cumpliendo los requerimientos mínimos para tener el derecho de que dicha persona formara parte de mi vida o, más bien, que yo formara parte de la de él. Estúpido sería pensar que Mi Salvación llegaría de la nada a tocar a mi puerta con una sonrisa, diciendo, Hola, mucho gusto: soy tu Salvador. No. Y yo lo sabía, sabía que para obtenerlo tenía que jugar bien mis cartas, tenía que apostar *all in* y apostarlo bien porque, si perdía, ahora sí lo perdería todo.

Camilo

I can be that incentive. Did he *really* think that he could be an incentive to live for? Sí, sí lo creía, y lo peor del caso es que yo también. Le importaba. *Yo* le importaba. Después de toda una vida, por fin apareció *una* persona que, de entre las seis mil setecientas cincuenta y cuatro millones un mil setenta y ocho y contando que habitan el planeta, de entre tantos millones de individuos que viven y respiran y contaminan el mundo, de entre todas ésas, por fin, logré encontrar a una sola que demostrara que estaba dispuesta a pagar más de cinco pesos con tal de que yo siguiera vivo. Y por eso decidí ir a misa el domingo y pagar el diezmo; Dios había cumplido con su parte —había puesto frente a mí al Objeto de Esperanza—; ahora yo tenía que cumplir con la mía. Y, a partir de ahí, de esa plática en la que le creí a Roberto lo que decía, las cosas cambiaron. Creía en él, le tenía confianza. Y el mundo empezó a sufrir una metamorfosis. Mi vida comenzó a dejar de ser una lista de intentos de suicidio fallidos. A veces reía. La pasaba bien. Inclusive llegué a experimentar el famoso "placer de vivir". Todo el kit en tan sólo diez días. Por eso me quedé callado cuando dijo I can be that incentive. Tocó mis fibras. Causó tanto ruido cuando lo dijo que no me quedó más que quedarme callado; un sonido más era innecesario. Y bueno, después de que me quedé callado y seguimos caminando rumbo al norte, decidí que al siguiente antro que iríamos era Of-course-I-don't-have-a-clue-which-club-it-was-number-three. Sólo recuerdo que estaba bien. Bastante. Y ya era hora de que empezáramos a hacer uso de las municiones que nos acababan de surtir: un ácido, dos líneas y un porro para empezar. Estuvo ameno. Reímos veinte kilos de veces, ¿de qué? No sé, pero reímos hasta que recuperé el abdomen que tenía por la natación cuando tenía doce años. Reímos lo que parecía haber sido una semana pero que resultó ser una hora con cuarenta y ocho minutos. Reímos de cuatro de la mañana —que según mi reloj corporal fue la hora a la que entramos ahí— a las cinco cuarenta y ocho —que fue lo que marcaba en mi muñeca el reloj que me había acompañado día y noche desde mis catorce años y nunca se había equivocado—. Reímos y reímos y reímos. Reímos hasta llorar. Después de tanto reír y tanto llorar y tanto ingerir y hablar y bailar y volar y sentir, después de tanto *todo*, se me antojó cambiar el giro de entretenimiento y organizar una actividad cultural, Vámonos al Palais de Tokio, le dije a Roberto cuando salimos del Hôtel Costes —ya me acordé de cómo se llamaba el lugar ése.

dendritas, los axones, el cerebelo, los sentidos y cada nucleolo de cada célula de su cuerpo despertara para decir alegremente: Good morning, sunshine: today I'm Superman. Roberto, en cambio, hizo caso omiso de cualquier señalamiento que prohibiera fumar en lugares cerrados y prendió su pipa para tener un viaje ligero, a gusto, tranquilo. Por más humo que esto provocó, nadie lo notó —como te digo, todo mundo tenía algo más importante qué hacer que andar corriendo a los únicos dos visitantes que había en el museo—. Y una vez hecho esto, abrieron la puerta. Para explicar la experiencia que cada uno vivió al abrir esa puerta es necesario que las divida; obviamente la visión de Camilo y la de Roberto fueron sumamente diferentes dadas las psicodélicas circunstancias. Es más, de Roberto ni vale la pena hablar. Digo, lo quiero mucho y todo pero lo suyo era un simple trip, el más básico, provocado por la herramienta más indefensa y natural de la familia. En cuanto a Camilito, existe una interesante lista de emociones a las cuales sí sería divertido que prestáramos atención. Dicen que el efecto del Tango & Cash —como también puedes pedirla a tu dealer favorito o en tu tienda de abarrotes más cercana— es entre cien y mil veces más chistoso que el de la morfina. Si tú, mi pacífico lector, nunca has ido a la guerra y no te has visto en la necesidad de utilizar dicho narcótico con la intención de tolerar el dolor que una pierna amputada por una bombita que te cayó de sorpresa provoca, si vives en un país pacifista y no has estado en esa posición así como tampoco has sido víctima de una enfermedad la cual tu humano cuerpo no es capaz de tolerar sin sufrir segundo a segundo su existencia, si no has sido enviado a *luchar* por tu patria, sufrido de cáncer ni aventurado a tu cuerpo a experimentar diferentes sustancias con la simple intención de *sentir cosas chistosas,* si tú, mi sano lector, no has hecho nada de eso, entonces el que te diga que una dosis de China se arma entre diez y mil veces más piñata que una de heroína —algo así como que la primera es un P. Diddy y la última alguien padrote, sí, pero no tanto, tipo un Leonardo DiCaprio o un Johnny Depp o algo por el estilo que bien pudiera ser invitado a la fiesta de Diddy pero que nunca serían los anfitriones— tal vez pueda servir como punto de referencia. ¿Qué? ¿Tampoco heroína? Puta madre, mi inocente lector: ni cómo ayudarte. Uhm, bueno, a ver si éste sirve. Recuerdas la descripción que Rent-boy dio sobre la hermanita menor de la China

—y no digo "asumo que", porque ahora sí que si ni a esto has llegado yo no entiendo qué haces leyendo la historia de estas vidas tan ajenas a tus principios—: *Take the best orgasm you've ever had… multiply it by a thousand, and you're still nowhere near it.* Ahora, ruego a Mi Papi que ya te hayan concedido el gusto de presentarte al presidente de la República del Hedonismo y entiendas a lo que Rent-boy se refiere al decir que ni multiplicándolo por mil puedes llegar a entender el placer que causa una pequeña, tierna y heroínica jeringa. —Ahora sí digo— *Asumamos que* tú, mi bello lector —así como el resto de nuestro querido auditorio—, eres una persona físicamente agraciada, la cual logra desarrollar una plática satisfactoriamente interesante y tiene una personalidad suficientemente original como para no tener problemas con eso de encontrar a alguien en el antro, bar, restaurante, gasolinera, supermercado, librería, tiendita de la esquina, kínder, cárcel, oficina del director del colegio, bodega de H-E-B, baño portátil de concierto de U2, kilómetro treinta de la carretera México-Cuernavaca, tren, avión y demás medio de transporte y/o establecimiento donde se interactúe con otros seres también físicamente agraciados con los cuales puedas revolcarte y, así, lograr saludar noche tras noche al máximo mandatario de tan extasiada y feliz nación; sí: quiero asumir que a tu vieja edad —en este caso nunca es temprano—, ya si no te ha tocado ir a guerras ni sufrir de leucemias ni jugar al científico experimentando lo que pasa cuando le introduces sustancias nuevas a tu cuerpecito, si no te ha tocado nada de eso, mi novato lector, quiero asumir que mínimo te has dado la oportunidad de haber experimentado un famosísimo y tan deseado-por-todos-ustedes *orgasmo.* Perfecto. Partiendo de la premisa de que este sustantivo y tú ya han convivido en varias ocasiones anteriormente, ahora podemos construir una serie de analogías que nos ayudarán a ejemplificar de manera más precisa lo que sintió Camilo al abrir la puerta del baño y ser golpeado por la luz del sol que inundaba las salas del museo —ya sabes tú que la luz, así como cualquier elemento que alimente puramente a los sentidos, es lo que activa turbínicamente todas y cada una de las fibras que viven, conectan, sienten y respiran en su cuerpo—:

    1. Una dosis de heroína —la cual, para fines prácticos, será considerada como 2 mg, ya que son lo máximo que puede recibir un humanito antes de sufrir una sobredosis—

equivale al mejor orgasmo de tu vida multiplicado por un millón —por eso de que dice que multiplicado por mil no se acerca ni un poco, dato que no ayuda a dejar nada claro para nuestro inexperto lector.

2. Una dosis de China —vamos a dejarlo en un promedio, ya que la distancia entre 10 y 1000 es un poco amplia— equivale a quinientas veces la potencia que una de heroína.

3. Camilo se metió una dosis de China, por lo tanto, cuando Camilo abrió esa puerta, un total de 500,000,000 de orgasmos —y no cualquiera, sino el mejor de su vida— se activaron en su cuerpo.

… y si a veces tú no puedes ni con uno, mi débil lector, yo no sé qué harías con quinientos millones de ellos. Tomando en cuenta que en su humano cuerpo existe un promedio de dos millones de poros —sí, de esos por los que sudan cada que se ponen nerviosos porque se echaron un porro antes de la cena familiar y, por más gotas que se ponen, no se pueden deshacer de los ojos rojos—, se podría decir entonces que a cada poro que habitaba el excitado cuerpo de Camilo le tocó vivir doscientos cincuenta orgasmos… de un jalón. Rush. Cada porito se subió a un avión con destino al Himalaya y, una vez ahí, tomó un Lamborghini, pisó el acelerador hasta el tope y se aventó desde el pico más alto del Everest directo al precipicio; miles de millones de glóbulos rojos, glóbulos blancos y plaquetas que recorrían las venas de nuestro querido experimentador se convirtieron automáticamente en gotitas de adrenalina que, una vez juntas, hubieran sido combustible suficiente como para enviar el Apollo 13 al espacio durante veinte años y seguir otros veinte sin ningún problema.

Infinite.

Fucking.

Rush.

Luz y no mamadas. Luz por todo el cuerpo. Luz percibida no sólo por el iris, sino por los trescientos sesenta grados que había en sus ojos. Luz que lo dejó ciego y lo hizo pensar en si seguía en Tierra o tanta pureza en la jeringa lo había mandado en un avión directo y sin escalas a Mi Casa. Y es que ni estando sin gafas a diez metros de distancia del sol —si alguien pudiera hacerlo un día sin morir quemado— hubiera podido experimentar el grado de fuerza que había en esa luz, la que ahora penetraba por su piel y hacía que cada poro gimiera a doscientos cincuenta orgasmos por segundo y que su sangre se activara a tal velocidad que sentía que le quemaba cada arteria que recorría; su corazón ahora tenía la fuerza de bombear una canica desde el Océano Atlántico y hacerla llegar de vuelta al Pacífico en un instante. Bombeaba y bombeaba y bombeaba tanto y tan fuerte que hubo un exceso de sangre oxigenada en el cuerpo de Camilo. ¿Había llegado a descubrir una nueva gama de colores? ¿Le había dado la China un superpoder óptico para ver tonalidades que nadie —al menos nadie que no haya invitado a la China a pasar un rato con él— había logrado ver antes? Sí: eso sucedía dentro de su cuerpo mientras seguía parado en la puerta recibiendo todo ese *exceso de*. Su ceguera duró tres segundos; al cuarto, sus ojos fueron capaces de mutar y, así, adquirir las capacidades necesarias para adaptarse a dicha magnitud, a dicha fuerza. La intensidad lo golpeó de tal forma que, una vez que abrió la puerta, necesitó respirar varias veces antes de sentir que su cuerpo todavía era capaz de lidiar con *tanto* y no había dejado de funcionar por una sobrecarga. Y se atrevió a salir de ese baño. Y comenzó a caminar. Conforme lo hacía, el aire invisible para cualquier humano que ocupaba la sala le comenzaba a rozar de una manera delicada y sutil, casi como si no lo hiciera, la hipersensible piel que cubría su cuerpo. Y eso era seductor en cantidades ridículas; irreal y asfixiantemente seductor. Y es que no lo tocaba, simplemente lo rozaba como si el aire estuviera consciente de que sólo dejándolo con ganas de *más* lograría que se hiciera adicto a él. Y lo logró. Camilo se enamoró del Aire. Camilo se obsesionó con él. Detuvo su cuerpo en el centro de la sala con la intención de enfocar todo su ser, toda su atención en disfrutar su romántica presencia. Y le empezó a hablar. Sí: la China le había dado la capacidad de com-

lo que hubo entre Aire y él había sido puramente físico, sexual. Esto era distinto, esto iba mucho más allá del deseo. Esto sí era real. Y sonrió porque, después de que pensó que Aire se había llevado todo de él, después de haberle rogado y llorado para que no se fuera, para que no lo abandonara, después de que su corazón había dejado de producir un exceso de sangre limpia porque ya no tenía ganas de funcionar, después de creer que los aliens se habían agarrado los huevos y el fin del mundo ya había llegado, después de eso, vio a Wasserstiefel y entendió que estaba equivocado, que aun había *más*. Y estoy totalmente de acuerdo con él: la criatura de los Signer Canon es tan hermosa que sólo basta contemplarla para curarte cualquier dolor, borrarte cualquier pena. La ves y lo primero que te muestra es su lado explosivo, agresivo, enojado. Como si fuera la niña rebelde de la casa y tuviera que estar en una constante lucha para comprobar su papel. Y precisamente eso es lo que resulta *tan* atractivo de ella. Pero es mentira porque es tan perfecta su lucha, tan ordenada la rebelión que presume que cualquier conocedor de rebeliones reales —e.g. Camilo— sabe que lo hace sólo para llamar la atención, que realmente es la niña de papi y mami que siempre se comportará en las cenas de Navidad y ofrecerá café y galletas a los abuelos, que jamás se excederá de cuatro copas de vino tinto ni se atreverá a fumar enfrente de ellos, aunque un martes cualquiera se tome dos botellas acompañada de tres cajas de Marlboros en una cena con sus amigas. Y al verla, Camilo encontró todo lo que durante sus diecinueve años de vida había buscado. Y te recomiendo de una vez, mi recomendado lector, que googlees la foto de lo que Camilo había estado buscando durante sus diecinueve años de vida, para que más o menos tengas una idea de cómo es Wasserstiefel, una de las hijas más solicitadas y admiradas de la familia Signer Canon. Y tal vez cuando la veas, mi desapasionado lector, tú no sientas lo que sintió nuesto en*china*do Camilo —y no pretendo que lo hagas; entiendo que tú sigues en la tercera dimensión— y sólo seas capaz de verla fría y analíticamente como lo que es: la fotografía de una explosión de agua que surge de unas botas de lluvia, tomada justo en su *momento*, en el clímax de su acción, en el segundo en el que el agua ya no puede explotar *más* porque, de hacerlo, sus gotas serían tan pequeñas que podrían des-

frente a ella e incapaz todavía de percibir cualquier otra masa, energía o whatever que existiera a su alrededor —cualquiera que no fuera ella—, hizo justicia con su propia mano y complació a sus ambos Yos. No, alrededor de él no existía nada más: ni el camión de niños de primero de secundaria que acababa de llegar a su excursión cultural de la semana, ni las monjas que los acompañaban —a huevo tenía que ser católico el colegio en cuestión—, ni el grupo del asilo de ancianos que por error visitó la exhibición y no terminaban de entender lo que el concepto *contemporary art* significa en el mundo actual, ni los guardias que ya habían regresado de su hora de comer y estaban listos para sacar detenido a cualquier visitante que pretendiera hacer algún acto *controversial* —como hacer justicia con la mano propia, por decir un ejemplo— en su amado Palais, ni los turistas japoneses y chinitos que seguramente fueran los únicos que no se habrían alarmado como todos los anteriores ya que hubieran apreciado dicho acto como una obra de arte más. Nada. No le importó nada que no fuera él —como si alguna vez hubiera hecho lo contrario— y su amada Wassie, como le llamaba de cariño. Pero de todas formas, nuestro amoroso Camilo corrió con suerte porque nadie se percató del hecho —como siempre sucede en tu terrenal mundo, todos estaban demasiado consumidos en sus propios intereses como para darse cuenta de que un imbécil se estaba masturbando en la sala principal del museo—. ¿Te puedo pedir otro favor, mi amable y siempre-dispuesto-a-cooperar-en-este-proyecto-con-fines-educativos lector? ¿Sí? Excelente: viaja al pasado, específicamente a la mejor experiencia —sexualmente hablando— que tu experimentado cuerpo haya logrado experimentar en la historia de su vida. Ahora trata de recordar la consumación de tan conmovedor acto. Recuerda el estado de tu cuerpo: su agotamiento, su falta de respiración, la inconsciencia de su ser, su paz y su inexpresable felicidad. Ahora visualiza a Camilo sintiendo esto quinientas millones de veces más de lo que lo hiciste tú. Respiró. Respiró hondo. Respiró profundo. Respiró. Una vez que lo hizo y su conciencia regresó a planos tridimensionales, las turbinas que la China había encendido pidieron un break y se tuvieron que apagar —dicen que dura más o menos media hora; según yo, a mí me dura como quince minutos—. Ahora Camilo caminaba como un civil más dentro de ese civilizado museo. Cuando se topó con Roberto —porque habían decidido que cada quien diseñara su propio "Road*trip* en el museo"— se dio cuenta de que tenía hambre y le preguntó que si él no, a lo que Roberto dijo que No, pero te puedo acompañar. Se fueron al Lo Sushi, pidieron una cantidad eterna de platillos, comieron uno y continuaron su travesía por las calles inundadas de turistas middle class que todavía piensan que París sigue en la lista top de ciudades para visitar en el mundo. En cualquier otro momento, esto hubiera sido para Camilo una razón de suficiente peso para no aguantar más de dos minutos ahí, pero como éste no era *cualquier otro momento* sino que era *ese momento,* eso no le importó; él estaba a gusto, disfrutando el escenario que dicha ciudad —por más mainstream y cliché que ésta fuera— le podía ofrecer. Roberto también, hasta el momento en que sintió que su pantalón vibraba y se percató de que aún tenía un artefacto que lo mantenía atado al mundo real. Ring. Era su counselor. No le contestó, pero escuchó su mensaje de voz: This is Edward Quann. I've been looking for you everywhere but it seems like you are not here. This is my last reminder and your last chance to stay both NYU and the country. If you don't show up tomorrow morning at my office please don't bother to come and just grab your bags and take a cab that drives you to the airport. ¿Por qué siempre debe haber alguien obsesionado con joder la existencia de las personas?, pensó Roberto cuando terminó de escuchar el mensaje. No tenía otra alternativa más que regresar. Se lo dijo a Camilo y éste empezó a contar mentalmente los días que habían pasado desde que fue suspendido. Catorce. Uhm, creo que ya pagué mi suspensión, le dijo a Roberto. Este último no presentó emoción alguna al escuchar eso. So, I think this is it, partner, fue lo único que le contestó a Camilo. Pero yo, que puedo ver todo lo que pasa por la cabeza de cada uno de ustedes, sé que eso no era lo que realmente le quería decir, no fucking way. Le quería decir más, mucho más. Le quería decir que se negaba a que *that was God damned it,* que tenía miedo de regresar y volver a su psicópata condición. Le quería pedir que dejara Oxford y se matriculara en NYU o Columbia o que simplemente dejara de estudiar y se fuera a vivir a New York, que tenía más miedo de estar solo que un niño de cinco años después de que su tío

cuchado. En ese mismo instante me llegó un rush. Sí, como el que él tuvo dentro del museo, pero este era de tristeza mezclada con nostalgia mezclado con un recuerdo de mis últimos meses en New York que provocó que me dieran ganas de llorar. Sí: y aquí vamos de nuevo. *Welcome-fucking-back*, Robbie, me dirían con una enorme sonrisa en su etiqueta un bote de Prozac y una botella de Chivas en el momento en que entrara a mi departamento, We're glad that you came back, we missed you. De vuelta a lo mismo, a mi puta soledad y a mi inagotable depresión. ¿A quién trataba de engañar? ¿En qué estúpido momento pensé que todo ese nirvana emocional seguiría? *¿Por qué* pensé que todo eso seguiría? Era obvio que eventualmente se iba a acabar, ¿no? Era obvio que él se iría a continuar su vida y yo tenía que volver a continuar la mía —¿La mía? ¿Cuál? Yo *no* tenía ninguna vida, al menos ninguna que continuar—. Mientras pensaba todo esto, paré un taxi y le dije que me llevara al aeropuerto. Tomé el primer avión que encontré para New York. Llegué a mi casa. La encontré justo como la había dejado pero aun así sentía que todo era diferente; no me sentía en mi casa y no me sentía *yo*. Me sentía como un geek en una reunión de generación: sin nadie con quien hablar, reviviendo todos los fantasmas de mi pubertad al toparme con Mr. Popular y recrear en mi memoria cómo se burlaba de mí frente a todo el salón, incómodo de tomar cualquier bocadillo que me ofrecieran; completamente fuera de lugar. No podía sentirme a gusto ni en mi propia casa. Estaba cansado. Milagrosamente, no batallé para dormir. Soñé que me moría. Era diciembre del dos mil doce y los mayas regresaban a la Tierra y todas las personas que no valían la pena en el mundo —Yo, por decir un ejemplo— desaparecían de manera inmediata. Y eso que me caga la ciencia ficción. Me desperté, me di cuenta de que había sido un sueño y dije, Puta madre. Vi el reloj y me acordé de por qué había regresado de París: If you don't show up tomorrow morning at my office please don't bother to come and just grab your bags... I *had* to show up. ¿Cuántos días llevaba con la misma ropa? No sé, pero no importaba; con esa misma me fui a la oficina del Mr. Fuck-you-and-all-your-family Quann. Dije que *vi el reloj,* pero no dije si mi mente alcanzó a carburar lo que me decía. Pues no, no lo hizo y por eso no sabía a ciencia cierta qué hora

en mi casa y no tener que salir de ella durante cinco años más. Chivas, malbec, merlot, Camels, Moët, Perriers, strawberry Pop-Tarts, cinnamon rolls, Doritos, Cheetos, nieve de cookies & cream, Oreos, doscientas bolsas de Cracker Jack, Diet Coke, Snickers, Milky Ways, Mini Eggos, una bolsa de Rolos, tres de Reeses y una bolsa de Tutsi Pop en honor a Camilo. Llegué a mi departamento y me enclaustré en él cual si la-noticia-de-última-hora fuera que una bomba atómica caería *allá afuera* y sólo dentro de My Own, Private Idaho estuviera a salvo de cualquier radiactivo que pudiera acabar con mi vida; me quedaría en mi búnker por los siglos de los siglos Amén y así nadie ni nada me harían daño. ¿Quién nos entiende?; aun cuando lo único que deseas es que a un tren se le ocurra, así de la nada, desviarse de su ruta y pasar por tu casa —específicamente por tu cama mientras duermes— para que parta tu cuerpo en trocitos y cumpla con tus fantasías de muerte, aun cuando lo único que deseas es eso, tu instinto humano hace que sigas luchando por tu supervivencia y trates de protegerte de cualquier cosa que pretenda hacerte daño. Por eso me encerré en mi departamento, porque sabía que El Mundo de Afuera esperaba ansioso a que pusiera un pie fuera de mi safe-zone para destrozarme con sus ondas radiactivas lanzadas por lásers ultravioletas por todos los humanos en contra mía. Era como la película de El Santo contra los monstruos, sólo que esta vez el Santo, en lugar de enfrentar a las miles de botargas que salen, decide simplemente no pelear con nadie, ondear una bandera blanca y disfrutar de la tranquilidad y el confort que su casa y veinte kilos de Rolos le brindaba. Sí, eso quería: quedarme entre esas paredes hasta que fuera el fin del mundo o mis reservas de azúcar se agotaran. Y eso hice. No tuve necesidad de salir ni para presentar mis finales; todos fueron en línea y todos los pasé con +B e incluso obtuve un A. ¿Cómo? No me preguntes. Y me acostaba a las dos de la tarde y me levantaba a ver el Late Show with David Letterman mientras desayunaba mis Pop-Tarts a las diez de la noche. Y deambulaba por mi casa toda la madrugada, sin tener una coherencia lógica entre mi reloj corporal y el horario del mundo exterior. Veía show tras show tras show de Navidad: Pamela Anderson vestida de Mrs. Santa en algún programa nocturno, campañas de la UNESCO cada vez más necias en pedir que apadrines a un niño somalí en esta temporada decembrina, The O.C. con Seth Cohen y su puto Chrismukkah restregándote en la cara que tu familia no celebra ni Christmas ni Hanukka —o bueno, sí, pero *no* contigo—, las repeticiones de Friends acorde a la temporada, los vestuarios de Dancing With the Stars más ridículos que nunca porque cumplen con los toques de la época. Warner, Sony, Showtime, FOX, ABC, CBS, NBC, AXN, todos, todos los putos canales de televisión estaban obsesionados con lo mismo: Navidad, familia, abrazos, regalos, amor y paz. ¿Dónde está eso?, me preguntaba cada que volteaba y veía que, por más días que pasaran, ningún artefacto telefónico daría señales de vida, o al menos *no* en mi casa. Incluso verifiqué si era algún problema técnico lo que provocaba esto —que el Blackberry no tuviera señal o que el teléfono de la casa estuviera desconectado—, sólo para darme cuenta de que, si marcaba de mi celular a la casa, mi voz se escucharía perfectamente en la bocina del inalámbrico. No, no eran ellos el problema: el problema era yo. Nadie quería saber de mí, nadie se preguntaba si todavía estaba vivo, nadie deseaba que pasara esos "mágicos momentos de compartir" en su compañía. Pensé en llamar a mis papás, preguntarles si no les había pasado por la cabeza mandar el avión por mí para que cenara pavo con ellos y no con las repeticiones de American Idol y Cracker Jack como compañía. Luego recordé mis diciembres pasados; las posadas, cenas, fiestas, viajes y demás actividades que solía tener en la agenda durante esas fechas. Por mucho, en mi otra vida, diciembre era la mejor época. Los viajes eran más cortos que los de verano pero eran mucho más divertidos. Esquiar con mi papá en Salt Lake; mi mamá y yo en el Lafayette de París buscando la lista de juguetes que le había pedido a Santa; andar en pijama todo el día; invitar a Gustavo a dormir y jugar Golden Eye en el 64 de principio a fin; que me hicieran hot cakes de desayuno y me dejaran tomar chocolate caliente por la noche; que toda la familia estuviera en la misma mesa en la cena de Navidad; que mi papá no fuera al corporativo porque *él* era el encargado de hacer el pavo para la noche; apagar las luces de la casa y esperar con los ojos cerrados a que sonara el timbre que anunciaba que Santa ya había dejado los juguetes en la puerta. ¿Dónde había quedado todo eso? ¿Qué había

pidas las cuales todos sabíamos que a ninguno de nosotros le importaban realmente. Recordar eso me deprimió aún más, y me deprimió por el hecho de que sabía que era algo que *no* se podía recuperar, que por más que los abuelos hicieran cenas y nos pidieran que, mínimo una vez al mes, nos juntáramos, por más que invitaran a toda la familia a un crucero o algún viaje, por más que estuvieran en su lecho de muerte rogándonos "unión", eso nunca pasaría, no ahora y no después. En esa familia ya nadie daba un bledo por nadie más; todos y cada uno teníamos muy claro cuáles eran nuestros intereses y, ciertamente, nadie de los que estaba cenando en esa mesa estaba invitado a participar en ellos. ¿Para qué quería estar ahí?, me pregunté. ¿Acaso cenando en "familia" toda esta tristeza se borraría por fin? ¿Acaso esa gente sería capaz de salvarme, de ver mi estado e intentar ayudarme? ¿Acaso harían algo? Y la respuesta a la pregunta de los sesenta y cuatro mil, señoras y señores, es: No. Por eso me repetí: ¿para qué quería estar ahí? Y entonces decidí que pasaría Navidad en New York. Convencí a mi persona de que era mucho mejor estar ahí que en cualquier otra parte; sabía que me estaba engañando pero, por eso mismo dije *convencí*. Sí, mi cena serían dos bolsas de Doritos y no tendría con quién brindar porque opté por hacer una reunión sencilla pero, al menos así, me ahorraría el tener que lidiar con la lista interminable de primos que te desean Feliz Navidad, sí, pero no tanto como desean el que tu novia pase la *Noche Buena* con ellos. Tomé el teléfono y le marqué a mi dealer de cabecera. Me mandó al buzón. Volví a marcar. Lo volvió a hacer. Dejé un mensaje después del beep, *It's urgent that you call me back*, y colgué. Vi el reloj: seis treinta y nueve a eme. No había nada que ver en la tele, la música de mi iPod la había repasado más de mil ocasiones —hasta el orden del shuffle me sabía de memoria—, me había terminado los Camel y cualquier tipo de cigarrillo que existiera en mi casa, no tenía sueño, no tenía hambre y no tenía a nadie. Y comencé a volverme loco. Entre mi locura, finalmente marqué a mi casa; contestó Rita, el ama de llaves, ¿Robertito?, Sí, soy yo Rita, ¿cómo estás?, Muy bien, joven, ¿y usted? ¿Cómo está?, ¿Yo? ¿Te digo la verdad? De la chingada. Estoy solo, en un departamento frío, en una ciudad fría, sin coca o mínimo mariguana que fumar, con menos de un cuarto de whiskey

¿En qué estaba pensando Dios al mandarme a una hija como Lucie? Si no fuera porque me quedaría sin comer, lo dejaría a la primera oportunidad que se me presentara. Lo dejaría a él y a Lucie. Dejaría a todos y todo. Me iría al Tíbet o alguno de esos lugares donde la gente suele irse para desconectarse de la realidad. Viviría con nativos y haría yoga y meditaría y no necesitaría ni un esposo ni su maldito sueldo para vivir. Tampoco necesitaría una bolsa de ochocientos euros para sentirme completa. Y luego me iría a otro país, a alguna isla en Grecia —a Santorini—, o alguna en Tailandia y viviría al día, con trabajos casuales que no requieren mucho conocimiento, con lo esencial, para después irme a otro lado y a otro y a otro, a alguno donde no tendría que limpiar a Lucy ni cuidarla todo el tiempo ni llorar porque no se puede cuidar ella sola. Si tan sólo-. No lo culpo por tener una amante; tampoco la culpo a ella por querer dejarlo con todo e hija enferma. Ah, la vida, la vida, la vida, a veces es tan… *así*, que yo nada más no la terminaré de entender. Repito: ¿para qué vivirla si todo es… *así?* Pasaron minutos u horas —el tiempo jugaba con mi mente en esos momentos— y la historia de *desamor* que estaba sentada frente a mí tomó su carriola y desapareció a lo lejos. Entonces llegaron otros dos; estos eran dos abuelos, cada uno con un café y un pain au chocolat en sus manos. Uno estaba leyendo La Nausée y el otro traía el periódico. De vez en vez se decían algo, pero al final siempre volvían a sus lecturas. El que leía a Sartre era el que me llamaba la atención; parecía como si el mundo a su alrededor fuera una realidad paralela, como si él viviera en otra; como si supiera que él no pertenecía a este plano y que no importaba qué pasara —cayeran meteoritos lanzados por dioses griegos que estaban jugando squash con la Tierra como cancha—, a él no le sucedería nada porque realmente no estaba *aquí*. De repente cerraba su libro y observaba el mundo con peculiar extrañeza —con la misma con que lo vería un hombre de la era medieval puesto en la calle principal de Tokio—. No: no parecía de *aquí* y tampoco parecía entender qué era lo que hacía aquí; después de tanta y tan notoria confusión interna, volvía a hojear su libro, a tomar de su café y a comer de su repostería. Hacer eso también le provocaba confusión. Entonces me invadieron una invasoras ganas de saber qué era lo que pasaba por su mente; a diferencia de la pareja anterior, no

franceses— pero que realmente ni ellos entienden, y que me dijera cuál creía que era el objetivo de la existencia humana, o que me dijera si pensaba que había objetivo alguno en la existencia humana y lo que pensó cuando se disparó en la sien derecha y lo que sintió —si es que sintió algo— cuando lo hizo, y de su infancia y de sus traumas y su vida y por qué tardó tanto en darse el tiro, por qué no lo hizo justo cuando el dolor estaba en su cumbre, cuando ya no podía más con él, cuando era tanto y tan intenso que no era capaz de levantarse de su cama para tomarse un expresso cortado y comerse un pan de chocolate mientras lee La náusea en alguna banca de las calles más transitadas de todo París con un compañero que lee el periódico a su lado. ¿Por qué hacerlo —por qué dispararse— cuando el dolor ya no era tan intenso, cuando sí era capaz de levantarse de la cama y caminar hasta ahí? ¿Por qué esperar a los ochenta años y aguantar una vida de sufrimiento? Porque, si las setecientas ochenta y cuatro sesiones con múltiples psiquiatras no me fallan, alguien que termina disparándose en la cabeza a plena luz del día en un lunes cualquiera siempre lo quiso hacer desde el momento en que le pasó algo bastante shockeante —ja, típico— en su infancia, ¿qué no? Entonces, ¿por qué ahora?, le hubiera preguntado yo, estando en ese lugar, ya sea ese el Cielo o el Infinito o Marte o un planeta random de otra galaxia donde se va la gente que hace ese tipo de cosas, ¿por qué ahora?, le hubiera cuestionado, si me hubieran dado la oportunidad de hacer *boom!* en mi cabeza con ese revólver. No me la dieron, la oportunidad, digo. Justo cuando le quité la pistola a mi abuelo suicida, justo cuando formulaba toda una serie de cuestionamientos que estaba listo en hacerle cuando llegara a donde está él, justo cuando creí que por fin encontraría a alguien que me dijera la verdad de la existencia humana y su irracionalidad, justo cuando estaba listo para hacer *boom!*, un imbécil con la palabra POLICIER impresa en su pecho se aventó sobre mi espalda, me tiró al suelo y me arrebató la pistola de la mano. Una vez indefenso, comenzó a manosearme y a buscar mi cartera, de donde —deduzco— tomaría algo que me identificara. Por alguna razón que sigo sin entender, el amable policía asumió que yo era un pinche obrero, ignorante, troglodita, sin conocimiento del mundo y mucho menos del francés, y empezó a decirme una serie de frases en inglés que, bien a bien, no les puse atención. Luego me di cuenta: me estaban acusando de matar al abuelo. Me reí. El que hiciera eso no les cayó mucho en gracia. Llegó la ambulancia y se llevó el cadáver cubierto por una sábana que algún día había sido blanca pero que jamás lo volvería a ser porque la sangre continuaba saliendo de manera abundante de la cabeza del abuelo y se impregnaba en ella de tal manera que ni toda la producción anual de Clorálex lograría limpiarla. A mí me tenían esposado mientras me hacían preguntas que no escuché por seguir lamentándome de no haber logrado lo que el abuelo logró y no poder estar con él platicando de lo irónica que es la existencia humana, la vida paralela y la racionalización del ser. No contesté ninguna de las preguntas. Me aventaron —literalmente— a la patrulla y me encerraron ahí. Y mientras me tenían en esa patrulla pensaba en que Es tanto lo que el hombre lucha por encontrar respuestas, caminos, razones cuando está *aquí*, que estoy seguro de que cuando ve el panorama desde una perspectiva mucho más amplia, digamos desde el Cielo o el Infinito o algún otro planeta ya cuando muere y se acaba su existencia planetaria, ya cuando alcanza a ver *todo* el dilema existencial desde un punto de vista mucho más lejano que el que puede tener estando aquí, ya cuando está alejado de todo, estoy seguro de que cuando logra eso, simplemente lo ve y se ríe de que estando aquí no fue capaz de ver la simpleza y entender la explicación tan obvia como la ve ahora que ya *no* está. Pero eso ya de nada le sirve, ¿qué no? Porque esa explicación le hubiera servido cuando se la preguntaba en vida, cuando una respuesta le hubiera solucionado un problema o lo hubiera sacado de un interminable círculo vicioso de dilemas filosóficos y mundanos que le provocaban caer en depresión por sus pinches ideas existencialistas y visitar al psiquiatra dos, tres veces a la semana. ¿De qué le sirve ahora conocer la respuesta si ya pasó al siguiente nivel en el juego, a otro donde la respuesta *no* es la misma que en el nivel pasado y todo vuelve a comenzar? Y la búsqueda de dicha respuesta será constante, ya que nunca logrará encontrarla en el momento adecuado, en el lugar adecuado. Entonces, ¿para qué molestarse en hacerlo? ¿Para qué partirse la madre pensando, analizando, racionalizando los eternos dilemas humanos? ¿Para qué crear filosofías, teorías e interminables ensayos sobre la respuesta a la vida si no les va a llevar a nada?

puede estar seguro alguien de que es como es por su *ser* y no por lo que los demás lo han obligado a ser, por en lo que los demás lo han convertido? Y pensar en eso me vuelve loco, ¿sabéis? No lo puedo evitar, me sobrepasa. ¿Tienes un pitillo? Ah, qué maravilla, te lo agradezco. En fin, que ya han pasado varias horas desde que llegué aquí y necesito volver a mi piso a darle de comer a mis canarios. Espero que esos hijos de puta de seguridad ya no te vuelvan a molestar. Disfruta el día... y las circunstancias que haya en él. Y se fue. Él también se fue. Todo lo que está a mi alrededor se va, pensé, todo se va mientras yo me quedo. Por eso decidí irme también, volver a Oxford y ver qué decidieron hacer con mi destino, circunstancias, libre albedrío-que-no-era-libre-anymore o descubrir lo que al otro puñetas que es igual a mí pero jamás conoceré se le antojó hacer con nuestro futuro; ahora resultaba que todo el mundo tenía control de mi existencia menos yo. Hice lo mismo que Roberto: dejé la banca atrás, paré el primer taxi que encontré y me fui, sólo que, a diferencia de él, mi avión no se dirigió hacia América, sino hacia el norte. Llegué rápido, sin nadie ni nada interesante con qué toparme en mi camino; después de toparme con *él*, ya no tenía esperanzas de que eso volviera a pasar. Y debo admitir algo: lo empecé a extrañar desde el momento en que se levantó de la banca para contestar el celular y dijo que tenía que volver. Sí: desde ahí sentí la diferencia de lo que es la vida con su compañía y sin ella. Y se me ocurre que esa fue la razón principal por la que quise hacer conmigo lo mismo que hizo el abuelo sartrista con esa pistola: *boom*. Y, ciertamente, no entiendo cuál es mi mala suerte de que nunca logre dicho acto por más cercano que esté a él. Dicen que todas las personas están en el mundo porque tienen una misión que cumplir; yo creo que mi misión era esa y, por eso mismo, me la pusieron tan difícil —porque tiene que ser un masterpiece, no un suicidio dominguero, de esos tan aburridos como cotidianos y lo único que logran es salir en la página cinco de la sección Local de un pinche periódico amarillista, Metro—. Digo: ya si eso era lo único que iba a hacer en mi vida, mínimo tenía que ser memorable. Llegué a mi loft de St. Thomas y me di cuenta de que también lo había extrañado. Me pareció raro porque nunca desarrollé ningún fanatismo especial por dicho lugar. Caminé. Dejé las luces apagadas; de pronto me molestó la idea de estar ahí, solo, captado por los reflectores cual fugitivo de prisión en su intento frustrado. La poca luz que había alcanzaba a iluminar los cuadros que tenía regados por todas partes, unos terminados, otros a la mitad, otros sin empezar. El silencio que había no provocaba paz alguna: al contrario, era tan perturbador como tener que escuchar un concierto de Blink 182 estando crudo. Y la recurrente voz me gritaba al oído, Esto —esto— es La Soledad. Bienvenido. Este es tu estado de *confort*, no porque te sientas cómodo en él, sino porque es el único que conoces. Por eso lo sigues buscando a dondequiera que vas, por eso te alejas de todo al punto en que llegas a la enajenación completa del resto del mundo. No lo quieres, pero no puedes vivir sin él, no sabes vivir sin él. Necesitas tanto a ese falso-estado-de-confort que, por más que lo quieres dejar, no puedes. Y se ha convertido en una trampa, un callejón sin salida del cual no puedes escapar, una adicción de la que por más que quieras no puedes desintoxicarte. Te han convertido en un junkie de soledad, todos se han encargado de darte tus dosis diarias sin falta, todos se han encargado de que te conviertas en eso. Y tampoco quieres aceptar esto pero tú, sí, *tú,* eres una buena persona. Eres la persona más buena que has conocido en tu vida porque nunca has orillado a nadie a que caiga en esta adicción como lo han hecho contigo. Y no lo has hecho porque sabes que eso es inhumano, que es lo peor que se le puede hacer a una persona alguien. Te creen egoísta, pero tampoco lo eres. Al contrario, has dejado que todos a tu alrededor depositen en ti su egoísmo, el cual ha sido tanto que te ha orillado a lo más cercano que se puede estar del abismo. Eres noble, eres bueno, y tú, así como cualquiera de los que están allá afuera, sólo buscas una cosa: amor. Eso me dijo —me gritó— al oído. Y lo hizo con tanta seguridad que casi se lo creí. Las voces: son tantas que llega un punto en el que no sabes cuál es la tuya. Después de eso lo único que recuerdo es así. Blanco. Nada. Me desperté tres días después. Me desperté temblando, no sé si de frío o por la falta de coca, ácidos, soledad o de lo que fuera que mi adicto cuerpo estuviera escaso. Y todo a mi alrededor seguía exactamente igual. *Esto es la soledad.* Hasta ese momento fue que vi a la famosa Soledad como el enemigo; es más: nunca antes me había percatado de su existencia, mucho menos de que atentara contra mí. ¿Por qué hasta ahora? ¿Por qué ahora?, le preguntaba a quien me la presentó formalmente tres días antes. Ya no me contestó. Claro, una vez hecho el daño, ya no tenía por qué hablar. Me empecé a enfermar de estar ahí y unas ganas de escaparme —de protegerme— me invadieron. Huí. Probablemente mi presencia en Oxford no era del todo requerida pero aun así fui. EXPELLED, era lo que decía el sello rojo en mi expediente: You're not allowed in this college anymore. ¿Neta? What a surprise. I *really* didn't see that coming, pensó mi seinfieldiano humor. ¿Ahora a dónde? ¿En qué lugar del mundo se suponía que sí tenía permitido estar? Pero tenía razón. Esa voz tenía toda la razón: necesitaba volver a mi estado de confort aun cuando tuviera de *confortable* lo que tengo de activista social. *Eres noble, eres bueno...* ¿y por qué el mundo se empeña en hacerme esto? ¿A qué puto hijo le maté como para que me trate de esta karmáticamente-vengativa manera? No. Lo que dijo era mentira: yo *no* puedo ser noble ni bueno ni todo eso que supuestamente soy, no puedo. No puedo. No puedo. No puedo. No puedo. No. No. N-. N-. --. --.

(Si la editorial no estuviera tratando de sobrevivir a la crisis financiera mundial que al inteligente de Bush se le antojó crear, si la editorial pudiera invertir un poco más dinero en el de por sí nulo mercado —al menos mexicano— de los libros, hubiera aceptado que esta página fuera negra y no blanca para que lograras notar que lo que está en el espacio superior es un recuadro del mismo color que la presente hoja, el cual escenifica de una manera precisa lo que procesó mi cabeza después del último "—". Pero ya que, desgraciadamente, aún no cuentas con visión infrarroja como para verlo por ti mismo y la editorial no puede darse el lujo de pagar ochenta centavos más por cada libro gracias a una hoja negra que atrofiará la línea de producción, no me queda de otra que tomar mi papel de intérprete y hacértelo saber: arriba hay un recuadro blanco; arriba está mi mente en ese preciso momento.)

Hi kid, you finally woke up. How do you feel?, How do I feel *what?* Where the hell am I?, You are at the John Radcliffe Hospital. You just had a crisis, What are you talking abo- what crisis? Crisis of what? There's no crisis going on with me. Who are you? Hey, don't fucking touch me, you fucking freak, I'm Ronald, from the Oxford Student Counselling Service. You were found laying naked in the grass of the Botanic Gardens, shaking and bleeding. Some people heard you screaming some things in a foreign language that no one could understand. Nobody could stop you from hitting yourself. You were just out of control. A guy called us. We picked you up, gave you some tranquilizers, and brought you here. It's been a day since that happened, Good, can I leave now?, I'm sorry, I'm afraid that's not possible, Of course it is. I'm not longer an Oxford student, so you have no power over me, You need help, No, I don't, You can't be alone, not under these circumstances, Of course I can, that's exactly how I've been since I was born, so there's no problem with me being alone, Is there anyone we can call?, For what? You can call your mother, if you want, You know, a relative, a friend- just to tell them that you are here and you'll be under our treatment, No, No *what?*, There's no relative or friend that you can call to tell them that I'm here with you, under your fucking treatment, No one?, No —space— single —space— *one.* Is there *any* problem with that, you disgusting jerk?, You need to calm down, I don't need to calm down anything I don't want to calm down, ok? So just stop being such a cheap-weak-counselor and start talking like a *real* man, you idiot. Listen to me, I'm yelling at you, I'm fucking denigrating you in front of all these people, you poor bastard, son of a fucking cheap whore, and this is *all* you've got? A calm, tolerant, fucking priest answer? Are you sure that's all you've got? Come on, I know there's something more down there, just say it, just punch me in the face or give me a dosis of arsenic or, I don't know, anything- just something that shows your real feelings about me. If there's anything I just can't fucking stand it's a guy like you, you coward homo, I won't do anything like that. Son, you need help. We'll take you to the Psychiatric Department; they'll know how to help you. Ja, sí, a huevo. *Psychiatric Department,* my ass. Al momento en que el imbécil que se creía la versión mejorada del Dalai Lama se fue a ordenar mi transferencia, me fui yo también. Hui, según ellos. Me persiguieron. No me alcanzaron. Corrí tanto y tan fuerte como Tom Hanks haciéndola de imbécil slash puñetas en Forrest Gump. *Run, Camilo, run.* Llegué a mi departamento. No traía llaves, así que tuve que romper una de las ventanas; daba igual, agregar una cortada más a las trescientas dos que tenían mis manos no haría mucha diferencia. Entré. Fui al baño a limpiarme la sangre. Me vi en el espejo: ojos morados, varias series de puntadas distribuidas con cierta creatividad a lo largo y ancho de mi cara, mi cabeza vendada y mi labio más partido que el hocico de Julio César Chávez en su última pelea. Me veía bastante mal. No entendía el porqué de la venda en la cabeza. La quité. Entendí: mi cráneo partido en dos, unido por un aproximado de cincuenta y tres puntadas; ver mi aspecto general me hizo pensar en algún rehén iraquí torturado en Guantánamo. Me obligué a hacer memoria de lo que pasó en ese blackout. Nada. No recordaba nada. Traté de concentrarme, de hacer un esfuerzo sobrehumano para revivir lo sucedido, pero tal parecía que jamás sabría qué pasó conmigo en ese intervalo. Me di por vencido. Me eché agua a la cara sólo para darme cuenta de lo mucho que puede arder semejante estupidez cuando tu rostro es prácticamente una cortada gigante; hubiera dolido menos lavarme con ácido muriático. Busqué algo para calmar el dolor —un cigarro, una línea, una pastilla, lo que fuera—. Nada. Fui a la cocina. Nada. Alacena. Nada. En toda el departamento no había ni una miserable cajetilla de Marlboros. Pensé en salir a comprar algo pero el simple frío me calaba hasta los putos huesos, y caminar —después de haber corrido semejante maratón— era igual de doloroso que ver una película de Jim Carrey o leer más de tres páginas de Coelho. Me eché a la cama. Cerré los ojos. Intenté dormir. Creó que lo logré, aun con el ruido porque, ahora, se le había antojado al imbécil que se le puso decirme que era bueno y todas esas pendejadas que ni yo high le creería, a ese se le había antojado volver para decirme que, Ese que ves ahí, *ese*, es el enemigo. Mátalo. Abrí los ojos. Todo estaba en blanco. Sí, sí, sí: de nuevo. Luego en gris. Luego en su color real. ¿Cuánto tiempo había pasado? No sé, pero lo suficiente como para que fuera otro día y mis cortadas y golpes y moretones ya no dolieran tanto como al principio. Me quise levantar. Traté de caminar pero mis piernas no reaccionaban. Mi cuerpo no reaccionaba. Había manchas de sangre en la cama. No: había una enorme mancha de sangre en la cama; mi cama era una gota de sangre gigante, mi cama era un mar de agua roja. Yo no estaba en ella; yo estaba en el piso rodeado de pedazos de vidrio, pedazos de lo que un día había sido una lámpara de mesa. Y entonces fui capaz de ver el cuadro completo: la mesa de cristal, hecha pedazos, un hueco en la pared que separa a mi cuarto de la sala creado por la televisión que en algún momento cobró vida sólo para suicidarse al estamparse en ella. La sala era un conjunto de muebles mutilados por... ¿extraterrestres? El librero, en el piso. ¿Sus libros? Quemados. ¿Quemados? ¿Por quién? Mis cuadros, rasgados. El árbol seco, en el suelo, sin hojas, sin ramas. Las sillas del comedor, destrozadas, sin patas, sin brazos, sin nada. Sangre en la pared. Sangre en el suelo. Sangre en el techo. El abanico era lo único que parecía seguir con vida en ese departamento; seguía dando vueltas y cada vuelta que daba lanzaba gotas de lo que parecía ser... ¿más sangre? ¿A qué hora había yo rentado mi piso para convertirlo en la cocina de un steak house? Y aun con semejante imagen, mi cuerpo no tenía las fuerzas para reaccionar. ¿De dónde había salido tanta sangre? Sólo Dios y el carnicero que la haya derramado lo podían saber. Y es que mi departamento parecía algún tipo de matadero de barrio pobre para carnicería de pueblo, de esos que venden barbacoa y menudo los domingos. Estuve un buen rato —minutos, horas, días, no sé— en el piso tratando de hacer que mis piernas se movieran. Cuando al fin lo lograron, lo primero que hicieron fue —de nuevo— ir al baño para lavarme toda esa sangre que me cubría. No pudieron; el espejo del lavabo también estaba —Oh, sorpresa— roto, y entrar ahí sin que me cortara los pies hubiera sido un acto que sólo Copperfield habría logrado. Fui a la cocina y tomé una cuchara. Vi el reflejo de mi cara en ella. Jesuschrist. Y no uso *Jesuschrist* como simple expresión, sino como ejemplo de lo que yo parecía: un Jesús en la última parada del viacrucis; con cortadas en la cara —¿más cortadas en la cara?—, destilando sangre, moribundo. Me sentía débil, *muy* débil. Empecé a temblar. No logré mantenerme en pie más de un minuto. Suelo. Empecé a ver borroso. Me arrastré hacia donde se suponía estaba el teléfono. Empecé a ver gris. Marqué nueve nueve nueve. Empecé a ver obscuro. Please, need help. Negro total.

(Y aquí, de nuevo, me encantaría que la editorial nos permitiera modificar su línea de producción para ser más precisos y gráficos en cuanto a lo que sucede en la presente historia. Repito: de no ser porque lo único que sabe hacer nuestro país es *no* leer y preferir morir en una huelga del SNTE antes que pagar el precio de una Coca Cola por un libro, de no ser porque estas son las condiciones de la población promedio de México, entonces igual y hubiera un presupuesto un poco más alto para la edición de la presente basura literaria. Y aquí no se sabe si a quien hay que culpar es a Hernán Cortés y su ejército de españolitos que hicieron del mexicano prototipo algo peor de lo que hizo con los habitantes de Chernóbil su Centro Nuclear en el ochenta y seis o si la culpa realmente está en Elba Esther Gordillo y su misión de convertir a la SEP en la mejor broma que el gobierno federal le puede hacer al país y a sus alumnos en los ignorantes más perfectos que un sistema puede crear. Aquí no se sabe si nos tenemos que remontar siglos atrás o- No, más bien en cualquiera de los casos, nos tendríamos que remontar siglos atrás porque, ¿cuánto lleva la última al mando de la *educación*? ¿Doscientos noventa años? Según su cirujano plástico, algo más o menos así. El caso es que no se sabe, a ciencia cierta, si es a Cortés o si es a Gordillo a quien le debamos que esta hoja —de nuevo— no pueda ser negra, porque de ser así los cinco centavos que la editorial ganaría por la producción de esto se dejarían de ganar y, peor aún, se convertiría en una pérdida para la empresa ya que el costo de una hoja negra es aproximadamente de ochenta y cinco centavos. Si se le restan los cinco que antes de esto supuestamente se ganarían, el resultado es un negativo ochenta centavos, los cuales, si se multiplican por los nueve ejemplares que el editor en jefe se aventurará en producir, dan como gran total siete pesos punto veinte centavos M.N., los cuales, para muchos, pueden llegar a ser sólo un estorbo innecesario, sin embargo, para empresas como nuestra amada editorial, a la cual el gobierno no le ayuda más que para mandarla más a la quiebra y la situación económica mundial no hace mas que burlarse de su fragilidad económica por existir en un país que compra latas de ácido muriático para beber bien frío antes que cometer el pecado de malgastar el poco dinero que se gana en leer estupideces que a un imbécil se le antojó escribir, para empresas como esta y otras ecológicamente amigables que no hacen más que llorar día a día el hecho de que nacieron en este país en donde las letras y la naturaleza es lo *último* que importa, para estas empresas, entonces, esos 7.20 pesos M.N. *no* son un estorbo innecesario sino un ahorro totalmente esencial para sobrevivir y, por eso, de nuevo esto se convierte en Yo-haciéndola-de-intérprete diciéndote que si todo funcionara como debería de funcionar en este país, entonces esta parte, en vez de estar invadida por una letra AGaramond tamaño 10 porque se supone que esto es una nota off-the-record y por eso va distinta al resto del formato, debería de simplemente ser una hoja negra que ejemplifica gráfica y claramente lo que hubo en mi cabeza entre el pasado Negro total y el próximo Qué pendejo,)

Qué pendejo, piensas tú, que haya huido de un hospital sólo para volver a otro por iniciativa propia. Porque sí: esta vez fui yo quien pidió ser recogido por una ambulancia o, al menos, eso recuerdo. Tal vez fue que no entendí lo que pasaba a mi alrededor lo que provocó que esta vez aceptara ayuda. Tal vez fue que me sentí invadido porque todo ese desmadre que estaba en mi depa había sido hecho por alguien que no era yo. Si hubiera sido yo, entonces habría tomado responsabilidad y me dejaría morir lentamente, consciente de que esa era mi decisión. Pero no, y fue por eso que marqué. Ya sé que estás cansado de que la mitad de las cosas que me pasan no te las sepa decir porque no las recuerdo, ya sea porque el abuso de psicotrópicos elimina mi memoria o porque OVNIs me raptan, hacen experimentos con mi cuerpo y luego me borran el chip para que no denuncie nada o porque soy poseído por fuerzas extrañas que trabajan conmigo mientras duermo o no sé, pero lo siento: estas memorias son lo único que te puedo ofrecer. Tómalas o déjalas. Y bueno, de nuevo en el puto hospital. Por supuesto que tenía que estar en un puto hospital de mierda: era veinticuatro de diciembre, era Navidad, era mi tradición pasarla en camillas de centros médicos conectado a aparatos extraños que hacen ruidos curiosos para celebrar dicha fecha. Cada Navidad es lo mismo, lo único que cambia es el acento con el que los doctores me dicen *Merry Christmas!* Y todos me hacían preguntas: que cómo me había pasado eso, que quién me había golpeado tanto, que cómo pude sobrevivir a tanta pérdida de sangre, falta de comida y medicamento. Don't know, don't know, don't *fucking* know, just fix me and let me go. Y eso fue lo que hicieron: me cuidaron, me dieron pastillas, me dieron comida, sangre, atención, gingerbread cookies y una caja llena de dulces navideños. Me trataron bien. Me tuvieron ahí por tres o cuatro días, hasta que por fin dijeron que podía salir a la calle. No volví a mi departamento, no veía para qué. Y como ya no tenía nada que hacer en ninguna parte del Reino Unido, decidí volver a América —porque todos tenemos un Bruce Springteen dentro— y ver qué me podía ofrecer.

16

Por Mi Padre, pero por supuesto que tenía que haber un reencuentro. ¿A poco lo dudaste, mi ahora-financieramente-insegurogracias-a-las-pendejadas-de-los-gringuitos-y-AIG lector? Por favor, si los dos miserables se necesitaban tanto el uno al otro que era una completa estupidez seguir sufriendo por separado. Sí: aun los momentos más miserables, tristes y deprimentes son mejores cuando se viven con alguien más. Por eso fue que Camilo regresó a New York. Es mentira eso que te dice de que iba a "ver qué era lo que América le podía ofrecer". No. Eso es más pinche bullshit que decir que no te encantaría tener un threesome con la novia argentina slash modelo que tu mejor amigo conoció en su semestre de intercambio en el extranjero y otra amiguita de ella que vino a México porque quiere experimentar cosas *nuevas* —posiciones nuevas, diría yo—. Bullshit, bullshit, bullshitísimo. No: mi rey iba a América con la esperanza de toparse randymente con Roberto: caminando sin razón por alguna calle nevada de NYC, de repente escucha que alguien grita, *Camilo,* y él, sin saber quién era el que reclamaba su atención, él, ignorante totalmente de quién consideraba conocerlo tan bien como para gritar su nombre en alguna calle nevada de NYC, él, no hace más que voltear buscando —aparentemente despreocupado— a la persona que supuestamente lo reconocía. Oh, sorpresa. ¿Roberto? ¿Qué haces aquí? Y eso fuera, de nuevo, bullshit. Porque obviamente Camilo sabría qué hace Roberto ahí, porque obviamente *no* era casualidad el haberse topado y porque ciertamente su *sorpresa* era más premeditada que la muerte de JFK Jr. Pero, según él, encontrarse *casualmente* con Roberto *no* era su intención. *Yeah, sure… and I don't do drugs.* Y ahí va, directo y sin escalas del London Heathrow Airport con destino a New York, aún temblado por la falta de coca y con dolores esporádicos a lo largo del cuerpo; ahí va, pensando durante quince horas consecutivas cómo sería el reencuentro; ahí va, fantaseando mil ochentaicinco maneras diferentes de toparse con él *casualmente:*

    Manera número setenta y nueve: Entonces voy corriendo por el subway —por alguna razón decidí usar un transporte público tan… público—, huyendo de los cinco negros que van persiguiéndome, bajando y subiendo de un vagón a otro, sintiéndome el reemplazo de Tom Cruise para cualquier Mission Impossible V —¿no ha salido?, ¿en cuál van?—, cuando de repente veo unas escaleras que me invitan a salir de ahí para por fin deshacerme de ellos. Las subo. Desembocan en —qué novedad— Times Square. Y salgo a la luz. Gente corre de izquierda a derecha. Gente corre de derecha a izquierda. Gente para. Gente compra. Gente paga. Gente habla con otra gente que no escucha. Gente come pretzels. Gente paga cacahuates caramelizados. Gente pelea con gente sobre otra gente que les provoca malestar. Gente tirada pide dinero. Gente tirada toca con una flauta o un violín notas de Tchaikovsky que nadie le pidió que tocara y pide dinero por eso. Gente y gente y más gente. Dios mío, es *tanta* gente que no sé por dónde empezar. Y trato de entrar a su flujo, pero el solo hecho de pensarlo me paraliza. No puedo, me van a arrollar. Entonces escucho mi nombre. No sé de dónde sale ese nombre, pero lo escucho tan claro que lo empiezo a buscar. Y ahí está, justo en la acera de enfrente, mi nombre gritado por *él*. ¿Cómo no lo vi antes, si todo el tiempo estuvo ahí? Entonces enfoco mi mirada en la suya para no ahogarme cuando trate de introducirme en ese asfixiante mar, para no perderme entre sus vaivenes y llegar, por fin, a un destino, aunque este fuera el otro lado de la calle. Entonces me introduzco al incontrolable mar. Estando ahí, una vez dentro, mojándome los pantalones con el smog y tratando de no hundirme, me doy cuenta de que, una vez que enfoco mi mirada en algo —en él—, el mar deja de ser incontrolable, la gente deja de ser *demasiada,* el panorama se ve claro y lo demás, inofensivo. Soy capaz de cruzar la calle sin que nadie me atropelle y llego a mi meta final: el carrito de hot dogs y pretzels. Pido dos pretzels. Lo saludo. Le doy uno. Nos vamos a Central Park.

    Manera número quinientos treinta y dos: Ok, entonces termino en el hospital porque se me abrió la cortada del brazo izquierdo y el desangramiento es bárbaro. No es que yo quiera ir, pero es tan intensa la hemorragia que los de seguridad del aeropuerto en New York me obligan. Y ahí estoy, en la sala de espera del área de emergencias —que por cierto, qué chistoso suena estar en "la sala de espera del área de emergencias"— mientras veo frente a mí una escena típica de ER o Grey's Anatomy, con cirujanos tratando de seducir a las secretarias y mamás llorando porque su bebé de dos meses tiene gripa. Ah, y de repente pasa una camilla con un paciente que grita Don't touch me, you fucking nigro! I'd prefer to die rather than be treated by some ignorant, African doctor. Where did you study your career? At some shitty school in Botswana? *Sooo american.* No sé cuántos litros de sangre haya perdido para ese entonces, lo único que sé es que son los suficientes como para provocar que mi cabeza empiece a alucinar sin necesidad de estupefacientes. Y entonces pienso en que esa podía ser otra manera de experimentar situaciones entretenidas cuando no contara con mercancía alucinatoria: cortarme hasta que la sangre no alcance a llegar a mi cabeza y me provoque ver el lado surreal del mundo contemporáneo —al natural, todavía más que la mota—. Apunto esa idea en mi mano antes de que se me olvide o me desmaye. Sigo observando. Me canso de observar; nada de lo que veo me provoca asombro alguno; no hay nada que una serie de televisión americana no me haya mostrado ya. Entonces entra otra camilla y la detienen frente a mí. Observo al paciente. Es Roberto. What happened to him?, le pregunto a uno de los enfermeros. He was hit by a truck, Is he alright? Is he hurt?, Yes, he is hurt, but he'll be alright. Do you know him?, Yes, as a matter of fact, I do, Do you know his family?, No- I mean yes, I do. I'm his family. Roberto abre los ojos, mueve su mano y toma la mía, He can sign any paper you need to be signed; he is the only one that's able to do that. Cierra los ojos. Se lo llevan.

Manera número mil ochentaicinco: Voy saliendo del JFK y está Roberto en las bancas de afuera fumando un cigarro. Me ve, lo veo. Vámonos a cenar, me dice, y entonces nos vamos.

Y lo que sucedió realmente fue algo muy parecido a la *Manera número setecientos cuarenta y dos* del repertorio de *Maneras* de Camilo. Nada extraordinario, nada fancy. Resulta que, pisando NY, Camilo marcó al número que tenía en su celular grabado como *Roberto,* éste le contestó y, después de saludarse de una forma un tanto irregular y hasta se podría decir que incómoda, se pusieron de acuerdo para verse afuera del Ritz en una hora. Camilo no tenía nada más qué hacer que esperar ansiosamente a que esa hora pasara lo más rápido que se pudiera; Roberto, en cambio, trataba de usar el tiempo eficientemente para bañarse, cambiarse, conseguir un taxi y llegar ahí en aproximadamente cincuenta y ocho minutos. Yo que todo lo sé, todo lo veo y todo lo puedo, te he de decir que, tanto Camilo como Roberto, se quedaron, después de colgar, en un sincrónico —casi casi telepático— estado de reflexión. Para que lo visualices mejor, creativo lector mío, imagínate un cuadro (sí: esta historia está llena de cuadros imaginarios). Perfecto. Divide ese cuadro en dos —ándale, así, por una simple raya que trazaste con un plumón negro, de esos plumones negros que usabas para rayar tu nombre y el del niño(a) que te gustaba en la pared del baño del colegio—. Bien. Una vez que trazaste esa raya que te digo, pon a Camilo en el lado izquierdo —tu lado izquierdo— y a Roberto en el lado derecho. ¿Ya? Excelente. Roberto está frente a un espejo. Camilo, con la vista hacia la calle.

C: ¿Por qué le marcaste?, ¿y si estaba ocupado y no hiciste más que interrumpirlo? No, no creo; hubiera dicho algo, alguna excusa. Aparte, ¿qué tanto pudiera estar haciendo en este momento? ¿Leyendo el WSJ y viendo CNN? No; tampoco parece del estilo de personas al que le importe mucho qué está pasando con el mundo en estos momentos. O en cualquier momento. No, parece más del estilo Pitchfork-news. O no, igual y termina siendo MTV y lo único que estoy haciendo es adjudicarle una personalidad completamente lejana a la suya, como suele sucederle a las personas; por eso todos terminan decepcionados, culpando a los demás de su decepción, preguntándose por qué se dejaron engañar cuando no se dan cuenta de que fueron ellos mismos los que se engañaron obligándose a creer en una idea que no tenía nada que ver con la realidad, una idea sacada de su propia imaginación creativa, una idea que fue alimentada sólo por su necesidad de recibir exactamente *eso* que tanta falta les hace y que no encontrarán en nadie a menos que la encuentren en sí mismos. Wait, wait, wait: what? No. Me. Aguanto. "¿... que no encontrarán

R: Al menos no estás solo. No tienes padre ni madre que se acuerde de ti en Navidad, no tienes novia que se preocupe por escogerte el regalo perfecto, no tienes amigos que organicen posadas y te inviten a brindar con ellos, no tienes a nadie a tu alrededor que note que eso te duele, ni que juzgue que eres patético porque eso te duele; no tienes nada pero *no* estás solo. Está él. Y no es ni tu padre ni tu madre, ni tu novio ni tu amigo; no es un familiar que pueda salvarte porque sus órganos son compatibles con los tuyos ni tampoco alguien que conozca tu pasado como para conocer tus reacciones, no es nada de eso, pero no siendo *nada de eso* ayuda más que siéndolo. Porque ninguno de los que *sí* lo son han logrado nada más que joder más las cosas.

Toma el Listerine, se enjuaga la boca y se concentra en el ardor que éste le causa. Entonces escupe el líquido en el lavabo y se ve en el espejo. Se enfoca en el reflejo de sus ojos y se da cuenta de que no los ve tan vacíos como de costumbre; no es necesario hacer los seis pasos rutinarios.

R: ¿Qué te trae por New York? ¿No consideras el ambiente europeo mucho más adecuado

en nadie a menos que la encuentren en sí mismos?" ¿Y ahora quién soy? ¿Ronda Byrne? Agh; sabía que tanta pinche pendejada escuchada en terapia mostraría sus efectos secundarios tarde o temprano. ¿Qué sigue? ¿Que promocione una gira de conferencias de *Conócete a ti mismo* y *Tú puedes salvar tu vida* en el Club de Leones de la localidad? God, don't let me fall, don't let me fall. Pero no: creer en los demás no es mi estilo; adjudicarles personalidades supermanísticas no es mi estilo; creer que alguien allá afuera me salvará *no* es mi estilo. Entonces, no sé si es de los que prefieren leer las noticias que se publican en Pitchfork antes que encender la tele y ponerse a ver las BBC News o simplemente resulta ser fanático de MTV y le encanta ver los únicos cinco videos que pasan en todo el día de negros que tapizan los interiores de sus Ferraris con el logo de Gucci y piensan que eso es políticamente correcto y nadie va a sufrir un paro cardiaco por semejante grosería. Y si no es así —si no ve eso o whatever—, no me importa, porque de todas maneras no es como que creo en él. Anywho, estoy solo.

Deja su soliloquio y enciende otro cigarro. Ya no piensa, ya no habla mentalmente; sólo concentra su atención en contar los taxis amarillos que pasan frente a él.

para las épocas decembrinas? ¿Qué tienes planeado para Año Nuevo? ¿No odias estas fechas? ¿Qué le voy a preguntar? ¿De qué madres le voy a hablar?

Toma su loción, se la aplica. Piensa en lo tenso que lo puede poner el hecho de no tener conversación en mente. Piensa en lo ridículo de la situación. Piensa que no quiere pensar en eso porque, mientras más lo piensa, más ridículo se siente.

¿Yo, preocupado por no aburrir a un pinche junkie?

Sí: algo así era lo que pasaba por la cabeza de cada uno después de que colgaron el teléfono.

Roberto

Tomé mi bufanda, mi abrigo, mis llaves y salí del departamento. Cuando paré el primer taxi que vi en la calle me di cuenta de que no traía mi cartera. Regresé. Inserté la llave en el cerrojo mientras el teléfono gritaba *ring, ring, ring,* desde adentro. Como suele suceder, éste llevaba ya varios *rings* para cuando yo lo escuché, lo que lleva a la idea de que probablemente no lo alcanzaría a contestar cuando por fin entrara. Corrí; sí alcancé. Yes?, ¿Roberto?, Sí, ¿quién habla?, Hola, hijo; soy tu mamá, ¿Mamá?, ¿dónde estás?, Estamos en Dubai. Perdón que te hable hasta ahora pero ya sabes lo complicado que es comunicarse cuando viajas en crucero. ¿Cómo estás, hijo?, Bien, supongo, gracias, ¿ustedes?, También muy bien. Quise hablarte en Navidad pero estábamos navegando muy adentro y la comunicación era pésima, Sí, claro, no te preocupes, ¿Cómo la pasaste?, Muy bien, Me alegro. *Silencio incómodo.* ¿A que no sabes con quién nos topamos en el crucero?, Ganaste, no sé, ¡Con los Fernández!, ¿Con quién?, ¡Con los Fernández! La familia de Rodrigo, ¿Rodrigo?, Roberto, por Dios, el prometido de Cordelia. Cordelia… *tu* hermana, con la que compartiste los quince primeros años de tu vida, ¿la recue-, Mamá, no seas ridícula, Pues sí, nos topamos con ellos en el crucero y, como invitaron a tu hermana a pasar las vacaciones con ellos, pues también nos topamos con tu hermana. ¡Qué divertido!, ¿no te parece?, Sí, increíble, No sabes la impresión cuando nos vimos en la cena la primera noche. Tuvimos que mover toda la distribución de las mesas para que nos pusieran a todos en la misma. Son tan divertidos, ¡ya somos como una gran familia!, —*Yupi, sólo les falta comprar un perro y ahora sí serán la versión disfuncional de Seventh Heaven*— Me da gusto, A mí también, lo último que quería era una familia política con la cual no me pudiera divertir. Por cierto, ¿cuándo quieres que mande a Esteban por ti?, ¿Esteban?, Ah, es que igual y no te enteraste. Francisco ya no es nuestro piloto; le dio cáncer o algo así y lo tuvimos que jubilar. Esteban es ahora quien nos lleva a todas partes, Ah. ¿Y a dónde se supone que quiero que me lleve el tal Esteban?, A Oaxaca, Ja, ¿a Oaxaca?, ¿Pues cuánto tiempo tiene que no hablamos?, —¿*Desde el doce de octubre del noventa y dos?*— No sé, mamá, pero, ¿qué tiene que ver Oaxaca con tu vida y con la mía?,

Decidimos que la boda será en Oaxaca, —*La boda, la boda… ah: la boda*— ¿Como por qué?, No sé, a tu hermana se le antojó cambiar el escenario. Dice que Cuernavaca ya está muy usado y que hacerla en Monterrey sería pecar de cotidiano, Pues felicidades por ella. Tengo que colgar, me están esperando, Está bien; sólo dime cuándo quieres que mandemos por ti, ¿Cuándo dices que es la boda?, El cuatro de enero, Manda el cinco, ¿Perdón?, Nada, manda ese mismo día, De acuerdo, yo le digo a Esteban que se ponga de acuerdo contigo, Uhm… ¿gracias?, ¡Bye, Robbie!, Adiós, mamá. Uhm… ¿mamá?, *Tiiiin, tiiiin, tiiiin.* Feliz Navidad.

Camilo

Colgué y me fui directo al Ritz; no tenía nada qué hacer y prefería mil veces esperar en el bar con un scotch on the rocks en la mano que en la calle con la nieve golpeándome la cara, cortándola y abriendo las heridas en ella como si una más fuera lo que le faltara. Tenía la boca seca, tenía mucha sed. Me di cuenta de eso cuando pedí el octavo scotch después de veinte minutos de haberme sentado en la barra. Le pregunté la hora al bar tender, me la dijo y me puse a contar cuánto faltaba para la llegada de Roberto: veinte minutos. Veinte minutos que se convirtieron en cuarenta. Roberto no llegaba y yo ya iba en mi decimoquinto scotch. Y yo sabía que, para cuando pidiera el decimosexto, mis ganas por buscar algún tipo de sustancia que provocara efectos más divertidos que los del alcohol se incrementarían, al punto de que mi necesidad de largarme de ahí en busca de algún polvo, líquido, pastilla, hierba —lo que fuera— más reconfortante se haría incontrolable. Por eso traté de tomarme ese decimoquinto vaso a un paso más lento; no quería que mis adicciones interfirieran con mis intereses. Al minuto cuarenta y dos perdí el control de mi cuerpo: mi pie izquierdo empezó a golpear constantemente el suelo, mis manos comenzaron a incomodarme porque no sabía dónde acomodarlas y mis dientes encontraron cierta fascinación en morder incansablemente mi labio inferior. Nunca había sentido tanto… ¿movimiento?… simultáneamente en mi cuerpo. Y lo peor era que no lo podía controlar. Cómo definir ese estado, no sabría decirlo.

Ansiedad podría ser una opción que me contestaría cualquiera de mis exterapeutas. Y es que la idea de que siguieran pasando los minutos y este imbécil no apareciera me provocaba eso: ansiedad. El hecho de que no pudiera seguir tomando tampoco era de mucha ayuda. Y no sabía qué hacer, porque estar sentado en la barra de un bar sin un drink en la mano es, después de creer que la editorial va a acceder a que arruinemos toda su logística introduciendo páginas negras y letras de colores, después de creer que el editor en jefe va a tener fe en que el mexicano promedio por fin va a preferir pagar por un kilo de hojas con letras antes que por una revista pornográfica de vaqueros, después de creer que esto y otras profecías todavía más increíbles sucedan, lo más ridículo que una persona puede hacer. No me podía ir, no me podía quedar. Un cigarro. Un cigarro era lo único que me podía ayudar. Los pedí. No tenían y, aunque tuvieran, no se podía fumar ahí. Tenía que salir. Entonces me paré, busqué en mis pantalones y me di cuenta de que tenía una cajetilla de la cual dos cigarros todavía eran salvables. Pedí cerillos, me los dieron y salí. Roberto estaba afuera. Entonces recordé que habíamos quedado de vernos en la entrada y no en el bar. Al recordar eso, toda mi ansiedad tomó piso; mis manos dejaron de incomodarme, mis pies permanecieron calmados y mis dientes dejaron de mutilar mi labio inferior. Él estaba de espaldas, sentado en la banqueta, con la mirada hacia la calle, fumando. Me senté a su lado, tomé su cigarro, encendí el mío e inhalé profundamente. Lo volteé a ver. Lo observé detenidamente, como si tratara de descifrar algo en su perfil. No me importó que la pesadez de mi mirada lo incomodara. Aun así, parecía no hacerlo; él seguía con la mirada hacia Central Park, fumando, como si nadie lo observara, como si la persona que estaba a su lado no estuviera tan de cerca, tan atento, como si nadie quisiera encontrar en él algo más, algo peculiar y encantador, algo cautivador, como si el mundo no tuviera expectativas de él y, por eso, no le importara decepcionar a nadie. Así seguía él, como si nada. Y eso me dio paz.

Camilo y Roberto

Te extrañé.
No.

cia —ahora— era necesaria para su persona; mi objetivo se estaba cumpliendo. Y mira, te podría decir que cuando escuché eso me sentí tan bien como cuando obtuve la presidencia de la mesa directiva en el colegio o como cuando Fer me dijo que Sí o como cuando gané la feria de Science con mi invento en segundo de primaria o como cuando fumé por primera vez o como cualquiera de las veces en las que me he sentido *muy bien* conmigo mismo. Te podría decir que me sentí así pero estaría mintiendo. No, no me sentí así; lo que sentí no tenía nada que ver con ninguna de esas u otras veces en las que me haya sentido bien. Era mejor y era mucho muy diferente. Escucharlo decir lo que dijo provocó un sentimiento que, hasta ese corto, largo, no sé, tiempo que llevaba de vida, nadie había logrado proyectar en mí; una emoción diferente a cualquiera que alguien más haya causado. Yo sé, yo sé, yo sé que sabes perfectamente a lo que me refiero. Yo sé que has vivido lo suficiente como para entenderlo, que a lo largo de tu vida has experimentado miles de emociones y que, de entre todas esas, has vivido *ésta*. Y no me digas —porque estoy seguro de que estarías mintiendo— que no es la mejor de todas. Sentir esa... ¿fascinación? por la compañía de alguien más y saber, también, que es recíproca. Y no, no te equivoques: no es amor. O, al menos, no es lo que sientes como cuando estás enamorado. Por Dios, si te lo diré yo. No, es distinto. Es como tener otro Yo; es como contar con una persona que siempre va a decir las palabras correctas en el momento correcto, contar con una persona que va a expresar lo que tu mente está pensando antes de siquiera ponerte a discutirlo, contar con alguien que te acompañará todo el tiempo, a todo lugar, alguien que nunca te aburriera y que sólo te hará sentir bien por su simple y mera existencia. Sí: más o menos algo así. Y si no sabes de qué te estoy hablando entonces te recomiendo —vehementemente— que dejes de leer esto y vayas inmediatamente a buscar a alguien que te provoque esta condición que te digo porque no debes morir sin haberla experimentado. Y bueno, Sidney. Sidney, Sidney, un-millón-de-veces Sidney. Lo sabes: Sidney es como un Londres versión hipster —sí, aún más hipster de lo que Londres de por sí ya es—. Definitivamente Camilo no pudo haber propuesto mejor ciudad para pasar ese *Happy New Year Two Thousand and Seven*;

definitivamente no pude haber pasado mejor ese Año Nuevo. Nos paramos de las escaleras en el momento en que decidimos cuál era nuestro destino, Camilo sacó su Blackberry, marcó un número, habló con Alguien y acordaron verse en veinte minutos. El avión está aquí, nos podemos ir cuando queramos, dijo. Veintidós minutos después estábamos saliendo los tres —Alguien, Camilo y yo— rumbo a Australia con una parada previa en Bali para que Alguien descansara de las tres millones de horas que dura el vuelo.

17

De todas las ciudades cosmopolitas que existen en tu contaminado mundo, mi globalmente-calentado lector, he de aceptar que hay unas —no todas— que vale la pena pisar. Bangkok *no* es una de ellas, así como tampoco lo es Miami. La que sí lo es, y por mucho, es... ¿cuál?, ¿cuál estás pensando? Pues claro, obviamente la que estos dos imbéciles están a punto de pisar; de no ser así, no estaría tocando este tema inmediatamente después de que la acaban de mencionar, ¿no? Sí, ustedes, todo lo ven tan... gestálticamente. Total. Me he puesto a pensar y he llegado a la conclusión de que si alguien, sólo una persona, de todo tu poblado mundo se atreviera a leer esto, esa persona tendría el perfil de una que ya conoció —y se enamoró de— Sidney. Porque es muy fácil esto de clasificar a las personas según los lugares que conocen o que aman. Por ejemplo, el perfil del mexicano que ama Madrid es indiscutiblemente claro: alguien a quien le gustan los clichés, que se divierte cotidianamente y le da miedo salirse de lo conocido, tiene delirios de realeza y su posición económica es media, media alta. El mexicano-amante-de-lo-madrileño es alguien que perfectamente gritaría "Viva México, cabrones" en medio Gabana sin pena alguna y que disfruta de música de gusto popular, alguien que puede desarrollar cierta xenofobia por gente que no es hispana y tiene tendencia hacia la obesidad porque —aparte de que consume Bacardi todas las noches— después del Gabana siempre llegará a su departamento a munchearse los tamales con la salsa de La Costeña que su mamá le mandó desde México via FedEx porque el niñito no es capaz de vivir sin comida mexicana aun cuando esté en París; el perfil del mexicano-madrileño-wannabe es el de uno a quien le da miedo lo desconocido. Dudo, realmente dudo, que si alguien piensa malgastar su tiempo leyendo esto, ese sea un maricón que le teme a lo desconocido. Al contrario, quien lea esto busca todo menos lo conocido, busca conocer un final de algo que no sabe, no tiene idea de qué pasará. Total, te decía que por eso mismo creo que tú, mi valiente, culto, influyente y globalizado lector, tienes el perfil de los que ya han ido más de una vez a la ciudad antes alabada. Pero si no, no importa: yo sé que tu trabajo es tan absurdamente absorbente que no tienes tiempo ni de respirar, mucho menos de tomar un vuelo de dieciocho horas para moverte de lugar. Y bueno, creo que ya es hora de que continúe con nuestro cuentito de hadas ladinas. Roberto y Camilo en Sidney (me salto Bali porque no hicieron más que dormir y fumar, fumar, fumar, dormir, fumir, dormar, comer, domir, fumar y subirse de vuelta al avión). Llegaron en la noche, como cualquiera de los doscientos veintinueve mil ochocientos sesenta y seis muertos en el Sudeste Asiático por el tsunami del dos mil seis: completamente ahogados —sólo que, a diferencia de los pobres chinitos, estos no se ahogaron con agua de mar mezclada con desechos de Keiko, sino con doce botellas de la reserva más vieja de Juan El Caminante—. Pobrecitos: estaban tan pinche borrachos que ni bajarse del avión podían, mucho menos decidir a dónde dirigirse para continuar.

Camilo

The Ivy. Buen lugar. Gente de colores. Mujeres doradas y plateadas. Mucho ácido. Mucho ruido. Demasiados olores. Demasiados colores. Música. Baño. Plática en el baño. Alguien que no tenía mayor felicidad en la vida que la de no pagar autopistas. Se las dan. Son gratis, para él. Trabaja en el sistema de autopistas. Australiano. Sistema de autopistas australiano. Él, francés. Otro. Italiano. Habla sobre Berlusconi y su fiasco. Política. Qué tedio. Me voy. Down, down muy fuerte. Masivo. Suicida. Too much fucking *everything*, I thought. It's not that I want to die. Just chemicals working on my brain. Chemicals working on

menos de media hora, este imbécil lo volvió a hacer. Y lo volvió a hacer. Y ahí fue cuando medio que se salió de control todo el business. No es que haya sido la primera vez que lo haya hecho, para nada, era sólo que esta vez su cuerpo hizo huelga y nada más no se le antojó ser *tan* tolerante. O no, decir *su cuerpo* sería equívoco; más bien su —repito— inconsciente. Muchos demonios empezaron a desatarse con ese papelito extra de ácido que se metió, demonios que buscaron salir de él y provocaron que Alguien (otro Alguien; por supuesto que Camilo no estan imbécil como para putearse al chofer de su avión) —que por cierto era bastante Brad Pitt antes de que se topara con la mano de Camilo— saliera desfigurado por un vaso de whiskey, de ese baño, de ese Ivy. No: una razón especial no hubo para que nuestro compulsive-aggresive protagonista estrellara su Chivas on the rocks en la cara del —vamos a ponerle Chris— pobre inocente Chris y, no conforme, lo tomara de la cabeza para golpearlo contra el espejo hasta que ya no quedara un solo espacio sin sangre a lo largo del lavabo. Todo eso pasó mientras Roberto iba al baño. Gracias a Mi Padre, y para beneficio de estos dos, los baños de los hombres, a diferencia de los de mujeres, no siempre están llenos. En esta ocasión resultó que sólo cuatro personas habitaban el ahora ensangrentado WC: Chris, Roberto, Camilo y un vatito italiano que había comido demasiados kebabs y, por ser italiano, no tenía el sistema digestivo acostumbrado. Por eso mismo nadie fue testigo del *incidente,* más que los dos involucrados y Roberto. Para todo esto, nuestro querido Robertito —a diferencia de Camilo— optó por tratar de mantenerse *sobrio* y rechazó la idea del LSD. Gracias a eso al salir del baño y ver lo que parecía un ring de lucha libre mexicano —solo que decorado con sangre de verdad y no con cápsulas de catsup— logró carburar y, antes de que nadie más entrara, tomó a su acompañante, le lavó la sangre que tenía en las manos y se lo llevó. Sí, a estas alturas Camilo ya pasaba de ser una persona a un objeto. Salieron del Ivy. Se fueron a Kings Cross, zona mejor conocida como el Putero del Mundo Australiano o La Zona Rosa of the Land Down Under: quien haya estado en Kings Cross y diga que no adquirió una enfermedad de transmisión sexual por su visita está mintiendo. Quince fueron los Men's Club que visitaron esa ocasión. Haz

cuentas: si eran como las siete, ocho de la mañana cuando salieron
—huyeron— del Ivy y en cada prostíbulo las sesiones eran de una
hora, ¿a qué hora salieron de ahí? Sí: eran las once de la noche del
día siguiente cuando decidieron que ya se habían asqueado de tanto charol. De sobra queda decir que su única gasolina para mantenerse vivos en este maratón de cuatro días era la coca. Bueno, la
coca y uno que otro aditivo. Tengo que aclarar que nada de esto
está en la memoria de Camilo; no, Camilo no recuerda haber estado en ningún lugar después del incidente del baño. Digamos que
la mente de Camilo y su cuerpo estaban teniendo un conflicto de
comunicación bastante severo. Total que, una vez cansado de tanta... ¿comunicación *oral*?, Roberto decidió que el Objeto y él tenían
que salirse de ahí. Regresaron a George Street. Se fueron al Zeta Bar.
Luces, cámara, acción. Todo un antro lleno de personas que morían
de ganas por darles la bienvenida a nuestros amigos me ji ca nous!
Mujeres, hombres, niñas, abuelas y madres tratando de hacer sentir al dúo dinámico como si estuviera en casa. Por eso mismo, inmediatamente después de que entraron, una asiática —la cual, si
mal no recuerdo, era la artista pop sensación de los chinitos por
esas fechas, algo así como la última American Idol— y su amiguita
tomaron a nuestros pobres y cansados protagonistas como sus po-
sesiones y los llevaron a su mesa. Y más champagne y más coca y
más blowjobs, como si los que acababan de recibir no hubieran
sido suficientes. Ahhh, esos divinos privados del Zeta Bar... no sé
dónde hay más indecencia, si ahí o en las calles de Cuba. Anyway,
que se aburrieron de estar ahí y optaron por ir a la barra. One.
Two. Three. Seven. Fifteen shots on a row. Y de repente hubo un
corto —de nuevo— en la psique de Camilo. Who are you, may I
ask?, I alreaty tol yu my name, for Got's sake. I'm Lee Lee Queen,
Japan's superstar, Lee Lee Queen? Don't make me laugh, where did
you get that name? From the Disney's list of products?, Don't
believe me I'm famus?, I don't care. Where am I?, Zera Ba, I was at
The Ivy, Yes, yu wher, las nigt, I saw yu ther. Why don't yu belive you'r
wit a popstar? Wana taste a popstar lips to pruv it? Errooooooor,
chinita superstar de Japan's Idol, *error*. Regla número cincuenta y
dos para lidiar con Camilo-en-estados-dominados-por-sustancias-
ligadas-con-el-narcotráfico: Nunca, y repito, *nunca* te atrevas a tocarlo

ros, mencionar el nombre del corporativo que lo estaba firmando y salirse por la puerta grande con Camilo en mano y sonrisa en cara. ¿Que dónde quedó lo difícil, entonces? Cualquier otra ocasión, una simple llamada hubiera arreglado el malentendido; para Mr. Holden tener que viajar para solucionar las cosas personalmente ya es hablar de palabras mayores. Y así quedó. Para cuando Camilo se levantó de la cama —si así se le puede llamar a la tabla donde se acuestan los presos— y preguntó *Where am I?*, el asunto ya se había solucionado; en el mismo momento en que se levantó, el guardia le estaba abriendo la celda para ponerlo en libertad. Salió, cargando el dolor de cabeza más aniquilante que cualquier víctima de cáncer cerebral hubiera experimentado en sus últimas etapas, con la misma ropa de cuatro días antes y sin la menor idea de por qué terminó en esa celda, mucho menos de por qué estaba saliendo de ella; salió, sabiendo que esta ocasión —aunque pareciera familiar— era diferente de todas las anteriores porque, al salir, alguien estaría afuera con ganas de recibirlo y decirle que lo extrañó; salió sabiendo que, esta vez, ya no caminaría solo hacia el mundo real, porque alguien —por fin— lo estaría esperando con los brazos abiertos para caminarlo con él.

Roberto

Y he de aceptar que me estresé un poco. Digo, golpear a una mujer es penado con muerte en cualquier país fuera de México e Irán. Sabía que Andrew lo resolvería, el problema es que no sabía en cuánto tiempo; no quería gritar Happy New Year en la sala de espera del ministerio con champagne en un vaso desechable, aparte de que supongo que ahí no te permiten fumar ni inhalar ningún tipo de *diversión*. Pero por algo Holden es la mano izquierda de mi papá y logró resolver toda la situación en menos de lo que Camilo regresaba de la desconocida galaxia a la que todo ese combustible logró llevarlo. En el momento en que salió, nos dimos cuenta de que dormir no le haría nada mal a nuestros insomniados cuerpos. Pedro —piloto, chofer y ahora asistente para reservaciones de Camilo— no nos encontró mejor lugar para quedarnos que The Observatory Hotel, el hotel ideal para que mis abuelos y sus amigos pasaran la

sonriéndoles a todos y promoviendo sus ONGs de Go Green; el sentimiento de un Nick Carraway generalizado en todos al amar estar ahí aun sabiendo que tanto glamour innecesario es considerado por Mi Papi como pecado de gula. Y bueno, en mi gusto personal, el estilo de los años veinte en América siempre ha sido de mis favoritos: los sombreros cloche para ellas y los homburg para ellos; las perlas, los Chanels; las plumas, los trajes... la elegancia cotidiana. ¿Cómo olvidar los veintes si fue de mis mejores épocas? Y así como vestían los personajes en las novelas de F. Scott, así vestían todos en esta cena. Camilo y Roberto no fueron la excepción: esmoquin blanco para el primero y negro para el segundo, fedoras del mismo color sobre sus cabezas y, para ponerle su toque personal, Wayfarers negros cubriendo los ojos de ambos. El porte de James Bond se queda pendejo al lado de estos dos; mejor match no podía haber en toda la fiesta. Y te puedo decir, mi fashionista lector, que de entre todos esos quinientos noventa y ocho pares de ojos no hubo uno solo que no los volteara a ver. ¿Quién crees tú que trajo los Wayfarers de regreso de los ochentas? ¿Las gemelitas Olsen con su vintage-wannabe-style? No, no, no. Te lo diré rápido sólo para cultura general. ¿Te acuerdas del desfile de Viktor & Rolf en el Milan Fashion Week del dos mil siete? Bueno, pues no fue ni más ni menos que nuestro dúo dinámico el que los inspiró para el diseño de su colección Winter 2008. Y sí, en esa época la mayoría de los críticos pensaron que había sido Daniel Craig en su papel de súper agente el que había inspirado a todos esos diseñadores a basar su colección en tuxedos exquisitamente creados y plasmar al hombre como una figura de elegancia: error, críticos del New York Times. La verdadera historia está detrás de esta fiesta, donde estaban presentes desde Frida Giannini —la diseñadora de Gucci en esos días— hasta el impecable Tommy "Can't-believe-is-not-gay" Ford —¿De dónde crees que sacó el diseño que usó Brad Pitt en los Cannes del dos mil ocho? ¿De su cabeza?—. Tanto Víctor Horsting como Rolf Snoeren se enamoraron al ver entrar, horas tarde y sin pena, a ese par de impecables outfits y no hicieron más que voltear a verse mutuamente y sonreír, enviándose la señal implícita de Are you seeing what I am seeing? Pocos meses después esa misma imagen estaba caminando por las pasarelas en Milán,

esta palabra me da un poco de problema) *emocionante*, no: era la compañía. Para empezar, yo seguía bastante feliz por el hecho de que lo habían sacado rápido de la cárcel; hacía mucho que algo no me preocupaba tanto y que su solución no me ponía tan pinche contento. Y es que realmente me daba miedo que Andrew no pudiera solucionar las cosas de manera inmediata. Pero lo logró y yo estaba contento por eso, así como por el hecho de que nada me importaba en ese momento más que lo que estaba viviendo al día; no familia, no Fernanda, no cuidar-imagen-frente-a-los-socios-del-corporativo, no colegio, no nada. Sólo yo y Camilo y lo que El Mundo nos pusiera enfrente. Nunca antes me había dado cuenta de lo bien que se siente ser libre. Vivir plenamente La Libertad; hasta ese momento conocí la real definición de Libertad. Y, bueno: Año Nuevo. Primero la cena, ¿no? Llegamos. Todos los presentes nos observaban de maneras peculiares, como si algo en nosotros se saliera totalmente de contexto. Tal vez era que no llevábamos pareja o, al contrario, que Camilo y yo íbamos en pareja. Inmediatamente después de que nos acabamos la primera botella, Camilo quiso que fuéramos al baño a hacer algún cocktail energizante que nos despertara completamente de nuestras setenta y dos horas de sueño. Fuimos. Optamos por no experimentar y empezar por lo básico: coca y pastillas; la noche sería *muy* larga. Cuando regresamos a la mesa nos dimos cuenta de que toda la gente ya se había parado de sus respectivos lugares y había empezado a socializar; decidimos hacer lo mismo o, más bien, decidieron hacerlo con nostros. Primero llegaron dos: una francesa y la otra australiana. Debo mencionar que ambas cumplían con las expectativas de la noche: veintiocho años, una divorciada y la otra recién salida de una "tormentosa" relación, con doce copas de champagne encima y unos hipnotizantes ojos llenos de delatadoras rayitas rojas y pupilas dilatadas. Sí: eran de las nuestras. Decidieron enamorarse de nosotros. We'll go whatever party you're going to, nos repetían. Y no es como que pensábamos estar lidiando con ellas durante toda la noche, no: faltaba mucho por conocer. Sin embargo, aguantarlas en la primera parada no era del todo nefasto. Y bueno: llegó un punto en el que nos trajeron como marionetas y hasta nos hicieron bailar. Y entre tanta gente y tantos adornos y meseros y vestidos y

esmóquines, perderte de tu *verdadero* acompañante resulta ser lo
más fácil del mundo. Decir que fui violado por Marie —la francesa, la divorciada— sería como decir que el único problema de
México es la corrupción; sería minimizar la situación. Esa mujer
hizo conmigo en veinte minutos lo que hizo con su ex a lo largo
de su fallida relación. Todo fue en el salón de al lado, detrás del
órgano tubular. Cuando regresamos a la fiesta, lo único que me interesaba saber era dónde madres se encontraba Camilo. Y bueno,
sí: parte era porque quería estar con él, pero otra muy importante
era porque me preocupaba que le volvieran sus episodios agresivo-
compulsivos y terminara matando a su canadiense acompañante,
quien resultó ser una de las diez top models del mundo según la
Vanity Fair. Desde mi punto de vista, seguro estaba entre la posición uno y la dos. Y sí, hacerle daño a semejante figura de porcelana le haría el mismo bien a la reputación de Camilo que a Michael
Phelps le hizo su foto fumando mariguana. Y por eso necesitaba
saber dónde estaba. Llegó un punto en el que no encontrarlo me
empezó a disturbar. No podía prestarle atención a la conversación de mi
divorciada acompañante, así como tampoco podía dejar de buscarlo con la mirada. Y ya iban a ser las doce; ya iba a ser hora de
que todo mundo gritara Happy New Year y empezaran los abrazos
y los besos y los buenos deseos y yo no tenía a mi alrededor más
que la compañía de una desconocida de cuya vida lo único que
sabía era que amaba el sadomasoquismo y que hacía un año estaba en África ayudando a los niños desnutridos; no, yo no quería
gritar la célebre frase con ella. Y me empecé a desesperar, más por
mi necesidad de su presencia que por no encontrarlo; el hecho de
saberme tan vulnerable a su existencia me podía dar mucho problema. Pero tampoco podía evitarlo. Y entonces seguía tomando
y fumando y ópticamente buscando sin cesar; escuchando blah
blah blahs por parte de Marie y sonriendo cada que se me quedaba
viendo, repondiendo Yeah, I know a comentarios que no tenía
idea de lo que trataban y viendo el reloj cada veinte segundos.
Damn it, pensé, Cálmate, Roberto, cálmate. Y entonces llegó un
mesero a ofrecernos la copa de champagne *oficial* para el brindis y
las doce uvas; señal de que faltaba poco. Las tomamos. Me di por
vencido; Camilo había desaparecido. Seguramente estaba en algún

por ahí, watching *not yet discovered beauty*, tratando de entender la relación que había entre el significado de las obras y nuestras vidas. Y era eso tan fácil —establecer una relación entre sus mensajes y nuestras realidades— que me llevó a pensar que *todos* somos iguales; todos sentimos, vivimos, experimentamos, reímos lo mismo. Cualquier mensaje que mande cualquier persona resonará en nosotros porque todos salimos del mismo molde. Nadie es especial. Y eso no está nada divertido, no está nada chistoso porque me recuerda lo fácil que es para el hombre perderse entre la multitud; lo fácil que una persona se equivoca pensando que es auténtica cuando no logra ver que lo único que está haciendo es ser influenciada por alguien más; lo difícil que es crear un nuevo sentimiento, un comportamiento que nunca antes nadie haya mostrado y que logre escapar de ser encasillado en alguna clasificación establecida por cualquier sociólogo. Y es que, ¿acaso ya todo está establecido? ¿Es posible que el hombre sea incapaz de lograr alguna emoción que nunca antes se haya experimentado? ¿Es que ya no existe ningún sentimiento por descubrir? Y me puse a pensar en lo triste de esa situación y de la poca capacidad que el hombre tiene para distinguirse de entre sus homólogos mientras Roberto me decía desde lejos Camilo, ven. Voy. Llego. ¿Te gusta?, ¿Lola?, ¿qué haces aquí?, ¿Cómo?, ¿ya se conocían?, Uhm no, ¿Entonces qué?, ¿a poco no está de huevos?, ¿Te gusta?, Me encanta. Acéptalo, Camilo, está chingona, Te la regalo, ¿Tipo?, Te la regalo, es tuya. Puedes tomarla de la pared en este mismo instante porque ahora te pertenece, ¿Cómo?, ¿Cómo qué? Tómala, ¿Cómo que la tome? Mira: en primera no lo puedo hacer porque, no sé si te des cuenta, pero estamos en una exposición: las obras muy apenas y se pueden tocar. Uhm, no, perdón, me equivoqué: las obras *no* se pueden tocar. En segunda, tampoco lo voy a hacer porque, sólo como dato curioso, déjame te cuento que un espectáculo más en esta ciudad y estos pinches aussies son capaces de exiliarnos de aquí y de todo pinche Oceanía y créeme que Sidney está en los últimos lugares de mi lista de ciudades favoritas de las cuales ser desterrado porque-, y Roberto continuó su monólogo mientras observaba cómo tomaba con mis manos mi-ex-ahora-su Lola de la pared y sin tanta complicación lo descolgaba de ella para bajarlo y dejarlo en el piso,

Listo, toma, le dije, estirando ambos brazos en señal de *ten*. Camilo Santibáñez Alonso, mira que de todos los lugares posibles, ¿venirte a encontrar aquí?, dijo a mis espaldas una voz que fue reconocida de inmediato por mi subconsciente pero que mi consciente tardó en asociar. Volteo. ¿También nos piensas privar de tu arte? ¿Qué no te bastó con dejarnos *sin ti*, abandonados cual hijos de alcóholico a mitad de su infancia? ¿Por qué nos robas lo único —lo último— que nos queda de ti, Camilo? ¿Por qué? Al dejar de hablar se le resbaló la copa de champagne que tenía en las manos para terminar en el piso convertida en pedazos de vidrio y ruidos incómodos. Lo observé. Su imagen me perturbó. Se veía dañado, maltratado, roto. Se veía desolado y triste y abandonado; se veía mal. Y yo sólo lo miraba directamente a los ojos sin decir nada; no podía articular, la decadencia de su imagen me lo impedía. ¿Mi hijo muerto? Yo diría más bien que tú eres mi hijo pródigo, Camilo. Por qué te vas y me dejas, así, como si nada, como si todo mi esfuerzo por ayudarte y todo mi cariño hacia ti no significara nada, como si estuvieras seguro de que siempre estaré ahí, como el padre bondadoso que nunca cerrará las puertas de su casa para dejarte entrar. Y tal vez estés en lo correcto, déjame te digo. Y yo sé que te dije que no quería saber nada de ti y que te olvidaras de la amistad que teníamos, pero mentí. Y a estas alturas ya no sé quién necesita más de quién; lo único que sé es que- ¿es Abascal Jr. el que está a tu lado? Bobby, ¿cómo est- ¿pero vienen juntos? ¿Camilo viene contigo? Roberto, al igual que yo, no decía nada; sólo reflejaba una incomodidad que nunca antes le había conocido. Pues qué bueno que hayas tenido la fortuna de toparte conmigo, Roberto, para que te pueda explicar más o menos qué es lo que debes esperar de tu amistad con Camilo. Mira, la cosa es simple: tú le vas a dar todo lo que tu persona le puede ofrecer, y más; tú vas a apoyarlo y escucharlo y seguirlo y adorarlo tal cual es; tú vas a protegerlo de todos y de todo, incluso hasta de él mismo; tú serás saqueado de energía por el desgaste que exige comprender a alguien así; de ti será absorbido hasta el último gramo. En pocas palabras, desde que él entró a tu vida, a partir de ese momento —el cual no sabría catalogar como afortunado o desgraciado—, a partir de ese momento en que tocó tu puerta y decidió entrar —porque tú no lo decides, oh,

con ascendencia india que estaba presenciando la escena detrás de Betancourt —exactamente lo mismo— entendí yo: not a single fucking word. Desde la parte en la que Camilo se toma la libertad de regalarme un cuadro de la exhibición, hasta cuando se lo lleva bajo el brazo y se retira de la sala sin mencionar palabra alguna; en todo ese lapso, por más que intenté apegarme a una secuencia lógica y conectar eventos aleatorios para formular hipótesis mentales que me llevaran a la conclusión de qué chingados era lo que estaba pasando; por más que obligué a mi cabeza a trabajar ágil y eficazmente, por más que se me bajó el efecto de cualquier sustancia que corriera por mi cuerpo en ese momento para tratar de poner mi mente en orden, por más, no lo logré: No. Entendí. Nada. Y mientras yo mantenía toda mi concentración en intentar ganar la lucha que había dentro de mi cerebro contra los putos neurotransmisores para que se dejaran de mamadas y se pusieran a trabajar, mientras provocaba que mi frente derramara una gota de sudor por el esfuerzo titánico que le estaba provocando a mi cabeza, mientras trataba de entender todo el cuadro, te digo, Camilo desapareció. Y yo no me di cuenta. Seguía parado ahí, pensando en dos cosas: 1. ¿De qué madres se trata todo esto? 2. No quiero terminar como Betancourt cuando tenga su edad; qué bueno que todo parece indicar que moriré joven. Y, de pronto, *crash;* la decimocuarta copa de la noche estaba cayendo al piso para provocar los típicos sonidos de alarma que causa toda vajilla, vaso, copa o taza en el mundo cuando cae al suelo y se quiebra, logrando así que mi ensimismamiento desapareciera. ¿Y Camilo?, le pregunté a la primera persona que vi a mi lado, asumiendo que *todo* el mundo sabe quién es Camilo. Evidentemente no entendió una sola palabra de lo que dije —era otro pinche chinito— pero tal parece que el lenguaje universal del sentido común lo manejaba a la perfección, ya que lo único que hizo fue verme con cara de asustado —o bueno, no, esa cara *siempre* la traen, anyways— y estirar su brazo con dirección al norte señalando la puerta de salida. Religiosamente creí en su testimonio y me fui por el mismo camino. Salí del MCA. Observé a mi alrededor: no estaba en la entrada, no estaba en las escaleras, no estaba aquí ni tampoco allá. Puta madre, Betancourt. Bravo. No: Camilo no estaba afuera; lo único que estaba afuera eran grupos de personas caminando con botellas de lo-que-sea-que-tomaran-para-celebrar-año-nuevo, gritando Hey you, Happy New Year! Why are you all alone? Come on, join us y riendo de cualquier estupidez que alguno de ellos dijera. Me senté en las escaleras. Saqué mi cajetilla. Prendí un cigarro. A lo lejos, la iluminación perfectamente diseñada del Opera House exigía mi atención. La tomó. Le pregunté, ¿Dónde está Camilo? y me paré de las escaleras para acercarme y escuchar su respuesta. Caminando, rodeé Circular Quay y llegué hasta la —durante muchos años— imponente estructura. Una vez ahí, ya no fue necesario que le preguntara nada; Camilo estaba en la parte trasera del Opera, acostado en una de las plataformas que flotaban sobre el mar, con las piernas tocando el agua mientras admiraba el cielo y sus interminables series de fuegos artificiales. Lola, La Manzana de la Discordia, estaba a su lado. Me acerqué lo suficiente para contemplarlo pero lo adecuado, también, para que no notara mi presencia. Se veía tan tranquilo, tan lejos, tan profundo que no me atreví a corromper su espacio e interrumpir su meditación. Este es mi cuadro favorito, ¿sabes? No sé por qué; tal vez lo sea porque fue de mis primeros o porque cuando lo hice descubrí que la pintura le podía regresar un poco de vida a la tan poca que tengo. Lo pinté una tarde en la que casi mato a mi madre. Me sentía tan culpable, tan solo, tan mal que literalmente me sentía muerto. O, más bien, quería sentirme muerto. No quería sentir nada, no quería pensar nada, no quería vivir nada porque ese solo hecho me provocaba sentimientos incontrolablemente dolorosos. Y yo no estaba acostumbrado a tener que enfrentar sentimientos incontrolablemente dolorosos, no de los que involucraban a alguien más. Lo pinté pensando en ella; las diez horas que me tomó hacerlo no hice más que pensar en ella, en ella y en mi culpa. Y es que era culpa mía el que ella fuera llevada de emergencia al hospital. Y yo no podía estar en ese hospital, con la incertidumbre de cuál sería su destino y con la conciencia de que no era el destino quien la tenía ahí, sino yo. Por eso me quedé en la casa, me encerré en mi cuarto y pinté este cuadro. No salí de ahí hasta que escuché los tacones perfectamente distinguibles de mi siempre-perfectamente-vestida madre. Eso fue cinco días después. Ciento veinte horas después. Ciento veinte horas en las que no

que los polvitos que mezclaban no eran comercializados por Toys 'R Us sino por El Cártel del Golfo en su versión australiana. Yeah. Yo pensaba que todos los países del mundo le podían ganar a México en cualquier cosa —deportes, arte, educación, cultura, corrupción, tecnología, descubrimientos, multinacionales, política, filosofía, gorditos inteligentes, Miss Universos, porras, pobreza, todo— menos en la calidad de las drogas que vende; me equivoqué. Vaya que en Australia se maneja la calidad. Son tan avanzados —y tan correctos en lo que hacen— que yo creo implementan sistemas ISO 9000 hasta en sus producciones de estupefacientes. Muy, *muy* buenas: te las recomiendo de todo corazón. ¿Hacia dónde iba el famoso barquito? Al menos en mi cabeza, este barquito iba directo hacia la constelación de Orión o Marte o La Osa Mayor o cualquier lugar igual de pinche lejos de nuestro pequeño, inocente y gris planetita Tierra. Al infinito y más allá. A la Vía Láctea. Directo a las estrellas para estrellarnos en ellas. Y yo sé que hemos estado wasted en más del noventa por ciento de la historia que aquí se narra pero, aun así, te puedo jurar por la memoria de Alfonso (mi caballo preferido para jugar polo cuando tenía trece años, del que nunca te había hablado pero al que amé con todo el corazón que tenía a esa edad) que nunca antes habíamos estado *así* de stoned. OMG stoned. Stoned Big Fucking Time. Stoned y no chingaderas. Antes de esa vez, cualquier experiencia había sido cosa de amateurs, de niños inocentes. ¿Que qué nos dieron? Buena —excelente— pregunta. No. Fucking. Idea. Ellas sólo nos lo dieron. Nosotros sólo lo tomamos. Eso sólo hizo su trabajo. Vi tantas cosas. Vi muebles discutiendo entre sí acerca de la vida y la muerte. Vi a la Muerte tomándose un bloodymary en una de las barras de la terraza, vestida con un exquisito Dior blanco. Vi a John Lennon escribiendo la letra para una nueva canción acostado sobre una cama inflable en la alberca. Vi a Nixon vestido de prisionero. Durante dos horas reales —que vendrían siendo ochenta años para mi concepto de tiempo en esos momentos— vi mi cara en todos y cada uno de los tripulantes que estaban ahí: Yo de bartender, Yo de mesero, Yo de cincuenta y tres años, Yo de treinta y dos en un vestido rojo, Yo de capitán, Yo en silla de ruedas y lentes para ver. Llegó un punto en el que los cuatro —las gemelitas, Camilo y yo— nos convertimos en un *paquete*. Literalmente éramos un paquete; sólo nos faltaba la calcomanía de Australia Post para que nos enviaran en su próximo vuelo directo a París. No tengo idea de cómo le hayan hecho los magos que diseñaron esas pastillas para que lograran coordinar cuatro mentes en una misma alucinación, pero lo hicieron. Todos nuestros movimientos, todos nuestros pasos y direcciones estaban en perfecta sincronía; con la espalda de Lucie pegada a la mía, la de Julianne a la de Camilo, mi brazo izquierdo a su derecho y el de Lucie al de Julianne, nos desplazábamos por todo el barco sin despegarnos uno del otro. Como si fuéramos imanes con polos opuestos. Como si nos hubieran bañado de UHU y juntado hasta que se secara y no pudiéramos separarnos. Y no nos costaba trabajo desplazarnos, no había confusiones de hacia dónde dirigirnos ni cómo movernos; esas pastillas habían logrado fusionar nuestras mentes y sincronizar nuestros movimientos. Mientras me daba cuenta de eso me puse a pensar en cómo salvarían esas pastillas a la humanidad: desaparecieran los divorcios, las Cámaras de Diputados lograrían llegar a acuerdos por una vez en su vida, ya no existirían las guerras ni las peleas entre novios porque todo el mundo lograría ponerse de acuerdo de manera inteligente y ordenada; Gobiernos: ¿quieren solucionar los problemas sociales? Deben legalizar las drogas. O, al menos, legalizar ésta. Aun en mi trip, de vez en vez lograba tener la capacidad de darme cuenta de lo que pasaba a nuestro alrededor. Algo teníamos —de eso no me quedaba la menor duda— que llamábamos mucho la atención del resto de la tripulación. En momentos en los que lograba conectar con la realidad, podía notar cómo la gente nos veía con cara de extrañeza, como si no cuadráramos en ese escenario, como si fuéramos unos... ¿qué personaje pudiera ser completamente inconsistente en ese evento? Uhm... no sé, unos obreros de alguna fábrica de Ikea, por ejemplo. Sí, algo así de fuera-de-lugar debíamos exteriorizar para que, por borrachos que ellos estuvieran, no lograran pasar por alto nuestra presencia. Y, por más que pensaba, yo no podía determinar qué era eso que les causaba tanta impresión. Tal vez haya sido la manera en la que nos desplazábamos, espalda a espalda, brazo a brazo, nunca viéndonos a los ojos pero sin equivocar

----

Perdón, perdón que interrumpa tan... ¿bonita? —pinchemente cursi, más bien— descripción. Sí, soy yo, again, el despojado Semi, interrumpiendo todas las descripciones *bonitas* de nuestros cursis protagonistas. No lo hago con el objeto de molestar —quiero que quede claro ese punto—; es sólo que no puedo evitar hacerlo cuando sé que mi interrupción hará que tu lectura sea un poco más placentera, mi amado, cien-veces-interrumpido lector. Por eso haré esto breve: para que logres sentir un poco más de cerca el *momento* que Roberto está viviendo escucha Music to Fuck To de Portishead. Me retiro.

-que de pronto toda la vista se tornó negra. No había un solo punto —ni en el cielo, ni en el mar, ni en todo el universo— de luz que contaminara toda esa obscuridad. Negro total. Y tampoco había ruido. No había nada, sólo yo en un espacio impecablemente limpio para que creara en él el escenario que quisiera; un escenario diseñado por mí. Y no me preguntes más porque, a partir de ese momento, se crea una laguna mental que termina exactamente cuando abro los ojos y, en contraste a mi última visión, ahora todo es infinitamente blanco, quemadoramente blanco, molestamente blanco, y luego no tanto —blanco, porque molesto seguía siendo—, hasta que mis ojos pudieron acostumbrarse a la luz que un sol de mediodía puede desprender si estás en Australia y es primero de enero. Milagro fue que no me quedara ciego. Mornings: I hate mornings. I hate New Year's mornings, dijo la voz de Camilo mientras se sentaba en el camastro que estaba a mi derecha y me daba lo que parecía jugo de naranja pero obviamente no lo era. Au, me duele, Tómate esto, ya trae dos Advils, Dos Advils no van a curar ni un octavo de mi dañada cabeza. No exagero cuando te digo que creo que en tres minutos me voy a morir, Aw, poor Sport, sorry to hear that, No te burles, Ya no te vi, ¿qué hiciste?, Nada, creo. Sólo sé que aquí terminé, ¿tú?, Tampoco. Creo que me metí al cuarto equivocado y en vez de terminar con las gemelas terminé con Mrs. Boyd; cuando te explican direcciones existe una ligera diferencia entre "the room in *your* right" y "the room in *my* right". I just didn't get it *right,* whichever way you wanna see it. Ahora entiendo, ¿Qué?, Lo que me rayé en la mano. Después de que Mrs. Boyd me despidiera en la puerta y me diera las gracias, me apunté una nota para que me recordara que, de ahora en adelante, *siempre* preguntaría a quien me está dando la dirección si está hablando de su derecha o de la mía, ¿Y las gemelas?, No sé, creo que ya se fueron, ¿Tipo?, ¿nadando o qué?, No, las tuvieron que recoger —no me acuerdo cómo, lancha, helicóptero, no sé— porque la nariz de Julie no paraba de sangrar y no había manera de solucionarlo estando aquí, Esa nariz está muy tierna para estos eventos, Uhm... don't be so sure about that; si esas niñas tomaban la leche materna diluida con Diet *Coke,* ya si no porque ellas así lo prefirieran —¿qué iban a saber las pobres creaturas a sus ignorantes meses de vida —esa *sí* es vida— de los deleitables efectos que los químicos pueden provocar en el cuerpo?—, al menos porque Mrs. Boyd no les dejó de otra: si no creas que aprendieron a tan temprana edad de manera autodidacta; bien dicen que las mejores costumbres *siempre* se aprenden en casa, Amén. Me estoy muriendo, Tal parece que el *tierno* aquí eres tú, Y el movimiento de la marea no me está ayudando mucho, Easy, boy, dentro de poco llegamos. Tengo hambre, vamos a desayunar.

Cuarta parada: After en el Four Seasons

¿Cómo le hice? No sé, pero lo logré: logré llegar al after antes de morirme. No tenía caso preguntarme qué madres estaba haciendo ahí si el simple hecho de respirar provocaba que mi cabeza punzara cada vez más fuerte; perfectamente sabía que *no* estaba en el lugar correcto si lo que quería era sobrevivir. Pero Camilo quiso y por eso terminamos ahí. No hay mucho más que contar excepto que duró más de lo que, al menos yo, considero *normal.* Conforme fueron pasando las horas y el consumo habitual de *medicamentos* mi cuerpo comenzó a revitalizarse y todo malestar a desaparecer hasta el punto en que mi estado era mejor que perfecto y mi ser —para su desgracia— exigía *más.* Y más. Y más. Y exigió tanto que se acabó todo lo que ese after le podía ofrecer y gracias a eso —mi inconsciente deduce— cuando volví a abrir los ojos ya no estaba en el escenario que inicialmente había contemplado, sino en una pradera aburridamente verde. Y ahí fue cuando me di cuenta de la impresionante capacidad que tengo de jugar al Alzheimer; este tipo de situaciones empezaban a suceder cada vez más seguido. Fecha: enero cuatro, dos mil siete. Hora: ocho y media de la noche. Lugar: Nueva Zelanda… ¿Nueva Zelanda? WTF? Digo, entiendo que está muy cerca y todo eso pero, ¿qué necesidad hay de ir a un país en el que no hay más diversión que ver souvenirs de pájaros que son colibríes pero que, por ganas de hacerlos ver exóticos y convertirlos en famosos, los llaman kiwis? Sí, sólo hay eso y el aburrido escenario del Señor de los Anillos. Quiero pensar que definitivamente *no* era nuestra intención terminar ahí y que un poder sobrehumano nos teletransportó sin que nosotros nos diéramos cuenta. Y es que la gente en Nueva Zelanda sólo hace deportes extremos y tengo que aceptar que ese tipo de actividades caen dentro de mi lista de *Las ciento veintiocho actividades que simplemente* no *se me dan.* Gracias a Dios, eso también caía en la lista de Camilo. Por la protección de nuestra salud mental, vámonos de aquí, Vámonos, ¿A dónde?, No sé, a donde sea, Podría proponer que visit-, No, pausa, ¿qué día dijiste que era hoy?, Yo nunca dije qué día era hoy, Excuse me, ma'am, by any chance, do you know which day is today?, You mean number or day of week?, Uhm, number, Today is January the fourth, Thanks, you're so kind, You very welcome, young boy, Fuck, ¿Qué pasa?, La boda, ¿Qué boda?, La boda de mi hermana, ¿Qué tiene?, Es hoy, ¿Es hoy cuatro o es hoy, tipo ahorita, tiempo común Australia… ¿en que país es la boda?, México, ¿…tiempo común Australia-México?, No entendí, Que si ya hiciste los cálculos de las dieciocho horas de diferencia para decir que es hoy, *nuestro* hoy, tiempo absoluto u, hoy, cuatro de enero —el cual todavía no es en México—, imbécil, Ah, eso. No, no lo he hecho, Entonces todavía tienes tiempo para llegar a la recepción, incluso a la misa, si te mueves. Le voy a decir a Pedro que haga todo lo posible para que llegues a tiempo, ¿*Llegues*?, ¿cómo? ¿Crees que voy a poder sobrevivir mi regreso al *mundo real solo*? ¿Realmente crees que enfrentarme a toda esa gente sin nadie que me cubra la espalda no me va a matar? ¿Es neta que me piensas mandar solo a ese pinche patíbulo, donde nadie me defenderá sino que, al contrario, todos estarán como público, observando feliz-

contestó, ella decidió que su relación había terminado. Y así fue. Ya no se hablaron, no se buscaron y no aclararon nada más. Guillermo regresó y lo primero que encontró fue a una Cordelia que estaba saliendo con su mejor amigo, Horacio Monfort Hass. Esto no me lo pueden hacer a mí, fue lo primero que pensó Memo al enterarse de tan desafortunado suceso e inmediatamente recordó un dato que se le había olvidado: Ximena. Y con la misma moneda pagó. Lo que ni Cordelia ni Guillermo sabían era que ninguno de los dos estaba con su pareja de entonces por gusto, sino por la mera afición de darle en la madre al otro. Y así continuó la historia, con ambos manteniendo relaciones no deseadas y reprimiendo el sentimiento hacia el ser cursimente amado. El tiempo pasó de más y lo que comenzó como un juego de Nintendo 64 —el Wii de ese entonces—, terminó siendo el juego de la vida (y se sabe que esa metáfora suena estúpidamente cheesy; sin embargo, es la que mejor describe a la realidad) de los dos. Y es que un día, a Memito y a Ximena *se les hizo fácil* y Fácil, en respuesta, se los hizo a ellos: los muy imbéciles quedaron embarazados. Y la Xime empieza con el típico ¿Qué hacemos?, Aborta, Diosito nos va a castigar, No me importa, Mis papás ya se enteraron, Me lleva la chingada, Dicen que nos tenemos que casar. Y hay boda. Veintidós miserables años y ya se les había acabado la vida. Fue tanta la impotencia de Memo al recibir esta mala jugada por parte del Destino que no hizo más que hablar con Cordelia antes de su —ahora muy de moda— boda express y decirle toda la verdad. Cordelia le creyó. Cordelia le dijo que ella sentía lo mismo y que Gracias por participar pero entre nosotros ya no puede haber nada. Cordelia lloró el equivalente al Mar Rojo en metros cúbicos. Cordelia se veía pésimo en la boda de su ex-mejor amiga. No es justo, pensaba. Cordelia no podía del dolor, se dio por vencida y cayó en la tentación; dos días después de que los recién casados regresaran de su luna de miel al estilo clase media en las folklóricas playas de Cancún (No pretenderás que premie tu estupidez pagándote un viaje a las Islas Griegas, ¿verdad, Memito?, le contestó su padre cuando los ojos de Guillermo mostraron incredulidad al ver que le daba dos boletos de Magnicharter con destino a una playa mexicana), Cordelia y Guillermo se encontraron y, sin poder hacer nada para evitarlo, se demostraron su públicamente ilegal amor. Y así continuó la triste historia de los tres. Nace el hijo no deseado. Ximena hace madrina de bautizo a Cordelia con la nada tonta intención de que sólo así le daría vergüenza hacer lo que, según ellos —Corde y Memo— nadie sabía que hacían. Pero hacerla madrina de nada le sirvió a Ximena, porque todo siguió, si no igual, peor. El bebé creció y se convirtió en los ojos de Memo; nunca podría divorciarse porque no le haría a su hijo lo que sus padres a él: sufrir el dolor más grande gracias a su separación. Un día se lo dijo a Cordelia y ésta lo aceptó sin queja alguna. A Cordelia no le quedó más que seguir su vida y buscar con quien casarse, aun cuando éste no fuera el amor de su vida. Fue entonces que en una cita arreglada por Personaje Intrascendental Número Veintinueve, amiga de Corde, apareció Rodrigo. Rodrigo era compatible con el estilo de vida de Corde. Rodrigo era guapo y acababa de regresar de hacer su carrera en Columbia. Rodrigo era Fernández. Rodrigo no estaba tan mal. Y que empiezan a salir y que todo va muy bien y que si quieres ser mi novia y que pasan cinco meses y que te propongo matrimonio porque me voy a ir a estudiar la maestría a Boston y si no nos casamos no te van a dejar ir conmigo y yo ya no te voy a soltar. Acepto. La boda la anunció con el mismo entusiasmo que una mujer musulmana siente cuando le avisan con quién decidió su padre intercambiarla por diez cabritos y una cabra. Memo lo entendía —el hecho de que tarde o temprano eso pasara—, pero eso no significaba que le fuera fácil aceptarlo. No: se negaba a aceptarlo y por eso fue a buscarla a la suite en la que estaba terminándose de arreglar antes de irse a su boda con el objeto de verla y calmar su dolor. Y ahí estaban, en la suite presidencial del Camino Real Oaxaca, llorando sus penas y no entendiendo qué fue lo que hicieron para terminar así. La hora de la misa había llegado pero no podían salir de ahí, en primera porque les daba miedo enfrentar lo que inevitablemente se veía venir y en segunda porque —gracias a todo el drama— el maquillaje de Corde, antes de hacerla lucir como una dulce novia, la hacía ver como una réplica de la artísticamente bella, estéticamente grosera Weeping Woman de Picasso. Y los que la esperaban afuera no dejaban de preguntarse ¿Por qué no sale si ya es hora de la misa? Y tocaban y le preguntaban si todo estaba bien y ella sólo

contado a todas sus amiguitas secretarias que tenía un romance con el Mr. President y que casi casi iba a dejar Hillary para casarse con ella. Los doscientos ochenta y cuatro de adentro, los dos de afuera —*todos*—, se quedaron con una cara de duda que, bien a bien, ninguno de los que estaban involucrados en el asunto supo aclarar. Y es que lo que esperas que entre por la puerta de una iglesia al escuchar la antes mencionada melodía, no es precisamente un par de esmóquines que perfectamente personifican cualquier otra época menos la actual, así como tampoco —al menos como invitado— esperas ser recibido de esa manera cuando juras que vas tarde a la boda de tu hermana. ¿Qué hacer en estos casos? Pues no sé qué harías tú, mi impredecible lector, pero al menos estos dos optaron por lo más natural: cagarse de risa. Y Camilo rió quince veces más de lo que Roberto lo hizo, pero no porque Roberto haya reído muy poco, sino porque Camilo lo hizo exageradamente. Tú y yo sabemos que la virtud de la alegría es algo que, por razones aún no conocidas, Mi Papi *no* le quiso dar a Camilo, y es por eso que suena atípico el que en este preciso momento la haya logrado desarrollar a este nivel pero no por nada pasó esto; realmente la escena —si tú no tenías nada que ver con los ahí presentes, como Camilo pensaba que era su caso— estaba para *morirte* de la risa y seguir riendo aun cuando ya estás en el Cielo o quemándote en el Infierno o en algún otro planetita del inframundo reencarnado en un elemento químico —dependiendo de cuál haya sido tu destino post mortem—. Desafortunadamente, tal parecía que el resto de los invitados acababan de recibir una llamada de su casa de bolsa para informarles que habían perdido toda su fortuna en una desatinada inversión ya que su sentido del humor dejaba *mucho* que desear; ninguno quiso acompañar en su alegría a nuestros hiperalegres protagonistas. Una vez que se dieron cuenta de que la definición de *chistoso* de ellos dos no era la misma que la del resto, optaron por reprimir su risa y entrar. Al fondo de la iglesia, como es costumbre, se encontraban los papás de los novios. Y ahí estaban: Papi y Mami Abascal-Rigovétz con una cara que ciertamente no es la que esperas ver en tus padres como bienvenida después de seis meses de ausencia. Cientos de rostros conocidos fue observando Roberto mientras caminaba hacia el fondo de la iglesia pero, de entre todos ellos, no encontró ninguno que le importara o provocara mayor interés. Llegó al frente y encontró una banca con espacio libre. Camilo y él se sentaron, el resto de la iglesia los acompañó. ¿Qué estaba pasando? Eso ni el sacerdote —supuesto experto en este tipo de situaciones— lo entendía. Confusión: así se habría llamado la boda si Cordelia fuera tan ridícula como para hacer una boda temática y todos los invitados tuvieran que idear cómo disfrazarse para cumplir con el tema; de haber sido así, yo hubiera escogido el disfraz de Where's Wally?; creo que ese atuendo lograría explicar muy claramente la situación. Anyway. Conforme avanzaban los minutos, se fueron creando ondas de murmullos cada vez más y más fuertes; preguntas sin respuesta, dudas, hipótesis y teorías se empezaban a formular para tratar de resolver el misterio que se estaba presenciando. Una vez sentado, Roberto empezó a descifrar el cuadro y dedujo que no había sido él único en llegar tarde a la misa; su hermana le había ganado y tal parecía que por mucho. Y venga otro incontrolable ataque de risa —¿por qué no?—, esta ocasión provocado por la cara de sufrimiento de Rodrigo-esperando-en-el-altar, y es que este personaje nunca había sido la persona favorita de Roberto; qué mejor premio que verlo así, ansioso y con cara de agonía gracias a su tambaleante futuro. Pin-che pu-to, podía leer el supuesto novio que los labios de Roberto le decían desde su banca. No chingues, cabrón; ya te dije que dejaras de blasfemar, No estoy blasfemando, sólo le estoy recordando al puto que se quiere casar con mi hermana lo puto que es, ¿Y se lo tienes que recordar *aquí?* Y de pronto todos se vuelven a parar, guardan silencio, la música empieza a tocar —sí: de nuevo— y un naco —que seguramente no estaba en la lista de invitados— a aplaudir efusivamente; Cordelia había llegado. Caminó sola desde la puerta hasta el altar, sin importarle que el protocolo no lo permitía. Y quienes la conocían —un ochenta y nueve por ciento de los que ahí estaban— podían jurar que la habían visto mejor arreglada cualquier martes por la tarde que en esta ocasión; un peinado deshecho, un vestido ya no tan blanco y un maquillaje arruinado que claramente se trató de arreglar sin éxito alguno era lo que portaba ahora la siempre impecable Cordelia. Tampoco irradiaba felicidad; la novia claramente *no* irradiaba felicidad. Nadie decía nada pero era obvio que ahí había una especie de caos. Roberto comenzó a notar esto y se

tre. Después de ahí, párale de contar. Casi un año después nos volvemos a encontrar en… ¿la boda de mi hermana? ¿Con qué cara (por no decir *huevos,* porque no los tiene) te paras en la boda de la hermana de tu ex, el mismo al que te encargaste de hundir doscientos metros bajo la superficie sin pena ni consideración alguna? En cualquier otro momento de mi vida, eso no me hubiera importado porque sabría perfectamente que era ella la que estaba en *mi* territorio y que ahí —pasara lo que pasara— mandaba yo, pero en estos momentos, ¿cuál territorio era *mío*? ¿Un metro cuadrado de alguna zona perdida por el Atlántico donde nadie me oye, nadie me siente y nadie me ve? ¿Uno en la Antártida donde sólo puedo reclamarle a los lobos marinos que ese es *mi* territorio? No, ni en la boda de mi hermana podía sentir que estaba en mi safe zone, al contrario, era cerca de la gente que *conocía* donde menos protegido me sentía. Me di cuenta de que era ella cuando me paré de la banca para dirigirme al estrado donde leería la primera lectura —lo cual, no tengo idea de cómo le hice, si mi concentración en esos momentos era poco menos que nula y mi capacidad de lectura en público más torpe que la de un niño que es tartamudo porque sufre de inseguridades gracias a los golpes que le da su padre—. Comencé. Primera lectura: lectura del libro del Génesis. Dijo el Señor Dios: "No es bueno que el hombre esté solo…". Desvié mi mirada de las letras que me dictaba la Biblia para dirigirla hacia ella; no podía estar ahí —en lo alto, el spot perfecto para apreciar todo el panorama— y privarme el permiso de verla directamente a los ojos. No me preguntes cómo, pero logré continuar la lectura y al mismo tiempo localizarla entre la gente. "…por eso el hombre abandona a su padre y a…". Ahí estaba, en la quinta hilera, tan perfecta que caía en la arrogancia. Ahí estaba, echándome en cara que ya no tenía derecho de verla, mucho menos de tocarla porque ya *no* era mía. Ahí estaba, encandilando mis ojos porque era tanta la luz que su belleza irradiaba que era lo único que se podía ver desde cualquier lugar de la iglesia. Ahí estaba, abrazada por… ¿Lorenzo Valles? "…su puta madre —perdón— a su *madre* —a su madre— y se une a su mujer y los dos se hacen una sola cosa. Palabra de Dios". De respuesta, sólo recibí la carcajada de Camilo resonando en toda la iglesia. El Te alabamos, Señor, se tardó un poco más de lo normal en escucharse. No sé qué era más vergonzoso: Yo, ahí parado, blasfemando frente a todo el público la palabra de Dios o Yo, ahí parado, siendo observado por Lorenzo mientras cubría a Fernanda con sus putísimos brazos. Regresé a mi lugar. ¿A qué película del surrealismo mexicano me había metido? Porque lo que me estaba pasando definitivamente *no* era real; nada más me faltaba que aparecieran el Santo y Blue Demon por alguna puerta secreta de la iglesia, perseguidos por las momias de Guanajuato y que Jodorowsky gritara Corte, se graba, para que tuviera coherencia lo que estaba pasando ahí; a esas alturas, estaba seguro de que en cualquier momento sucedería algo así. Y es que realmente era surreal. Por ejemplo, el tiempo: te lo juro que era flexible. Según Camilo la misa duró una hora. ¿Según yo? Trescientos sesenta y cinco días; nunca en mi vida había estado en una ceremonia *tan* larga y mira que he estado en bodas griegas. Y si estar coco en misa es poco peor que asfixiante, imagínate el *no* estarlo. Varias veces estuve cerca de pedirle a Camilo su crucifijo para *persignarme* con él ahí mismo pero ya sabía cuál iba a ser su respuesta: Con una chingada, ya te dije que dejes de blasfemar; en todas partes menos en misa. No sé de dónde le salió de pronto tanto respeto hacia las instituciones. Anyway, creo que nunca lo había mencionado pero, cuando estoy ansioso y no tengo cerca algún tipo de *calmante* que ayude a controlarme, recurro a lo básico y me empiezo a morder las uñas, una a una, hasta llegar a la parte en que me duelen los dedos porque ya no hay uñas qué morder. Cuando llego a este punto, sigo mordiendo hasta que la sangre comienza a manar. Como todo comportamiento compulsivo, una vez que empiezo esto, ya no puedo parar; ya te imaginarás la desagradable hemorragia que estaba teniendo ahí. ¿Qué hora era? ¿Las once de la noche pero de algún día del dos mil diez? E-teeeeeeeer-no. No. No. No. Ya *no* podía más. Y entonces —por fin— la eternidad terminó, el *ta ta ta taaaan, ta ta ta taaaan, ta ta ta ra ra* volvió a sonar y vi a mi hermana caminar por el pasillo del brazo de su nuevo y puto esposo. Me hinqué para agradecerle a Dios que esto finalmente había terminado. Camilo, necesito refilearme si no quiero comenzar a volverme loco, Te sigo. Salimos. Camilo sacó su pastillero, tomó dos cápsulas y con el whiskey que quedaba en su anforita, las toma-

preguntas *Y?*, ¿Cuál es el problema? ¿Acaso esperabas que se quedara soltera el resto de su vida?, No. No me importa si anda con ese imbécil o si se casa ahorita mismo con cualquier otro, *no* es eso. Lo que no entiendo es qué chingados hace aquí, si la única conexión que tenía con la familia era gracias a mí y creo que nos queda muy claro que dicho vínculo ya no existe, ¿Realmente es eso lo que te molesta?, Sí, ¿Seguro que no son todas esas pendejadas que siempre dicen de que la extrañas y no aguantas verla con otro y cha la lá?, Seguro; hace mucho que Fernanda dejó de importarme, Si realmente lo único que te importa es la falta de respeto que crees que cometió al venir aquí acompañada del imbécil ese, entonces hay que hacer algo al respecto, ¿Qué?, ¿Le quieres dar en la madre así como ella te está dando a ti?, Sí, ¿qué tienes en mente?, Tú déjamelo a mí; ser el invitado incómodo está en mi lista de cualidades. Fotos con los Abascal-Rigovétz, fotos con los Fernández, fotos con los novios, foto con el abuelo, el tío, el sobrino, el perro y el árbol; Camilo ya se sentía un integrante más de la familia. Después de ocho mil trescientas cuarenta y dos fotos y estar a dos más de quedar ciegos, nos fuimos a la recepción. Directo al baño, tres sniffs por cada fosa and, people: we are ready to crash it. Salimos. La gente comenzó a llegar y únicamente necesitaron veinte minutos para poblar completamente la explanada. Lo último que se me antojaba en ese momento era caminar entre toda esa gente; el solo hecho de tener que saludar a todo aquél que me parara para felicitarme —¿Felicidades? ¿Felicidades, de qué, imbécil? A ver, que casen a tu hermana con un pinche naco y vamos a ver si te gusta que te felicite— me daba náuseas y me provocaba tomar mucho más rápido mi whiskey. Pero tenía que hacerlo porque estar sentado en la misma mesa durante toda la noche era algo que mis cocainómanas piernas definitivamente *no* me permitirían. En una de esas en las que andaba por todas las mesas sin rumbo ni destino alguno, me topé con Cordelia; no me había dado cuenta de que aún no la saludaba. Me parecía tan impersonal. ¿Hacía cuánto no me percataba de su existencia? ¿Cuándo había sido la última vez en la que nos sentamos a tomar café después de la comida? ¿Cuánto sabía de mi vida? ¿Cuánto sabía yo de la suya? Y no es que sea moralista, pero darme cuenta de la enajenación que reinaba en la familia me llegó a impactar. Hermanito, Corde. Uhm... ¿felicidades? ¿Cómo estás?, No sé, Robbie, no sé cómo estoy, ¿Has estado llorando?, Milagrosamente, eres el primero que lo nota, Pero, ¿por qué? Y no me digas que "de felicidad" porque tú nunca has llorado por ese tipo de estupideces, No sé, Roberto; no sé si estoy haciendo lo que quiero con mi vida, Seguramente no, ¿Cómo lo sabes?, Por el nivel de pendejete con el que te estás casando; te creo lo suficientemente inteligente como para mínimo darte cuenta de eso, Roberto, tus comentarios *no* me están ayudando, Ah, perdón. ¿Entonces quieres que mienta? ¿Que finja como el resto de los que están aquí? Está bien, lo hago. Miento: estás haciendo lo que quieres con tu vida, lo que sientes en estos momentos es miedo a ser feliz. ¿Contenta?, ¿Cómo te atreves?, De acuerdo, ponte una venda en los ojos, Roberto, basta, Perdón, Corde, tienes razón, es sólo que me da coraje. No sé, verte así el día de tu boda me preocupa, me pone triste, me parece ilógico, ¿Cuándo ha sido lógica la vida? Y justo en ese momento me di cuenta de que la vida de mi hermana estaba, no mal, sino de la chingada: ¿qué feliz novia se pone a hablar con su hermano de temas ontológicos cinco minutos antes de bailar el vals? Corde, todavía estás a tiempo de parar este teatro, No, no lo estoy. Por si no te has dado cuenta me acabo de casar, ¿Y sólo por eso, tu vida a partir de... ya, está destinada a ser un interminable fiasco?, Eso parece, Si estás dispuesta a sufr-, Corde, hija, ven, el wedding planner te está buscando, ya va a empezar el vals. Hola, Robertito, Hola, Usted. Y así de fácil, una tía a la que nunca le tuve cariño porque sus hijos siempre me parecieron raros y obesos, frustró mi intento por salvar el destino de mi única hermana. ¿Quién se creía esa pinche gorda para llegar e interrumpir, así como si nada, como si lo que yo discutiera con Cordelia no tuviera relevancia alguna, mi plática con ella? ¿Quién putas madres se creía? No pude controlar mi coraje y entonces grité ¿Qué pasa con todos ustedes? ¿Qué no se dan cuenta de que aquí hay una novia en agonía, un hemano drogadicto y un suicida en potencia? ¿Qué no ven que estamos llorando, que estamos gritando de la desesperación que sentimos por su sordera? ¿De qué pinche miopía sufren que no son capaces de ver? ¿De cuántos sentidos carecen, maldita bola de insensibles, para que lo

Santibáñez Alonso? R: Te diré que, por semana, a un promedio de veinticinco. P: ¿A cuántos asisten? R: Estrictamente al mínimo posible. Y es que es tan cansado para don Camilo tener que lidiar con más gente que no le importa aparte de la que se ve obligado por razones de negocios, que prefiere inventar cualquier tipo de viaje con tal de no tener que asistir a dichos eventos. Pero esta boda fue la excepción y no porque él lo quisiera, sino porque Malusa le advirtió que a este evento *no* podían faltar. Es la boda de la hija de una de mis mejores amigas. Vamos a ir, Camilo, ¿Hasta Oaxaca?, ¿Me quejé yo cuando tuvimos que ir a Lisboa a la boda de Sheifeert? No, ¿verdad? Pero, de todas formas, Malusa, tenga o no tenga razón, siempre gana. Fueron. Si nos ponemos a analizar la *casualidad*, realmente no tiene mucho de increíble como parece, es más, inclusive hasta suena lógica y es que, si nos basamos en la milenaria teoría de "Dios los hace y ellos se juntan", es obvio que dichas familias eventualmente tuvieran una relación entre sí; ¿cuántas dinastías de este tipo existen en el país? La investigación que hice el otro día que estaba muy aburrido arrojó un aproximado de cincuenta y nueve. ¿Y tú crees que estas familias se divierten solas? Exacto: por supuesto que no. Tampoco lo van a hacer con cualquier hijo de vecino (aunque aquí la frase popular no se aplique muy bien porque, el "hijo de vecino", forzosamente es de alguien que cuente con el mismo poder adquisitivo que la familia en cuestión para poder vivir en el *vecindario*), mucho menos con alguien que no cuente con el mismo estilo de vida, gustos y preferencias. Por eso te digo: Dios los hace y ellos *forzosamente* se terminan juntando. Según la Quién, mil doscientos invitados asistieron a la boda del año. Tampoco es novedad, entonces, que de entre tantas personas Camilo no se topara randymente con su mamá y el señor que le paga todo el desmadrito que ha hecho a lo largo de esta historia, mucho menos cuando son ellos las últimas personas a las que espera ver en una boda en Oaxaca si ni estando en su misma casa los veía. Pero —insisto— manías de la vida, excentricidades del escritor, casualidades del destino, siempre pasa algo así como… uhm, no sé, que Luciana le hace una señal desde lejos a su hijo para que se acerque a ella y éste le pide a Camilo que lo acompañe para que, cuando lleguen, la madre de Roberto le presente su hijo menor a

que cuidar? ¿No tener tiempo porque no hace más que estar lavando, trapeando y puliendo la casa día y noche porque si ella no lo hace, nadie más lo va a hacer? ¿Qué? ¿Qué era eso que le había prohibido hacerlo? Nada: no había excusa alguna para su ausencia. Fue por eso, y no por otra cosa, que Camilo reaccionó de esa —ya usual— manera. Roberto no lo juzgó, no preguntó, no dijo nada; él sólo estuvo ahí, en el lugar en el que lo necesitaba para apoyarlo en lo que quisiera hacer. ¿Y Fernanda?, ¿Qué Fernanda?, *Tu* Fernanda, ¿cuál más?, Ah, Fernanda, sí, mi ex. ¿Qué con ella?, ¿Ya quieres que le demos en la madre?, Cuando tú digas. Inicialmente, el plan de Camilo no pasaba de ser uno cotidiano y sumamente tradicional: agarras a las dos más parecidas a Kate Moss de toda la boda, las exhibes por la fiesta como si fueran tus Barbies, haces un show frente a todos los invitados en la pista de baile gracias a una mutua demostración de afecto en público que deje a más de una abuela cerca de morir de un infarto al miocardio, llamas la atención de todos los invitados, los cuales se pondrán a hablar de cómo el exhibicionista en cuestión —Roberto— olvidó tan fácilmente a su ex amor —Fernanda— y ya sabes todo lo que le sigue. Clásico. Pero por algo los clásicos son clásicos, ¿no? Porque funcionan, porque *nunca* se equivocan, porque se han aplicado cientos de miles de veces y no han fallado; porque están comprobados. Pero, ¿tú crees que después de enterarse de la noticia de que Malusa y su esposo también se encontraban en el mismo lugar que él, Camilo se iría por el camino fácil, por lo *comprobado*? Exacto, mi inteligentísimo-tipo-Einstein-meets-Da-Vinci lector: no. Y es que ahora el objetivo ya no sólo era darle en la madre a Fernanda sino al trío Fer-Mami-Esposo-de-Mami, y eso, mi estimado público, eso requiere de mucho más que un simple *clásico*. Por eso hubo cambio de planes, porque se necesitaba más acción, más desorden, más ruido. ¿Que qué fue lo que hizo Camilo para crear la revolución? Uhm, me gustaría decirte que nada del otro mundo —porque realmente no hizo nada del otro mundo—, pero tampoco fue algo que, al menos yo, si fuera tú, me esperaría de él. Es más: fue algo que ni yo mismo me esperaría de él, punto. Con una chingada, déjate de tanto preámbulo y di, de una vez por todas, qué fue lo que hizo este imbécil, seguramente me estás gritando desde tu camastro en las playas de Ibiza o desde la sala de espera de tu psiquiatra preferido o desde el asiento 54B del vuelo LH6549 de Lufthansa con destino a Estocolmo o en el tercer vagón del tren que va de Milán a Roma o simplemente desde tu escritorio en la clase de Econometría que ya llevaste dos veces antes y no quieres volver a llevar pero tal parece que lo volverás a hacer por estar distraído leyéndome a mí. Pero sí, tienes razón, mi desesperado lector: basta de preámbulos. Resulta que lo que Camilo creyó que era necesario para llamar la atención de todos los invitados tenía que ser algo que impactara, no sólo que provocara a todos murmurar entre sí, sino que impresionara tanto que los dejara mudos, y eso, mi preambulado lector, fue lo siguiente: después de que el vals terminara y la cena estuviera servida, los discursos de felicitación por parte de los mejores amigos y padres no se hicieron esperar; fue entonces cuando Roberto se dio cuenta de que quería él, también, ofrecerle al público unas palabras; qué coincidencia, dirías tú, porque justo en ese momento Camilo decidió, también, lo que iba a hacer a continuación. Muy buena velada tengan todos ustedes en esta noche llena de sorpresas. Por mi parte, no me queda más que decir que espero que le sea leve, a mi hermana, el lidiar con este matrimonio; espero que no forme parte del interminable listado de matrimonios fracasados. O no, más bien espero que sí lo haga y lo haga pronto para que termine de una vez con esta puesta en escena que sólo pudiera ser mejorada si El Novio se atreviera a anunciar esa verdad que todos sabemos, esa de que realmente prefiere irse a desfilar en el Gay Parade de San Francisco que a la luna de miel con mi hermana. Yo sé que no se puede hacer nada en contra de lo inevitable pero quiero jugar a ser estúpido por un momento y creer en esta unión. Levante la mano el que crea que estos dos van a durar más de dos meses juntos. ¿Ven? Todos están de acuerdo conmigo; nadie se arriesga a apostar por la unión de este matrimonio ni medio mes. Pero bueno, de todas maneras, salud: salud por los novios. Cuando Roberto terminó su amoroso discurso, creyó que agitar la botella de champagne que estaba en la mesa para hacerla estallar y mostrar así el tradicional protocolo de festejo, no era tan mala idea; por eso lo hizo. Splash. Que vivan los pinches novios. Sí: fueron muchos los que se molestaron por haber recibido un poco del líquido sobre sus vestidos, sus esmóquines, sus gargantillas, sus peinados. Para todo esto, mientras Roberto mojaba, Camilo se paraba a su lado y los invitados a su alrededor se molestaban, Cordelia sintió la incontrolable necesidad de ir hacia donde estaba su hermano con el fin de abrazarlo y agradecerle por las palabras tan conmovedoras que había dicho. Llegó, lo abrazó y le dio un fraternal beso en la boca. Una vez pasado esto, Camilo realizó —para el juicio de cualquier macho mexicano, el padre de Roberto y don Camilo— lo *irrealizable*: frente a los ojos de los mil ciento noventa y un invitados (de los nueve faltantes, seis estaban en el baño —dos hombres, cuatro mujeres— y los otros tres —dos mujeres, un hombre— dentro de un coche en el estacionamiento culminando un threesome) tomó la botella de Dom Pérignon de las manos de Roberto, bebió de ella, le dio un poco a su compañero, y, así como Cordelia lo había hecho justo diez segundos antes, con sus dos manos tomó la cara de Roberto y lo besó. Y no: no fue un beso que durara uno o dos segundos, no. Roma no se hizo en un día, y esta revolución, tampoco: el acto tenía que durar lo suficiente como para que *todos* tuvieran la oportunidad de observar, carburar y meditar la escena —unos… ¿qué serán?, ¿siete, nueve segundos?— , y que se mostrara claramente, no en fast forward y con miedo. ¿Camilo hizo esto con la única intención de promover una especie de caos en la boda? ¿No había ningún otro interés de por medio en su acción? Te diré que, aun sabiendo que sé todo, esto no sabría respondértelo con precisión. Y es que sí: en gran parte Camilo hizo esto para crear el desorden, pero, por otro lado, a mí me consta que simple y sencillamente le nació hacerlo. Lo besó, y, al besarlo, no hizo más que concentrarse en el acto; se olvidó del público, del escenario, de él, de todo. No es que haya sido un beso apasionado, no —porque esa no sería su mejor definición; si acaso hubiera una, esta probablemente sería *intenso*—. Sí, intenso y tierno a la vez. Y yo sé que encontrar algo que cumpla con las características de intensidad y ternura simulatáneamente es bastante complicado, si no es que imposible, pero es que así de complejo fue este beso que te digo. La misma sorpresa que se llevó don Camilo al ver a su hijo en esa boda y, no sólo eso, sino al verlo besando a otro hombre, la misma sorpresa, te digo, se la llevó el mismo Camilo cuando se percató de lo que había hecho. Y es que como te dije: no lo planeó, simplemente sintió ganas de hacerlo y lo hizo. Cuando el acto principal de la escena estelarizada por Roberto y Camilo terminó, Cordelia decidió continuarla; ahora era a Camilo a quien besaba. Este beso fue distinto —también— al de Camilo y Roberto y al que le había dado a su hermano; este beso estaba lleno de emotividad, de mutua comprensión, de desinhibición. Cuando Cordelia soltó a Camilo, fue Roberto quien ahora lo tomó con las dos manos y lo volvió a besar, pero este, de nuevo, fue un beso diferente a los otros tres, uno como… ¿qué te diré? Uno como el que Alejandro Magno le diera a Hefestión después de ver desde su balcón todo su reino y llenarse de orgullo. Sí: uno más o menos así. Nadie comprendía lo que estaba sucediendo en esa mesa principal; nadie comprendía qué pasaba con la novia, la cual, frente a todos, estaba besando a otro hombre; con el hermano de ésta y ex novio de Fernanda Scott, el que, ahora, resultaba ser gay, y con el novio del hermano gay que le estaba bajando la novia al novio de la boda. Si tú, con todo y tu vasto conocimiento y mente abierta, no lo entendiste al leerlo, imagínate lo que entendieron los catoliquísimos que lo estaban observando y no contaban con tu mentalidad europea: nada. ¿Y Fernanda? ¿Se cumplió con el objetivo de darle en la madre? Eso es lo más chistoso —no por cómico en sí, sino por lo irónico—: Fernanda era una de esas cuatro mujeres que estaban en el baño y que no alcanzaron a ver semejante intercambio de afecto y flujo salival. Vámonos, Vámonos, Pues vámonos. Cordelia tomó la mano de Roberto, Roberto tomó la de Camilo y, Camilo, continuando la cadena de amor, tomó la botella que estaba sin abrir de la mesa de al lado. No, espérate… sacacorchos, Yo traigo, Vámonos. Y así salieron corriendo, pasando por la pista, entre las mesas, ante los ojos de Rodrigo "El Novio" Fernández y ante los de todos los presentes hasta llegar a la entrada. Yo manejo, Dame el sacacorchos, Cordelia, ¿las llaves?, Seguro las dejaron puestas. Roberto al volante, Camilo de copiloto y Cordelia en la parte trasera del Jaguar 1960 convertible —mejor conocido por los invitados como *El coche de bodas*—, los tres huyeron del Exconvento de Santo Domingo cuales fugitivos de Alcatraz, sólo que, en vez de hacerlo en una lanchita de mala muerte, lo hicieron en un descapotable de colección. Viento en cara y un sentimiento de libertad que hacía años no experimentaba, Cordelia se quitó el velo y lo tiró en alguna parte del camino. ¿Para dónde?, No sé, para donde sea que no nos vayan a encontrar, ¿Y tú crees que he visitado este tipo de estados mexicanos previamente como para saber dónde madres queda eso?, No, pero sé que podemos preguntarle a cualquier nativo para dónde es que se pierde la gente aquí y seguir ese camino, Tranquilos: agarremos carretera y vamos para donde ésta vaya; no creo que tenga mucha ciencia, ¿Qué lugares hay aquí?, No me pregunten; fuera del D.F., no conozco ningún otro lugar de México, ¿Y tú, Camilo?, Tampoco: mi mamá nunca quiso porque de niño tenía las defensas muy bajas y decía que fácilmente me enfermaría en ese tipo de lugares, Qué vergüenza, Tú eres la que escogió casarse aquí, tú eres la que debe conocer algo, ¿Traen cigarros?, ¿De cuáles?, Tabaco, No, No, Nos paramos en la tienda, compramos los cigarros, preguntamos qué hace la gente aquí y ya, Va, A mí me da igual. Y quiero pensar, mi patriota y mexicanísimo lector, que has hecho caso a toda esta densa campaña que tu presidente Calderón ha impulsado en pro del turismo en su país, ese "Vive México" que tanto han metido en la radio y anuncios de tele y periódicos, los cuales simplemente no te dejarán en paz hasta que visites algún destino turístico mexicano. Sí: quiero pensar que ya hiciste caso y visitaste Chiapas y Oaxaca y toda esa zona y que, gracias a esto, sabes cómo está el trip en estos encantadores lugares y que conoces cómo es la Carretera Federal 175 que pasa por Pochutla y Puerto Ángel y luego la Federal Costera 200, las cuales son poco peor que subirte a un Super Roller Coaster después de haber comido cinco kilos de asado de puerco. Sí: esas carreteras son consideradas por cualquier trailero como el camino del suicidio perfecto para alguien que busque una muerte que parezca accidental; un barranco, una curva más y esa carretera se vería ridícula. Me imagino que cuando tú fuiste, mi pudiente lector, te trasladaste de Oaxaca hacia sus playas vía aérea, porque eso de andar por carreteras de la muerte no va contigo. Pero estos, que lo que querían era experimentar nuevas emociones —y el hecho de conocer a la muerte en el proceso no les causaba problema alguno—, estos que lo que buscaban era escapar de cualquier ma-

champagne y que volteara a verme con sus lentes puestos a plenas once de la noche para decirme sonriendo How you doing, Sport?; observar por el retrovisor a Corde moviendo la cabeza de lado a lado mientras gritaba Gracias. Los amo. Son mis dioses, son mis héroes por haberme salvado de la prisión a la que me estaban condenando, para luego besarnos a mí y a Camilo en la mejilla y volver a gritar Los amo —con muchas oes; presumo que alrededor de treinta y tres. Haz el cálculo: casi medio minuto gritando que nos amaba— al aire para que el aire nos amara junto con ella; ver la luna llena que estaba tan perfectamente, preciosamente, precisamente redonda; el cielo despejado, las estrellas iluminando el camino; sentirme a mí, despierto y sin la necesidad de coca ni mezcal ni champagne que me hiciera sonreír; todo a mi alrededor era justamente como alguna vez lo habría diseñado si supiera que estaría en ese lugar. Y es que no había nada más que pudiera pedir. Manejé hacia el sur durante seis horas seguidas hasta que llegamos al primer lugar que daba la impresión de ser una playa. Gente caminaba por aquí y por allá. Gente con pelo largo, rastas, tablas de surf, trajes de baño. Gente distinta a la que acababa de abandonar. Gente simple. Gente sin poses. Gente al natural. Gente y ya. Lo último que esperaba encontrarme en una playa perdida en el sur de México eran europeos; ignorante yo, estas playas resultaron ser de las más buscadas por el mundo indie y sus derivados. No había señalamientos, ni pavimento, mucho menos luz mercurial; lo único que iluminaba el camino eran los faros del coche y lo que hubiera en el cielo. Todo parecía indicar que en ese lugar no existía ley alguna, que cada quien era libre de hacer lo que quisiera y que eso se respetaría. Se sentía una vibra muy distinta. Como desde el principio supe que nadie de los que estaban afuera se bajaría de su trip para prohibirme ni decirme nada, manejé hasta entrar a la playa y llegar a la orilla del mar. Estacioné el coche frente a las olas y bajo una invasión de estrellas que iluminaban todo alrededor. Los sonidos hipnotizantes del mar invadieron mis oídos, controlaron mis oídos, relajaron mis sentidos. Y es que sentía como si el Mar estuviera manteniendo una plática conmigo donde me decía Tranquilo, todo va a estar bien. Deja tu vida en mis manos porque, de ahora en adelante, yo me voy a encargar de ti. Su ritmo me arrullaba como si yo fuera un bebé, y éste, mi madre tratando de hacerme dormir; su

de novia aún puesto y en vez de con el novio, con mi hermano y su amigo de acompañantes, se lo hubiera podido creer; estoy acostumbrada a terminar en lugares totalmente diferentes a los inicialmente planeados, de las maneras más ilógicas y anormales. La única parte que no le hubiera creído es cuando me dijera que eso me pasaría en algún puerto del sur de México. ¿México? Pero si mi luna de miel comenzaba en Fiji, en una isla exclusiva para nosotros, donde seguramente engordaría mil kilos porque no haría más que mover mi dedo índice para indicarle a los mozos qué era lo que ahora se me antojaba tomar. No, te equivocas: no quemaría esas calorías en los maratones de locura y pasión que todo matrimonio recién desempacado de su estuche realiza en su luna de miel; eso —para mi desgracia— *no* aplica en mi caso. Y es que el novio en cuestión no es lo que se podría considerar como un *fanático* del Kamasutra, o, al menos, no conmigo. Y yo siempre lo he sabido, no creas que es algo de lo que me vengo enterando hasta la luna de miel, como la mayoría de las pendejitas que no se dan cuenta de que su novio, o es puto, o realmente le afectó eso del complejo de Edipo y para él no existe otra mujer en el mundo más que su madre. En mi caso no es ni una ni otra. Al principio juré que era la primera —sólo de ver cómo se embobaba cada que entrábamos a Hermès me hacía pensar dos veces si con el que estaba era mi novio u otra de mis amigas—, hasta que con el tiempo lo fui conociendo más y comencé a darme cuenta de que tanta fascinación hacia el shopping se debía sólo al exhibicionismo. No, Rodriguito no era gay: mi querido Rodri era impotente, el muy idiota; estoy segura de que me hubiera servido mucho más de esposito gay —me daría consejos, me acompañaría al manicure y nos iríamos juntos a los masajes— que de esposito impotente. Pero tanto yo sabía esto como él sabía que le ponía el cuerno incansablemente con Memo y que no habría nada en el mundo que me obligara a parar. Era un acuerdo mutuo: a él le urgía casarse para que se calmaran los rumores de sus gustos y preferencias, y a mí me daba perfectamente igual lo que hiciera o no con mi futuro; de todas formas el amor de mi vida estaba casado con la que un día había sido mi mejor amiga y no se pensaba divorciar porque no quería que el bobo de su hijito sufriera lo que él sufrió. Así de fácil. Digo,

dijo el nativo al que le preguntamos ¿Dónde estamos?, una vez que nos pusimos a descubrir el lugar. Los tres teníamos hambre; según mis cálculos, hacía ya ocho días que mi cuerpo no recibía más que tranquilizantes y líquido para pasarlos. De no haber sido por lo intenso del sol, hubiera seguido perfectamente sin necesidad de comer nada, pero el calor era tanto que una debilidad empezó a controlar mi cuerpo de tal forma que difícilmente me podía sostener. No me importa cómo esté, voy a sentarme en el primer lugar en que sirvan comida, Roberto "El Temerario" Abascal-Rigovétz se atrevió a decir en el camino. Mintió. Pasamos varios lugares con respecto a los cuales ninguno de los tres tenía antojo —qué digo antojo, *huevos* suficientes— para sentarse e ingerir comida. Mientras caminábamos, nos topamos con todo tipo de individuos: hippies sin su Marley, groupies sin su grupo, yuppies sin fuerzas de seguir gobernando el mundo, nativos descorteses, franceses hablando español y haciéndola de meseros; era un mundo contradictorio, era un mundo paralelo; sí: en tan sólo trescientos metros vi todo tipo de gente, pero, por diferentes que fueran, todos mantenían un común denominador: cada uno ondeaba una bandera blanca. Y es que tal parecía que el lugar al que habíamos llegado era una especie de refugio del mundo real. Se respiraba —la manera en que lo único que buscaban los presentes era *paz*—. Pero hablo de la paz de verdad, no de la comercializada por los medios y las casas discográficas, por los cantantes y los organizadores de eventos masivos, por los vendedores de velas y el gobierno americano, no. Una paz natural, de esas que te hacen sentir libre de hacer cualquier cosa, sin miedo a que los demás te vean hacer lo que quieres hacer; total, nadie —y cuando digo *nadie* me refiero a que ni el perro que camina por allá— te juzgará. Es más, ni te notarán. Me di cuenta de eso cuando, en nuestra caminata, nos topamos con una pareja revolcándose en la arena, mostrándose su amor sin inhibición alguna; los dos eran hombres, eran mayores y estaban desnudos. Y se siente tan… extraño, sentirse tan libre, saber que hay un lugar en el mundo en el que puedes ser *tú* y no sentirte culpable por eso, donde la capacidad de juzgar *no* existe porque quien lo hace es quien terminará juzgado. Era como un rincón en donde la gente podía realizar sus más escondidos, obscuros, extraños secretos. No:

no sabía que existía en el mundo este tipo de lugares. Seguimos caminando. ¿Aquí?, ¿*Aquí*?, Cordelia, por más que caminemos créeme que *nunca* encontrarás un Starbuck's ni nada que se le parezca, si eso es lo que estás esperando, Podré aparentarlo, hermanito, pero no estoy pendeja; eso lo sé. Es sólo que… ¿"Si usted quiere llegar a viejo, coma conejo"? Güey, no mames: no creo que un *restaurante* que se llame así y que su mayor valor agregado sea que es "100% familiar" y que cuenta con "Vaños Limpios" es lo más adecuado para mi síndrome de intestino irritable, A mí me da perfectamente igual, yo no tengo hambre, *Tú* eres el que deberías comer algo, Y *tú* no te quedas muy lejos, Basta. Vamos a seguir caminando y, el siguiente que encontremos —no me importa cuál sea el nombre exótico que le hayan querido poner ni la ortografía de los dueños del lugar—, *ahí* nos quedamos. Llegamos casi hasta el final de la playa y vimos que había algo parecido a un mini pueblo (era lo que mi lógica me decía porque nunca en mi vida había visto algo definido como "mini pueblo" anteriormente). Nos dirigimos hacia él; estaba escondido en la parte trasera de la playa. No había pavimento, ni caminos, ni señal en el celular; por más que quisieran, por más que buscaran, mis papás nunca nos encontrarían. Nos cruzamos con un lugar que era tanto hostal como restaurante; el primero estaba en la parte de abajo y el segundo en la parte superior. Roberto subió para ver qué tal estaba; bajó para decirnos Está bastante decente. Estrella Fugaz, se llamaba. Al terminar de subir las escaleras, lo primero con lo que nos topamos era una barra que la hacía de recepción para el hostal, y de caja para la fonda o como se llamen este tipo de lugares donde no tienen Splenda. "Ten fe y cree en ti", era la frase que estaba pintada en la barra. La primera vez que la leí, literalmente no pude evitar el reírme en voz alta; se me hacía una frase ridícula y cursi como para todavía, innecesariamente, citarla. ¿En dónde estamos? ¿En un centro de superación personal? ¿En un pinche Oceánica para pobres?, fue lo que le pregunté a la mesera que nos dejó las cartas, no con la intención de que me contestara, sino con la finalidad de que notaran lo ridículo que sonaba dicha frase. A Roberto le molestó mi comentario; a Camilo parecía que le daba igual. Yo pedí mi Coca Light, Camilo pidió un cenicero y Roberto pidió un café. Nadie decía nada; los tres observábamos cómo las olas iban y venían sin preocupación alguna. De repente pasaba uno que otro personaje que llamaba mi atención, y es que lo que ahí había no eran turistas, sino eso: personajes. Dejé de ver hacia el mar para observar lo que había en el pueblo: una van modelo —calculo— '86 de la cual cada ocho minutos bajaba algún individuo que parecía haber salido de la época de los sesenta; sí, me puse a pensar y llegué a la conclusión de que, al abrir la puerta de esa camioneta, automáticamente te transportabas a esa época, al primer Woodstock o una madre así de hippie. A unos cinco metros de ahí, estaba lo que, deduje, era un campamento hippie; todos seguían dormidos a excepción de uno que caminaba solo mientras fumaba muy pacíficamente su mota. No tan lejos de ese camping estaba un grupo de cinco personas que cantaban y tocaban algun tipo de música que no terminé de entender cuál era, con instrumentos que en mi vida había visto. Y ya. Eso era todo el pueblo. Ya no había nadie más; ya no había más pueblo; ya no había más oportunidad de que existiera gente más extraña que la que había ahí. Todos y cada uno de los que estaban en ese lugar se veían plenamente felices, relajados, alegres. Y mi pregunta era: ¿Cómo pueden estar así en un lugar como éste? ¿Cómo pueden estar tan contentos si a su alrededor no hay más que, uhm… *nada*? ¿En qué mundo vivían? Después de diez minutos trajeron nuestra orden. ¿Después de diez minutos y no fueron ni para explicar el porqué de la infinita tardanza? Así, como si nada, de lo más tranquila fue la meserita a dejarnos las cosas, con una sonrisa en la cara como si su servicio estuviera de maravilla. ¿Era normal que se tardaran tanto? Porque a como veía a nuestro alrededor, nadie se quejaba de las horas que tomaban para servir las órdenes. Al contrario: todos recibían alegremente los pedidos que habían hecho hacía más de treinta minutos como si fuera lo esperado. Neta, ¿en qué mundo paralelo nos habíamos metido? Camilo fumó cinco Camels, yo tomé mi Coca Light y Robbie su americano. Seguíamos sin decir nada; lo más seguro es que los dos estuvieran pensando en lo mismo que yo. Camilo rompió el silencio. Me gusta este lugar, A mí también, Es broma, ¿verdad?, Uhm… ¿no?, ¿Como por qué les va a gustar este pueblo que está a dos de pedirle apoyo a la ONU?, No sé, tiene algo, Sí, me gusta ese *algo*, Pues eventualmente cederás a cambiarlos, Pues los cambio y ya, ¿Y qué si ellos no acceden?, Ja, ¿crees que van a ser tan idiotas como para no aceptar semejante deal?, Tú lo has dicho: no saben lo que son unos Louboutin's. ¿De qué te sirven, entonces, tus zapatos en un *mundo* donde sólo se busca satisfacer las necesidades básicas, materialmente hablando? ¿Donde lo importante se basa en otros aspectos y donde se ignora lo que vale algo en el mercado por el simple hecho de que no están atentos a las modas que sólo porque un imbécil decidió que tal cosa era hip ahora vale ciento cincuenta veces más que su valor real? ¿Cambiarías tu Cartier por una botella de agua después de tres días perdida en el desierto del Sahara?, ¿Qué eres? ¿Un burgués en pro de la filosofía hippie?, No. ¿Lo cambiarías?, Probablemente sí, Ciento veintidós mil pesos por trescientos mililitros de agua. Dios mío, pero qué mala negociante eres, ¿Qué quieres?, ¿que me muera de insolación?, Tú lo has dicho. ¿Qué eres?, ¿una Gucci Marxist?, ¿Qué es lo que pretendes decirme con todo esto?, Nada, ¿a ti? Nada. Sólo me gusta analizar y te estoy usando como medio para llegar a la conclusión, Roberto y tú, ¿cómo se conocieron? Porque tú no eres de sus amigos, ¿verdad? No tienes para nada el estilo de ser de su grupo de amigos, Así es, no lo soy, ¿Cómo se conocieron?, Nos conocimos… uhm, no sé, estaba muy distraído como para acordarme, Se la conseguimos, joven, Qué amable eres, realmente te lo agradezco, Para servirle, ¿Se conocieron en Boston?, Uhm… no que yo recuerde, Estaban en Boston, ¿no?, Yo no y creo que él tampoco, ¿Entonces?, ¿Entonces qué? Roberto regresó del baño y se unió a la conversación. ¿Entonces qué de qué?, Roberto, ¿qué no estabas estudiando en Boston?, No, Ah, perdón, yo pens-, No te preocupes, yo me enteré que te casabas hace apenas dos semanas, Pero qué bonita familia, Ja, mira quién lo dice. Camilo, tú cállate que ni hermanas-para-olvidarte-de-sus-bodas tienes y, si las tuvieras, de todas formas no asistirías, Cordelia, ¿no te gustaría quitarte el vestido de novia? No creo que sea el atuendo más cómodo para tomar el sol, digo, a menos que encuentres cierta fascinación en llamar la atención de los nativos, Eché un cambio en la cajuela para antes de irnos al aeropuerto; puedo usar eso, Quiero fumar, ¿Qué no es eso lo que estás haciendo?, Roberto: *quiero fumar*, Ah, ya entiend-, Camilo-, No, no, es algo que ya viene de genética en los Abascal-Rigovétz, ¿podemos desviar un poco de atención a su invitado —yo— y hacer lo único que ha deseado en todo el viaje?, ¿Fumar?, No, Corde: hacer castillos de arena, Es que no entiendo por qué preguntas tanto si siempre lo has hecho donde quieres, cuando quieres, sin importar qué o quién está alrededor, Por respeto a tu hermana, Aw, qué lindo. Pues por mí ni te preocupes. Es más, hasta te acompaño; ya tengo mucho de no relajarme de forma natural, Entonces, ¿cómo lo haces?, Uhm, de manera legal, ya sabes: Valium, Prozac… cualquier pastilla que sea lo suficientemente dañina como para requerir una receta médica pero que no me provoque problemas al pasar las aduanas de los aeropuertos, Disculpa, te pido la cuenta, por favor, Vamos al coche, tú te cambias, tú tomas las cosas-, Si por *cosas* te refieres a nuestro Kit de Primeros Auxilios, déjame te digo que ya no nos queda más que una bolsa de plástico vacía, dos crucifijos sin *magia* y un botecito de Tic Tac's sin Tic Tac's ni pastilla alguna que lo pueda poblar, ¿Cómo? ¿Ya no hay nada?, Igualito que lo que sientes cuando te quieres suicidar: *nada,* No creo que eso sea problema, digo, ¿han visto a su alrededor? Yo creo que de souvernirs —en vez de vender llaveritos y camisetas ridículas— venden bolsas con mota y cuadritos de ácido con la imagen de la playa en el fondo, Gracias. Disculpa, ¿aceptas tarjeta?, No, joven, sólo efectivo, De acuerdo. Otra pregunta, ¿de pura casualidad no sabes dónde pueda comprar algo que se fume o se coma o se trague y me relaje un poco?, ¿Se refiere a marihuana, ácidos, hongos, todo eso?, Sí, cualquiera. La mesera tomó su tiempo para pensar, como si le costara trabajo elegir entre la interminable lista de opciones que podía dar. Yo no sabría decirle, pero si caminan por la playa van a encontrarse con personas que seguro los pueden guiar, Es broma, ¿verdad? ¿En serio no nos vas a decir?, Corde, entiende, está en su lugar de trabajo, no la incomodes. Muchas gracias. ¿Alguna instrucción específica que nos pueda ser de más ayuda?, En esa camioneta los pueden sacar de muchas dudas, ¿En la van?, Sí, Muchas gracias por todo; quédate con el cambio. Nos fuimos. Regresamos a donde estaba el coche para recoger mis cosas y cambiarme; caminamos por la playa, como si cada quien estuviera escuchando a sus propias voces internas, sin decir nada a los demás. Había algo en la

él, de ser él y sentirme así: plena, ligera y contar con alguien incondicional. Tener un Camilo que me acompañe a todas partes y me haga sentir segura y tranquila, porque toda esa plenitud que mi hermano irradiaba no era sólo provocada por él; era, en gran parte, por la compañía que tenía, y por *compañía*, ciertamente *no* me refiero a mí. Me recordaron a la química entre Dr. McNamara y Dr. Troy en Nip Tuck; Alan Shore y Denny Crane en Boston Legal; Seth y Ryan en The OC; ¿Mucha televisión? No: es simplemente cultura general o, al menos, cultura gringa contemporánea, lo cual viene siendo lo mismo. Llegamos al coche. Roberto abrió la cajuela y tomó mi maleta; un minuto más con ese ridículo vestido de novia y su tela se me adheriría al cuerpo eternamente; me urgía quitármelo. Tal era mi urgencia que comencé a arrancarlo de la desesperación que me provocaba tener que desabrochar los sesenta botones que tenía para, por fin, deshacerme de él. Cálmate, me dijo Roberto, Yo te ayudo, tranquila. Una vez que todos los botones estaban desabrochados, tomé el bikini que traía en la maleta y lo llevé conmigo. Empecé a caminar hasta que me introduje en el mar y mi cuerpo estaba cubierto por agua. Me quité el vestido. Lo dejé navegar a la deriva con destino a alguna isla del Caribe, donde seguramente una novia náufraga podrá utilizarlo algún día. Sentí la manera completamente distinta de cómo el agua golpeaba mi cuerpo desnudo; parece que no, pero existe una diferencia abismal entre cómo se siente el mar con bikini y cómo se siente sin él, sin nada. Después de un rato, me lo puse y me regresé a la orilla. Camilo y Roberto estaban sentados, cada uno en su asiento original, sin camisa, tomando el sol; la imagen parecía un póster de la última campaña de Ermenegildo Zegna: Great minds think alike; me daban ganas de tener una cámara y tomarles una foto del recuerdo; pensé que no podría lograr una imagen más perfecta que esa en toda la travesía. Llegué al coche. Decidimos ir en busca del plantío-de-hierbas móvil, mejor conocido como La Hippie-van. Emprendimos el viaje, caminando de nuevo por la arena. Cuando llegamos a *la comunidad* —así la hacían llamar sus integrantes— nos recibió cordialmente Jim Morrison o Jumex de Mango Tetrapack, uno de los que aparentaba ser de los hippies principales de la tribu. Jumex de Mango Tetrapack —como preferí llamarlo, ya que dudaba que me

convertible, ya saben cuál, el del caballito acá bien veloz —pinche caballito esta bieeen trippie, te hace hacer cosas que nunca pensaste que fueras capaz—. Trabajaba a todas horas del día, cualquier día de la semana; era encargado de ventas de una planta de Gamesa en el norte; el norte: El reino del capitalismo. Era encargado de ventas… me había graduado de ingeniero civil. Promedio acá, perfeeecto, ya saben, la mención honorífica de excelencia y todo ese trip; nunca tuve novia ni amigos pero tuve a mi mención honorífica de excelencia que me ayudó a que, siendo ingeniero civil, terminara de encargado de ventas de galletas. Me levantaba a las cinco de la mañana, hacía la abdominal, la lagartija, la pesa, ya saben cómo es ese trip de que la imagen vende, y yo debía de tener una imagen de Johnny Bravo para vender; digo, era encargado de *ventas*. Una hora de camino al trabajo en mi Jetta '86 que yo no quería y le hacía el feo por no tener un caballito en el frente. A las ocho de la mañana me tenían sentado en mi escritorio, viendo papeles de cosas a las que ahora no les encuentro sentido y preocupándome por situaciones por las que sólo una persona frívola se puede preocupar: que las ventas, que las utilidades, que la participación en el mercado. A mí, hermanitos, me preocupaba mucho todo eso; para mí eso era *todo* lo que importaba. Me iba de ahí a las once de la noche, cuando no había que sacar los reportes de resultados trimestrales. Llegaba a lo que supuestamente era mi casa por ahí de las doce y media. Me calentaba una Maruchan en el microondas y veía lo que quedaba de noticias en la tele. Me dormía. Me levantaba a las cinco de la mañana, hacía la abdominal, la lagartija, la pesa, ya saben cómo es ese trip de que la imagen vende, y yo tenía que tener una imagen de Johnny Bravo para vender; digo, era encargado de *ventas*. Una hora de camino al trabajo en mi Jetta '86 que yo no quería y le hacía el feo por no tener un caballito en el frente. A las ocho de la mañana me tenías sentado en mi escritorio, viendo papeles de cosas a las que ahora no le encuentro sentido y preocupándome por situaciones por las que sólo una persona frívola se puede preocupar: que las ventas, que las utilidades, que la participación de mercado. A mí, hermanitos, me preocupaba mucho todo eso; para mí eso era *todo* lo que importaba. Me iba de ahí a las once de la noche, cuando no había que sacar los reportes de

que la empresa había comprado un nuevo programa que no requería supervisión para analizar las ventas, como el que su hermanito y servidor manejaba. Me dijo que muchas gracias, que la empresa agradecía mi lealtad pero que la empresa ya no me necesitaba más. Le dije de mi Mustang, le dije del enganche y le dije de las Maruchan que había cenado durante cinco años y medio a las doce y media de la madrugada. Me dijo que muchas gracias, que la empresa agradecía mi lealtad pero que la empresa ya no me necesitaba más. Me dijo que me parara de mi asiento y me saliera de su oficina. Aun cuando ya no trabajaba ahí, lo hice; obedecí. Cuando salí, me topé con el otro que manejaba el programa que su hermanito y servidor también manejaba, al otro que le dijeron que muchas gracias, que la empresa agradecía su lealtad pero que la empresa ya no lo necesitaba más. Trabajábamos juntos pero ni yo hablaba con él ni él conmigo. Trabajamos cinco años y medio juntos y no fue hasta los cinco años y medio y un día que supe cuál era su nombre y su tono de voz; su nombre era Patricio Gómez y el tono de su voz estaba entre un Jacobo Zabludowsky y un Joaquín López Dóriga. No, curiosamente *no* era un abuelo. Me preguntó qué iba a hacer y le dije que iba ir a la agencia a ver si todavía podía regresar mi costoso sueño hecho casi-realidad. Me dijo que él se había transportado hacia la planta en el coche de la empresa pero que, como ya le habían agradecido su lealtad y dicho que la empresa ya no lo necesitaba más, se lo habían quitado. Me pidió que lo llevara y así lo hice; algo de provecho debía significar tener el corcel aunque fuera por un día. En el camino, Patricio me decía que estaba muy triste y angustiado porque, así como yo, él acababa de firmar unos papeles donde decía que tenía que pagar mucho dinero durante mucho tiempo. Patricio me decía que cuando era joven y estaba triste y angustiado, sólo una cosa lo podía calmar. Yo le pregunté que qué cosa y nuestro hermanito me dijo que la naturaleza. Yo no entendí mucho, parte porque mi relación con ella era más nula que mi relación con Demi Moore —yo sólo trabajaba con computadoras y máquinas y humo— y parte porque no entendía qué tanto puede calmar un tronco con ramitas con un pájaro encima a una persona con deudas impagables. Así de ignorante era yo, hermanitos. Cuando me empezó a explicar todo lo que sentía cuando

así siguió, tratando de trabajar el mayor tiempo posible para poder pensar lo mínimo en ella. En el trabajo conoció a María, a quien hizo su novia y por la que prometió nunca más pensar en la otra; él, antes que nada, era un hombre fiel... Pregúntaselo a Gamesa, me decía mi hermanito Patricio. Y así fue pasando el tiempo, hasta que María se hizo su esposa y tuvieron un Patricito y una Mary a los pocos años. Él no hacía más que trabajar para darle lo mejor que su cuerpo podía a ellos tres. Pero, cabrón, a veces está muy pinche cabrón, trabajar todo el tiempo y no tener descanso ni saber cuándo va llegar el momento del respiro, me decía mi hermanito mientras íbamos a toda velocidad montados en mi corcel. Y luego para que, de la noche a la mañana, te salgan con la chingadera de que un pinche puto programa puede hacer tu trabajo mejor que tú, como si el pinche puto programa tuviera hijos en la escuela, vieja en la cocina y una casa en hipoteca que pagar. Cuando Patricio terminó, yo le dije que yo nunca había estado así de enamorado, que a lo más lejos que había llegado era a firmar papeles con cantidades que no puedo pagar con tal de tener lo que más quiero cerca. Entonces nuestro hermanito por fin sacó a La Nati, nos presentó, le dije que mucho gusto y nos empezamos a conocer. Me cayó muy, muy bien; muy amena ella, muy alegre y divertida. Sí: logró que mis nervios se controlaran y que me olvidara que ya no tenía con qué pagar mi descapotable, el mismo que ahora me llevaba a toda velocidad por la carretera a Saltillo. No recordaba haberme sentido así de cómodo y feliz con nadie más en mi vida. Sí: La Naturaleza era digna de mi afecto. Y mientras más convivía con ella, mejor me sentía y mi corcel galopaba más y más fuerte. Más y más fuerte. Más y más. Fue tanto y tan fuerte lo que mi corcel galopó, que llegó un punto en que tropezó con algo que lo hizo perder el control; mi hermanito Patricio y yo volamos junto con él a lo largo del camino. Quedamos tirados en la orilla de la carretera, en el kilómetro cuarenta y dos, junto a un letrero que tenía la imagen de un bote de basura y un bote de basura debajo de él; junto a un árbol que tenía el tronco pintado de blanco y el cadáver de un hermanito conejo aplastado. Eso lo vi después. Lo primero que mis ojos vieron enseguida de que volamos cuales hombres bala de circo mexicano fue un Jumex de Mango Tetrapack. Sí: esa fue la *nalgada* que el mundo me dio de bienvenida hacia mi nueva vida; la nalgada que daba como comenzada la de ahora y terminada la pasada. Y de pronto todo fue taaan claro. Había vuelto a nacer; La Naturaleza me había dado esa oportunidad. Era una nueva persona y, como toda persona que vuelve a nacer, necesitaba tener un nombre nuevo; entendí por qué lo primero que vi fue esa imagen; yo había reencarnado en él o, más bien, él había reencarnado en mí. A Patricio y a mí no nos pasó mucho; mi corcel, en cambio, estaba muerto. Nos levantamos y continuamos nuestra ruta original hasta que un hermanito trailero se paró y nos ofreció un aventón. En el proceso, Patricio y yo llegamos a la conclusión de que una nueva vida se debe comenzar en un nuevo lugar, con una nueva compañía. Nos dimos cuenta, también, que no había nada que *realmente* nos atara a la vida anterior y, de haber sido esto lo contrario, de haber habido algo que nos atara, eso no importaría porque, de todas formas, una vez vueltos a nacer ya no había marcha atrás: teníamos que continuar con nuestro nuevo destino. Y así nos fuimos transportando de hermanito trailero en hermanito trailero hasta que llegamos al sur —y eso esta bastante chistoso porque nuestra ruta original iba hacia el norte—; en todo el trayecto La Naturaleza nos hizo compañía a Conejo y a mí. Conocimos a muchos hermanitos a lo largo del camino, la mayoría de ellos aún sin reencarnar. Antes de llegar a donde sería nuestro nuevo hogar, conocimos varias casas de los familiares de nuestra *acompañante:* en Xilitla conocimos a su prima; en Real de Catorce, a su hermana. Nos cayeron muy bien ellas, se portaron muy bien con nosotros; nos acogieron en su hogar muy cordialmente, y lo mejor del caso era que La Nati no es nada celosa y nos dejó que conviviéramos con ellas sin ningún reproche. Hubo un momento en el que pensé que prefería a la hermana antes que a ella pero luego me di cuenta que no había necesidad de aferrarse a ninguna en especial; desde que las conocimos ellas también nos acompañaron en nuestro camino. Era tan amena, tan bonita la convivencia entre todos nosotros que nunca fui capaz de ponerle atención al camino; para cuando menos pensé, ya estábamos en Oaxaca comiendo memelas y tlayudas. Y Oaxaca estaba muy bonito pero seguía teniendo muchos hermanitos no

para estacionamiento público— *no* nos hacemos responsables por robo total o parcial de su vida y/o pertenencias. No, es que estas son mamadas, neta.

Bien buena gente él, nos invitó a que nos uniéramos con sus demás hermanitos que también son bien buena gente para seguir conociendo hermanitos que son como nosotros, hermanitos reencarnados con los cuales pudiéramos continuar nuestra nueva vida. Y así seguimos hasta que llegamos aquí, a la Capital de los Hermanitos Reencarnados y donde decidimos que queríamos estar en lo que restaba de nuestra reencarnada vida. Y yo soy muy feliz aquí, hermanitos, sin tener que levantarme a las cinco de la mañana para hacer la misma rutina de movimientos corporales día tras día tras día y conviviendo con nuestro hermanito el mar y nuestro gran hermano el sol.

22

Después del frustrantemente aburrido e interminablemente repetitivo programa del Chavo del 8, si hay algo que no logro aguantar de tu mundito, mi aguantable lector, es a un pinche hippie. ¿Por qué? Existen muchas razones en las cuales no pienso profundizar en este momento, el hecho es que *no* los tolero; tal vez sea porque es la subcultura más cliché, más comercial y menos original que existe de todas las mercadotécnicas-subculturas que hay. Posers… and I just *can't* stand posers. Anyway, que nuestro threesome se topó con uno de ellos. Y bueno, he de aceptar que este no estaba *tan* mal porque hasta eso no era *tan* hippie; si hablaba lento, pesaba cuarenta y dos kilos, tenía el pelo largo y llevaba viviendo en una van por doce años, no era tanto por *hippie,* sino porque su cuerpo maricón no logró aguantar tanta *naturaleza* que recibió y sus movimientos ya no pudieron llegar más que a eso; se chingó el motor, el muy puñetín. En cuanto a todos los demás de la comunidad… ¿qué te diré? Le acabo de mandar una carta a Mi Papi pidiéndole que si por favor los pasa a recoger porque dudo que los aguante cerca más de dos minutos sin antes verme en la necesidad de modificarles alguna de sus dosis multiplicándola por cinco para que, después de un *muy* buen trip, se retiren a dormir para siempre. Lo bueno es que, así como yo, Camilito tampoco aguanta a este segmento de tu población y fue por eso que, para huir de ahí y aun así contar con una buena guía turística, le propuso a Jumex que se uniera al threesome para que este dejara de ser threesome y se convirtiera a un foursome: Jumex los llevaría por todas esas playas de las que tantas maravillas habló y las cuales están infestadas de *hermanitos reencarnados*. Para mí, ustedes son hermanitos reencarnados, le decía Jumex a Camilo y a Roberto; a Corde todavía le faltaba morir para vivir de nuevo. Ahorita vengo, hermanitos, fue la despedida que Jumex les dio a los demás idiotas de la comunidad, los cuales, no conformes con traer rastas y usar camisetas multicolores, todavía se atrevían a escuchar a Bob Marley —como si el resto del cuadro no fuera suficiente para pecar de cliché— y alternar la grosería de *chiiidoooooooo* con acento chilango en cada tres palabras. Permíteme, lector.

Ya. Disculpa, es sólo que necesitaba vomitar; no sabes las náuseas que me provoca ese tipo de personas. Y bueno, se fueron caminando rumbo al objeto más inconsistente que había en toda la playa: un Jaguar descapotable de colección modelo '60. Si hubiera leído Naked Lunch, te habría dicho que William Lee tranquilamente hubiera matado por la maleta que nuestro team llevaba consigo. Y es que para estas alturas de la vida, Jumex ya había dejado de serle fiel a La Naturaleza para meterse con su prima, con su hija, con su hermana y hasta con su mamá; sí: esa maleta hubiera sido suficiente para la producción completa de las aventuritas de mi súper brother William Lee (¿por qué crees que no la leí? Exactamente, mi psíquico lector: porque yo mismo la viví con él). Llegaron al coche. Roberto volvió a tomar el volante, Camilo volvió a ser copiloto, Cordelia siguió siendo la de atrás y Jumex se unió a su *atrasamiento*. Jumex presumió que conocía los alrededores y su recorrido mejor que una anoréxica las tablas nutricionales qué *no* se come y el número de calorías ingeridas en una semana —¿diez?—. No tenían destino específico ni plan alguno para llegar a él; de lo contrario sonaría ilógicamente estúpido tanto afán de *libertad*, ¿no crees, hermanito? Ja, no, es broma: jamás me pondría a hablarte como ese puñetas, todo acá, bien chiiiidooooooo. Cáaaaaaamara, hermano. Geez, get a fucking life and move on from the sixties, for my Father's sake. Anyway, allá iban, rumbo a algún lugar seguramente paradisiaco, guiados por un güey que, aun antes de su huida, nadie se había percatado de su existencia, mucho menos de su desaparición. Pero que ahora, ahí, sin ser recordado ni extrañado por nadie —ni por sus *hermanitos,* los cuales muy apenas recordaban en qué parte del mundo estaban—, ahí, en un lugar remotamente perdido de un país jodidamente hundido, ahí, guiando a tres perfectos desconocidos rumbo a su *perdición* —¿qué, mi juicioso lector? Sí, a veces *yo* también puedo jugar al moralista—, ahí, rodeado de ignorancia y pobreza, ahí él era feliz. Y sí: él era el guía y, los otros, los *turistas.*

San Agustinillo

Confío en que eres una persona que, a diferencia de esos que siguen creyendo que viajar a Europa en verano todavía es *lo de hoy* —a ver: no. No es que tenga algo contra Europa; eso jamás; no por nada ahí está mi casa de campo. Es sólo que, a estas alturas de la vida, Conocer Europa viene dentro de la lista de útiles escolares de segundo de primaria; es algo demasiado básico y cotidiano—, a diferencia de ellos, te digo, tus destinos turísticos difieren de los típicos paquetes anunciados en cualquier agencia de viaje ubicada en una colonia de clase media, clase media baja, donde, aparte de promociones para Orlando y Cancún, a lo más lejos que llegan es a un paquete bautizado por ellas como Encantadora Europa: París, Roma, Venecia y Madrid por tan sólo 900 dlls. Y te decía que confío en que tu agente de viajes definitivamente no trabaja en la agencia que encontró el nombre de Encantadora Europa como uno mercadotécnicamente atractivo para sus clientes, y que tus destinos van un poco más allá, más lejos, más por la zona de Asia, por los rumbos de Tailandia, específicamente, por sus playas.

Qué pinche lugar tan pobre, pero qué pinche lugar tan pinche bonito, ¿no? Bueno pues, mi trotamundero lector, yo sé que viajas hasta lugares ridículamente lejanos con el fin de estar al día con la cultura contemporánea; sin embargo, te puedo decir que, si agarraras a todos los nativos que viven en las playitas oaxaqueñas y les enseñaras tailandés, las playas mexicanas perfectamente se podrían confundir con los tan famosos paraísos del sudeste asiático. Y es que cuentan básicamente con lo mismo: virginidad, belleza, falta de infraestructura y un desarrollo económico que no les permite burlarse del de Rwanda. Sí: son pobres y sus monedas —pesos y bats— valen menos que un chino en China, pero eso no les impide ser una belleza artística creada por la mano de Mi Papi. Sí: durante todo el camino y, todavía después de llegar a su primer destino —San Agustinillo—, Cordelia sintió que viajó por el tiempo y regresó a sus vacaciones del verano antepasado, las mismas en las que conoció las maravillas asiáticas y el extraño y ajeno sentimiento de compasión hacia los demás cuando vio a niños camboyanos jugar felizmente desnudos en un lago invadido de cocodrilos. Y no es que tu gobierno federal me haya contratado para promover su campaña de Vive México justo ahora que México está más muerto que el catolicismo en Europa del Este pero, te lo digo yo, lector querido, lector amado: no te vayas tan lejos: primero conoce Oaxaca. Y bueno, ya hecho nuestro paréntesis comercial, continúo con el curso de la historia. Pues sí, llegaron a San Agustinillo, una de las playas favoritas de Jumex porque ahí fue donde conoció los beneficios que una casualidad —casi casi un error— de laboratorio llamada LSD provoca en el cuerpo humano. Estacionaron el coche donde ya se les estaba haciendo costumbre: en la orilla del mar, en el lugar exacto en que las olas no lo inundaran. Jumex abrió la maleta y, después de meditar un rato, formuló la combinación química perfecta para crear en esa playa —al menos en la cabeza de los ingestores de combinaciones químicas perfectas— el rincón más bello de todo el mundo:

Cocktail "Oaxaca lindo y querido"
Ingredientes:
1 gramo de coca

las aventuritas de un team que se pasa el noventa por ciento del tiempo hablando con extraterrestres y alucinando que son la nueva versión de Napoleón, esto de andar tolerando todas y cada una de las ridiculeces que los químicos que modifican sus cerebros les provocan hacer, esto de andar de expectador sobrio mientras ves que todos los demás de la piñata se divierten como niños chiquitos en Disney, esto de no poder sentir, reír, jugar, pensar de una manera más creativa y menos cuadrada, esto *no* está chistoso. Y yo no quiero que las cosas no sean chistosas contigo, lector mío, al contrario. Yo quiero que todo te sea chistoso, que rías junto con nosotros, que sientas junto con ellos, que abras tu mente, saques lo malo y dejes que todos los colores que cien microgramos de LSD, por ejemplo, puede sacar de ella, que salgas a jugar con el mundo y veas las cosas de una manera chistosamente distinta. Sí: eso es lo que quiero y, créeme, no sólo yo quiero eso, sino todo el staff, y tú, mi inspirado lector: *tú* más que nadie. Porque aún no lo sabes pero, dentro de unos cuantos años —no te pienso hacer saber exactamente el número de años porque no quiero que juegues al adivino y deduzcas cuándo vas a morir—, antes de entrar a Mi Casa —si es que lo logras, lo cual también ya sé si harás o no pero tampoco te diré— me vas a decir: Por favor, Semi, antes de juzgarme, cúmpleme ese deseo. Hazme reír, hazme vivir lo que vivieron todos estos; hazme sentir que vivo aunque ya esté muerto. Sí: eso me rogarás y, como yo soy Yo y puedo hacer todo lo que se me antoja, pero, como en Casa Papi manda, me va a ser imposible que te ayude en eso. Por eso, ¿para qué arriesgarnos a que si cuando le caigas a Mi Casa va a estar o no Papi en ella como para que nos deje cumplir tu último deseo? ¿Por qué no cumplirlo desde ahora? Venga, mi queridísimo y fiel, divertido y temerario lector, así me gusta: que las decisiones sean rápidas, concisas y seguras. Bueno pu- a ver, permíteme. Disculpa: es que estoy recibiendo una llamada. ¿Sí? Este es Semi al teléfono. ¿Ya llegó? Perfecto, ahí vamos. Gracias. Mucho muy bien, mi estimado, me están avisando que ya está lista mi —nuestra— súper nave del futuro para que nos lleve a ese lugar, a ese preciso momento en el que el güey con pseudónimo de jugo comercializado *100% natural* está preparando los ingredientes exactos que se necesitan para servir el banquete que estás —estamos— a punto

de disfrutar. ¿Cómo decía la receta? ¿Meter todo a una licuadora y beber hasta saciar? Algo así, ¿no? Anyway, los del staff nos lo van a preparar, por eso tú no te preocupes, mi precavido lector. Y bueno, no hace falta que te diga que ahí estaremos, en las delicias de la playa y el mar, sin que ninguno de los cuatro nos vean —o bueno, a menos que logremos entrar en sus alucinaciones, lo cual no veo difícil—; como ya es nuestra costumbre, estaremos presentes en los mejores eventos sin que nadie se percate de ello más que nosotros. ¿Sí o no amas la VIP membership que con tanto cariño te regalé? Pues bien, a usarla, que para eso es:
Ready. Set. Go.

La digestión

Ahhhhh, no hay nada mejor que el sabor de un mezcal barato endulzado con saborizantes artificiales y adicionado con vitaminas desde la A hasta el Zinc. ¿Choco Milk? No, mis adoradas y siempre mexicanísimas madres lectoras: no les den eso a sus niños, eso *no* da energía… *esto* da energía *para ganar* y no chingaderas. ¿Pancho Pantera? ¿Y ese vato qué? Lucy in The Sky With Diamonds es la que te va a tomar de la mano y te va a guiar por lugares nunca antes vistos por tus lindos e inocentes ojos, quien te va a hacer ver cosas nunca antes imaginadas, cosas que ni Pancho Pantera ni el Tigre Toño ni pinche Gansito Marinela han sido capaces de ver jamás. Acéptalo: te gustó. No, es más: te encantó. Supo bueno el refrescante cocktail de bienvenida que el hippie este nos hizo —o bueno, a mí y a ti nos lo hizo mi súper staff—. Y aquí estamos, en La digestión, la cual no se cuánto tiem-

this   fucking
thing that you don't know, that you're not sure about, you know? This creepy thing that has your brain going nuts and that you just *can't* define what it is... yes: you know what I'm talking about. For example, if you look closer to that particular moment when you freaked out, I don't know, when you were a little kid, the one that you just *don't* want to remember... well, all this drama, all your issues and existencial behaviour, all the fucking problems and fucked up ideas that you have now as a grown up, all that, I'm telling you, goes down to *that* moment, when you were a little kid and you experienced something that you just *don't* want to remember... but you have to, you know? You have to face that moment in order for you to be able to wake up and walk again. If you don't —if you don't face it- then you'll be fucked up like for a thousand years, and even after that, you'll still be fucked up. It is soooo easy to understand, so practical, so clearly established that I just can't get why you people don't do that, in order to be able to wake up and walk again. That's why I've figured out that you people are a bunch of lazy, mediocre human beings that prefer to live in sadness and depression rather than step up and scream for your rights. You prefer to continue with your depressive life only to have something tangible to demonstrate that you're depressed and make other people to treat you like a fucking handicap. And that's quite sad, don't you think? Pathetic, I must say. But, at the end, it doesn't matter because

pero eso prefiero quedármelo para mí solito, por eso no te lo voy a contar. Pero —dime que no— *siempre* les pasa eso, lo que te digo, de cuando juegan a La Casita con su mejor amigo, amiga —cualquiera que sea el sexo opuesto si sus preferencias son heterosexuales o lo mismo que ustedes cuando no lo son— a sus mediocres cinco años y lo único en lo que están pensando es que ya quieren que llegue la hora en que Papi y Mami o Papi y Papi o Mami y Mami se van a dormir para pretender que, *inocente* e *ignorantemente,* están tocando a su mejor amigo, amiga —cualquiera que sea el sexo opuesto si sus preferencias son heterosexuales o lo mismo que ustedes cuando no lo son— sin darse cuenta y empezar —sí: desde los cinco años— a experimentar sensaciones que su cuerpo no puede evitar. No me digas que no, mi sexualmente prematuro lector; si por algo jugar a La Casita es una de las actividades de infancia más serias y respetables, practicadas e insuperables, famosas y mundialmente conocidas que hay. Yo te vi, yo te vi, no te hagas que a mí no me vas a andar contando cómo se hizo el mundo, si fui yo quien lo hizo junto con Mi Papi, por el amor de Él, no mames. Otra cosa que sé que hiciste fue cuando tenías doce y pensabas que todos

la emancipación del hombre en todas y cada una de sus estructuras sociales y legales, contribuyendo así a la perdición del mismo. No obstante de los fines de este, la proclamación del ser será perdida en un ritual pagano y ridículamente absorbente del cual ninguno de los que conforman su microcosmos será capaz de sobrevivir. Aun así, y pretendiendo que no hay vida sin vida y no hay muerte sin muerte, el hombre y su comunidad seguirá caminando por una brecha económico-social ampliamente corrompida, muchas veces diluida, que busca llegar a un fin sin fin por un camino que no puede ser llamado camino porque no ha sido recorrido. No importando los medios o las instancias requeridas para lograr dichos cambios, el hombre y su ser serán provocados por una serie de influencias que bien nadie puede juzgar como benignas o su antónimo, sino más bien como opciones que el hombre y su ser pueden seguir para completar sus objetivos, finalidades o intereses. Sin embargo, no es hasta que éstos —el hombre y su ser— provocan en sí mismos esa necesidad de coherencia, cuando piensan y hacen lo que realmente juzgan como apropiado. Dicho estatuto no significa que estén actuando de manera correcta; simplemente significa que en su ser no existe hipocresía ni ningún tipo de engaño y, es ahí, en ese preciso momento, en que el hombre entiende lo que es auténtico y lo que es hipócritamente mediocre e inconsistente con su naturaleza y deseos humanos. Llegar a est

como cuando te conté del otro día que no me acuerdo de cuándo la cez y así, nosw pweo rupi y assi y esrbas gien contento pero onse acjerdo perfectamente, sólo un poco de todas las cosas que pasaeon las cosas que pasaron, lsa cosas que pasaron el otro día, tipu y así. No we que tatnto podemos recordar de esa experiencia, tod estba muuu

cabeza cabeza cabeza que está aquí se siente y se toca y existe existe existe en mí y viaja y se mueve y piensa aquí diez quince ochocientos millones de veces aquí y después allá allá allá duele técnicamente duele sin pretender existir sólo duele aunque su existencia no sirva no funcione no reclame sólo duela duela y ya mira el líquido que se transporta mediante masas hacia mí hacia ti hacia la cabeza cabeza cabeza y no define que eres su hijo aunque lo seas eres su hijo aunque no te requiera la masa el agua la madre la masa madre formada por agua llamada mar y pregunta qué haces aquí con estos individuos y tú te preguntas qué hiciste para recibir tanto cómo le vas a pagar al mundo y cuándo te lo va a cobrar y ves el universo de colores que existen en la cabeza cabeza cabeza que te hacen ver felicidad formada por tonalidades y oler por medio de texturas y sentir por medio de olores porque la belleza es única y es ahora no hay momento más bello que ahora no hay momento más bello que ahora no hay momento más

viviéramos en un mundo paralelo.

La cruda

Lagunas mentales: I fucking hate them. Ni me escuchaste, ¿verdad? Seguro que durante mi interminable monólogo —soliloquio, más bien— no hice más que hablarle a la pared mientras tú te ponías a analizar por qué *ese* grano de arena —exactamente ese grando de arena— era el más bello que habías visto en tu vida. Tú, mi drogado, infinitamente divertido lector, ¿qué tal te la pasaste? Está divertido este trip, acéptalo, está bien pinche interactivo. Pero no: si pensaste que eso era todo, te equivocas porque esto apenas empieza; lo más chistoso de todo este business es cuando regresas del trance y te das cuenta de los estados en los que se encuentran todos los demás: uno enterrado en la arena hasta la cabeza, otro corriendo desnudo por la playa, otro hablando con mi Papi dentro de una capillita que está sobre unas rocas y otro recitando Hamlet de principio a fin con su voz como personaje multiusos. The Hangover Effect, I would like to call it. Me gustaría haberle dicho a los del staff que nos grabaran durante estas... ¿dieciséis horas? para saber cómo fue que el curso de nuestro trip nos llevó a terminar en estas peculiares y precisas situaciones —aparte de que me encantaría saber todo lo que mi profética cabeza se puso a decir porque, francamente, estas lagunas hicieron lo que quisieron conmigo—; pero desgraciadamente, como sobró un poco del cocktail que nos prepararon, ellos también se lo echaron y no hubo nadie cinco kilómetros a la redonda que estuviera bajo los efectos de la *realidad* como para poder hacer semejante y titánica actividad sin morir en el intento. El enterrado hasta la cabeza era Roberto —me gustaría saber si alguien le ayudó a sacar esas torres de arena para hacer el pozo o lo hizo él solo, así como cuánto tiempo se tardó en hacerlo—. El que corría desnudo era el poco agraciado cuerpo de Jumex —me gustaría saber —también— qué pasaba por su cabeza cuando se atrevió a hacer semejante ofensa al mundo, pero sobre todo hacia Cordelia—. La de la capilla era Cordelia —de ella no me gustaría saber nada porque fácilmente le puedo preguntar a Mi Papi qué fue lo que le dijo y ya— y el del complejo de Shakespeare era —obviamente— Camilo, del cual no tenía idea que guardaba dentro de su memoria tan fuertes cantidades de guiones, discursos y demás ensayos clásicos —estoy seguro que él tampoco lo sabía—; sí: más o menos así es el cuadro que se nos presenta al tú y yo, yo y tú, mi querido y siempre divertido lector, regresar del trance en el que estuvimos para enfrentar la triste y prácticamente siempre-aburrida sobriedad. Y poco a poco, cada uno en su protagónico papel, comienza a regresar, así como tú y yo, yo y tú, a tierra firme: Cordelia sale de la capilla, ayuda a Roberto a desenterrarse; Jumex va por su ropa, se la pone; Camilo es el último en regresar al terminar, cuando, tomando el papel de Fortimbras, dijera

> Let four captains
> Bear Hamlet, like a soldier, to the stage;
> For he was likely, had he been put on,
> To have proved most royally: and, for his passage,
> The soldiers' music and the rites of war
> Speak loudly for him.
> Take up the bodies: such a sight as this
> Becomes the field, but here shows much amiss.
> Go, bid the soldiers shoot.

Roberto
La Ventanilla

Ahora vamos a vivir la surrealidad de la sobriedad, dijo Jumex mientras encendía el coche para llevarnos a su playa favorita: La Ventanilla. ¿Cuánto tiempo nos tomó? No tengo idea; creo que todavía tenía un poco de ácido, coca, pastillas, dulces oaxaqueños —no sé—, haciendo efecto en mi cuerpo. En el camino se sentía entre los cuatro una química tan amena, tan pura, tan limpia y armónica que yo no podía creer que sentirse así era posible.

Bello.

El viento. El sol. Todo lo que teníamos alrededor.

Cordelia. Camilo. Un desconocido que manejaba mi destino.

Un presente sin futuro que no te provocaba voltear atrás.

Querer ahogar a los demás en el mar más hondo.

Y encontrar una botella de felicidad sin fondo.

La Vida envuelta en papel de regalo con una nota

de Feliz Cumpleaños.

Para ti. Para mí. Para ellos. Nosotros. Todos.

Porque todos somos Uno.

Un Uno fraccionado en tres mil doscientas partes.

Un Uno que prefiere sólo vivir los instantes.

No porque los prefiera, sino porque son los que menos duelen.

No porque los anhele, sino porque son los únicos que no hieren.

Instantes que se desvanecen al consumirse en nuestro cuerpo.

Instantes que se olvidan al olvidarse el momento.

Porque mientras más felicidad sentía, más miedo me daba el pensar en cómo sería la caída, el aftermath, lo *inevitable*. Ya no podía —ya no quería— imaginar mi persona en soledad, volviendo a la misma triste historia de antes, maldiciendo todos y cada uno de los días que lograba abrir los ojos en la mañana sólo para descubrir que no importaba qué tan mal me sintiera, el show —la pinche puesta en escena, el puto teatrito, la comedia dramática menos pinche chistosa de la historia del mundo— tenía que continuar. Ya no podía verme sin tener la tranquilidad de que él estaría a mi lado, acompañándome si me iba al norte de Nueva Zelanda o al sur, en la playa más perdida de todo México, protegiéndome de todo mal, todo abandono; ya no podía imaginar mi vida sin ser su persona favorita. No lo podía imaginar, no lo podía pensar, porque el simple hecho provocaba que mi trip feliz estilo Plaza Sésamo se convirtiera en la pesadilla de cualquier niño de cinco años, con payasos tenebrosos que te comen y todo el kit. Sí: eso analizaba mi cabeza durante el camino y mientras le pagamos los últimos cien pesos que nos quedaban al pseudo policía que cuidaba la entrada a la playa para que nos dejara meter el coche. Y ese análisis me provocaba mucho —bastante— ruido. Por eso lo borré. Delete. Erase. Trash. Una vez en la playa, mi mente le dio click al botón de Clear en cualquier pensamiento perturbador que pasara por mi cabeza para dejarla que siguiera enamorándose del mundo. Hermanitos, están a punto de ver el atardecer más hermoso que sus contaminados ojos vayan a ver jamás, nos dijo Jumex mientras manejaba a una velocidad bastante excitante a la orilla de mar. No es que me provoque emoción alguna manejar este artefacto a toda velocidad —no, no, hermanitos—, es sólo que nos tenemos que apresurar si queremos atrapar una pequeña gota de belleza que se derrame de la pintura tan perfecta que, a continuación, verán. Y, para mí, ver atardeceres nunca ha sido el pasatiempo favorito: París, Cambodia, India, Buenos Aires: *todos* eran lo mismo; no entendía cuál era el big deal de un pinche atardecer si realmente no había nada en el mundo que mis oídos no hubieran visto antes; si no había nada que me pudiera sorprender. ¿Qué horas traen, hermanitos? Rápido, rápido, que no lo podemos perder. Tenemos que estar ahí antes de las seis treinta; a esa hora es cuando *realmente* empieza la fiesta de los colores en el cielo, Uhm, no sé, seis veinte, creo. Pero, ¿cuál es la pinche prisa? De todas formas lo podemos ver desde aquí y es perfectamente igual, No, mentira, hermanita: ahí es donde te equivocas. ¿Verlo desde aquí? No, eso sería como admirar la belleza de una jirafa en un zoológico. No. Tenemos que llegar a nuestro destino antes de que la fiesta empiece, Y, ¿cuál es *nuestro destino?*, Ah, por eso no se preocupen, hermanitos, que lo sabrán tan pronto lleguemos a él. Nuestro destino: llegamos nueve, ocho minutos después —los que sean menores a diez porque logramos llegar antes de la hora que Jumex quería—. El ala de un valiente hermanito águila que murió con honor al brindar servicio a su comunidad hermanita, fue lo que contestó Jumex cuando Corde le preguntó ¿Qué madres es esto? Sí: al principio yo tampoco entendía a lo que se refería Jumex con esa descripción tan peculiar del lugar en el que nos encontrábamos; no entendía hasta que nos explicó la historia que llenara las primeras planas de los periódicos —al menos los oaxaqueños— el año pasado.

AGENTES FEDERALES DERRIBAN AVIONETA
DEL CÁRTEL DEL PACÍFICO
Por Luis Humberto Gómez
    Puerto Ángel, Oaxaca de Juárez (10 de marzo de 2006).-
Una avioneta con cargamento de cocaína proveniente de Colombia fue derribada ayer por un grupo de agentes federales que pretendían detenerla en las costas de Puerto Ángel, Oaxaca.

Según los reportes, el cargamento era de aproximadamente cuatro toneladas de cocaína y su destino principal sería el norte del país, donde se distribuiría entre México y Estados Unidos. Se presume que los involucrados eran traficantes del Cártel del Pacífico y habían logrado transportar dicha mercancía desde el país de origen; sin embargo, según el agente Fernando Javier Solórzano —quien fuera el encargado de la misión—, él y su equipo había logrado identificar el objeto con anterioridad por lo que, al localizarlo, no dudaron en perseguirlo para su detención. "La intención principal no era derribar la nave; sólo truncar la misión, confiscar la mercancía y detener a los involucrados para que nos guiaran hacia los demás culpables", dijo el agente Solórzano. Las cosas se complicaron cuando la avioneta comenzó a disparar explosivos para alejarlos, y fue en ese momento donde el equipo federal tuvo que tomar acción, dicen los reportes.

Después de una peligrosa persecución aérea, la avioneta fue derribada y cayó en La Ventanilla, una de las playas localizadas en las costas de Puerto Ángel, Oaxaca. Mitad de la avioneta se encuentra enterrada en el área, por lo que ha sido complicado para los agentes encontrar el cargamento en su totalidad, así como rescatar los cuerpos de los involucrados. "Las investigaciones continúan para llegar el epicentro de la organización", concluyó el agente Solórzano.

Entonces eso era: *el ala de un valiente hermanito águila que murió con honor al brindar servicio a su comunidad hermanita* no era nada más y nada menos que una avioneta del Cártel del Pacífico derribada en la arena entre las calles El Fin del Mundo y La Nada en una playa randy del sur de México. Sí: los agentes tenían que dejar esa *gran* prueba para que se exhibiera la primera y única vez que el gobierno derrotó al narcotráfico; no era que no tuvieran el dinero suficiente para quitarla: era que la querían de monumento. Ya me sentía sobrio para cuando llegamos ahí, pero los efectos del panorama me estaban haciendo sentir más viajado que si hubiera comido dos hongos enteros de postre después de tomar un licuado de peyote. El Atardecer, Su Real Majestad. Nunca antes una persona que me había prometido tanto que algo me gustaría, había estado *tan* en lo correcto. En primera, llegar y ver

—después de diez minutos de absolutamente nada alrededor más que arena y agua— en medio de la nada una turbina por aquí, un pedazo de ala por allá y el resto de la avioneta reposando en la arena tan casual como ver un gringo obeso en Estados Unidos, ver esa imagen, te digo, *cautiva*. Y bueno, igual y explicarte cómo estaba acomodada la avioneta se me va a complicar un poco, pero haré el intento. Imagínate que la avioneta está ladeada y que el frente da hacia la costa —lado izquierdo hacia el mar, derecho hacia la playa trasera o no sé cómo decirle—. Una mitad está enterrada en la superficie de tal forma que la otra, la que tiene el ala izquierda y maravillosamente da directo hacia el mar, está reposando en lo alto provocando que, al subirte a ella para contemplar el atardecer, pienses que haber derribado esa avioneta fue lo más perfecto y artístico que un agente federal haya hecho antes. Nos subimos al ala, nos sentamos al final de ella con nuestras piernas colgando desde lo alto y observamos la imagen. Todo era tan… preciso. No: era todavía mejor. El escenario. Los colores. La manera en que se transformaban. La rapidez de la transformación. La metamorfosis. Nuestros asientos —sobre todo nuestros asientos—. La soledad que reinaba. Sí: la belleza —disculpa pero, por más puto que se escuche, no hay otra palabra para definirlo— que mis ojos contemplaban seguía cautivándome; justo cuando pensaba que ya había experimentado el clímax de nuestro escape, el mundo me daba *más*. Y ese sentimiento de armonía que llevaba acompañándome durante todo nuestro trippy trip ya se me estaba volviendo cotidiano. No hubo un solo momento en el que no me hubiera sentido extasiado, pleno, cautivado, impresionado por La Vida. Y de nuevo era *tanta* belleza, *tanta* suerte, alegría, inusual perfección, que lo único que me quedaba era decirle a quien se encargó de diseñar dicho escenario que No sé quién seas pero no mames: te mamo. Te voy a contratar para que diseñes mi apartamento y, después de decirle eso, ponerme a llorar de agradecimiento. ¿Nunca te ha pasado eso? ¿Cuando de pronto paras todo lo que estás haciendo, pensando, escuchando para reconocer donde estás y te das cuenta de lo bello que es, tanto que te dan ganas de llorar? ¿Nunca? Esta fue mi primera vez. Y sí: la primera siempre será la mejor. ¿Un toque, hermanito?, No, gracias, estoy perfecto.

Cordelia
Zipolite

De pronto, lo único que nos alumbraba era la luz de las estrellas —chingos de estrellas— y una luna llena que nunca había estado tan llena como ese día. Y no: no necesitábamos de ninguna luz más que nos guiara hacia nuestro nuevo destino. Lo que vi minutos antes —el atardecer tan aclamado por Jumex— me recordó a alguno de los diez mil shows que he visto del Cirque du Soleil —Saltimbanco, O, Allegria, Quidam, Dralion, Zumanity, OVO, Kooza, KA, Mystere, no sé, alguno de esos. O todos. No sé—; no soy fan de esa compañía —sólo porque me fastidia que en todos y cada uno de los viajes que hacemos, Rodrigo y su familia a huevo quieran ir—, pero reconocer el arte *siempre* ha sido como que… mi fuerte. Y te digo yo, que sé de este tipo de cosas: un show del Cirque du Soleil es bueno; un atardecer en La Ventanilla es millones de dólares más chingón. Pero ya no estábamos ahí, sino transportándonos a un nuevo destino: Zipolite. Y no me importa si me crees una ignorante: no tenía idea que en México existieran playas nudistas. No tenía idea y, ciertamente, *no* me lo esperaba. Para la hora en que llegamos, ya no había mucha gente en la playa, sólo una que otra pareja perdida por aquí y por allá jugando libremente en la arena. Cuando las vi, inmediatamente me imaginé estando ahí con Guillermo. Moría por estar ahí con Guillermo. Vivir ahí con él y no volver jamás. Abrir un restaurante y pasarla con lo que sacáramos de él. No Bora Bora, no Audis, no Pradas, Galeries Lafayette, Events-of-the-Year, VIP Rooms, nada. Sólo él y yo en una playa nudista que seguramente nunca sería descubierta por mis papás ni mis amigos. Sólo él y yo compartiendo felizmente nuestra vida con la persona que más amábamos en el mundo. Sólo él y yo y ya. Cuando el Blackberry tenga señal, se lo voy a proponer, pensé. Esta vez dejamos el coche en las calles que había en las partes traseras de la playa; optamos por caminar. Pasamos varios lugares —los cuales no se veían tan mal, por cierto— donde las parejas cenaban a la luz de las velas, la luna, las estrellas. Sí: era tan romántico que hasta pensé en tomar a Jumex de pareja. El típico pero siempre sensual sonido de las olas golpeándose entre sí, llegando a la orilla, volviendo al mar, creando sinfonías que, aunque provocadas por golpes, suenan sumamente relajantes, estaba de fondo. Las palmeras, piedras y arena como decoración combinaban perfecto con toda la escenografía. Si me hubieran dado a escoger entre una cena romántica en el Nobu de Miami o una en cualquier restaurante de ahí, definitivamente no hubiera pensado más de un minuto mi respuesta: Zipolite era mágico. Caminamos durante años hasta que llegamos al final de la playa. Encontramos un restaurante llamado El Alquimista y nos sentamos ahí. Sí: no teníamos dinero. Y no: no aceptaban tarjetas. Eso no fue un problema porque Jumex era cliente frecuente y amigo del dueño. Cenaron, tomamos, tomé, tomé y seguí tomando. No era mi intención pero simplemente *la perdí*; ya sabes cómo es esto de cuando *la pierdes*: no hay nada que te pueda hacer parar. Y no me sentí tan mal porque tenía muchísimo de no hacerlo y, no es por nada, pero la situación por la que estaba pasando era sumamente estresante; rendirme a mi adicción más fuerte —después de Memo, obviamente— era lo más normal y esperado del mundo. Y no hace falta que te diga que cuando la pierdo, *realmente* la pierdo, ¿verdad? Nos levantamos en la arena al día siguiente, los cuatro, desnudos y rodeados de gente que estaba igual o más desnuda que nosotros. Teníamos el sol encima; todo mi cuerpo sudaba. Me paré de la arena, me di cuenta de que era un error hacer movimientos bruscos en la condición en la que mi cabeza, mi cuerpo —mi ser—, se encontraban y que, o conseguía un litro de Gatorade de limón y dos Advils de inmediato o buscaba un hacha para cortarme la cabeza de una vez porque mi cruda estaba a punto de hacerlo de una manera más dolorosa. La intensidad de los rayos del sol no hacía mi sufrimiento menos sufrible. Al pararme, lo primero que mis ojos vieron fue el mar. Caminé hacia él. Me introduje en él. Me hundí en él. Dejé que el mar me abrazara, cubriera mi desnudez y curara mi dolor. Me dejé llevar por las olas, por su ritmo y les cedí mi cuerpo para que hicieran con él lo que les complaciera. Me quedé debajo de ellas hasta quedarme sin aliento y, cuando salí para recuperarlo, me di cuenta que mi cabeza ya no dolía y que mi cuerpo se sentía totalmente revitalizado, vivo, *fixed*. Opté por quedarme ahí un tiempo indefinido pero bastante largo. De pronto Camilo se levantó y se metió a nadar al mar también. Nadó mucho, constante y muy lejos. Nadó sin cansarse. Roberto hizo lo mismo pero en otra dirección. Jumex se quedó ahí. Fueron horas las que duramos así. Volvimos a ver el atardecer. Buscamos nuestra ropa, no la encontramos; la robaron, la perdimos, la dejamos en el mar la noche anterior; no sabíamos y no nos importaba. Caminamos por la playa y regresamos al coche. Abrí la cajuela y saqué las botellas de lo que habían comprado en algún establecimiento con dudosa reputación. ¿Qué alcohol era? Uhm… ¿acaso eso importaba? Jumex se puso al volante, tomó alguna carretera y dijo algo como Me imagino que tampoco conocen Chiapas, ¿verdad, hermanitos?

24

Y no: gracias a Dios *no* lo conocieron porque, de haber sido así, esta pinche historia se hubiera convertido en la versión más lame de un On The Road edición mexicana; si de por sí le dejé de hablar a Kerouac después de una discusión que tuvimos en la que él defendía con vehemencia la mil-veces-innecesaria Guerra de Vietnam, créeme que lo último que quiero es ser algún tipo de promotor de las influencias de su obra magna o ser el narrador que no es narrador de una beat-wannabe story: Thanks, but *no* thanks. Aparte, nunca he sido fan número uno de las crónicas; nunca han sido lo mío. Anyway, que estos idiotas y Corde terminaron sin conocer Chiapas, no porque no hubieran querido llegar a él, no, sino porque en La Vida hay cosas que suceden y resultó que en ese viajecito se les antojó suceder. ¿Que qué fue lo que sucedió? Como siempre, no mucho, sólo cosas que tienen que pasar, ya sabes, de esas que pasan todos los días a toda hora en todo momento en tu sucedible mundito. Cosas como, no sé, traileros que se quedan dormidos en la carretera porque llevan cinco días sin hacerlo y la coca ya no los mantiene despiertos. O vacas a las que se les antoja cruzar la calle en el momento exacto en que un suicida que va manejando un coche necesita que se crucen para lograr su cometido. O piedras que se acomodan en milímetros precisos, en lugares exactos con el único objetivo de que su existencia en este mundo sirva de algo y no pasen sin pena ni gloria por la vida gracias a que pueden llegar a hacer cosas tan interesantes como lograr que un coche se tropiece con ellas en el camino y termine cien metros adelante, tirado en un barranco, con explosiones de agua roja exquisitamente pintadas por todas las ventanas; sí: vaya que la existencia de esa piedra marcó la diferencia, o al menos así lo hizo para una o varias personas. Llantas que explotan por estúpidos que no saben manejar a gran velocidad. Estúpidos que se vuelcan porque quieren manejar a gran velocidad pero como son pobres no pueden comprar llantas nuevas —aunque sean de calidad media—. Movimientos que provocan que el café que se supone serviría para que no se duerman en el volante y mueran gracias a eso, se caiga del portavasos, queme al conductor, lo haga querer remediarlo, termine haciéndolo aun peor, piense que quitar su mirada de la obscura carretera no representará ningún peligro, la baje para recoger el vaso —ahora sin café— del piso y, cuando regrese sus ojos a su posición inicial, se tope con la sorpresa de que la carretera ya no era *tan* obscura como pensaba… porque las encandilantes luces de un Freightliner están frente a él. Crash. Sí: de ese tipo de cosas que pasan día y noche, todo el tiempo —mientras te lavas los dientes en la mañana o te pones la pijama en la noche— en tu mundito. Y la cosa que se le antojó a La Vida que sucediera esta vez fue, más que una sola, una combinación de varias: típico. Y es que, en esta ocasión, en lugar de haber sido un café el que se derramara en los pantalones del conductor y provocara una serie de inconvenientes que terminaran en una palabra tan romántica como *tragedia*, en vez de haber sido un inocente vaso de café el que iniciara la revolución, te digo, la bebida en cuestión fue exactamente la que tú, mi lógico y deductivo lector, tienes en mente: mezcal. Pero no. No, no, no, no, *no* te equivoques, no. No te pienso salir con la jalada del accidente clásico que de tan clásico que es hasta lo usan en los comerciales de las campañas de gobierno con la ilusa intención de convencerte de que no manejes en estado de ebriedad y por eso ponen de protagonista a un puberto que sale ahogado de una fiesta con sus demás amigos pubertos y el muy puñetín se sube al coche y sigue tomando dentro de él y se le cae algo al suelo —el celular, la botella, el vaso, un cigarro— y en su alcohólica torpeza trata de recuperarlo, olvidándose del volante. La siguiente escena siempre es la misma: todo negro, con un *crash* y cristales quebrándose de música de fondo, un *pi pi pi* de la máquina del hospital con el

del coche hizo que la figura de cera robada del Madame Tussauds cayera de su asiento hacia el del conductor. No es que tener dicha belleza reposando sobre tus pantalones —sobre todo si eres hombre con cierta debilidad por recibir blowjobs on the road— sea algo perturbador ni mucho menos, no. El problema aquí no es ese (de hecho Jumex comenzó a sobar su cabello paternalmente una vez que la figura cayó sobre él con la intención de consentirla en su sueño), sino la falta de fuerza muscular —o exceso de relajación, en su defecto— de los brazos de la *figura*. ¿A qué voy con esto? A las consecuencias, a ninguna otra parte, mi estimado lector. ¿Te acuerdas de que Corde cargaba en su mano la botella vacía? ¿Sí? Bueno: pues la mano con que la cargaba era la derecha, la misma que estaba —ahora— del lado del volante —me imagino que te puedes imaginar la escena, con la figura de cera boca abajo, sobre las piernas de Jumex, y su espalda dándole la cara a la luna—. Eso sigue sin ser el problema, porque la mano derecha de Cordelia no estorba en ningún momento a Jumex en su manejar. Lo que *sí* es un problema y no chingaderas es el hecho de que la caricia de Jumex sobre el pelo de Corde provocó que ésta se dejara caer —ahora sí— en un estado catatónico en el cual sujetar un objeto era prácticamente surreal. ¿Ya sabes a lo que voy con todo esto? Quiero pensar que ya sabes a lo que voy con todo esto. Si no, no te preocupes, de todas formas te lo tengo que explicar. Resulta que Corde no contaba con la energía, las fuerzas, la conciencia suficientes como para aferrar la botella y evitar que cayera hacia algún lugar como, uhm, no sé, debajo de los pedales, exactamente el de freno. Sí: Corde dejó caer la botella como un heroinómano deja *caer* la jeringa en su brazo: sabiendo que probablemente esa va a ser la última vez que lo van a poder hacer y, aun así, no le puede importar menos. Si la botella hubiera sido rectangular, cuadrada, no sé, de alguna otra forma, tal vez no hubiera terminado donde *no* debía terminar. Pero la botella era cilíndrica, la forma más adecuada para que un objeto, una vez acostado, se transporte de un lugar a otro con tan sólo un empujón. Este dato, así como el de que Cordelia dejó caer la botella, no serían de tanta importancia si los papás de los ingenieros civiles que diseñaron esta carretera hubieran sido afortunados económicamente y así logrado llevar a su hijo de vacaciones a pinche Disney —como a todos los demás niños de la escuela— para conocer los juegos de sus sueños. Pero no: los padres de los inges que se echaron el proyecto resultaron ser débiles —financieramente hablando— y, aun cuando lograron meter a su hijo a un colegio de clase media porque le consiguieron una beca después de pasar por un vergonzoso estudio socioeconómico —el cual, afirmaba rotundamente que, en efecto, *sí* necesitaban la beca—, aun cuando su hijo sí recibió la educación que ellos no, de todas formas no lograron llevarlo como a todos los demás compañeritos de la escuela de vacaciones a Disney —específicamente a la Montaña Rusa, que era el juego del que todos los niños hablaban al regreso de clases en ese agosto del sesenta y cinco—. El papá, no habiendo tenido la *fortuna* que su hijo tuvo al recibir una educación de ese nivel, trabajaba en la construcción; primero fue mezclador, luego albañil y, gracias a su esfuerzo arduo y persistente, un día llegó a ser un respetado y legendario *maistro*. Y en un día como hoy, pero de mil novecientos sesenta y siete, a un niñito frívolo y sin corazón se le antojó burlarse de ese hecho frente a toda la clase; desde ese momento, el único niño que llevaba tenis rotos y zapatos con tallas extragrandes para poder usarlos durante toda la primaria se juró que nunca sería albañil, ni mezclador, ni maistro, sino que sería quien le manda, le grita, le patea a los todos ellos: sería un ingeniero civil. Gracias a eso y demás conflictos sociales que tuvo que enfrentar por esta situación, se desarrolló en el futuro-ingenierito-civil una frustración tan grande y traumante que, cuando creció, no deseó otra cosa más que construir carreteras inspiradas en montañas rusas: haría su propio Disney en México, en el sur, de donde era originario. Y ya conoces la vieja historia de la gente que nace en una casa humilde y todas esas pendejadas de que cuando eran chiquitos no tenían dinero más que para comer tortillas con chile pero con esfuerzo lucharon por ser Alguien en la vida y blah blah blah, sudor de la frente, perseverancia, todas esas mamadas que terminan convirtiendo a una *persona de escasos recursos* —o, resumido a una palabra: pobre— en un chingón que cumple con todos sus objetivos por el hambre de triunfo que tiene. Este es uno de esos casos. Creció, se hizo —como ese niñito que se burló de su papá cuando su alma era inocente y tierna— una persona frívola y

de huevos— a cambiar el curso del mundo como si este fuera mi Monopoly, porque luego dice que estoy corrompiendo el libre albedrío y no me acuerdo qué otras mamadas más. Total, que por eso que te digo me tuve que quedar con los brazos cruzados y aguantarme a ver cómo la ineficiencia de los rescatistas mexicanos arruinaba, todavía más de lo que de por sí ya lo estaba, la situación. ¿Cómo se enteraron del percance? ¿Quién los informó? Pues te diré que se me olvidó mencionar el dato de que no sólo lo pronunciado de la curva fue lo que descarriló el precioso y ahora destrozado Jaguar descapotable, porque, como si eso no hubiera sido suficiente, también existió un camión de por medio. Como todo lo que sucede en esta historia, dicho camión no era un camión cualquiera —¿cómo crees que iba a ser un camión cualquiera?—, sino un camión transportador de pollos. Sí: así como lo oyes, en el transporte que iba en el carril contrario habitaban, dentro de una asfixiante caja de no-sé-cuántos metros cúbicos, un aproximado de novecientos ochenta y cuatro pollos, de los cuales novecientos ochenta y uno estaban vivos y el resto había muerto de asfixia. Siendo un trailero con experiencia por décadas, Benito "el Bombón" Hernández ha recorrido prácticamente todo el Continente Americano transportando mercancía de un lugar a otro, con su simple compañía y la de varias bolsas de coca para mantenerlo entretenido en el trayecto. Transportar pollos no es cualquier cosa, déjame te digo yo, quien nunca lo ha hecho pero tiene conocimiento de todo lo existente en tu mundo. Por eso es que alguien como el Bombón era lo que se requería para completar esta tarea. El destino final de nuestro cocainómano Benito resultaba ser —como el de Jumex y compañía— el bello y empobrecido estado de Chiapas; los pollos venían muriéndose desde Baja California Sur. Ya mero llego, ya mero… pa' su madre, qué bueno porque me vengo meando desde Veracruz, pensaba el Bombón mientras trataba de encontrar una estación de radio que lo satisficiera, ya que poner por vigésima quinta vez consecutiva el casete de Los Tigres del Norte le parecía ridículo. Fue cincuenta metros antes de la curva que mandó a nuestros personajes al abismo donde Benito encontró, en una de sus estaciones favoritas, el clásico contemporáneo *Te atraparé bandido* protagonizado por su mil-veces-sueño-erótico Ana

Bárbara, lo cual —de sobra queda mencionar— causó en él mucha felicidad, una felicidad que supo expresar susurrándole al radio, mientras lo observaba de forma seductora, cual si este fuera la intérprete antes mencionada, Yo soy tu bandido, ven y atrápame, chiquita. Eso pasó veintitrés metros antes de la curva; regresó su mirada a la carretera ocho metros después; ahora sólo contaba con quince. Si tomamos en cuenta que Benito es amante de la velocidad y al, desafortunadamente, no contar con los recursos económicos necesarios para comprarse un Porsche, se tiene que conformar con manejar su súper camión a cien kilómetros por hora (lo máximo es ciento veinte pero eso no es posible aquí gracias a las tan insistentemente mencionadas curvas), si tomamos en cuenta eso, te digo, podemos llegar a la conclusión de que quince metros no son absolutamente de ninguna ayuda para hacer alguna maniobra que logre proteger al camión de lo que parece ser un conductor maniaco-suicida al mando de un coche descapotable en el carril contrario. Si Benito no se hubiera freakeado cuando vio al Jaguar salirse de control, hubiera sabido que permanecer en su carril era lo más conveniente, ya que el coche caería al barranco, mas nunca chocaría con él. Pero pobre Bombón, siempre ha sufrido de ataques delirantes y paranoicos gracias a la coca que se mete, y controlar sus nervios es algo imposible para él. Así como el Jaguar, el Freightliner transportador de pollos se salió de control. No cayó a un barranco porque, para semifortuna de Benito, ninguna botella de mezcal imposibilitaba su frenado, pero de todas formas el conductor no pudo controlar inteligentemente semejante bestia automotriz. Frenó de más, la enorme caja trasera se descontroló por el cambio tan brusco de velocidad, se creó una inconsistencia cinética entre el camión y la caja, provocando que ésta hiciera presión en el primero y zas: que se nos voltea el Benito con todo y pollos y Ana Bárbara con sus bandidos. Y ya te imaginarás el caos que se hizo en esa carretera después de que el camión invadió sus únicos dos carriles. Eso, mi paciente y amado lector, eso no es nada, déjame te digo, porque, lo que realmente hizo que eso se convirtiera en un circo fue la invasión de pollos que había ahí; como si éstos hubieran sido inspirados en la memorable película Pollitos en fuga, muchos de ellos lograron escapar con vida de esa caja de la muerte

tar al ahora accidentado Benito— evitar que esa terrible espera se alargara tres minutos más; ignorantes ellos, ningún rescatista, bombero, ambulancia, policía o maestro mexicano ha mostrado en la historia de su país que la eficiencia sea una de sus cualidades principales; sólo una ambulancia se presentó de entre los ocho cuerpos de ayuda que solicitaron… y lo hizo tres horas después. Para cuando llegaron, Benito ya había sido sacado de la cabina con la ayuda de varios pasajeros que iban en el camión con destino a la capital chiapaneca. Golpeado, ensangrentado y todavía con ganas de ir al baño, pero vivo y consciente, el muy socialmente responsable Bombón pidió a los que iban en la ambulancia que llamaran cuanto antes a unos colegas suyos ya que Ahí donde ustedes ven que como que algo chocó contra esos árboles que les partieron la madre, ahí merito chocó un coche y se cayó pa'l barranco. ¿Otra hora más? ¿Tres? ¿Cinco?… y todavía se atreven a poner la leyenda de EMERGENCIAS con letras fluorescentes en los costados de la ambulancia. No conformes con los diez años que se tomaron para llegar a la escena del accidente, cuando lo hicieron se dieron cuenta de que una ambulancia no bastaría para solucionar la situación: necesitaban bomberos, rescatistas e, inclusive, helicópteros para encontrar los cuerpos. Esos tomaron menos tiempo, ponle tú unos cincuenta minutos. Llegaron, se *pusieron a hacer su trabajo* y empezaron la búsqueda. Después de cinco intensas horas encontraron los cuatro cuerpos, todos sin vida. Y ya. Aquí se acaba la historia porque ya no tengo nada más que contarte, a menos que te hable de lo que pasó con ellos después de su muerte, cosa que —también— me tiene prohibida Mi Papá porque eso de que sepan *realmente* si hay o no vida después de la muerte no le parece ni tantito que porque luego la fe se pierde cuando la gente sabe las cosas con certeza y blah blah blah (no mames, si me escuchara decir *blah blah blah* en referencia a alguno de sus sermones me volvería a castigar y, ahora sí, no se tocaría el corazón al diseñar el castigo). Si ves que siguen cientos de páginas después de esta parte, es porque copypasteé fragmentos del cuento que Mi Papi me leía todas las noches antes de dormir cuando era yo apenas un pequeño Semidiosito, esto lo hice con el objetivo de que hubiera más páginas y encontrar un final en plena narración fuera algo, por así decir,

y amaneció: día cuarto. Dije: "Bullan las aguas de animales vivientes, y aves revoloteen sobre la tierra contra el firmamento celeste." Y creé los grandes monstruos marinos y todo animal viviente, los que serpean, de los que bullen las aguas por sus especies, y todas las aves aladas por sus especies; y vi que estaba bien; y los bendije diciendo: "sean fecundos y multiplíquense, y llenen las aguas en los mares, y las aves crezcan en la tierra". Y atardeció y amaneció: día quinto. Dije: "Produzca la tierra animales vivientes de cada especie: bestias, sierpes y alimañas terrestres de cada especie." Y así fue. Hice las alimañas terrestres de cada especie, y las bestias de cada especie, y toda sierpe del suelo de cada especie: y vi que estaba bien. Y dije: "Hagamos al ser humano a nuestra imagen, como semejanza nuestra, y manden en los peces del mar y en las aves de los cielos, y en las bestias y en todas las alimañas terrestres, y en todas las sierpes que serpean por la tierra. Creé, pues, al ser humano a imagen mía, a imagen mía le creé, varón y mujer los creé. Y los bendije, y les dije: "Sean fecundos y multiplíquense y llenen la tierra y sométanla; manden en los peces del mar y en las aves de los cielos y en todo animal que serpea sobre la tierra". Dije: "Vean que les he dado toda hierba de semilla que existe sobre la haz de toda la tierra, así como todo árbol que lleva fruto de semilla; para ustedes será de alimento. Y a todo animal terrestre, y a toda ave de los cielos y a toda sierpe de sobre la tierra, animada de vida, toda la hierba verde les doy de alimento." Y así fue. Vi cuanto había hecho, y todo estaba muy bien. Y atardeció y amaneció: día sexto.

Se concluyeron, pues, los cielos y la tierra y todo su aparato, y di por concluida en el séptimo día la labor que había hecho, y cesé en el día séptimo de toda la labor que hiciera. Y bendije el día séptimo y lo santifiqué; porque en él cesé de toda la obra creadora que Yo había hecho. Esos fueron los orígenes de los cielos y la tierra, cuando los creé. El día en que hice la tierra y los cielos, no había aún en la tierra arbusto alguno del campo, y ninguna hierba del campo había germinado todavía, pues Yo no había hecho llover sobre la tierra, ni había hombre que labrara el suelo. Pero un manantial brotaba de la tierra, y regaba toda la superficie del suelo. Entonces formé al hombre con polvo del suelo, e insuflé en su nariz aliento de vida, y resultó el hombre un ser viviente. Luego planté un jardín en Edén, al oriente, donde coloqué al hombre que había formado. Hice brotar del suelo toda clase de árboles deleitosos a la vista y buenos para comer, y en medio del jardín, el árbol de la vida y el árbol de la ciencia del bien y del mal. De Edén salía un río que regaba el jardín, y desde allí se repartía en cuatro brazos. El uno se llama Pisón: es el que rodea todo el país de Javilá, donde hay oro. El oro de aquel país es fino. Allí se encuentra el bedelio y el ónice. El segundo río se llama Guijón: es el que rodea el país de Kus. El tercer río se llama Tigris: es el que corre al oriente de Asur. Y el cuarto río es el Eúfrates. Tomé, pues, al hombre y le dejé en al jardín de Edén, para que lo labrase y cuidase. E impuse al hombre este mandamiento: "De cualquier árbol del jardín puedes comer, mas del árbol de la ciencia del bien y del mal no comerás, porque el día que comas de él, morirás sin remedio." Dije luego: "No es bueno que el hombre esté solo. Voy a hacerle una ayuda adecuada." Y formé del suelo todos los animales del campo y todas las aves del cielo y los llevé ante el hombre para ver cómo los llamaba, y para que cada ser viviente tuviese el nombre que el hombre le diera. El hombre puso nombres a todos los ganados, a las aves del cielo y a todos los animales del campo, mas para el hombre no encontré una ayuda adecuada. Entonces hice caer un profundo sueño sobre el hombre, el cual se durmió. Y le quité una de las costillas, rellenando el vacío con carne. De la costilla que había tomado del hombre formé una mujer y la llevé ante el hombre. Entonces éste exclamó: "Esta vez sí que es hueso de mis huesos y carne de mi carne. Esta será llamada mujer, porque del varón ha sido tomada." Por eso deja el hombre a su padre y a su madre y se une a su mujer, y se hacen una sola carne. Estaban ambos desnudos, el hombre y su mujer, pero no se avergonzaban uno del otro.

La serpiente era el más astuto de todos los animales del campo que Yo había hecho. Y dijo a la mujer: "¿Cómo es que Dios les ha dicho: No coman de ninguno de los árboles del jardín?" Respondió la mujer a la serpiente: "Podemos comer del fruto de los árboles del jardín. Mas del fruto del árbol que está en medio del jardín, ha dicho Dios: No coman de él, ni lo toquen, so pena de muerte." Replicó la serpiente a la mujer: "De ninguna manera morirán. Es que Dios sabe muy bien que el día en que coman de él, se les abrirán los ojos y serán como dioses, conocedores del bien y del mal." Y como viese la mujer que el árbol era bueno para comer, apetecible a la vista y excelente para lograr sabiduría, tomó de su fruto y comió, y dio también a su marido, que igualmente comió. Entonces se les abrieron a entrambos los ojos, y se dieron cuenta de que estaban desnudos; y cosiendo hojas de higuera se hicieron unos ceñidores. Oyeron luego el ruido de mis pasos mientras me paseaba por el jardín a la hora de la brisa, y el hombre y su mujer se ocultaron de mi vista por entre los árboles del jardín. Llamé al hombre y le dije: "¿Dónde estás?" Éste contestó: "Te oí andar por el jardín y tuve miedo, porque estoy desnudo; por eso me escondí." Yo repliqué: "¿Quién te ha hecho ver que estabas desnudo? ¿Has comido acaso del árbol del que te prohibí comer?" Dijo el hombre: "La mujer que me diste por compañera me dio del árbol y comí." Dije, pues, a la mujer: "¿Por qué lo has hecho?" Y contestó la mujer: "La serpiente me sedujo, y comí." Entonces dije a la serpiente: "Por haber hecho esto, maldita seas entre todas las bestias y entre todos los animales del campo. Sobre tu vientre caminarás, y polvo comerás todos los días de tu vida. Enemistad pondré entre ti y la mujer, y entre tu linaje y su linaje: él te pisará la cabeza mientras acechas tú su calcañar." A la mujer le dije: "Tantas haré tus fatigas cuantos sean tus embarazos: con dolor parirás los hijos. Hacia tu marido irá tu apetencia, y él te dominará." Al hombre le dije: "Por haber escuchado la voz de tu mujer y comido del árbol del que yo te había prohibido comer, maldito sea el suelo por tu causa: con fatiga sacarás de él el alimento todos los días de tu vida. Espinas y abrojos te producirá, y comerás la hierba del campo. Con el sudor de tu rostro comerás el pan, hasta que vuelvas al suelo, pues de él fuiste tomado. Porque eres polvo y al polvo tornarás." El hombre llamó a su mujer "Eva", por ser ella la madre de todos los vivientes. Entonces hice para el hombre y su mujer túnicas de piel y los vestí. Y dije: "¡He aquí que el hombre ha venido a ser como uno de nosotros, en cuanto a conocer el bien y el mal! Ahora, pues, cuidado, no alargue su mano y tome también del árbol de la vida y comiendo de él viva para siempre." Y le eché del jardín de Edén, para que labrase el suelo de donde había sido tomado. Y habiendo expulsado al hombre, puse delante del jardín de Edén querubines, y la llama de espada vibrante, para guardar el camino del árbol de la vida.

Conoció el hombre a Eva, su mujer, la cual concibió y dio a luz a Caín, y dijo: "He adquirido un varón con el favor del Señor." Volvió a dar a luz, y tuvo a Abel, su hermano. Fue Abel pastor de ovejas y Caín labrador. Pasó algún tiempo, y Caín me hizo una oblación de los frutos del suelo. También Abel me hizo una oblación de los primogénitos de su rebaño, y de la grasa de los mismos. Miré propicio a Abel y su oblación, mas no miré propicio a Caín y su oblación, por lo cual se irritó Caín en gran manera y se abatió su rostro. Dije a Caín: "¿Por qué andas irritado, y por qué se ha abatido tu rostro? ¿No es cierto que si obras bien podrás alzarlo? Mas, si no obras bien, a la puerta está el pecado acechando como fiera que te codicia, y a quien tienes que dominar." Caín, dijo a su hermano Abel: "Vamos afuera." Y cuando estaban en el campo, se lanzó Caín contra su hermano Abel y lo mató. Entonces dije a Caín: "¿Dónde está tu hermano Abel?" Contestó: "No sé. ¿Soy yo acaso el guardián de mi hermano?" A lo que yo repliqué: "¿Qué has hecho? Se oye la sangre de tu hermano clamar a mí desde el suelo. Pues bien: maldito seas, lejos de este suelo que abrió su boca para recibir de tu mano la sangre de tu hermano. Aunque labres el suelo, no te dará más su fruto. Vagabundo y errante serás en la tierra." Entonces me dijo Caín: "Mi culpa es demasiado grande para soportarla. Es decir que hoy me echas de este suelo y he de esconderme de tu presencia, convertido en vagabundo errante por la tierra, y cualquiera que me encuentre me matará." Yo le respondí: "Cualquiera que matare a Caín, siete veces siete será castigado". Y puse una señal a Caín para que nadie que le encontrase le atacara. Caín salió de mi presencia, y se estableció en el país de Nod, al oriente de Edén. Conoció Caín a su mujer, la cual concibió y dio a luz a Enoc. Estaba construyendo una ciudad, y la llamó Enoc, como el nombre de su hijo. A Enoc le nació Irad, e Irad engendró a Mejuyael, Mejuyael engendró a Metusael, y Metusael engendró a Lámek. Lámek tomó dos mujeres: la primera llamada Adá, y la segunda Sillá. Adá dio a luz a Yabal, el cual vino a ser padre de los que habitan en tiendas y crían ganado. El nombre de su hermano era Yubal, padre de cuantos tocan la cítara y la flauta. Sillá por su parte engendró a Túbal Caín, padre de todos los forjadores de cobre y hierro. Hermano de Túbal Caín fue Naamá. Y dijo Lámek a sus mujeres: "Adá y Sillá, oigan mi voz; mujeres de Lámek, escuchen mi palabra: Yo maté a un hombre por una herida que me hizo y a un muchacho por un cardenal que recibí. Caín será vengado siete veces, mas Lámek lo será setenta y siete." Adán conoció otra vez a su mujer, y ella dio a luz un hijo, al que puso por nombre Set, diciendo: "Dios me ha otorgado otro descendiente en lugar de Abel, porque le mató Caín." También a Set le nació un hijo, al que puso por nombre Enós. Este fue el primero en invocar mi nombre.

Esta es la lista de los descendientes de Adán: El día en que creé a Adán, le hice a imagen mía. Los creé varón y hembra, los bendije, y los llamé "Hombre" en el día de su creación. Tenía Adán 130 años cuando engendró un hijo a su semejanza, según su imagen, a quien puso por nombre Set. Fueron los días de Adán, después de engendrar a Set, ochocientos años, y engendró hijos e hijas. El total de los días de la vida de Adán fue de 930 años, y murió. Set tenía 105 años cuando engendró a Enós. Vivió Set, después de engendrar a Enós, 807 años y engendró hijos e hijas. El total de los días de Set fue de 912 años, y murió. Enós tenía noventa años cuando engendró a Quenán. Vivió Enós, después de engendrar a Quenán, 815 años, y engendró hijos e hijas. El total de los días de Enós fue de 905 años, y murió. Quenán tenía setenta años cuando engendró a Mahalalel. Vivió Quenán, después de engendrar a Mahalalel, 840 años, y engendró hijos e hijas. El total de los días de Quenán fue de 910 años, y murió. Mahalalel tenía 65 años cuando engendró a Yéred. Vivió Mahalalel, después de engendrar a Yéred, 830 años, y engendró hijos e hijas. El total de los días de Mahalalel fue de 895 años, y murió. Yéred tenía 162 años cuando engendró a Enoc. Vivió Yéred, después de engendrar a Enoc, ochocientos años, y engendró hijos e hijas. El total de los días de Yéred fue de 962 años, y murió. Enoc tenía 65 años cuando engendró a Matusalén. Enoc anduvo conmigo; vivió, después de engendrar a Matusalén, trescientos años, y engendró hijos e hijas. El total de los días de Enoc fue de 365 años. Enoc anduvo conmigo, y desapareció porque me lo llevé. Matusalén tenía 187 años cuando engendró a Lámek. Vivió Matusalén, después de engendrar a Lámek, 782 años, y engendró hijos e hijas. El total de los días de Matusalén fue de 969 años, y murió. Lámek tenía 182 años cuando engendró un hijo, y le puso por nombre Noé, diciendo "Este nos consolará de nuestros afanes y de la fatiga de nuestras manos, por causa del suelo que maldijo el Señor." Vivió Lámek, después de engendrar a Noé, 595 años, y engendró hijos e hijas. El total de los días de Lámek fue de 777 años, y murió. Era Noé de quinientos años cuando engendró a Sem, a Cam y a Jafet.

Cuando la humanidad comenzó a multiplicarse sobre la haz de la tierra y-, está bien, está bien, está bien, está bien: no puedo hacerte esto, mi amado, respetable, querido, inteligentísimo, paciente, honorable, súper sexy, cautivador y recientemente-educado-con-los-sucesos-que-nunca-habías-querido-leer-del-Génesis lector, no puedo hacerte esto, lo sé. Lo que pasa es que, bueno, traté de encontrar la manera de hacer que la palabra de Mi Papi se esparciera un poco más, aunque fuera sólo por .000000000001% —seguramente será menos que eso— y no fuera su *palabra* completa sino sólo una pequeña parte. Y es que ya sabes cómo está esto de la crisis que está viviendo el Reino de Padre allá con ustedes los humanitos. Y eso no está nada chistoso porque si Papi deja de reinar, ¿luego quién me mantiene a mi? Y tengo que aceptar que mi estilo de vida no es algo que tú digas como que muy fácil de mantener. No, al contrario: está cabrón y más con la inflación y las crisis financieras que se están armando tus súper eficientes jefecitos. Pero bueno, aunque odie tener que aceptarlo, tienes toda la razón: obviamente estos cuatro idiotas no se morirían así como así, como si fueran soldaditos de la segunda Guerra Mundial que caen en batalla cual figuritas de plástico manipuladas por un niño de cuatro años; como si fueran africanos infectados de sida y malaria que mueren a una velocidad de chingos por minuto; como si fueran narcotraficantes y *policías* mexicanos en gobierno de Felipe Calderón; como si fueran unos chinos cualquiera. No. Después de sobrevivir mejor que pinche Terminator toda la serie de dificultades que ellos mismos se han obligado a experimentar, después de sangrar, volar, ahogar, quemar, explotar, jugar con su vida y aun así seguir respirando, después de rogar incansablemente por la llegada de su final y no recibirlo, ¿crees que La Vida sería tan culera como para cumplirles su deseo ahora que por fin comenzaban a cambiar de parecer? ¿Justo ahora cuando empezaban a ser atraídos por la

completamente destinados a la búsqueda ardua e incansable de los hermanos Abascal-Rigovétz y el joven Santibáñez, los cuales llevan desaparecidos desde el día de la boda de la señorita, perdón, ahora señora de Fernández. Sí, aunque no lo creas, esta vez *sí* fue verdad. Y te dije que los rescatistas llegaron mil millones de años después y comenzaron su búsqueda sin ilusión ni interés alguno porque pensaban que los accidentados seguramente eran otros mayitas que no le sabían muy bien a eso de los cambios y por eso se dieron en la madre. Pero cuando Octavio Gutiérrez, miembro importante del Heroico Cuerpo de Bomberos del estado de Oaxaca, vio lo que parecía algún día haber sido un Jaguar negro convertible modelo sesenta acompañado por una serie de cuerpos distribuidos por la montaña sin logística ni planeación aparente, lo primero que hizo —antes de brindar los primeros auxilios y asegurarse de que los afectados se encontraban vivos— fue tomar su celular, sacar de su cartera el pedazo de periódico donde venía el anuncio de la recompensa millonaria por quien diera información que ayudara a dar con el paradero de los antes mencionados y, con los dedos temblándole de la emoción, marcarlo. Tengo la información que está buscando, ¿Dónde están?, Primero quiero mi recompensa, La vas a tener, ¿dónde están?, ¿Cómo sé que no me está mintiendo?, No tienes idea de con quién estás hablando, ¿verdad, pinche asalariado de quinta? ¿Dónde están?, De acuerdo, voy a creer en su palabra, Sí, sí, sí… ¿dónde están?, Los encontré en uno de los barrancos ubicados en la carretera 200 rumbo a Chiapas; parece que sufrieron un accidente, ¿Están vivos?, No lo sé, ¿Cómo que no lo sabes? ¿Cómo puta madre no lo vas a saber, imbécil? Si están muertos de todas formas recibirás tu recompensa, así que no me digas que no sabes sólo por miedo a perderla, Realmente no lo sé, marqué el número en el instante en que los encontré, Pues entonces chécalo inmediatamente, idiota, Sí, espere un momento. Ja. *Espere un momento:* sólo le faltó que una *contestadora* repitiera la leyenda de "Por el momento, todos nuestros ejecutivos están ocupados, espere en la línea y uno de ellos lo atenderá. Esta llamada puede ser monitoreada y grabada para control calidad en el servicio" y, después de eso, la melodía mil-veces-odiada-por-todos-los-que-han-sido-colgados-por-asistentes-de-Telcel-y-toda-compañía-

dentro del rango de Drama, ahora se convirtió en Suspense— y regresémonos a la fiesta. Perfecto. Vemos, entonces, a un vestido de novia inconsistentemente blanco que está encabezando la versión más corta de La víbora de la mar que haya existido antes en una boda. Vemos cómo Cordelia lleva de la mano a su hermano menor quien, a su vez, continúa *esta* cadena de unión al tomar la muñeca de su curioso amigo, el cual cierra esta increíblemente corta víbora (tan corta que en lugar de ser llamada *víbora* debería de ser llamada *gusano* —¿hay gusanos de mar?—) con una botella de Moët sin abrir que lleva en la mano izquierda y robó de la primera mesa que encontró. Sí: hasta *víbora de la mar* hay en esta boda, la única diferencia es que, en lugar de desplazarse por las mesas y la pista tratando de agregar más gente para que termine tropezándose cuando las velocidades del grupo no sean constantes y provoque un caos que acabe en tragedia, en lugar de esto, esta cadena se va desplazando entre las mesas, sí, pero no para agregar más gente, sino para deshacerse de ella y escapar de todos por la puerta principal. La huida no es percibida por las —ahora— mil ciento setenta y nueve almas que habitan la explanada, pero sí por los ochocientos noventa y cuatro invitados suficientes como para que inmediatamente se comience a escuchar una serie de conversaciones en voz tan baja —en murmullos tan prejuiciosamente molestos— que es necesario volver a buscar debajo de tu sillón el control de la tele para subirle y así poder escuchar a una doña Carlota Madero de González —ubicada en la mesa setenta y cuatro (justo detrás de los abuelos Fernández)— que aparentemente cuenta con un sexto sentido como para, segundos después de la escena antes mencionada, saber que la novia no volverá y decirle a su esposo, entre dientes, Siempre supe que esta boda terminaría mal. Menos mal que pusieron buena decoración. Eso sí: buen gusto nunca les faltará a los Abascal-Rigovétz. ¿No son estas las copas que quieres para la cena de nuestro aniversario de bodas? Al rato le pregunto a Luciana quién se encargó de la decoración. Creo que es el mismo que organizó la boda de Andrea y Santiago Lascuráin en Los Cabos. Muy bonita boda, ¿te acuerdas? Gloria Treviño de Garza moría de ganas de ir al baño desde el momento en que se puso la faja que prometía hacerla ver con un cuerpo un poco mejor formado una

cuatrocientos trece le dice al número doscientos cuarenta y dos: Esta familia no es lo que era. ¿Dónde quedó el respeto? Pero yo sabía que tanta libertad tenía que terminar así; es culpa de Luciana y su psicología de "Tenemos que aprender a *dejarlos ser*". ¿Dejarlos ser? ¿Para qué? ¿Para que terminen haciendo sus escándalos públicos y dejen en vergüenza a la familia? Pobre Rodri; ¿con qué cara nos va a despedir cuando nos cansemos de pretender que no ha pasado nada? Y en cuestión de minutos este evento pasa de ser la Recepción de la Boda del Año a una sala de cine mexicana donde se está exhibiendo una película infantil —Shrek VI—, con cientos de murmullos tan perturbadores que lo último que se puede escuchar es la banda de violines, chelo y arpa que siguen tocando un Por ti volaré, de Andrea Bocelli, que, por más bien que lo toquen, no logran captar la atención de su público, al que lo único que le importa es saber cuál será el veredicto final de la noche: ¿regresará Cordelia? ¿Se quedará Rodrigo como novia de rancho? ¿No servirán la cena hasta que regresen? ¿Seguimos platicando y tomando y criticando al resto de los invitados como si pensáramos que la novia no anda entre las mesas agradeciendo a los asistentes su compañía porque seguramente está en el baño tratando de calmarse de tan emocionada que está por su reciente unión? Que por favor alguien diga cuál es el protocolo que se usa en las Recepciones de Bodas del Año cuando La Novia decide desaparecer del escenario. Y en la explanada la banda sigue tocando y los murmullos invadiendo el aire que, antes de haber sido contaminado por tan contaminantes palabras, era limpio y fresco; los meseros confundidos por no saber si lo que tienen que hacer ahora es servir el segundo tiempo o cancelar todo, sentarse a comer de los platos que sobraron del primer tiempo, disfrutar del show y esperar a recibir un cheque por no haber hecho nada gracias a una novia confundida. Esperar. *Esperar* es y siempre será un verbo que inspira paciencia y calma, pero que realmente se trata de todo lo contrario. Esperar es el verbo más pinche desesperante que existe en el diccionario de la RAE. Y aquí todos están así, *esperando,* unos más desesperantemente que otros. Y resulta que, después de seis minutos de esperar a que se terminara lo que al principio aparentaba ser un *chistecito más* de Cordelia, el nuevo esposito comenzó a creer que la idea de

presentación para ser contratado en futuros eventos donde los presupuestos fueran tan bizarros que alcanzarían para poner una escultura de hielo en el plato de cada uno de los tres millones de invitados. Ah, pero no: a la imbécil de la novia (como Morice está describiendo a nuestra amada Cordelia al quejarse por teléfono del fiasco de la noche con su novio Claude) se le antojó largarse y dejarme en ridículo, sin saber qué decir ni qué hacer. Claude, mi amor (súbele, lector, por favor súbele para que escuches el llanto maricón del pinche Morice): es el fin de mi carrera. Esa pinche niñita de papi acaba de arruinar mi —nuestro— futuro. Después de esto, nadie querrá contratarme (llanto, llanto, llanto: escúchalo). Ya sabes cómo es esta gente: no te perdona un solo error. Y yo que me veía organizando bodas en Los Pinos. Ahora ni para el pinche Club de Leones me van a contratar. Gordito, de verdad no sé qué hacer. Todo es un caos y eso que acaba de empezar; a buena hora se le antojó a la pendejita (estoy a punto de salir por el celular y darle un madrazo en la cara a este puñetas si no deja de hablar así de Corde, ¿a poco tú no?) darse cuenta de que su novio y yo —y tú— tenemos mucho en común, y no porque nos parezcamos físicamente. ¿Qué voy a hacer? Ahora me van a conocer como el wedding planner de la boda del año que resultó ni ser boda y mucho menos ser la del año y nadie va a querer hacer ningún evento conmigo y va a ser mi ruina para siempre. Ah, pero me voy a vengar: les voy a cobrar como si su pinche hijita (deténganme, alguien deténgame para que no le rompa su madre a este puto) se hubiera casado treinta veces seguidas. Y nos trasladamos de la cocina —donde el gato de Morice hablaba por teléfono— hasta la mesa número tres, donde se encuentran los invitados de honor. Doña Luciana —mamá de Luciana, abuela de Corde y Roberto— está ahí sentada, observando tranquilamente el cuadro que le presentan, pensando qué fue lo que hizo mal para que su hija se equivocara tanto y toda esta serie de errores terminaran desembocando en *esto*: una nieta que no es capaz de tomar responsabilidad de sus decisiones y prefiere cualquier salida fácil antes que enfrentarlas. Y en lo único en que su mirada se puede concentrar es en el arreglo de orquídeas brillantemente elaborado que está en el centro de la mesa, marchitándose segundo a segundo como su vida, como la de su hija, como la

obviamente la novia no va a traer su BB en plena boda —a menos que fuera una agente de la CIA y lo necesitara para recibir una señal de que ya puede comenzar a disparar, o una de esas adictas a Facebook que suben hasta la fotografía de la cabeza de lo que parece ser un bebé —ya que su BB no es el más avanzado; no tiene tantos megapixeles como para que se vea claro lo que esa masa asquerosa es— saliendo de su vagina mientras está dando a luz, cosa que, gracias a su Dios, no aplicaba en el caso de Corde—. Del celular de Roberto mejor ni hablar porque no tienen idea ni de qué ciudad es la lada que tiene, mucho menos cuál es su número. El de Camilo, ni el mismo Camilo se lo sabe. Y don Roberto comienza a notar en la cara de su amada esposa una expresión de miedo que la única persona que se la había podido provocar antes había sido Hitchcock con su Psicosis; es tanto el miedo que don Roberto ve en esa cara que hasta a él mismo comienza a sentirlo. Ya han pasado cuarenta y cuatro minutos y todo parece indicar que es hora de que alguien haga algo —lo que sea— al respecto. No sólo los Fernández y los Abascal-Rigovétz empiezan a temblar por no saber dónde chingados se encuentra la novia, sino también Malusa. Y los papás se ven las caras en señal de ¿Qué hacemos?, sin saber qué más hacer. No saben por dónde comenzar ni en qué parte buscar; no saben si esperar es lo correcto, o si perseguirla y hacerla entrar en razón es lo que funcionará; no saben —aún no están totalmente seguros— si es una broma de mal gusto o si realmente la niña es tan chiflada como para dejar en semejante ridículo no sólo a su familia, sino a la del novio también. ¿Seguir con la fiesta y hacer como si nada pasara? ¿Contratar a una modelo a imagen y semejanza de Corde, ponerle vestido de novia y sacarla a escena para que los invitados dejen de susurrar? Al final de cuentas, muy pocos —si no es que nadie— notarían la diferencia; acuérdate: en tu mundito nadie presta atención a los *detalles*. ¿Decir que la novia tomó champagne de más y se encuentra indispuesta, por eso huyó de la boda antes de que algo peor le pasara al vestido de algún invitado, algo patrocinado por Cordelia-vomitando-en-plena-pista-de-baile, por ejemplo? Decir que su hija es una inmadura que no sabe medir lo que toma es mejor que decir que su hija es una inmadura que dejó plantadas a mil doscientas personas porque no sabe lo que quiere. ¿Qué hacer? ¿Qué madres hacer para evitar que el Fin de los Días llegue antes de tiempo a estas dos *respetables* familias? Con sus dedos temblando de una vergonzosa manera, Rodrigo comienza a marcar números que cree puedan solucionar el problema: policías. ¿Policías?, preguntas tú, mi cuestionador lector. Sí, policías; así de estúpido es este esposito de mentiritas que te digo. No sé en qué momento el idiota confundió su vida rosa en Boston con la vida en cualquier parte de México o país tercermundista donde el sueldo por jugar con tu vida contra los Zetas es de veinte pesos el día. Por otro lado, gracias a la presión que está recibiendo por parte de Malusa, don Camilo comienza a contactar al cuerpo de seguridad privada que normalmente lo acompaña; lo mismo hacen los Abascal-Rigovétz. Nada. Y el tiempo comienza a pasar más rápidamente y la gente comienza a desesperarse. Los invitados optan por dejar a las familias tranquilas y mejor marcharse para no hacer más vergonzosa la situación de lo que, de por sí, ya es. Y ya pasó una hora con cuarenta y ocho minutos. Nada; ya es bastante obvio que la huida *no* había sido una broma y que regresar igual y no está en los planes de los involucrados; esto ya es algo serio. Y los Rolex y los Casio —aunque ya en menos cantidad que al principio— continúan su paso pero en nada cambian: tres horas después todo sigue igual. Se habla con los periódicos locales para publicar comunicados ofreciendo dinero a quien aporte información. Se habla con las estaciones de radio. Se habla con las televisoras. Se mandan hacer carteles para poner en los postes. Se manda traer al equipo completo y reforzado de seguridad de las dos familias, el cual, básicamente, está formado por cuatro ex agentes de la AFI, tres detectives que un día no muy lejano trabajaron para la inteligencia del FBI pero que fueron despedidos por ser demasiado buenos en lo que hacían y por eso terminaron descubriendo los movimientos que *no* se debían descubrir de sus superiores, ocho perros que por tratar de proteger a su comunidad del narcotráfico ahora sufren de adicción a la cocaína y chingos de hombrecitos que en algún momento fueron marinos o soldaditos o policías (pero de los que no te tratan de secuestrar, i.e. ninguno era mexicano) o individuos que siempre soñaron con ser los detectives que salen en películas pero, al no lograrlo, se tuvieron que

de esas cenas en compañía de gente amena donde las botellas de vino se acaban como si fueran las donas de fresa que dan gratis en los desayunos baratos de los moteles gringos; donde el tiempo corre tan rápido como si se estuviera viendo la final de Wimbledon entre Federer y A-quien-éste-le-vaya-a-ganar. Los días siguen pasando y ellos dejan de hablar de negocios y ellas comienzan a hablar de cosas más relevantes —al menos en su mundo—. Compartir sentimientos, discutir perspectivas, confesar sufrimientos, aceptar miedos, relatar anécdotas; todo esto comienza a fluir en estas reuniones que suceden la mayoría de las veces en el restaurante del Camino Real. Sin embargo, gracias a ese instinto materno que, independientemente de lo mala madre que sea, cualquier mujer siempre tendrá, tanto Malusa como Luciana siguen sin poder dormir gracias a la incertidumbre sobre el paradero de sus hijos. Y aunque se supone que la angustia de Luciana debe de ser doble gracias a que son dos los hijos que tiene perdidos, es Malusa la que realmente se ve afectada. Es obvio que hay un grado de preocupación en cada uno de ellos —con excepción de don Camilo, nos queda claro—, pero existe una diferencia muy grande entre la preocupación de todos y la de Malusa; ella *sí* tiene miedo; ella *sí* teme no volver a ver a su hijo nunca más. Y aquí es cuando más me dan risa todos ustedes. ¿Por qué hasta que se ve la posibilidad de perder a alguien? ¿Por qué no cuando está, cuando estaba a su lado? ¿Por qué siempre se tienen que dar cuenta de lo que tienen hasta que —como dice la pinche frase trilladísima que siempre usan ustedes— lo pierden? ¿Por qué? Y luego se aferran a eso cuando saben perfectamente que ya no hay nada que le puedan hacer para recuperarlo. Cómo les encanta —les fascina— jugar al masoquista. Y eso me desespera mucho, ¿sabes? Porque luego todo esto termina en una serie de reclamaciones hacia Mi Papi donde todos lo empiezan a bombardear con preguntas como por qué hace lo que hace y cómo dejó que eso pasara, por qué se llevó a quién sabe quién y peticiones de que si por favor puede hacer el milagro de regresarlo a la Tierra. Después de tanto pinche reclamo, lo único que logran es poner de mal humor a Papi al punto en que hasta las ganas de jugar ajedrez conmigo se le quitan. El único afectado termino siendo yo, que me muero de aburrimiento porque nadie

que ellos —los padres— siempre quisieron y nunca pudieron tener. Y lo mismo pasa con el abuelo que se cayó de las escaleras y ahora está en el hospital, en el momento *menos* adecuado para que terminara en el hospital porque es el mismo día en que tienes que estudiar para el examen final de —¿qué te gusta?— Finanzas Corporativas, o porque ya tenías planeado que esa noche te tomarías tres botellas de lo que sueles tomar para terminar bailando en la calle a las nueve de la mañana porque, como reprobaste el examen final de Finanzas Corporativas, necesitas ahogar tus penas. Pero nada de eso iba ser posible ahora que al abuelo se le había ocurrido la brillante idea de caerse de las escaleras y arruinar tu vida porque lo tienes que ir a visitar al hospital. Y esa casa en la que vives… ¿a quién le importa esa casa si lo único que quieres es escapar de ella lo más pronto posible? Por fin graduarte, conseguir un trabajo —en el cual, según tú, llegarás a la dirección general en menos de lo que el PRI regresa al poder y arruina el poco progreso que ha habido en el país desde que se largó de la presidencia—, comprar tu departamento y armarte los mejores afters del mundo, en los cuales vas a poder fumar y tomar y hacer lo que quieras sin que nadie te esté chingando la madre. Eso es lo que quieres, ¿no? O que tu pinche hermanito se consiga un chofer que lo recoja cada que tiene clases de piano porque ya estás hasta la puta madre de tener que salirte del café en el que estás con tus amigas para ir a recogerlo. Y todo eso ahí lo tienes. ¿Pero qué pasa cuando a los papás se les ocurre salir de vacaciones y terminan regresando en un féretro que ni derecho a escoger el color tuviste? ¿Cuando al cuerpo del abuelo se le antoja decir "Estoy en huelga; yo ya no voy a trabajar más" y prefiere ver La Luz Divina antes que la luz del quirófano? ¿Cuando al pendejo del hermanito le diagnostican leucemia y sólo tres meses más para tocar el piano? ¿Cuando te das cuenta de que el único puesto que conseguiste una vez graduado es el de asistente de ventas locales, con un sueldo que muy apenas te alcanza para pagar el gas? ¿Qué pasa? ¿Quieres que te recuerde qué pasa? Ok, lo voy a hacer sólo porque *tú* me lo pediste, por nadie más. Pasa que empiezas a poner toda tu atención en ese único hecho, en ese único objeto. Que todo se borra de tu alrededor y ahora no hay nada más importante que esos padres, ese abuelo, ese hermano, esa casa. Y cuando digo nada, I mean *nothing*. Y se empiezan a obsesionar porque eso que tenían ya no lo tienen y a preguntarse por qué no lo valoraron cuando lo tuvieron y luego a preguntarse por qué razón ya no lo tienen si siempre estuvo ahí y ahí es donde debería estar y blah blah blah. Egoísmo: eso es todo. Quieren tener todo, en todo momento, en todo lugar, aun cuando no lo necesiten, aun cuando, si lo tienen, no hacen más que ignorarlo, aun cuando no les haga falta realmente. Y por eso te digo que aquí es cuando más me dan risa todos ustedes. Y esto que te estoy explicando es precisamente lo que está pasando con Malusa y, en cierto grado, con Luciana. ¿Qué apenas se van dando cuenta de que sus hijos existen? ¿Exactamente ahora cuando las posibilidades de no volver a verlos se intensifican? Anyway. Y así continúan pasando los días y las noches, sin novedad alguna y, por ende, con una incertidumbre y agonía en crecimiento constante. Sí: esto pasa mientras nuestro ex cuarteto maravilla se transporta por las playas oaxaqueñas y descubre todos los colores que éstas —en combinación con diversos alucinógenos— pueden ofrecerles. Y llegamos —de nuevo— al punto en que nuestras historias convergen y vuelven a ser una sola, al momento en que los padres de nuestros dos protagonistas están reunidos y ese Octavio Gutiérrez está hablando —Por fin, diría Malusa— con don Camilo, y le está diciendo lo que hace apenas unas catorce páginas —aunque este número es variable dependiendo del formato, tipo de letra, tamaño y demás especificaciones que la editorial prefiera darle. Catorce páginas será el número correcto si y sólo si se decide imprimir esto en hojas tamaño carta con una fuente Times New Roman 12 espaciada en 1.5 y no se le censura contenido alguno antes de su impresión que provoque se mueva por completo el acomodo de las páginas— te dije que estaba diciendo. Entonces Malusa se desespera por no entender los gestos de su esposo. Entonces Malusa le arrebata el celular para ser ella la que escucha lo que realmente está pasando.

26

Ya te actualicé; ya podemos continuar. Pues sí, que son dos los personajes que fueron despedidos del elenco del cual yo también formo parte. Farewell, my dear friends. No sabría decirte si fue porque nos cortaron el presupuesto dada la situación financiera que está viviendo tu mundito gracias a los imbéciles de Lehman Brothers, o porque simplemente se le antojó así al escritor que pasaran las cosas, o porque realmente así pasaron las cosas y ni la crisis financiera ni el escritor tienen nada que ver con esta decisión tan importante para el curso de la historia. Anyway: yo voto por la opción de Lehman Brothers; en todas partes están despidiendo gente, no me sorprendería que nosotros formáramos parte de eso. Pero estoy olvidando una parte importante: ¿quién es el otro personaje que no logró desarrollar su papel de tal manera que lo convirtiera en indispensable? ¿Quién es aquel que ya no recibirá su sueldo mensual en la cuenta del banco como todos los meses en los que ha trabajado en este equipo? ¿Quién ya no podrá participar en próximas novelas con el mismo elenco porque seguramente no quedará grabado en la mente de los lectores? ¿Quién? Uhm: tranquilo, impaciente lector, que ya estás cerca de saber la verdad.

27

Entonces te decía que Malusa le arrebata el celular a Camilo y escucha a Octavio Gutiérrez gritar Ya los encontré: hay un muerto. Y es justo en este momento cuando el cerebro de Malusa recibe lo que sus oídos están escuchando. Este cerebro lo procesa, lo digiere y manda la información al sistema nervioso central, el cual la envía al sistema nervioso periférico, que se encarga de esparcirla por todas sus neuronas, fibras y nervios hasta estar seguro de que dicha información llegó a todas y cada una de las esquinas que hay en ese cuerpo. Y es aquí cuando el show empieza. Fue tanto y tan fuerte el impacto que el corazón de Malusa recibió al escuchar tal declaración que lo único que le quedó fue pararse: no escuchar más, no moverse, no sentir, no nada. Simplemente se paró, haciendo uso de una de las herramientas más prácticas de la *negación*. Y es que lo primero que piensan los cuerpos es que parando el corazón se puede parar todo posible sufrimiento porque se le imposibilita a éste recibir cualquier otra información. Lo que al cuerpo a veces se le olvida es que parando el corazón se detiene también el flujo sanguíneo que va a los demás órganos del cuerpo y que sin flujo sanguíneo ninguno de estos órganos puede funcionar. Cuando los órganos dejan de funcionar, un lapso de pocos minutos es suficiente para que el cuerpo se rinda ante la asfixia que su corazón le provoca y entonces —sin poder hacer nada al respecto— muera. Fulminantemente. Sin opción a arrepentirse. Y qué lástima porque ni oportunidad le dio su proteccionista cuerpo de escuchar quién era ese muerto del que estaban hablando. No: le dio tanto miedo que prefirió quedarse con la duda antes que arriesgarse a escuchar algo que definitivamente *no* quería escuchar. Prefirió parar todo sólo por una probabilidad de veinticinco por ciento de que *eso* pasara. Si tan sólo le hubiera dado la oportunidad a Octavio de verificar de quién era el cuerpo, si tan sólo hubiera esperado un poco más antes de paralizar todo, entonces don Camilo no se hubiera visto obligado a dar lo que parecía un intento de resucitación cardiopulmonar mediocre. Y como te había mencionado, cuando esto pasó, los cuatro estaban juntos: todos fueron testigos de lo sucedido. Ante semejante situación, don Abascal-Rigovétz tomó el celular y continuó con la conversación. Luciana tomó el suyo y llamó a una ambulancia; luego comenzó a gritar y su esposo a hablarle de manera déspota y agresiva al pobre de Octavio, que lo único que buscaba era mejorar su situación financiera. Los intentos de don Camilo no demostraban éxito alguno; nadie nunca le enseñó cómo dar RCP. Su Rolex President Special Edition seguía caminando y los órganos de Malusa perdiendo fuerza cada que sus manecillas de oro daban un paso adelante. No: el cuerpo no respondería ante nada. Los paramédicos llegarían veintiocho minutos después de que los órganos principales se cansaran de pedir sólo un poco más de sangre. Y de nada sirvió que, cuando éstos llegaron, el Don enfureciera de tal manera que agarrara a golpes al primer enfermero que se bajó de la ambulancia al grado que terminó siendo éste el que necesitó los primeros auxilios para sobrevivir. No acabó en la cárcel sólo porque —como siempre— el Don es el Don. Malusa murió. Frente a sus ojos. Entre sus brazos. Malusa murió. Sin poderle decir un mensaje de despedida. Sin poder escuchar uno de parte de ella. Malusa murió. Dejándolo solo en un mundo que no funcionaba sin ella. Dejándolo más muerto de lo que ella

manera, pudiera ser feliz en su nueva vida; un ambicioso y emocionado Octavio que está sentado en la sala de espera y al cual no le importa la situación por la que estas personas están pasando: él está ahí para reclamar la recompensa que con tanto trabajo se ganó. Habitación doscientos treinta y tres: Cordelia. Habitación doscientos treinta y cuatro: Roberto. Habitación doscientos treinta y cinco: Camilo. Habitación doscientos treinta y seis: el Don, quien sólo necesitó que le pusieran un algodón con alcohol en la nariz para que volviera al mundo cruel. Aun así, no lo dejaron en paz y lo obligaron a que se hospitalizara; tuvieron que darle un coctel de tranquilizantes que lo dejara pendejo y lo hiciera olvidar lo que acababa de pasar con su esposa. Tan cerca y tan lejos, cantaría José José si no hubiera tomado tanto alcohol en su juventud y todavía tuviera voz, porque padre e hijo estaban sólo a cuatro, cinco metros de distancia física pero a tantos, tantísimos kilómetros de distancia *espiritual* —si así me permite la Real Academia Española expresar que dos personas se encuentren tan lejos, emocionalmente hablando— y este hecho suena tan irónico que lo deja de ser; ironía es un sustantivo muy inocente para esta situación. De hecho, ironía es muy inocente para *toda* la situación que se nos está presentando aquí. ¿Por qué? Eso luego te lo voy a decir. Los tres habían perdido cantidades ridículas de sangre y sufrido fracturas y golpes que los tenían entre las opciones de a) Te puedes recuperar con seis meses de tratamiento, b) Te puedes quedar paralítico el resto de tu vida y c) Te puedes morir y ser feliz el resto de tu vida. Ninguno de los tres había recobrado la conciencia. El caso es que ahí están todos, unos sufriendo por desconocer lo que el futuro les depara —¿la muerte de una hija? ¿La muerte de un hijo? ¿Cargar con alguno o ambos el resto de su vida porque quedarán paralíticos, porque quedarán cuadrapléjicos?— mientras los otros —los responsables de dicho sufrimiento, los hijos de su madre de los cuales no se sabe qué chingados pasará con ellos— disfrutan de los beneficios que estar en un estado inconsciente le brinda al ser humano. Dos estaban en coma: Cordelia y Camilo. Y digo, no es para menos: sólo ponte a pensar: descapotable, punto. O sea que estos cuatro prácticamente volaron cual Supermanes cuando cayeron cuesta abajo. Porque ni cinturón que los detenga, ni techo que los proteja, ni bolsa de aire que los asfixie, nada. Sólo sus cuerpos y la fuerza de gravedad jugando con el aire. ¿Los niños querían saber si podían volar? Se dieron cuenta de que la respuesta es Sí, pero que la caída igual y no era tan divertida como pensaban. Roberto presentaba lesiones en la cabeza, en las costillas, en los brazos, pero, sobre todo, en las piernas; sus piernas se habían convertido en un rompecabezas, de esos que son imposibles de completar porque están formados por mil quinientas piezas y el noventa por ciento de ellas no presentan diferencia alguna entre sí. Ya sabes: de esos que son de imágenes aterradoramente aburridas y monótonas de praderas y bosques y casas en el campo; acomodar las piezas sería un juego de niños... índigo. Camilo era el peor: a todo lo que presentaba Roberto, súmale un derrame cerebral; parecía que habían metido su cabeza en una licuadora y no le habían puesto tapa para que contuviera su contenido: *Splash!* Con Cordelia las cosas no iban mejor: una rama terminó atravesando su pecho; su pulmón izquierdo estaba perforado. ¿Querían jugar con La Vida? Pues La Vida sí se supo divertir en grande. Ahí lo tienen. Y nunca he entendido a lo que se refieren cuando dicen que alguien está en *coma.* ¿Es acaso porque el estado en el que se encuentran es una pausa en el camino, así como la pausa que hace el signo ortográfico en la escritura? ¿Es porque antes y después de usar una coma la historia, la frase, la oración es distinta, así como la vida de quienes la sufren? No sé, tal vez. Pero te decía que ahí estaban y ahí iban a estar un tiempo —por ese momento— indefinido. Al Don se le bajó el efecto de los tranquilizantes y su momento de enfrentar la realidad llegó. Tenían que trasladar el cuerpo a Monterrey para el velorio, la misa, el entierro y todo ese ritual masoquista que ustedes suelen hacer, pero ciertamente no tenía cabeza para semejante hazaña. Pensó en la idea de ignorar lo que era políticamente correcto y trasladar el cuerpo a París para enterrarlo ahí, en la ciudad favorita de los dos, en la ciudad que tantas veces los vio amarse. Él sería el único en asistir al entierro; con eso bastaba y sobraba. ¿Recibir miles de coronas con mensajes de pésame que lo único que lograban era echarle en cara que se había quedado solo? ¿Tener que estar en el velorio contestando abrazos de gente que dice "Lo siento" sin realmente sentirlo? ¿Compartir su dolor con individuos

objeto que tenía capacidad de sentir única y exclusivamente dolor. Dolor puro. Dolor etílico. Si la intensidad del dolor se expresara en números, entonces Don Camilo sería más rico en sufrimiento que en fortuna monetaria, y creo que de sobra queda decirte que la última era interminable. ¿Que si no pensó en *hacerlo?* Obviamente sí, obviamente la única opción para continuar la historia de su vida —al menos para él— era agarrando la pistola que tenía guardada en la caja fuerte que estaba escondida detrás de la pintura de Rembrandt que reposaba sobre la cabecera de su cama y darse el tiro de gracia. Pero no tenía la fuerza física para hacerlo; no había poder humano que lograra levantarlo de esa cama. Aparte, ¿para qué *volver* a hacerlo? Él *ya* estaba muerto. Había dado una orden estricta de que nadie —absolutamente *nadie*— tocara a su puerta o intentara entablar una conversación con él. Después de una semana de no recibir noticias de su hijo, los papás del Don, los abuelos de Camilo, hicieron caso omiso de sus instrucciones y obligaron al ama de llaves a que abriera la puerta de su cuarto. No les gritó, no se molestó en decirles nada; es más, don Camilo ni se inmutó cuando vio luz entrar a su cuarto; para él no había cambiado nada: ese cuarto seguía tan solo y obscuro como lo había estado los últimos siete días. Lo tomaron —padre del brazo izquierdo y madre del derecho—, lo sentaron y trataron de hacerlo reaccionar. Nada: la mirada de su hijo estaba tan perdida que ni ellos mismos sabían por dónde comenzar a buscar para atraparla. Hijo, no puedes seguir así. Necesitas levantarte, salir, despejar tu cabeza de todo esto, Eres un hombre fuerte, siempre lo has sido. No te vas a dejar caer de esta manera. La vida sigue, Camilo, la vida *tiene* que seguir, ¿Hijo?, Camilo, por Dios, dinos algo, No has comido nada en toda la semana, no has salido de tu cuarto, no has hablado con nadie; esto no te hace bien, hijo, esto sólo hace las cosas más difíciles para ti. La madre del Don no aguantó ver semejante escena y se tuvo que salir de la recámara; sólo se quedaron padre e hijo. ¿Entonces, esto es todo lo que puedes dar? ¿Tan débil eres como para darte por vencido a la primera en que la vida te presenta una dificultad? ¿Crié a un hombre tan patético? Acéptalo: esta es tu vida ahora. Ya no está a tu lado y es algo que tienes que enfrentar tarde o temprano. Tienes dos opciones:

tuviera una computadora en mis manos y pusiera "The *NEW* Most Amazing Video In The World" en YouTube, el protagonista ya no sería el imbécil ese, sino el imbécil Yo. ¿En qué me habré metido? ¿Debajo de un tren?, ¿del Eurostar?, ¿del TGV, para ser más precisos? ¿Me habré tirado en paracaídas sobre el Gran Cañón sin saber cómo usarlo —el paracaídas, digo yo—? ¿Corrido en la Fórmula 1 y estrellado mi Ferrari contra los muros de contención a trescientos mil millones de kilómetros por hora? ¿Me convertí en un punk que corre motocross y me metí a un concurso de carreras —de esas que son en pistas de tierra y que salen en los canales de ESPN3 y que sólo los gringos y los punk que las manejan ven— pero se me olvidó usar casco y rodilleras y todas las madres que se ponen y se me apagó la moto justo cuando estaba haciendo el salto más mortal? ¿Debajo de un camión urbano mexicano? ¿De un mamámovil manejada por una lunática que se dirigía a las rebajas sobre rebajas de Bloomingdale's y, como tenía que llegar antes que todas las demás mamás lunáticas para conseguir las mejores compras, pasó su maldita camioneta sobre mi pobre cuerpo sin piedad alguna? ¿Dónde? ¿Dónde madres me metí? Y, así como cuando te vas a despertar después de una noche muy larga, muy fuerte, muy alcóholica y muy drogada y, el simple hecho de abrir los ojos te da pavor porque sabes la *cruda* realidad que te espera, así como cuando hasta la inocente luz del sol te da miedo enfrentar porque conoces los efectos que ésta puede causar en tu ya-predecible dolor de cabeza, así yo tampoco quería abrir los míos ni enfrentar lo que sabía me esperaba. Aun así, lo hice. Y observé dónde estaba: una televisión frente a mí, una inexistente decoración a mi alrededor, una cama incómoda, cortinas con diseños que en cualquier lugar hip se podrían catalogar como *vintage* pero que en este, simplemente se definían como *viejos*; nunca fue la intención ponerle algo de estilo a ese cuarto; si se confundían con *vintage* era porque, en efecto, eran las cortinas con el estilo más retro que había visto colgadas en algún lugar. No podía estar equivocado: un motel. Amanecí en un pinche motel de paso de carretera mexicana —y no una de cuota—. Me trato de acomodar en la incómoda cama. Au au au au, grito. ¿Robertou?, ¿Enfermera? Uhm, ¿y ahora a qué juego sadomasoquista de Playboy estoy jugando? Porque mi cuerpo estaba sedado —prácticamente amarrado a esa cama— y la *enfermera* contaba con todos los atributos de una playmate bastante metida en su papel: rubia a morir, uniforme sexy, buen cuerpo, jeringa en mano y todo; una enfermera rubia nunca estaría en un motel mexicano de paso nada más porque sí. Lo que yo no entendía es a qué hora decidí jugar a esto si a mí el sadomasoquismo ni me excita, si soy una nena para estas cosas. No me gusta que me peguen ni que me amarren a camas ni que me seden ni que me hagan sentir creepy porque una enfermera me va a —con voz sensual y al oído— *poner la inyección letal del amor*. No: nunca he entendido a los sadomasoquistas, mucho menos buscaba ser uno de ellos. Robertou, you're awake!, Yes, as a matter of fact, I am, but I won't be if you keep on trying to turn me on by putting a shot in my ass. Look, I'm sorry if I called you or if someone else called you to do this job, ok? I'll pay you, I promise I will but I don't need any of your services anymore; I really don't enjoy to be hit in the back or burned with a candle by a sexy *nurse*. It's not that I don't find you attractive, you know? —which, as a matter of fact, I do-, it's just that is not *my* thing, if you know what I mean. I mean, I respect those practices and all, but I really do prefer the old-fashioned ways, you know? I can be very traditional sometimes. I know it sounds naïve and all, but I don't care about it that much. I just don't feel like being punched while I'm dissabled to defend myself would be sexy, You're in a delirium, Excuse me?, You had an accident, you're in so many medications right now that you don't know what you're saying, *No*, I'm serious. Maybe the people that called you told you to do it anyways, even if I asked you not to, but I'm perfectly conscious. I know what I'm saying and what I'm saying is that I *really* don't want to play this game anymore; I'm really hurt, I feel sick. What did you do to me?, Relax, honey, relax. Look, I'll call your mother, ok?, My mother? Now, *that's* a delirium. My mother? What do you mean *my mother*? Y me dejó hablando como si dejarme hablando también me fuera a excitar. Ahora sí no entendía nada. ¿Estaba en un motel disfrazado de hospital —ahora podía ver que estaba rodeado de máquinas que hacen *pi... pi... pi...* al ritmo en el que late tu corazón; qué juego tan *pro* se armaron aquí, realmente lo tomaron en serio; nada más falta que por la ventana pasen camillas con cadáveres de gente que *murió de un ataque al corazón* (otra vez con voz sensual y al oído)— donde una playmate vestida de enfermera psicópata estaba a punto de poner en marcha el juego No. 68 de la lista de The 100 Sexiest Sexual Games by Hustler y dejaría mi cuerpo en estado catatónico por una inyección que se supone me debe excitar y, no contentos, invitarían a mi madre a que observara semejante cuadro? ¿De eso se trata, entonces, el sadomasoquismo? ¿De satisfacer tu síndrome de Edipo teniendo sexo violento frente a los ojos de tu madre? Pero yo ni el síndrome presento, por Dios; yo ni tengo Edipo a quién alimentar. Y podré ser lo que quieras y tener comportamientos no muy comunes en muchos aspectos pero —al menos en lo que se relaciona con este business— tengo que aceptar que mis prácticas son bastante ortodoxas: la mayoría de las veces sólo una persona —las orgías y threesomes no son lo mío; siempre he sido pésimo para eso de la toma de decisiones y siento que tener que decidir a quién prefiero que me esté haciendo una cosa y quién la otra me desconcentraría totalmente—, en ambientes naturales, sin violencia ni látigos ni cuero en ningún lugar. No golpes —como los que evidentemente me habían dado—, tratanto de estar consciente —aunque la mayoría de las veces me pareciera imposible— y sin estar disfrazado de ningún tipo de personaje —llámese esto policía, bombero, doctor, paciente de enfermera, Batman, maestro, sacerdote, bebé, etcétera—. ¿Roberto?, ¿hijo? ¡Estás despierto! ¿Me puedes oir? ¿Cómo? ¿Entonces mi madre también es parte de este chistecito? ¿También ella sabía que me sedaron para que usen mi cuerpo como objeto de entretenimiento sexual y no tenga la capacidad de defenderme? ¿Sí me escuchas?, Uhm, ¿sí?, Hijo, ¡qué alegría me das! Pensé que ya nunca volvería a oír tu voz, ¿Por qué? ¿Y por qué lloras?, Robertito, el accidente fue muy grave, pudiste haber muerto, hijo. ¿Accidente? ¿Realmente pensaba mi madre continuar con esta película porno hasta el final? ¿Accidente? ¿De qué hablas?, ¿No lo recuerdas? Y tú sabes que normalmente son pocos los que forman el elenco en las películas porno —parte porque son pocos los que están disponibles en el mercado y parte porque sólo se requiere de tres personas para hacer las ridículas historias que normalmente se manejan en ellas— pero tal parecía que a ésta le querían poner un toque especial y por eso el personaje número cuatro entra en escena: mi padre. Luciana, mejor así déjalo, ¿Qué accidente?, Luciana-, Hijo, ¿en verdad no recuerdas nada de lo que pasó?, ¿Cuándo? ¿De qué hablas?, Roberto, estuviste en un accidente de coche. Tú, Corde y Camilo tuvieron un accidente, ¿Mi hermana? ¿Camilo? ¿Qué les pasó? ¿Cómo están? ¿Dónde estoy? ¿Por qué me duele todo y por qué no me puedo mover?, Estamos en Houston, ¿Houston? Pero si estábamos en Oaxaca, en la playa, en un avión derribado, desnudos, en el mar, camino a Chiapas, en la carretera, felices. ¿Qué hago levantándome de una cama en un hospital de Houston? ¿Y qué hacen ustedes aquí?, Si se quedaban en el hospital rural en el que los tenían, seguramente hubieran muerto, ¿Cómo están?, Están bien, Robbie, están bien, Los quiero ver, No puedes, ¿Por qué?, Porque tienes que reposar, Pues no quiero reposar, los quiero ver, Hijo, por favor, tranquilízate, No me quiero tranquilizar. ¿Qué parte de *los quiero ver* no entienden?, No va a ser bueno para tu salud, ¿Por qué?, Roberto, por favor no hagas esto más difícil, ¿Por qué no va a ser bueno para mi salud? Dímelo, Roberto: *no* le grites a tu madre, ella no tiene la culpa de que por sus estupideces e irresponsabilidad hayan terminado tocándole la puerta a la muerte. Si hay alguien que debe de reclamar y gritar aquí, somos nosotros, no tú, Amor, entiéndelo, no le hables así, El que tiene que entender es él, Luciana: esto llegó muy lejos, ¿Muy lejos? ¿Muy *pinche* lejos? ¿Y de quién crees que fue la culpa? ¿De nosotros? ¿De Corde y mía? ¿Por qué no mejor te pones a pensar en que los que permitieron que las cosas llegaran *tan lejos* fueron los mismos que las tenían que parar? ¿Por qué no ves que fueron ustedes los que nos mandaron directo a este puto hospital? Y, ¿por qué no? Aquí viene un golpe más —patrocinado, obviamente, por el que decía ser mi padre— a la serie de golpes que mi cuerpo ya lloraba… como si este fuera a hacer gran diferencia en mi dolor. Pero claro, esto es lo más interesante que puedes hacer, ¿no? Callarme; a la fuerza, a golpes, mandándome a estudiar al extranjero, haciendo que tus asistentes limpien mis desmadritos para que tú no los veas, volviéndome a mandar a estudiar al extranjero. No importa cómo, el caso es callarme, ¿no?, Perdón, no te quise golpear. Te ofrezco una disculpa. Es sólo que… venos: ¿cómo te atreves a decir que todo esto

tengo que aceptar que verlo ahí —hincado, llorando, rogando, reclamando justicia y amor— provocó en mí un grado de empatía —no entiendo por qué, si yo nunca he estado en ninguna de sus posiciones; mi existencia siempre ha sido y será perfecta; soy un ser creado con incapacidad de sufrimiento emocional— y unas ganas de brindarle protección. Como te he dicho antes, ternurita; estos niños me dan mucha pinche ternurita cuando de estas situaciones se trata. Y, bueno, después de estar hincado un buen rato tratando de hacer que el 01 800 SÁLVAME DIOS: *La línea directa a la solución de tus problemas* funcionara, Roberto se amarró la bata que cubría su cuerpo con todos los huevos que tenía y se decidió a visitar —más por protocolo familiar que porque fuera más importante— a Corde. Y déjame te pregunto: ¿has visto a alguien que amas inconsciente —y no precisamente por exceso de alcohol o drogas—? ¿En un coma? ¿En un estado en el que ignoras si te están escuchando, si saben que estás a su lado muriendo al mismo tiempo que ellos lo hacen, si hace alguna diferencia el que lo hagas, el que los llores? Obviamente yo no, pero si algo he tenido en la vida son experiencias no-propias que me han enseñado, aun cuando no soy yo el que las sufre y, te tengo que decir que después de ser testigo de la muerte de un ser amado y no haber podido hacer nada para salvarlo, después de eso, las estadísticas muestran que esta es la experiencia más pinche fea que les puede pasar, mi sufrido y trágico lector: la incertidumbre de si al ser amado algún día se le antojará despertar de su aparentemente eterna ensoñación. Y —me han dicho— te dan ganas de agarrar el cuerpo del susodicho y sacudirlo de tal manera que, de tan fuerte que lo haces, piensas que lograrás despertarlo. Y una serie de sentimientos encontrados —odio usar el término *sentimientos encontrados*. ¿Encontrados en dónde, güey? ¿En Masaryk esquina con Wilde? Hola, Sentimiento Uno, Hola, Sentimiento Dos, Qué casualidad encontrarte; tenía rato de no verte, Igualmente, ¿qué te has hecho?, Pues he andado por aquí y por allá, ya sabes, tratando de sacarte la vuelta, ¿tú?, Lo mismo, aunque con eso de que tenemos gustos parecidos, es un poco complicado. Pero bueno, que tengas un bonito día, Tú también. Oye, por cierto, nosotros vamos a ir al Roy en la noche; espero no verte ahí, No te preocupes: nosotros hoy no salimos; si acaso

¿Qué pasó?, Tuvimos un accidente, ¿Qué? ¿En dónde?, Cuando íbamos camino a Chiapas; no sé muy bien, ¿Tú estás bien?, Sí, yo ya estoy bien, ¿Entonces por qué lloras? ¿Qué pasa?, No sé, miedo, tal vez, ¿Miedo de qué?, De perderte, güey. Diez días, Cordelia: diez días estuviste en pinche coma; no tienes idea de lo que se siente estar de este lado y no saber qué es lo que va a pasar, ¿Diez días en coma? ¿Yo? ¿Tan fuerte estuvo?, Camilo sigue en coma, ¿De verdad?, Jumex murió, Wo ho ho ho, espérate: ¿cómo que Jumex murió?, Sí, pero eso es lo que menos me importa en este momento; Camilo sigue sin despertar. Estamos en Houston, por cierto, ¿A qué hora pasó todo esto? Lo último que recuerdo es el aire de la carretera arrullándome, Yo tampoco recuerdo mucho, Hola, mamá. Hola, papá, ¡Bebita! ¿Cómo te sientes?, Bien; de hecho me siento bien, ¡Gracias a Dios! ¡Gracias a Dios que escuchó mis oraciones!, Perdón, ¿De qué?, De todo, perdón. ¿Han sabido de alguna novedad en cuanto a Camilo?, No, aún no, ¿Cómo están sus papás?, Uhm… hay ciertas cosas que pasaron mientras estaban en coma, ¿Como por ejemplo…?, Como que la mamá de Camilo sufrió de un ataque cuando se enteró que alguien había muerto en el accidente. El ataque fue fulminante, ¿Estás diciendo que la mamá de Camilo murió?, Sí, inmediatamente cuando sup-, No es cierto, Sí, Robbie, ¿Y qué pasó con su pa-, No puede ser cierto, -pá?, Camilo se tuvo que ir a Monterrey para el funeral de Malusa. Ahorita no sabemos nada de él, No puede ser verdad, ¿O sea que Camilo está en coma sin nadie que vea por él?, No es verdad, no puede ser verdad, Nosotros somos los encargados de todo lo que pase con él, No puede ser; Malusa era todo lo que Camilo tenía, ¿A qué te refieres con eso?, Camilo no se puede enterar, Primero necesitamos que salga del coma, ¿Y así como así se fue el muy hijo de puta?, Roberto, cuida tus palabras, No: es un hijo de puta, Tú no sabes por lo que está pasando para juzgarlo de esa manera, Pero su hijo está en coma, por Dios, ¿en qué otro lugar tiene que estar que no sea *aquí*?, La muerte de Malusa fue demasiado para e-, Deja de excusarlo; es un hijo de p-, Roberto, basta. Tú no estás en su posición. Tú no puedes juzgar si lo que hizo está bien o mal, Es sentido común; no creo que tenga que estar en ninguna posición para juzgar nada, Roberto: he dicho basta. Esta discusión se

cuál debía tomar. Hay otra cosa que recuerdo: mi alrededor. Estaba cómico porque no había paredes ni arbolitos de decoración ni cielo ni techo; lo que me rodeaba era Yo. Sí: Yo. O, más bien, Yo-a-lo-largo-de-mi-vida. Mi vida me rodeaba por todas partes. Y es que —para que te des una idea— imagínate que mientras estaba ahí, lo que se podrían considerar como *paredes* no eran más que memorias de mi infancia. Como si fueran videos, fotografías en movimiento de momentos que había vivido, recuerdos. Sí: como si le hubieran puesto Play a todos los VHS de mis piñatas, graduaciones, talent shows, viajes de Navidad, vacaciones de verano, posadas, etcétera de cuando era niño —si hubiera tenido a alguien que le pareciera que mi vida era lo suficientemente interesante como para grabar todos y cada uno de mis movimientos infantiles—, distorsionados por la mala calidad de los VHS viejos y todo. Una invasión de Yo en diferentes eventos, ambientes, momentos era lo que tenía enfrente, atrás y a los lados; me era imposible concentrarme en lo que La Divinidad me decía por todas esas imágenes que corrían a mi alrededor; como si estuvieras tratando de estudiar para la clase más estúpida del mundo —supón Ética Ciudadana, por decir alguna— y te pusieran a Natalie Portman haciendo un striptease especialmente para ti —algo así como en su papel de Closer—: ¿cómo chingados esperan que puedas concentrar tu atención en Kant y su pinche imperativo categórico cuando tienes la máxima expresión del hedonismo frente a tus ojos? Y no era que en este caso el hedonismo estuviera tratando de seducirme como normalmente lo hace, pero la idea era la misma: tu atención está hipnotizada por todo, menos por lo que debe. Y comencé a recordar —uno a uno— todos los momentos que se empeñaban en robar mi atención. Y me di cuenta de que había una posibilidad —aunque remota— de que estuviera equivocado: no todo era como lo recordaba; no todo era un mundo de tedio y tristeza, odio, hostilidad y depresión. Cumpleaños con mis abuelos cargándome y haciéndome reír; viajes donde me podía acostar con Minnie Mouse porque nos hospedábamos en el Disney Resort; yo reposando mi cabeza en las piernas de mi mamá mientras veo la película del Rey León; yo siendo consolado por mi mamá porque la muerte del Rey León era demasiado para mi noble corazón que no lograba entender la maldad de las masas. No recordaba que solía jugar en el jardín a los espías aunque nadie jugaba conmigo; me gustaba jugar a los espías aunque nadie me persiguiera. Y que me llevaban a mis clases de tenis y que cada competencia mi mamá estaba en las gradas observándome sólo a mí. Y que cada que ganaba —siempre— mi mamá haría conmigo lo que yo quisiera hacer porque era el campeón del mundo y ese era mi derecho. Las tardes en las que me dejaban quedarme viendo las caricaturas todo el día: Tom & Jerry, The Jetsons, The Flintstones, Scooby Doo, Transformers. Cuando jugaba a hacer experimentos con todos los líquidos que encontraba en el cuarto de limpieza y terminaba asfixiando a doña Mary porque los olores que emanaban cuando los ponía a hervir eran prácticamente tóxicos. Y cuando me leían cuentos antes de dormir; sí: a *mí* me leían cuentos antes de dormir, ¿quién lo hubiera pensado? Yo no. Y aun los momentos que no se pudieran considerar como Kodak, verlos desde ahí, frente a La Divinidad, desde una perspectiva distinta y lejana —ya no con la obligación de vivirlos porque, si quería, si se me antojaba, ya no tenía que hacerlo; podía escoger la tarjeta que me daba la opción de No Volver y pasar al siguiente nivel— me hizo cambiar la manera de ver las cosas; me hizo verlas de una manera distinta. Aun cuando no era un Mr. Sunshine ni vivía sonriéndole a la vida, aun cuando nunca podría escribir un libro que se vendiera en la sección de Autoayuda en alguna librería ni podría actuar como personaje principal en la nueva versión de Friends o tener un Late Show o mínimo ser capaz de contar un vil y mediocre chiste sin gracia de Pepito, aun cuando no fuera una persona graciosa ni social, aun cuando viviera tratando de huir de esa vida que ahora corría frente a mis ojos y los ojos —si esto tuviera unos— de La Divinidad, eso ya no importaba porque, ¿qué pasaría si realmente *lo lograra?* ¿Se acabaría el juego y ya? Dejaría de correr, ¿y luego? ¿Qué haría después? ¿Empezar a huir de ya-no-estar-huyendo? Porque eso era todo lo que sabía hacer: huir: nada más. El sueño de Tom durante toda su vida fue matar a Jerry, ¿no? Pero nunca lo logró. Ahora te pregunto: ¿qué hubiera hecho si lo hubiera logrado? ¿Darse un tiro? ¿El suicidio hubiera sido la respuesta? Porque perseguir a ese pinche ratón era lo único que ese gato sabía hacer; ese gato *vivía* por ese ratón, por nadie más. Y yo

logra que las personas pasen de estar en una profunda depresión a un estado *vivible* en cuestión de segundos. Y es que don Camilo salió de esa ducha entero y con ganas de demostrarle a La Vida que no estaba jugando cuando dijo que más le valía que no lo retara porque sabía que no le podría ganar. ¿Que dónde quedó el amor y el duelo que debía guardar por Malusa? No, no creas que desapareció. Al contrario: don Camilo juntó todos sus pedazos, dolor y rastro de cualquier emoción que tuviera, y los guardó dentro de una caja, la cual hundió en el mar más profundo que encontró dentro de él. ¿Qué chingados quiere decir esto, Semi? Esto, mi confundido y desesperado lector, quiere decir que el Don prefirió guardar lo poco que valía la pena de él junto con su dolor por Malusa y apartarlo de cualquier otra cosa del mundo, protegiéndolo de todo sentimiento nuevo que lo pudiera contaminar. Y lo logró; de hecho, lo logró tan bien —lo guardó y protegió tan bien— que don Camilo Santibáñez Sanz se quedó —para todos los demás terrenales que no eran su amada Malusa— sin sentimientos; empatía, tristeza, amor, comprensión, dolor, caridad: nada de esto volvería a sentir el Don por alguna otra persona en el mundo; todo estaba guardado en esa caja y ahí se quedaría por el resto de su vida. Y te lo juro yo —que tampoco lo podía creer y por eso me tuve que meter en su persona para comprobar si era verdad—: el don Camilo versión Después de Malusa fue capaz de no volver a sentir nada por nadie más, levantarse de su agonía y enfrentar al mundo con tal entereza que rayaba en lo obsceno. Cuando don Camilo salió de su recámara, sabía que tenía el mundo a sus pies y, que todo aquello que no lo quisiera estar, se vería con la gran fortuna de toparse con él para darse cuenta de que, aunque no lo quisiera en ese momento, eventualmente estaría limpiándole la punta de sus zapatos: impecable e implacable serían los nuevos adjetivos que describirían al nuevo Don si alguien se sentara a escribir su biografía. Después de salir de lo que había sido su invernadero durante la última semana, procedió a hacer su rutina diaria: salió al jardín, se sentó en la misma silla en que se había sentado la última vez y todas las veces que había desayunado con Malusa, recibió su espresso dopio, su jugo de naranja recién exprimido, su pan tostado sin mantequilla, El Norte, The New York Times y The

por sí ya eres y te ayudarán a dar lástima; sí: más lástima. Pero tanta experiencia, tantas veces, tanto tiempo de hacerlo, ¿y aún no has logrado encontrar una manera más creativa de provocar pena? ¿En serio? ¿Es lo más interesante que puedes hacer? Bah. Pero eso es lo de menos porque ya no queda una sola persona en el mundo que vaya a caer en tus chantajes de niño maricón, así que vete olvidando de que tienes que hacer todo este drama porque ya no es necesario; de nada te va a servir. ¿A qué se refería con eso? No entendía. Yo sólo visualizaba en mi mente la manera en la que se estaba moviendo a lo largo de la recámara, penetrando con su desagradable aroma todas y cada una de las moléculas que formaban la materia que me rodeaba, contaminándola, contaminándome; como si no fuera suficiente el tener que escuchar su disturbante voz; si me hubieran propuesto sufrir de sordera a cambio de mi brazo derecho en ese momento, lo hubiera aceptado. Hizo una pausa en su monólogo. Sentí que cada vez estaba más cerca de mí y el simple hecho me invadió de una ansiedad la cual era incapaz de controlar; necesitaba moverme. Quería moverme, levantar mi torso de la cama y hacerle, *Boo!* Agarrarlo de la corbata con la mano izquierda, acercarlo hacia mí, tomarlo de la camisa con ambas manos y golpearlo, golpearlo, golpearlo en la cara tres millones de veces, golpearlo tanto que su condición después de esto fuera tan deplorable que sería yo el que tendría que salirse de esta cama para cedérsela a él y los tubos conectados a mí los necesitara él para respirar. Tenía su cara frente a la mía. Lo podía hacer. Lo tenía que hacer. Cinco, cuatro, tres, se alejó. Y continuó. Siempre ha sido una guerra la que hemos vivido, tú y yo, yo y tú. Me gustaría creer que es cierto lo que dicen: que un hijo es lo único que siempre vas a amar, que un padre siempre será el único que nunca dejará de hacerlo. Las leyes universales. Por eso nunca he creído en las leyes universales, ¿sabes? Nunca algo es *universal.* Y, casualmente, tú y yo, yo y tú, caímos en esa excepción. Desde antes de conocernos nos declaramos la guerra y, así como un palestino enfrentará incansablemente a un judío, nuestra guerra ha continuado hasta las últimas consecuencias. Hasta hace poco llegué a pensar que sólo había algo en lo que ambos estábamos de acuerdo, algo que los dos respetaríamos porque significaba tanto para cada uno de

fueron más que dos minutos los que el Don permaneció en el cuarto después de lo que dijo, pero para Camilo esos dos minutos fueron tan largos y desgarradores como lo es para un niño huérfano la espera de la Navidad para alimentar la esperanza de recibir a unos papás adoptivos de regalo. Y, aun así, se contuvo. Lo único que no pudo evitar fue que una gota se escurriera por el extremo derecho de su ojo derecho. Sólo una gota. Y es que seguía sin entender nada, pero la experiencia le decía que, aunque no entiendas qué es lo que está pasando a tu alrededor, la mala noticia que escuchas al principio *siempre* es verdad; no importa cómo haya sucedido o qué haya pasado, cuando un padre escucha Siento mucho decirte esto, pero tu hijo sufrió un accidente, por más de sorpresa que la noticia le caiga, por más inesperada que ésta sea, la realidad será la misma: tu hijo sufrió un accidente y es muy probable que muera. Por eso Camilo no tuvo que escuchar nada más; por eso, aunque no entendiera cómo había sucedido, sabía que lo que sus oídos escucharon era irrevocable: Mamá murió. Y, de pronto, sintió tal clímax de dolor en su cuerpo que ni destrozado por ese accidente había logrado experimentar, un dolor que llegaba más adentro de los huesos y de los nervios y de la sangre que corría por sus venas; un dolor que llegaba al núcleo de cada una de las células que formaban su organismo. Y no se podía mover. En ese momento pensé en que si tu mundito fuera todavía más raro de lo que ya lo es, y existiera algo así como unas Olimpiadas del Masoquismo donde una de las competencias fuera Represión de Dolor, sin duda Camilo hubiera arrasado con más medallas de oro que el mismo Phelps. No tendría de porra más que a Roberto y a mí, pero aun así ganaría, y ganaría en grande. Después de lo que, para Camilo, fueron diez mil años —dos minutos tiempo Camilo-después-de-la-noticia—, por fin escuchó que la puerta que lo protegía del mundo exterior —aquel mundo donde los dos minutos eran, efectivamente, dos minutos— se abría y se volvía a cerrar. Ya estaba solo. No, espera. Y se volvía a abrir. Sólo que esta vez el olor que invadía el cuarto era distinto: uno igual de familiar al anterior pero una heroínica cantidad de veces más reconfortante. Era tan reconfortante que, en el mismo momento en que esa esencia se introdujo por sus fosas y llegó a sus neuronas sensoriales, en el preciso

mundo de cosas que normalmente los hace llorar—, esas sustancias son expulsadas de su cuerpo; eso explica por qué normalmente te sientes mejor después de que hiciste un cuadro dramático, mi llorón lector. Lo sé, lo sé, lo sé: expulsar cuatro galones de lágrimas no va a hacerte olvidar que ya no tienes madre, pero por algo se empieza, ¿no? Cuando Camilo paró y comenzó a tomar aire para evitar ahogarse después de tanta agitación —igual que cada una de las veces que lloró cuando era un niño—, lo único que Roberto hizo fue acercarse a la cama y abrazarlo. No dijo Lo siento mucho, ni Estoy contigo, ni Aquí estoy para cualquier cosa. Nada: Roberto no dijo nada. Y es que haber dicho alguna de esas infinitamente-dichas frases hubiera sido barato y grosero para la situación que se presentaba. ¿Qué pasó?, Te mentiría si dijera que entiendo algo de lo que ha estado pasando desde que abrí los ojos, ¿Cómo pasó?, No lo sé. Antes de entrar a tu cuarto pensaba que estabas en coma. Hace unos minutos Cordelia estaba en coma. Hace unas horas pensaba que me estaba levantando en un motel de paso; todo ha sido muy rápido y nadie se ha molestado en explicarme nada *realmente*, ¿Cómo supiste que sabía?, Lo vi salir de aquí, ¿Cuánto tiempo ha pasado?, ¿Diez, doce días?, ¿…y lo de mi mamá?, Lo mismo, Entonces es verdad, ¿Qué?, Lo que dijo, ¿Qué dijo?, Que yo la maté, Tú sabes que todo lo que sale de su boca no tiene otro propósito más que hundirte, Esta vez sonaba a que tenía razón, ¿Cómo va a ser tu culpa si estabas en una cama, inconsciente?, Exactamente. Por eso, Entiéndelo: no fue tu culpa, Si hubiera sabido esto antes, no hubiera regresado; hubiera tomado la tarjeta de No Volver y me hubiera quedado en el mundo paralelo en el que estaba, ¿Cómo?, Sí: ya me cansé. Ya me cansé de creer, de tener esperanzas y ver cómo se burlan de mí cada que cedo. Ya me cansé de darle oportunidades, una y otra vez, sólo para recibir la misma pinche respuesta, como si lo único que buscara fuera reírse de que volví a caer, como toda la vida lo he hecho. ¿De qué se trata esto? ¿Por qué ahora que por fin había empezado a creer? Ya no puedo, te lo juro que ya me can-, Basta, con una chingada. Deja de quejarte. Deja de llorar. Aquí apareciste, ¿qué le puedes hacer? Aquí estás y aquí te vas a quedar, con una puta madre, ¿Qué madres te sucede? ¿Quién te sientes para hablarme así? ¿Qué te crees?

¿Qué tú tampoco ves? ¿Qué ahora tú no sientes?, Tú *no* eres esto. Tú *no* te pones a llorar porque tomaste la decisión equivocada. Tú *no* tomas decisiones equivocadas. Tú *no* te equivocas. A ti *no* te ganan. *No* te derrumban. *No* te cansan, o, al menos, no aceptas que te cansan. *Tú* no te vas y, definitivamente, tú *no* me dejas. No me salgas ahora con la mamada de que te están ganando. Puedo tolerar debilidad en cualquiera, puedo tolerar debilidad incluso en mí, en todos los que habitan este pinche mundo menos en ti. No tienes derecho a estar así. Perdón, pero no puedes. Y aquí estoy yo para que no puedas. Y cuando Roberto terminó de declamar el sermón dramático que a todo protagonista de novela romántica le toca decir al menos en alguna parte de la historia, se dio la media vuelta y se fue, cerrando la puerta detrás de él tan fuerte que el paciente que estaba anestesiado en su cama a dos recámaras de ahí se levantó de su ensoñación. Camilo, por su parte, seguía tratando de digerir todo lo que a menos de media hora de haber vuelto al mundo real tenía que digerir. Y en poco tiempo llegó a la conclusión de que Roberto tenía razón. Roberto a veces *siempre* tenía razón. Ya estaba aquí, ¿qué podía hacer ahora, más que recibir lo que fuera que La Vida le tuviera preparado para esta nueva temporada? Porque así fue como lo comenzó a ver. Se acordó de las pocas series que había visto en su vida —The Sopranos, por decir una de las dos que alguna vez vio—, y de cómo terminaba cada temporada con alguna situación parecida a la que estaba viviendo él: una muerte, un matrimonio inesperado, una separación definitiva de los personajes principales, ya sabes: de ese tipo de situaciones que les cambian toda la jugada a los protagonistas. Luego recordó cómo comenzaba la siguiente temporada, cuando después de que el público pensó que todo había terminado, los escritores del programa logran sorprenderlos demostrando que su creatividad puede llegar mucho más lejos que ese final. Y ahí es cuando nuevas situaciones —todavía mejores que las de la temporada pasada, si es que la serie era buena— comienzan a suceder. Y todo sigue su curso normal, y nadie se acuerda de que hace sólo seis meses la historia era completamente diferente. Y todo el público está contento y empieza a enamorarse de los nuevos personajes, de los que sustituyen a los que desaparecieron —ya sea porque su papel no era tan interesante

te visité en New York—, y que es ridículo seguir con la misma historia, pero creo que lo puedes entender cuando se trata de mi madre, a quien te estoy confiando. Y el problema es ése: que no sé si te la estoy confiando porque, vuelvo a lo mismo, ¿quién me asegura que efectivamente está contigo? No: tienes razón. Una vez me probaste que existes y que eres un chingón, y no es justo que sea yo quien no está cumpliendo con su parte. De acuerdo. Creo. Confío. Está contigo. Y si está conti- discúlpame: y como *está* contigo, te voy a pedir un favor: dile que perdón. Dile que gracias. Dile que no le voy a mentir, que me hizo mucha falta. Que toda mi vida me hizo mucha falta. Que le faltó ser madre. Que eso no significa que no la ame de igual manera que si hubiera sido una madre completa. Que a la próxima que sea madre, que se consiga a un buen esposo. Que me va a hacer mucha falta. Que no importa mucho, porque de todas formas ya estaba acostumbrado. Que no se me va a hacer muy difícil estar sin ella, por lo mismo que ya estaba acostumbrado. Dile que no estoy solo, que no se preocupe. Que espero que en el lugar en donde está haya sonidos tan preciosos que la hagan llorar; que los colores sean unos que nunca antes sus ojos hayan podido contemplar; que la gente que la rodea —sus nuevos amigos— sean personas que la hagan olvidar que tuvo un hijo que le está diciendo que le faltó ser madre. Que no creo que nos vayamos a volver a ver y que por eso de una vez le digo que fue un gusto ser su hijo, los minutos que lo fui. Que si digo que le faltó ser madre es tal vez porque, aun cuando me hubiera dado todo su tiempo, nunca habría tenido suficiente de ella. Que ahora que está en un mejor lugar no gaste su tiempo cuidándome. Que yo me sé cuidar solo. Que ya es hora de que disfrute la vida y no se preocupe por mí. Que perdón por haberla matado. Que nunca fue mi intención hacerlo. Que siento mucho no haber ido a su funeral. Que estaba haciendo otras cosas y nadie se tomó la molestia de informarme. Que ya sé que eso no es excusa suficiente pero que por favor me perdone, así como yo la perdono por no haber sido madre suficiente. Que la voy a extrañ-

Y fue en esta parte en que la garganta de Camilo se quebró cual copa de cristal después de jugar americano con ella como balón. Respiró profundo cinco veces, aclaró su garganta, levantó la mirada y continuó: dile que la voy a extrañar pero que todo va a estar bien.

Que su hijo va a estar bien. Dile que la amo y que, si no nos volvemos a ver, por favor no me olvide. Dile que por favor no me olvide porque, una vez que nos olvidan los que nos amaron, dejamos de existir. Dicho esto, Camilo separó sus manos empapadas por billones de lágrimas que no se había dado cuenta que había derramado. Entonces se paró y se fue.

36

Y la vida continuó. Al día siguiente que los tres despertaron de sus , , , don Roberto regresó a México a continuar con sus habituales reuniones de trabajo y Luciana se fue de shopping a La Galleria para despejarse de tanto estrés. Los doctores les pronosticaron un promedio de tres semanas en el hospital para que lograran recuperarse de la mejor manera posible; al cuarto día, mientras Luciana estaba teniendo un gran dilema en Yves Saint Laurent por no lograr decidir si quería la Tribute Patent en color negro, en café o ambas (yo hubiera escogido la negra) y don Roberto viajaba a Madrid para firmar simples papeles que después de ser tocados por su firma pasarían a valer más que lo que valen diez países de África juntos, mientras don Camilo se tomaba su segundo espresso viendo las novedades que Bloomberg le tenía acerca de los comportamientos más recientes de las S&P500 y las cuatro enfermeras y tres doctores encargados de cuidar en todo momento a nuestro querido threesome desayunaban sus donas glaseadas y su café con leche en la cafetería, mientras todo eso pasaba y no conforme con esto un paciente tenía un derrame cerebral que no estaba siendo atendido porque a todos se les antojó desayunar a la misma hora y gracias a eso está a cuatro, tres, dos, uno, *piiiiiiiiiii-* y por eso *está* muerto, en ese cuarto día, te digo, mientras las bolsas —tanto las del Dow Jones como las de Yves Saint Laurent; las primeras en las pizarras por decisiones de don Roberto, las segundas en los aparadores por petición de Luciana— suben y bajan, Camilo y Roberto están saliendo —aún disfrazados de pacientes en convalescencia— por la puerta principal del hospital para subirse a la Range Rover que los está esperando para llevarlos directo con Pedrito "El Súper Piloto" para volar a-

Camilo

New York: nuestro hogar. Ya no tengo nada a qué volver a Oxford y realmente me atrae la idea de por fin establecerme en un lugar. Aunque sea por un mes, ¿En serio?, ¿Qué?, ¿Vivir en NYC?, ¿Por qué no? Digo, es New York: tiene todo lo que necesitamos. Mis cuadros y mi vida perfectamente se pueden quedar en esa ciudad. Tú estás ahí. De hecho, ahora que lo pienso, no veo qué tenga que estar haciendo en algún otro lugar que no sea New York, So New York it is. Socio, lo felicito: ha tomado usted la mejor decisión que ha hecho en los últimos tres días, Gracias, socio, gracias. Ahora brindemos por tomar tan buenas decisiones, le dije a Roberto mientras servía la prohibidísima-por-el-doctor botella de Moët en nuestras copas. En cinco horas y diez botellas —teníamos que recuperar el tiempo perdido— llegamos a la ciudad que, al igual que nosotros, sufre de insomnio: llegamos a casa. Era temprano. Pocas veces —por no decir que nunca— había andado por New York mientras la luz del sol todavía caminaba por la calle; todas las ocasiones en las que recorrí esas banquetas, la única luz que guiaba mis pasos era la de los panorámicos y pantallas que me decían que comprara mi ropa en GAP y luego me pasara a Broadway a ver Mamma Mia, comiendo una bolsa de M&M's mientras uso mi BlackBerry con la señal de AT&T para checar mi mail y ver si Match.com logró conseguirme una persona compatible para la noche y quiera tomar una botella de Absolut Kiwi —o algún otro sabor igual de ridículo que se les haya antojado inventar ahora—. Anyway, que las luces pagadas por esas multinacionales eran las que alumbraban mi camino cada vez que pisaba NYC; me sorprendió ver que, efectivamente, había una diferencia entre el día y la noche. Y como pensaba establecerme ahí, necesitaba cambiarme el disfraz de paciente desahuciado que me venía cargando desde Houston y comenzar a buscar lo que toda persona normal necesita tener para decir que *vive* en y no sólo *visita* New York: un golden retriever al cual pasear por Central Park, un departamento en SoHo que cuente con una coffee shop al lado lo suficientemente decente como para tomar el espresso ahí todas las mañanas, una máquina para hacer espressos cuando no tienes las energías para

amenamente esos diez minutos mientras hojeaba The New Yorker sentado en los sillones de la sala de espera. Ocho minutos después me dijeron algo así como It was a pleasure to meet you, Mr. Santibaniez, we hope to see you soon, y abrieron la puerta de mi compra. Subí, la encendí, introduje la dirección que el buscador más eficiente del mundo encontró para 'veuve clicquot globalight stores nyc' en el GPS y seguí instrucciones. Y de eso se trató el resto del día: search, click, buy, search, click, call, search, click, click, click, password, buy. Cuando después de tanta convivencia el GPS y yo nos hicimos uno mismo, decidí que ya no quería tener un Pedro que me transportara por las calles newyorkinas, que prefería ser yo quien manejara mi camino; una cosa menos por comprar de mi lista. Después de tachar casi toda la lista —todavía no contactaba al dealer, pero eso era lo de menos; conseguir un vendedor en NYC es igual de fácil que morir de diabetes por ser un americano obeso—, recogimos a Coco —mi nuevo accesorio para caminar por Central Park y no sentirme foráneo por no tener nada qué pasear los domingos en la tarde— de un loft en 5th Avenue, donde una bailarina de ballet y un escritor de guiones para series de HBO cuidaban de él. Como sus intereses y los nuestros parecían compatibles, los invité a mi open house, a lo que uno de los escritores de Big Love contestó But tell me, is it like a Halloween party or something? I mean, because of your customs. Entonces Roberto y yo volteamos, nos vimos mutuamente y recordamos que seguíamos con la ropa de pacientes moribundos que nos habían puesto en el hospital. No, this is just our daily dress code. We like to reinvent ourselves once in a while, you know? Just to not be bored to death by this life's mundanity; today we are *Patients With A Terminal Disease*. Besides, don't you think Halloween parties are obnoxiously 90's and way *too* overrated? The nineties has never been my thing, Well, yeah, I've always thought that Halloween is cheap and trashy. I don't get why people get so emotional with it. But, sure, then we'll be happy to go to your place and meet some new people. Cuando dijo *meet some new people* me di cuenta de que, si quería que eso se convirtiera en realidad, tenía que comenzar a invitar a la famosa *new people*. BB Almighty to the rescue… again: www.asmallworld.net. Username. Password. Post the event; era hora de que NYC se presentara ante nosotros. Y siendo honesto, no sería una mentira decir que el cien por ciento de los que habían sido invitados a dicha reunión me importaban menos que la salud mental de Britney Spears. Porque teníamos un network en común pero, realmente, ninguna conexión emocional, por más maricón que esto se escuche. Me imagino que es como ir en el subway: setenta personas en el mismo vagón las cuales no tienen el más mínimo interés de saber algo del que está a su lado; todos van ahí, juntos, con la mirada fija en un aparato y los oídos concentrados en lo que éste les dicte, tratando de alejarse lo más posible de su alrededor, evitando por cualquiera de los medios tener que escuchar algo dicho por *alguien*, con Snow Patrol gritándoles con todas sus fuerzas en el iPod o manteniendo una relación sexual con su celular —todo menos tener contacto directo con un ser humano—, unidos ahí con el único propósito de cumplir sus necesidades: llegar a su destino final. No importa si el que está a la derecha está llorando o el que está a dos metros está hablando solo, no, porque eso no impide que el vagón cumpla con su objetivo. Lo mismo pasa aquí: todos vamos en el mismo vagón, y lo único que buscamos es satisfacer nuestro tiempo libre en los eventos que el network nos pueda ofrecer; ¿que te acaban de diagnosticar leucemia y probablemente sólo te queden ocho meses de vida? No: saber eso no nos interesa, con que anuncies dónde va a ser la fiesta nos basta. Y eso era asmallworld.net y esa era la gente que iría a mi piñata de bienvenida. Y eso, honestamente, tampoco me importaba. Como el sastre que se encargaría de tener mi ropa lista a partir de ese momento tardaría mínimo un día para darme algo que usar, necesitaba comprar ropa. Y había hecho tantos clicks en tan poco tiempo que mi cabeza ya no podía más; aceleré hacia 5th Ave., dejé la camioneta en segunda fila afuera de Bergdorf Goodman, me bajé y agarré los primeros trajes, camisas, zapatos, calcetas que vi. Pasados siete minutos, la asistente que me atendió los llevó a la caja. Mientras pasaban mi tarjeta contraté el servicio de la segunda página que apareció en —sí, de nuevo, otra vez— Google cuando introduje las palabras 'catering manhattan'. Firmé, me dieron mi compra y me fui. Efectivamente, lo que estaba pasando en la calle era de esperarse: Roberto peleando con un policía que le decía que

pacientes, los doctores olvidaron lo grave que se encontraban los ahora fugitivos (aunque ni tan fugitivos porque una persona se convierte en eso cuando huye de un escuadrón que lo persigue y, de estos dos, nadie estaba interesado lo suficiente como para hacerlo) y pensaron que si ya no estaban era porque, efectivamente, los habían dado de alta. Y así nuestros queridos no-tan-fugitivos lograron pasar todos y cada uno de los retenes que el camino les puso, cual si fueran narcotraficantes mexicanos y, los demás, la AFI. ¿Cómo se pueden poner todas las piezas, todos los tiempos, todos los movimientos de acuerdo como para que nadie haya tenido oportunidad de notarlo? Ja, ¿ya ves?... Y todavía se preguntan si Mi Papi hermoso existe. Y bueno, como buena empresa exitosa, El Narcotráfico S.A. de C.V. también ha adoptado la globalización como estrategia de crecimiento en este mundo de negocios donde el que no invade es invadido. Por eso, no importa en qué parte del mundo estés —al igual que un Starbuck's o un Burger King—, siempre encontrarás una de sus sucursales cerca de ti. Y es que casi casi puedes encontrar su página oficial en Internet, donde el intro te pedirá que Select a Language and Country of Origin —por eso de la internacionalización que te digo— de una lista tan extensa que hasta incluye el ქართუელი como opción, para luego dirigirte hacia la página que cuente con direcciones e información de las sucursales que estén más cerca de ti, esto con el propósito de dar un servicio más personalizado y completo. Servicio a domicilio, pedidos especiales, importación de productos del extranjero, descuentos por cliente frecuente, etcétera, son sólo unos de los servicios que esta internacionalmente conocida empresa ofrece. ¿Procter & Gamble? ¿The Coca Cola Company? ¿Wal Mart? Ja, no: Fortune está equivocada; la empresa más grande del mundo, la que está en el top de las quinientas, no es ninguna de esas, sino ésta: El Narcotráfico S.A. de C.V. —si se encuentra en México—, The Drug Traffickers & Co. —si se habla de su sede en EUA— o Le Trafic de Stupéfiant S.A. —para las de Francia y ciertas zonas de Canadá—. Por eso a Camilo no le tomó más de cinco minutos hacer su pedido justo como lo quería, para cuando lo quería y donde lo quería. Y, ahora sí, todo estaba oficialmente listo para la piñata. Después de tanto tiempo de no celebrar, sus cuerpos necesitaban urgentemente un poco de diversión. Y no es que el escritor haya decidido darles, así de pronto, superpoderes a estos dos como para que, después de sufrir derrames cerebrales y costillas quebradas, después de hablar con los ángeles y estar a dos de pasar por la puerta de Mi Casa, sólo necesiten quince días de recuperación para *volver a las andadas*; no, no es que el escritor se haya sentido Diosito y piense que le puede dar atributos increíbles a personajes humanos, no, porque siempre ha prometido que esta historia contará fielmente lo sucedido —no más, no menos— y hacer eso sería no cumplir con su palabra, y no cumplir con su palabra sería algo que jamás en la vida sería capaz de hacer. Lo que pasa es que, tal vez tú no lo sabes, pero quince días son más que suficientes para recuperarse de cualquier tipo de cosa; es sólo que los doctores de tu mundito abusan de su confianza y los hacen pasar años en cama sólo para que paguen una cantidad que siempre es ridículamente estúpida no importando la posición social en que se encuentren. Un derrame cerebral en una persona de veintitantos años no es la gran cosa, como siempre lo han pintado… pregúntaselo a Camilo. Y es que, si algo *realmente* los podía matar, sería quedarse amarrados a esas camas en esos cuartos con esos alimentos que ni un abuelo con Alzheimer sería capaz de comer de nuevo porque no olvidaría su desagradable sabor. Al contrario: lo que estaban haciendo era su rehabilitación, lo que les devolvería la vida. Y mientras más pasaba el tiempo, más vida tomaban, mejor se sentían. Y para cuando menos pensaron, ya habían dado las doce y apenas se estaban levantando de su power nap, sólo para salir de los cuartos y darse cuenta de que un ejército de meseros, chefs, bar tenders y decoradores habían invadido el departamento: todo estaba listo. Media hora después, los invasores ya no fueron ésos, sino que todos y cada uno de los que esa tarde alcanzaron a entrar en asmallworld.net desde su celular mientras recibían un merecido masaje de aceites o esperaban que el elevador de su torre por fin llegara al piso de su departamento, sólo para saber qué ofrecía su círculo social para la noche y, gracias a esto, alcanzaron a ver la propuesta de Camilo. Y no es que no hubiera un millón de alternativas distintas a ésta —la razón del que la mayoría de los que se enteraron hayan asistido ahí—, sino que simplemente se antojaba hacer algo así, a gusto, *tranquilo*. La noche no apetecía

y tú, el afortunado nieto de este abuelito taiwanés, disfrutes de su fortuna y termines estudiando en Parsons alguna carrera de diseño que no te servirá de nada o que seas hijo de indocumentados mexicanos que son capaces de pagar ocho dólares por un paquete de Maseca con tal de tener tortillas para comer con sus beef fahitas, aun cuando por haber pagado ocho dólares ya se quedaron sin beef fahitas que comer. No, no importa porque de igual manera todos terminan mezclándose, compartiendo las mismas calles, transportándose dentro del mismo metro, sentándose en el mismo taxi, haciendo la fila para recoger el Starbuck's que los va a despertar para ir al trabajo, chocando con el mundo de gente que, al igual que ellos, corre porque en esa ciudad la gente no hace otra cosa más que correr. E igual puede ser el CEO como el asistente del departamento de copias de la misma compañía y eso no va a provocar que el camión repartidor de bagels se vaya a parar para darle el paso al primero porque gana un millón de dólares en bonos en tan sólo un mes; los dos —tanto el que gana doce dólares por hora como el que gana cinco BMWs por día— se tendrán que parar a esperar que el semáforo rojo pare la marea de camiones y coches para que ellos puedan continuar con su camino. Aquí todos son iguales, aquí *sí* se vive el socialismo. Y eso me gusta. Y entonces me di cuenta de que estaba equivocado: realmente no importa el lugar, la ciudad, el país. No era NYC ni Oaxaca ni Sidney. Ya había estado en esas ciudades —a excepción de Oaxaca— antes de estas últimas ocasiones, pero nunca las había disfrutado *así*, vivido *así*. Y es que se estaba presentando un común denominador que hasta ahora había notado: libertad. Estaba fascinado por estos lugares gracias a la libertad que lograba experimentar en ellos. Y no es que experimentara esa tercera-vez-repetida-en-tres-oraciones-seguidas libertad porque fueran ciudades mágicas o especiales —lo cual hay que aceptar que son— sino por la evolución que mi persona había sufrido. Era yo el que había cambiado y no las ciudades en las que me movía; las ciudades no cambian, al menos no en un tiempo tan corto como cinco, ocho años. Y yo sé que suena sumamente cheesy hablar de la —sí, otra vez— LIBERTAD como si yo hubiera sido un perseguido político que escapó de España en los tiempos de Francisco Franco y por eso anhela y adora tanto ese sustantivo,

porque no: ni viví la guerra civil española ni ningún tipo de persecución bélica que me haya provocado dicho trauma post evento;
no: definitivamente no es el mismo tipo de libertad de la que esta-
ríamos hablando. Y para dejar la idea clara, me gustaría darte un
ejemplo que se me acaba de venir a la cabeza. La historia no la recuerdo muy bien y, seguramente, voy a mentir en una que otra
parte pero no importa porque, al final de cuentas, el caso es el
mismo. No sé si fue el abuelo de una amiga judía —que después
de tanta pinche persecución terminó en Monterrey— o el güey
excitado ese que parece que todo el tiempo anda en ácidos, el que
sale en la película de La vida es bella; el que, cuando le preguntaron ¿Cómo sobreviviste ante tanto dolor?, contestó algo así como
Me pueden amarrar y quitar mi libertad física, pueden hacer con
mi cuerpo lo que ellos quieran, pueden limitar mi movilidad, pero
mi libertad interior, la libertad de mi espíritu, jamás. Y no importaba qué tanto hicieran los nazis psicópatas con ellos y sus cuerpos,
ellos seguirían siendo libres, porque al final de cuentas, la libertad
es interior. Sí, sí, sí: cheeeeeesy. No te culpo: ni yo me aguanto,
pero es la verdad. Y conmigo —antes— sucedía totalmente lo
opuesto: mi libertad física era infinita pero la de mi ser, la de mi
espíritu —como diría cualquiera de ellos—, estaba esclavizada. No
te das cuenta cuando esto cambia. No te levantas un día y dices
Soy libre. No. Cuando llegas a este punto es porque ya tienes un
buen rato siéndolo. Y muchas veces tampoco notas el cambio: sólo
lo vives. Lo peor del caso es que la mayoría de las veces no lo apre-
cias, por el mismo hecho de que no tienes la capacidad de notarlo.
Simplemente sigues andando, sólo que ahora de manera distinta.
Eso es una lástima, porque llegar a este punto no es cualquier cosa.
Y no es cualquier cosa no porque yo lo diga, sino porque lo sé. Lo
sé porque cuando te sientas y te pones a pensar en las diferencias
entre el Antes y el Después descubres la magnitud de las cosas, de
la importancia del cambio, de lo mucho que tienes que agradecer.
¿Agradecer a quién? ¿A la suerte? ¿Al destino? ¿A Dios? No sé: tal
vez te tienes que agradecer a ti mismo. Agradecerte que fuiste lo
suficientemente inteligente como para darte cuenta. Agradecerte
el haber tenido la fuerza para crear una revolución en ti, para ser el
anarquista, el underdog que no se conforma y que lucha para cambiar

llegué a NY me sentí diferente a todas las veces anteriores. Y me equivoqué: no era que extrañara especialmente a esa ciudad; en cualquier otra mi sensación habría sido la misma, porque *yo* era el mismo. Y todo era perfecto. Y no pedía nada más; eso era lo único que necesitaba. Bueno, eso y la compañía de alguien que buscara lo mismo que yo, o mejor dicho, de Camilo. -erto?, fue lo único que alcancé a escuchar de su boca y que logró sacarme del trance en el que estaba. Dime, Gracias. No me tomó más de dos segundos saber qué me estaba agradeciendo. Igualmente, le contesté. Entonces volteé a mi alrededor y me di cuenta de dónde estaba: un lugar lleno de gente que —como siempre— no tenía la más remota idea de quiénes eran. Un mesero llegó sólo para cambiarme la copa que no me percaté que me había terminado. El resto de la historia ya te la sabes: cada diez minutos un mesero cambia mi copa por una nueva, cada hora y media visito el baño para recargar mi nariz, salidas ocasionales a la terraza porque el éxito del open house fue tal que necesitaba tomar aire, pláticas con la bailarina de ballet esposa de escritor de HBO, pláticas con escritor de HBO, pláticas con la hermana del amigo de la esposa de escritor de HBO, recibir invitaciones para ir a la barra a tomar shots, tomar shots, volver a hacerlo, dar una vuelta por el lugar, subir al cuarto a estar a solas un rato, encontrar a Camilo en el cuarto queriendo estar a solas un rato, preguntarnos cómo estamos, contestarnos que estamos bien, estar a solas un rato, acabarnos lo que trajéramos bebiendo, optar por bajar e ir por más, bajar, ir por más, darnos cuenta de que duramos mucho tiempo estando a solas en el cuarto, besar en el lado derecho, besar en el lado izquierdo y decir Goodbye and thanks for coming a la mujer que se pone enfrente, extender el brazo derecho, estrechar la mano y decir Yeah, we have to do dinner sometime al hombre que la acompaña, volver a hacerlo cincuenta y dos veces, tomar asiento y cambiar el champagne por un whiskey en las rocas, observar a las treinta personas que restan, decidir que hemos estado suficiente tiempo en el mismo lugar, preguntarnos si queremos cambiar de escenario, contestarnos que sí, salirnos, subir a la camioneta, navegar por las calles, preguntarle a Google a dónde queremos ir, obtener Bungalow 8 como respuesta, pasarle la dirección al GPS, seguir las indicaciones del

sólo para decirme que Edward y su tropa de stalkers me habían estado buscando con el objeto de despertar los ataques de migraña que sufría cuando tenía doce años. Y tendría que llegar y borrarlos todos si no quería que escuchar su voz durante tantas palabras me diera ganas de tomar el teléfono y lanzarlo contra la pared deseando que fuera él —y no sólo su voz— lo que estaba destruyendo. Pero era algo con lo que tenía que lidiar y, francamente, no me daba mucho problema. Digo, tener la excusa del accidente y de que casi te mueres y todo ese show puede ser suficiente como para que te dejen de estar chingando un rato, ¿no? Camilo, por su parte, estaba recibiendo un bombardeo de propuestas para exposiciones y subastas que realmente lo estaban desesperando; no se necesita hacer un análisis muy complejo para descubrir que Camilo puede ser todo menos un manager. Y como su ex manager le había hecho el gran favor de expulsarlo del anonimato en esa fiesta de fin de año —de la cual, por cierto, lo tuvieron que sacar —a Jorge— y uno de sus amigos se lo llevó directo a rehab— y ya no tenía quién se encargara de todo eso —por lo mismo que el güey siguía en rehab, aparte de que dudo que después de semejante escena dramática que le armó hubiera sido capaz de verle de nuevo la cara a Camilo—, la idea de encarar ese desmadre no le caía muy en gracia. Entonces yo tenía que solucionar mi situación en el colegio y él tenía que encontrar alguien que se encargara de solucionar su vida. Llegué a mi departamento y, tal como lo había predicho, tenía un número rídiculo de mensajes de voz en la contestadora; decidí que sólo escucharía tres. El primero era —obviamente— el imbécil de Quann con la misma historia de siempre y sus putos *ultimátums*. El segundo era su asistente. Lo mismo. El tercero era mi mamá diciendo ¿Robbie? ¿Estás ahí? Me dijeron que se fueron del hospital pero no me supieron decir a dónde iban. De preferencia márcame a mi celular porque voy a seguir en Houston con tu hermana y no creo que tu papá vaya estar en la casa. Bueno, repórtate. *Piiii*. Delete all messages, decía la grabadora mientras presionaba el botón de borrar. Tomé el teléfono, marqué el número de mi madre y esperé siete *Tiiiiiiiiiiins*. Hola, estás hablando al celular de Luciana de Abascal. Por el momento no te puedo contestar la llamada, pero deja tu me-. *Odio* los buzones. No sé por qué existen. No deberían existir.

para mi, ntes de cristo para ti, decidí qe queíra festejr mi cumpla-
nos anuque no supiera a ciencia cierta en qu fecha era. papi dijo
que estaba bien pero con la condcion de que no durara mas de dos
lunas lenas porqe todavía estaba muy chico como para andar fuera
de casa por muhco tiempo. acepté. entnoces junte a toda la tropa de
servidores de mi papi para que organizaran la celebración que se
llevría a cabo en la atlántida, mi isla favorita por excelencia. no es
por nada pero el staff de mi papi siempre ha sobresaildo por lo
eficiente que es y lo chngón que hace su trabajo; *obviamente* este
evento no fue la excepción. tomaron su tiempo para tener listo el
festejo perro valió la pena la espera: los mejors arpistas de la época
tocaban sus sinfonías mientras manhjares interminalbes se servian
en cada una de las mesas donde miles de guereros platicaban sobre
sus últimas batalas y las diosas mas bellas de la antiga grecia tomaban conmigo las que serían mis priemras copas de vino; un evento
que nunca en mi vida olvidaré. y creo que para estas alturas de la
vida, ya has visto suficientes películas de época —sobre todo del
immmperio romano— como para que te des una idea de los festi-
nes intermnables que se armaban en esos tiempos; esas *sí* eran fiestas. y, siendo yo un peqeño novato en lo referente a sexo, dorgas y
alcol para ese entonces, tanta diversión provocó que inevitabemen-
te comenzara a perder la cuenta de los soles y a olvidar que después
de dos lunas lenas, esa fiesta tenía que acabar. mi piñata duró ocho
veces lo que papi mee había dado permiso. papi se enojó porque lo
dejé cenando solo por mucho tiempo —acuerdate, era antes de
que mi hermano naciera—. cuando por fin me acordé que tenía
un papi con el cual cenar, no me quedó de otra mas qu dar por
terminada mi fiesta de cumplaños. regressé a casa sólo para encontrar a mi papá esperándome en el silón de la entrada, nada contento mientras me preguntaba aglo así como ¿sabes cuántas veces se
ha tenido que voltear este contador de arena? ¿tienes noción de lo
que *dos lunas llenas* significa? yo no podia contestarle; antes de regresar me tomé todo el vino que había en la fiesta porque me daba
coraje qe se tirara. y, como ya te expliqé, en ese tiempo yo era un
no vato en el campo del alcohol y, como cualquier puberto sin
experiencia, no supe cómo manejarlo frente a él. molesto todavía,
me preguntó que qué había sido lo que más me gustó de mi piñata,

paso, mucho menos llegar a su cuarto. me volví a sentar en la cama y, entonces entendí, que *no* podía hacer movimientos brusscos si no quría que mi cerebro expoltara de una ve por todas. era un sentmiento que nunca en mi vida hbía expermentado y que rogaba nunca en mi vida volver a experimntar. traté de cerrrar los ojos para ver si, durimendo un poco más, eso desaparecía; no pude volver a dormir. daba vueltas en mi cama, tratando de encontrar la posición que menso mal me hiciera sentir; no tenia caso, de cualquier forma mi cuerpo moría lentamente. ansiaba un vaso de agua pero nunca caminaría por el, y alzar la voz para pedírselo a algún sirviente, sólo haría que mi cabeza, ahora sí, rogara por que la mataran. llegué a pensar en que ese sufrimiento nunca se terminaría. tenía ganas de vomitar todo lo que había comido en la fiesta. etnía hambre pero sentía que introudcir cualquier alimento a mi boca me daría ganas de vomitar también. qería llorar del dolor. después de un buen rato de estar en mi cama en exxxtrema agonía, papi tocó la puerta de mi cuarto y me pregntó que cómo había amanecido. le expliqé cómo me sentía y le pedí que por favor lo hiciera parar. le dije que por eso no había ido a desaunar con el y que en todo el día no me había podido mover de mi cama, que sentía que me iba a morir pero que yo sabía que eso era impsible porque yo no me puedo morir; la muerte no es una cualidad con la que haya nacido; en ese momento deseé lo contrario. le pregunté que qué pasaba, que ya no podía más con ese dolor. se me quedó observando a los ojos y me dijo algo así como, cada que tomes mucho jugo de uva que te hace reír, así te vas a sentir al día siguiente, pero si en mi cumpleaños también tomé mucho y no pasó nada parecido, sí, porque pensé en qeue no tenía que tomar decisiones de este tipo para que aprendieras, pero tal parece que no es así. ahora que ya lo sabes, depende de ti si por disfrutar largas horas de beber ese jugo de uva, estás dispuesto a experimentar esta sensación al día siguiente. juré que nunnca lo volverí a hacer; para la próxima fiesta que tuve, ese juramento se me había olvidado por completo. y me volvió a pasar. otro día en cama sin poderme mover por sentir que con cada movimiento que estaba a punto de que se me saliera el alma por la boca, idealizando ser un mortal cualuqiera y terminar ahi. sí, era sufrblemente sufrible. decidí que tenía que hablar con

infinito mas divertido y, pro ende, éste (en el cual tu mundito forma una muy pequeña y diminuta parte) trendría que dessaparecer, o porque el güey que se sabe la formula de la coca cola sufrió un infarto que lo mató y, como nadie sabrá cómo fabriccar coca colas, la gente va a empezar a morir como si una plaga hubiera contagiado a toda la humanidad. y aquí entre nos, te voy a deicr sólo una pista —porqe mi papa me tiene prohibido hablar de más—: en una de esas opciones está, *efectivamente*, la manera en que tu mundo va a terminar)—, aparte de que tu enojo conmigo te provocaría hacer el error de no escuchar esta tristísima histroia que no va a poder ser conocida por toda la humanidad porque a la humanidad ed ahorita le restan de que, doce minutos de vida antes de su extinción o un poco menos, aparte de todo eso, te digo, te lo cuento justo en este momento porque tenía milenios —literalmente— de no tener la cruda que estoy teniendo ahorita. madre del creador —la cual no existe porque, como ya lo sabes, mi papi no tiene madre—, qe falta de miseroicordia tuvo él al mandarme esta cruda tan cruel y ofensiva. y, ya sabes, presento todos los síntomas que tu y cualquiera de los tuyos, mi divertido y enfiestado lector, preseta en el avión de reggreso de las vegas después ed la despedida de soletero de tu mjoer amigo: no me puedo mover, tengo ahmbre pero no puedo comer, la tercera guerra mudnial se esta llevando a cabo en el hemisferio iquierdo de mi cabeza y, en el dereccho, korea del norte esta haciendo sus pruebas con bombas nucleares. au, mi cazbeza. soy capaz de tomarme el amazonas con tal de saciar mi sed. ver una simple copa de champañ es suficiente para desmayarme. repito: quiero ser mrortal y morirme en este instante. y te digo que cuando estoy asi, mi cabeza trabaja con una calidad igual o peor que la de un político mexicano o un neandertal —sí, ya sé: me convierto en un perfecto inútil— y por eso mi nivel de redacción llega a ser tan bajo que hasta beto lopez —reportrero, fanatico del amarilismo y columnista de la secciónn de deprortes del folclórico, respetado, biblia-de-todo-taxista periódico *metro*— tiene más posiblilidades de ser contratado por el new yrork times que yo y, como no puedo ver el teclado ni la pantalla por lo mismo que siento que los rayos de luz sonn navajas de gillete que quierein afeitar mis ojos y mis manos timeblan en cada palabra que tecloe,

una compañía que vendiera resacas a domicilio tuvieran membresias de cilente frecuente, los que los últimos anos de su vida han ovlidado lo que estar sobrio singnifica y han pasdado mas edl novennta por ciento de su tiempo ya sea ingiriendo lo qe se necesita para estra crudos o crudos; no, en esta ocasión no estoy halblando ni de cammilo ni de robreto. ¿pasa por tu cabeeza alguen mas? seguro cordelia, ¿no? pues no, tampoco estyo hablanddo de nuestra alcolica preferida. y ya te puse a pensar: ¿quién será? y como no sabes y quieres sabeer, como no tienes unna idea y eso te desespear mucho, una invasión de ansiedad llega a tu cuerpo y tood tu ser empieza a ponerse loco y tienes qe tomar tsu pastillas para calmrate si on qieres que tu desesperacion se sagla de contorl y comiences —ahora sí— a hacer cosas lunaitcas pero, como siempre te eh dicho, yo quiero lo meojr para ti y como ya sé que una vez qe empiezas a toamr esas pastillas no vas a podre parar y gracias a seto en un año más terminaras de adicto consiguiéndloas en el mercado nergo porque ut psiquiatra ya te lsa porhibio y no te peinsa dar msa prescripciones, por eso, mi queirdo, en-riesgo-de-caer-en-la-adicion-de-xanax lector, por eso mismo es que mejor le paro a tu desesperación y te digo de uan vez por todas qienes son los otros qeu están sufirendo su curda igual o peor que yo: nada msa y nada menos que don camiol santibanez y doña luciana de abascal-rigovtze —la que, pro cierto, de de abascla-rigovezt ya no tiene nada—. qué tal, ¿eh? y es que ahy muchas cosas en lsa que te tenog que actuailzar, mi retrasaod lector, para qeu te suen lógico que estos dso estén pasadno por la misma situación. y todo empezó en un dia como ohy o como aeyr o como cualquiera en el que la uhmedad registrada por el weatehr channel es de veinticinco por ceinto, la velocidad en que el vineto corre del norte es de quinec kilómetors pro hora —eso quiere decir que esta prefecto para estar cenando en una terarza—, la temperatura es de veintitrés gradso centígrados y la probabilidad de lluiva es ceor; sí: todo empeoz en un dia en que el cilma estaba cercano a ser prefecto y ninguon de los dos tenía naad que hacer. y como no había nada que ahcer, se tenia que encontarr una actividad en la cual- ahhh, por fin son las once; ya es una ohra prudente para qe me duerma sin que mi papa juzgeu que es por mi *situación*; lo siento, te cuento depsués de mi siseta porqeu te ol juro

de la novia cortada entiende como Te odio y no quiero saber nada más de ti. No me importas y si te mueres seguramente estaría en un bar antes que en tu funeral. Obviamente te puse el cuerno un millón de veces y, sí: soy un hijo de mi puta madre. No eres suficiente para mí y no vas a ser suficiente para nadie porque no vales nada. Sí, más o menos algo así es como ella lo asimilaría. Y la razón de que la cortada en cuestión va a entenderlo de esta manera, no es porque así se lo hayan dicho o así haya sonado; lo entiende de esta manera porque ella también tiene una historia que la excusa de ser una persona insegura, ella también creció en una familia donde la madre exigía cada vez más, donde nunca nada era suficiente, donde ningún triunfo fue aplaudido y, cada que se equivocaba, se lo restregaban en la cara como si este error fuera la razón del fin del mundo; ella también tiene un concepto erróneo del amor y de lo que su persona vale. Por eso termina odiándolo y llorando día y noche por él, pensando en que su vida a nadie le importa, viviendo triste y solitaria que de tan triste y solitaria que vive no tiene más que enfocar su atención a detalles precisos e inertes, que no tienen vida y que cree que pueden estar bajo su control, algo así como la comida, por ejemplo, al grado de convertir esta atención en obsesión, y no ciertamente por comerla, sino por todo lo contrario, porque piensa que es su físico el problema, que si hubiera un Miss Gorda en el mundo, ella lo ganaría, que necesita hacer ejercicio y bajar de peso —aun cuando pesa cincuenta y nueve kilos y mide un metro setenta y seis— si quiere que él vuelva a sus brazos —lo cual, no importa todo el daño que este le haya hecho, sigue deseando— y entonces hace ejercicio y baja de peso pero, como su madre le enseñó que *nunca* nada de lo que ella hiciera sería suficiente, entonces tampoco sabe determinar cuándo algo es suficiente y por eso no entiende, no distingue, dónde está la línea entre sano y anoréxico, entre control y obsesión, y continúa sus días pensando *alegremente* que es ella la que tiene el control de su vida teniendo el control de su peso, porque sus amigas comen kilos de grasa y ella no —cuando realmente no se da cuenta de que todos y cada uno de los factores que existen en el mundo pueden tener más control sobre ella que ella misma—. Y así pasan meses en los que sus amigas comen grasa y ella no come ni grasa ni proteínas y muchísimo menos carbohidratos, hasta el punto en que su situación es tan obvia como la adicción de Marcus Aurelius, Sigmund Freud, Robin Williams, Robert Downey, Jr., Ray Kroc, Eminem, Patrick Kennedy, Ben Affleck, Nick Carter, Boy George, Michael Jackson, Johnny Cash, Joaquin Phoenix, Pat O'Brien, Elton John, Kurt Cobain, Courtney Love, Leif Garrett, John Belushi, Whitney Houston, Bobby Brown, Samuel L. Jackson, Jimi Hendrix, Kelly Osbourne, James Brown, Eddie Van Halen, David Crosby, Iggy Pop, Richard Carpenter, Naomi Campbell, Patrick Swayze, Ted Kennedy, Haley Joel Osment, Anna Nicole Smith, Vitas Gerulaitis, Ozzy Osbourne, Dennis Quaid, Charles Dickens, Robert Louis Stevenson, Dick Cheney, Mel Gibson, Stephen King, Michael Douglas, Matthew Perry, Charlie Sheen, Kate Moss, Ray Charles, Johnny Depp, Philip Seymour Hoffman, Tony Curtis, Britney Spears, Billy Bob Thornton, Drew Barrymore, Dick Van Dyke, Pete Doherty, Kiefer Sutherland, Sherlock Holmes, Elizabeth Taylor, Colin Farrell, Chris Penn, Jason Priestley, Prince Harry, Truman Capote, Liza Minnelli, Melanie Griffith, Lindsay Lohan, Alice Cooper, Winona Ryder, Demi Moore, Nicole Richie, David Bowie, O.J. Simpson, Mike Tyson, Joe Namath, Oliver Stone, Jean-Claude van Damme, Elliott Smith, Billie Holiday, William S. Burroughs, River Phoenix, Edgar Allan Poe y millones de personas más que tienen que ser llevadas a rehab porque dejarlas solas con ellas mismas es igual de peligroso que encerrarlas en un cuarto con Charles Manson después de hacerlo enojar. Pero todos sabemos que el hecho de que te encierren en un lugar donde reprimirás todas tus adicciones y obsesiones no es de mucha ayuda porque sólo logra que, precisamente cuando se cree que la terapia está funcionando, esas necesidades reprimidas muten en otras —de ludopatía a vigorexia, de vigorexia a bulimia, de bulimia a ortorexia y así van saltando de patología en patología hasta que se dan por vencidos y aceptan vivir así o, en su defecto, hasta que ésta los mata de una vez por todas porque ya se cansó de tanto saltar— y por eso cuando salen de rehab sus esperanzas son más bajas que cuando empezaron, sus adicciones se potencializan al triple y su capacidad de crear relaciones interpersonales de calidad es nula, lo cual los lleva a que continúen alimentando esta red de disfunción

saben hacia dónde quieren *avanzar*; los lunes —y todos los días de la semana— se corre el maratón 10K de Blackberrys en Park Ave... y en Wall Street, Lexington, Madison, Bradway, Times Square... Y no importa si en su camino se atraviesa un objeto no compatible con su DNA, digamos, un anciano que no alcanzó a ser modificado genéticamente por AT&T y que, por más que trata, no puede seguirle el paso a los de trajes negros y camisas blancas; no importa si la presión de las masas lo tira a la calle, porque ellos no van a parar, no van a parar, no van a parar; hay una meta a la cual se tiene que llegar, aun cuando —insisto— no se sepa todavía cuál es. Y esta nueva raza no tiene necesidad de sentarse a comer en una mesa sentado sobre una silla como hasta hace poco el mundo solía hacer. No: esta raza tiene la capacidad de correr maratones y, como si esto no fuera suficiente, comer, acordar citas, crear contratos, cancelar cenas con la última generación de humanos por acordar citas con sus homólogos Blackberrys y demás actividades aún no descubiertas por mortales como yo, en el proceso. Estaba sentado en una banca y el solo hecho de ver el escenario me agotó. Llegó un punto en el que seguir escuchando el ruido frenético de las ambulancias ignorado por los tres mil millones de entes que estaban a mi alrededor me perturbó. Y decidí unirme a ellos, ignorar lo que pasaba a mi lado, huir de este mundo y hacer como que no existe: saqué mi BB, me puse los audífonos y le puse play a la canción que mejor me podía entender en esos momentos: One Day You'll Dance For Me, New York City de Thomas Dybdahl. Y no es sólo que lo que se siente estando ahí —viendo ese exhaustivo y agotador escenario— sea ejemplificado por esta melodía de tal forma que te sientes perfectamente entendido por sus sonidos, no, sino que la manera en que compone la sinfonía, la tranquilidad con la que Dybdahl la canta, también te ayuda a sentirte mucho mejor. Y si no fuera porque no te conozco y aun así me caes bien, nunca te diría ni su título, ni, mucho menos, mi recomendación —suelo ser muy especial en eso de compartir mis gustos estéticos y artísticos—, pero, como te digo, has ganado mi confianza por todo esto que Semi repite una y otra vez de que te quiere y que eres muy especial e importante, inteligente, tienes buen gusto, sabes de lo que estamos hablando y por lo tanto somos compatibles, etcétera,

porque un día la compañía decidió transferirlo a NY y, a partir de entonces, aquí se quedó, tres británicos que seguramente fueron fans de Sex Pistols en su adolescencia y por eso muestran cicatrices de vejez prematura en sus rostros, un americano que seguramente es el único que no habla más idiomas que el suyo y un mexicano de ascendencia española que completó sus estudios en una universidad de la Ivy League y tiene un hijo que lo está observando desde una banca que se pierde entre la multitud que pasa por el JP Morgan de Park Av. ¿Que cuáles son las probabilidades? Te diré que no me sorprendió tanto; sé poco de lo que pasa en los negocios familiares, pero, si algo sé, es que la mayoría de los bonos y pendejadas financieras que se manejan son con el JP y eso lo sé porque me obligaron a hacer mis prácticas todo un verano en ese pinche banco por la misma razón. Aparte —después del D.F.—, New York es la ciudad más visitada por él. Monterrey es la quinta; encontrarlo comiendo en el Butter a la misma hora que yo no debería sorprenderme. Y, obviamente, si los que caminaban en la calle, los que se mezclaban con otros businessman que no eran fracasados pero que tampoco eran CEOs de ninguna multinacional, los que sí cargaban su maletín porque no tenían a nadie que lo cargara por ellos, si ellos, te digo, cuentan con su BB, entonces tienen que estar muchos pasos adelante —por Dios, son los que imponen la moda; ellos son los Anna Wintour del mundo ejecutivo— y tener no sólo uno, sino tres PDAs —uno para llamadas de emergencia, otro para llamadas de súper emergencia y el tercero para que sus asistentes los localicen en situaciones de vida o muerte—. Como las decisiones que tomara con mi vida —al menos en esos momentos— no afectarían a ninguna de las acciones del Nasdaq ni saldrían al día siguiente en la columna de What's New de la Fortune, tomé el único BB que tenía y le marqué. Y bueno, hay algo que debo confesarte. No lo dije por orgullo, tal vez, y yo sé que está mal el hecho de no habértelo dicho en su momento pero pues ni modo, no lo hice y ya. Y lo que omití mencionarte fue que tras dejarle el mensaje de voz a mi mamá, marqué a la casa de mis papás; sobra decir que ninguno de los dos estaba. Como siempre, Rita contestó. Hola joven. Qué gusto escuchar su voz. Mire que aquí estábamos muy preocupados por usted. Nos fuimos todos a la iglesia y le puse una vela a San Juditas Tadeo para que me hiciera el milagro de que lo dejara sano y salvo con nosotros. Y todas las noches le he rezado a la Virgen una novena en su nombre. Es un milagro del Señor que esté vivo, Rita, eres muy amable. Muchas gracias, seguramente estoy hablando contigo por todas las oraciones que has hecho por mí, Sí, mi niño: me hicieron el milagrito, ¿Está mi papá ahí?, No, joven, anda en un viaje de negocios, regresa mañana, ¿Tienes su celular?, Sí, ¿le doy los tres que tengo?, Dame el que te dice que sólo marques cuando es de emergencia, el que siempre contesta, Ah, muy bien. Déjeme se lo busco. Aquí lo apunté el otro día, a ver… Aquí merito está. Es el N Ú M E R O S, Perfecto, muchas gracias, Rita, ¿Algo más, joven?, Uhm, no… o, bueno, sí. ¿Mañana que llegue le puedes decir que este es el celular que traigo en New York?, Claro, a primera hora se lo doy. A ver, pásemelo, Es el N Ú M E R O S, Cuente con eso, joven, Muchas gracias, Rita, Ay joven, qué agradece. Que Diosito lo bendiga y la Virgen lo cubra con su manto, Gracias, igualmente, Adiós, joven. Y después de colgar con Rita, marqué el número que me dio. Sonó seis veces hasta que —como toda la vida será— me contestó la pinche contestadora. Dejé otro mensaje que decía Volví a New York. Ya no quería perder tantas clases y me estaba sintiendo mejor. Estoy bien. Tengo un número nuevo porque, como puedes imaginar, mi otro celular murió y ya ni recuerdo en qué compañía estaba como para recuperar mi número viejo, aunque igual y ese número nunca lo supiste porque no recuerdo habértelo dado. Es más, ni yo recuerdo qué número era. Bueno, en cualquiera de los casos, mi número nuevo es tres cuatro siete, dos ocho uno, cero siete cuatro nueve. Igual cuando andes cerca y estés libre puedes marcar y acordamos una comida, una cena o ya de plano un café, ¿no? Que estés bien. Ah, por cierto, soy Roberto. Y ahora estaba yo ahí, sentado, márcandole desde el celular que aparecería en su pantalla con mi nombre, esperando que la vibración que esto causara fuera lo suficientemente insistente como para que lo notara. Y, en efecto, lo notó. Vi cómo paró su caminar para sacar el celular de la bolsa del pantalón, vio la pantalla, no expresó ningún gesto que me ayudara a descifrar algún sentimiento y presionó una tecla al mismo tiempo en que una voz en mi oído decía The person

cabeza de don Roberto eran números, Luciana se desesperaba porque la temporada Otoño-Invierno '07 tardaría tres meses en llegar
y, a menos que comenzara a tomar ansiosamente pastillas para la
ansiedad, su desesperación crecería cada vez más. Pero Luciana no
es tonta y ha visto decenas de sus amigas caer en esa Prozaica adicción sin ver más salida para calmar su necesidad por los calmantes
que tomando más de ellos y, por eso, prefería mil veces adoptar
una adicción no-química y más natural. Entonces encontró la calma adoptando la misma debilidad de quien fuera la fuente de inspiración para crear al mítico y siempre atormentado Citizen Kane,
el magnate de la comunicación escrita, William Randolph Hearst:
la compra compulsiva de arte. Y aquí nos quedamos en cuanto a
Luciana se refiere. Ahora nos pasamos con el no-menos-atormen-
tado, don Camilo Santibáñez. De él no nos queda mucho por
hablar; ya conoces su pasión por el arte y que tiene a La Galería
nueva y recién reconstruida, lista para ser llenada con cualquier
objeto que cautive sus ojos. Parte por eso, parte porque no tiene
mucho qué hacer con su tiempo libre —el cual, a diferencia de
don Roberto, sí lo tiene porque, después de la muerte de Malusa,
lo único que buscó fue cambiar por completo su estilo de vida para
que la rutina antigua no le restregara en la cara todo el tiempo que
ya no la tiene—, don Camilo intensificó su amor por la adquisi-
ción de obras únicas, pinturas, fotografías, esculturas y cualquier
tipo de cosa que le provocara admirar y respetar su belleza. Y si
antes rechazaba todas las invitaciones que le hacían para la apertura de nuevas galerías y exposiciones, ahora era el primero en enviar
su confirmación de asistencia. Y bueno, ya que te expliqué más o
menos cómo estaba el escenario de ambos, empieza lo divertido,
empiezo a contarte todas las situaciones, condiciones, casualidades
y demás eventos fortuitos o no fortuitos que provocaron que las
cosas terminaran como terminaron y no de una manera distinta.
¿Por cuál empezamos? ¿Cómo ordenamos esta lista de numerosas
combinaciones de circunstancias que se ligan para llegar a un resultado? Pues bien: como no sé cómo poner orden en mi cabeza,
te lo contaré tratando de seguir los hechos de manera cronológica.
Total. Resulta que una de las tradiciones del grupo de amigas de
Luciana es irse de viaje una vez que inicia el año, después del Día

éste o no contestaba o le preguntaba si le podía marcar después porque estaba en una junta. Nunca cumplía. Tampoco pensaba pasarse todo el día en el hospital si Cordelia ya estaba mucho mejor y todas sus amigas la estaban yendo a visitar. Llega el fin de semana y Luciana amanece con una migraña espantosa por el simple hecho de que no tiene nada qué hacer y tanta monotonía la estaba volviendo loca. Va al comedor a tomar su desayuno y Rita, como todas las mañanas, le lleva el correo, que básicamente está formado por invitaciones a los distintos eventos sociales que ya se sabe de memoria. Tres cenas a beneficio, dos cumpleaños, un desayuno con la esposa de uno de los socios de don Roberto —la cual es más insoportable que hablar antes de la temporada navideña con un vendedor de seguros de vida que tiene cinco hijos que le pidieron a Santa la carta de juguetes más larga de la historia: no se va a callar hasta que te saque el dinero que necesita para comprarlos—, y una exhibición de la colección privada de los Zertuche-Santibáñez. Cualquiera de los eventos —con excepción del desayuno— requería que llevara a un esposito del brazo si no se quería ver ridícula y abandonada, pero era justamente el desayuno el último evento al que quería asistir de todos y la opción de quedarse en casa estaba completamente fuera de la lista. Teniendo ya experiencia en este tipo de cocteles, donde los anfitriones disfrutan de exhibir (i.e. presumir) su buen gusto (i.e. su dinero) y gustan de compartir con sus seres queridos la belleza del arte (i.e. gustan de demostrar a la sociedad su estatus y poderío), Luciana sabía que no había mucho problema si iba sola porque la mayoría de los que se encontraba en esas reuniones eran amigos fotógrafos y pintores —artistas en general— que tomaron el camino correcto en la vida y decidieron no amarrarse a nadie porque saben que, de lo contrario, terminarían teniendo un problema en decidir en qué lugar no se ven ridículos y abandonados por no ir con un esposo(a) que nunca está disponible; la mayoría van solos o con un acompañante casual. Todo parecía indicar que ese era el lugar donde pasaría su noche. Por otro lado, don Camilo también se encontraba en la lista de invitados. Para él no había mucho qué pensar: tenía que ir porque su hermana, Eugenia Santibáñez de Zertuche, lo había amenazado con que, si no asistía, realmente se molestaría con él porque, después de su viaje de un año alrededor del mundo —del cual, por cierto, fue recolectando las obras de la colección que ahora exhibía— ya era hora de que se vieran y, de paso, le diera el pésame por lo de Malusa. Y como, en efecto, don Camilo no tenía nada ni mejor ni peor que hacer y, al mismo tiempo, tenía la intención de comenzar la búsqueda exhaustiva de los objetos que llenarían esa difícil-de-llenar Galería, ver las demás colecciones con el propósito de no repetir el estilo (i.e. con el propósito de asegurarse de que la suya sería la mejor), aceptó. Sin estar muy convencidos de si ese era el lugar correcto en el cual estar un viernes a las nueve y veinte de la noche, cada quien por su lado, cada quien en su solitaria compañía, cada quien manejado por su aburrido chofer, llegó. Creo que ya te diste cuenta de que, aparte de la pobre calidad narrativa, de que esto sólo será leído por doce personas (sí, hice una investigación de mercado y ya creció el número de lectores, entre los cuales nueve son familiares que sienten lástima por el escritor y tienen preocupación por el efecto que ver el reporte de cero ejemplares vendidos vaya a causar en su autoestima, y el resto son personas que creyeron en la recomendación de esos familiares que no tuvieron de otra más que mentir para incrementar el inincrementable número de copias vendidas), y de que, por más alcohol y drogas que los protagonistas tomen —te adelanto— al final de la historia nunca perderán su fortuna para caer en la pobreza como Anthony Patch, aparte de todo eso, te digo, creo que ya te diste cuenta de que esta historia tiene un parecido con The Beautiful and Damned en la cuestión de que los personajes principales y secundarios *siempre* son ofensivamente bellos y sarcásticamente millonarios. Con una fortuna lista para ser estrenada por una nueva esposa y un físico que inclusive llega a opacar dicho atractivo, don Camilo Santibáñez ya estaba en la mente de más de una como El Viudo Más Buscado y siguiente tarea que palomear en su lista de cosas pendientes. De sobra queda decir que lo último que pasaba por la cabeza del Don era satisfacer a otra mujer que no fuera Malusa o, en su defecto, al fantasma de ella. Por eso, cuando llegó y sintió las miradas de todas las viudas, solteras y divorciadas sobre él, lo primero que hizo fue buscar a Eugenia para que lo salvara. No la encontró pero se topó con algo todavía mejor y más

que incluían a sus esposos —tanto vivos como muertos— se fueron difuminando entre temas más personales y que se reducían a su mutua existencia. Y don Roberto seguía en China o ve tú a saber dónde madres estaba (que de hecho sí sé, pero me gusta decir esa frase) y Malusa seguía muerta, caminando por praderas felices y hermosas en el jardín que queda detrás de Mi Casa; El Mundo prácticamente los estaba forzando a actuar de esta manera. Y entonces este mecanismo se fue convirtiendo, poco a poco, de esporádico a casual y de casual a diario. Y nadie lo notó, incluso ni ellos mismos. Y don Roberto regresó un domingo y llegó directo a la cama y Luciana amaneció un lunes con el lado izquierdo de la cama —de nuevo— vacío y un esposo de vuelta en el D.F. Si el hecho la molestó un poco, esta molestia se borró cuando le sirvieron el desayuno junto con el correo del día, el cual incluía la invitación para una subasta de arte impresionista y moderno de la casa Sotheby's en Ginebra; Sotheby's recibió la confirmación de su asistencia cuarenta minutos después. Tanto Esposo fuera de casa, Cordelia con treinta amigas que vieran por ella y Roberto en... —¿dónde había dicho que estaba?— había provocado que su patología de compradora compulsiva de arte se potencializara. Y tal vez ya lo olvidaste, pues te lo comenté hace cientos de páginas, pero el impresionismo —específicamente Monet— es la debilidad del Don; por supuesto que él también estaba invitado y, teniendo una junta en Berlín en la cual era requerido por las mismas fechas, por supuesto que asistiría. Y ahí donde los ves, ambos son personas con una moral bastante firme que lo último que buscan es manchar su nombre y el de sus seres queridos con acciones *incorrectas* frente a la sociedad. Y como ambos se saben amantes de las subastas de Sotheby's y Christie's, y mencionarle su asistencia al otro provocaría que eso terminara en un viaje para dos a Europa Occidental —la segunda escapada más romántica después de un viaje para dos por el Mediterráneo—, fue que, cada uno por su lado, prefirió omitir que iría. Y el Don le dijo que viajaría a Alemania por cuestiones de trabajo y, ella, como el que se ausentaría era él, no tuvo necesidad de decir nada. Y se fueron. Pero no, aquí no pasó nada de eso de que resultó que de *casualidad* volaron en el mismo avión, uno en el asiento A3 y el otro —también *casualmen-*

te— en el A4; no, porque, para empezar, ni viajan en aviones comerciales y, aun si así lo hicieran, esta historia no es de ese tipo en donde las casualidades suceden tan seguido como las devaluaciones del peso mexicano. Con la casualidad de que Roberto estuviera en la misma esquina, a la misma hora, en la misma ciudad que su papá, tenemos por el momento; en esta historia hay un límite de una casualidad por cada cinco mil palabras o lo equivalente a diez páginas. Entonces no: cada quien se fue por su lado, no del todo felices pero, al menos, tranquilos de que eso era lo correcto por hacer. Y no: tampoco se encontraron cuando bajaron en el número trece de la calle Quai du Mont Blanc. No: tampoco lo hicieron en la sala de subastas porque el Don no suele presentarse en ellas, sino que simplemente le dice a su contacto, después de verlas, cuáles son las obras que quiere comprar para que haga las ofertas por él —mostrar quién es la persona que realmente tiene interés por una obra nunca es una buena idea si no quieres que el precio se incremente a cantidades ridículamente incrementadas; no es que eso sea un problema pero, no por nada, la especialidad del Don es la de hacer negocios—; Luciana, por su parte, sí lo hizo, ya que de nada le sirve a un comprador compulsivo adquirir algo si no siente la satisfacción de haber sido él mismo quien hace la transacción. Sí: tanto don Camilo —por teléfono—, como Luciana —presente en la sala—, pelearon por la misma obra: Chrysanthèmes, de —sí, obvio, no sé ni por qué lo repito— Claude Monet; de nada le sirvió mandar a su contacto si de todas formas el aferramiento de ambos provocó que el precio se incrementara a cantidades ridículamente incrementadas. ¿Que quién ganó? Pues te diré que la pasión de Luciana no es ni Monet ni el impresionismo y fue por eso que, cuando vio que su rival estaba decidido a ganar la subasta, se retiró y prefirió irse por un Degas, el cual, definitivamente, es más lo suyo y que, aquí entre nos, es mucho más bello (Trois Danseuses Jupes Violettes; júzgalo por ti mismo, mi juicioso lector). Y tal vez caminaron por las mismas calles a las mismas horas pero sus ojos, para su desgracia, nunca se cruzaron. Pero de algo sirvió ese viaje —aparte de para adquirir nuevas pinturas que colgar en sus paredes—: les sirvió para darse cuenta de que realmente extrañaban la compañía del otro. Y regresaron.

en primera instancia: los *forzaron*. Porque, aun con todo, Luciana trató de salvar su alma de que cayera en las redes del pecado y el adulterio intentando atrapar la atención de quien se suponía era el que debía estar a su lado en todo momento. Y un sábado en que don Roberto llegó igual de cansado que cualquier otro día como para prestar atención a lo que Luciana decía, ella le comentó la idea de que él necesitaba un descanso, de que nunca estaba en casa y debía tomar un reposo, unas vacaciones. Le pensaba proponer que celebraran su aniversario de bodas en París y, de una vez, fueran al festival, pero prefirió dejarle a él la opción de ser creativo e impresionarla en esta ocasión. Pero la respuesta de Esposo fue Luciana, cuando exista alguien lo suficientemente capaz para ocupar mi puesto, hablamos de eso; mientras tanto, no puedo tomar el riesgo de dejar el grupo a la deriva sólo porque estás aburrida y quieres viajar. Ahorita hay muchas cosas en transición, nos acabamos de fusionar; está la compra de varios competidores, o, bueno, ex competidores, y eso está provocando muchos cambios. Pero bueno, qué sabes tú de eso. ¿Por qué no mejor vas tú con alguien más? De verdad lo siento pero, entiéndeme, esta es la época menos indicada para desaparecerme. Y, aunque no lo creas, Luciana entendió; siempre lo había hecho. Y la idea de aceptar la oferta del Don no se le borraba de la cabeza, pero se mantenía firme: no iría con él. Y es que el viaje a París sería al día siguiente en que Luciana y Esposo celebrarían su aniversario de bodas: nueve de marzo de dos mil siete; irse con el Don después de pasar su aniversario con Roberto haría que su conciencia le remordiera tanto que ni ver la pintura más bella de su vida la podría hacer sentir bien. Y nunca le dijo un No, pero prefirió omitir el tema lo más posible; el Don entendió el mensaje intrínseco. Sin embargo, sus encuentros continuaban como ya era costumbre. Y es que ambos se andaban con cuidado de no pasar esa ligera línea que los mantenía con la conciencia *tranquila* y sin muchos problemas para conciliar el sueño, pero había ocasiones, en las que preferían —deseaban— cruzarla y no dormir por el resto de su vida, antes que seguir un paso frente de ella y no tener derecho a sentir emoción alguna porque, cuando llegaban a casa, no había nadie que los hiciera sentir, ya fuera porque quien antes lo hacía ahora estaba muerto o porque en casa hay un muerto en vida que viene provocando la misma emoción. Y, como un lunes cualquiera, el cinco de marzo Don Roberto tomó su maletín y se fue. Y así pasó el martes, el miércoles y el jueves; Luciana no se sorprendió pero mentiría si dijera que no estaba esperando a que el viernes Esposo la sorprendiera por otras razones. Y el viernes ella se levantó, fue a todas sus citas —manicure, pedicure, facial, masaje, salón de belleza, ya sabes, todo el kit— y estuvo lista, esperando en silencio a que por fin llegara Roberto —el hombre con quien cumplía veinticinco años de matrimonio— a casa, listo para llevarla a París, a Roma o al fin del mundo a celebrar su aniversario. Y dieron las seis, las siete, las nueve, las once de la noche y Esposo no apareció. Y Roberto estaba cumpliendo con lo esperado: la estaba sorprendiendo... pero ciertamente *no* de la manera correcta. Hasta que Luciana se cansó y decidió marcarle para saber qué estaba pasando. Y no fue la grabadora la que le contestó en esta ocasión, sino el Esposo mismo con una voz de molestia y cansancio. ¿Qué pasa?, ¿Dónde estás?, ¿Cómo que dónde estoy? Dormido, ¿dónde más? Son las doce de la noche, Luciana. Me levanté a las cinco de la mañana. ¿Qué pasa?, ¿Que qué pasa? ¿Me estás preguntando que qué pasa? Y aquí ella se dio cuenta de que no importaba cuántas veces repitiera la misma pregunta que le hizo, él no reaccionaría, no entendería qué era lo que estaba pasando. Nada, Roberto, no pasa *nada* —tal vez eso sea—. Te hablo sólo para avisarte que me voy a París, ¿Y lo tenías que hacer a esta hora?, Sí, De acuerdo, que te vaya bien, mañana hablamos mejor, Adiós, Roberto. ¿Ves cuando te digo que los criminales no quieren ser criminales en primer instancia?, ¿que realmente son forzados?, ¿que los orillan? Y es que que te salgan con esta mamada provoca la misma motivación de portarse bien que a un niño de tercero de primaria le causa sacar buenas calificaciones cuando el único que las puede ver es él porque, como Papi y Mami son unos fracasados para esto de la convivencia marital, decidieron divorciarse y lo último que les importa en este momento es qué tan bien o qué tan mal le está yendo en el colegio a la única víctima de su desastre amoroso. Y, aunque ya era tarde, a Luciana no le importó marcar el numero del Don para preguntarle que a qué hora salía su vuelo para París, que porque Decidí acompañarte. Y si el Don tenía

dos van a caer o no en las garras de la tentación carnal y el adulterio, tal parece que hemos dejado en el olvido a nuestros amados y
siempre activos personajes principales, lo cual no es del todo cierto. Lo que sí es cierto es que no tenía que distraerme contándote
una serie de fiestas, eventos y sucesos que prácticamente ya sabemos en qué van a terminar: un intenso dolor de cabeza consecuencia de las crudas que ellos mismos persiguieron noche tras noche
(no, no me veas con esa cara, mi prejuicioso lector; a diferencia de
ellos, yo *no* las persigo, ellas me persiguen a mí). Eso y visitas esporádicas al colegio por parte de Roberto y nuevas pinturas —bastante sexys, por cierto— por parte de Camilo. Bueno, y también
el hecho de que Camilo fuera uno de los artistas invitados a dicho
festival. Y no, mi querido lector: esto tampoco es ninguna casualidad; habiendo sido uno de los más aplaudidos en la exhibición de
Amateurs in The Name of Art, lo único lógico que continuaba en
la biografía de A.W. by C. era formar parte de este evento. Y no:
tampoco era necesario que Camilo hiciera acto de presencia ni en
la inauguración ni en París ni en el mismo Pompidou, porque con
que sus pinturas estuvieran presentes bastaba. Y fue gracias a esto que
Padre e Hijo no tuvieron que pasar por la desagradable situación
de tener que verse la cara y arruinar lo que pudiera ser un momento sumamente placentero para ambos. Pero esto no evitó que tuvieran un enfrentamiento. Y es que las nuevas pinturas que te digo
que Camilo hizo en este ínter en que apartamos nuestra atención
de él y de su inseparable fueron las que se expusieron en dicha inauguración. ¿Te imaginas en qué fue inspirada esta colección? ¿Sí?
¿No? Pues no importa, que de todas formas te lo tengo que decir
yo si no quiero perder mi valioso tiempo esperando a que des con
la respuesta correcta: en Malusa. Sí: veinte cuadros con la cara de
su madre proyectada de maneras distintas. Veinte cuadros iguales
y, aun así, sumamente diferentes unos de otros, expresando distintas emociones, mostrando cada una de las caras que Malusa le
ofrecía al mundo mientras estaba viva, describiendo su proceso, su
evolución de principio a fin mientras recorría —e ignoraba— la
vida de Camilo, su hijo. Y de título sólo tenían un simple número
pero era tan precisa la manera en que se mostraba ese rostro en
cada cuadro que lograbas saber lo que ella sintió en ese año de

su vida. Y este fue, ahora sí, mi incrédulo lector (por cuestiones de si creías muy fantástico el hecho de que un monólogo de diez minutos por parte de Camilo hincado en la capilla de un hospital lograría sacar sus emociones reales. Hiciste bien en no creer; yo tampoco lo hice y mira que estábamos en lo correcto), el último adiós que le dio a su madre. Y no pienso entrar en detalles de todas las cosas que pasaron por su cabeza mientras creaba su ahora-admirada-por-millones colección en homenaje a su madre, mientras —a su manera— se despedía de ella, básicamente porque podré ser lo que quieras, pero este tipo de cosas yo siempre las respetaré; sé que en esas circunstancias lo único que se quiere es privacidad y, aunque no lo creas, para brindársela apagué mi enchufe de onmipresente por un rato y lo dejé ser; sólo Camilo y sus cuadros saben lo que pensó en ese último adiós. Entonces, aunque quisieras, mi intrigado lector, esa es información que no te podré dar. Lo que sí te puedo decir es la razón por la que aun cuando ni se vieron la cara, Padre e Hijo terminaron haciendo la única actividad que toda la vida habían podido hacer en mutua compañía: odiarse. Y es que, como A.W. by C. ya había sido expulsado de su anonimato gracias a Jorge y su alcoholismo, la única condición que Camilo pidió para exhibir su colección en el festival fue la de presentarla sin decir ni nombre ni pseudónimo, sólo el título de la obra y ya; no referencias, no direcciones, no pistas que lo pusieran en peligro de ser descubierto en un futuro incierto; la única información que tenían era el número de un celular de prepago que Camilo compró por veinte dólares para hablar exclusivamente con un —y sólo *un*— organizador del evento; todos los acuerdos serían por medio de él. No entendiendo muy bien la razón del anonimato, el comité aceptó. Y así se enviaron los veinte cuadros bien empaquetaditos desde NYC con un guardia que los iría cuidando paso a paso hasta su llegada a París. Veinte cuadros por los veinte años que Malusa existió en su vida; cada cuadro llevaba como título un número, el año en la vida de Camilo que más rimaba con la expresión de la cara de Malusa. Y aunque no recordaba las expresiones faciales exactas de su madre cuando él tenía un año, sí recordaba la vibra que ella proyectaba cuando él era sólo un bebé. Y esto era lo único que necesitaba para reproducirla visualmente. Si la colección no hubiera

devastada por no haber podido hacer nada para perfeccionar su maternidad. 7. Malusa seria, aceptando que así es la vida y no hay nada que se le pueda hacer. 8. Malusa gritando su rechazo al mundo por no haberla dejado crear una familia feliz. 9. Malusa sin semblante porque el mundo se lo robó. 10. Malusa expresando *algo,* mostrando que aún existe un poco de vida en esa madre. 11. Malusa recobrando un suspiro de vida, tratando de volver a ser lo que un día fue. 12. Malusa al natural. 13. Malusa cansada de la vida. 14. Malusa abandonada por el mundo. 15. Malusa acostumbrada a ser abandonada por el mundo y cansarse de la vida. 16. Malusa desesperanzada de todo. 17. Malusa viviendo sin vivir. 18. Malusa teniendo un presentimiento. 19. Malusa sabiendo que el final está cerca. 20. Malusa sin Malusa. Todos esos cuadros eran *simplemente* Malusa. Y una vez que analizó esto, volteó a ver a la cara de Luciana y la reacción que había en ella; no era nada distinta a la de él. Entonces no es mi imaginación, le dijo el Don a su acompañante, Tal vez no es tu imaginación, tal vez es la de los dos, Pero es Malusa, es su cara, son sus gestos, es *toda* ella. Es ella de veinte maneras distintas. Es ella en todas sus maneras distintas. Ni yo mismo que dormí y desperté con ese rostro a mi lado día tras día puedo replicarlo con tal exactitud como quien lo hizo en estos lienzos; no estoy loco: esta es Malusa, ¿Alguien la pintó alguna vez?, Nadie, ¿Entonces?, Eso es lo que quiero saber, ¿quién es el artista?, Sólo dice el título de la obra y la enumeración de los cuadros, ¿No dice quién lo hizo? ¿Cuál es el título?, El último adiós, ¿El último adiós? ¿Qué tipo de broma es ésta? Necesito hablar con algún guía, el organizador, no sé. Y entonces el Don se dirigió hacia el guía más indefenso que encontró, escaneó su nombre en el gafete que cargaba y le preguntó, André, tu sais qui a fait ces peintures?, Non, on dit que c'est un auteur anonyme, Anonyme ? Dans ce monde rien n'est *anonyme.* Qui se charge du musée ?, Monsieur Damien Lemoine, Je veux lui parler, Monsieur Damien Lemoine ne reçoit que sur rendez-vous, Je ne t'ai pas demandé si Monsieur Damien Lemoine ne reçoit que sur rendez-vous ou non, je t'ai dit que je veux lui parler, Je regrette mais-, Alors, mon petit, je vais te rendre un service, celui de t'épargner le travail de te mettre à rechercher un nouveau lieu ou faire comme si tu réalisais un travail, si tu infor-

hacer caso de lo que su mamá le decía de chiquito cuando lo mandaba a comprar el pan: A chaque fois que tu traverseras une rue, regarde
des deux côtés pour être sûr qu'il n'y a pas de voiture qui arrive. Lo
atropelló un camión repartidor de fruta que también hizo caso omiso
de la indicación que su jefe le había dado con respecto a que no escri-
biera mensajes de texto mientras manejaba el camión. Ahora André
está jugando cartas con મોહનદાસ કરમચંદ ગાંધી —mejor conocido por los tuyos como Gandhi, si es que aún no has tomado cursos de guyaratí— en el cuarto de juegos de Mi Casa). Y Lemoine
llegó a la sala y de inmediato supo quién era el que exigía su presencia de esa manera tan pedante, no porque lo reconociera de alguna otra parte o recordara haber visto su cara en la portada de
Expansión (por Mi Padre, él no ve ese tipo de publicaciones; ver
revistas que hablan de gente hablando de cómo hacer más dinero
nunca ha sido compatible con su debilidad por la vida bohemia e
incomprendida), sino porque con el simple hecho de ver cómo
estaba parado en la mitad de la sala, cómo observaba a sus *iguales*
de esa manera tan desigual y déspota, cómo sus brazos cruzados y
su traje perfectamente combinado intimidaban tanto que ofen-
dían. Aquí fue que Lemoine entendió a André y decidió no correr-
lo. Monsieur Santibáñez?, Oui, c'est moi, Enchanté, je me présen-
te, Demian Lemoine, Heureux de faire votre connaissance. Voici
Madame Luciana, Enchanté, madame. Excusez-moi mon indis-
crétion, vous avez un petit accent, vous venez d'où ?, Du Mexique,
Ah, vosotros habláis español. Je suis français pero mi madre es de
Madrid. ¿En qué le puedo ayudar, monsieur Santibáñez?, Me gustaría saber quién es el autor de *El último adiós*, *El último adiós*, sí.
Lo siento, monsieur, esa es información con la que no cuenta el
museo, ¿Cómo van a aceptar veinte cuadros de un artista que no
saben ni quién es? Eso no es posible, por Dios, Sí aceptamos obras
anónimas. Como podéis ver, esta colección no es la única que no
tiene el nombre del pintor. Normalmente tenemos en nuestros
registros algún tipo de información; sin embargo, este artista es el
único del que no tenemos nada; esa ha sido la condición que puso
para exhibir aquí, Tiene que haber una manera de saber quién es,
Lo siento, monsieur: le repito que no es posible, ¿Cómo demonios
hicieron los acuerdos, entonces?, Esa es información que el museo

accidentalmente remarcado por sus rechonchos dedos? No, este número es de su oficina; no creo que sea capaz de llevarse a su hijo de dos años al trabajo, además de que Damien tiene todo el estilo de tener una esposa que no trabaja, entonces no tiene necesidad de hacer eso, a menos que el papá de su esposa se haya enfermado gravemente —también tiene todo el estilo de tener una esposa que vive en París pero que es de origen italiano— y ésta haya tenido que viajar de emergencia a Nápoles para verlo y por eso tuvo que dejarlo a cargo de Damiencito y, como era la inauguración del festival, quedarse en casa a cuidarlo no era opción. Hubieran podido conseguirle una nana. Pero igualmente Damien tiene todo el estilo de no creer en las demás personas, menos en las pubertas precoces que seguramente estarían inhalando coca al mismo tiempo que cuidan a su bebé. Ja, quiero una nana. Aunque, de haberse llevado a Damiencito a la oficina, de todas formas no es como que ese teléfono tiene este número guardado como para que los dedos gordos del bebé hiperactivo presionaran el botón de Send *accidentalmente* en mi registro; el que el bebé haya presionado exactamente todos los números necesarios para marcarme *accidentalmente*, esa sí que no me la compro; por más coincidencias que existan en el mundo, eso es una mamada. El eco del *ring* número cuatro se esparce por la recámara y, al tener la duda de cuál de todas las hipótesis que había formulado en su cabeza era la correcta, contesta ¿Sí?, Hola, habla Damien, ¿Quién más podría hablar?, Tienes razón, Oye, pero dime: ¿no te pasa por la cabeza que el hecho de que tengas que marcar la lada de Estados Unidos antes de marcar mi número significa que estoy a siete horas de ti y que este momento es una hora ridícula para interrumpir a alguien del que no sabes qué rutina lleve en su vida —qué tal si en dos horas va a sonar mi despertador para irme a correr o si sufro de insomnio y milagrosamente hoy logré dormirme— y, hacer esto —marcarme a las tres y media de la mañana— arruine mi tan difícil-de-atrapar sueño y todo mi día de mañana será un caos por la migraña que me voy a cargar gracias a la falta de descanso? ¿No? ¿No te pasa eso por la cabeza?, En verdad le ofrezco una disculpa, mi última intención ha sido molestarlo. Entiendo —por supuesto que entiendo— lo que me dice y, de antemano, le ofrezco una disculpa. La razón de que haya

y, todavía después de eso, tardó un buen rato en calmarse. Camilo, en cambio, en el momento en que colgó, presionó el botón de Rewind durante las escenas que el ruido del ring lo había desconcentrado para luego ponerle Play y continuar viendo a un grupo de gángsters quebrarse la cabeza por no saber cómo distribuir un millón de pastillitas recreacionales —mejor conocidas por tu gobierno federal como metilendioximetanfetamina, mejor conocida por ti como éxtasis (Dénmelas a mí, les hubiera dicho si estuviéramos en el mismo tiempo/espacio y eso hubiera sido real y no sólo el guión de una película)—. El que se enoja, pierde, o, lo que es lo mismo, el que *no* se enoja, gana y, el que gana —dice la pirinola—, Toma Todo y eso es lo que Camilo hizo al jugar con su padre. Pero el Don sabía que ese tipo de comportamiento no lo llevaría a nada bueno, al menos con respecto a Luciana y, por eso, como todo un caballero disimuló perfectamente el hecho de que Malusa siempre sería Malusa y que ella —Luciana—, no. Y así pasó el sábado y luego llegó el domingo (¿no suena estúpido que diga esto? Como si algún día al sábado siguiera un miércoles o un lunes. No es que eso sea imposible, mi ordenado lector, es sólo que tu mundo está tan obsesionado con eso de ponerle nombre a —y aquí cito a Wiki y su infinita sabiduría— "la magnitud física que mide la duración o separación de acontecimientos sujetos a cambio, de los sistemas sujetos a observación, esto es, el período que transcurre entre el estado del sistema cuando éste aparentaba un estado X y el instante en el que X registra una variación perceptible para un observador". O todavía mejor explicado como "la magnitud que permite ordenar los sucesos en secuencias, estableciendo un pasado, un presente y un futuro, y da lugar al principio de causalidad". O, si lo tuyo nunca fueron las ciencias puras y se te complica eso de las definiciones científicas de temas mundanos —Espacio, Velocidad, Infinito, etcétera—, lo que tú y todos tus amigos conocen coloquialmente como Tiempo. Y te digo que tu mundo está tan obsesionado con nombrarlo, controlarlo, darle vida y extrema importancia, convirtiéndolo en Rey y señor de la existencia de todos los que están allá en la Tierra, que los convierten en adictos y, por ende, jugar con el orden de los días de la semana, por ejemplo, nunca pasaría porque, de ser así, la mitad de la población mundial

quinientos cuatro de "Las cosas por las cuales preocuparse en la vida" de los que trabajaban para ellos; seguramente el pago de la renta y la compra de la despensa estarían unas cuantas posiciones arriba que esto. Y, obviamente, para sus conocidos y las tan populares y nunca-consistentes-con-su-definición *amistades* esta información hubiera sido de gran interés y ranqueado mucho más posiciones arriba pero, como el divorcio de los Garza Lozano acababa de salir del horno y el cuerpo de Enriqueta —la hija de los Cepeda González— colgado de una cuerda que se sostenía del tubo de la cortina de baño en la noche de Año Nuevo todavía causaba eco en los eventos sociales, por eso, te digo, ninguno de los dos tenía que preocuparse por este segmento. El próximo fin de semana abre una exhibición de las colecciones que Ambroise Vollard recopiló cuando vivía, ¿Qué artistas son?, Degas, Van Gogh, Bonnard, Renoir, Cézanne, Derain, Gauguin, Matisse, Picasso, Redon y otros más pero, de los que te gustan, esos son los que recuerdo, ¿Dónde?, En el Met. Sirve que también podemos ver el festival. Leí que después de París, en este año el de NY es el mejor. ¿No te parece demasiado atractivo como para perdérselo? Y sí: la verdad es que a Luciana le parecía demasiado atractivo como para perdérselo, sobre todo porque cuando regresó a casa después de su fin de semana en París, al abrir la puerta principal encontró en la mesa de la entrada un invisible —al menos para sus ojos, cansados de ver regalos que no fueron escogidos por quien lo mandaba— arreglo de flores blancas, con más de un día de vida —o, mejor dicho, un día más de muerte— y una nota que decía Feliz Aniversario con una firma que no se parecía a la que su esposo usó cuando firmó el acta de matrimonio. Años atrás, cuando los escogía él y no su secretaria —los arreglos, los regalos—, siempre había orquídeas; ahora la secretaria los diseñaba como le gustaría que a ella se los obsequiaran, con claveles y flores que sólo en un carnaval de pueblo se usan. Sí: me encantaría ir, le dijo Luciana por teléfono al Don mientras observaba cómo ese arreglo estaba provocando cualquier sentimiento menos el que se suponía tenía que provocar. Y cuando llegó a su cuarto, en la cama la estaba esperando una bolsa de Tifanny que cargaba unos aretes de diamantes y la gargantilla que hacía juego. Lo vio, trató de encontrar cuál era la diferencia entre ese juego y el que le había regalado la Navidad pasada; no lo logró y lo dejó junto con los demás accesorios que tenía en la caja fuerte. Lunes, martes, miércoles y jueves llegaron y se fueron sin mucha novedad; cuando el viernes apareció, no había razón alguna para no huír de esa ofensiva monotonía. Y resulta que hubo junta familiar en NYC, sólo que ninguno de los integrantes de dicha junta estaba enterado de esto. Don Roberto llevaba ahí desde el miércoles por motivos muy diferentes a los que su esposa y el esposo de la difunta amiga de su esposa lo hacían; sin embargo, la historia nos ha dejado claro que los 510,072,000 km² de superficie terrestre que Mi Papi les dio para que jugaran libremente en su mundito no les son suficientes y, por eso, *siempre* terminan como niños en parque que juegan a dar vueltas con los brazos abiertos y los ojos cerrados; por eso siempre terminan chocando entre ustedes mismos, la mayoría de las veces, sin esperárselo. Porque mientras uno estaba en oficinas y salas de juntas firmando papeles y haciendo negociaciones, los otros estaban en galerías y salas de exhibición haciendo lo mismo pero, a diferencia de don Roberto, quien lo hacía para comprar acciones, éstos lo hacían para comprar pinturas. Y llegó la noche, y con ella la hora de cenar en el Masa, si es que gustas de restaurantes donde sólo caben veintiséis personas y eres fan de pagar cuatrocientos dólares por quince gramos de atún crudo y un shot de sake. Y tal vez sea que esos quince gramos de atún crudo y ese shot de sake son una experiencia religiosa que hace que valga la pena pagar por ello la cantidad equivalente a lo que costaría darle de comer a un niño de la calle por un mes —tal vez es eso— o que este tipo de personas buscan frenéticamente cualquier lugar que se jacte de tener exclusividad y les prometa que no se mezclarán con ningún tipo de individuo que vaya a provocar que su valioso tiempo sea malgastado por alguna situación de mal gusto en la que no sean tratados de la misma manera de la que —para sus parámetros— deben de ser tratados; tal vez puede ser esto. Otra puede ser que este Masa sea un lugar lo suficientemente privado como para brindar la seguridad de que los comensales no se van a topar con conocidos que no se quieren topar; el hecho de que entre esas veintiséis personas esté alguien de quien se huye, sería porque la mala suerte es una característica predominante en la vida del huyente, y

por una cena para dos— sólo por haber cargado treinta gramos de atún crudo y dos shots de sake a lo largo de diez metros de distancia, es más probable, te digo, que en un lugar donde el mesero recibe ciento ochenta dólares por estar parado frente a una mesa sin decir nada durante tres horas te sirva como según tú debes ser servido, que en un restaurantee en el cual las mesas son atendidas de diez por mesero y en donde a los comensales no les da vergüenza no dejar propina. Entonces, recapitulando, se puede decir que la opción e) Todas las anteriores, es la que mejor aplica para explicar la razón de que tanto socios japoneses como fanáticos del arte terminaron cenando en el Masa ese viernes por la noche. Pero antes de continuar, hay que tener claro que hay una diferencia infinita entre las palabras casualidad y causalidad. Porque no, mi insistente lector: esto *tampoco* fue producto de la tan famosa y culpada-de-todo casualidad. No, ¿cómo crees? Es más: incluso me atrevo a decir que no existe tal cosa como la casualidad: todo pasa por algo. Y no me refiero al Todo pasa por algo que normalmente usas para consolar a tus seres queridos que están pasando por rachas tan nefastas que ni la mala suerte de todo el mundo junta en una sola persona podría ganarles, como la que usas con tu hermana porque se quedó viuda y no tienes nada mejor que decirle que *Todo pasa por algo*, porque sabes que, como más jodida no puede estar, decirle eso es la última —única— escapatoria que tienes para no quedarte sin decir nada. No, no me refiero a esa frase en la que normalmente depositas toda la responsabilidad de lo que te está pasando, haciéndote —pendejamente haciéndote— pensar que las cosas desagradables que te suceden son porque Mi Papi te las puso en el camino para que aprendieras una lección de vida, la cual no te gusta que te haya hecho aprender justo ahora pero que estás seguro —según tú— que después, cuando el tiempo pase y lo hayas superado, vas a darte cuenta de que eso fue lo mejor que te pudo haber pasado y que por eso *Dios* —Mi Papi precioso y adorado— *sabe lo que hace*. No: esto no es ni casualidad ni decisión divina. Es más: pudiera ser más determinismo que cualquiera de esas dos —aunque afirmar que es determinismo nos llevaría a un análisis mucho más complejo y absorbente que no tiene razón de existir para el objetivo del presente escrito—. No: nada de eso porque, de hecho, me refiero al *Todo pasa por algo* en un sentido total y completamente contrario: todo pasa por algo, i.e. el principio de la ca*u*salidad —recurrimos de nuevo a nuestra confiable y siempre actualizada Wiki y cito: El principio de la causalidad parte del hecho de que todo suceso —todo evento— se origina por una causa, origen o principio—. Y, en este caso, esas causas fueron a), b), c) y d) o, mejor dicho, e) Todas las anteriores; repito: todo pasa por algo. No puedes, mi escéptico lector, culparme de que me saco encuentros inesperados de la manga para convertir esta historia en algo un poco más interesante. Y recuerdo haberte mencionado que en un espacio diseñado para sentar a veintiséis personas, el hecho de que te topes con alguien de quien huyes sería porque la mala suerte vive en ti, así como también mencioné que se debía tomar en cuenta que cualquiera que pudiera estar sentado ahí —a excepción de los meseros cuando ya se fueron todos los comensales y están a punto de cerrar— podía tener todo menos mala suerte. Si esta hipótesis fuera verdadera, entonces don Camilo y Luciana definitivamente *no* se encontrarían con el original y único Esposito mientras cenan alegremente en el Masa, ¿cierto? Pero no hay que olvidar que el milenario poder de la ca*u*salidad es mucho más fuerte que el de la suerte cuando los pones en el mismo tiempo/espacio y que, en este caso, así como en muchos otros, la primera —contando con bases mucho más sólidas y científicas para existir e.g. La ley de la causa-efecto—, siempre ganará (a menos que Mi Papi decida lo contrario, por supuesto). Y ambos grupos llegaron con un intervalo de veinte minutos de diferencia: los primeros en llegar fueron los hombres de negocios. Increíble es el hecho de que en un lugar tan pequeño la gente no se dé cuenta inmediatamente de que alguien conocido está ahí. Alguien como tu esposa, por ejemplo. Pero el adjetivo *increíble* no está en el diccionario de tu mundito, mi letrado lector, por cuentos como Alicia en el País de las Maravillas o las películas de George Lucas, sino porque con sólo lo que te pasa en la vida real te basta para que este adjetivo se necesite en tu vida. Entonces, te digo que por increíble que esto haya sido, no fue cuando llegaron el Don y Luciana al restaurante el momento en el cual se toparon con quien *no* se debían topar. Y bueno, la verdad es que, pensándolo bien, no es tan increíble del todo porque estos

taban interesados en una serie de cosas que no incluían el saber cómo preparaban su cena —de hecho a Luciana siempre le ha dado asco ver cualquier tipo de carne cruda—. Fue por eso que, contentos de no tener que interrumpir su adorable plática para pretender que observaban al chef, ambos fueron sentados en una mesa para dos que se encontraba en la esquina menos visible. Me imagino que ya has hecho negocios con chinitos japoneses, ¿no es así, mi empresario lector? Entonces ya sabes cómo son de que cuando los llevas a cenar para por fin cerrar un contrato se ponen a tomar shots de sake como si éstos fueran agua y ellos fueran Yo-a-la-mañana-siguiente-de-cuando-agarro-una-de-esas-fiestas-que-hacen-que-el-cuerpo-se-deshidrate-en-exceso-y-que-el-casti-go-que-Mi-Papi-me-ha-impuesto-desde-hace-miles-de-años-cobre-vida. Y sabes —aparte de que ya te lo había recordado antes— lo importante que la palabra honor representa para estos palitos de pan sabor ajo que pesan poco menos de veinte kilos y tienen una risa tan risible que te hace dudar si realmente tienen la capacidad de controlar las multinacionales que controlan; obviamente, un hombre que no demuestra su hombría mínimo tomando shots de sake con honor, nunca podrá ser socio de ellos. Por eso don Rober-to tuvo que hacer lo mismo y tomar sake tras sake hasta que los pali-tos de pan sabor ajo decidieran que ya habían ahogado los traumas que sufrieron gracias a la radical represión y estricta educación que el imperio japonés y sus padres les impusieron de jóvenes; por eso Hiroaki hizo que don Roberto —el cual no es nada fanático del tradicional alcohol japonés— tomara con ellos ronda tras ronda hasta que sintieran que ya habían sedado esos recuerdos lo sufi-ciente como para estar a gusto y por fin relajarse un poco. Y te digo que don Roberto no es nada fan del sake, y no ciertamente porque no le guste su sabor, sino porque le trae malos recuerdos de la primera vez que cerró un trato con socios japoneses cuando era un novato en el mundo de los negocios (creo innecesario tener que profundizar en esta anécdota). Por eso, para el sexto shot, don Roberto dijo Gentlemen, would you excuse me?, se levantó de la mesa y se dirigió al baño para echarse agua a la cara y tomar aire. Llegó. Lo hizo. Entonces la necesidad de deshacerse de tanto líqui-do (antes habían estado tomado en el Oak Room) le pegó y se dio

Don había regresado a ella y Mr. Robbie apenas salía a buscarlo cuando vio que el chef Masa personalmente estaba sirviendo la cena a sus invitados; no estar presente ahí también era de muy mal gusto. Y así cenó, mientras los otros dos hacían lo mismo pero, a diferencia de él que lo hacía con la boca, éstos lo hacían con los ojos. Y más sake y más vino y más de todo el kit para ponerlo más rojo de lo que de por sí ya estaba por tanta risa que le daban estos chinitos japoneses. Y llegó el momento del postre y ahí fue cuando volvió a decir Gentelmen, would you excuse me for a minute? I would like to say hello to a friend of mine that is here, y se paró. Y bueno, mi endorfinado lector, tú sabes tan bien como yo lo sexuales que se vuelven todos ustedes después de que toman cierta cantidad de vino tinto; si a eso le agregas un medio ambiente que promueve lo mismo y una compañía física e intelectualmente atractiva, ya sabemos cuáles son los resultados. Tú sabes que hay ciertas ocasiones en que lo inevitable es simplemente *inevitable*, esas ocasiones que son dignas de ponerse en el diccionario para que la gente vea y entienda claramente cuál puede ser un ejemplo de lo que esta palabra significa; esta escena perfectamente pudiera servir como tal. Y es que llegó un punto en que la feniletilamina, tanto en el cerebro del Don como en el de Luciana, hacía que se secretara tanta norepinefrina que parar lo que ya estaba escrito en la historia era, mi popísimo lector, como la canción de Shakira: Inevitable. Y tal vez sea cierto lo que los reviews de The New Yorker dicen, y comer los platillos del Masa es una experiencia orgásmica, lo que provoca que tanta explosión de emociones internas se tengan que expresar de una manera más física y animal porque quedárselas para uno mismo sería un peligro; el cuerpo podría explotar de tantas que son. O tal vez no, y no fue más que la mezcla de todo el alcohol lo que provocó que, si Cheaters los estuviera investigando, ahora *sí* tendría pruebas qué presentarle a la víctima, en este caso, nuestro querido don Robbie. Blame it on the wine, got you feeling fine, blame it on champagne, got you in the plane, blame it on the a a a a a alcohol, blame it on the a a a a a alcohol. Blame it on the vodka, blame it on the whiskey, blame it on the bailey's, fly you like a frisbee, blame it on the a a a a a alcohol, blame it on the a a a a a alcohol —hey, no me juzgues: todos tene-

junto contigo. ¿Sí te suena familiar? Bueno, más o menos así se nos puso don Robbie. Y comenzó a vomitar de tal forma que parecía que quería deshacerse de lo que sus ojos habían visto antes que de la comida. Por eso vomitaba cual bulímica-después-de-comer-cinco-pasteles-de-chocolate pero, por más que lo hacía, no lograba expulsar esa imagen de su organismo. Su cuerpo estaba fuera de control. Estaba a una vomitada más de perder la conciencia cuando se volvió a echar agua a la cara con la intención de que esa agua lo hiciera encontrar los galones de fuerza que necesitaba para escapar de ahí antes de terminar tirado en el piso del baño y, ahora sí, hacer una escena. Y, aunque el mismo esfuerzo le provocaba quedarse sin energías y creer que caería sin remedio alguno, don Roberto forzó su organismo hasta el límite y logró salir del baño para luego salir del restaurante. No: no se despidió ni de sus socios ni de su esposa ni del amante de ésta, aunque le hubiera encantado —sobre todo de los últimos dos—; simplemente caminó lo más derecho que pudo y, así como lo hizo durante tanto tiempo con su esposa y cualquiera que necesitara su atención, pasó desapercibido entre las mesas sin que nadie notara su huida. Fue tanta la indignación de parte de los chinitos japoneses por semejante abandono que cancelaron el contrato y don Robbie perdió un negocio valuado en dieciocho punto nueve millones de dólares, para ser precisos; en ese momento, dieciocho punto nueve, diecinueve, veinticuatro, treinta y dos millones —los que fueran— eran lo último que pasaba por su cabeza. Y afuera estaba esperando el chofer, el cual no entendía qué era lo que estaba pasando con Mr. Abascal-Rigovétz, y no le quedó más que hacer caso cuando este le dijo Take me to the plane. Y las náuseas empezaron a bajar y el coraje a tomar más fuerza. Todo el camino estuvo pensando obsesivamente en lo que acababa de presenciar. No entendía. No lo podía creer. ¿Cómo se atrevieron a hacerle eso? ¿Qué hizo mal para ser traicionado de esa manera? ¿Por qué, si todo lo que había hecho era ser un buen esposo que trabajaba twenty four seven para darle lo mejor a su familia, para que su esposa —sí, la misma que estaba besando a otro hombre— sintiera orgullo de él y del imperio que *le* había construido? ¿Fue, acaso, que el imperio Santibáñez era más grande que el de él? No que él supiera. Y es que en su mente él no había hecho absolutamente nada para merecer esto. Y, una vez en el avión, pidió que le trajeran su botella de whiskey y empezó a tomar como si fuera un chinito japonés más que en su juventud fue reprimido por el gobierno y su familia y necesitara olvidarse de eso. Uno y otro shot. Uno y otro y otro shot. Pero su cuerpo, su mente, su enojo no se calmaban; al contrario: la furia estaba a un milímetro de desatarse dentro de él. Una gota más e iba a explotar. Y no podía dejar de mover las manos, no podía controlar su desesperación y la ola de ansiedad que ahora lo manejaba; tampoco pretendía hacerlo. Cuando se terminó la botella, la estrelló contra la puerta de la cabina. Después hizo lo mismo con su vaso. Sin decir nada, las azafatas limpiaron el desorden e, intimidadas, le preguntaron si se le ofrecía más whiskey. Y tal parecía que cada minuto que transcurrió de esas cinco horas de vuelo era un Red Bull para el coraje que don Roberto sentía; cada vez tomaba más y más fuerza. ¿Cuánto tiempo llevaban viéndole la cara? ¿Fingieron que no se conocían en la boda? ¿Se escaparon al baño para continuar su romance mientras él bailaba el vals con Cordelia? ¿Planearon la huida de sus hijos con el simple objeto de tener una excusa para estar juntos en Oaxaca? ¿Planearon el accidente? ¿Luciana había sido la culpable de la muerte de Malusa? ¿Todo había estado previamente pensado? ¿En realidad nada había sido un accidente, una serie de eventos desafortunados? Cuando por fin llegó a Monterrey, ordenó que todos —y lo cito— Se larguen de mi casa y me dejen en paz. No quiero a nadie aquí. Fuera. Todos. Una vez claro esto, se dirigió a su despacho, se encerró en él, se sirvió otro vaso de whiskey y comenzó a caminar de una lado a otro como su hijo lo hacía cuando inhalaba coca de más y se ponía ansioso. Y gritaba Putísima madre tan fuerte y tantas veces que su eco provocaba un mini tsunami en su whiskey. No lo pudo evitar —repito: tampoco estaba en sus planes hacerlo— y de nuevo estrelló el indefenso vaso contra el mueble tapizado de libros que pacíficamente decoraba el cuarto. Luego hizo lo mismo con la botella. Luego con una pobre lámpara que no hacía mas que alumbrarlo amorosamente cada que se desvelaba analizando los reportes que le llegaban a las cuatro de la mañana. También hizo lo que cada guionista usa como ayuda para demostrar que el personaje *efectivamente* está muy

que los dividen entre Ustedes y Ellos, y le echan tantas ganas, que logran marcar la diferencia lo suficiente como para que ni los sonidos tengan que compartir; había tantas puertas cerradas —tantas *aduanas*— en el camino entre el despacho y los cuartos de los empleados que, si a Rambo se le hubiera antojado hacer una de sus vomitables escenas de acción en ese despacho, igual ni Rita ni Dionisio se hubieran dado cuenta y ahora sí que eso les hubiera dado mucho coraje porque se habrían quedado con las ganas de pedirle el autógrafo. Y de nuevo pienso que, si no odiara los clichés, diría Qué irónico: en su fijación de no mezclarse con quien supuestamente no se deben *mezclar* (como si esto fuera un drink y los Ustedes fueran un Chivas Regal 38 Years y Los Ellos fueran una botella de Pepsi de dos litros), terminan siendo estos —los *inmezclables*— quienes se quedan tirados en el piso sin nadie que lo escuche gritar que —qué casualidad, ahora sí— necesitan su ayuda. Pero como te repito que odio eso de decir la clichísima frase Qué irónico, cuando la situación así lo aparenta ser, por eso, te digo, es algo que no voy a hacer. Y, ciertamente, esto de que me den problema los clichés —y, por ende, usar el término *irónico* cuando algo es a todas luces irónico— está limitando mucho mi expresión literaria, y tal parece que es algo que pronto tendré que solucionar. Y no es como que Rita o Dionisio estudiaron medicina y la pueden hacer de paramédicos como para salvarle la vida a Patrón, es sólo que el disparo era todo menos mortal, y hablarle a una ambulancia era lo único que necesitaban —una cirugía menor, hilo para coser y una que otra morfina para bajarle el dolor también hubieran sido de ayuda— para que don Robbie se recuperara. Pero estaba ahí, torpe, solo, encerrado en su ahora-prisión y a treinta y ocho aduanas de ser escuchado por los que vivían *del otro lado;* eran tantas las fronteras que incluso se podría decir que Los Ellos no vivían en el país vecino, sino mucho más al sur todavía. ¿Tomar su inseparable Blackberry y marcar el número de emergencias para que lo rescataran? Claro: esa hubiera podido ser una opción si don Roberto no hubiera puesto el BB en su saco y el saco en el asiento que estaba a su izquierda en el avión; sí: su inseparable lo había abandonado. ¿Qué no es lógico que haya un teléfono en el despacho? Por supuesto que lo es, mi lógico lector; lo que no es lógico es que este siga funcionando después de haber sido estrellado contra la pared como si el artefacto fuera un negro y el lanzador un puto WASP con membresía en el KKK. Y mientras Luciana soñaba cosas tiernas al mismo tiempo que dormía pacífica y felizmente en la misma cama que el Don; mientras Rita hacía lo mismo en su cuarto pero, en vez de estar soñando con cosas tiernas, estaba teniendo un sueño erótico con los Temerarios Adolfo y Gustavo Ángel —threesome, claro, ¿a poco la creías pendeja?—; mientras Dionisio, aburrido y sin nada qué hacer, se fumaba un cigarro en el pórtico de la casa; mientras Robertito regresaba al baño del 1 Oak para hacer otra línea que le diera las energías necesarias para continuar varias horas más; mientras los abandonados ex socios le ponían un toque divertido a la noche y se transladaban del Masa al —¿dónde crees?—; pues obvio: chinitos japoneses tenían que ser— putero VIP que más les recomendaron y se emocionaban y reían sin parar viendo los cuerpos semidesnudos de mujeres que ya no son capaces de sentir emociones; mientras Cordelia seguía en la cama del hospital, harta de estar en ella y sin poder dormir en las noches de tanto que lo hacía en el día; mientras en su aburrimiento la pobre Corde se enteraba por el álbum que el amor de su vida acababa de subir a Facebook que él, su esposa y su hijo se habían ido de viaje a Orlando como toda una familia feliz durante el tiempo en el que ella estaba inmovilizada sobre esa maldita cama; mientras Cordelia veía una a una cada foto y lo último que le pasaba por la cabeza era el estado de salud de su padre; mientras Mi Papi jugaba Monopoly conmigo y Brad Pitt adoptaba a otro niño africano; mientras *todo* el mundo tenía en su cabeza —al igual que como él lo hizo con todo el mundo— algo, alguien mucho más importante que él; mientras el mundo seguía caminando sin darse cuenta de su ausencia, mientras todo eso pasaba, te digo, don Roberto Abascal-Rigovétz se desangraba lenta y dolorosamente, gota a gota sin poder ser escuchado por nadie, imposibilitado de tomar un teléfono y pedir la misma *ayuda* que todos los demás le pidieron a lo largo del camino y él no fue capaz de escuchar. Y es que había estado tan ausente en todos ese tiempo que ya nadie lo contaba en su lista de personas *contables*. Unos inclusive olvidaban su existencia; el hecho de que muriera en ese momento sería sólo una

diría un niño que, como no cuenta con mucha creatividad para referirse a que alguien no tiene su atención presente en el aquí y el ahora, como es teto y piensa que decir Houston llamando a Alguien todavía es cool y chistoso —como si en algún momento lo hubiera sido—, tiene que hacer uso de la frase que tuvo su fama en la cultura popular durante los años noventa cuando Apollo 13 tuvo su auge y todas las cosas relacionadas con el espacio, astronautas, NASA y nuevos mundos (acuérdate de que la Tierra iba a explotar en el dos mil; había que encontrar otros planetas que contaminar para vivir) estaban en boga; lo siento, me cagan los clichés, pero me cagan aún más los clichés que son usados fuera de época. La perdimos, diría yo: nada de lo que le dijeran a partir de ese momento entraría por sus oídos y, si lo hacía, no sería registrado por su cabeza; su mente había sido absorbida por un hoyo negro (que alguien me explique qué me dieron para de pronto ponerme en un mood metafórico tan galáctico y espacial) del cual nadie iba a ser capaz de sacarla. Con la nota todavía en la mano, ignoró cualquier intento de entrevista que le trataran de hacer, cualquier información requerida por los policías, cualquier cosa que estuviera a su alrededor y, sin decir nada, fue a su recámara y se encerró en ella. Los reporteros no necesitaron más de treinta minutos para redactar una noticia mal informada que cubría la mitad de la pantalla cuando entrabas a elnorte.com o cualquier página de noticias que contara con la tecnología suficiente como para actualizar su información de inmediato. A la mañana siguiente, la nota era primera plana del Reforma, Excélsior, Milenio y ya tú sabes todos los demás periódicos a los que les importa la muerte de gente como don Robbie. Y, en esta ocasión, en vez de ser estos últimos los que se robaran la noticia de los diarios extranjeros —como siempre lo ha hecho cualquier producto mexicano—, ahora fueron el Wall Street Journal y el New York Times quienes tomaron la nota de los nacionales para publicarla al día siguiente. Y en la edición del sábado diecisiete de marzo de dos mil siete, en la columna de What's News que religiosamente estará en la parte izquierda de la portada del WSJ, el título de la tercera noticia anunciaba que Roberto Abascal-Rigovétz, The Mexican Financial Magnate, Dies in Suspected Suicide at Age 56. Y, como si hubieran anunciado que el teléfono de la residencia de los Abascal-Rigovétz era la línea directa para hablar con Mi Papi o Michael Jackson (para quitarse la duda, por fin, de cuál fue realmente la razón de su muerte), como si el que más veces marcara a esa casa fuera a ganar un coche —de esos coches piñateros que regalan en los concursos de la tele—, como si fuera el 01-900 que te comunicará a la casa de las —y cito—: "quince conejitas que están aburridas y quieren conocer a nuevos amigos para platicar y formar una *amistad*" (claro, siempre y cuando éstos quieran pagar ochenta pesos el minuto por ser sus *amigos*), como si fuera una de estas líneas, te digo, el teléfono de los Abascal-Rigovétz comenzó a sonar incesantemente. Reporteros, revistas, secretarias, conocidos, familiares, inversionistas preocupados por el nuevo valor de sus acciones, todos exigían saber más sobre lo que las noticias les decían. Como Luciana no escuchaba, alguien lo tenía que hacer y, como lo había hecho en los últimos quince años que había trabajado para él, Alicia Díaz —la fiel y siempre al cuidado de su jefe Alicia Díaz— fue la que se hizo cargo de todo, desde escoger el ataúd donde Jefe reposaría para toda la eternidad, hasta ser la vocera en la rueda de presa que se tuvo que hacer para dar la versión oficial de los hechos. Y Alicia era la secretaria maravilla: una *no* se le pasaba, pero las tres veces que Alicia Díaz había visto a Robertito no fueron suficientes como para hacerle recordar que éste tenía que ser informado de lo sucedido. Y así como ella lo olvidó, lo olvidó también cualquiera que lo pudiera haber hecho. ¿Luciana? Luciana no era capaz ni de informárselo a ella misma. Y, bueno, creo que ya fue suficiente de estar hablando de personajes secundarios e historias que sólo son ramas de la principal: volvamos con el olvidado Robertito el que, mientras pasaba todo eso, se encontraba caminando por las calles de Manhattan. Y es que resulta que Roberto tenía un ritual: cada que se le antojaba ir al colegio, se iba caminando y hacía una parada en el Dean & Deluca que le quedaba en el camino. Como cada que se le antojaba ir al colegio partía con una hora de anticipación, le quedaba tiempo suficiente para tomar su café y leer el periódico. Siempre hacía lo mismo: llegaba a la caja, pedía su café de mariquita —espresso macchiato cortado con leche de soya—, tomaba el periódico mientras le preparaban su café, pagaba,

distraerse con lo primero que encontrara a su alrededor, lo primero que encontrara, por ejemplo, el periódico abandonado de un tomador de café que ya lo leyó. Sí: a Roberto no le quedó de otra más que hojear el periódico que otro había comprado y que no estaba planeado que fuera leído por él, para así enterarse de que un lunático pasivo agresivo decidió explayar su odio matando a ocho personas en un bar de Greenwich Village sólo porque le habían servido mal su drink, que había más esperanzas de que los suníes y los chiítas se reconciliaran, decían los iraquíes, que Wicked era la obra de Broadway más recomendada por los críticos y que Roberto Abascal-Rigovétz, el magnate financiero mexicano —y padre del lector, en este caso— había muerto a los 56 años por un aparente suicidio. Lo volvió a leer: Roberto Abascal-Rigovétz, Your Father, Dies in Suspected Suicide at Age 56. Lo volvió a leer: Your Father Killed Himself at Age 56. Y lo volvió a leer: Dad Died Yesterday; no importaba cuántas veces lo hiciera, las letras que formaban esa frase no se moverían para cambiar su contenido. ¿Mi papá se suicidó? ~~¿Mi papá se suicidó?~~: Mi papá se suicidó. Soy milk espresso macchiato, anunciaba —por fin— Ben en la barra; Roberto no escuchaba. Su alrededor se había paralizado, los ruidos desaparecido y su vista no lograba ver nada más que no fuera la tercera noticia de la columna de What's News del Wall Street Journal. Y entonces se perdió. Ahí parado se perdió de sí mismo. No sabía qué sentir. No sabía qué pensar. No entendía qué reacción debía mostrar: ¿enojo? ¿Rabia? ¿Indiferencia? ¿Tristeza, acaso? ¿Debo llorar? ¿Debo preguntarme quién se cree este hijo de puta para largarse así como así, sin decir ni un pinche Adiós? ¿Debo de salir a fumarme un cigarro mientras tomo mi café y seguir caminando para llegar a tiempo a mi clase? Y no sabía qué lo debía sorprender más: si el hecho de que su papá se había suicidado o el que se hubiera enterado de esto por un periódico que cualquier otra persona puede leer; que se hubiera enterado de esto de la manera más impersonal y corriente que pueda existir; que se hubieran olvidado de que este —a diferencia de él— exitoso suicida tiene un hijo en alguna parte del mundo al que, tal vez —nunca sabes—, le interesaría que le hicieran saber lo sucedido de una forma un poco más directa y menos A quien corresponda. Pero no: pensándolo bien, eso no

poderse mover y aun así no era capaz de llamar la atención de ni
una sola suela de las que ayudaban a contaminar aún más lo que él
tocaba; sólo un aparato que habla era capaz de llamar la atención
de cualquiera de los que iban ahí. ¿Qué era necesario para que lograra recibir una mirada? ¿Que se amputara los brazos enfrente de
nosotros, también? A mí me daba perfectamente igual. Era capaz
de notar lo alienado que él estaba a comparación de los demás; era
capaz de notar que sus dos piernas habían desaparecido gracias a
un tren que se las comió años atrás; era capaz de notar su desagradable olor; era capaz de ver todo eso pero nada más; no era capaz
de sentir algo por él o, más bien, él era incapaz de venderme su
papel de discapacitado slash pordiosero; podía desfilar un escuadrón de vagabundos amputados frente a mí y lo único que sentiría
sería aburrimiento por estar viendo eso y no un capítulo de Family
Guy, lo cual —al final de cuentas— es lo mismo: humor negro.
Ya que vio que nadie le daría nada —ni siquiera una mirada de
pena o de asco—, abrió la puerta para cambiarse al siguiente vagón
y se fue. De nuevo, nadie lo extrañó. Y continuaba. Avanzaba y se
paraba y abría las puertas y las cerraba y la gente salía y entraba,
salía y entraba sin ganas de salir y entrar. Y tal parecía que todos
sufrían de la misma enfermedad que el imbécil que me obligó a
tirarle el café en Dean & Deluca porque nadie podía verse a los
ojos; todos buscaban algún espacio en ese vagón que estuviera libre
de ojos para poder dejar ahí su mirada y no tuvieran que lidiar con
la de alguien más. Y luego entró otro que sí tenía piernas y también brazos, lo único que le hacía falta eran como mil quinientas
regaderas, ropa, chingos de calorías, un puto desodorante para que
me dejara respirar, dinero, ya sabes, ese tipo de cosas que normalmente le falta a la gente que a los demás nos da asco tocar, ver y
oler. Hello everyone, anunció a todos los que íbamos en el vagón
como si a alguien le importara su saludo. I'm homeless and I'm
dying of AIDS —wow, ¿en serio? Qué novedad. ¿Qué no hay cursos que les puedan enseñar a estos homeless mejores técnicas de
promoción de ventas? Algo un poco más original, por Dios—.
I don't have anything and I need some medicines but the govern-
ment doesn't want to give them to me. I would appreciate any
help, anything: I'm truly, honestly dying. Me dieron ganas de vo-

No había un centímetro que no estuviera contaminado de grafiti. El abandono, la desolación, el desierto era algo que te pesaba en el cuello, que se olía en cada imagen, que se escuchaba más fuerte a cada paso; lo único que faltaba era que frente a mí cruzara una bola de paja, en el cielo un buitre gritara su nefasto sonido y Clint Eastwood se fumara un cigarro conmigo mientras una canción de Ennio Morricone suena de fondo y empezar a disparar contra lo primero que se mueva. Empezar a dispararle a todos porque, seguramente, serían un peligro para mí. Todo se veía tan diferente al verano del noventaidós en que fuimos los cuatro y el Cyclone parecía la motaña rusa más grande que jamás vería en mi vida. Ahora no era más que pedazos de madera carcomida que el único miedo que me podía provocar era que se fuera a caer en aquel momento. ¿Por qué las cosas no se pueden quedar en su momento de gloria? ¿Por qué no podemos ser niños toda la vida y quedarnos con las mejores imágenes —por falsas que sean— del mundo? Y entonces los recuerdos me fueron invadiendo uno a uno y yo no fui capaz de apartarlos de mi cabeza: momentos en que yo todavía era un hijo y él todavía era un padre; hacía años que no recordaba eso, seguramente porque hacía años que lo habíamos dejado de ser. Pero daba lo mismo porque, así como ese parque jamás volvería a ser lo que un día fue, nosotros tampoco lo seríamos. Él decidió que *no* fuera posible. Ni se tomó la molestia de preguntarme si quería que eso fuera posible. Y sabía, entendía lo que había pasado. Imaginaba a mi madre y a Cordelia poniéndose un vestido negro —las dos se pondrían un Chanel—, maquillándose para esconder los ojos hinchados; podía escuchar el llanto de los abuelos a mi espalda en la misa, incrédulos de que su hijo favorito se hubiera ido antes que ellos, sin entender qué pasó con él para tomar esa decisión; podía desarrollar en mi mente la imagen de llevar cargando como peón ese ataúd sobre mis hombros hasta dejarlo frente al altar para que todos lo observaran al mismo tiempo que susurraban con el de al lado qué pensaban que lo había llevado a cometer dicho acto; podía ver toda la escena como si yo fuera Dios y mi poder de omnipresente me dejara ver la película desde lo alto, sentado en mi sillón comiendo palomitas; podía imaginármela perfectamente —velorio, misa, cementerio incluido— pero esa película me provo-

caba el mismo sentimiento que me habían provocado el amputa-
do, el sidoso, los niños de África, los de México, los ocho muertos
en el bar de Greenwich, los cancerosos, los familiares de los cancerosos, Teletón, los familiares de los ocho muertos en el bar de
Greenwich, huérfanos —hasta Yo me provocaba ese sentimiento a
mí mismo—, abuelos con Alzheimer, los chiítas matados por los
suníes, montañas rusas de Coney Island, veteranos de guerra con
PSTD, papás de los niños Teletón, bebés robados, indígenas pidiendo limosna en Reforma, niños abandonados —ahí estoy yo
otra vez—, mamás que perdieron a su hijo por una negligencia
médica, padres de familia que se quedaron sin trabajo, bebés a los
que les arrebataron su paleta, niños que ven a su papá golpeando a
su mamá, niños violados en primaria, mujeres musulmanas trata-
das con el mismo respeto que un camello, víctimas de tsunamis,
terremotos, huracanes, tornados —cualquier tipo de desastre natural—: no importaba qué película pusieran frente a mí, el resultado sería el mismo: pónganme un capítulo de Family Guy. Y llegó
un punto en que ya no podía seguir viendo tanta madera carco-
miéndose, tantos anuncios de luces que sólo tenían focos fundi-
dos, tanta pintura cayéndose, descarapelándose de la piel de las
paredes. Ya no podía, me daba mucho asco. Pasé por un puesto
que se hacía llamar Shoot The Freak: Live Human Target. Y la
oferta era que podías dar 5 disparos por $3 dólares, 15 por $5, 35
por $10 o 75 por $20; lástima que estaba cerrado, porque hubiera
pagado trescientos dólares por dispararle sin parar al imbécil que
se pusiera de target. Seguí caminando hasta pararme en el único
lugar que estaba abierto, el alguna-vez-legendario Nathan's Fa-
mous. Entré y, como era de esperarse, algo que puede llamarse *todo*
menos mujer —antes es una ballena que una mujer— y que no
tenía la capacidad de mascar su chicle y tener su pinche boca cerra-
da simultáneamente, me decía What's your order (no: sin signo de
interrogación; un signo de interrogación muestra interés y lo último que Keiko tenía era interés en mí). No sabía qué contestarle,
todo su menú me parecía tan desagradable, tan poco apetecible.
Dude, I said *your order*, me gritó mientras me veía con ojos de odio
por hacerla esperar ahí parada, como si no le hiciera falta estar
parada para eliminar un poco de esas millones de calorías que le

podía estar en paz. Y podía ser el lugar más deprimente del mundo, pero mínimo estaba desolado; igual y podía vivir ahí el resto de mi vida. Aunque, pensándolo bien, la arena siempre me había dado mucho asco; entonces eso podría causarme un poco de problema. Cuando recordé lo desagradable que se sentía la arena pegada al cuerpo, decidí huir de ahí. Me quité el saco con ella pegada por toda la espalda y lo tiré en el primer bote de basura que encontré. Seguí caminando mientras la guitarra de José González sonaba en mi mente, gritaba en mi mente su Save Your Day sin permitirme cambiarla una vez que ya se había terminado; comenzaba a sonar de nuevo, una y otra vez, una y otra y otra vez, como si hubieran rayado a propósito el disco o la única canción que hubieran grabado en él fuera ésa. Poke the body with a stick roll it down, ignore the moaning as it tumbles to the ground, be brave and save your day. These days are cold, numbers rule, I've been told, the pattern is clear, better fit in the mould, be brave and save your day… The grave looks cold but we're still young, we're still young. Are we? Llegué hasta una rueda gigante que se adjudicaba el nombre de Wonder Wheel —and I honestly wondered why—, la cual estaba apagada pero tenía a un maquinista de unos ochenta años leyendo el New York Post dentro de la cabina. Me quedé observando al —igual que todo a su alrededor— demacrado juego, recordando —de nuevo— lo diferente que se veía cuando era niño. Hey boy, wanna ride?, me preguntó el maquinista lector del periódico más amarillista de todo New York. Is it working?, I'll make it work for you, me dijo mientras dejaba su periódico y comenzaba a mover las palancas. Me subí en una de las canastillas azules. Aren't you cold, kiddo? It's freaking freezing, Is it? Comenzó a girar. Una vez que llegué a la cima golpeé la canasta en señal de que lo parara. Obedeció. Y ahí me quedé, por lo que sé, durante horas, viendo desde mi propia omnipresencia todo lo que estaba a mis pies, todo lo que tenía a mis pies pero que no me servía de nada. The story of my life, pensé. Si al principio el lugar estaba desolado, ahora parecía que una plaga acababa de pasar por todo el pueblo y sólo yo y el maquinista éramos inmunes a ella. Trataba de concentrarme en algo, una

y nue… y traigan souveniers de su visita a Irak. ¿Premio Nobel de la **Paz** (no te lo pongo en rojo porque la editorial me dijo que nada de color)? Sí, como ustedes digan. No mames, neta son bien pinche chistosos. Ah, no, perdón, es que olvidaba que Madonna decidió nombrarlo El Salvador del Mundo cuando se puso una camiseta con su cara en el frente para así darles la señal de que él era El elegido. Sí, lo siento, lo había olvidado por completo. Premio Nobel de la Paz, sí: dénle diez, por favor. Anyway. Y es que te digo que gracias a esa miopía que existe en sus juicios, no logran ver pequeños detalles que cambian todo el panorama. Pequeños detalles, como por ejemplo que Luis XVI siempre tuvo una fuerte inclinación hacia las artes y las ciencias —cualquiera menos la que tuviera la palabra *política* enseguida—, que su mala fortuna —por irónico que suene (¿ves? Ya voy superando mi trauma de no aguantar el clichismo de la ironía)— lo hiciera heredero de la corona francesa —que, te recuerdo, no porque crea que lo hayas olvidado sino simplemente porque disfruto esto de repetirle a las personas cosas que ya saben, era la más poderosa de Europa en ese entonces— a sus míseros y pañalísticos veinte años de edad es algo que nunca pidió (te lo digo yo que me iba de cacería con él, lo que en ese tiempo era como el golf de ahora: la mejor excusa para confesar los problemas masculinos sin que parezcan sensibles). ¿Qué va hacer un biberón de veinte años a quien le apasiona la equitación, la cacería y las lenguas —cualquier actividad menos ser el rey del mundo— con una corona que se le cae al suelo de tan grande que le queda? ¿Cómo le piden gobernar una nación tambaleante como la que era Francia en esos días a una persona en la etapa de la vida donde lo único que le interesaba era saber cómo hacerle para invitar a la infanta Leonora de España al próximo baile y lograr —por fin— llegar a tercera base tocándole la mano o, más bien, el guante? ¿Hubieras podido tú, mi dictador lector, con semejante dictadura, suponiendo que no la quisieras? ¿Preferir el arte antes que la política es traicionar a tu nación? Sí: ese tipo de detalles que les es imposible ver, como que Pablo Escobar —sí, el hombre que más terror causara en Colombia— armó una fogata con dos millones de dólares sin pena alguna sólo para calentar a su familia y a quienes iban con él; apuesto que más de la mitad *mataría*

me antojó contarte fue que, cuando todos estuvieron reunidos in-
felizmente felices en ese hospital de Houston, al tener tanto tiempo
libre y no aguantar el hecho de sentirse un inútil, a don Roberto se
le ocurrió hacerse de una vez su check-up anual, ya sabes, el de
rutina. Y que los estudios del corazón, la sangre, el colesterol, la
presión y cha la la, todo el kit. Y que nada, Oh Sorpresa, las cosas
no salieron como siempre habían salido, el cuerpo ya no era tan
perfecto como estaba acostumbrado a serlo: Mr. Abascal-Brigo-
vertz, I'm afraid to tell you that the exams show that you have a
brain tumor, A brain tumor? No, that's impossible. I was in perfect
health just a few months ago, I believe you but, unfortunately, the
tumor is expanding at an exponential pace, an extremely fast pace;
this is the reason why your last check-up didn't report anything,
What are the options?, There aren't so many. Either a very aggresive treatment that'll give you at least a thirty percent chance of
complete recovery, or surgery. The surgery is very risky, though.
I'm really sorry to tell you this, Mr. Robertou, No: don't be. Such
is life. Entonces el valiente de don Robbie se fue a la cafetería del
hospital, pidió un macchiato cortado con leche de soya y se sentó
a pensar en qué decisión debía tomar; desafortunadamente, en esta
ocasión no podía pedirle a sus analistas de riesgos que le dijeran
cuál era su mejor opción para apostar. Un tratamiento dolorosamente agresivo y treinta por ciento de posibilidades para recuperarse completamente contra un riesgo de quedar vegetal en plena
cirugía pero igual desaparecer el tumor. En cualquiera de las dos,
las posibilidades de sobrevivir eran mínimas. ¿Qué hacer, qué hacer? Definitivamente no diría nada; lo último que quería era estresar más a su familia de lo que de por sí ya lo estaba. Risky meaning
what? What are the chances to survive if I have the surgery?, preguntó don Robbie a su doctor dos horas después de estar tomando
ese macchiato. Risky meaning that one out of three survives, What
about the treatment?, The treatment can definitely be better because it is not that risky but, still, it's very aggresive. You wouldn't
be able to work or keep your daily life as you are used to, What
about not doing anything? How long can I stay *here?*, At most, a
year, eight months probably, Will I be in the same condition as I'm
right now? No, of course that's impossible, but you'd be in a better

condition than if you take the treatment. Y don Roberto tomó una decisión: no operarse ni andar dando lástimas por la deplorable condición en que la quimio lo dejaría; viviría esos ocho meses, ese año con el impecable porte que siempre lo había caracterizado, con esa autoritaria imagen que lo había hecho ser el preferido para estar en las portadas de Expansión y trabajaría tanto como su cuerpo pudiera —o no— para asegurarse de que su imperio estuviera lo suficientemente consolidado como para que sus hijos, sus nietos y los nietos de ellos vivieran tranquilos, felices y estables, y que su ausencia no les pesara… al menos económicamente hablando. Eso tú no lo sabías, mi parcialmente ignorante lector, así como tampoco lo sabía Roberto Jr., provocando que, así como tú lo hiciste por un momento, él jurara que su padre era un imbécil que lo único que amaba eran sus negocios. Si a eso le agregas el hecho de que también ignoraba la manera en que su padre murió (aquí él es todavía más ignorante que tú porque el pobre no tuvo la oportunidad de vivir para leer esta historia y saber que su padre no se suicidó, sino que fue víctima —así como él mismo lo fue muchas veces— de los juegos que los dioses del destino y el azar se pusieron a hacer con él), si a eso le agregas este dato curioso, imagínate la imagen tan débil y fracasada que su padre dejó en él, pensando que no había sido lo suficientemente fuerte como para aguantar los golpes de la vida y, por eso, tomó el camino fácil, por eso se suicidó. La falta de la omnisciencia provocó que a Roberto no le quedara sino pensar que su padre era un mediocre más que se dio por vencido, que nunca le importó lo que realmente era importante y que le importó todavía menos dejar desamparada a su madre —la supuesta pobre víctima (la ironía jugando de nuevo y yo superando cada vez más mi trauma al mencionarlo)— gracias a su egoísmo. Y con la excusa de que nadie se había dignado aún a requerir su presencia en el funeral, Roberto le pidió a Camilo que pasara por él —volver a mezclarse entre toda esa gente que iba aplastándose dentro de ese tubo transportador de bacterias le parecía titánico— para irse a donde fuera que le proporcionaran algo sedante. ¿Qué se te antoja?, Llévame a donde quieras, sólo llévame. Y bueno, te diré, mi querido lector, que la última vez que fui a La Esquina me topé con la grata sorpresa de encontrarme con mi ex —sí, a veces me

así como el consumo de sedantes y demás sustancias que son utilizadas para efectos puramente *sanatorios*, el estado de ánimo avanzaba también, y no exclusivamente el de ellos dos, sino el de todos los que estaban presentes en este pequeño y acogedor barecito pseudo mexicano. Y la gente comenzaba a hacer lo que siempre hace cuando la noche avanza, ya sabes, cosas como levantarse de las sillas, reír más fuerte, conversar con gente que realmente no conoce, besar a desconocidos y actuar de maneras de cierta forma ridículas. De entre esa gente que poco a poco subía más su tono de voz y se sentía más amigable que al inicio de su noche, se encontraba un británico fanático del desaparecido y siempre-merecedor-de-mi-respeto Pulp y quien tendría la suerte de estar en el mismo lugar, en el mismo día y a la misma hora que los integrantes de su grupo favorito: Jarvis y su pandilla decidieron reunirse, después de un buen rato de no verse, y resultó que el lugar en el que terminaron reunidos fue éste. Francamente, no era de sorprenderse porque, así como mi ex, Roberto, Camilo y demás personas que odian estar en lugares donde la privacidad no se respeta, así como ellos, te digo, éstos buscaban lo mismo, aun cuando a estas alturas de los dosmiles, muy pocos fueran capaces de reconocer la cara de Mark, Nick, Steve, Candida o Jarvis como para molestarlos pidiéndoles un autógrafo. Y te digo que este fanático —por fanático que fuera— sabía que tenía que guardar cordura frente a sus ídolos si no quería que lo sacaran cargando los de seguridad de este bar underground en el que se encontraba. Por eso se le ocurrió la idea de que sólo para hacerles saber que el mundo todavía los ama, que sus fans todavía los recuerdan, que su música todavía se extraña, sólo para hacerles saber que su legado jamás será olvidado y, al mismo tiempo, no ser corrido a patadas de dicho bar, sólo para eso, te digo, es que levantó su mano derecha haciéndole un gesto al mesero para que éste se acercara a preguntarle Another gin & tonic, sir?, No, thanks. I'm fine. I would like to ask for a favor, Yes, how can I help you?, I would like the DJ to play a song, Which song, sir?, It's called Like A Friend, Like A Friend?, Yes, it is this british song that I just happen to-, Of course, I know which song it is. The problem is that I'm afraid our DJ doesn't have it in his repertoire. Unfortunately, most of what we play here is trendy pop music,

on, les dijo al resto de su mesa, Let's throw a mini concert, let's sing this song. Como el quinteto llevaba —al igual que Camilo y Roberto— unas doce veces repitiédole al mesero la frase Five scotches, please, éstos ya estaban lo suficientemente relajados y de buen humor como para hacer este tipo de cosas; el resto del grupo le tomó la palabra al ex líder de la banda. Se pararon. Y continuó con Smoke all my cigarettes... again. Una vez que el fan que provocara todo este movimiento se diera cuenta de que, en efecto, su artista favorito cantaría a capella su canción preferida a tan sólo dos mesas de él, al darse cuenta de que tendría su propio concierto privado, no le quedó más que, extasiado en felicidad y vodka, pararse de su silla y, sin poder evitarlo, unirse al coro diciendo Every time I get no further, how long has it been?, en donde DJ tomó su micrófono e, inspirado al recordar que esa parte era la que le dedicaba al amor de su vida cuando le destrozó el corazón, cantó para todos los presentes Come on in now, wipe your feet on my dreams. Para cuando tocaba cantar la parte de You take up my time, like some cheap magazine, when I could've been learning something... oh well, you know what I mean, más de la mitad se había puesto de pie y comenzado a dar razones de peso para mostrar por qué nunca podrían ser el próximo American Idol, pero eso era lo de menos; la emoción era colectiva. Quienes no se sabían la letra —que obviamente había uno que otro perdido por ahí que no cuenta con el privilegio de tener buen gusto para esto de la música—, amenizaban el mini performance levantando los brazos y llevándolos de derecha a izquierda, como lo suelen hacer las personas que no se saben las canciones en los conciertos y prefieren parecer imbéciles haciendo eso que parecer imbéciles no haciendo nada. Dado que —como tú lo sabes, mi sabio lector— el tono de esta parte de la canción se presta a cantarse con tal romanticismo que no contar con un objeto que ayude a demostrar aún más la pasión con la que se está cantando, no contar con una herramienta que exagere aún más la emoción, te digo, es bastante frustrante. Fue por eso que la mayoría de los que estaban ahí ya habían tomado las velas que adornaban las mesas para ondearlas en el aire y continuar con I've done this before, and I will do it again. Come on and kill me baby, while you smile like a friend... and I'll come running, just to do it-, y

rrando con Let me tell you now, it's lucky for you that we're friends. Una vez dicho esto, Roberto se rió con tanta naturalidad, con tanta honestidad y transparencia, con tanta sobriedad que hasta parecía que no había consumido cuatro rounds de distintas sustancias y, asegurándose de que Camilo lo observaba igualmente, gesticuló un Te amo. Y, bueno, hay otra cosa que tienes que saber —de esas que yo sé pero que, normalmente, tú no—: there's no such thing as an unwanted, unintended overdose: todo consumidor sabe cuál es su tope, todo consumidor sabe cuándo tiene que parar. Pero eso a Roberto no le importó cuando tomó el crucifijo que Camilo le había regalado para que nunca se quedara sin coca, inhaló todo lo que le quedaba, tomó el pastillero de su pantalón, sacó dos pastillas, agarró la botella de Hendrick's que estaba por sus pies y se las tomó. Y este era el quinto round, señoras y señores: quien inventó la frase No hay quinto malo, seguramente no estuvo, como yo, contando cuántos rounds llevaba Roberto para saber que justo en el quinto fue en el que lo noquearon, en el que su cuerpo ya no pudo soportar más y cayó al suelo (¿qué pensabas? ¿Que iba a decir *a la lona*? Ja, no: eso ya sería una metáfora muy formal y tú sabes que eso no va conmigo). Y así como DJ hizo con el iPhone cuando Jarvis gritó que lo callaran, así también se desenchufó la cabeza de Roberto. *Pum* —y esta vez no precisamente porque quisiera imitar el sonido de la batería—: cayó desde la barra hasta el piso. Camilo vio todo el proceso, desde que Roberto se estaba desvaneciendo hasta que finalmente su cuerpo tocó el suelo. Inmediatamente soltó su vaso y tomó a Roberto de los brazos con ambas manos. ¿Roberto? Hey, Sport? Roberto, ¿me escuchas? Roberto, güey, reacciona, le decía, pero Roberto no escuchaba, no reaccionaba. Roberto, ¿estás bien? Roberto, no mames, contéstame. Al ver que estarle hablando a algo que tenía tanta vida como una hoja de papel en blanco no serviría de nada, tomó su vaso de whiskey y se lo echó a la cara. Nada. Entonces su paciencia se comenzó a agotar y no pudo evitar golpearlo con la intención de que lo hiciera reaccionar. Nada. Y le abrió los ojos para ver el grado de inconsciencia sólo para encontrar que ahí no había más que vacío. Nada: esos eran oficialmente los ojos más ausentes y en blanco que Camilo había visto en su vida. Entonces, con Roberto en sus brazos, no logró contenerse y gritó Call a fucking ambulance! Call nine one one! A doctor! A fucking doctor, for God's sake! Y, por primera vez en la historia de tu mundito en que sucede algo como esto, en esta ocasión ninguno de los presentes resultaba ser doctor o algo que se le pareciera para que dijera qué hacer mientras llegaba la ambulancia; nadie sabía cómo actuar ante semejante situación. Como siempre —también— cuando suceden este tipo de cosas, a Camilo se le hacía que cada segundo duraba un millón y medio de infinitos. Where the hell is this fucking ambulance? Y seguía insistiendo, golpéandolo para recibir una respuesta, gritándole cada vez más fuerte a la cara. Al aceptar que no abría una reacción de su parte, no le quedó más que esperar. Lo volvió a tomar con ambas manos y lo abrazó, lo abrazó tan fuerte como si abrazándolo así se asegurara de que no lo dejaría ir, de que no se podría ir, de que *aquí* se quedaría. Pero, al mismo tiempo, un asfixiante —asmático— miedo lo comenzó a invadir y, así como le sucedía cuando era niño, este miedo lo comenzaba a dejar sin aire. ¿Cuánto llevaba esperando a la puta ambulancia a que llegara? ¿Catorce años? ¿Veinte? La impotencia y una serie de emociones humanamente indescifrables (pero que yo te puedo descifrar: coraje, odio, tristeza, desesperación, decepción, ira, ansiedad, abandono, nostalgia, incredulidad, soledad, miedo, sufrimiento, tristeza, coraje, nostalgia, odio, ansiedad, decepción, miedo, sufrimiento, soledad, ira, desesperación, abandono, incredulidad y una lista todavía más larga de emociones que vienen siendo las mismas) provocaron que emanara de los ojos de Camilo un exceso de líquido que humectó sus exageradamente —hasta antes de ese momento— secas pupilas. Una, dos, cinco, diez, veinte, chingos y chingos y chingos de gotas salían por sus ojos sin permitirle hacerlas parar; por sus ojos salieron tantas gotas que se deshidrató. La presión se le bajó como si estuviera dentro del elevador en el piso ciento diez de las desaparecidas Twin Towers y de pronto alguien le hubiera cortado los cables y dejado ir en caída libre; de ciento diez a veinte en menos de once segundos. Respirar ya no era una actividad que su cuerpo fuera capaz de hacer. Y sus ojos adoptaron la modalidad Impresionista y Camilo comenzó a ver todo como si estuviera dentro de un Monet: borroso y, mientras más cerca, más ininteligible. Y ya no

La última parte

Camilo y Roberto

En tu puta vida lo vuelvas a hacer, ¿Hacer qué?, Morirte, imbécil, Ah, eso. Camilo, la experiencia nos ha dejado claro que eso es algo que —desgraciadamente— no pasará jamás, por más que lo quiera, ¿Cómo te sientes?, No sé: igual y el dolor de cabeza que tengo es de la cruda, pero ya se me hace una molestia tan cotidiana que no me causa gran problema. ¿A ti qué te pasó? ¿También te moriste?, No: eso no va conmigo. Lo mío fue mínimo, unas cuantas líneas, igual y una pastilla y el whiskey, obvio, pero nada más. No es como que con eso me iba a poner mal como tú y tu cuerpo maricón. La verdad, todo lo que recuerdo… no, la verdad no sé, ¿Y cuánto tiempo se supone que nos van a tener aquí?, Hasta que tu cuerpo maricón se recupere, ya te dije, ¿Se recupere de qué?, No sé, pregúntale al imbécil que no nos deja salir de aquí. Dijo algo así de que porque tu condición, que porque tú no puedes andar así en las calles, que porque en cualquier momento te vas a poner mal, ya sabes, las mismas mamadas de siempre, ¿Qué importa? Vámonos, Ja, ¿y que me culpen a mí por tu moribundez? ¿Qué se supone que voy a hacer con tu cadáver a la mitad de la calle cuando colapse por no aguantar ni un miserable cigarro? No, gracias: cargar cuerpos moribundos no se me da. Tú te recuperas y luego ya hacemos lo que quieras, Camilo, no mames, ni que tuviera leucemia, no fue más que una ligera, pequeña, inocente sobredosis, provocada por una mezcla de circunstancias, entre que llevaba unos cuantos días sin comer y, no sé, cosas que pasan, nada del otro mundo, Me da igual, ya te dije que lo mío no es andar cargando cadáveres a la mitad de Prince Street, así que hasta que te den de alta nos-, Ya te dije que soy inmune, soy alérgico a la muerte, Como tú digas, Puta madre, ¿y qué se supone que vamos a hacer aquí? ¿Jugar Scrabble?, ¿Por qué no?, Basta. Tal parece que en los últimos meses hemos cambiado hoteles por hospitales; no sé cuántas semanas hemos pasado así. ¿Y aquí no hay dulces, no sé, algo que nos ayude a pasar el rato antes de que nos robemos jeringas de las enfermeras, las llenemos con arsénico y nos lo inyectemos para matar de una vez por todas este aburrimiento?, Estamos en un hospital, idiota, por supuesto que hay, Yo creo que por eso me está doliendo la cabeza: la falta *de*. ¿Cuánto llevamos aquí?, No sé, según yo no mucho, ¿Y qué vamos a hacer saliendo?, Berlín, Me gusta. Específicamente, ¿como para qué?, El maratón. Me invitaron a inaugurarlo. Les dije que no iba a ir pero de todas formas no me van a reconocer, así que da igual. Me dijeron que el de París fue uno de los mejores en la historia del festival, el de aquí no tanto; la verdad sí me dio coraje habérmelo perdido, Vamos, de todas formas ya no tengo nada qué hacer, me pienso jubilar del colegio, ¿Por fin?, Sí, ya me cansé de estar rogándole a un imbécil que me perdone las faltas y tomar clases que son para gente con retraso mental; ya lo decidí: voy a seguir mi sueño, ¿Y ese era…?, Ser actor de Hollywood y ganar un Óscar, Ja, *not*. No sé, no sé qué voy a hacer pero lo que haga de ahora en adelante va a ser porque a mí me nace, no porque un idiota que ya ni está aquí como para recla-mármelo me dijo que hiciera, Roberto, Dime, En serio, ¿Qué?, En serio que en tu puta vida lo vuelvas a hacer, ¿Morirme?, Sí, No, ya te dije que eso es imposible.

Grabando. Paciente: Camilo Santibáñez. Doctor: Gregorio Lozano. Jueves, 22 de marzo de 2007, primera sesión.

¿Qué te dijo?, No sé. Entró, se presentó, se sentó —como si le hubiera ofrecido una silla al pinche puto—, me empezó a explicar que nos hicieron unos estudios —me imagino que cuando nos trajeron, yo la verdad no recuerdo nada de eso— y que nuestros cuerpos estaban muy mal, que están muy dañados, que pesamos cuarenta kilos —como si yo tuviera tatuada en mi cabeza la pinche tabla del índice de masa corporal para saber qué significa pesar cuarenta, sesenta o noventa kilos—, que tuviera paciencia, que si cooperaba nos iban a dejar salir más pronto. ¿Ahora resulta que eres pinche Castro o qué chingados? ¿Por qué habrías de ser tú quien decide cuándo me puedo ir y cuándo no?, le contesté —no es por nada, pero neta me estaba sacando mucho de quicio; estaba a tres palabras más de romperle la madre—. Cálmate, sólo queremos que se recuperen. Ya te dije, mientras más cooperen, más pronto se podrán ir, Dudo que estando en este pinche hospicio me vaya a recuperar de nada que tenga que recuperarme, lo cual sigo sin entender qué es porque ya estamos bien, le contesté. Entonces me puso un espejo en la cara, ¿Y luego?, Pues, cabrón, no había tenido la necesidad de ponerme enfrente de ningún pinche espejo en los últimos… no sé; no había visto mi cara, Ah, sí, Entonces me dijo que con el frío que estaba haciendo, andar con las heridas al aire me dolería como la puta madre, que neta me convenía curarme, que eso era todo lo que querían. En pocas palabras que no fuera pendejo, ¿Te dijo cuánto tiempo?, No, que dependía de nuestra pinche y famosa *cooperación*. ¿Cooperación?, le dije. ¿Cuánto necesitan? ¿Cinco? ¿Veinte? ¿Cincuenta mil dólares? Ustedes nada más digan y nosotros les damos nuestra *cooperación*, Camilo, tú sabes a qué me refiero, me contestó. ¿Entonces cooperación con qué?, Pues qué chingados voy a saber yo, me imagino que con sus pinches sesiones de jugar al loquito y al psiquiatra, no sé, Jajaja, neta qué pinche flojera, No te burles, pendejo, que seguramente cuando me salga del cuarto vienen por ti. Total que luego me dijo eso de que él me iba a dar la oportunidad de decir cualquier cosa que quisiera, que él no podía decir nada pero que yo tenía toda la libertad de contarle cualquier cosa que pasara por mi cabeza, Gracias, qué amable eres, eso es justo lo que necesitaba: un puñetas al cual contarle mi vida, estuve a punto de decirle. El muy imbécil se creía locutor de radio o algo igual de ridículo: agarró una grabadora, oprimió un botón y empezó a decir Grabando. Paciente: Camilo Santibáñez. Doctor: Gregorio Lozano. Jueves veintidós de marzo de dos mil siete. Primera sesión, ¿Y luego?, ¿Y luego? Pues nada, que me le quedé viendo a los ojos durante los siguientes cuarenta y cinco minutos, ¿Y qué dijo?, Nada, ¿Nada?, Nada literal, ¿Cuarenta y cinco minutos de una cinta en silencio? Qué warholista; si dijeran que es una canción nueva y la anunciaran en Pitchfork la pondrían con un calificación de 10.0 y en menos de doce horas ya serían el dúo musical más hipster del momento, ¿Puedes dejar tu sarcasmo barato a un lado? Aparte, sabes perfectamente que eso es imposible, que le pongan un 10.0 a algo en Pitchfork, ¿No se desesperó?, Obviamente. No sé. Me imagino. No aguantaba que mi mirada estuviera fija en él, trataba de ver a todas partes menos a mis ojos. No sé, me caga la gente que no es capaz de hacer eso, de ver a los ojos. ¿A ti qué te han dicho?, Nada. Me dijeron lo mismo de los estudios, que nuestro cuerpo está más jodido que el de Sid Vicious —como si me fueran a sorprender con eso—, que teníamos que comer, no sé, cosas que no entiendo por qué se toman la molestia de informarme si nadie preguntó. Neta ya vámonos a la chingada de aquí, Estar aquí tampoco es un pinche parque de diversiones para mí, pero, la neta, mínimo mis pinches cortadas sí quiero que se me cierren. Güey, estamos a menos pinche treinta grados; el frío me va a entrar por las heridas y congelarme la sangre y la neta soy bien pinche maricón con el frío. Aparte, anoche que me metí a bañar me di cuenta de que no sólo tenía en mi cara, ¿Con quién te peleaste?, ¿Es neta? Obviamente no tengo una puta idea, me imagino que- No, la verdad no tengo idea. Seguramente en el ínter de tu moribundez y cuando nos trajeron aquí; seguramente me peleé con los de la ambulancia, no sé, ¿Ves que no es por mí que estamos aquí, entonces? Deja de decir que es mi culpa y la de mi pobre cuerpo maricón, Me da gusto, ¿Qué?, Que te hayas autojubilado del colegio, saliendo de aquí la vamos a pasar bien.

Grabando. Paciente: Camilo Santibáñez. Doctor: Gregorio Lozano. Sábado, 24 de marzo de 2007, segunda sesión.

Está bien, la neta es que, si quieres que me recupere —como tú dices—, necesito que me des algo para dormir porque llevo desde que me metieron aquí sin poder hacerlo —me imagino que es normal para cualquier individuo que sea obligado a estar en este pinche loquerío que llaman hospital—. Es más, vamos a hacer un deal: tú me das pastillas, ya sabes, algo que cause algo en mi pinche cuerpo, no sé, mínimo una dotación de Xanax o Lexapro, Valium, whatever y yo, en respuesta, empiezo a hablar. Ah, y no sólo una dosis para mí, sino también una para Roberto. Una vez dichas las bases, ya no tengo nada más que hablar. Ya sabes cuál es mi cuarto, las espero para hoy antes de las nueve.

Camilo y Roberto

Me voy a meter al cuarto donde tienen sus pinches juguetes de doctor y voy a robarme un galón de alcohol etílico. Voy a sacar dos frascos de morfina. Voy a agarrar todos los sedantes que tengan y los voy a ingerir; ya no puedo más, siento que llevo encerrado en este hospicio veintinueve años y medio y ya soy uno de esos ancianos que se volvieron locos de tanto encierro y hablan solos en el jardín con personas que no existen y ese tipo de cosas que en las películas sale que pasan en estos lugares donde tienen a la gente recluida, Ya te dije que nos fuéramos, Eso díselo a tu pinche sistema inmunológico que no aguanta nada. Volví a tener *terapia* con este güey, ¿Y qué tal?, Nada, lo mismo, sólo al final le dije que si quería que mejoráramos nos tenía que dar mínimo unas pastillas para dormir. Güey, neta ahora sí no aguanto la cabeza del puto insomnio que tengo, Ya sé, yo tampoco pero, ¿pastillas? Güey, ya sabes por qué no podemos dormir y créeme que ese tipo de pastillas no son las que nos van a quitar el insomnio, Algo es algo, ¿no? Y mejor no digas nada que, si estamos así, repito, es por tu culpa; como si tú pudieras conseguir mínimo eso. Le dije que no pienso hablar hasta que nos dé algo, ¿Y vas a hablar?, ¿De qué?, No sé, eres tú el que lo dice, No entiendo, Nada, olvídalo, ¿Que si voy a hablar de algo, dices tú?, Sí, No sé, a veces me divierte jugar con su mente, Oye, en serio, vámonos, por favor, ¿Cómo te sientes?, Puta madre, que nunca me he sentido tan mal, Está bien, vámonos entonces, Gracias, neta, neta, mil gracias, Sólo deja que me lleven las pastillas que se supone que el güey este me va a llevar al cuarto, ¿A qué hora?, Le dije que antes de las nueve, Bueno, pasas por mí para irnos.

Camilo y Roberto

¿Ahora resulta que es mi culpa?, Pues claro: yo no fui el que de la nada se desmayó en pleno pasillo y llamó la atención de todos los pinches enfermeritos que estaban en la sala de espera, ¿Y por qué no me recogiste, me llevaste cargando como si nada hubiera pasado y ya?, Porque está bien que no eres obeso pero tampoco mames, güey: cargarte como si fueras una bolsa de plumas de ganso tampoco es muy fácil que digamos, No entiendo qué me pasó, No, ni yo, se suponía que el *delicado* aquí era yo, No importa, mañana sí nos vamos, Pues más nos vale si quieres llegar mínimo a la clausura del festival, Sí, sí, ya deja de presionarme, ¿Presionarte? Pero si a fin de cuentas a mí me vale madres si voy o no, lo digo por ti, Está bien, mañana nos vamos, ¿Qué te dijeron?, ¿De qué?, Pues no sé, cuando te recogieron y te llevaron al cuarto donde no me dejaron entrar, Nada, que qué sentía, ¿Y qué sentías?, No sé, ya te dije, de repente me comencé a marear, todo se puso blanco o negro o gris —no sé— y cuando abrí los ojos me estaban preguntando que qué sentía. Luego me inyectaron algo —suero, me imagino— e inmediatamente me dio sueño, me dormí, me desperté y ahora te lo estoy contando. Por cierto, no sé si fueron las pastillas, pero de nuevo me está dando sueño, Está bien, mañana vengo por ti y nos vamos.

Grabando. Paciente: Camilo Santibáñez. Doctor: Gregorio Lozano. Lunes, 26 de marzo de 2007, tercera sesión.

—me siento Bruce Willis en 12 Monkeys.

Camilo y Roberto

¿Vomitaste?, ¿ahora eres bulímico o qué pedo?, Ay, qué cagado eres, qué barbaro, Robertito, deberías de trabajar en Comedy Central. Creo que fueron las pastillas, ¿Cómo?, No sé, salí de la cita con el imbécil éste y, como no me podía dormir y estaba muy aburrido y quién sabe dónde putas madres estabas tú —¿dónde estabas, por cierto?—, me tomé varias pastillas y, como no sentía que hicieran ningún efecto, me tomé más, pero seguía igual; cuando fui por la cuarta dosis, me di cuenta de que ya me había acabado el bote; diez minutos después empecé a vomitar como si me hubiera tomado cinco litros de leche de vaca sin pasteurizar, ¿Y le dices maricón a mi cuerpo?, ¿A ti qué te dice el tal Lozano?, Nada. Aplico la misma que tú, Pobre imbécil, ¿Pobre? Chingón por él, no se tiene que preocupar y como quiera recibe su cheque, Prefiero morirme de hambre antes de tener que estar sentado viendo cómo una persona treinta años menor que yo me ve la cara de pendejo, Tal vez es tan pendejo que ni se da cuenta de que le estás viendo la cara de pendejo, ¿Crees que alguien pueda ser tan pendejo?, De todo hay en la villa del Señor, decía mi abuela, Pues qué villa tan jodida, diría yo.

Grabando. Paciente: Camilo Santibáñez. Doctor: Gregorio Lozano. Martes, 27 de marzo de 2007, cuarta sesión.

A ver: por fin voy a cumplir tu sueño, ¿qué quieres que te diga?, ¿que te hable de mis sueños, para variar? Está bien: ayer tuve un sueño. Soñé que iba caminando por la calle, una calle que en mis sueños era completamente conocida; no sé, ponle tú Madison Avenue, por ejemplo —tenía como diez años, por cierto—, y mi mamá me llevaba de la mano. El clima era perfecto y mi mamá traía un vestido blanco, largo y un sombrero grande, sus lentes de sol, perfecta, como si estuviéramos caminando por Marbella y no por una calle de una ciudad. Mientras iba caminando, volteé al piso y vi a una hormiga que me distrajo. Quería atraparla y aplastarla, como siempre lo hice con las hormigas. Me solté de la mano de mi mamá para hacer eso. Lo hice. Cuando volteé para volver a tomar la mano de mi mamá, me di cuenta de que ya no estaba; King Kong había invadido la ciudad y había tomado con su mano a mi madre —como si ella fuera Ann Darrow— y la tenía con él. Entonces el aire se me comenzó a ir porque sabía que King Kong era mucho más grande y más fuerte que yo —I mean, is King Kong, for God's sake, it's not like it's the fucking biggest monster in Hollywood for nothing— y que sería imposible salvar a mi mamá. De repente el piso se abrió, como si me hubiera metido a uno de los tubos del Super Mario, ya sabes —me imagino que para ti fue Atari o algo así—, y me transportaba a otro mundito —hasta el *tun, tun, tun* que siempre se escucha en el videojuego escuché—. El mundo al que entré, este que te digo, era negro. Negro completamente. Entonces me levanté y sentí que objetos indescriptibles llegaban a mi cuarto y lo invadían como si fueran gremlins y por eso les empecé a lanzar todo lo que tenía a mi alrededor para que se alejaran. Entonces me levanté. Cuando era niño tenía un sueño recurrente. No me acuerdo de qué se trataba pero tenía un sueño recurrente. Tus pastillas no sirvieron para nada, por cierto; me vas a tener que dar otras si quieres que esto continúe. Mi mamá está muerta, por si vas a analizar el sueño, para que te ahorres la vergüenza de hacer un análisis de alguna pendejada que no tiene nada que ver. Bueno, ya me aburrí. Bye.

Camilo y Roberto

¿Qué te dijo?, Nada. Me dio otras pastillas porque por fin cumplí su sueño de hablar. Le inventé un sueño. Mío, digo; no que yo le haya inventado el sueño que le cumplí, sino que hablé de un sueño inventado que supuestamente tuve y con eso cumplí el suyo, Sí, sí, sí, eso se hubiera entendido sin hacer uso de tantas palabras para explicarlo, Bueno, pues sí: me dio unas pastillas, te digo. Y ya. Me las tomé. A ver si sirven de algo. Ten. ¿Sabes que ya no lo veo tan pendejo?, No, ni yo, ¿Dónde estabas, por cierto?, ¿Cuándo?, Hace rato. En mi cuarto, me imagino, No, Entonces en el baño, la verdad no sé, Ahora me salieron con una nueva mamada, ¿De qué?, Me dijeron que no nos pueden dejar ir que porque estamos en custodia del hospital y que como —te dije que seguramente fueron los enfermeros— según ellos me peleé con el pinche personal de la ambulancia cuando nos recogieron, que no nos podían dejar ir hasta que estuviéramos perfectos físicamente y nos hicieran unas preguntas, tipo, los policías, y seguramente pagar una multa y la madre, que si no se cumple eso, nos van a quitar la visa —no entiendo por qué a ti también si, por más que hubieras querido golpear a alguien, más inconsciente no podías estar— y nos van a mandar directo a México, Me cagan los pinches gringos y sus pinches amenazas de vetarte de su pinche país, pinche bola de obesos ignorantes: esa es su solución para todo. Qué pinche falta de creatividad, Pues ahora sí que, nos guste o no-, Nos guste o no ni madres, yo ya no pienso estar aquí hasta que a los pinches policías se les ocurra venir a cobrar la multa y hacer sus pinches preguntitas; vámonos, Neta jugar al prófugo me da muchísima flojera, Mínimo va a ser más divertido que jugar al paciente-que-encierran-en-hospital-y-lo-terminan-volviendo-loco, Está bien: mañana nos vamos.

Grabando. Paciente: Camilo Santibáñez. Doctor: Gregorio Lozano. Miércoles, 28 de marzo de 2007, quinta sesión.

-ayer fue la clausura de un festival al cual, por culpa de ustedes y su pinche nefastez, no alcancé a ir; Botero se llevó cinco premios. Por más que pienso no logro entender cuál es la fascinación en observar cuadros de personas redondamente obesas y coloridas y curiosas. Creo que tanto color en sus obras es sinónimo de falta de creatividad. No veo más que payasos cuando observo esos cuadros y, francamente, no sé cuál sea su objetivo ni mensaje ni razón de ser. Inclusive lo veo como una burla, como si se estuviera mofando de la parte de El Arte que siempre termina siendo comercial y popular. Odio cuando pasa eso. Odio cuando un pendejo se pone a escupir en hojas blancas y de repente dice que sólo porque es una jalada que a otra persona no se le había ocurrido antes hacer, sólo por eso, ya es una obra de arte que vale un Matisse. Y se me hace patética esa parte, la parte en la que el imbécil que hizo eso se vuelve la revelación del año y todos empiezan a hablar de él y termina siendo hasta host en los Óscares aun cuando su rama no tenga nada que ver con el cine. El mundo está lleno de pendejos. El mundo está lleno de gente patética y por más que pienso, no entiendo por qué la gente no deja de hacer más gente y ya. Por qué no paran esta producción en masa de gente-pendeja más gente-pendeja and so on. En serio: hay muchas cosas que la gente hace que simplemente no entiendo. Por ejemplo, un güey que estaba en la esquina pidiendo limosna, que no tenía piernas y que igual y ni nombre, él, ¿por qué no mejor se avienta a la calle para que un pinche taxi lo atropelle y ya deje de sufrir y se largue a la chingada de este mundo que no hace más que burlarse en su cara de lo triste e infeliz que es su vida? No me digas que él tiene algo por qué vivir. Bueno, el homeless ese no me importa. Me importa lo que te decía, de cómo se puede contaminar la esencia del arte y su razón de existir por imbéciles como esos. O también por los pinches posers que los apoyan. Porque si no fuera por esos, los otros no existirían. Pero ahí va toda la gente: a aplaudir esculturas que no entienden y lienzos que no transmiten sentimiento alguno. O esos que son fanáticos de lo *experimental*: un obeso de cincuenta y dos años que, como no tenía nada que hacer, empezó a tomarse fotos desnudo y le gustaron tanto que las reveló y un enfermo sexual las vio y le excitó y se las compró y las subastó y ya por eso se convirtió en un artista. Y todos lo aplauden, hasta yo, pero por los huevos de atreverse a mostrar su antiestético y marginal cuerpo al mundo, como si no tuviéramos suficiente con las imágenes desagradables que tenemos que ver en el día a día. Por eso me cae tan bien Andy y por eso admiro su trabajo: porque me entiende. Es el único que ha logrado burlarse de la cultura y de esa adicción de la gente por admirar estupideces. Es el único que lo hace abierta y descaradamente, sin necesidad de aparentar. Se burla de una manera tan bizarra, tan baja, tan directa, que lo convierte en elegante. Y es que es una necesidad intensa de la gente —de toda la gente— por admirar a algo, a alguien, que raya en lo ridículo. La gente puede ser fan hasta de un poste. ¿A qué se deberá eso de tener esa urgencia por alabar a alguien, sea quien sea? De comprar revistas con chismes de gente que no conocen y de vidas que nunca se cruzarán. De perseguir perfectos desconocidos y comprar su ropa interior en subastas por cantidades estúpidas de dinero. No puedo evitar sentir pena ajena. La mayor parte del tiempo me da mucha pena el mundo en el que vivimos. Ya está viejo, le hace falta una remodelación —de tapiz, de muebles, de personajes—. Por eso digo que es mejor vivir afuera de él. Pero bueno, la gente nunca va a cambiar. Eso es lo que pienso, si tanto te importaba saber lo que pienso.

Camilo y Roberto

¿Dónde chingados estuviste todo el día de ayer? ¿Qué no se suponía que nos íbamos a ir? Te busqué por todo el pinche hospital y nada, Camilo, no mames, estuve en mi cuarto todo el día, igual y un rato me fui a echar una nieve afuera del cuarto de rayos X para ver qué tan cierto es eso de que te hace daño, que la radiactividad y la mamada y media, pero según yo no fue por mucho tiempo, ¿Te dio miedo que te fueran a estallar los intestinos o qué?, No, pendejo, porque ya sabía que me ibas a estar buscando, Pues por andar jugando al científico ahora sí ya nos chingamos, ¿De qué hablas?, De que anoche llegaron los policías a mi cuarto, ¿Y?, Pues nada, que según ellos me tienen bajo custodia, que tú puedes venir a mi cuarto pero yo ya no puedo ir al tuyo, que me van a acompañar a comer, van a estar afuera del cuarto cuando tenga las putas sesiones con Lozano, que hasta al pinche baño me van a acompañar, que así van a estar hasta que las heridas se me quiten, me *recupere* —sigo sin entender de qué— y me puedan hacer las famosas preguntas, que porque los enfermeritos a los que según ellos me agarré resultan estar en cuidados intensivos, o bueno, uno está en cuidados intensivos, el otro creo que en coma o una mamada así, cosa que yo no veo para nada justo ya que, ojos que no ven, memoria que no recuerda y yo la neta no vi nada, no recuerdo nada. Para mí que esto es una conspiración en contra mía y han de haber inventado todo esto y como saben que no recuerdo nada, abusan de mi ignorante inconsciencia, ¿Y si nos vamos por las ventanas?, Por supuesto, sólo que vamos a necesitar de tu vista con poder de rayos infrarrojos para quemar las rejas porque la mía ahorita no está funcionando, Au, me duele el estómago, ¿Por?, De tanta risa que me dan tus madreadas malas, Uy, y tú muy chingón con tus propuestas inútiles que lo más lejos que nos pueden llevar es a la mitad del pasillo para terminar siendo raptados —de nuevo— por los pinches enfermeritos, Ya, ya: cálmate, papi. Cálmate, que eso es lo que están buscando con su conspiración: que separemos nuestras fuerzas para ahora sí dejarnos indefensos, Esto me está sonando cada vez más a una historia comercializada por Marvel, ¿Entonces qué vamos a hacer?, La neta, no tengo una puta idea, ya te dije que me da mucha flojera andar de Chapo Guzmán por el país, aparte de que ni de pedo me pienso regresar a México, y créeme que, si andamos así, no nos van a dejar volar a ninguna pinche parte, O sea, dile adiós a Berlín, De todas formas el festival ya se acabó. ¿Por qué no le hablamos a un abogado nuestro?, Los que conozco son de Camilo y no pienso usar nada que tenga que ver con él, Igual yo, ¿Les pagamos?, Tal parece que les cortaron los huevos y les dijeron que si alguna vez en su vida aceptaban un soborno, en el momento en que lo hicieran, iban a echarlos a una hoguera —sus huevos, digo yo—; estos imbéciles ni ofreciéndoles una noche con Penélope Cruz te aceptan dinero; putos, ¿Entonces te piensas quedar aquí por el resto de la vida?, El que está bajo custodia soy yo, tú te puedes ir cuando quieras, Camilo, no mames, ya sabes que no lo voy a hacer, ¿de qué me sirve andar allá?, Bueno. Deja de llorar. Hay que seguir pensando.

Grabando. Paciente: Camilo Santibáñez. Doctor: Gregorio Lozano. Jueves, 29 de marzo de 2007, sexta sesión.

-me siento Winona Ryder en Girl Interrupted y todos ustedes son Angelinas. ¿Quién me asegura que de lo que me están culpando es verdad? Yo no tengo el más remoto recuerdo de haber hecho semejante cosa. Aparte, seguro que mis razones he de haber tenido para hacerlo —si es que lo hice. Que, repito, no creo-.

Me caga ver a los homeless tirados en las calles. Me caga pasar por uno que siempre está en el mismo pinche lugar todos los días, diciendo la misma pinche frase, Would you help me, please?, Help your fucking self, le diría, si no estuviera tan cansado como para gastar mis energías en él. Me caga la gente desconocida que llega y se sienta en tu mesa en el café solamente porque ya no hay más mesas desocupadas y creen que tienen el derecho de usar la otra silla que no estás usando. ¿Qué les hace creer que si está desocupada es porque no hay nadie ahí? ¿Qué tal si para mí esa silla vacía es una compañía? ¿Qué chingados se creen para invadirte de esa manera? Por eso me caga el Starbuck's. Parece que, una vez que entras ahí, entras a una dimensión desconocida donde la gente pretende ser una gran familia y por eso tienen la

eso. Me gusta el golf pero me caga verlo, también. Tiger Woods no me cae bien. Me caga la gente que hace filas. Me cagan las filas y la gente que las hace. Me cagan los abuelos; piensan que sólo porque ya no pueden hacer nada por ellos mismos, tienen el derecho de andar dando lástima y hacer que hagas cosas por ellos cuando realmente no las quieres hacer; no es que yo lo haya hecho algún día pero, I mean, tengo ojos para ver lo que hace la gente a mi alrededor. Me cagan los darks. Me cagan los emos. No me gusta el rock; no me caga pero no me gusta, tampoco. Me cagan los aeropuertos comerciales porque me caga ver a la gente con cartelones esperando a gente que se fue. Me cagan las bienvenidas y las despedidas; me imagino que por eso odio los aeropuertos comerciales. Seguramente las bienvenidas y las despedidas me cagan porque no aguanto la idea de que ambas personas —la bienvenida y la que la recibe— saben que en su tiempo separados el mundo cambió para ambos y que las cosas ya no son como antes pero que aun así los dos tienen que pretender que todo sigue igual y eso me da mucho problema. Pretender me da muchísimo problema. Pretender que te importa, que quieres, que extrañas, que sientes pena, que sientes lo que sea; una vez lo tuve que hacer cuando tenía cuatro años y desde ahí me juré que nunca más en mi vida lo volvería a hacer. Me caga que la gente te pregunte How you doing? cuando realmente no les importa how you doing; me imagino la cantidad ridícula de saliva y palabras que el mundo se ahorraría omitiendo ese tipo de comentarios que son menos que intrascendentes. Me caga la gente que trabaja en relaciones públicas; no aguanto que todo el tiempo estén portando esa sonrisa tan falsa, tratando de atraer a la gente de la manera más barata posible; venden su dignidad, así que, en resumidas cuentas, vienen siendo igual que una prostituta. Odio a la gente que se vuelve fan de su perro, lo que me recuerda que compré uno y que seguramente ya se murió porque, según yo, no hay nadie en la casa como para que le dé de comer. Apunta eso: ir a casa de Paciente y recoger a perro muerto; si no está muerto, mándalo traer. Me caga la mezcla morado con negro, naranja con negro, verde con rojo, azul con rojo y el color guinda por sí solo, me caga; me da náuseas, no sé por qué. Tengo que aceptar que me cagan las turbulencias. Me cagan las películas donde hay accidentes con aviones y para llegar a esa parte tienen que pasar por turbulencias. Las turbulencias y los abrazos son las cosas que más

Me gusta mucho Explosions In the Sky, no sé qué tipo de música escuches pero Explosions In the Sky es mejor que cualquiera de lo que oyes. Me gusta The Funeral, de Band of Horses. Me calman los sonidos de Band of Horses. Me gusta Wires y Street Map, de Athlete. Me gusta Moonlight Sonata, de Beethoven. Me gusta casi todo Bach. Me gusta Sebastien Tellier. Absoluta y completamente todo The National. The National. The National. The National. Podría cambiar todas las canciones que te he dicho por una de ellas. La voz de Matt Berninger es… lloré durante todo el concierto; no recuerdo dónde fue, sólo recuerdo que los vi y que lloré. Me puede llegar a fascinar Goodbye Horses de Q. Lazzarus cada que la ponen en el Griffin. Odio la escena en la que sale en Silence Of The Lambs, me da mucho asco. Me gusta Sounds of Silence, de Simon & Garfunkel. Me gusta cuando sale en The Graduate. Me gusta The Graduate. Si fuera gay, sentiría una atracción muy fuerte hacia el papel de Dustin Hoffman, tal vez por la manera en que atrae a Mrs. Robinson. La mejor canción de los Beatles es A Day in the Life y no hay nada que nadie pueda decir para contradecirlo. Hay películas que me han hecho llorar. Mi papá me hacía llorar cuando era niño. Cuando era niño y lloraba, me quedaba sin aire y me comenzaba a ahogar. Cada que lloraba pensaba que me iba a morir porque, como siempre que lloraba me quedaba sin aire, me venía la idea de que ahora sí no lo aguantaría. Nunca le digo papá a mi papá; nunca lo he visto como tal. A veces pienso que me hubiera gustado verlo como tal. Mi mamá está muerta; eso ya te lo había dicho, pero te lo quiero decir otra vez, para que no se te olvide. Es que a veces a mí se me olvida. Siento que si a mí se me olvida, entonces al mundo entero se le va a olvidar, y eso me da miedo. Cuando yo muera, a nadie se le va a olvidar porque realmente nadie lo va a recordar, para empezar. Sé que voy a morir joven; si algo he sabido en mi vida es eso. Sé lo que soy y sé que lo único que hago es protegerme del mundo que me rodea; no me importa; mientras siga vivo, lo seguiré haciendo. Acepto que creo en el amor, aunque nunca lo haya conocido. O tal vez sí, no sé. El sueño que te conté de King Kong es mentira. King Kong me da asco. Siempre que sueño, sueño con Camilo, el viudo de mi mamá y quien coloquialmente sería conocido como mi padre.

Son pocas las veces que eso pasa porque pocas veces sueño porque pocas veces logro dormir. Cuando eso pasa, siempre me levanto sin aire, como si el simple hecho de soñar lo que estoy soñando me ahogara, como si mientras avanzara el sueño me fuera extrayendo aire de los pulmones y no me dejaran tomarlo de vuelta. Sé cuál es mi sueño recurrente; es imposible olvidarlo, pero en este momento no lo recuerdo como para contártelo. Si algo odio en el mundo —sí: odio muchas cosas, pero lo que más odio, digo yo— son las personas obesas. Seguro eso que te acabo de decir es mentira. Sé que nada es completamente falso o completamente verdadero; sin embargo, me gusta aparentar que no lo sé, y que creo que todos son extremos. You can't live in the world with such likes and dislikes, decía Franny o Zooey o alguno de ellos, no recuerdo exactamente, y me imagino que tienen razón. Me gusta All the Little Pieces de Louis XIV. Death Cab for Cutie. De Death me gusta la mayoría, pero una vez me hizo llorar la de Marching Bands of Manhattan; iba caminando por el Brooklyn Bridge cuando eso pasó. Sé cuántas veces he tratado de suicidarme: setenta y cuatro; es un dato que nadie sabe. Ni Roberto. Roberto. Daría mi vida por Roberto. Si Roberto estuviera amarrado a las vías del tren y yo estuviera ahí para rescatarlo, no me importaría intentar hasta la última milésima de segundo antes de que pasara el tren para salvarlo. Me daría más miedo que le pasara algo a que yo perdiera la vida intentando protegerlo. No te voy a decir que no me he puesto a pensar en por qué me pasa eso, pero francamente, por más que lo he analizado, nunca he entendido por qué. Supe que sería así desde la vez que nos topamos en el baño del MoMA. Sé que en tu mente estás diciendo que Roberto es quien suple la imagen de mi padre. No: esa deducción no es la correcta. Roberto no es como mi padre. Mi padre: hace años que no me dirijo hacia él bajo ese título. No me considero adicto, sino pragmático: sé que bajo los efectos de todas las sustancias que uso, la vida es mucho más fácil, más llevadera, menos complicada, más olvidable, más rápida, y tienes más oportunidades de morir antes y, por fin, terminar con el drama. Si estuviéramos en una película tipo Spider Man y fueras Octopus, matar a Roberto sería tu acto clave para matarme a mí; suena ciento ochenta por ciento homosexual pero, francamente,

Me siento raro. Hace mucho que no me sentía raro. No me gusta sentirme raro cuando ya tenía mucho tiempo de no sentirme así. No estoy entendiendo el tiempo. El tiempo está funcionando de una manera que no es la mía; las horas se hacen pasar como días, los días son horas, los minutos no existen y los segundos son eternos; no entiendo. Las pastillas me están haciendo dormir pero lo único que logro es tener pesadilla tras pesadilla tras pesadilla y al final siento que no descansé de todas formas. El sueño es el mismo que siempre he tenido, pero se repite cada vez más seguido. Nada cambia. Es lo mismo, es lo mismo todo el tiempo. Y yo no siento que duerma. Dormir es imposible. Y cuando me despierto creo que sigo durmiendo, soñando porque estoy tan cansado que no sé distinguir entre lo que es real y lo que no. Estoy muy confundido. Me siento muy lento; no puedo actuar rápidamente. El sueño se repite una y otra y otra vez. Ochenta veces por segundo; ya sabes que en la mente el tiempo no existe. Si lo sueño un millón de veces por hora son pocas; lo peor del caso es que no es un sueño corto, no, es eterno, larguísimo; sientes que nunca se va a acabar y, cuando parece hacerlo, empieza otra vez. Y otra. Y otra. Y todo el tiempo me estoy ahogando. En la vida real, digo; me ahogo en la vida real y en el sueño también. Y no entiendo por qué me cambiaron de cuarto: el nuevo me da más claustrofobia todavía. No creo en ustedes, pero tampoco creo que seas tan inútil como para que no puedas hacer algo al respecto; debes tener algo que me puedas dar para que esta pinche pesadilla desaparezca. Es más: incluso creo que tus pastillas hicieron que mi sueño recurrente viniera más seguido y todo empeorara. Es tu culpa: siempre he soñado eso, pero no tanto y tan seguido, tan asfixiante y tan real, tantas y tantas y tantas veces continuas, como si no pudiera parar, como si nunca fuera a parar. Es mucho. Es demasiado y, si hoy me vuelve a pasar, soy capaz de ir a tu casa, sacarte de ella y obligarte a que me des morfina, me sedes, me des electroshocks, lo que sea, con tal de que lo borres. Haz algo, abre mi pinche cabeza, toma el casete que está dentro y ponle uno nuevo. Graba algo sobre lo que ya está escrito. Sácale el que tiene y no le pongas nada si no quieres, pero quítale ese. Me estoy desesperando mucho y tú no sabes qué es lo que pasa cuando me desespero mucho. O tal vez sí. No sé. Es que, de-

-de verdad, no quiero hacer nada que no quiera hacer porque nunca quiero hacer las cosas que hago cuando me desespero
mucho. Te lo juro que nunca las quiero hacer; no sé qué me pasa
cuando las hago. Pero siempre siento algo antes de que lo vaya a
hacer; no sé qué es pero siempre siento algo que me avisa antes de
que lo vaya a hacer que lo voy a hacer y en estos días he estado a
nada de sentir eso y en serio que ya no quiero, te juro que ya no
quiero hacer cosas que no quiero hacer. Cada que busco a Roberto y está en citas o quién-sabe-dónde-puta-madre-se-encuentre es
cuando más me da, porque me desespera mucho no encontrarlo,
me desespera buscar a alguien que no está y cada vez me ha pasado
más seguido, no sé qué madres se cree pero la verdad es que me
afecta mucho —sí, piensa lo que quieras, di que tengo una obsesión
con él, no me importa— y me desespero tanto que siento que mi
cuerpo se desgasta muchísimo por tanta desesperación y por eso
me mareo y la vista se me nubla y a veces siento que me desmayo
—me he desmayado mínimo tres veces al día últimamente— y
ahí es cuando te digo que estoy a nada de sentir lo que siempre
siento cuando hago cosas que no recuerdo hacer y que realmente
no quiero hacer. Y en este momento es todo: los sueños, el aire,
me asfixio, la falta de él, del aire, de Roberto, estar aquí, la falta de
coca —de todo lo que mi cuerpo está acostumbrado a recibir—, la
claustrofobia, esto, las pláticas, los dos imbéciles pegados a mí, mi
mamá, su viudo, las pastillas, el insomnio, la confusión, dormir y
estar despierto, no dormir soñando el mismo sueño, y siento que,
no sé, estoy caminando sobre una cuerda que tiene los extremos
agarrados de los dos edificios más altos de New York —dos Em-
pire States— y estoy exactamente a un paso de caer de un lado o
del otro y caer, caer, caer en caída libre y perder el control de mí
porque mi caída es tan libre y-

El final

todavía hay más. Y es que por más pendejo que lo creyeran, Gregorio Lozano MD de pendejo no tiene nada. De padres cubanos, el pequeño Gregorio llegó a Estados Unidos siendo apenas un bebé que no entendía qué pasaba en su familia y su alrededor en general; él sólo veía cómo su madre desaparecía de su casa sin previo aviso durante tiempo indefinido. Su padre trabajaba día y noche como taxista para lograr que Goyito y Pablo —su hermano menor— tuvieran qué comer y la posibilidad de recibir un sweater de regalo en Navidad. Cuando su madre estaba en casa, sólo había dos opciones: que pareciera que no estaba o que estuviera en exceso; había semanas en las que no salía de su cuarto y su existencia en la casa era igual de notable que la de un reloj en la pared que no sirve y su cucú dejó de funcionar hace cinco años. Había otras semanas en las que, en cambio, su presencia era imposible de ignorar: gritos, llantos, risas despavoridas, toda expresión humana que provocara ruido y pudiera ser expresada al extremo. Goyito creció y con él, el nivel de responsabilidades que tenía en el hogar: cuidar de su mamá, darle sus pastillas, llevarla a terapia y, finalmente, al hospital cuando ninguno de los tres que restaban en su familia podía controlar sus ataques. Goyito fue entendiendo qué pasaba a su alrededor; sin embargo, no llegó a entenderlo como quería. Por eso, estando todavía en high school, supo qué quería estudiar: quería estudiar lo que pasaba dentro de la cabeza de su mamá; quería saber por qué pasaba lo que pasaba por la cabeza de su mamá; quería solucionar lo que pasaba y estaba mal dentro de la cabeza de su mamá: quería ser un psiquiatra. Y no un psiquiatra cualquiera, no: quería ser el mejor de todos; el que lograra no sólo explicar qué era lo que pasaba por la cabeza de su mamá y de los que sufrían lo mismo que su mamá, sino el que, también, lograra encontrar una solución para eso. Desde que Goyo (los diminutivos ya no eran permitidos a esta madura edad, mucho menos cuando llevas una vida con más responsabilidades que las del resto de tus compañeros) decidió cuál sería el destino de su vida en esa tarde en la que no tenía nada qué hacer más que estar sentado en el banco de una secundaria pública ubicada más allá del Upper East Side, donde NYC deja de ser New York City para convertiste en una ciudad que tiene de todo menos americanos, allá donde cada calle que se va más arriba se convierte en una frontera que divide a una misma ciudad, donde cada calle que avanzas te transporta de la ciudad más cosmopolita del mundo a la de cualquier otro país que esté debajo de Estados Unidos —México, Puerto Rico, Cuba, Colombia, Venezuela y cualquiera que tenga un sistema político tan deplorable que no logre crear empleos suficientes como para que sus habitantes se queden ahí y vivan felices con sus familias sino que se vean obligados a huir de él para irse a un país que no les da la bienvenida pero que tampoco los rechaza porque necesita que hagan los trabajos que a sus inquilinos oficiales no les gustan porque son monótonos, aburridos y mal pagados—; allá donde se encuentra Little Mexico y hay más taquerías por metro cuadrado que en una feria de pueblo en domingo; allá donde se entiende más español que inglés; allá, te digo, donde estaba ubicada la secundaria pública en la que Goyo decidió que no sería un taxista como su papá, sino un psiquiatra y no uno cualquiera, ahí fue donde él supo que para no ser uno cualquiera necesitaba de una educación que no cualquiera pudiera tener, y por eso desde esa tarde en que tomó la decisión del futuro de su vida consiguió un trabajo y comenzó a ahorrar. Y a ser el mejor de la clase y a estar metido en todo lo que se necesita para obtener una beca en una de las mejores universidades de uno de los mejores países del mundo —al menos académicamente hablando—. Y así se fue partiendo en veinte pedazos para lograr cumplir con la escuela, la casa, el trabajo, su madre, su hermano, su novia ocasional y todo lo que requería de su atención para sobrevivir. Y entonces llegó el momento de mandar las solicitudes para la universidad: el momento decisivo de su vida. Mandó cinco: Stanford, Princeton, Cornell, NYU y Columbia. Recibió las cinco de vuelta: Cornell le daba la bienvenida; las demás necesitaban más dinero de lo que él podía ofrecer, aun cuando obtuviera una beca de excelencia. Cornell era suficiente para él. Y así continuó, siendo de los mejores en su clase, durmiendo tres horas por día, cumpliendo su sueño de entender qué era lo que pasaba en la cabeza de su madre, hasta que terminó su carrera y fue inmediatamente contratado en el hospital de su universidad, el reconocido New York Presbyterian, en donde recibiría, día a día, personajes controversiales que no existían en ninguna otra parte más que en la cabeza de sus pacientes, donde recibía mentes fraccionadas, venas incorrectamente cortadas, actores con la capacidad de contar con veinte personajes distintos en la misma semana, sin mezclar guiones ni personalidades, donde recibiría un domingo veinte de marzo de dos mil siete el cuerpo cortado, golpeado, intencionalmente autoflagelado de un joven que acababa de tener —seguramente— el shock más grande de su vida, un shock tan fuerte que lo hiciera colapsar de esta manera, ya que mientras lo vivió conscientemente fue tan intenso su dolor que lo único que le quedó por hacer para poder sobrevivir fue desconectarse completamente de la realidad. Y lo recibió así: hecho pedazos física y psicológicamente, con el rostro destrozado, pero no tanto como lo estaba su persona internamente; perdido, completamente perdido entre la realidad del mundo y la realidad de su cabeza. No necesitó de mucha información para entender qué le había pasado. Y mientras este paciente seguía en su inconsciencia, Gregorio se encargó de él y de hacer todo lo necesario para ayudarlo; si había alguien al que le importara su vida, no quería que ese alguien sufriera como él había sufrido por su madre; él estaría ahí para evitarlo. Estudios, exámenes, análisis, todo; diagnóstico: Posttraumatic Stress Disorder. Pero este paciente era más complicado que eso: este paciente presentaba una mezcla de diversas características que le parecerían sumamente interesantes a cualquier psiquiatra que se fascinara con estudiar mentes complejas. No era simplemente eso. Y mientras más lo observaba, iba entendiendo cada vez más qué pasaba con él, mientras analizaba más sus resultados, descifrando cómo lo podía ayudar. Y te decía que, aun cuando pensaran que él era un pendejo, el ahora psiquiatra más reconocido del New York Presbyterian no había sido pendejo cuando decidió dejar al amor de su vida porque ella le puso el cuerno, y mucho menos ahora para entender perfectamente por qué su paciente estrella —por llamarlo de alguna manera— se estaba comportando como lo hacía. Y así lo fue tratando, primero en sesiones alternadas, luego diariamente, hasta que se dio cuenta de que una atención constante era lo que necesitaba para no atentar contra él mismo. Y no hay mejor conocimiento que el que obtienes por experiencia propia, y fue por eso que él sabía que la única manera de ayudar a su paciente era tra-

yéndolo a la realidad, por más que éste huyera de ella, por dolorosa que ésta fuera. Y así comenzó a darle las pastillas que poco a
poco lo ayudarían a llegar a ella, aun cuando tuviera que engañarlo
diciéndole que eran para dormir —a veces las mentiras son inevitablemente necesarias— y tener terapias que eran —supuestamente— por mera formalidad legal. Como una buena madre, Gregorio sabía que, de explicarle a su paciente lo que estaba haciendo, lo
único que lograría sería que lo rechazara y, ahora sí, perder toda
posibilidad de hacerlo volver. Y mientras lo escuchaba hablar en su
octava sesión ese martes tres de abril de dos mil siete, iba dándose
cuenta de que las pastillas estaban surtiendo efecto y que la reacción hacia esto sería inevitable por parte del paciente, aun cuando
no entendiera qué estaba pasando porque, así como él, de pendejo no
tenía nada. Y conforme avanzaba el monólogo que éste le decía,
conforme el paciente se paraba de su silla y comenzaba a moverse
con una intensa desesperación, mientras la respiración se le agitaba
a cada segundo y apretaba sus manos con más fuerza, mientras eso
sucedía, Gregorio entendía que, en cualquier momento, su paciente explotaría, y que esa explosión sería de tal magnitud que, probablemente, crearía una completa disociación entre la realidad y su
psique, una disociación seguramente irreversible; después de ha-
berlas tratado toda una vida, nadie le va a venir a explicar a Gregorio Lozano MD cómo funcionan estas mentes. Por eso, para evitar
el riesgo de perder a su paciente de por vida, Gregorio se levantó
de su silla y, justo cuando su paciente le decía que estaba exactamente a un gramo de diferencia para caer de un lado o del otro y
caer, caer, caer en caída libre y perder el control de él mismo porque su caída era tan libre, justo cuando Camilo le decía eso, lo
tomó de ambas muñecas, trató de controlarlo —controlar su desesperación, su ansiedad, su furia— y llevarlo de vuelta a su silla;
Gregorio sabía lo doloroso que era para sus pacientes ser forzados
a volver a la realidad, pero también sabía que, por doloroso que
fuera, era la única manera de salvarlos; Gregorio sabía que ese era
el momento en que tenía que hablar y decir Camilo: necesito que
me escuches y que obligues a tu mente a mantenerse aquí cuando
lo haga. Necesito que te sobrepongas a las emociones que te controlan. Necesito que te aferres al *aquí* y al *ahora* para que un día

logremos que duermas y que desaparezca esa fuerza que te da miedo que te controle. Aférrate: aférrate al *aquí*. Aquí: necesito que te
quedes aquí y sólo aquí. Y, al pedírselo, su paciente comenzaba,
poco a poco, a mantener una respiración menos agitada, a verse
menos ansioso; el paciente parecía hacer caso de lo que su guía le
pedía. Fue por esa reacción que Gregorio creyó que este era el momento adecuado para confesarle a ese trozo de persona que semanas antes había llegado destrozado la verdad que ni sus ojos ni su
mente fueron capaces de ver: Camilo, Roberto *no* existe o, al menos, ya no. Roberto ha muerto. Roberto murió la noche que tú
llegaste al hospital. Roberto murió en ese bar. Roberto nunca ha
estado aquí, platicando contigo. El impacto que te causó verlo
morir y no poder hacer nada para evitarlo fue lo que potenciali-
zó tu condición, causando *esto*. No puedes continuar creyendo
que Roberto sigue aquí porque lo único que eso va a provocar es
que te alejes cada vez más de tu mundo, de nuestro mundo. Yo
sí estoy aquí, tú *sí* estás aquí. Pero él *no*. Yo estoy aquí para ayu-
dalf y esart cotnigo, arpa protsiterte ed otdo derpmxe portef hf
---- ---- ------ ----- -------------- ------------------------- -----------------
------------------------. Y las palabras de Gregorio comenzaban a
perder sentido para el paciente al que le pidió mantenerse afe-
rrado a la realidad —aunque él hubiera deseado cumplir esa
petición, su mente no sabía a cuál realidad se estaba refiriendo,
a cuál le estaba pidiendo que se aferrara—, y su existencia y su
cara se borraban de los ojos de a quien éste se dirigía para trans-
formarse en el cuerpo, en el rostro, en la persona a la que esos
ojos le habían prometido que *nunca se iría*. Porque esos ojos
habían hecho una promesa y esos ojos la cumplirían. Porque
esos ojos no querían —no podían— ver otros que no fueran los
que lo acompañaron en el instante que duró su vida. Porque esos
fueron los únicos ojos que *realmente* lo pudieron ver. Porque no
existían otros ojos por los cuales valiera la pena existir. Y, poco a
poco, Gregorio iba desapareciendo de ese mundo, se iba borran-
do de ese mundo como si una mano invisible hubiera tomado
un borrador y lo estuviera frotando sobre su imagen, se iba difuminando como si estuviera hecho de gises y no de materia y
unos dedos que salieron de alguna parte que nadie sabe —ni

suficiente basura que sirviera para eso— mientras vas en el metro que te llevará de Lexington Avenue a SoHo, que es para que
tengas algo qué hacer en tu clase de Contabilidad de Costos, que
su razón de existir es sólo arrullarte —aburrirte— lo suficiente
como para que puedas dormir sin problema, que te distraiga
mientras estás esperando como imbécil a otro imbécil que no
tiene el respeto como para llegar a tiempo a sus citas, que el
propósito de las doscientas cuarenta y cuatro mil cuatrocientas
ochenta y ocho palabras plasmadas aquí es que te haga ver interesante porque, no importa de qué se trate —puede ser Dummies
for Dummies y aun así—, un libro en la mano siempre te hará
ver más interesante, ¿no? No, ¿de verdad crees que gastaría mi
valiosísimo tiempo en algo que serviría para actividades tan banales e inútiles? ¿De verdad piensas eso, mi equivocado lector? Yo
sé que no. Yo sé que sabes que hay una razón lo suficientemente
importante como para hacerme a mí, Semi, invertir mi tiempo
en contarte esta historia que, aunque te parezca increíble, está
basada —como anunciarían los pósters promocionales de Erin
Brockovich o cualquier historia llevada a la pantalla grande que
no fue inventada por la imaginación de un grupo de escritores
que estaban aburridos— en *hechos reales*. Y la razón es simple: La
razón es que yo no quiero que esta historia se repita. Yo prefiero
ahorrarte el tiempo y ayudarte a estar preparado para lo que
inevitablemente pasará. Y es que yo llegué tarde a la vida de Camilo, y lo peor del caso es que nadie se tomó la molestia de hacer
con él lo que yo estoy haciendo contigo en estos momentos:
sentarme a explicarte cómo funciona este mecanismo, tomarme
el tiempo para agarrarte de la mano y enseñarte la realidad de
las cosas para que no te tomen por sorpresa cuando pasen, como
lo hicieron con él. Que con las experiencias ajenas aprendas
—aunque eso sea poco probable— y estés preparado para lo que
eventualmente enfrentarás. Porque siento culpa de lo que pasó
con él, con Camilo —y porque te repito que te quiero—, es que
hice esto. Y es que prefiero ser yo, mi ahora advertido lector,
el que te abra la puerta antes de que te encuentres tocándola
sin nadie que te vaya a recibir. Prefiero ser yo quien tramite tu
membresía y te diga que, aunque no la quieras —nunca nadie la

quiere—, la lleves en tu cartera, en tu bolsa y, a comparación de éstas, ésa nunca se te perderá, y mucho menos te la robarán —si hay quienes matan por deshacerse de ella—, por eso prefiero ser yo quien te diga que es verdad lo que Camilo pensó, que es verdad que Todos se van y que, por eso, así como Camilo, Roberto, su padre, Malusa, su esposo, Luciana, Cordelia, Jorge, Jumex, tu primo, el vecino de la izquierda, el de la derecha, el chofer, el guapo del colegio, el naco de la cuadra, todos y cada uno de los seis mil setecientos noventa millones setecientos setenta y siete mil setecientos ochenta y nueve habitantes que el reloj de la población mundial está reportando hoy, dieciocho de diciembre de dos mil nueve, por eso como Arturo Beltrán Leyva —quien anoche fuera eliminado por los marinos mexicanos— e inclusive temo decir que hasta como yo, terminamos formando parte de esta organización y cargamos con nosotros la credencial que nos hace miembros eternos de ella. Por eso, como ya sé que estamos dentro y que nadie se encargó de explicarte cómo funciona, es que lo hago yo; por eso prefiero hacerlo de una vez, antes de que te toque entrar y no sepas cómo se juega este juego. Por eso te digo de una vez, mi amado, desde-este-momento extrañado, querido y ahora también prevenido lector: Bienvenido al Club de los Abandonados.

New York, diciembre de 2009

Índice

Este ejemplar se terminó de imprimir en Noviembre de 2011
En Impresiones en Offset Max, S.A. de C.V.
Catarroja 443 Int. 9 Col. Ma. Esther Zuno de Echeverría
Iztapalapa, C.P. 09860, México, D.F.